btb

Buch

Winter 1922: Inspektor Kajetan wird in das Bergdorf Walching geschickt. Die Wunden des Ersten Weltkrieges sind dort noch nicht verheilt und die Zeiten unruhig. Ein junges Mädchen wird auf einem Bauernhof tot aufgefunden. Alles deutet auf drei vagabundierende Männer als Täter hin. Kajetan nimmt sie fest, denn ihre Schuld scheint eindeutig. Doch bald geben widersprüchliche Zeugenaussagen ihm Anlass zum Misstrauen…

Wegen mangelnden Respekts gegenüber der bayerischen Obrigkeit wird Inspektor Kajetan zwei Jahre später in *Die Godin* aus dem Polizeidienst entlassen. Er ermittelt fortan auf eigene Faust. Als eine Prostituierte ermordet wird, lässt der Fall ihm keine Ruhe, hatte er sich doch erst vor kurzem in die junge Frau verliebt. Die Spur führt zunächst ins zwielichtige Nachtclubmilieu. Bald wird Kajetan in einen gefährlichen Sumpf von Korruption und Waffenschieberei hineingezogen. Schritt für Schritt nähert er sich einer schrecklichen Wahrheit …

Autor

Robert Hültner wurde 1950 in Inzell geboren. Er lebt als freier Autor in München und in einem Bergdorf in den südfranzösischen Cevennen. Bevor er sich dem Schreiben zuwandte, war er Schriftsetzer, dann Regieassistent und zog mit einem Wanderkino durch die Dörfer. Hültner ist vielfacher Deutscher-Krimipreis-Träger, Glauser-Preisträger, Theater- und Drehbuchautor.

Robert Hültner bei btb

Inspektor Kajetan und die Sache Koslowski. Roman (72144)
Inspektor Kajetan und die Betrüger. Roman (73240)
Das schlafende Grab. Roman (73169)
Fluch der wilden Jahre. Roman (73247)
Der Hüter der köstlichen Dinge. Roman (75042)
Der Sommer der Gaukler. Roman (75130)

Robert Hültner

Walching
Die Godin

Zwei Romane
in einem Band

btb

FSC
Mixed Sources
Product group from well-managed forests and other controlled sources

Cert no. GFA-COC-1223
www.fsc.org

Verlagsgruppe Random House FSC-DEU-0100
Das FSC-zertifizierte Papier *Munken Print* für Taschenbücher aus dem btb Verlag liefert Arctic Paper Munkedals AB, Schweden.

Einmalige Sonderausgabe Ausgabe 2006
btb Verlag in der Verlagsgruppe Random House GmbH, München

Umschlaggestaltung: Design Team München
Satz: IBV Satz- und Datentechnik GmbH, Berlin
Druck und Einband: Clausen & Bosse, Leck
MM · Herstellung: AW
Made in Germany
ISBN-10: 3-442-73530-0
ISBN-13: 978-3-442-73530-3

www.btb-verlag.de

Walching

Dies ist eine Kriminalerzählung. Der historisch und volkskundlich gebildete Leser möge deshalb verzeihen, wenn in ihr zwar Materialien aus der Geschichte unseres Landes verwendet, aber nicht in wissenschaftlicher Präzision dargestellt werden. Wahr ist jedoch, daß sich in der Zeit, in der diese Erzählung spielt, mysteriöse Mordfälle häuften und die Justiz sich äußerst schwer mit deren Aufklärung zu tun schien.
Den Ort Walching gibt es nicht; Liebhaber des bayerischen Voralpenlandes werden in ihm jedoch eine Konstruktion verschiedener Gemeinden dieser Region erkennen. Desgleichen sind handelnde Personen frei erfunden und Ähnlichkeiten rein zufällig – was den Leser jedoch nicht zu der Annahme verleiten sollte, daß es nicht genauso geschehen hätte können oder heute wieder möglich wäre. Geschichte ist weniger weit entfernt, als wir es uns wünschen können.

1

»Lassens die Leut doch reden, Herr Inspektor«, meinte der Schuster, »die reden heute über dies und morgen über was anderes.« Ein Lächeln, das, wie er wußte und wollte, nichts bedeutete, zog kurz kuriose Linien über sein Gesicht. »Heute sinds für den König, morgen für den Eisner, und übermorgen ist alles wieder umgedreht. Grad wie's ihnen eingesagt wird. Der Mensch ist dumm. Das ist sein Glück. Ist es nicht so?«

Den Mann, der ihm gegenüber saß und der sich wieder und wieder an seinen spitz zulaufenden Kinnbart faßte, schien das wenig zu trösten. »Und was reden sie, die Leute?«

Der Schuster, der einen Lederschuh genommen hatte, ihn ins Licht der über ihm hängenden Lampe hielt und ihn von allen Seiten besah, überhörte die Frage. Er wiegte anerkennend den Kopf. »Ein sauberes Schuhwerk, Herr Inspektor.«

Das hatte er schon einmal gesagt.

»Die Leut? Mein Gott ...« Er legte den Schuh wieder ab, nahm den zweiten und hielt ihn ebenfalls zum Licht. Dann fixierte er eine Stelle genauer, indem er den Kopf leicht zurücklegte und seine Brille über die Stirn schob. »Hier fehlt es. Schauen Sie!« Er deutete auf die Naht der Schuhspitze. »Nichts Grobes«, fuhr er beruhigend fort, »aber es müßt halt anständig gemacht werden. Haben Sie es sehr pressant damit, Herr Inspektor?«

»Wie?« Der Angesprochene hatte gerade anderes im Sinn gehabt.

»Ich könnt's Ihnen auf der Stell herrichten. Setzens Ihnen derweil 'nüber zum Ofen, draußen ist eh ein grobes Wetter heut. Daß einer ein Dach über dem Kopf hat und daß er nicht zu frieren braucht, ist doch noch allerweil das Wichtigste. Ist es nicht so?« Wieder lächelte der Schuster sein kunstvoll geschäftsmännisches Lächeln. Soll keiner sagen, Geschäftsleute hätten keinen eigenen Kopf für das, was in der Welt um sie herum vor sich geht. Sie haben nur gelernt, ihre Meinung nicht wie eine Annonce in der Zeitung wichtig zu machen.

Der Inspektor sah nach draußen. Zwei dunkel gekleidete Frauen gingen rasch nah an der holzgefaßten Schaufensterscheibe der Schusterwerkstatt vorbei und wischten mit im Wind flatternden Mänteln für Sekunden Schatten über sein Gesicht. Er stand auf. »Wenn ich in einer Stunde noch mal kommen tät?« Er knöpfte sich die obere Reihe seines Mantels zu.

»In einer Stunde? Da bin ich allerweil fertig, Herr Inspektor«, antwortete der Schuster zuversichtlich und, wie es schien, etwas lauter als zuvor, »schnappens ein bisserl frische Luft? Habens auch recht.«

Hund, falscher. Der Inspektor lächelte freundlich und öffnete die Tür, die ein schnarrendes Klingeln hören ließ. Der Wind warf sich ihm ohne Warnung entgegen. Er schloß die Tür, die noch mal, nun leiser, Laut gab und fühlte durch die Scheiben, die den grauen Tag spiegelten, den Blick des Schusters. Der Inspektor zog seinen Hut tiefer über die Stirn. Dann ging er die Gasse hinunter. Eine alte Frau kam ihm entgegen, hielt das wollene Kopftuch vor ihren Mund und sah kurz gleichmütig auf.

Die Gasse, auf der mit Mühe zwei schmale Fuhrwerke nebeneinander Platz finden mochten, führte hinunter zum Fluß, der die Altstadt von den erst während der Industrialisierung errichteten Gebäuden trennte. Eisgraupel führender Wind tanzte launisch in der nebligen Luft, fegte heftig, als wolle er die Menschen, die sich zu dieser Zeit ihm aussetzen mußten, für diesen Vorwitz ohrfeigen, fiel dann wieder mild ab, um sogleich wieder zu heftigerer Bö zu erwachen.

Was reden die Leute, Schuster?

Gehens zu, Herr Inspektor, was soll ich denn schon wissen?

Wissen Sie eh nicht alles schon selber?

Der Alte hatte recht. Daß halb Dornstein in Aufregung war wegen dieser Geschichte, wußte er, und was sie reden, konnte er sich denken. Er wollte es gar nicht hören. Statt dessen hätte der Schuster sagen sollen: Die da heut über Sie höhnen, Herr Inspektor, sind die wenigsten. Ich zum Beispiel, der Schuster Lettermann von Dornstein, Fischergassl Numero Neunzehn, denk da anders und bin beileib nicht der einzige, und ich sag Ihnen offen und ehrlich, daß Sie sich wegen der paar Schreihälse heut morgen auf dem Stadtplatz rein gar nicht aufzuregen brauchen. Nämlich, weil das Urteil des Dornsteiner Landgerichts gegen die ledige Hausmagd Waginger Anna, geboren in Tyrlaching, Post daselbst, lediges Kind der Magd Waginger Appolonia, herumgeschickt, bedrückt, getratzt, ausgeschmiert von windigen Burschen und manch nobligem Herrn ihr Lebtag lang und angeklagt des Diebstahls, weil dieses Urteil, jawohl, gerecht war.

Weil sie ohne jeden Zweifel überführt wurde, aus der Bügelwäsche ihres Hausherrn, des angesehenen Dornsteiner Privatiers Thaddäus Zunhammer (unter Saufbrüdern: Taddädl), einen irrtümlicherweise verbliebenen Hundertmarkschein genommen und nicht, wie es Pflicht gewesen wäre, diesen wieder abzugeben. Weil ihr verzweifelter, unter Rotz und Tränen vorgebrachter Einwand, sie sei von ihrer Herrschaft seit jeher schikaniert und sekkiert worden und sei ihr Lebtag ein Nichts und Niemand gewesen bei ihnen und hätt ihre Arbeit alleweil zur schönsten Freud jeder Herrschaft getan und nichts nachgefragt und gewollt, als daß man sie ehrenachtet und sei trotzdem der Herr Privatier ihr nachgestiegen in die Waschküch und hätt gesagt: Wo ist meine Kragennadel, Annerl, wo hast du sie versteckt, da oder dort, und hat ihr überall hingetatscht mit faulem Gered auch an die geheimen Stellen und sie es sich wegen ihrer Anstellung gefallen hat lassen und... Weil dieser Einwand völlig zu Recht vom Landrichter als erstens ohne Belang, zweitens als außerordentlich infame, dem Eigenschutz dienende Behauptung zu werten sei, welche als Verleumdung strafverschärfend wirken müsse.

Weil der so beleumdete Hausherr zumindest eine schwere Ohrenerkrankung haben müsse, nachdem er bei den von seiner Hausmagd stockend vorgebrachten Anwürfen aus dem Fenster des Gerichtssaales gesehen hatte, als verstünde er kein einziges Wort. Zwar war es eigenartig, aber doch zutiefst verständlich, wenn statt des Gatten die ehrengeachtete Frau Privatier Zunhammer (und die, falls dieses Detail jemanden interessieren sollte, zum Freundeskreis ihres Hauses auch die Familie des Landrichters zählen durfte) mit aus dem Gesicht springender wütender Verletztheit, zornrot im Gesicht, in die Höhe schoß und dies alles als Gipfel der Schlechtigkeit zurückwies.

Und weil es vor allem der unbestechlichen und, der Staatsanwalt betonte dies mehrmals, »meisterhaften« Ermittlungsarbeit des Inspektors zu verdanken sei, daß diese Untat gesühnt werden konnte.

»Meisterhaft...« Der Inspektor prustete und grinste schief. Der Wind warf Eis.

Was, du meisterhafter Ermittler, ist schon dabei, einfach zur Landwirtschaftsbank von Dornstein zu gehen und dort gesteckt zu bekommen, daß die brave Haut ihren Schatz striktement dorthin gebracht, etwas von einer seltsamen Beerbung gestammelt hatte und ihn auf ihr Aussteuerkonto einbezahlt hatte?

»Bin ich doch nichts und hab ich doch nichts und die Schönste bin ich auch nimmer und...«, hatte sie gesagt, »Lauter! Machens gefälligst Ihren Mund auf!« der Richter, »... auch nimmer und vielleicht nimmt mich einmal ein braver Mann, wenn ich nimmer gar so notig dasteh« und »Arms Wurm« hatten die Zuhörer geflüstert und schließlich mit Empörung reagiert, als sie endlich vom Gericht für Wochen ins Zuchthaus und ihr Lebtag in die Schande geschickt wurde. Doch die so überraschend aufwallende Gerechtigkeitsliebe der Dornsteiner hatte gewiß mit nichts anderem als mit der außerordentlichen Unbeliebtheit der sich weiß was einbildenden Privatiersgattin zu tun. Was hatten denn dieselben Zuschauer gesagt, als vor einiger Zeit jener auswärtige Student mit seinem, in irgendeinem Hetzblatt veröffentlichten Gedicht, »Klassenjustiz« überschrieben, mehr als hart abgeurteilt wurde? »Richtig«, hieß es da, »wo kämen wir denn da hin« und »Soll sich bloß nicht mehr bei uns blicken lassen, der Revoluzzer, der.«

Der Inspektor war bei der steinernen Brücke angekommen, die auf der Gegenseite gerade von einem Gespann mit gleichmütig vorantrottenden Pferden angefahren wurde. Die aus Granitblöcken errichtete schmale Brücke bog sich leicht über den dunklen Fluß, den an den Ufern mehrschichtige, dünne Eisbrüche, totes Geäst und hellbraune, vom Wasser bewegte Gräser säumten.

Der Inspektor beobachtete nun, wie ihm zuerst zwei Pferdeköpfe, grauen Dampf aus den Nüstern stoßend, dann der schwarz behutete Kopf des Fuhrmannes entgegenwuchsen. Auf der höchsten Stelle stand das Fuhrwerk wie ein Denkmal, hinter dem sich die bis nah an den Fluß gebauten Arbeiterhäuser im Nebel verloren. »Hüah!« schrie der Mann rauh, kümmerte sich nicht um den zur Seite weichenden Fußgänger und rollte dann mit taubem Geknatter vorüber. Nichts hallte in der engen, zum Stadtplatz führenden Gasse, in die das Fuhrwerk nun einbog und bald, still, als wäre alles nur eine wunderliche Erscheinung gewesen, in einer Kehre verschwand.

Der Inspektor betrat die Brücke und blieb auf ihrer Mitte stehen. Fragile Balkone der Altstadthäuser ragten über die Tiefe; in Sichtweite, doch schon in der Unschärfe der nebeligen Luft, wurde die Zeile der Flußhäuser von einer exakt waagrechten, alle Linien der alten Landschaft verachtenden Eisenbahnbrücke unterbrochen.

»Wie dumm«, dachte der Inspektor und erschrak, als er bemerkte, daß er laut gesprochen hatte. Er hatte plötzlich das Gefühl, hinter den Fenstern der Uferhäuser verborgene Zuschauer könnten ihn für einen feig zögernden Selbstmörder halten.

Sie haben Ihre Pflicht getan, Herr Inspektor. Sie haben getan, was getan werden mußte.

Den Inspektor fror. Wütende, langanhaltende Windstöße krallten sich durch seinen Mantel, dann hatte sich, mit einem Herzschlag, die Wahrheit vor ihm aufgebaut: Das Urteil war natürlich völlig unangemessen, und er hatte, mit einer Mischung aus Ehrgeiz und Feigheit, an der Vernichtung dieser armseligen Existenz mitgewirkt. Die empörten Blicke, die gezischten Beschimpfungen, daß es doch die Kleinsten stets am härtesten träfe, sie galten nicht nur der falschen Strenge und dem Hochmut der Richter und dem bebenden, dummen Triumph der Privatiersgattin, sie hatten auch den Inspektor getroffen.

Auf dem Platz vor dem Landgericht, den er anschließend zu

überqueren hatte, hatten sich noch einige Gruppen erregt debattierender Zuhörer aufgehalten. Ein zornig kläffender Köter wieselte um seine Beine und schnappte nach seinen Waden, bis ihn jemand zurückrief. »Ein braves Hunderl«, hatte eine gemütvolle Stimme bemerkt, und als der Inspektor, der bei dem Tanz auf dem naßglatten Boden den Stand verloren hatte, sich umwandte, sah er in Gesichter voller Verachtung.

Der Wind hatte erneut die Richtung gewechselt und war etwas schwächer geworden. Von der Neustadt flogen Stimmfetzen und das Geräusch einer Säge heran. Dann legte sich wieder ein matter Frieden über das Flußtal, bis es von einem langgezogenen Pfeifen durchschnitten wurde. Feines, schnellnahendes metallisches Stampfen, das zunächst noch von den Gebäuden der Altstadt verschluckt wurde, öffnete sich für Sekunden zu krachend rhythmischem Lärm. Dann hatte der Zug die Brücke überquert.

Nun stand die Luft reglos. Flußnebel und Wolken hatten sich fast augenblicklich gehoben und ließen nun sich steil in die Höhe windende Rauchsäulen erkennen. Eine Tür in einem der Häuser der Arbeiterstadt hatte sich geöffnet, doch niemand trat heraus. Der Inspektor kehrte um. Wieder überfiel ihn jämmerliche Scham in heißen, pochenden Wellen. Er schniefte, beschleunigte seine Schritte, lief.

»Schon fertig«, begrüßte ihn der Schuster. Die Schuhe standen bereits im für Abholer bestimmten Regal, doch nach hastiger Suche mußte der Inspektor gestehen, daß er, in all der Aufregung – »jaja«, sagte der Schuster verständnisvoll – seinen Geldbeutel vergessen hatte. Daß ihm so etwas passieren müsse. Daß es ihm peinlich sei.

»Zahlen Sie, wenn Sie das nächste Mal vorbeikommen… Sie sind ja ein ehrlicher Mann.«

Als der Inspektor die Werkstatt verlassen hatte, fingerte der Schuster ein abgegriffenes Buch aus einer Schublade, befeuchtete einen Stift mit der Zunge und trug ein: »Insp. Kajetan, Polizei Dornstein, 23 Millionen Mark Schuld ...«

Der Inspektor hatte unterdessen bereits die Oberstadt erreicht. In der schmalen Gasse, in die er einbog, um ein Überqueren des Marktplatzes zu vermeiden, drängte sich zitternd ein melancholischer Köter, das Fell krank zerfressen, heran und begleitete ihn einige Schritte. Als der Inspektor keine Notiz von ihm nahm, ließ er enttäuscht ab.

Die massige Front der Bezirksinspektion tauchte auf. Die Schultern fröstelnd zusammengezogen, ging Kajetan auf das Portal zu. Eine lächerliche Sicherheit umgab ihn, als er das Tor hinter sich schloß.

Was in der vergangenen Nacht in einem kleinen Dorf unweit Dornsteins vor sich gegangen war, wußte er noch nicht. Auch nicht, daß er bereits erwartet wurde.

2

Vom nördlichen Flachland und von den Vorgebirgen im Osten und Westen durch niedrige, bewaldete Urgebirge abgetrennt, lag das Walchinger Tal zu Füßen eines hoch aufragenden Kalksteinmassivs; wie urzeitliche Zitadellen sahen dessen Gipfel auf das wie von Kinderhand verschüttete Gewürfel der Dorfhäuser. Den runden Talkessel unterteilte ein Fluß, der in den Sommern in friedlichem Gleichmut die Quellbäche der Höhen aufnahm, in jedem Frühjahr jedoch zur reißenden Gottesgeißel wurde. Sein Wasser verfärbte sich in der Talmitte von silbrigem Weiß in fauliges Grünbraun; er durchwand verspielt und unbeirrbar den Sumpf eines verlandeten Sees und setzte dann seinen Weg nach Norden fort.

Einst hatte ein gewaltiger See, von Moränenmassen der letzten Eiszeit aufgestaut, diesen Talkessel am Rande der Alpen gefüllt. Wenige Filzflächen, von Bauern und Gütlern zum Torfabstich genutzt, ein unergründlich dunkler Toteissee und der Sumpf am Talende zeigten seine Tiefstellen an. Quellen und Brunnen flossen reichlich; nur einmal, so erzählten die Alten, seien sie in einem heißen Sommer sämtlich versiegt.

Die Ernte auf den Feldern brannte, Menschen und Tiere drohten zu verdursten, bis endlich, in der Augustmitte dieses elenden Jahres, ein großes Unwetter die Qualen von Natur und Kreatur beschloß. Drei Tage dauerten die Sturzgüsse an. Eine derartige Finsternis herrschte, daß sogar in der Tagesmitte in den Stuben Kerzen angezündet werden mußten. Brücken von jahrhundertealtem Bestand wurden in die Fluten gerissen; nur das höher gelegene Kirchdorf wurde vom Hochwasser verschont, das bei den tiefer gelegenen Höfen längst die aus Feldstein und Kalkmörtel gemauerten Fundamente unterspült hatte und zu den Fenstern hereinschwappte. In das Rauschen des endlosen Regens krachten Blitzschläge und hefteten lidschlaglang bleiche Gesichter starr an die Dunkelheit; der über Häuser und Höfe rollende Donner ließ die Erde erbeben. In kurzen Minuten, in denen wieder das mächtige Rauschen hochzog, war das Geläut der Pfarrkirche zu hören: Zwei Höfe waren vom Blitz getroffen und standen bereits in hellen Flammen. Die Alten beteten, die Kinder scharten sich eng um ihre Mütter; Bauern und Knechte, nun Brüder, errichteten Hochwasserbarrieren, die, kaum waren sie erbaut, sogleich wieder unterspült und fortgerissen wurden, und zerrten das brüllende Vieh aus den brennenden Ställen, blind vor Glut und der Angst, von einem sich kreischend aus dem Bund lösenden Balken erschlagen zu werden.

In der Nacht des dritten Tages flauten die Güsse endlich ab. Der Morgen fand Menschen, die sich in seltsamer Zärtlichkeit aneinander gedrängt hatten und die keinen Haß, keine Wut, gegen nichts und gegen niemand, empfanden und wie Kinder in diesen friedlichen Tag blickten. Gleichmütig, als hätte es die Sintflut nie gegeben, stieg die Sonne höher und höher in den gelben und hellgrünen Tag, sangen die Vögel und suchten die Bienen nach Nektar und war die Welt so selig und voller inwendigem Glück wie das Gesicht jenes ertrunkenen Mädchens, das in den Morgenstunden im zerschlagenen Gewirr des Mühlrechens aufgefunden worden war. Das Unheil der vergangenen Tage für ein herrliches Spiel haltend, war es zu nahe an das Ufer des schlammigen Waldbaches gegangen, trat dort auf einen längst unterspülten Graswasen und war, ohne daß auch nur ein Schrei zu hören gewesen wäre, sogleich fortgerissen worden.

Am Fuß des über dem schwarzen Kragen des Bergwaldes zerklüfteten Kalksteingebirges fand sich die größte Quelle, halb im Schatten eines glatten, beinahe senkrecht aufsteigenden Felsens und umstanden von Bäumen mit hellgrünem, schattenspendenden Blattwerk. Des Nachts, so erzählen alte Geschichten, im brausenden Getöse der »Wilden Jagd«, tränken dort die Pferde der grausamen Jäger. Und wirklich, als hätten Urväter auf der Suche nach den Schätzen der Gebirge einen Stollen geschlagen, doch statt funkelnder Edelsteine nur einen nächtlichen See entdeckt, führte eine Öffnung tief in das Innere des Berges.

Zu bestimmten Stunden des Hochsommers fielen die Strahlen der Sonne, gebrochen von wiegendem Laub, auf den Grund des Quelltümpels. Wo der schwarzgrüne Kessel über helleres Gestein abfloß, flatterten Grasfetzen und dünnes, abgestorbenes Geäst tänzelnd in verblockt wirbeligem, nun eisweißem Wasser.

Das Walchinger Tal war seit Urzeiten bewohnt. Auf einer kleinen Anhöhe, die einmal als Halbinsel in den eiszeitlichen See geragt haben mußte, fand der frühere Pfarrherr von Walching kleine, aus Ton geformte Spindelscheiben, die von gelehrten Herren in München der Hallstatt-Kultur zugeordnet wurden. Über romanischem Grundriß war nach einem den Ort verheerenden Brand eine barocke Kirche errichtet worden; im Portal war eine groteske Figur eines fröhlichen, altmodisch sündhaften Dämons zu sehen, doch nur dies und der Ortsname wiesen noch darauf hin, daß hier einst Romanen siedelten. Was sonst noch zu finden sein mochte im mäßig fruchtbaren Talboden, war längst in Generationen überbaut, zerpflügt und zerstört worden. In den Köpfen der Menschen jedoch, bei winterlichen, kienspanbeleuchteten Erzählungen, lebten geisterhafte Bilder fort, als seien nicht schon fast zweitausend Jahre vergangen, vor denen die wilde Frau Berscht und mancherlei Wiesen- und Walddämone verehrt wurden.

Im 17. Jahrhundert hatte man, mehrere hundert Meter über dem Talgrund und dort, wo die steilen Hänge des Bergwalds in die Felslandschaft des Hochgebirges übergingen und wo bereits in alten Zeiten ein geistlicher Fürst nach Silber schürfen ließ, ergiebige Blei- und Galmei-Adern entdeckt. Walching erlebte eine Blüte, denn der Bedarf an Erzen für Krieg und Mechanik war ungeheuer gestiegen. Bergarbeiter aus den Revieren um Innsbruck und aus Venetien siedelten sich an, mißtrauisch beäugt von Bauern und Obrigkeit. Sie hatten gelernt, für ihre Rechte zu kämpfen, waren so mancher Zauberei mächtig, stellten sich gut mit den im Berg wohnenden Geistern und glaubten an nichts. Am Klang des geschlagenen Steins hörten sie, wann dessen Ergiebigkeit zu Ende gehen mußte. Immer neue und kurzzeitig ergiebige Stollen wurden in den Berg getrieben, bis das Bergwerk zum Ende des 19. Jahrhunderts schließlich aufgelöst wurde.

Zuletzt hatte ein vermögender Mailänder sich in zunehmender Verwirrung um all seinen Reichtum gebracht und sich, verbrecherisch verschuldet bei den Stollenholz liefernden Talbauern, in einer Frühlingsnacht davongemacht. Die Knappenhäuser, die Schmelzen und Hammerstuben verfielen rasch. Die aus dicken Kalksteinquadern errichteten Verwaltungsgebäude im Ortskern blieben wie das vergessene Gepäck vertriebener Riesen bestehen. Das Haus des ehedem mächtigen Bergrichters wurde zum Siechenhaus, später zur Gendarmerie und das unbedacht bis nah an den Grundwasserspiegel gebaute Kellergewölbe blieb – wie je – das Gefängnis.

Im Tal wohnten etwa 700 Menschen. Bis dicht an den Dorfplatz waren die Höfe gebaut, und während diese ihre Rückseite mit Stallungen und Misthaufen zumeist dem Platz zuwandten, öffneten sich die Türen des Gasthofs, des Kramers, der Schule, der Gendarmerie und einiger Geschäfte zur Dorfmitte. Der Turm der Pfarrkirche überragte die Dorfhäuser, und die stille Insel des Friedhofs umrundete das Gotteshaus. Dahinter stand das kleine Krankenhaus. Es hätte sich niemand gefunden, der diese Nähe als etwas anderes als höchst Praktisches empfunden hätte. Krankheit galt zumeist nur als eine Vorform des Sterbens, und wer sich, vielleicht zerbrochen im Absturz eines Baumschlittens oder bis nah an den Tod verwundet von den Granatsplittern vor Verdun, als Krüppel zum Ende seines Lebens schleppen mußte, wurde auf den Höfen gehalten und mit dem Nötigsten versorgt.

Von Norden erreichte die aus der Kreisstadt Dornstein kommende Straße den Platz. Im Osten, vorbei am Dorfbrunnen und an einer Reihe hoher Platanen, verließ eine andere Schotterstraße den Ort, wand sich, zwischen im späten Sommer prangenden Feldern, Ähren in blühendem Mohn, über eine Hügelkuppe zum Nachbardorf; zuvor zweigte, noch im Tal und bei einem während der Pestzeit errichteten Kreuzstein, eine schmälere Straße ab. Dieser Weg war nicht breiter, als es für ein Fuhrwerk nötig war; er führte über trollblumengesäumte Bachläufe ins Oberland, stieg zunächst in engen Kehren durch ein steiles Waldstück, welches die Uferböschung des eiszeitlichen Sees bewuchs.

Auf diesem Plateau, das an den steilen Waldhängen des südlichen Massivs endete, und das im Norden von der Schlucht des Waldbachs begrenzt wurde, hatten sich noch etwa ein Dutzend Höfe an weitverstreuten Rodungen angesiedelt. Vorbei am höchstgelegenen Gehöft, einem aufgegebenen Sägewerk, nun als Viehpfad oder Holzdrift dienend, stieg der Weg hoch zum alten Bergwerk. Kurz vor den weit in die Tiefe geschütteten Abraumhalden zweigte noch einmal ein Pfad ab, passierte rindengedeckte Holzfällerhütten, stieg zunächst noch im Schatten des Waldes, dann endlich den Blick auf das Tal öffnend über weißes Gestein, begleitet von Kiefern, grün und rot prangendem Almrausch und einzelnen schiefgestürmten Tannen, schließlich auf harte Grasflächen und verlief sich auf den Sommeralmen.

Vom Gipfel, auf den kein Weg mehr führte, hatten Hirten und Jäger Sicht auf die maßlose Weite der im Wolkenmeer schwimmenden Gebirgsketten des Südens, waren die roten Türme der Dolomiten zu erahnen, das Abfallen des Berglandes ins Lombardische zu den Häfen von Triest und Venedig zu erträumen. Dann und wann trug der Gratwind Töne aus den Tälern empor, und dort, wo die Hand in den Himmel greifen konnte und wo sich nur wenige Schritte weiter Schründe auftaten, aus deren Tiefen mit ewigem Schnee moderkalter Luftstrom zog, schien die Welt zu Ende.

Jedoch keine Lichtung, keine Höhle, keine Quelle im Kar und kein verfallenes Gemäuer waren vergessen. So abweisend das Hochgebirge für Fremde wirken mußte, so sehr war dieses Gebiet Schutz und Versteck für die in den Tälern lebenden Menschen in Zeiten, als Krieg und Verfolgung herrschten, als feindliche Talpasch-Truppen marodierend Höfe brandschatzten oder eifernde Rechtgläubige das Dorf nach Hexen und Zauberern durchkämmten.

Das alles war lange vorbei. Es hatte die brüchigen Farben der Bilder in alten Geschichten angenommen, und wem Natur und Liebe eine schöne Stimme gegeben hatten, wurde meist hochgeachtet, denn die Dörfler liebten Gesang und Geschichten. Doch Wohllaut und Reim endeten für immer vor Verdun, auch wenn noch die fröhliche Ausfahrt der Rekruten, nach der Ernte, mit Wiesenblumen und Gelächter, die Menschen in neugierig gekosteten Rausch versetzten. Auf diesen fernen Feldern ging keiner mehr aufrecht, sangen Schrapnelle heran, fuhren durch Fleisch, Muskeln, Gebein, durchrührten blitzend Augen und Hirne, zerstießen Seelen und führten, unter flirrend lothringischer Sonne, Fliegen und Gewürm in tote, überrascht geöffnete Münder, an deren Rändern das Blut bereits zu mehlig schwarzer Kruste getrocknet war.

Auch jene Wochen, in denen Münchner Arbeiter, Soldaten und die Bauern des Flachlands den König vertrieben, wurden in Unruhe und Verwirrtheit durchlebt. Freilich hatten die Walchinger damals keinen großen Rumor zelebriert, wurde kein Großbauer an die Laterne geknüpft (weil es gar keine Straßenbeleuchtung gab, und weil dieser und jener ein Geschwisterkind oder ein Firmpate der Hälfte derer war, die da im Gasthaus tolle Reden führten?), wurde kein Fensterglas zerschlagen und kein Gebäude angesteckt (weil die Handwerksgesellen und Bauernknechte nur zu gut wußten, daß sie es sein würden, die sie wieder aufzubauen hätten?). Auch der Pfarrer von Walching war geschützt durch die kraft ihrer anerkannt heiligmäßigen Redlichkeit allseits geachtete Haushälterin, welche damit drohte, jeden der gottlosen Bauernbündler und Bolschewisten mit eigenen Händen zu erwürgen, wenn diese es wagen sollten, »insern hochwirningen geistlingen Herrn« ein Leid anzutun.

Aber warum war nun, als dies alles vorüber war, kein Frieden mehr möglich? Kein versöhnlicher Trinkspruch, wie er auch nach der wildesten Rauferei üblich war, und der die Zankhähne wieder zueinanderführte? War denn viel mehr geschehen, als daß einige im Dorf für eine sozialistische Revolution eintraten, und die anderen dies für einen ausgemachten Schmarren hielten? Vor allem der Pfarrer schien tödlich beleidigt. Entsetzt hatte er die gottlosen weltanschaulichen Eruptionen in seiner Gemeinde miterleben müssen; seiner Gemeinde, die er so gut im Griff seiner stets trefflich präparierten sonntäglichen Predigten wähnte, und die ihm nun den Alptraum von der Wiederkehr der Montgelas'schen Freigeisterei bescherte.

Ein nutzloser, unguter Keil war zwischen die Menschen geschlagen. Von jenem, der beim Schmied den Hammer schwang, war nun zu fürchten, er könne ihn im nächsten Moment als Mordwaffe benutzen, und von einem anderen, der am Wetzstein sein Messer schliff, gingen düstere jakobinische Anmutungen aus. Das Morgengeläut klang dem einen wie Frieden, dem anderen wie Krieg. Geräusche, Gelächter, Wörter – hörte einer daraus Glück und Hoffnung, so vernahm der andere Lüge und Drohung. War es die Erfahrung des Krieges, die plötzlich die Idee aufbrachte, es könne Wichtigeres geben als das Leben? Die Glorie einer Nation etwa? Wenn in bebender Zärtlichkeit geborenes Leben nicht mehr zu sein schien als ein, je nach Nutzen und verrückter Laune, beliebig verfügbares Futter für Gewehrkugeln und Granaten, war es dann nicht wertlos? Mußte es dann nicht Höheres geben, das dem einen Sinn gab, wenn Leben so beiläufig, so grausam zerstoßen werden durfte? Der Gott in den Kirchen schwieg, und die anderen, uralten, waren zu Figuren in kinderschreckenden Märchen verkommen. Mürbe zerfiel, was Jahrhunderte gegolten hatte, ein gefährliches, uraltes Flechtwerk aus Fremdheit und Irrsinn schien sich wieder auszubreiten, und die Zeit löste sich aus der bedächtig kreisenden Spirale, schoß jetzt kalt und ziellos voran.

3

Bereits im Spätherbst war auf Gipfeln und Hochalmen Schnee gefallen. Längst waren die auf die Höhen führenden Steige nicht mehr passierbar, und unter dem die Pfade bedeckenden Schnee lauerte die Gefahr, auf eine Fläche vereisten Schneewassers zu treten, den Halt zu verlieren und in die Tiefe zu fallen. Nur die Spuren des Bergwilds führten, furchtlos und unbedacht, vorbei an Steilhängen über atemberaubenden Tiefen.

Schon seit Tagen hatten die Dörfler den Schnee gerochen, bis auch hier, in den ersten Dezembertagen des Jahres 1922, sich die herbstbraunen Flächen des Bauernlandes mit dünnem, in der Sonne glitzerndem Weiß bedeckten. Noch waren die Furchen der Äcker darunter zu erkennen, hackten späte Krähen darauf nach der Saat, und noch war es ein Leichtes, mit wenigen Strichen des Reisigbesens vor den Läden des Dorfplatzes das nun zunächst weiß, dann naßgrau verfugte Kopfsteinpflaster freizulegen. Im Oberland jedoch mußten die Wege bereits mit großen, hölzernen Pflügen geräumt werden und kamen die dort lebenden Kinder des Morgens mit Skiern zur Schule.

Die Arbeit auf den Feldern war nun endgültig beendet. Die Tage waren ruhiger geworden und die bedächtige, feierliche Heimeligkeit der Adventszeit legte sich auf Gesichter und Bewegungen. Noch mühevoller als zuvor tappten die Alten, sich auf Stöcke stützend, durch den Ort, und noch bitterer wurden die früh hereinbrechenden Abende für die, die der erst vor einigen Jahren zu Ende gegangene Krieg oder ein anderes Schicksal freudlos und einsam gemacht hatte. Die Kammern der wohlhabenden Bauern waren gut mit Lebensmitteln gefüllt, und das gehackte Brennholz war hoch an die Häuserwände geschichtet. Die Störnäherinnen hatten Arbeit, stapften von Hof zu Hof, flickten, besserten aus und verteilten die jeweils erfahrenen Neuigkeiten mit hintersinnigem Bedacht. Das höllische Charivari von Krampus und Berschten war längst vergessen, als hätte der unbeirrt heranstapfende Winter alle Tollheit zu Stille und Frieden gezwungen.

An diesem zweiten Adventssonntag hatte die Dämmerung schon früh eingesetzt. Eine dichte Wolkendecke, die im Oberland bis an die Erde stand, hatte das Tal überspannt; es war kalt geworden, und ein feiner, dann wieder heftiger Wind trieb weiche Flocken und Graupel über die Flächen, verlor sich mit dünnem Singen im Bergwald und wuchs, nach Sekunden der Stille, wieder an.

Dort, wo sich der steile Waldweg durch den Oberland und Dorf trennenden Wald bald zur ersten Rodung öffnen würde, gingen drei Männer. Noch boten die massigen naßglänzenden Stämme Schutz. Dennoch kroch Kälte heran, brannte sich unter die wollenen Umhänge, deren zerfranste Ränder vereist über den Boden schleiften, durch Leinenhose und Hemd an die Haut. Ihre schlechten Schuhe hatten die Männer mit Lappen umbunden; längst waren sie zu starren, das Gehen beschwerlich machenden Klötzen gefroren. Die Männer gingen langsam. Sie schwiegen, und nur dann und wann kam keuchender Atem, Husten und ein Fluch über ihre Lippen.

Der Weg ebnete sich wieder. Die merklich hellere Fläche der Rodung lag vor ihnen. Wieder fegte Wind mit Gewalt heran, zerrte an den Umhängen, flappte die Hutränder tief über die Augen und wieder zurück.

Überrascht standen die Männer still und verkniffen die Gesichter zu schützender Grimasse, welche die braun zerfressenen Zahnreihen des Oberkiefers sehen ließen, als gälte es, ein Untier abzuwehren. Dann setzten sie ihren Weg fort. Der närrisch wechselnde Schneewind, einmal zärtlich und beinahe lind, dann wieder mit bösartiger Wucht, riß urplötzlich die Sicht auf ein Gehöft am oberen Waldrand auf, das, wie ein stilles Grenzhaus, das Tor zum Waldland zu bewachen schien. Kurz war warmer Lichtschein aus einem der Fenster zu erkennen gewesen, bevor die Wolkenwand sich wieder verschloß. Die Männer gingen schneller, stolperten, rissen das eine und andere Mal haltsuchend an den Umhängen des anderen, voller Hoffnung auf die Wärme einer Bauernstube, auf freundliche Reden und köstliche, von der Bäuerin in Fett gebackene Krapfen. Ein Hund schlug zornig an. Die drei Männer, die nun den Platz vor dem Gehöft erreicht hatten, kümmerten sich nicht darum. Auch darauf, daß aus dem Wohnhaus kein Ton zu hören war, achteten sie nicht. Sie stellten sich nebeneinander auf: ein, soweit es unter dem Umhang zu vermuten war, schmächtiger Mann mit tiefliegenden, zigeunerischen Augen, dessen zottig dunkle Haare unter dem Hut über die Stirn fielen, dann eine etwas kräftigere, rundgesichtige und an den Wangen über den Bartstoppeln mit Ruß beschmierte Gestalt und ein junger Mann mit breitem Gesicht, eingefallenen Wangen und traurigem Blick, der jetzt einen zerdrückten, früher einmal goldfarbenen Stern hervornestelte, ihn ungeschickt glattstrich und sich vor die Brust hielt.

»He holla, die Klopfer sind da!«

Der Erste hatte es gerufen. Längst hätte sich die schwere Eingangstür öffnen, Bauer und Bäuerin und dahinter eine Schar neugieriger Kinder hervortreten müssen, doch nichts geschah. Die Männer sahen sich an. Dann begannen sie.

»Wir ziehen daher
so spaad in der Nacht
weil heut ist die heilige Klöpfelnacht ...«

Schon der Einsatz ging gründlich daneben; einer der Männer schien gar nur die Lippen zu bewegen, und was den Kehlen der beiden anderen Wanderer entkam, wäre auch beim besten Willen nicht als Gesang zu bezeichnen gewesen. Die Tonlage schien sich von Silbe zu Silbe zu verändern, und die Stimmen der Männer klangen laut, wie von Rauch und Schnaps gebeizt und waren ohne jede Schönheit.

»Wir ziehen daher
über Wiesen und Klee
und hüten dem Bauern sein
Korn und sein Vieh
seine Rinder und Ross',
Schafeln und ...«

Sie schwiegen.

»... und Säu!« flüsterte der Untersetzte.

Der andere winkte ab. Nichts hatte sich bewegt, und nichts außer das nun schon heiser gewordene Gebell des Hundes und das zornige Gerassel seiner Kette war zu hören. Dann schwieg auch er, atmete keuchend und stand, starr auf die Ankömmlinge blickend, abwartend da.

Der Zigeunerische machte eine kleine Kopfbewegung zu den anderen und ging auf die Haustüre zu. Sofort schlug der Hund wieder an, und als nun alle drei zum Haus gingen und die Tür vorsichtig öffneten, steigerte er sich zu tobendem Gekläff.

»Ist niemand daheim?« rief der Vorangegangene in den düsteren Flur, dessen hinterer Abschluß sich im Dunkeln verlor. Der Hund war nur noch von fern zu hören.

»Ist niemand daheim?!« wiederholte der Mann, wartete aber keine Antwort mehr ab und öffnete eine Tür.

Zögernd betraten sie die Stube. Die Flamme des Kienspans, dessen Licht sie von der Weite aus gesehen hatten, war schon fast bis zur in der Wand eingelassenen Halterung heruntergebrannt. Der Raum war noch warm, aber im Ofen schien bereits kein Feuer mehr zu brennen. Es war still. Die Männer sahen sich vorsichtig um. Saß in der Nische hinter dem großen Ofen vielleicht ein Ahne, vergessen und versponnenen Geschichten nachhängend, schweigend, blind versonnen in Gesichte der Vergangenheit?

Die Tür zur Küche stand offen. Auf dem offenen Herd knisterte leise herabgebrannte Glut. »Da!« Einer hatte die Tür zur Speisekammer entdeckt, sie aufgerissen und auf ein Regal gezeigt: Da standen, säuberlich aufgereiht, Töpfe, Kannen, trocknendes Obst und eine Schale voller Krapfen, die von der Bäuerin wohl bereits vorbereitet waren. Eine kleine Fensternische erleuchtete den niedrigen Raum, in dem die Männer nun in Töpfe und Kannen griffen, sich schmierig die Münder stopften mit Krapfen, Topfen und Käse und zuletzt einen Krug voller Rotwein – den die Bauern als Medizin gegen die weitverbreitete Blutarmut vieler Kinder aufbewahrten – entdeckten. Der Zigeunerische kicherte, setzte den Krug an und trank mit heftigen Zügen. Dann erstarrte er. Ein Geräusch!

Auch die anderen hielten inne und horchten. Der Hund bellte nur noch selten.

»Schschtt!«

Vorsichtig den Riegel mit den Fingern sichernd, öffnete der Zigeunerische die Tür und betrat, geduckt wie ein witterndes Tier, die Tenne.

Er schloß die Tür hinter sich. Es war dunkel; durch den Spalt der geöffneten Haustür fiel ein fahler Lichtschein nicht weiter als bis zur Mitte des Ganges. Zornig über das rauschende Pochen seines Blutes starrte der Zigeuner gespannt nach hinten, erkannte die Umrisse einer Holztreppe und dahinter die in Remise und Stall führende Tür. Sie stand einen Spalt offen und schlug nun, da wieder ein heftiger Windzug das Gehöft umheulte, knarrend ins Schloß.

4

Wenn Kriminalrat Pointner bei öffentlichen Aufmärschen Befehle rief, bei Beerdigungen verdienter Dornsteiner Bürger mit würdigen Worten die Taten der Dahingeschiedenen beschrieb, wirkte er trotz seiner kleinen, rundlichen Statur als respektheischende Persönlichkeit. Viel davon war jetzt nicht mehr zu erkennen. Sein Gesicht hatte die übliche leichte Rötung verloren, winzige Schweißperlen hatten sich auf seiner Stirn gebildet. Seine Virginia war ausgegangen. Das war ihm zuwider. Doch was er noch viel tiefer haßte, waren Aufregungen.

»Verzeihung, Herr Kriminalrat, ich...«

Inspektor Kajetan war schnell an den Tisch des Vorgesetzten getreten und machte eine verlegene Handbewegung, mit der er andeuten wollte, daß er sich, als Kriminalrat Pointners zorniger Ruf endlich zu ihm durchgedrungen sei, im Aktenarchiv aufgehalten hatte. In diesem dämmerigen, stockig riechenden Raum, in dem er sich die meiste Zeit aufzuhalten hatte, wenn er nicht gerade, selten genug, zu Ermittlungen geringer Bedeutung abkommandiert wurde. Daß man ihn, den wegen zwielichtiger Verfehlungen von München an die Dornsteiner Polizeiinspektion Strafversetzten, sonderlich schätzte, konnte nicht behauptet werden, wenngleich die lobenden Worte des Landrichters sich herumgesprochen hatten.

»Es gibt keinen Grund, sich auf Lorbeeren auszuruhen, Kajetan.« Der Kriminalrat sog an seiner eben angezündeten Virginia. »In Walching«, er blies den Rauch aus und setzte erneut an, »in Walching ist ein junges Ding tot aufgefunden worden.«

»Mord?«

»Mord«, bestätigte Pointner ungeduldig, »würde es die Kriminalpolizei kümmern, wenn sie in der Surmgrube ersoffen wär?«

Kajetan sah zum Fenster.

»Und ums gleich kurz zu machen: Sie fahren dorthin und ermitteln. Das wird Sie bestimmt nicht überfordern, auch wenn ein Münchner sich mit den Berglern nicht so gut auskennt. Die Täter sind nämlich bereits festgesetzt. Es sind also nur noch gewisse Formalitäten. Von denen ich allerdings erwarte ...«

Er sog erneut und blies den Rauch in den Raum.

»Jawohl, Herr Kriminalrat?«

»... daß sie mit äußerster Zuverlässigkeit ausgeführt werden.« Bevor Kajetan »Jawohl, Herr Kriminalrat« antworten konnte, fuhr Pointner schnell fort:

»Sie fahren noch heute rein.«

Pointner schien das Erstaunen des Inspektors bemerkt zu haben. »Heute noch«, sagte er bestätigend, »es geht auf die Feiertag' zu, und ich will keine Unruh im Bezirk. Sie wissen, daß ich so etwas dick hab.« Wieder stieg eine Rauchwolke zur Decke.

»Wissen Sie überhaupt, wo das liegt?«

Kajetan nickte schnell. Er wußte es nicht. Natürlich war der Name dieses Ortes schon in den Akten aufgetaucht: Tödlich zu Sturz gekommen ein Fuhrmann auf der Straße von Fraunreuth nach Walching. Der Delinquent geboren in Vill, Gemeinde Walching, Post daselbst, Bezirk Dornstein. Die Anklage gegen wildes Berschtentreiben in den Rauhnächten vor dem Anwesen des Trauner, Weiler Höllbach, Gemeinde Walching, Bezirk Dornstein ...

»Eine Pfarrei, südlich von Dornstein, nicht weit von der Grenze. Packens Ihr Zeug, Sie übernachten in der Post. Zwar«, unterdrückte Pointner ein Husten, das für Sekunden seinen kräftigen Körper aufzublasen schien, »zwar scheint die Sach an sich schon klar zu sein, aber schauns trotzdem nach Zeugen und all dem, was ich für den Rapport nötig hab. Noch Fragen?«

»Jawohl, Herr... nein, Herr Kriminalrat.«

Die Hand mit der Virginia machte eine Bewegung zur Tür. Kajetan wandte sich zum Gehen.

»Ach ja, und noch was: Ihren Rapport will ich so bald wie möglich, und wenn Sie ihn im Postauto schreiben müssen. Informieren Sie mich außerdem sofort, wenn sich Ungewöhnliches ergeben sollte.«

»Ich hab gedacht...«

»Da schau her.«

Kajetan schwieg verletzt.

»Ungewöhnliches halt, Kajetan. Nichts ist gewiß außer dem Sterben, nicht wahr?«

»Jawohl.«

»Wegtreten.«

Kajetan ging schnell aus dem Zimmer des Kriminalrats, durchquerte das Vorzimmer und wollte eben auf den Gang treten, als sich gleichzeitig die Tür öffnete und die Schreibhilfe des Kriminalrats lächelnd vor ihm stand.

»Du mußt nach Walching, gell?« sagte sie leise, ging wieder zurück und wies ihn, ihr zu folgen. Auf dem breiten Flur war niemand zu sehen.

»Wieso weißt Du schon wieder alles?« Er sagte es mit gespielter Verwunderung.

Sie zuckte hochnäsig die Schulter. »Mir kommt halt nichts aus, Paule.«

»Spaß beiseite, Agnes«, er wurde wieder ernst, »wieso

schickt er gerad mich? Der Wimmer und der Aschenbrenner, die kennen sich doch da unten viel besser aus.«

»Der Wimmer ist seit heut im Krankenstand.«

»Und der Aschenbrenner?«

»Ist auf dem Gericht.«

»So.«

»Ja.«

»Aha.«

»Sei doch froh, kommst an die frische Luft«, sagte sie tröstend und berührte seinen Arm, »aber paß auf.«

»Auf was?«

»Die Walchinger sind Dickschädel. Ein Granitblock ist ein Badschwamm dagegen.«

»Hast Du etwa Verwandte da unten?«

Sie gab ihm eine zärtliche Ohrfeige. »Nein ... aber kannst Du Dich noch an den Aufstand erinnern, den die Walchinger dagegen gemacht haben, daß die Eisenbahn durch ihr Tal gebaut werden sollt?«

»Das waren die Walchinger?«

»Das waren die Walchinger«, bestätigte sie, »und deswegen mußt Du mit dem Postauto fahren. Es fährt um vier Uhr ab.«

»Dann wird es nichts mit uns heut abend, Agnes. Ich hab mich drauf gefreut.«

»Bist ja nicht aus der Welt. Schick Dich, mach mir keine Schand und poussier nicht mit anderen Weibern, hast Du gehört?«

Er schnappte in gespielter Empörung nach Luft, aber sie hatte bereits die Tür geöffnet und wiederholte nun mit lauter Stimme: »Um vier Uhr, Herr Inspektor! In einer guten Stunde sind Sie drin'. Alles Gute! Wiederschaun, Herr Inspektor.« Sie zwinkerte ihm noch kurz zu, ging in das Vorzimmer und schloß die Tür.

Kajetan ging den dämmerigen Flur entlang, stieß an die

niedrige Schwelle zum Treppenhaus, stolperte, hielt sich am Türrahmen fest und lächelte selig.

5

Der Kondukteur, ein hagerer Mann, aus dessen hohlwangigem Gesicht die Spitzen eines schwarzen Schnurrbarts standen, hatte sich halb umgedreht und seine Passagiere gemustert, als suche er nach einem entsprungenen Zuchthäusler, der sich ausgerechnet mit seinem Postbus davonmachen wollte. Der Motor lief bereits.

Fast alle Bänke waren besetzt. Zwei ältere Frauen unterhielten sich leise über den schmalen Mittelgang hinweg, rafften, als nun eine junge Bäuerin einstieg, ihre Röcke zur Seite und griffen sich unter das Kinn, als wollten sie den Knoten ihrer Kopftücher lockern. Die junge Bäuerin trug einen offensichtlich schweren Korb und führte mit der anderen Hand ein etwa vierjähriges Kind, das wiederum einen kleinen Jungen, fest in wollene Jacke und Hose gepackt, mit sich zog. Ihr folgten zwei ältere Mädchen, deren lange Zöpfe aus den Kopftüchern hingen. Sie wich den verhaltenen Blicken der Männer aus, bugsierte ihre Fracht auf einen der hinteren Sitze und schien einem der älteren Mädchen etwas zuzuzischen. Unmittelbar hinter dem Fahrer hatte eine städtisch gekleidete Frau mittleren Alters Platz genommen. An ihrer Seite saß ein schüchtern dreinblickender, dicklicher Junge.

Der Fahrer erhob sich, fixierte ein letztes Mal seine Passagiere, legte im Zurücksinken den Gang ein und fuhr los. Während die Straßen der Stadt noch schneefrei waren, säumten jetzt, nachdem die Außenbezirke der Stadt bereits hinter leichten Erhebungen verschwunden waren, niedrige Schneewehen die breite, geschotterte Chaussee, die in großzügigem

Bogen nach Süden wies. Die Sonne, die in den Nachmittagsstunden aus den Wolken gebrochen war, warf bereits lange Schatten, als der Wagen den Saum eines Waldstücks erreichte. Von beiden Seiten neigten sich die kahlen Äste über die enger gewordene Straße, die sich bald wieder auf eine weite Ebene öffnete. Kajetan sah aus dem Fenster. Wie sich in der nun hügeliger werdenden weißen Fläche einsame Gehöfte, einzelne Wegbäume und dann und wann ein langsames Fuhrwerk in den Blick drehten, als säße er auf einem undenklich weiten Karussell, lenkte ihn ab. Ein alter Mann ging auf der rechten Wegseite und stieg weit in die Wächten, als ihn der Postwagen überholte und ihn kurz mit neblig warmen, nach Stadt und Ferne duftenden Auspuffgasen verhüllte.

»Bittschön, Herr!« Die junge Bäuerin war, an ihm vorbei, aufgestanden und ging nun schwankend nach vorne. Der Fahrer nahm den Blick nicht von der Straße, als sie ihm etwas zuflüsterte, trat dann auf die Bremse und schimpfte. Als der Wagen stand, holte die Frau mit hochrotem Gesicht ein weinendes Kind und ging mit ihm an den Straßenrand, wo es sich erbrach. »Immer das Gleiche«, brummte der Fahrer noch einmal, als er die Fahrt endlich fortsetzen konnte.

Immer mehr Fahrgäste hatten in kleinen Orten, deren Namen der Kondukteur nicht sonderlich laut ausrief, den Wagen verlassen. »Öha!« das ist ein Ruf, mit dem die Fuhrleute die Pferde zum Halten bringen, hatte ein älterer Bauer gerufen, als er in einen munteren Schwatz vertieft, fast das Aussteigen vergessen hätte. Alles lachte befreit, und auch der griesgrämige Fahrer mußte schmunzeln. Über den Kuppen der Landschaft näherte sich das Gebirge, dessen Gipfel noch den roten Schein der untergehenden Sonne fingen. In den enger werdenden Talböden war die Dämmerung schon weit fortgeschritten, und das mochte der Grund gewesen sein, warum das Fahrzeug in einer nach unten führenden Kurve plötzlich zum Schlingern kam. Die Fahrgäste hielten den Atem an. Schwitzend werkte der Kondukteur, um den Wagen wieder aus einer hohen Wächte zu lenken. Langsamer fahrend, erreichte er schließlich eine Anhöhe, von der sich ein weites, fast rundes Tal öffnete. Der Himmel im Westen warf blaßrotes Licht auf ferne Wolkenbänder. Schemenhaft waren die Gebäude des Dorfes zu erkennen.

»Walching, letzte«, rief der Fahrer und lenkte den Wagen auf den Dorfplatz.

An: Mrs. Hakansen Philomena, Manheim Pennsylvania, Vereinigte Staaten von Amerika.

Von: Mayr Adam, Post Walching, Kreis Dornstein Obb. Deutschland.

Lb. Schwester und lb. Schwager!

Ich danke Euch für Euren lb. Brief. Wie geht es dir lb. Mena und dem kleinen Tomerl. Er muß schon groß sein und Ihr habt gewiß viel Freud an ihm. Denkst Du noch an Deine Heimat. Aber in Amerika ist es bestimmt schöner und Du hast ja auch einen braven Mann gefunden. Ich habe noch nicht gehochzeitet. Ich bin halt nichts Rares mehr mit meinen fünfundvierzig Jahren. Mein Salär als Wachtmeister ist nicht so gut daß sich eine die Finger danach abschlecken möcht. Denkst Du noch an deine Heimat. An die Mooshütten die wir im Wald gebaut haben und du immer so eine Angst vor den Schlangen gehabt hast und der Hr. Pfarrer uns erwischt hat beim nackert sein am Gumpen. Dies Jahr war der Herbst wie ein Wunder so schön, rot alle Bäum und eine Sonn wie im Frühjahr. Vor etliche Tag hat es geschnieben und alles ist still und todt. Bei den Berschten am Nikolaustag hab ich streng auf dem ki-wif sein müssen, damit sie nichts anstellen. Sie werden jedes Jahr wilder. Die Bäckin hat bei mir Klag geführt deswegen du kennst sie ja die Bäck Agerl ihr Mann ist auch schon verstorben und der Egid von der Wagau hat bei ihnen eingeheiratet. Er ist ein rechter Lapp und hat nichts zum Lachen bei der Agerl heißt es aber ich hab nichts gesagt.

Aber nichts Schlimmeres kann man sich denken als was in der zweiten Adventsnacht über uns gekommen ist. Das Erber Sannerl von der Wieser Kat dem Erber sein angenommenes Kind ist erschlagen worden. Die Kat ist auch schon gestorben und wer der Kindsvater war hat sie nimmer gesagt Gott sei ihr gnädig die gute Kat. Gestern nacht ist der Erber vom Oberland du kennst den Simon und sein Vater und die Mutter sind auch schon verstorben mit dem Hr. Bürgermeister auf die Wach gekommen und der Erber war ganz auseinander und hat geschrien, das sollt ihr mir büßen, und gesagt, daß das Sannerl erschlagen worden ist. Wir sind gleich rauf in der Nacht und alles war taghell von den Lichtern und in all dem Rumor war die Erberin still wie ein Stein. Der Hutter vom Oberland du kennst ihn hat Fußstapfen gefunden zur Lötzermahd und da haben sie die Mörder herausgeholt, bis ich dazwischen gegangen bin weil sie sie gleich erschlagen möchten haben sie geschrien. Was tun die Leut allerweil so und wenn sie einen Grund haben erschlagen sie andere wie Vieh und sagt alles, es war keine Untat. Je mehr sie in die Kirch rennen desto mehr denk ich mir, du bist auch einer, dem müßt ich bloß den Säbel geben und du tätst deinen Nachbarn den Kopf abhauen. In der Früh hab ich nach Dornstein telephoniert und der Hr. Kriminalrat Pointner hat mir gesagt, ich soll ja nur Wacht halten und daß keine Unruh ist im Dorf und daß er einen Inspektor hereinschickt. Das Telephon ist auch neu gemacht worden beim Hr. Bürgermeister und elektrisch hat er auch und bildet sich mords was drauf ein, aber viele sagen da braucht es nicht soviel Licht und ist die Binder Frieda beim Schmelzbräu schon an das Elektrische gekommen und fast verstorben daran…

6

Mit einem zornerfüllten Schrei hatte Luk die Tür des Gasthofs aufgedroschen und die Menge auf dem Dorfplatz zum Schweigen gebracht. Nun stand seine hohe, hagere Gestalt vor schwach ausfallendem Licht. Er hob einen Laib Brot wie eine Monstranz in die Höhe. Dann ging er los.

»Der spinnerte Luk!« Die Menschen, die sich vor der Gendarmerie angesammelt hatten, wichen zurück. Luk ging in schrecklicher Feierlichkeit auf zwei junge Männer zu, die seine Absicht erahnten und sich ihm in den Weg stellen wollten. Er durchbohrte sie mit Augen von derartiger Wildheit, bis sie schließlich mit gesenkten Köpfen zur Seite traten.

»Was willst Du, Luk?!« schrie Wachtmeister Mayr, der zuvor verzweifelt versucht hatte, der tobenden Menge den Zugang zum Gefängnis zu versperren. Der Verrückte antwortete nicht, hielt den Brotlaib höher und kam langsam näher.

Der Wachtmeister wollte einen Schritt auf ihn zugehen, rutschte jedoch auf der obersten Stufe der kleinen Vortreppe aus und fing sich an der Türklinke. Wie benommen öffnete er die Tür zum Gefängnis, ließ den Mann hinein und stellte sich mit verwirrtem Gesicht wieder davor. Er suchte nach Worten, hob die Hände, doch niemand sagte ein Wort. Dann tauchte Luk hinter ihm wieder auf, die Untiere hatten ihn nicht zerrissen, und ging, nun mit einem glucksend anwachsenden Gelächter, wieder zurück.

Vor der Tür des Gasthofes drehte er sich um.

»Schießts!« schrie er und hob die Hände. »Schießts!«

Er lachte und verschwand im Gasthof. Dann brach wie ein geborstener Damm erneut Empörung auf. »Laß uns rein, Adam, wir machen kurzen Prozeß!« Der Wachtmeister hob hilflos die Hände. Dann sah er den Postbus.

»Mörder! Grattler! Hängt sie doch gleich auf!« tönte es wieder, doch Mayr hörte nicht mehr hin. Er prüfte den Sitz seines Säbelgurts, hob den Kopf und eilte zur Haltestelle.

Das mußte der Inspektor sein.

»Sie sind gewiß von der Bezirksinspektion, Herr Inspektor ...?«

»So ist es.«

»Wachtmeister Mayr Adam, Herr Inspektor.« Der Dorfpolizist hatte sich leicht verneigt.

»Kajetan, Kriminalinspektor. Habe die Ehre... Sagen Sie, bei Euch gehts ja zu wie auf dem Viehmarkt.«

Der Wachtmeister wandte sich um. »Jetzt gehts endlich heim, herrgottnochmal! Wo schon der Herr Inspektor da ist! Wie steh ich denn da!« rief er erbost.

Das schien zu wirken.

»Bitteschön, Herr Inspektor«, er drehte sich wieder zurück, »gehen wir doch gleich rüber zum Bürgermeister, der wartet schon auf uns.«

Er deutete auf ein Gebäude – »dort, bitteschön, Herr Inspektor« – gegenüber der Gendarmerie. Daß es sich um ein Gemeindeamt handelte, war nur an einem handgemalten, bereits verblaßten Schild zu erkennen, welches über den Türsturz genagelt war. Neben dem Eingang hing eine Anschlagtafel: eine vergilbte Wahlaufforderung, ein neuerer Aushang über die Pflicht zur Ablieferung von Waffen, gemäß Reichsgesetz Numero soundso.

Bürgermeister Thomas Lindinger war gleichzeitig der größte Bauer im Dorf. Er befand sich in der Mitte der Fünfziger, hatte eine kräftige Statur und bewegte sich mit großbäuerlicher Würde. Was dieser Tage jedoch über das Dorf hereingebrochen war, erfüllte ihn mit Unruhe. Er erhob sich von einem Stuhl und ging schnell auf die beiden Ankömmlinge zu, wobei er den Wachtmeister ignorierte.

»Habe die Ehre, Herr Inspektor. Lindinger, mein Name, Bürgermeister von da.«

Kajetan ergriff die kräftige Hand und stellte sich vor.

»Hocken Sie sich doch hin, Herr Inspektor.«

Der Bürgermeister wies auf einen Stuhl und nahm wieder Platz. »Adam …!«

Der Wachtmeister sah irritiert zum Bürgermeister.

»… der Mantel!«

Jetzt begriff Mayr und half Kajetan, der dies abwehren wollte, aus dem Mantel.

»Jetzt sagen Sie einmal selber, Herr Inspektor«, begann der Bürgermeister, »darf es so etwas geben? So eine furchtbare Geschichte grad jetzt, wo es auf die Feiertage zugeht.«

Mayr nickte bestätigend.

»Aber«, fuhr Lindinger fort, »viel Müh werden Sie nicht haben. Diese Grattler, die wo das Dirndl umgebracht haben, haben wir schon eingesperrt.«

»Ist mir schon gesagt worden. Meinen Respekt! Wenn's nur immer so leicht gehen tät.«

Der Bürgermeister genoß das Lob, wurde dann jedoch wieder ernst. »Na, so wild war es nicht. Vom Erberhof, wo die Sanne daheim war …«

»Sanne, das ist das Mädchen, das …«

»Die Erber-Sanne, so ist es. Die erschlagen worden ist. Also, vom Erber aus sind Fußspuren weggegangen. Denen sind wir einfach nach, ich, der Wachtmeister, der Erber, der … Wer war noch dabei, Adam?«

»Der Hutter, der Bäck, der Steinberger und …«

»… die fallen uns schon noch ein, die anderen. Die Spuren sind direkt zum Heustadel bei der Lötzermahd gegangen …«

Kajetan beugte sich fragend vor.

»Die Lötzermahd ist dem Lötzer seine Mahd«, erklärte

der Bürgermeister nachsichtig und setzte hinzu, langsamer sprechend, »das ist die Wiese vom Lötzerbauern im Oberland.«

»Verstanden«, nickte Kajetan mit leichter Ungeduld, »redens nur weiter. Im Heustadel haben Sie also die Täter gefangen. Wieviel waren es?«

»Drei«, hatte der Bürgermeister geantwortet, obwohl Kajetan den Wachtmeister angesehen hatte, »wir haben sie ins Dorf runtergebracht und im Keller von der Gendarmerie eingesperrt.«

»Dann werden sie ja alles bereits zugegeben haben, nehm ich an.«

Lindinger hob die Augenbrauen besorgt und sah zum Wachtmeister. »Noch... nicht, Herr Inspektor«, stotterte Mayr. Der Bürgermeister seufzte, fingerte nach einem Bleistift und legte ihn wieder fort. »Aber dafür sind Sie ja jetzt da, Herr Inspektor«, sagte er hoffnungsvoll. Als Kajetan nicht sofort darauf antwortete, setzte er hinzu: »Ich möcht halt, daß bald wieder eine Ruhe ist in unserer Gemeinde. Muß jetzt so eine Gaudi sein, grad jetzt, wo es auf die Feiertage zugeht...«

Kajetan unterbrach ihn. »Was sind's denn für welche?«

»Was?«

»Na, die Ihr erwischt habt?«

»Die haben sich schon seit ein paar Tagen in der Gegend rumgetrieben. Gedacht hat sich keiner was, weil um die Zeit allerweil die armen Schiffleut als Sternsinger auf Klöpflreis gehen...«

»Auf was?«

»Klöpflreis«, erklärte der Bürgermeister, »das ist ein alter Brauch. Da gehn arme Leut von Haus zu Haus, sagen dem Bauern ein Sprüchl auf und kriegen was zum Essen. Oder auch ein paar Kreuzer, wenn ein Geld im Haus ist. Sie kommen meist von Oberndorf, auf der anderen Seite vom Jochberg liegt das ...«

»Ach so.«

»... aber ich muß sagen, früher«, der Bürgermeister seufzte wieder und sah nach draußen, »früher, da war das noch ganz was anderes, da ...«

»Wann ist die Tote denn gefunden worden?«

»Um ...«, begann der Bürgermeister, doch Kajetan winkte ab und wandte sich an den Wachtmeister. Dieser nahm unwillkürlich Haltung an.

»Um, warten Sie, so um sechs Uhr dürfte das gewesen sein.«

»Was heißt das: dürfte?«

»Weil der Erber gegen sieben zum Bürgermeister gekommen ist ...«‹

Jetzt konnte sich Lindinger wieder einmischen: »... war ganz auseinander und hat geschrien: Die Sanne haben sie umgebracht, die Sanne ist tot! Ich sitz grad mit meiner Frau beim Nachtmahl, da geht die Tür auf und der Erber kommt herein und ...«

Von draußen war wieder lautes Geschrei zu hören. Mayr war ans Fenster getreten und hatte in die Dunkelheit geschaut. Nun unterbrach er Lindingers Erzählung. »Thomas ... Herr Inspektor, ich muß rüber. Da sind wieder ein paar beim Gefängnis. Besoffene, fürcht ich.«

Kajetan nickte besorgt. Der Wachtmeister verließ schnell den Raum.

Der Inspektor wandte sich wieder dem Bürgermeister zu, der sich ebenfalls erheben wollte. »War die Sanne dem Erber seine Tochter?«

»Nein. Ein Pflegekind. Das haben hier viele Bauern. Meist sind's ledige Kinder oder Waisen aus der Verwandtschaft.«

»War sie Waise?«

Lindinger schüttelte den Kopf. »Sie ist von einer Dirn auf dem Erberhof, die schon vor dem Krieg gestorben ist. An der Bleichsucht. Furchtbar.«

»Und einen Vater gibts nicht?«

»Nur dummes Gerede.«

»Über den Bauern?«

»Auch über den Erber, freilich. Was die Leut halt so daherreden.«

»Und ist was dran?«

»Sagen wir es einmal so: dabei war ich nicht.« Er lächelte vielsagend.

»Wie alt war sie eigentlich, die Sanne? Susanne, nicht wahr?«

»Gute sechzehn. Auf den Hof hätte sie aufpassen sollen, derweil der Bauer mit der Frau und den Kindern im Dorf auf Besuch waren.«

»Zu Besuch wo?«

»Bei ihr seiner Mutter, der alten Kramerin, die seinerzeit das Geschäft am Kirchplatz gehabt hat.«

Von draußen war wieder lautes Geschrei zu hören, das auch dem Bürgermeister Sorgen zu bereiten schien. Kajetan überlegte kurz, ob er dem armen Wachtmeister zu Hilfe kommen sollte. Dann aber war plötzlich Ruhe.

»Der Erber, ist das eigentlich ein ›Großer‹?«

Lindinger machte eine abwinkende Handbewegung und schien belustigt. »Der Erber? Ein ›Großer‹? Gotteswillen, nein. Hungerleider sinds. Da oben leits ja nicht einmal einen Knecht, so notig ist alles. Nein«, er schüttelte, nun wieder ernst geworden, den Kopf, »beim Erber, das war nie was und wird nie was. Und jetzt auch noch den Verdruß mit der Sanne...«

»Gut, Herr Bürgermeister, wir lassen es für heute gut sein. Ich dank erstmal.«

Doch Lindinger schien noch nicht ganz zu Ende gekommen zu sein. »Die Sanne war«, sagte er schnell, »wie soll ich das sagen, also ... sie war schon ... ein bisserl damisch. Ein nettes Dirndl, aber ein bisserl damisch.«

Kajetan hatte bereits seinen Mantel geholt, setzte sich jetzt aber noch einmal. »Wie war sie?«

»Damisch. Wirr. Im Kopf drin, verstehens?« Der Bürgermeister senkte die Stimme eifernd, »nicht, wie halt Weiber hie und da sind, sondern ...«

Die Tür hatte sich wieder geöffnet und Mayr trat wie ein siegreicher Feldherr in den Raum. »Ah, Adam ... ist jetzt endlich eine Ruh draußen?«

Der Wachtmeister nickte, als sei es ein Kleines für ihn gewesen, die beiden baumstarken Betrunkenen davon abzubringen, zu den Gefangenen vorzudringen. Doch die Anstrengung stand ihm noch ins Gesicht geschrieben.

Kajetan zog sich endgültig an und nahm seinen kleinen Koffer. »Gut gemacht, Herr Wachtmeister. Und gute Vorarbeit ist ja auch schon geleistet worden. Ich mein, wir werden nicht allzugroße Schwierigkeiten haben.«

Mayr nahm Haltung an, als würde ihm soeben ein Orden überreicht. »Durchaus, Herr Inspektor.«

»Wo schlaf ich denn, Herr Bürgermeister?«

»In der Post drüben. Ich zeigs Ihnen ...«

»Das brauchts nicht. Bevor ich mich hinleg, möcht ich nur noch die drei Arrestanten in Augenschein nehmen ... wenn sie noch da sind.«

»Mir kommt keiner aus, Herr Inspektor«, antwortete der Wachtmeister stolz. Der Bürgermeister sah, sich beherrschend, zur Decke.

7

Das Treppenhaus hinter dem Hauptraum der Gendarmerie war schwach beleuchtet. Der Wachtmeister suchte umständlich einen Schlüssel aus einem umfangreichen Bund und öffnete dann die Tür zum Keller.

»Gebens acht, Herr Inspektor. Die Treppe ist ziemlich steil.« Mayr nahm die Petroleumlampe, die er zuvor abgestellt hatte, und ging voraus. Die Tritte seiner genagelten Schuhe knallten auf den steinernen Stufen. Die Treppe endete, soweit dies im schwachen Schein der Lampe auszumachen war, in einem hohen, gewölbten Raum. Es war kalt, und die Luft roch nach toter Erde.

»In diesem Loch bringt Ihr die Gefangenen unter?«

Mayr sah erstaunt zu ihm. »Es ist ja nur für ein paar Tage«, begann er entschuldigend. Dann fuhr er zurück. »Eh.« Mit großer Geschwindigkeit war eine Ratte über den Steinboden in eine Nische hinter der Treppe gerannt. Auch Kajetan trat angeekelt zurück. Mayr faßte sich. »Hier, Herr Inspektor.«

Im Lichtkreis der Lampe tauchte ein Gitter auf, das einen in die Tiefe des Gewölbes führenden Raum absperrte. Kajetan sah nichts als eine breite, stählerne Pritsche, von der naßwelkes Stroh herabhing und auf der einige Stoffbündel zu liegen schienen.

»Ihr Licht, Herr Wachtmeister.«

Mayr gab es ihm. Kajetan hob es höher, um einen besseren Blick auf das Innere der geräumigen Zelle zu haben. Da flog ein verheertes Gesicht heran und preßte sich an die Eisenstäbe. Eine Hand krallte sich in den Halskragen Kajetans. Er wich entsetzt zurück.

»Zurück!« schrie der Wachtmeister, »oder ich brenn Dir eine drauf!« Seine Hand fuhr zu seinem Säbel.

»Laßt uns aus!!« ächzte eine Stimme. Nun war auch Bewegung in das reglose Bündel auf der Pritsche gekommen. Aus dem Dunkel löste sich eine weitere Gestalt und ging zögernd zum Licht. Auch der Dritte richtete sich von der Pritsche auf, blieb jedoch abwartend sitzen.

In maßlosem Zorn versuchte der Mann, sein Gesicht durch die Stäbe zu pressen. Die Kanten des Gitterstabes verzerrten sein Gesicht zu einer abstoßenden Fratze.

»Zurück!!« wiederholte der Wachtmeister mit bebender Stimme und zog seinen Säbel.

»Laß!« bellte Kajetan, der einen Schritt zurückgetreten war und der fassungslos die Szenerie beobachtet hatte. Mayr schaute ihn an. »Kommen Sie!« Kajetan machte eine herrische Bewegung und ging nach oben. Zögernd folgte ihm der Wachtmeister. Kajetan blieb auf der Mitte der Treppe stehen. Im abfallenden Licht der Lampe sah er noch die wie toll kreisenden Arme des Gefangenen, dessen Wut nun in ein heulendes Wimmern übergegangen war. Tapsend folgte der Wachtmeister dem Inspektor nach oben. Zitternd verschloß er die Tür zum Keller.

»Wachtmeister«, sagte Kajetan mit scharfer Stimme, »nur eines: die Gefangenen werden auf der Stelle ärztlich versorgt und kriegen eine warme Suppe!«

Mayr nickte verdattert. »Heut noch, Herr Insp...?«

Kajetan packte zornig die Hand des Wachtmeisters und hob sie mit der Lampe an dessen Gesicht.

»Heut noch! Gute Nacht!«

8

Als sich die Tür am oberen Ende der Treppe geschlossen hatte, erwachte der Gefangene wieder zum Leben, rüttelte erneut an den Gitterstäben und fluchte.

»Laß sein, Mauritz«, sagte einer der Gefangenen. Der Angesprochene ließ die Stäbe los und ging langsam tastend zu seiner Liegestatt. Es war dunkel. Allein durch eine kleine, nach oben führende Luke schien schwach das Mondlicht.

»Was ... war das für einer, der da mit dem Wachtmeister gekommen ist, Hans?«

»Weiß nicht, Mauritz.«

»Das war ein Höherer.«

Sich selbst bestätigend, nickte Mauritz. Hans' Stimme kam aus der Dunkelheit, zögernd: »Wegen dem bissel Speis-Ausräumen? Das glaub ich nicht.«

Mauritz senkte den Kopf. Dann drehte er sich wieder zum Lichtschacht. »Die wollen uns was anhängen«, sagte er ruhig, »nämlich das mit der Dirn.«

»Waas?«

»Das wollen die. Tät sonst ein Höherer kommen?«

»Aber ... das waren wir nicht, Mauritz!«

Mauritz hatte sich nicht bewegt. Er sprach weiter mit überlegter Stimme, als wolle er etwas ergründen.

»Das wissen *wir*, ja.«

Hans schwieg. Sein Atem war heftiger geworden. Der Dritte war nicht zu hören.

»... Mauritz?«

»Was?«

»Mauritz ... du weißt es ... genau?!«

»Was ...? Daß ...« Mauritz schnappte überrascht nach Luft, dann begriff er.

»Nichts, Mauritz, nichts«, wollte Hans noch zu ihm sagen, da flog Mauritz schon auf ihn zu, tappte wütend, reißend, suchend nach ihm, ergriff ihn, warf ihn zu Boden und schlug auf ihn ein. Nun kam Bewegung in den dritten Gefangenen. Er stand auf, packte nun mit zunächst tastendem, dann festem Griff den tobenden Mauritz und schleuderte ihn an die Gitterstäbe.

9

Kajetan betrat den breiten, von einem flachen Gewölbe überspannten Hausgang des Gasthofes, stampfte sich Schneereste von den Schuhen und blieb einen Moment unschlüssig stehen. Wie aus weiter Ferne hörte er das Scheppern von Töpfen und Pfannen und dazwischen eine deutliche, herrische Frauenstimme. Dann flog eine Tür im hinteren Bereich des Ganges auf.

Weinend lief ein Mädchen heraus und verschwand durch die Hintertür, verfolgt von ärgerlichem Geschimpfe. Kajetan ging nach hinten und wäre fast mit einer sich energisch bewegenden Frau zusammengestoßen. Der zornige Ausdruck ihres schönen Gesichts verflog, als sie den Inspektor sah.

»Die Wirtin?«

Sie nickte freundlicher. »Und Sie sind der Herr Inspektor. Der Thomas hat mir schon Bescheid gesagt.« Sie trocknete sich ihre Hände an der Schürze ab. »Kommens mit. Ich zeig Ihnen, wo Sie schlafen.«

Der Schlüssel des zum Dorfplatz ausgerichteten Zimmers steckte. Sie öffnete die Tür, ließ den Inspektor vorbeigehen und folgte ihm dann, einen prüfenden Blick auf Bett und Boden werfend. »Ist es so recht?«

»Ist es.« Kajetan legte seinen kleinen Koffer auf eine Anrichte.

»Hätt der Herr Inspektor noch einen Gust auf ein Nachtmahl?« Sie zählte auf, was sie ihm noch zubereiten könne, ihn aufmerksam betrachtend. »Geröstete Kartoffeln mit Speck, ja«, sagte Kajetan, »und einen Schoppen Roten. Das wär jetzt recht.«

»Gern.« Sie lächelte freundlich. Beim Hinausgehen drehte sie sich noch einmal kurz um und sagte, sich entschuldigend: »Man hat halt ein Kreuz mit den Dienstboten. Unsere Burgi ist ein gutes Ding, aber den Kopf hat sie allerweil woanders. Da muß einer schon mal andere Saiten aufziehen.«

Kajetan winkte verstehend ab. Als sie hinausging, schwang ihr schwerer Rock samten patschend an den Pfosten des Türstocks.

Der Inspektor zog seinen Mantel aus und hängte ihn an einen Haken. Das Zimmer war klein. Neben dem Bett, auf einer kleinen Anrichte, über der ein Spiegel angebracht war, stand eine Keramikschale mit einem Wasserkrug, und ein sauberer, doch bereits stark abgetretener Teppich, aus Stoffresten gewebt, bedeckte die dunklen Bohlen des Bodens. Eine matte Glühbirne unter einem einfachen Lampenschirm erleuchtete den Raum.

Er ging nach unten und betrat die Gaststube. Auch sie war schwach erleuchtet, und der Inspektor sah nicht sofort, daß im hinteren Bereich des großen Raums ein einsamer Gast saß. Kajetan nickte ihm zu, doch der Mann schien ihn nicht zu bemerken. Offenbar groß gewachsen, mit langen, weißen Haaren, die ihm in Strähnen bis auf die Schultern fielen, starrte er finster versonnen vor sich hin, wie abwesend und dennoch auf geheimnisvolle Weise den Raum füllend.

Kajetan setzte sich in die Nähe des Kachelofens, der noch Wärme ausstrahlte. Die Tür neben der Schänke öffnete sich. Die Wirtin kam herein, nickte ihm freundlich zu, nahm ein Glas aus einem Schrank und goß Wein ein.

»Kriegt der Luk noch etwas?« sagte sie laut, ohne den Kopf zu wenden.

»Der Luk geht«, antwortete dieser; es klang böse, was die Wirtin aber nicht zu betreffen schien. Dann stand er auf und ging mit langsamen, gleichmäßigen Schritten weg. Die Wirtin brachte den Wein.

»Zum Wohl, Herr Inspektor.«

Sie bemerkte, daß Kajetans Blicke dem seltsamen Gast gefolgt waren. »Sie müssen sich nichts denken«, sagte sie im Weggehen, »das ist bloß der Luk.« Sie machte eine kreisende Fingerbewegung auf ihrer Stirn. »Ein Spinnerter ...«, ergänzte sie und zuckte mit den Schultern, als wolle sie sagen: So einen muß man lassen, wie er ist. Dann war sie in der Küche verschwunden.

»Ist das Geröstl fertig, Burgi?« hörte Kajetan ihre strenge Stimme, und eine andere antwortete in unverständlichem, doch eilfertigem Ton.

10

Kajetan öffnete das Fenster seiner Schlafkammer und sah auf den Dorfplatz hinab. Nur einige Fenster der den Platz begrenzenden Gebäude waren noch erleuchtet, und unter ihm fing ein kleiner Hof das Licht der über dem Eingang angebrachten Lampe, deren Schein sich bald auf der von grauem Mondlicht überfluteten Fläche verlor.

Kälte hatte sich pelzig über die Haut seines Gesichtes gezogen; gierig atmete Kajetan Luft ein und fühlte plötzlich, wie all die Unbill der vergangenen Tage von ihm abzufallen schien. Er wollte es halten, dieses linde, durch die Adern strömende Glücksgefühl, doch es blieb in schmerzender Entfernung. Er schloß das Fenster und begann sich auszuziehen.

Er hörte nicht, wie sich unter ihm die Tür des Gasthofs öffnete. Die Hausmagd des Gasthofs, sie hatte sich eine dicke Schulterdecke umgeworfen und trug einen Topf, überquerte mit schnellen Schritten den Dorfplatz und klopfte an das Tor der Gendarmerie. Mayr musterte sie mit müden Augen. »Was kommst'n erst jetzt?«

»Jetzt täts noch pressieren für die Bagage«, maulte die Magd. Der Wachtmeister brummte etwas, hob den Deckel des Topfes, in dem eine nicht sonderlich dicke Suppe schwappte, holte den Schlüssel und ging mit ihr zur Tür, die in das Kellergefängnis führte. Er hängte die Lampe an einen Haken im Vorraum und ging wieder nach oben.

»Ist schon zugesperrt, Adam, gellja?«

»Ist mir schon mal einer ausgekommen?« fragte der Wachtmeister mürrisch. »Jetzt gibst denen deine Suppe, und wenn was ist, schreist mir einfach. Und stell dich nicht so an. Der Inspektor hat's angeschafft.«

Die Magd nickte und stieg zögernd in die Tiefe. Unten angekommen, sah sie sich ängstlich um. Dann ging sie langsam auf das Gitter zu und blieb einen Meter davor wie festgewachsen stehen.

Die Männer bewegten sich und kamen zögernd ans Licht. »Suppe gibt's«, flüsterte eine Stimme. Die Magd streckte die Hand mit einem gefüllten Napf aus. Sie bewegte sich voller Vorsicht. Wie dürre Zweige wuchsen sechs Hände zwischen den Gitterstäben hervor. Als alle Männer die Suppe ungläubig in ihrer Hand hielten, ging sie schnell zurück zum Treppenabsatz und setzte sich.

Die Männer schlürften gierig. Ab und zu warfen sie einen freundlichen Blick zu ihr. Burgi sah mit weit geöffneten Augen zu. Dann rutschte sie eine Stufe höher. »Schauts ned a so.«

Einer der Gefangenen sah auf.

»Ich liaßt Euch verhungern.«

»Dann hältst besser dein Bappn«, fauchte Mauritz zurück.

»Schmeckts Euch?«

Hans sah auf, sah sie eine Weile an und nickte dann mit warmen Augen. »Gut«, sagte er leise.

»Weil ich hab nämlich reingebiselt.«

Die beiden Männer erstarrten. Auch der dritte Gefangene senkte den Napf und sah ungläubig auf.

Burgi schnellte hoch und ging hastig einige Schritte nach oben, als mißtraue sie der Festigkeit der Gitterstäbe.

Mauritz, in maßlosem Zorn, schleuderte seinen Napf nach ihr. Die Magd, in deren blödem Gesicht sich Triumph und Angst mischten, raffte nun ihre Röcke und lief hoch; der zweite Napf britschte an ihre Beine und fiel klappernd über die Steinstufen zurück.

»Mörder!! Adam! Hilfe, Adam!!«

11

Als Kajetan am nächsten Morgen den Gastraum betrat, lebte das Haus bereits. Der gekachelte Ofen, neben dem er Platz nahm, strahlte sanfte Wärme aus, und in der Mitte der eisblumenblinden Fensterscheiben hatten sich kleine, runde Klarflächen gebildet.

»Guten Morgen, Herr Inspektor. Gut geschlafen?« Die Wirtin stand im Türrahmen. Sie hatte noch einen dicken, wollenen Umhang um die Schultern geschlungen und trug, wie Kajetan kurz sehen konnte, dicke, wollene Strümpfe.

»Ich bring Ihnen gleich einen Kaffee«, fügte sie an das Nicken Kajetans und verschwand wieder in der Küche.

Kurze Zeit später erschien sie wieder, mit den Ellbogen die Klinke drückend, mit einer Schale dampfenden Kaffees. »Die

Dienstboten sind noch im Stall«, erklärte sie, stellte die Schale ab, warf ihm einen freundlichen Blick zu und ging wieder zurück.

Kajetan umfaßte die Schale mit beiden Händen. Sie war heiß. Nun brachte die Frau einen Teller mit Wurst, etwas Butter und dunklem Brot. »Frisch ist es bei uns, gell?«

»Das macht einen guten Schlaf, Frau Wirtin.«

»Das ist wahr.« Sie lächelte. »Den haben Sie gewiß nötig, gell? Fehlt noch was? Ach, das Besteck.« Sie ging zu einer kleinen Anrichte neben dem Ausschank und kramte ein Messer und einen kleinen Löffel hervor, legte sie auf Kajetans Tisch, wobei sie den Inspektor mit einem prüfenden Blick bestrich. Dann ging sie wieder in die Küche.

Kajetan nahm einen Schluck und hörte, wie die Ofenklappe geöffnet und Holz nachgeschürt wurde. Dann kam die Wirtin zurück, setzte sich leicht abgewandt, mit Blick zur Tür, an Kajetans Tisch und verschränkte die Arme fröstelnd vor der Brust. »Furchtbar, die Sache mit der Sanne, gell?«

Kajetan nickte kauend.

»Grad jetzt, wo es auf die Feiertag zugeht. Wo doch sonst Jahr und Tag nicht so was passiert bei uns.« Sie redete schnell. »Meinens, daß sie zum Tod verurteilt werden?«

»Das«, schluckte Kajetan, »wird der Richter in Dornstein entscheiden, Frau Wirtin.«

Sie nickte und fuhr leiser fort: »Furchtbar... das arme Ding... noch keine sechzehn, und so ein Leben ist schon vorbei... So wie in der Stadt ist der Kaffee freilich nicht bei uns, gell, Herr Inspektor?«

»Grad recht ist er, Frau Wirtin. Da wirds einem warm.«

Sie lächelte leicht, kam aber sofort wieder zu ihrem Thema. »Ja, die Sanne... sie war so was, wie soll ich sagen, so was Feines. Das hat ihr keiner gewünscht, daß sie so jung schon sterben muß...«

»Ein wenig verrückt soll sie gewesen sein. Ist das wahr?«

Die Wirtin riß die Augen überrascht auf. »Die Sanne? Gehns, wer sagt denn so was? Verrückt? Nein! Halt ein bisserl anders, sagen wir mal, gell. Aber doch nicht narrisch! Ein bisserl ernst für ihr Alter, mag sein. Aber soviel hats ja auch nicht zum Lachen gehabt. Keine Eltern mehr... hat schon früh fest arbeiten müssen beim Erber.«

»Hat sie es da eigentlich gut gehabt, beim Erber?«

»Da hats nie was gegeben. Er hat sie gehalten wie sein eigenes Kind.«

»Und der Vater, ich mein: der leibliche Vater, der ist nie aufgetaucht?«

Die Wirtin schloß die Arme fester um ihre Brust. »Nein. Boshafte Leut sagen, daß sie vom Bauern selbst ist, daß er nämlich seinerzeit was mit der Magd gehabt hätt. Aber«, sagte sie mit energischer Überzeugung, »ich glaub das nicht. Ich will auch gar nichts gesagt haben.«

»Ich hab auch gar nichts gehört, Frau Wirtin.« Kajetan lächelte, wurde jedoch gleich wieder ernst, als er die Augen der Frau auf sich gerichtet sah.

»Ein bisserl ernst war sie, ja. Als Kind nie! Da war sie lustig und allerweil freundlich. Einmal hat sie sogar ein eigenes Gedichterl bei der Primiz vom Gabler Jakob aufsagen dürfen.«

»Ein Gedicht?«

»Selber geschrieben, jawohl! Oh, die Sanne war eine Gescheite, das kann man ruhig laut sagen.«

Kajetan bemühte sich, sie nicht zu unterbrechen, und murmelte ein halblautes »Da schau her«.

»Aber verrückt«, wiederholte die Wirtin, »verrückt, nein. Ich hab sie gern gemocht«, setzte sie bewegt hinzu, »furchtbar...« Dann stand sie plötzlich auf, ging zu einem der Fenster und sah für Minuten unbewegt hinaus. Sie weinte leise. Kajetan hörte betroffen ihr Schluchzen.

»Frau Wirtin ... nehmen Sie sich das doch nicht so zu Herzen ...«

Sie senkte langsam den Kopf, ohne ihn anzusehen. Schließlich nahm sie ihre Schürze und schneuzte sich kräftig. »Es sind bloß die Nerven ... entschuldigens, Herr ... so ein junges Leben ... und alles schon vorbei ...«

Von einem entfernten Teil des Gebäudes erklang nun eine laute Stimme und ungeduldiges Klopfen. Sie sah auf, faßte sich und ging zur Tür. »Der Vater ... er ist recht krank ...«, sagte die Wirtin beim Hinausgehen.

Der Kaffee war kalt geworden.

12

Noch warf die Morgensonne flache Lichtbahnen über den Dorfplatz, auf dem bereits lebhaftes Treiben herrschte. Ein schweres, mit Baumstämmen beladenes und von zwei Ochsen gezogenes Gespann war, vom Oberland kommend, mit knirschenden Kufen auf den Dorfplatz eingebogen. Es fuhr langsam am Schulhaus vorbei, vor dessen Tor einige Kinder ihre Skier abschnallten, sie an die Mauer stellten und schnell ins Innere des Gebäudes eilten. Frauen liefen, noch mit Schulterdecken gegen die Morgenkälte geschützt, zwischen den Lebensmittelgeschäften umher, als ein moderner Personenwagen den Platz von Norden erreichte und ihn in einer kleinen Kehre nach Süden wieder verließ. Einige Männer hatten ihren Hut gegen das Wageninnere gehoben; die Insassen des Fahrzeugs waren jedoch hinter dichten Reifkristallen an den Seitenfenstern verborgen.

Wo das Krankenhaus war, hatte Kajetan sich von der Wirtin beschreiben lassen. Von neugierigen, respektvollen Blicken begleitet, überquerte er den Platz und betrat den

Friedhof. Dessen rückwärtiges Tor führte auf einen kleinen Platz, an dem das Eingangsportal des Krankenhauses unschwer zu erkennen war. Daß die Aussegnungshalle eine direkte räumliche Verbindung zu dem Gebäude hatte, ließ ihn schmunzeln. Dann aber malte er sich aus, was er in wenigen Minuten sehen würde. Er wußte, daß ihm das, was ihn erwartete, noch nie leicht gefallen ist.

Eine Krankenschwester in Nonnentracht hatte ihm die Tür zum Sezierraum geöffnet. Das Zimmer war kahl, der Anstrich nicht mehr der jüngste, und der Boden war mit hellen Steinplatten bedeckt. An einer der Wände verlief eine längliche Anrichte, auf der allerlei medizinisches Gerät lag. Kajetans Blick fiel auf einen Mann mit Arztkittel, der vor einem der hohen Fenster stand und sich nun zu ihm umdrehte. »Kommen Sie herein, Herr Inspektor. Notsch mein Name. Habe die Ehre.«

Kajetan, der sich ebenfalls vorstellte, hatte für einen kurzen Moment das Gefühl, diesen Namen schon einmal gehört zu haben. Der Arzt wies seine ausgestreckte Hand freundlich zurück und ging zu einem Waschbecken. »Das muß nicht sein, Herr Inspektor...« Er wies erklärend auf einen Tisch, auf dem der mit einem Laken bedeckte Körper eines Menschen lag.

»Schwester, ich wäre dann soweit.«

Während sich die Nonne entfernte, zog Notsch seine Handschuhe aus und hielt seine Hände unter den Wasserstrahl. Kajetan ging einige Schritte zur Bahre. Nun kam der Arzt zu ihm, sah ihn kurz fragend an, und zog das Tuch zurück.

Sterbeschmerz hatte das Gesicht des Mädchens entstellt. Sein Mund war leicht geöffnet, wulstig drängte die Zunge durch die Zahnreihen, und hinter halbgeöffneten Lidern war das stumpfe Weiß der Augäpfel zu sehen. An beiden Seiten des Kehlkopfes waren blutunterlaufene Flecken zu erkennen, und an der Rückseite des Halses, oberhalb des Nackens, verliefen längliche, verschorfte Hauteinrisse.

Natürlich war kein Scherz angebracht, schon gar nicht dieser. »Die Leut sterben früh bei Euch, Herr Doktor.«

»Ich brings nicht um«, entgegnete der Arzt scharf.

»Nein, ich ...«

»Das tun die Leut schon selber, da brauchens mich nicht.«

Doch Notsch schien zu erkennen, daß dem Inspektor sein mißglückter Satz peinlich war, und er fuhr versöhnlicher fort: »Glauben Sie mir, daß ich früher auch vom gesunden Landleben begeistert war. Seit ich hier bin, vergeht jedoch kaum eine Woche, wo ich in dieser vermeintlichen Erholungslandschaft nicht wieder einen zusammenflicken müßte. Der eine kommt unter die Baumstämme, der andere fällt vom Heuwagen, der dritte kriegt ein Scheit über den Kopf wegen irgendeiner Eifersuchtsgeschichte. Und nicht zu vergessen, was der Krieg hinterlassen hat an lahmen und versplitterten Gliedern ...«

Kajetan, der immer wieder das Gesicht des toten Mädchens betrachten mußte, räusperte sich. Auch der Doktor blickte wieder auf den Körper. »Nein ... aber das hier ...« Er zog das Tuch wieder hoch.

»Und ... der Befund?«

»Sie wollen es sicher auf deutsch hören?«

Der Inspektor nickte.

»... erwürgt. Einfach erwürgt. Hier ...«

Er hob das Tuch und wies auf die Würgemale.

»War sie noch ...?«

»Nichts. Die Kleine hat noch nie was Ernstliches mit einem Mann gehabt.«

»Und das hier?«

»Einrisse, die durch die Fingernägel des Mannes entstanden sind.«

»Ein Mann? Ist das schon sicher?«

Die Tür öffnete sich, und eine andere Schwester, eine breit und kräftig gebaute Frau, trat ein, ohne den beiden Männern einen Blick zuzuwerfen. Sie ging mit festem Schritt an eine der Anrichten.

»Ein Mann, ja, dessen bin ich mir sicher. Keine Frau hat soviel Kraft...«

Die Nonne hatte resolut eine offensichtlich verklemmte Tür der schweren Anrichte krachend aufgerissen.

»... soviel Kraft, um...«

Der Arzt schwieg für einige Sekunden und räusperte sich. Die Schwester hatte ein Leichenhemd genommen und begann nun, es der Toten überzustreifen. Notsch trat ans Fenster, Kajetan folgte ihm. Hinter dem Krankenhaus begannen bereits die Felder. In einiger Entfernung, nahe am dunklen Saum des Bergwaldes, standen einige Höfe auf einer Anhöhe. Ein schmaler Weg, der wie eine krakelige Tuschelinie den Hügel emporstieg, verlor sich auf gleißend weißer Fläche.

»Todeszeit – was meinen Sie?«

Notsch nahm die Brille ab und putzte sie an seinem Kittel ab. »Ist schwierig.«

»Wieso?«

»Weil es eiskalt war in dem Zimmer, in dem sie gefunden wurde.«

»Und das bedeutet was?«

Wieder öffnete sich die Tür des Sezierraums, und eine andere Schwester rief aufgeregt: »Herr Doktor! Der Allingerin gehts schlechter!«

»Sofort! Kommen Sie, Herr Inspektor.«

Notsch wies den Inspektor mit einer Handbewegung zur Tür. Auf dem Flur ging der Arzt etwas schneller. »Das heißt, Herr Inspektor, daß unter diesen Umständen keine exakten Messungen mehr möglich sind.«

»Das müssen Sie mir genauer erklären.«

»Nun, maßgeblich ist – das muß ich Ihnen als Polizist ja nicht erklären – die Totenstarre. Demnach müßte das Mädchen zwischen zwei und vier Uhr gestorben sein. Sie war nämlich bereits starr, als ich sie zum ersten Mal gesehen hab.«

»Und?«

»Sie war starr, jawohl – aber kältestarr. Verstehen Sie mich?«

»Wenn ein Arzt also nicht genau hinsieht ...«

»Oder nicht in Erfahrung bringen kann, wann und ob ein Fenster geöffnet oder geschlossen worden ist ...« ergänzte der Arzt, »dann ist seine Todeszeitbestimmung entweder falsch oder – was ebenso richtig sein kann – sie stimmt. Auf jeden Fall kann er es nicht mit Bestimmtheit sagen.« Der Arzt beschleunigte seine Schritte.

»Dann kann das Mädchen also sowohl bereits am Nachmittag als auch am Abend ermordet worden sein?«

»Sie sagen es. Das heißt vermutlich für Sie, daß Sie es nicht mit einem Mord im Affekt zu tun haben, nicht wahr?«

Etwas in der Stimme des Arztes ließ Kajetan aufhorchen.

»Wenn es nicht Zufall, sondern Überlegung war, die Todeszeitbestimmung zu erschweren – dann ja.«

Der Arzt nickte. Er war nun an einer Tür angekommen und griff zur Klinke. »Ich muß jetzt zur Allingerin. Sie entschuldigen mich?«

13

Die Walchinger Gendarmeriestation bestand aus einem einzigen, etwa 30 Quadratmeter großen Raum, den man sogleich durch die Haustür betrat. Die Wände waren mit Leinöl gestrichen. Drei Fenster, größer als die der Dorfhäuser, erhellten den Raum und malten dort, wo das noch flache Licht des Tages auf den speckglatten Verputz fiel, bizarr verzogene Geometrie in das dunkle Wandgrün. Das Inventar bestand aus schlicht gezimmerten Wandschränken, einem Stuhl und einem Tisch. Die der Tür gegengesetzte Wand war gänzlich frei bis auf ein Portrait eines im Dienst umgekommenen Vorgängers des Wachtmeisters. Unter der Fensterseite verlief eine Wandbank; auf der anderen Seite der Tür stand noch einmal ein großer Schrank, in einfacher Manier getäfelt und, wie auch das andere Mobiliar, mit dunklem, schon an vielen Stellen geplatztem Bierlack gebeizt.

Kajetan hatte sich einen der Stühle genommen und las, mit einer Hand auf den Schreibtisch gestützt, Mayrs Bericht. Der Wachtmeister stand. Daß der Bürgermeister, kaum daß Kajetan die Gendarmerie betreten hatte, ebenfalls eingetroffen war und wichtig Platz genommen hatte, störte den Inspektor.

»Mit der Rechtschreibung ham Sies nicht so, Herr Wachtmeister, gell?«

Mayr wurde rot.

»Gut«, Kajetan schlug die Mappe mit den handgeschriebenen Blättern zu, »in Ihrem Bericht steht, daß Sie um dreiviertel sieben«, Mayr nickte jeweils, »vom Bürgermeister benachrichtigt worden sind und mit ihm und einigen anderen Dorfbewohnern zum Hofe des Erber gefahren sind...«

»Ich hab schnell eingespannt und...«

»Erst der Wachtmeister, Herr Bürgermeister, bitte.«

Lindinger schluckte.

»... und dort etwa eine halbe Stunde später eingetroffen sind, wo Sie das Opfer in Augenschein genommen haben.«

»Jawohl, Herr Inspektor.«

»Wo und wie Sie die Leiche aufgefunden haben, steht allerdings nicht da. Das tät mich aber interessieren...« Er sah zum Wachtmeister hoch. »... und reden Sie, wie Ihnen der Schnabel gewachsen ist. Ich versteh Ihnen schon.«

Mayr holte Luft. »Auf dem Bett in der Kammer, Herr Inspektor.«

»Gut. Weiter?«

»Das Bett war aufgeschlagen, aber Nachthemd hat sie keines angehabt.«

»Wär doch auch etwas früh am Abend gewesen, nicht wahr? War sie nackert?«

Der Wachtmeister verneinte, und auch der Bürgermeister schüttelte den Kopf. »Das Stallgewand hat sie angehabt, Herr Inspektor.«

»Wenn ich was sagen darf, Herr Inspektor«, mischte sich der Bürgermeister wieder ein und wartete nicht auf die Zustimmung des Inspektors, »das war schon komisch.«

»Was war komisch?« Der Inspektor hatte sich über die Schulter zu ihm gedreht.

»Daß sie das Stallgewand angehabt hat. Das Stallgewand«, erklärte Lindinger, »hat man bei der Stallarbeit an. Den Schurz aber zieht einer aus, wenn er ins Haus rübergeht.« Mayr nickte bestätigend.

»So? Und, Herr Wachtmeister«, er wandte sich wieder diesem zu, »was ist Ihnen noch aufgefallen?«

»Also, vor dem Haus, da...«

»Bleiben wir erst noch im Haus drin. Die Fenster, waren sie geöffnet, geschlossen oder was? Steht alles nicht drin im Rapport.«

»Da... da kann ich mich nicht mehr entsinnen.«

»Offen, Adam. Ich weiß es genau«, griff der Bürgermeister wieder ein.

»Nun, Herr Wachtmeister?«

Mayr zuckte hilflos mit den Schultern.

»Offen. Das hat auch der Doktor gesagt«, sagte Kajetan ungeduldig, »wo haben Sie Ihre Augen?«

»Die, die ganze Aufregung...«

»Es war furchtbar.« Kajetan sah nicht zum Bürgermeister, sondern öffnete wieder die Kartonmappe. »Blaue Fleck am Hals...«, las er laut, »Totenstarre bereits eingetreten...«

»Jawohl, bereits einge...«

»Wie hat sich der Bauer verhalten?«

»Der war ganz auseinander, der Erber.«

»Was hat er gesagt?«

»Nein. Er hat getränzt wie ein kleines Kind, auch die Bäuerin.«

»Und gar nichts gesagt? Auch im Zorn?«

»Nein... nicht, daß ich mich entsinnen könnt.«

»Denkens nach. Sie auch, Herr Bürgermeister. Oft rutscht einem was raus in einer solchen Situation.«

Auch der Bürgermeister schüttelte bestimmt den Kopf. Doch Mayr schien sich nun an etwas zu erinnern. »Hinterher schon, Herr Inspektor.«

»Dann raus damit.«

»Sie haben doch gemeint, wir sollen erst im Haus...«

»Jetzt redens schon. Was hat der Erber gesagt?«

»Des werds mir büßen, hat er gesagt. Allerweil wieder.«

»›Des werds mir büßen‹? Er hat in der Mehrzahl gesprochen?«

»Also ich hätt da nichts gehört dergleichen.« Der Bürgermeister hatte den Kopf geschüttelt.

»Doch, Thomas: ›Des werds mir büßen‹.«

»Der Erber konnte aber doch noch gar nicht wissen, daß es mehrere Täter waren?«

»Das stimmt. Daß mehrere Fußspuren vom Haus rüber zur Lötzermahd gingen, hat er erst später gesehen.«

»Das ham Sie geschrieben...« Kajetan las wieder im Bericht des Wachtmeisters, »... gut. Und weiter? Sie sind den Spuren nach, die zum Heustadel geführt haben.«

»Jawohl. Da drin sind sie geflackt. Sie waren arg besoffen

und haben sich kaum gewehrt und dann ...« Der Wachtmeister suchte nach Worten. »... haben sie, eh, ein paar Schläg gekriegt von den Bauern. Aber das hab ich dann gleich unterbunden, gell, Thomas?«

»So war es, Adam, so und nicht anders.«

Kajetan schloß die Mappe endgültig und hob die Stimme.

»Gut. Dann schauen wir uns die Brüder doch einmal ganz genau an. Bringens uns doch bittschön die Vaganten einzeln rauf, Herr Wachtmeister.«

Mayr nahm kurz Haltung an und verließ den Raum.

Der Bürgermeister seufzte und sah zum Fenster. Die Sonne hatte an Kraft gewonnen; das zauberische Blumengewirr auf den Glasflächen war abgetaut und log einer wintermüden Fliege Sommerwärme vor. In ruhigem Gleichmaß schlug der Perpendikel der Wanduhr und mischte sich in das stumpfe Krachen verbrennender Holzscheite im Ofen.

»So eine Gaudi«, schüttelte Lindinger den Kopf, »grad jetzt ...« Aus dem Flur war das Klirren der Schlüssel und Schritte zu hören. Mayr öffnete die Tür und brachte den ersten Gefangenen.

Kajetan, der sich ein Blatt Papier und einen Stift genommen hatte, sah auf und erschrak. »Um Gotteswillen! Ein paar Schläg nur, haben Sie gesagt?«

Wieder überzog eine leichte Röte das Gesicht des Wachtmeisters. Der Gefangene sah, etwas nach vorne gebeugt, zu Boden. Eine Gesichtshälfte war blutunterlaufen. An der Schläfe hatte sich eine dunkle Kruste getrockneten Blutes gebildet. Ein erdiger Gestank ging von ihm aus; seine Kleidung war schmutzig und an einigen Stellen eingerissen. Die schwarzen, bereits von Grau durchwirkten Haare standen wirr in die Höhe.

»Setz dich.« Kajetan wies auf einen Stuhl. Mayr ließ den Mann nicht aus den Augen, als dieser langsam Platz nahm.

»Name? Und von wo gebürtig?«

Der Mann öffnete den Mund, schloß ihn wieder und schob die Unterlippe hoch. Dann antwortete er mit erschöpfter Stimme. »Pizzini Johannes. Von Oberndorf.«

»Von wo sonst...«

»Ich möcht Ihnen bitten, Herr Bürgermeister, daß Sie jetzt nicht mehr unterbrechen.«

Der Bürgermeister schluckte überrascht und zog die Augenbrauen hoch. Kajetan fuhr schnell fort: »Von Beruf ist er was?«

»Schiffmann.«

»Was tut er da?«

»Im Sommer«, antwortete der Mann mühsam und beugte sich tiefer zu Boden, »da ziehn wir die Plätten übern Fluß.«

»Und im Winter?«

»Da... gehn wir auf die Reis. Als Spielleut. Machen Klöpflgäng...«

»Fällt Euch nichts besseres ein? Habts keine andere Arbeit? Keine Familie, der Ihr abgeht, wenns so lang rumstreunts?«

Der Gefangene hob den Blick. Kajetan fuhr hastig fort. »Freilich«, predigte er, »wenns an der Arbeitsamkeit fehlt, dann wär ein Weibsbild ja dumm, sich mit Euresgleichen einzulassen.«

»Wies meinen...«

»Herr Inspektor!« sagte der Wachtmeister in scharfem Ton und gab dem Mann einen Stoß. »... Herr Inspektor...« wiederholte dieser eingeschüchtert. Kajetan wehrte ungeduldig ab.

»Pizzini, jetzt erzählt er mir mal, warum Ihr in das Haus rein seid – daß Ihr im Haus gewesen seid, wird ja nicht geleugnet, nicht wahr?«

Der Mann atmete in kurzen Stößen. »... Wir haben halt so einen Hunger gehabt.«

»Aber Ihr kriegt doch von den Bauern allerweil was zum Essen, wenns auf Reis seids?«

»Frühers, ja ... aber heutzutag werden wir meistens weitergejagt.«

»Warum das?«

»Die Leut halten nimmer auf die alten Bräuch.«

Der Bürgermeister lachte verächtlich auf und schwieg sofort, als er Kajetans Blick wahrnahm.

»War die Haustür offen?«

Der Gefangene nickte.

»Ja? Ist uns das Maul zugewachsen?«

»War offen, ja ...«

»Gut. Ihr seids rein – und wie ists dann weitergegangen?«

»Wir ... sind halt rein, und wie wir gespannt haben, daß niemand daheim ist, sind wir in die Speis.«

»Hat Euch das nicht gewundert, daß niemand daheim war?«

»Schon ...«, der Mann hob leicht die Schultern, »... aber wir haben uns nichts gedacht. Wir haben ja so einen Hunger gehabt.«

»Das hast schon gesagt. Gut. Und dann, wie Ihr dem Bauern sein Geselchtes verdrückt habt, da ... was?«

Der Gefangene sah überrascht auf. »Geselchtes haben wir keines nicht gefunden.«

»Oder was auch immer Ihr in der Speis gefunden habt ...«

»Wo ist es denn gewesen?«

»Was?«

»Das Geselchte?«

»Herrgottnochmal, laß mich doch zufrieden mit Deinem Geselchten. Was weiß ich, wo der Bauer sein Geselchtes hat, vielleicht hat er gar keins gehabt? Also ... wie Ihr grad beim Schmaus wart, ist die Tür aufgegangen und die Dirn hat Euch dabei erwischt ...«

Wieder sah Pizzini hoch. Er versuchte etwas zu entgegnen, doch der Inspektor war nun in Fahrt gekommen. Seine Stimme hatte an Lautstärke zugenommen. »... und sie hat geschrien und Euch angedroht, daß sie Euch anzeigt und ...«

»Na ...«

Kajetan beugte sich vor und schrie dem Mann ins Gesicht. Erschrocken weiteten sich dessen Augen; sein Atem ging schnell und laut, seine Hände zitterten, und in leichten Konvulsionen bewegten sich die Beine. »... und dann hat sie einer von Euch, oder alle drei miteinander, dazu gebracht, daß sie den Mund hält. Für immer!«

Pizzini wollte aufspringen, doch Mayrs harter Griff drückte ihn auf den Stuhl zurück. »Nein!!« schrie der Spielmann empört. Kajetan, dessen Mund nur noch wenige Zentimeter von dem Gesicht Pizzinis entfernt war, schrie weiter: »Wer von Euch wars? Raus damit! Du! Du warst es! Gibs zu! Ein jeder siehts dir an, wiesd dich windest und drehst! Dabei springts dir raus aus deim Gesicht, das schlechte Gewissen und daß dich die schlechte Tat wie ein Felsbrocken drückt ...«

Pizzini bebte vor Empörung und wachsender Angst. Dann sank er zusammen und überließ sich einem verzweifelten Schluchzen. Sein Mund öffnete und schloß sich wieder und formte tonlos Wörter.

»Waas? Pizzini?!!«

Kajetan beugte sich herab und hielt sein Ohr an den Mund des Gefangenen. Speichelfäden platzten. Ein plötzliches, heftiges Würgen überfiel den Spielmann, hart krümmte sich sein Körper aus dem Griff des Wachtmeisters zu Boden. Dünne Essensbrocken in trüber, glasiger Flüssigkeit platschten auf den hölzernen Boden. Kajetan fuhr zurück.

»Wachtmeister ...«

»Ja ...?« Mayr hatte Pizzini hochziehen wollen.

»Lassens ihn.«

Pizzini lag auf den Knien und stützte sich auf die Hände. Die würgenden Attacken ließen langsam nach. Der Inspektor richtete sich auf; auch der Bürgermeister löste sich aus seiner Erstarrung und verzog verächtlich den Mund. »Drecksau, elendige«, sagte er leise.

»Wachtmeister, wir kommen so nicht weiter. Bringens den Pizzini zurück. Ich will erst einmal die ganze Bagage sehen. Holens den nächsten, bitte.«

»Zu Befehl.«

Mayr packte den gebrochenen Mann, der sich den Schleim von Mund und Bart wischen wollte, zog ihn mit festem Griff hoch und führte ihn aus dem Raum.

»Direkt ekelhaft, nicht wahr, Herr Inspektor? Wenns um den eigenen Hals geht, wird gejammert. Aber vorher gibts kein Erbarmen nicht mit so einem jungen Menschen...«

Kajetan antwortete nichts darauf. Er ging langsam an das Fenster, öffnete es und holte tief Luft. »Das ist doch alleweil so, Herr Bürgermeister. Ich kenns nicht anders.«

Der Bürgermeister schüttelte langsam den Kopf. »Nein, nein, nein. Daß des grad jetzt geschehen muß...«

»Meinens, im Sommer gefällt einem das Sterben eher?«

»Schon, da hams recht. Aber grad so eine Gaudi. Früher hats so etwas nicht gegeben, nicht, daß ich mich jetzt entsinnen könnt...«

»Meinen Sie?«

»Vor dem Krieg, da war das anders, glaubens mir.«

»Ich weiß nicht recht.«

Der Bürgermeister ignorierte Kajetans Zweifel und redete weiter.

»Die Klöpfl-Leut, die Berschtn, und all das. Es ist ein uralter Brauch bei uns da drinnen. Die Sänger haben wunderbare Stimmen gehabt, und die Bauern haben gern gegeben. Aber seit dem Krieg... ist, scheints, alles anders geworden.

Die neue Zeit, heißts ... Man kennts sich manchmal gar nimmer aus. Den König jagens weiter«, er sah den Inspektor an, als müsse dieser die Empörung über diese Ungeheuerlichkeit teilen, »der Bauer gilt rein gar nichts mehr. Heutzutag kommen bloß noch die Hungerleider von Oberndorf rüber, weils keine Arbeit mehr haben, seits dort die Eisenbahn gebaut haben. Singen könnens auch nicht, daherkommen tuns wie die Bettler ...«

»Sinds ja auch.«

»Gewiß ... Die Gant steht über jedem zweiten Hof. Der Jud bringt die Leut ums Geld ...«

»Dabei habts Ihr doch gar nicht soviel gespürt vom Krieg da herinnen? Ich mein: Verhungert, wie in der Stadt drin, ist doch keiner von den Bauern?«

Eine leise Verächtlichkeit klang aus dem Geräusch, als der Bürgermeister Luft aus der Nase stieß. »Die Städter kommen zu uns her, sehen die großen Höfe, sehen das Vieh, die Felder ... aber was an Steuern draufgeht, sehens nicht. Und wer in den Gemeindehäusern mehr stirbt als lebt, weil die Gemeinde die Armen nicht mehr unterhalten kann, sieht keiner. Und, daß Sie nicht meinen: Fast auf jedem Hof hats einen oder zwei gegeben, die nicht mehr heimgekommen sind vom Feld. Junge Leut, die den Hof hätten übernehmen sollen, die oft schon verheiratet gewesen sind, Kinder gehabt haben. Was meinens, was da los war beim Postwirt. Zwei Söhne! Gefallen! Jetzt ist es nur noch der Alte, der auch schon gar hinfällig ist, und die Schwiegertochter schmeißt alles ganz allein. Sie weiß bis heut nicht, ob ihr Mann noch irgendwo am Leben ist.«

»Vermißt?«

Der Bürgermeister nickte. »So heißt es. Freilich lebt er nicht mehr. Aber sie will es nicht glauben. Sie bildet sich ein, daß er in irgendeinem Lazarett vegetiert und nichts mehr weiß ...«

Kajetan, der lange auf die blendende Fläche des Dorfplatzes gesehen hatte, wandte sich nun wieder um. Langsam gewöhnten sich seine Augen an die Dunkelheit. Es stank. Er nahm eine alte Zeitung und wischte das Erbrochene mit schnellen Bewegungen weg, als wieder Mayrs Schritte zu hören waren. Auch bei diesem Gefangenen, einem hageren, schnurrbärtigen Mann, waren die Spuren der Mißhandlung noch deutlich zu sehen. Schwarzes, von einigen weißen Strähnen durchsetztes Haar hing ihm über die Stirn. Die Tränensäcke waren angeschwollen, die Augäpfel rot gerändert. Mayr, dessen Atem schwer ging, hatte ihm die Hände auf dem Rücken gefesselt und hielt das Ende der Kette in der Hand.

»Wozu die Ketten, Herr Wachtmeister?«

»Weil das der Verreckteste von allen ist. Der wollt mich unten schon anspringen«, antwortete Mayr schwer atmend.

Kajetan wies zum Stuhl. Der Wachtmeister stieß den Gefangenen nach vorne und drückte ihn auf den Sitz. Der Mann wehrte sich kaum dagegen, doch sah er, anders als Pizzini, Kajetan direkt ins Gesicht.

»Name, und von wo gebürtig?«

Die Stimme des Mannes klang ruhig. »List Mauritz, von Oberndorf.«

»Ist Schiffmann im Sommer und geht im Winter auf Bettelreis.« List nickte, ohne den Blick von Kajetan zu nehmen.

»Er scheint auch noch stolz drauf zu sein?«

Der Gefangene hob die Augenbrauen. »Es schaut halt ein jeder, wie ers zu was bringt.«

»List«, sagte Kajetan und machte eine ärgerliche Handbewegung, »ich komm gleich zur Sach. Der Pizzini hat bereits zugegeben, daß Ihr am Sonntag nachmittag beim Erber eingedrungen seid und dort die Speis ausgeräumt habt...«

List nickte langsam.

»Und dann hat einer von Euch, oder alle miteinander, die dort anwesende Dirn umgebracht«, Kajetan hatte im gleichen, fast unbeteiligten Tonfall gesprochen, »erschlagen. Mit einem Holzscheit.«

»Nein.« List verzog keine Miene.

»Was nein? Mit einem Schürhakl?«

»Nein. Nicht mit dem Schürhakl...«

Kajetan hielt die Luft an. List fuhr fort: »Mit gar nichts. Wir haben sie nicht umgebracht. Wir haben gar keine Dirn nicht gesehen.«

Mayr gab Kajetan ein Zeichen. »Herr Inspektor...!«

»Ja?«

»Erwürgt, Herr Insp...«

Kajetan winkte ab. »Schon recht, Wachtmeister. Ich weiß schon, was ich frag. Ach...!«

In Lists Augen lag Spott.

»... der List ist ein ganz Schlauer«, bemerkte der Inspektor scharf, »dann erzählt er mir jetzt einmal, wie er meint, daß es gewesen ist. Wahrscheinlich hören wir jetzt, daß sie sich selber abgekragelt hat.«

Der Bürgermeister lachte auf, schwieg aber sofort wieder. List versuchte, sich gerade zu setzen.

»Gehns, Wachtmeister«, wandte sich Kajetan an Mayr, »nehmens ihm doch die Ketten ab. Das brauchts doch wirklich nicht. Diesem Krischperl werden wir doch Herr werden.«

Mayr zögerte. »Er wollt mich unten schon anspringen!«

»Das wird er sich aber da nicht trauen. Machens die Ketten los.«

Mayr zögerte. Dann begann er, am Fesselschloß zu hantieren. Es sprang auf. Schnell zog List seine Hände nach vorne, schnellte in tierhafter Geschwindigkeit hoch und wollte zur Tür rennen. Mayr sprang ihm nach, erwischte ihn am Mantelkragen und schleuderte ihn zu Boden. Auch Kajetan war mit einigen Schritten bei ihm. Mit ungeheurer Kraft riß List an den Griffen der beiden Männer, bis nun auch der Bürgermeister aufsprang und den Tobenden an den Beinen packte. List lag eine Sekunde still, zog dann blitzschnell eine Hand hoch und krallte sich in Kajetans Haar. Kajetan spürte, wie harte Nägel sich in seine Kopfhaut stachen. Er holte aus und schlug List mit äußerster Wucht ins Gesicht, bis sich der schmerzhafte Griff lockerte.

Mayr hatte bereits wieder einen Arm geschlossen und zog das zweite Handgelenk in die Fessel. Lists Brustkorb hob und senkte sich heftig. Seine Augen waren geschlossen. Mayr zerrte ihn wieder zum Stuhl. Noch immer hatte List seine Augenlider fest zusammengepreßt. Seine Backenknochen mahlten heftig; seine Lippen waren nur noch ein blutloser Strich.

Kajetan hatte sich wieder auf seinen Stuhl fallen lassen und ordnete sein Haar mit den Händen. Mayr vermied es, ihn triumphierend anzusehen.

»Nächstesmal hör ich auf Sie, Herr Wachtmeister.«

»Jawohl, Herr Inspektor.«

»Nun... List? Wie man sieht, bist du die Friedlichkeit in Person. Zorn und Gewalttat sind dir völlig fremd. Jetzt sind wir gespannt, wie du dich da rausredest.«

List bewegte sich noch immer nicht. In harten Zeichnungen fiel das Sonnenlicht in den Raum.

»Uns pressierts nicht, List.«

Nun öffnete der Gefangene seine Augen. Seine Stimme klang jetzt leiser. »Wir haben sie nicht umgebracht.«

»Wenn ich sag: uns pressierts nicht, dann heißt das nicht...«

List hörte nicht, sondern unterbrach ihn. »Freilich sind wir in die Speis rein. Wir haben halt einen Mordshunger gehabt. Von den paar Kücheln wirst ned satt.«

»Und dabei hat Euch die Dirn überrascht.« Kajetan atmete hörbar aus. Eine wachsende Ungeduld klang aus seiner Stimme. List schien sich jedoch nicht davon beeindrucken zu lassen.

»Nein.«

»Sie hat Euch alles freiwillig gegeben.«

»Nein. Da war kei...«

Kajetan war aufgesprungen und brüllte List unvermittelt an. »List! Du lügst, wennsts Maul aufmachst!«

Der Gefangene wich zurück. Mayr verstärkte den Griff auf die Schulter des Mannes.

»Nein! Nein! Und dreimal: Nein!« bebte List, »wir haben keine Dirn nicht gesehen und keine Dirn nicht umgebracht!«

»Aber auf dem Hof seids gewesen! Zur selben Zeit, wie das Mädl umgebracht worden ist! Eure Fußspuren sind direkt vom Haus zu eurer Liegstatt gegangen!« Kajetans Stimme war immer unkontrollierter geworden. Mayr griff nun mit beiden Händen zu. Die Schuhe des Mannes scharrten wild auf dem Boden.

»Für Euch wamperte Bauern und breitarschige Gendarm sind wir vielleicht der letzte Dreck«, schrie List in unbändigem Zorn, »aber keiner von uns bringt wen um...«

Der Bürgermeister war mit einem Satz aufgestanden und hatte List klatschend ins Gesicht geschlagen. »Du... du Hundskrüppel, du!« preßte er schweratmend hervor.

Kajetan war außer sich. Er packte den Lindinger und riß ihn zur Seite. »Weg! Himmelherrgottsakrament! Bin ich hier im Irrenhaus? Was fällt Ihnen ein? Mayr!«

»Ja... jawohl?«

»Abführen. Der Kerl ist völlig verstockt. Aber das wird ihm nichts nutzen.« Kajetan holte Luft und versuchte sich zu beruhigen. »Den nächsten. Und Sie, Herr Bürgermeister, lassen uns jetzt am besten allein. Verstehens mich?«

Lindinger beherrschte sich, nahm seinen Hut und sagte mit gleichmütiger Stimme, deren Erregung jedoch noch zu fühlen war: »Ist ja auch nicht meine Sach. Sie werdens dann schon richten ...« Er wandte sich zur Tür. List, den Mayr schon zum Ausgang gebracht hatte, drehte sich nun noch einmal um. Er grinste plötzlich.

»Ihr brauchts einen, gell?«

Kajetan riß den Mund auf.

»Und wir kommen Euch grad recht. Dann gibts ein paar Bettelleut weniger, mit denen die anständigen Leut was teilen müßten ...«

»Raus!!«

List lachte, als Mayr ihn fest in das Dunkel des Ganges riß. Wortlos verließ nun auch der Bürgermeister den Raum. Gedämpft waren die Schritte der beiden Männer auf den Kellerstufen und das Geklirr der Ketten zu hören. Dann herrschte völlige Stille. Kajetan eilte zu seinem Stuhl, überflog die wenigen Notizen seines Heftes, schob sie verärgert zurück, stand auf, ging zum Fenster, öffnete und schloß es, ging wieder in die Mitte des Raumes.

14

Mit teilnahmslosen Augen im schmutzverschmierten Gesicht stierte der Gefangene zu Boden. Mayr hatte ihm keine Ketten angelegt. Widerstandslos hatte er sich nach oben führen lassen. »Hörst du nicht? Name? Wo geboren?«

Der Mann regte sich nicht. Kajetan sah erstaunt zum Wachtmeister. Dieser zuckte die Schultern und schien auf eine Anweisung zu warten, daß er den Mann zur Räson zu bringen hätte. Der Inspektor erhob sich und ging zu dem Mann, der zusammengesunken auf dem Stuhl saß.

»Ich hab gefragt: Name? Wo geboren?«

Mayr stieß ihn heftig an. »Du sollst deinen Namen dem Herrn Inspektor sagen! Hundsfott!«

Kajetan sah aufmerksam in das bewegungslose Gesicht des Gefangenen. »Hört der nicht?« wandte er sich zweifelnd zum Wachtmeister, der ratlos die Schultern hob.

»Meinst du vielleicht«, sprach er wieder zu dem Sitzenden und griff an dessen Schulter, »das hilft? Wir kriegens ja doch raus. Wirst dich wundern, wie schnell das geht.«

Kajetan richtete sich wieder auf und ging mit langsamen Schritten hinter ihn. Der Mann bewegte sich nicht. Der Inspektor ging weiter, verfolgt von den erstaunten Blicken des Wachtmeisters. Kajetan war nun bei der Eingangstür angekommen, stand kurz still und ging mit gleichmäßigen Schritten zurück. Wieder blieb er für eine Weile hinter dem Gefangenen stehen und entfernte sich in der gleichen Weise, um es bald danach zu wiederholen. Dann trat er wieder hinter den Rücken des Mannes. Im selben Moment krachte mit ohrenbetäubendem Laut ein metallener Aschenbecher zu Boden.

Mayr, der seinen Blick in diesem Moment bei dem Gefangenen hatte, zuckte heftig zusammen. Der Gefangene hatte jedoch nicht reagiert. Kajetan ließ ratlos die Hände sinken, hob den Becher vom Boden auf, stellte ihn auf den Tisch und beugte sich erneut zu dem Gefangenen, dessen Blick durch ihn hindurchzugehen schien. Ein eigenartiger Mantel, dachte Kajetan kurz. Enttäuscht nahm er auf seinem Stuhl Platz.

»Tja, Wachtmeister ... die Streckbank gibts ja heut leider nicht mehr ... Was ist?«

Mayr hatte ihm ein Zeichen gegeben, holte tief Luft und brüllte: »Ruki wwerch!!«

Die Hände des Gefangenen! Sie zuckten, und im Gesicht des Mannes schien für den Bruchteil einer Sekunde ein Blitz auf. Mayr richtete sich stolz auf.

»Ein Russ', Herr Inspektor!«

Kajetan sah ungläubig zu Mayr und dann zu dem Gefangenen, bis sich das Gefühl ordnete, das der ungewöhnliche Kragenschnitt bei ihm ausgelöst hatte: Der Mann trug einen Mantel der russischen Armee. Er hatte diese Mäntel gesehen, als auf die russischen Kriegsgefangenen, die sich der Eisner-Revolution angeschlossen hatten, Treibjagd gemacht wurde und von denen nach Tagen das Gerücht durchsickerte, sie wären in einer Kiesgrube im Norden Münchens erschossen worden.

»Ein Russ', Wachtmeister?«

Mayr nickte stolz.

»Ich glaub, Sie haben recht. Aber woher können Sie russisch, Wachtmeister?«

Mayr lächelte geschmeichelt. »Viel mehr kann ich gar nicht. Was einer halt so können muß, im Ausland, gell.«

»Was wars denn, was Sie geschrien haben?«

»Hände hoch! Herr Inspektor.«

Kajetan nickte fahrig. Er hatte seine Augen nicht vom Gesicht des Gefangenen gelassen. Nun waren dessen Augen erwacht...

15

Doktor Notsch hatte lange mit dem Mann in russischer Sprache gesprochen. Der Gefangene schien ihm zu vertrauen. Leise und zögernd, doch ausführlich antwortete er auf die Fragen des Doktors.

Schließlich lehnte sich Notsch zurück. »Wie Sie vermutet haben, Herr Inspektor. Er stammt aus der Nähe von Charkow und ist bei Slobowka Lesna in Gefangenschaft geraten. Im November '18 ist er mit vielen seiner Kameraden befreit worden, ist in der Gefangenschaft schwer erkrankt und konnte zunächst nicht in seine Heimat zurück. Bis er schließlich mit fünfzig Kameraden im Mai '19 in Haft genommen worden ist. Er hat sich dann – wie, hat er nicht gesagt, vermutlich wollte er niemanden belasten – retten können. Alle anderen sind jedoch in einer Kiesgrube erschossen worden... Und er sagt auch, daß auf dem Hof kein Mensch gewesen sei. Nikogo, towarischtsch?« Mit diesen Worten hatte Notsch sich wieder an den Gefangenen gewandt.

Dieser schüttelte müde den Kopf. »Nikogo. Njet.«

»Und er hat gesagt, daß sie nur etwas zu essen und zu trinken genommen hätten und dann weggerannt seien.«

Kajetan nickte. »Ist ihm zu glauben?«

»Ja.«

»Was macht Sie so sicher, Herr Doktor?«

»Das weiß ich selber nicht, Herr Inspektor.« Notsch richtete sich wieder auf und sah Kajetan ins Gesicht. »Als Arzt kriegt man so ein Gespür... Aber fragen Sie mich nicht, was das für eines ist. Vielleicht kommt es daher, daß man oft Menschen in Situationen erlebt, wo das Lügen keinen Sinn mehr macht... Wars das dann, Herr Inspektor?«

Kajetan nickte. »Ja... Mayr, bringens den Mann wieder nach unten. Und den Pizzini hoch.«

Der Wachtmeister tat, wie ihm geheißen. Der Doktor, der sich mit eigenartiger Umständlichkeit den Mantel angezogen hatte, war an der Tür stehengeblieben und ließ die beiden Männer vorbei, wobei er den Gefangenen kurz berührte. Als beide im Dunkel des Ganges verschwunden waren, ergriff er die Türklinke. »Herr Inspektor«, sagte er vorsichtig.

»Herr Doktor?«

»Ich glaube nicht, daß Sie die Richtigen gefangen halten.«

»So?«

»Ich weiß es wiederum nicht. Ich bin mir aber sicher.«

»Glauben hat keinen Nutzen.«

»Sagens das nicht zu laut.« Notsch lächelte fein.

»Irgendeinen Anlaß werden Sie doch haben – außer Ihrem starken Glauben?«

»Ich glaub an nichts mehr, Herr Inspektor. Und das Träumen ist auch nicht mehr meine Sach«, schüttelte er den Kopf und fügte hinzu: »Redens einmal mit dem alten Luk.« Er öffnete die Tür.

»Dem Verrückten?«

»Wer ist nicht verrückt, auf seine Weise? Luk ist es, ohne Zweifel, aber er ist anders verrückt. Er wohnt in der Sägemühle am Großwald. Reden Sie mit ihm. Guten Tag, Herr Inspektor.« Er ging hinaus und gab dem Bürgermeister die Klinke in die Hand.

Die Neugier stand Lindinger ins Gesicht geschrieben. »Ich hab den Doktor hergehen sehen. Was ist denn passiert? Und entschuldigens wegen vorhin, Herr Inspektor. Sich von so einem Grattler beschimpfen zu lassen, hab ich nicht aushalten können...«

Kajetan winkte ab. »Schon recht, Herr Bürgermeister. Was los war? Der Doktor hat uns was vom Russischen übersetzen müssen.«

»Vom Russischen?«

»Sie sagen es.«

Der Bürgermeister setzte sich auf den Stuhl. »Jetzt wirds Tag! Das sind doch keine... Russen?«

»Einer von ihnen. Ein früherer Kriegsgefangener.«

»Aber... die habens doch seinerzeit alle...« Er sprach nicht weiter. Der Inspektor nickte ernst.

»Einer ist ihnen scheints ausgekommen.«

Der Bürgermeister schien es immer noch nicht glauben zu wollen. Er schüttelte den Kopf. »Jetzt wirds Tag«, wiederholte er, »jetzt sind die Bolschewiken schon bei uns herunten...«

Kajetan hörte nicht zu. Er hatte beschlossen, eine uralte Methode anzuwenden; es würde keine sonderlich schöne Methode sein, doch Pizzini würde darauf hereinfallen. Er war das schwächste Glied der Kette.

Wieder öffnete sich die Tür zum Gang. Kajetan ging hinter den Schreibtisch und setzte sich, während der Wachtmeister den Gefangenen wieder auf den Verhörstuhl führte. Der Inspektor sah kalt auf.

»So, Pizzini! Jetzt hätten wir Deine Freunderl auch ausgefragt. Und dabei ist uns so einiges recht komisch vorgekommen.« Kajetan sprach jetzt mit lauter, befehlender Stimme.

»Wie... wie meinens des?«

»Herr Inspektor...!«, bellte der Wachtmeister wieder. Pizzini sah ihn erschrocken an und fügte dann ein verschüchtertes »Herr Inspektor« hinzu.

»Ich meins, wie ichs sag! Ich sag Dir auch noch, daß meine Geduld nimmer lang anhält. Also noch mal: Es ist Sonntag um, sagen wir mal, halb fünf. Du und deine Freunderl dringen – verbotenerweise! Das allein gibt schon eine saubere Straf! – in den Hof vom Erber ein. Das gibst du zu. Ja?«

»Ja... ja.«

»Und jetzt erzähl weiter, Pizzini.«

»... Wie ichs schon gesagt hab.«

»Ich wills aber noch mal hören.«

»... Wir haben gefragt: Ist niemand daheim? Und dann sind wir in die Speis...«

»Alle gleichzeitig?«

»Ja... ja.«

»Weiter?«

»Nichts. Wir haben uns was zum Essen genommen und...«

»Wart Ihr die ganze Zeit zu dritt in der Speis?«

Pizzini stockte. Kajetan bemerkte es.

»Ich hab dich was gefragt, Pizzini!«

»Ja ... ja. Ich denk schon, ja.«

»Die anderen sagen aber«, setzte Kajetan sofort nach, und seine Stimme war um Grade schärfer geworden, »daß du einmal allein rausgegangen bist aus der Speis!«

Pizzini sah überrascht zu Kajetan, dann zum Wachtmeister und zum Bürgermeister, der angespannt auf seinem Stuhl zugehört hatte. Dann wuchs eine entsetzliche Ahnung in seinen Augen. »Das ... das ist ja nicht wahr!« rief er nun, »das ist eine Lüg! Der Russ' kann ja gar nichts gesagt haben, der kann ja gar nicht ...«

»Da hast Pech gehabt, Pizzini. Der Wachtmeister Mayr spricht perfekt russisch! Also!? Du bist allein rausgegangen? Wohin?« Pizzini sah nicht, wie Mayr das Lob seiner Sprachkenntnisse bescheiden abzuwehren versuchte. Ratlos flogen seine Blicke im Raum herum, stotternd suchte er nach Worten.

»Ihr ... Ihr wollts mich ... reinlegen ...«

Kajetan erhob sich mit einer heftigen Bewegung, ging um den Tisch herum und packte Pizzini an den Schultern. »Manderl!« schrie er in den entsetzten Blick des Mannes, »weißt du eigentlich, was dir blüht? Weißt, wie das ist, wenn einer zum Richtplatz kommt und einem der Pfarrer die letzte Beicht abnimmt? Und wie dann, wenns unters Messer geschoben werden, sogar die hartgesottensten Bazi nach ihrer Mama schreien und in die Hosen bisln? Und weißt du, was du für ein Volldepp bist, wenn du«, Kajetan schüttelte ihn heftig, »wenn du die anderen deckst, die dich ans Messer liefern wollen? Der Pizzini ist allein raus! haben sie gesagt. Alle zwei! Ich habs auf deutsch, und ich habs auf russisch!!«

Pizzini zitterte heftig. Hohe, unverständliche Laute drangen aus seinem Mund und gingen in ein lautes Schluchzen über. Kajetan lockerte seinen festen Griff und nahm eine Hand zurück. Er fiel in einen ruhigen, verständnisvollen Ton.

»Schau her, Pizzini…« Der Gefangene schluchzte lauter. »Schau her, Pizzini, ich glaubs denen eh nicht. Du bist ja im Grund ein anständiger Lapp…«

Das Weinen des Mannes ging in ein gequältes Wimmern über. »… ein anständiger Lapp, der in Not gekommen ist, und der dafür nichts kann.«

Wieder weinte Pizzini hemmungslos. Dann suchte er nach Worten. »Ich… kann ja nichts dafür. Vergant habens mich…«

»Vergant hams dich, ja, Pizzini.«

Behutsam wiederholte Kajetan dessen Worte. »Ich versteh dich gut… Schau, Pizzini«, nahm er ihn wieder an beiden Schultern, »keiner erfährts, wenn du uns sagst, wers gewesen ist. Es kann nur einer gewesen sein, hat der Doktor festgestellt. Und die unschuldig sind, kommen bald wieder heim. Schau her, Pizzini«, Kajetan suchte die abgewandten und verweinten Augen des verzweifelten Mannes, »schau her, ich werd persönlich mit dem Richter reden, daß er dir bloß eine niedrige Straf gibt. Werd ihm sagen, dem Richter, daß du uns am meisten geholfen hast, und daß sowas belohnt gehört, und daß man einen braven Mann, der halt einmal ausgerutscht ist, nicht gleich so ganz hart…«

Nun stieß es ruckartig aus Pizzinis Mund. »Der Mauritz wars… der hat… es getan…« Mayr und der Bürgermeister hielten den Atem an und sahen zu Kajetan.

»Sie hat Euch erwischt, gell, Pizzini?«

»Und…«

»Und da ist der Mauritz zu ihr hin…?«

»Ja… ist raus… und hats gepackt…«

»Am Hals gepackt?«

»Weils… gleich still war… und…«

»Der Mauritz ist raus und hat sie am Hals gepackt, Pizzini?«

»Ja ... aber wir ... haben nicht ... genau gesehen ... wie ...«

»Aber der List Mauritz hat es getan?«

»... Ist raus ... und ...«

Pizzini konnte nun nicht mehr sprechen. Er zitterte an allen Gliedern. Kajetan nahm seine Hände von ihm, ging wieder zu seinem Sitz und blickte kühl auf den Weinenden.

»Wachtmeister, das langt mir fürs erste. Bringens ihn retour.«

»Zu Befehl.«

Mayr zog den Gefangenen von seinem Stuhl und mußte ihn beim Gehen stützen. Sie standen bereits im Türrahmen, als Kajetan sie, einer plötzlichen Eingebung folgend, zurückrief.

»Halt! Pizzini – kannst du dich noch erinnern, wie sie angezogen war?«

Der Angesprochene wandte sich langsam um, ohne zum Inspektor zu sehen. Er schüttelte den Kopf.

»Irgendwas wirst du doch gesehen haben? Einen Rock, ein Kopftuch?«

»Wenns doch so finster gewesen ist ...«

»Aber daß sie einen Rock angehabt hat, das hast du doch gesehen?«

»... einen Rock, jawohl ... und ein Kopftuch, ja ...« Pizzini wollte sich wieder zur Tür drehen.

»Bleib noch, Pizzini! Und daß sie auch helle, lange Haar gehabt hat, hast du doch auch gesehen? So was leuchtet doch im Finstern? Helle, lange Haar, Pizzini?«

»Ja ... lange Haar ... helle Haar ...«

»Helle Haar wie ein Engel?«

»... Engel ... ja ...«

»Gut. Abführen.«

Mayr schien etwas sagen zu wollen, führte aber schließlich doch den Gefangenen nach unten. Der Inspektor saß unbewegt und blickte starr geradeaus.

Nun kam Bewegung in den Bürgermeister. Er stand auf und kam näher. »Meinen Respekt, Herr Inspektor!« sagte er anerkennend. Kajetan antwortete nicht.

»Das hätten wir dann auch«, fügte Lindinger nach kurzem Erstaunen hinzu und ging einen Schritt zur Tür, »bin ich froh, daß wir die Bagage bald los sind. Soll ich wegen dem Transport in Dornstein anrufen, Herr Insp...«

»Nein!!«

»Aber ich müßt eh...«

»Nein, hab ich gesagt! Können Sie nicht hören?« Kajetan schrie in plötzlichem Zorn. Er sah den Bürgermeister wütend an, sprang hoch, lief zum Wandhaken, riß seinen Mantel herab und drängte Lindinger zur Seite.

»Jetzt«, fauchte er, »brauch ich erst einmal frische Luft. Saubere Luft, Herr Bürgermeister. Da herin stinkts nämlich!«

Er öffnete mit einem Ruck die Tür, ging hinaus und ließ sie krachend zufallen.

16

Noch wüteten Zorn und Enttäuschung in ihm, als er den Dorfplatz überquerte, um zum Gasthof zu gehen. Das Gesicht des Mädchens, das Kajetan auf dem Tisch des Krankenhauses gesehen hatte, war von kurzgelocktem, tiefschwarzem Haar umrahmt! Das wußten auch Mayr und der Bürgermeister. Warum hatten sie ihn nicht darauf hingewiesen?

Aus einem der Räume des Schulhauses flog dünner Kindergesang über den fast menschenleeren Platz. Er mischte sich mit dem fernen Kreischen einer Säge und eine unsichtbare Luftader mit dem Geruch frisch geschnittenen Holzes, kalten Holzfeuerrauches und warmen Kuhmists zog vom unteren Dorfteil heran. Wieder hatte Kajetan das Gefühl, als würden ihn hinter angedampften Fensterscheiben neugierige Augen beobachten, und das Gefühl des winterlichen Friedens ließ ihn unberührt.

Die Tür der Metzgerei öffnete sich, und eine junge Frau, die einen schweren Korb schleppte, ging mit schnellen Schritten auf ihn zu.

»Sind Sie von Dornstein?«

»So ist es.«

»Entschuldigens, ich sollt Ihnen von der Herrschaft einen schönen Gruß ausrichten und er läßt anfragen, ob Sie heut auf d' Nacht Zeit haben täten?«

»Wozu, bittschön?«

»Für zum Essen bei ihm.«

»Welche Herrschaft?«

»Der Herr Major.«

»Kennt der mich denn?«

Das Mädchen nickte bestimmt.

»Glaub schon.«

Kajetan überlegte kurz.

»Gut – wenn mir nichts dazwischenkommt, sagst dem Herrn Major, daß ich kommen tät. Wo wohnt sie denn, deine Herrschaft?«

Sie wechselte den schweren Korb auf den anderen Arm und wies auf eine Gasse zwischen der Schreinerei und der Bäckerei. »Da hinten«, sagte sie hastig, »diese Straß entlang. Es ist das letzte Haus.«

Nachdem sie Kajetan auch noch den Weg zum Erberhof beschrieben hatte, lächelte sie scheu und ging schnell weg.

17

Natürlich hätte er sich von einem Einspänner zum Oberland bringen lassen können, doch Kajetan hoffte, durch diesen Fußmarsch Ordnung in seine Gedanken zu bringen. Es gelang ihm nicht.

»Viel Müh werden Sie nicht haben«, klangen ihm die Worte des Kriminalrats nach, »die Täter sind schon festgesetzt.«

Was aber war das Geständnis des Pizzini wert? Kajetan war lange genug in seinem Beruf, um Zweifel an der Aussage des schwächlichen Mannes zu entwickeln. Aber hatte dieser sich vielleicht nur getäuscht, als er das Mädchen beschrieb? Vielleicht hatte Pizzini tatsächlich gesehen, daß List sich entfernte und draußen ein Getöse vernommen? Und sich den Rest zusammengereimt, um seiner Gefangenschaft ein Ende zu machen? Welche Bedeutung hatte es, daß der Bürgermeister das ermordete Mädchen als »närrisch« bezeichnet hatte, die Wirtin dies dagegen verneinte? Und was sollte der Hinweis des Doktors auf den Dorfnarren? Die Unmöglichkeit der Todeszeitbestimmung aufgrund eines – was zu dieser Jahreszeit nicht üblich war – geöffneten Fensters? Der spontane Ausruf des Bauern: »Das werds Ihr mir büßen!«, wo er doch zu diesem Zeitpunkt noch nicht wissen konnte, daß es sich um mehrere Täter gehandelt hatte? War vielleicht alles nur eine verwirrende Melange von Zufällen?

Die Sonne stand bereits hoch am Himmel, und der breite, offenbar häufig befahrene Weg, der zunächst in eine kleine Senke führte, um dann den das Tal begrenzenden Waldgürtel zu erreichen, war baumlos. Von Kufen und eisenbeschlagenen Rädern aufgerissener Schotter war unterbrochen von glitzernden, glatten Platten. Kajetan ging schnell, mit kurzen, sichernden Schritten; als er an einer Eisfläche fast den Halt verloren hätte, verlangsamte er seine Bewegungen. Die Hitze nahm zu, er schwitzte.

Nach mehr als einer halben Stunde, in der er nur einem alten Mann begegnet war, der mit fliegenden dunklen Rockschößen auf einem Bockschlitten ins Tal glitt, stand der Inspektor am Rand der Erberschen Rodung. Die Beschreibung des in einiger Entfernung auftauchenden Gehöfts stimmte.

Es unterschied sich in seiner Bauweise nicht von den anderen Gebäuden des Tales: Das Erdgeschoß war aus grob behauenen Feldsteinen errichtet. Der an manchen Stellen abgeplatzte hellgraue verwitterte Verputz legte ein vielfarbiges, in kalkhellem Mörtel eingelegtes Gesprengsel von Steinen unterschiedlicher Größe frei. Das Obergeschoß bestand aus Wänden, deren vom Regen vieler Jahrzehnte grau gewaschene Balken sich zu einem kunstlosen Verbund zusammenfügten. Die Stallung war ebenfalls bis zum Obergeschoß gemauert; der von einer breiten seitlichen Zufahrt erreichbare Heuschober war jedoch nur von langen, senkrecht und mit schmalen Ritzenbrettern abgedichteten Planken verschlagen. Der Hauseingang war von matt glitzernden, grob gehauenen Granitstürzen gerahmt. Die Tür stand einen Spalt offen.

Kajetan trat zuerst in die dunkle Tenne, dann in die Stube. Warmes Licht durchflutete den niedrigen Raum. Auf dem Boden nahe des schlicht gemauerten Ofens saß ein Kind, das nun ängstlich von seinem auf den Bohlen verstreuten Spiel aufsah.

»Mama!«

Die Verbindungstür zur Küche öffnete sich. Eine Frau, nicht mehr jung, kam herein. Sie trocknete sich die Hände an der Schürze. Leichte Unruhe lag in ihren Augen. »Ja?«

»Die Erberin?«

»Ja…?« Sie war mißtrauisch.

»Kriminalinspektor Kajetan aus Dornstein. Wegen der Sach mit Ihrer Pflegetochter wär ich da.«

Sie erstarrte sekundenlang, gab dann jedoch dem Kind einen Wink. »Hol den Vater, g'schwind.«

Widerspruchslos lief das Kind aus dem Raum. Seine Schuhe klapperten auf dem Steinfußboden der Tenne, dann war das Schlagen einer schweren Tür zu hören.

»Hockens Ihnen hin. Mein Mann ist grad im Stall draußd.« Kajetan dankte mit einer leichten Kopfbewegung und nahm an einer an der Fensterseite verlaufenden Bank Platz. Auf dem Tisch unter dem Herrgottswinkel stand ein kleiner, mit Kerzen bestückter Tannenkranz.

»Den zweiten Advent habts noch gar nicht angezündet?« versuchte Kajetan ein Gespräch.

»Uns wars nicht zum Feiern.« Sie sah unruhig zur Tür.

»Ist das … ein Bruder?«

Kajetan hatte die Bilder mit verstorbenen Angehörigen unterhalb des Kruzifixes betrachtet und darunter das Bild eines jungen Mannes in Matrosenuniform entdeckt.

»Ja. Er ist vermißt.«

»Er war bei der Marine, nicht wahr?«

Sie nickte.

Nun waren die Schritte des Bauern zu hören, und gleich danach öffnete sich die Tür der Stube. Der Erber, ein kleiner, stämmiger Mann mit schwarzem, leicht gekraustem Haar, band seine Arbeitsschürze ab und hängte sie an einen Haken.

»Was möcht Er?«

»Weger der Sanne ist der Herr da, Simon. Er ist von der Polizei in Dornstein.«

Kajetan ging ihm entgegen und reichte ihm die Hand. »Inspektor Kajetan. Wies Ihnen Ihre Frau sagt, wegen der Sanne bin ich hier. Mein Beileid …«

In das Gesicht der Frau schoß heftige Bewegung. Schnell hatte sie sich jedoch wieder gefangen. Der Bauer zeigte keine Regung, als er kurz die Hand des Inspektors ergriff.

»Und da gibt es noch ein paar Dinge, die ich wissen muß.«

»Aber«, sagte der Erber verwundert, »die sind doch schon eingesperrt?«

»Trotzdem. Es braucht halt alles seine Ordnung.«

Der Bauer nickte, ohne Kajetan anzusehen. »Wies meinen. Gehts in die Küche«, wies er seine Frau an, die darauf das kleine Mädchen an der Hand nahm und die Stube verlassen wollte.

»Ihre Frau kann ruhig dabei sein.«

»Das brauchts nicht.« Er machte eine ungeduldige Kopfbewegung, worauf die Erberin mit ihrem Kind verschwand.

»Wollen wir uns nicht hinsetzen, Erber? Da redt sichs besser.«

Der Bauer schien zunächst unschlüssig, dann nahm er am Tisch Platz und wies den Inspektor an, dasselbe zu tun. »Wir haben dem Mayr doch schon alles gesagt«, wiederholte der Erber. Kajetan ging darauf nicht mehr ein. Die Verschlossenheit des Bauern berührte ihn unangenehm.

»Erber... Ihr seids also am Sonntagnachmittag ins Dorf, derweil...« Irritiert sah er, wie der Bauer schnell eine auf der Bank liegende Zeitung umschlug und sie auf die Fensterbank schob. »... die Sanne allein daheimgeblieben ist. Wen habt Ihr da besucht?«

Die Bäuerin kam mit einer kleinen Schale mit Adventsgebäck herein und stellte sie auf den Tisch. Dann nahm sie, obwohl es dem Bauern sichtlich nicht angenehm war, ebenfalls Platz. »Das haben wir dem Adam, dem Wachtmeister, doch schon alles gesagt.« Auch aus ihrer Stimme klang eine eigenartige Abwehr.

»Trotzdem. Erzählens mir die Sache noch mal.«

Der Bauer legte die Arme auf den Tisch, legte die Finger ineinander und knetete sie mit festem Druck. »Wir haben«, begann er mit etwas lauterer Stimme, »die Mutter von meiner Frau besucht. Sie ist im Dorf daheim.«

»Da waren wir die ganze Zeit«, ergänzte die Erberin mit Bestimmtheit.

»Du bleibst draußd!« fauchte der Bauer das Kind an, das zögernd die Tür zur Küche geöffnet hatte. »Mei Spielsach…« sagte es schüchtern. Die Erberin stand schnell auf, hob zwei zerzauste Puppen vom Boden auf und reichte sie dem Kind. »Da! Und geh ned an Ofen, Wabn, gell?« Das Kind verschwand.

»Bis wielang wart Ihr da, Erber?«

»Bis gutding fünf, viertelüberfünf.«

Die Bäuerin rückte näher an ihren Mann und sah den Inspektor an. »Das haben wir so bei uns«, erklärte sie, »allweil am zweiten Advent besuchen wir die Mutter. Und am Heiligabend noch mal. Es freut sie halt.«

Kajetan hatte sich ein Gebäckstück genommen, als die Erberin noch einmal hinzusetzte: »Und dort waren wir die ganze Zeit, gell, Simon?«

Der Bauer wich ihrem fragenden Blick aus. »Die Mutter zeugts Ihnen, wenns nicht glauben.«

»Warum sollt ich nicht?«

Der Erber zog die Augenbrauen hoch, sah zur Seite und zuckte leicht mit den Schultern.

»Ich glaub euch«, versicherte Kajetan, »doch gehn wir weiter: Danach seids alle wieder heim. Wie lang brauchts Ihr vom Dorf herauf? Eine halbe, dreiviertel Stunde?«

»Zu Fuß, ja.«

»Und Ihr seids zu Fuß gegangen?« Beide nickten.

»Dann seids heimgekommen um – sagen wir mal – dreiviertel sechs. Was ist dann geschehen?«

Sie erzählten nun, sich gegenseitig ergänzend, was an jenem Abend sich zugetragen hatte. Sie taten es in fast gleichgültigem Ton, schmückten nichts aus, und dennoch konnte sich Kajetan genau vorstellen, wie der frühe Abend des zweiten Adventsonntags verlaufen sein mußte. War es zunächst die Bäuerin, die erzählte, so wurde sie zunehmend schweigsamer und in sich gekehrt, während ihr Mann weitersprach.

Das Bellen des Hundes, dessen Hals durch die Kette bis auf das rohe Fleisch aufgescheuert war, sei nur noch ein verzweifeltes, heiseres Heulen gewesen, als sie ankamen, und die weit geöffnete Haustür und Dunkelheit der Räume hätten bereits eine schlimme Ahnung hervorgerufen. Der Bauer sei eilig vorausgegangen, hätte eine Petroleumlampe entzündet und laut gerufen: »Sanne!« Bereits auf den Steinplatten des Hausgangs hätte er zerfließende Eisbrüche entdeckt. Während seine Frau in der Stube einen neuen Kienspan aufgesetzt hätte, sei er, mit zorniger werdenden Rufen, auf die Suche nach seiner Pflegetochter gegangen, die auf das Haus hätte aufpassen sollen. Die Tiere im Stall seien unruhig gewesen, und auch hier hätte er vergebens nach Sanne gesucht. Als er zum Haupthaus zurückgegangen sei, hätte er bereits seine Frau schreien gehört. »Die Speis! Simon!« Was denn damit sei, hätte er gefragt, und, daß sie ausgeräumt sei, alle Schalen zerhauen und ... hätte sie weinend geantwortet. Er hätte sich die Verheerung angesehen und dann sei, obwohl er es hinter zornigen Rufen verborgen hätte, Angst in ihm gewachsen. Mit einer bösen Sicherheit wäre er dann die Treppe zum Obergeschoß gelaufen, hätte die Tür zu Sannes Schlafkammer, dann die der anderen Kammern aufgerissen und sie schließlich gefunden. Langsamer sei seine Frau ihm nachgekommen und beim Anblick des toten Mädchens weinend zusammengebrochen. Dann hätte sie entsetzt zu ihrem Mann geschaut, der in diesem Moment mit ungläubigem und gänzlich blödem Gesicht erstarrt sei ...

Die Bäuerin hatte nun jede Beherrschung verloren. Sie hatte ihre Hände vor ihr Gesicht geschlagen und weinte leise. Der Erber, von der Bewegtheit seiner Frau berührt, suchte ungeschickt tastend ihre Schulter. »Das arme Ding ...

das arme … sie hat doch …«, schluchzte die Erberin, »hat doch … keinem Menschen was … zuleid getan …«

Kajetan räusperte sich. »Ich muß mir ihre Kammer einmal anschauen.«

Aus seinen Gedanken gerissen, stand der Bauer schwer auf und ging zur Tür, nachdem er Kajetan bedeutet hatte, ihm nach oben zu folgen. Auch die Bäuerin, die sich ihre Tränen mit ihrer Schürze abwischte, war aufgestanden.

Sannes Kammer grenzte direkt an die Stallung. Der Raum war klein und niedrig. Nur ein schmales Bett, ein einfach gezimmertes Tischchen mit einer Schublade, eine Anrichte mit einem Wasserkrug, einer Schale und einem kleinen, fleckigen Spiegel hatten darin Platz. Ein winziges Fenster, das durch die mit Kalkfarbe bemalten Balken geschlagen war, warf Licht herein. In die gemauerte Rückwand war eine schmale Tür zu einem schmalen Wandschrank eingelassen. Kajetan öffnete sie. Der Schrank war, bis auf einige wenige Hemden und einen festen Rock, leer. Unter der Anrichte stand ein Paar offensichtlich neuer Schuhe, und in der Schublade des Tischchens lag nichts als ein kleines, in schwarzes, abgewetztes Leinen gebundenes Gebetbuch. Kajetan öffnete es. Ein Zettel fiel heraus.

»Üb immer Treu und Redlichkeit«, las er, »bis an Dein kühles …« Er legte es zurück. Die Bäuerin schniefte leise, dann sagte sie mit beherrschter, doch zärtlicher Stimme: »Sie hat von der Lehrerin immer solche Fleißzetterl gekriegt.«

»Sie hätt auch Gedichterl geschrieben, ist mir gesagt worden?«

»Krämpf waren das«, sagte der Erber kurz.

»Kann ich welche lesen?«

Der Erber schwieg zunächst und schien zu bereuen, was er dem Mädchen in einer zornigen Minute angetan hatte. »Ich habs in den Ofen reingeschmissen …«

»Wieso?«

»Weils nie den Kopf bei der Arbeit gehabt hat.«

»Das war«, ergänzte die Bäuerin, »wie ihr im Herbst Vieh ausgekommen ist, das wo sie nicht mehr hat finden können.«

Kajetan horchte auf. »Sie hat Vieh gehütet?«

»Die Schaf hats gehütet«, erklärte die Erberin, »und da hats nie was gegeben. Bis vor gut sechs Wochen. Da sind ihr auf einmal zwei abgegangen. Der Mann ist mit ihr noch auf die Such gegangen, aber sie hats nimmer finden können.«

»Sie war so in ihrem ... Dings, daß sie gar nimmer gewußt hat, wo sie die Schaf überall getrieben hat«, nickte der Bauer. »Und da hat ihr der Mann die Gedichterl verbrannt. Heut tuts ihm gewiß leid«, sagte sie. Wieder erfaßte sie ein Schluchzen.

»Und da, auf dem Bett«, deutete Kajetan, »ist sie dann gelegen, wie Ihr sie aufgefunden habt?«

Der Bauer wandte erstaunt den Kopf. »Nein, nicht da ...« Er räusperte sich.

»Wie?«

»Das ist seine Kammer – der Sanne seine Kammer.«

»Ja, und?«

»Sie haben der Sanne seine Kammer sehn wollen.«

»Aber – wo ist sie denn dann aufgefunden worden, Erber?«

»In der ... vorderen Kammer.«

Kajetan war vorausgegangen und deutete auf eine der Türen, die zu den im vorderen Gebäudeteil liegenden Zimmern führen mußte. »Hier?«

Der Bauer nickte, kam näher und öffnete die Tür. »Sie hat da herin nichts verloren gehabt«, sagte der Erber hart in die Stille.

»Da ... da schlafts ja Ihr, Erber?«

»Sie hat da herin nichts verloren gehabt.«

Das Zimmer war sauber und aufgeräumt. Zwei schmale Betten standen nebeneinander. Auch hier fand sich wieder eine kleine Anrichte mit einer Schale und einem Krug Wasser, daneben jedoch ein breiter, bemalter Tuchschrank. Kajetan öffnete ihn einen Spalt. Er war mit hellen Tüchern und der Festtagskleidung der Bauersleute gefüllt.

»Wo ist sie gelegen?«

Die Bäuerin, die an der Tür stehengeblieben war, deutete auf das linke Bett.

»War eine Unordnung, wie Ihr sie gefunden habt?«

»Wir haben nicht darauf geachtet...«, sagte die Erberin leise, doch dann schien ihr etwas einzufallen, »außer... ich hab mir eingebildet, daß jemand im Kasten war und unser Hochzeitsgewand ausgeräumt hat.«

»Aber es ist nichts gestohlen worden?«

Beide schüttelten den Kopf. »Nur«, fügte die Bäuerin zögernd hinzu, »ich hab mir halt eingebildet, daß ich das Gewand anders zusammengelegt hab. Aber es täuscht sich eins leicht...«

Kajetan sah sich um. Unterhalb des Fensterbrettes entdeckte er eine feuchte Stelle. »Woher kommt das, Erber?«

»Es hat reingeschneit.«

»Wann?«

»Damals...«

»Ihr habts bestimmt nicht vergessen, das Fenster zuzumachen?« Beide schüttelten den Kopf. Sie gingen wieder nach unten. Kajetan bat den Erber, ihn in den Stall zu führen.

»Gibt es eigentlich noch einen anderen Zugang zum Haus – außer der Haustür?« wollte Kajetan wissen, als sie wenig später das düstere Gewölbe betraten. Der Bauer deutete auf ein Tor im hinteren Stallbereich. »Wenn man bei dieser Tür rausgeht, dann kommt man wieder auf die Straß.«

»Machen Sie sie mir auf.«

Der Erber ging nach hinten und griff an den Riegel. Er stutzte plötzlich.

»Was ist, Erber?«

»Der Riegelbogen ist herausgetrieben...«

»Wie kann so was passieren?«

Der Bauer betrachtete ratlos die ausgerissene Halterung.

»Wenn einer von außen dagegendrückt, nicht wahr?« Kajetan zog die Tür auf. Er blickte auf eine verschneite Fläche, auf der nichts außer den wirren Verläufen der Spuren kleiner Tiere zu sehen war.

Als er sich umwandte, blieben seine Augen an einer kleinen Vertiefung hängen. Dort, wo der Schneewind unter dem Vordach eine kleine Wächte angehäuft hatte, war der Abdruck eines Schuhes zu sehen, freilich schon von feinem Flugschnee überweht. Für die Zuordnung zu einem bestimmten Sohlenprofil wäre sie nicht mehr zu gebrauchen gewesen. Der Bauer hatte nichts von Kajetans Beobachtung bemerkt.

Als er sich wenig später von den Bauersleuten verabschiedete, drehte er sich im Türrahmen um. »Sagts, Erber, hier heroben haust doch der Luk?«

Die beiden sahen sich an. »Der Luk?«

»Der spinnerte Luk, wie ihr ihn heißt, jawohl. Wo find ich den?«

Der Bauer schien zu zögern und sah wieder zu seiner Frau. Sie wandte sich zu ihrem Kind und strich ihm die Haare aus dem Gesicht. »Aber... der ist närrisch.«

»Ich weiß, Erber. Wo also find ich ihn?«

Zögernd beschrieb der Bauer den Weg zum alten Sägewerk. Kajetan verabschiedete sich.

18

Im Bergwald, den Kajetan nach anstrengender Wanderung erreichte, strich merklich kühlerer Wind über sein eben noch schweißnasses Gesicht. Nach einer steil nach oben führenden Kehre öffnete sich der Wald zu einer Lichtung, die an einer Seite in eine Schlucht abzufallen schien. Mit blinden, teilweise zerschlagenen Fensterscheiben, bröckelndem Putz und vom Wetter grau gegerbten Läden stand die alte Sägemühle vor ihm. Überwehte, doch noch deutlich sichtbare Spuren, die ihn den ganzen Aufstieg begleitet hatten, führten zu einer Seitentür. Ein Habicht krächzte hinter den Wipfeln. Kajetan klopfte.

Niemand antwortete. Er öffnete die Tür und betrat eine düstere Halle. Berge von fauligem Sägemehl ließen wenig Sicht frei auf die alte Mechanik der Mühle. Eine mächtige Achse, die das Mühlrad über lose herabhängende Transmissionsbänder und ein Gewirr von Zahnrädern unterschiedlicher Größe mit den Sägevorrichtungen des oberen Stockwerks verbinden mußte, ragte in den Raum. Der Windzug bewegte die Fetzen verstaubten Spinnengewebs.

»Luk?«

Kajetan ging weiter. Er hatte, da seine Augen sich nun etwas an das dämmerige Licht gewöhnt hatten, eine nach oben führende Treppe entdeckt und trat auf den ersten Absatz. Als er nach oben sah, erschrak er.

Am oberen Ende der Treppe stand eine hohe Gestalt. Drohend hob sie ein Beil.

»Tu das weg!« Luk bewegte sich nicht. »Ich muß dich was fragen, Luk.« Der Inspektor zwang sich zur Ruhe. Er stellte seinen Fuß langsam auf die nächste Stufe. Luk hob das Beil. Schnell zog Kajetan seinen Fuß wieder zurück.

»Dir will ich doch nichts, Luk! Ich bin von der Polizei! Ich will dich wegen der Erber Susanne etwas fragen, Luk.«

»Es denkt mancher, er wär ein Vogel...«

»Was?«

»... und könnt fliegen und fällt hin und ist tot.«

»Was... meinst du damit, Luk?«

Der Verrückte fuhr in merkwürdig pastoralem Singsang fort, ohne sein Beil zu senken: »Und sagt ihm der Herrgott, daß er gelogen hätt zu die Menschen und lachts aus, und da hüt einer seine Schaf und ist gut allweil und streichelts und stürzens ihm allesamt ins Loch und finden nimmer heraus. Und da weints und weints und steigt in das Loch und bleibts bei die Schaf und träumts, es wär ein Vogel.« Er lachte.

Der Inspektor gab auf. Kopfschüttelnd drehte er sich um, warf noch einmal einen kurzen Blick zurück und ging. Fluchend öffnete er das Tor. Die Helligkeit blendete ihn. Dann hatten sich seine Augen daran gewöhnt.

An Mrs Philomena Hakansen, Manheim, Pennsylvania

So gehn mir, je älter ich werd, die Ding mit den Leuten immer mehr ans Gemüt. Einmal in meinem Leben hätt ich gedacht, jetzt wird die Zeit lichter und nur närrischer ist sie geworden seit dem Krieg. Sei du nur froh daß du fort bist von da, weil es ist gar kein verstehn mehr und wird alles bloß noch zur Maschkerad, es nutzt kein Reden mehr und kein Stillsein, drum schweig ich davon, aber muß immer reden und machen und fragen und Rat geben und sie lassen mich nicht mehr aus, und die Sach mit der armen Erber Sanne ist noch verzwickter geworden wie ich mir gedacht hab. Der Inspektor von Dornstein hat die Vaganten scharf ins Verhör genommen und einer hat dann endlich zugestanden, daß sein Komplize es gewesen ist, hat aber angesagt, daß das Mädl falsche Haar gehabt hat weil er sich verschaut hat im Finstern. Wie ichs dem Inspektor angeben wollt, ist er schon fortgewesen und hat der Bürgermeister über ihn geschimpft, daß er nicht ganz grecht wär und er zur Straf nach Dornstein her versetzt worden wär und ich sollt ja aufpassen.

Die Bäckin hat ihn gesehen, wie er zu Fuß ins Oberland ist und auch gesagt, was mords was für einer er sein sollt und ob der schon grecht ist. Ich aber mein, daß er ein feiner Mensch ist, einer wo genau hinschaut, aber sich nichts sagen läßt und Verlaß drauf ist was er tut. Und dann geht auf einmal ein komisches Gered über den Erber umher, weiß keiner genaues, aber tut jeder, als wüßt er, daß die Sanne sein lediges Kind gewesen wär und sie es aufbringen hätt wollen. So gut sind die Leut und so bös könnens aufeinmal sein, liebe Mena. Ist dann der noble Herr Major, der wo nach dem Krieg ins Jaidhaus gezogen ist, noch zu mir gekommen und hat sich erkundigt wies so geht allerweil und mit den Mordbuben, wann sie wegkommen, weil sie so eine Unruh bringen und wollt dann noch wissen, wo der Inspektor hingegangen wär. Sag ich, zum Erber wahrscheinlich, und will er wissen, was er dort sucht. Sag ich, was weiß ich, er ist halt ein Genauer und sagt er, das wär recht und ich hab bei allem, was die Leut gesagt haben, ein seltsames Gefühl gekriegt und sollt auch recht kriegen dabei.

19

Das Tal verlor nun alle Farben. Die Sonne, deren verglimmendes Licht in der Dämmerung in leuchtendem Violett über den Bergzügen im Westen stand, erreichte das Seitental nicht mehr. Fast augenblicklich war Kälte vom Flußtal und von den Hängen herangezogen. Als Kajetan nach kurzem Fußmarsch das Haus des Majors erreicht hatte, hob sich nur noch die dunkle Silhouette des Gebirges vor dem Nachthimmel ab.

Das »Jaidhaus« war in völlig anderer Weise als die meisten Gebäude des Tals gebaut. Über zwei hohen Geschossen stach ein steiles Dach empor, aus dessen Seiten Gauben wuchsen. Die der Straße zugewandte Hausseite war über die gesamte Breite mit einer Veranda versehen, deren Verglasung wohl im Sommer zu entfernen war. Das Geländer des kanzelartigen kleinen Balkons über dem Eingang war mit ausgeschnittenen Ornamenten verziert. Von Efeu umrankte hohe Fenster waren erleuchtet und warfen lange Lichtrauten auf den unberührten Schnee.

Kajetan öffnete das dünne Türblatt der Veranda und schlug einen Türklopfer. Ein verängstigtes Gesicht erschien. Das Mädchen, das ihn auf dem Walchinger Dorfplatz angesprochen hatte, begrüßte ihn respektvoll, versuchte einen ungeschickten Knicks und nahm seinen Mantel.

Eine Tür der geräumigen Treppenhalle, deren Wände mit Jagdtrophäen behängt waren, öffnete sich. »Herr Inspektor! Herzlich willkommen in unserem bescheidenen Heim!« Der Major, dessen Bewegungen und Tonfall unzweifelhaft auf seine soldatische Vergangenheit verwiesen, schüttelte ihm die Hand. »Ich freue mich, daß Sie Zeit gefunden haben. Gestatten, Rupp.«

Kajetan nannte ebenfalls seinen Namen. Der Major war gut einen Kopf größer als er; eine sehnige, doch schmalschultrige Gestalt, deren länglicher Kopf auf ein seltsam fliehendes Kinn zulief.

»Bescheidenes Heim! Sie sind gut, Herr Major«, sagte Kajetan anerkennend und wies auf das nicht eben dörfliche Armut ausdrückende Interieur des Raumes. Der Major winkte geschmeichelt ab. »a. D.! Major a. D., Herr Inspektor«, sagte er seufzend und wies ihn in ein angrenzendes Zimmer, »leider außer Diensten … Machen Sie es sich bequem, Herr Inspektor, bitte sehr.«

Sie befanden sich nun in einem Raum, dessen eine Seite fast zur gesamten Breite mit einem Bücherregal bedeckt war. An den anderen Wandflächen hingen Gemälde mit Jagdszenen; in der Mitte des Raumes befand sich eine kleine Sitzgruppe mit niedrigem, städterischem Mobiliar.

»Nun, aber in Walching scheint Sie jeder nur als Herr Major zu kennen.«

Wieder lächelte der Major und wies auf einen Sessel. »Bitte sehr«, er nahm ebenfalls Platz, »einen Cognac? Sie sagen mir doch nicht nein und wollen mir etwas von ›im Dienst‹ erzählen? Lies'che!« rief er dann, ohne die Antwort des Inspektors abzuwarten. Daß die Stimme des Majors übergangslos von beeindruckender Freundlichkeit in befehlenden Ton wechselte, fiel dem Inspektor unangenehm auf. Schon stand das Mädchen im Türrahmen. »Lies'che! Einen Cognac für den Herrn Inspektor und für mich«, herrschte Rupp sie mit leichter Ungeduld an und fügte hinzu, als sie ihn ängstlich fragend ansah, »unter dem Spiegelschrank, rechts. Stell dich doch nicht gar so an.«

»Re... rechts«, wiederholte das Mädchen scheu und lief fort. Wieder seufzte der Major. Er sah, daß Kajetan die mächtige Bücherwand bestaunte. »Herrlich, nicht wahr?« sagte er stolz, erhob sich und zog einen der Bände heraus, »Johann Wolfgang von Goethe. Leipziger Ausgabe.«

»Ihnen wirds gewiß nicht langweilig, Herr Major. Mit den vielen Büchern?«

Der Major setzte sich wieder und lächelte. »Ach, wenn man nur die Zeit dazu fände, Herr Inspektor.«

Liesi brachte zwei Gläser mit Cognac. »Zum Wohl, Herr Inspektor!« Der Major hob das Glas.

»Zum Wohl, Herr Major.«

»Lies'che, wir können dann bald essen, ja?« Das Mädchen nickte, knickste wieder und ging schnell hinaus. »Ich hab das

Lies'che noch nicht lang«, erklärte der Major, das Glas abstellend, »eine Aphrodite ist sie gerade nicht, aber kochen, Herr Inspektor, kochen kann sie exzellent... Der Cognac...?«

»Sehr gut, Herr Major, sehr gut!«

»Da sehen Sie, was die richtigen Beziehungen wert sind! Französischer Cognac!«

Kajetan überlegte, welche Beziehungen das gewesen sein mögen, und ob er nun einen nutzlosen Abend mit einem bemitleidenswerten Hagestolz verbringen würde, der nur von den herrlichen Tagen seiner Militärzeit erzählen würde.

20

Der Himmel über dem Tal war sternenklar. Vom nahen Bergwald klang das feine Rascheln der Zweige, als würde sich in den Höhen ein mächtiger See bewegen; es brach wieder ab und führte plötzlich wieder das Geräusch des Flusses heran.

Nur der Widerschein des Mondlichts auf der Fläche der Rodung und den Mauern hoben den Hof des Erber aus der Dunkelheit hervor. Kein Licht brannte mehr zu dieser Stunde, und lediglich das leise, seltene Geklirr der Stallketten wies darauf hin, daß das Gebäude von lebenden Wesen bewohnt war.

Mit verschwiegenem Ächzen öffnete sich die Haustür. Eine Gestalt verließ beinahe lautlos das Anwesen. Sie horchte einige Sekunden in die Nachtstille und ging dann langsam auf den höher führenden Weg. Der Hund hatte kurz angeschlagen, doch irgend etwas, vielleicht ein bekannter, gezischter Laut, hatte ihn sogleich zum Schweigen gebracht.

Die Gestalt bewegte sich mit schweren, sichernden Männerschritten eilig vorwärts. Sie hielt, nun bereits außer Sichtweite des Hofes, noch einmal an, sah wie witternd um sich und zog im Weitergehen den dunklen Umhang fester an sich.

Der Weg war nun nicht mehr geräumt; vor einigen Tagen waren jedoch noch mit schweren Stämmen beladene Schlitten gezogen worden, und wenngleich die tiefen Furchen bereits überweht waren, so zeigten sie doch unzweifelhaft den Weg an, der nun wie durch einen finsteren Dom führte. Der nächtliche Wanderer holte nun ein Windlicht unter seinem Umhang hervor, entzündete die Flamme und setzte seinen Weg fort.

Dann öffnete sich der schwarze Wald, und am Rande einer kleinen Lichtung, unter wilder, verschneiter Verwachsung, tauchte die verlassene Sägemühle in den Lampenschein.

Eine Fußspur führte zu einer der Seitentüren. Ein Eisenring löste klickend eine Verriegelung. Die Schritte des Mannes klangen stumpf auf dicken Bohlen, als er eilig in den hinteren Gebäudeteil ging. Er kannte den Weg. Er sah nach oben, wo sich eine Tür geöffnet hatte und schwacher Lichtschein die Gestalt eines großgewachsenen Mannes umriß.

»Wer ist es?« rief eine ruhige, doch gefährlich wachsame Stimme. Der Eindringling hob das Windlicht und zeigte sich.

»Hock Dich hin, Erber.« Luk hatte bereits auf einem Stuhl seiner winzigen Kammer Platz genommen und sah, daß der Bauer zögerte. »Es taugt einer zu nichts, der vergißt, wenn er müd ist.«

»Wenn ichs nur sein könnt, Luk«, sagte der Erber und setzte sich auf eine Bank. Dann hob er den Kopf. »Heut war einer da von Dornstein, wegen der Sanne, und hat nach dir gefragt.« Luk nickte unmerklich.

»Und« fuhr der Bauer fort, »war er heroben? Hast ihm was gesagt?«

Eine Zeitlang war nur das schwere Atmen des Luk zu hören.

»Sag, Luk.«

»Ich hab gesungen, Erber.«

Der Erber verstand nicht.

»Gesungen hab ich…«

»Und?!«

»Nicht geredet! Erber, hörst nicht, was ich red?« Luks Stimme klang müde. Der Bauer nickte erleichtert. »Es wird gefährlich«, sagte er. »Sag ihm«, hier machte er eine Kopfbewegung nach oben, »daß er sich eine Zeitlang nicht mehr so weit herunten blicken lassen soll. Am besten versteckt er sich ein paar Tage im Silberloch droben, und«, er holte einen kleinen Leinensack aus seinem Umhang, »gibst ihm das. Ein paar Äpfel sind drin, ein Brot, ein bisserl Geselchtes.«

»… ist recht, Erber.« Luk sprach wie im Traum.

»Packst du es noch, Luk? Wirst ja auch nicht jünger?«

»Laß dich das nicht kümmern«, antwortete Luk nach einer Weile, in der er einer fernen Musik zu lauschen schien, »… aber mir ist, als drücken sie uns jetzt wieder zurück in die Erd, Erber.«

»Ha?«

»Wir werden wieder Geister, Erber. Geister, die müssen ohne Licht leben und spüren nichts mehr, kein Frühjahr, kein Sommer.«

»Wie… wie ist er denn beinand?« ging der Bauer nicht darauf ein.

»Genauso wie einer, der noch lebt und spürt, daß er längst tot ist.« Die Blicke der beiden Männer trafen sich. Luk schien nun aus seiner Versunkenheit aufgetaucht zu sein und hatte die Hände um die Lehne seines Stuhls gekrallt. Der Erber erhob sich und wandte sich zur Tür; dort angekommen, drehte er sich noch einmal um. »Luk«, sagte er zögernd, »der Zettel neulich – den hast doch du geschrieben?«

Der Alte schüttelte den Kopf.

»Nein?!« Ein fürchterlicher Gedanke keimte auf.

»Wo hast dein Gewehr, Luk?« ächzte der Erber nach einer Weile. Der alte Mann antwortete nicht.

»Gib mir dein Gewehr, Luk!«

»Das kriegst nicht.«

Wütend griff der Erber nach seinem Windlicht, öffnete die Tür und lief polternd hinaus. Bald waren seine Schritte verklungen. Dumpf und fern ächzte die Außentür. Dann war es still.

Luk stand auf, löschte die Kerze, tappte einige Schritte zu seinem Stuhl und ließ sich hineinfallen. Er sah zum Fenster, durch dessen eisblinde Scheiben nun blaues Licht stärker zu werden schien. Dann begann er, sich langsam nach vorne und wieder zurück zu wiegen. Mitleidlos stampften Schmerzen und das Gefühl bitterer Einsamkeit heran. Der Kopf des Alten sank tiefer. Luk riß die Hände vor sein Gesicht und weinte.

21

»Wenn er nichts kann, der Franzos, außer ...«, zwinkerte der Major und lächelte anzüglich, »... das kann er: den köstlichsten Wein der Welt herstellen. Noch einen Schluck, Herr Inspektor? Ich seh, Sie kommen auf den Geschmack!«

Der Major hatte recht; ein wohliges Gefühl hatte ihn umfangen. Liesis Gericht war hervorragend gewesen, und der Major hatte sich mit Erinnerungen aus seiner Dienstzeit zurückgehalten und statt dessen von fernen Ländern, von Literatur und anderen Köstlichkeiten erzählt.

»Ach ja«, seufzte Rupp.

»Wie meinens?«

»Zum Wohl, Herr Inspektor!«

»Zum Wohl, Herr Major!«

»a. D., Herr Inspektor!«

Hat er es nicht hier tausendmal schöner als in irgendeiner langweiligen Garnison, wollte Kajetan wissen.

»Ach ja«, seufzte Rupp erneut, »das Leben auf dem Land, lieber Herr Inspektor, ist ohne Zweifel ein Jungbrunnen. Gut, man ist hier von, sagen wir mal – eher einfacheren Menschen umgeben, aber – es ist im Grund ein braver, gutwilliger Schlag hierzulande. Nicht eben – nicht eben an höheren Dingen interessiert, aber ehrlich, geradeheraus und treu. Die meisten jedenfalls. Zum Wohl, Inspektor!«

»Zum Wohl, Herr Major!«

»Und dann die frische Luft! Glauben Sie mir, da wachsen einem ganz neue Kräfte zu«, zwinkerte der Major. Übergangslos bellte er: »Lies'che!« Augenblicklich erschien die junge Frau wieder an der Tür. »Lies'che! Richtens noch eine Flasche her, ja?«

Liesi entfernte sich, bevor Kajetan abwinken konnte. Der Major wandelte sich sofort wieder vom Befehlshaber zum Gastgeber. »Die frische Luft, ja...«, erinnerte er, »zum Wohl!«

Liesis Auftritt hatte Kajetan ernüchtert. Rupps Erzählungen, seine Schilderungen von sonnigen, südlichen Ländern, von seinen Begegnungen mit bedeutenden Personen, mit Künstlern, Politikern, tönten ihm plötzlich wie kaltes Knattern »Wenn man noch eine kriegt, Herr Major!«

»Wie? Ach ja, diese schreckliche Sache!« Rupp war sofort bereit, das Thema zu wechseln. Fast, als hätte er darauf gewartet. »Eine Tragödie! Wie kommen Sie denn vorwärts? Die Täter sind doch, meines Wissens, schon alle hinter Schloß und Riegel?«

Kajetan stellte das Glas ab und wiegte den Kopf.

»Das schon, Herr Major...«

»Sie sagen das so zögernd?«

»Nun... sie sind alles andere als geständig.«

»Ach was!!«

Komm, dachte Kajetan. Und der Major kam mit den Dingen, die er den ganzen Abend schon loswerden wollte. »Ach ja... die kleine Sanne, das arme Kind... Sie hat gelegentlich hier ausgeholfen, wenn ich größere Gesellschaften hatte... Ein nettes, liebenswürdiges Ding. Ein bißchen – nervös – vielleicht?« Nervös? Will schon wieder einer die arme Gedichterlschreiberin für verrückt erklären?

»Mit etwas zuviel Phantasie... Sie hats ja auch nicht leicht gehabt. Keine Eltern mehr... Und wer weiß, wie der Pflegevater sie behandelt hat.«

»Nachdem, was ich bisher erfahren hab«, räusperte sich Kajetan, »nicht sonderlich schlecht.«

»Nun ja!«

»Das klingt, als...«

»Nun ja, sie hat einmal gewisse Andeutungen gemacht!«

»Interessant. Welche?«

»Nun«, senkte der Major die Stimme, »ich kann mich täuschen, aber ich glaube – ganz unter uns, Herr Inspektor – ich glaube, der Pflegevater ist nicht ganz koscher, wenn Sie den Ausdruck verzeihen.«

»Wie? Daß er... etwas mit ihr gehabt hat? Oder was meinen Sie damit?«

Der Major riß die Augen auf und hob entsetzt die Hände. »Um Himmelswillen, ich meine gar nichts, Herr Inspektor!« Er nahm einen Schluck. »Aber da gibt es eben so eigenartige Gerüchte... Er soll sich zwar immer recht um das arme Ding gekümmert haben, aber da soll auch ein gehöriges Maß an schlechtem Gewissen dabei gewesen sein – sagt man!«

»Interessant.«

»Der Erber, ja«, fuhr Rupp versonnen fort, »ein seltsamer Mensch. Mit der Religion hat ers gar nicht, sagt man. Und die alte Geschichte, die kennen Sie sicher?«

»Alte Geschichte?«

»Der Erber«, Rupp beugte sich nach vorne, »war Bauernrat! Hier, in diesem Nest. Lächerlich war das – eine Revolution in dieser Gegend. Wo die Leute an Kommunion denken, wenn sie das Wort Kommunismus hören!«

»Der Erber? Bauernrat – in Walching?«

»Ist das nicht verrückt? Stellen Sie sich vor, die haben es nicht einmal fertiggebracht, daß der Pfarrer die Glocken hat läuten lassen, wie der – wie hab ichs im »Miesbacher Anzeiger« gelesen – der Eisner auf der Prannerstraße ausgerutscht ist! Hahaha! Zum Wohl, Herr Inspektor!«

»Zum Wohl, Herr Major!«

»Hab ihn übrigens«, lehnte der Major sich wieder zurück, »persönlich gut gekannt, den jungen Arco-Valley! Ganz anders als sein Bruder. Tüchtiger Kerl! Hätt ihm niemand zugetraut, daß er diesen galizischen Aufwiegler abschießt!«

»Waren Sie denn seinerzeit in München?«

Der Major nickte, und während er nun von seinen Heldentaten bei der Besetzung Münchens schwadronierte, mußte Kajetan an jene Begebenheit denken, die schließlich zu seiner Strafversetzung nach Dornstein geführt hatte.

Er wohnte damals, im Mai 1919, in der Giesinger Nockherstraße. Ein junger Kerl aus der Nachbarschaft hatte sich nach der Revolution den Roten angeschlossen und war beim Einmarsch der Weißen Garden denunziert worden, was in jenen Tagen einem Todesurteil gleichkam. Der Bub, er war noch keine 18 Jahre alt, versteckte sich im Speicher einer Herberge, wurde dort mehrere Wochen von seiner Familie verköstigt und konnte sich, als auch dieses Versteck zu unsicher geworden war, durch einen beherzten Sprung in den unterirdischen Mühlbach in Sicherheit bringen. Er wurde nach Wochen halbverhungert aufgegriffen; glücklicherweise kam er nicht mehr vor das Standgericht, dennoch wurde er einem harten Verhör unterzogen, in dem er angab, daß auch der Inspektor Kajetan, wie alle Leute aus der Nachbarschaft, von seinem Versteck gewußt hätte. In seiner angstvollen Verwirrtheit glaubte er, daß ihm dies Sicherheit geben würde, doch diese Aussage, die Kajetan nicht sehr ernsthaft bestreiten konnte, hatte schließlich ein dienstliches Verfahren in Gang gesetzt, an dessen Ende er vor die Entscheidung gestellt wurde, den Polizeidienst zu quittieren oder einer Versetzung nach Dornstein zuzustimmen.

»Alles mitgemacht, Herr Inspektor«, sagte der Major mit lauernden Augen, »die Befreiung, den ... achja. » Er seufzte. »Und jetzt sitzen wir halt hier in unserem schönen Walching ...«

»Ihre Gattin ... ist ...?«

»Gattin? Wie kommen Sie darauf? Nein, ich lebe allein hier.«

»Nun, weil Sie gesagt haben: sitzen wir?«

»Nein, nein«, lachte der Major, »das ist offenbar so eine Angewohnheit von mir. Wenn ich *wir* sage, meine ich natürlich mich – was ist?!«

Liesi stand wieder im Türrahmen und gab scheu ein Zeichen. »Sie möchten herauskommen, Herr Major.«

»Was?!« sagte der Major in unbeherrschtem, plötzlichem Ärger, stand dann aber auf, »Sie entschuldigen mich einen Moment, Herr Inspektor.«

Das Mädchen hatte sich wieder zurückgezogen, und Kajetan konnte durch einen Spalt der offenen Tür sehen, daß der Major einen offenbar heftigen Disput mit einem jungen Mann führte. Beide standen im Dunkel der Veranda; die Stimme des Besuchers klang leise, die des Majors zornig. Schließlich schloß sich die Tür der Veranda wieder und der Major kam wieder zurück, seine Erregung nur mühsam beherrschend. Er bemerkte Kajetans fragenden Blick und winkte ab.

»Unbedeutend, Herr Inspektor, völlig unbedeutend«, sagte er und ließ sich in den Stuhl fallen. Unwillen und Müdigkeit hatten von Kajetans Körper Besitz ergriffen. Schließlich erhob er sich, bedankte und verabschiedete sich. Der Major bot ihm an, ihn zum Gasthof zu bringen, doch Kajetan lehnte ab. Die frische Luft würde ihm, der Alkohol nicht sonderlich gewohnt war, gut tun, meinte er, und der Major nickte verstehend. Als beide sich die Hände zum Abschied reichten, stand Liesi still, mit Augen wie weißer Stein, im dämmerigen Dunkel des Flurs.

22

Schon nach wenigen Schritten hatte sich eine Tannenwand vor das hellerleuchtete Haus des Majors geschoben. Der Weg führte in leichter Steigung bergab. Kajetan hatte sich ein Windlicht von Rupp erbeten, doch die Nacht schien ihm, der nur auf den kleinen Lichtkreis zu seinen Füßen achtete, schwarz, und Kälte kroch langsam durch das Leder seiner Schuhe. Er ging schneller. Die leichte Benommenheit, die der Wein bei ihm verursacht hatte, wich von Schritt zu Schritt; er fühlte die Haut seines Gesichts erkalten. Stechender Frost biß, seine Atemzüge brannten mit winzigen eisigspitzen Stacheln in Mund und Nase. Er beschleunigte seine Schritte. Fern schrie eine Eule.

Der Weg war leicht zu erkennen. Zwar waren die Fahrrinnen bereits wieder von angewehtem Flugschnee überdeckt, doch zeigten die leicht erhöhten Wehen am Wegrand deutlich, wo das freie Feld begann.

Es war wieder still, kein Wind bewegte sich, nur dann und wann trugen hohe Luftströme von fern Geräusche eines bellenden Hundes heran. Noch führte der Weg in den Talgrund, wo nun dünner Nebel sich auszubreiten begann. Nach wenigen Schritten schien es, als sei auch der Himmel wolkenbedeckt. Kajetan empfand eine eigenartige Taubheit; zwar hörte er das kristallene Knistern unter seinen Schuhen, doch schien dieses Geräusch mehr und mehr vom Pochen seines Herzens übertönt zu werden.

Nun führte der Weg wieder durch ein Waldstück. Der Nebel hatte sich verdichtet. Mattschwarze Stämme schoben sich heran, dann drehten sich wieder mit Schnee beladene Tannen in den Lichtkreis. Schnee rutschte in der Dunkelheit von Ästen, peitschend schnellten sie in die Höhe. Dann schien die Straße wieder auf eine freie, leicht abschüssige Fläche zu führen.

Da strauchelte Kajetan plötzlich. Heftig mit den Armen rudernd, versuchte er, sein Gleichgewicht zu halten. Es half nichts, er fiel schwer zu Boden und begrub die Lampe unter sich. Das Licht erlosch augenblicklich. Mit geweiteten Augen starrte Kajetan in die Finsternis. Er richtete sich auf und tappte vorsichtig weiter, nachdem er sich beißend kalten Schnee vom Gesicht gewischt hatte.

Der Inspektor versuchte nun, sich an der leichten Erhöhung der Seitenwehen zu orientieren. Es gelang ihm einige Meter; dann jedoch fühlte er, daß der Schnee unter seinen Füßen höher wurde. Er ging einige Schritte zurück und taumelte erneut, als er in eine kleine, schneeverwehte Mulde rutschte. Fluchend richtete er sich auf, ging einige Schritte in verschiedene Richtungen, bis er den Eindruck hatte, wieder auf festem Grund zu stehen. Er hob beide Hände wie ein Blinder und stapfte mit tastenden Schritten weiter.

Die seitlichen Wächten waren verschwunden. Oder konnte er sie nur nicht mehr erfühlen? Obschon er sich sicher war, in dieser Gegend auf keinen Abgrund zu stoßen, hatte er nun Angst. Sein Puls flog, in seinem Körper hatte sich Hitze ausgebreitet, Schweiß kristallisierte sich auf seiner Stirn. Langsam bewegte er sich in undurchdringlicher Dunkelheit vorwärts.

Der Boden war wieder fest geworden. Feines, wenige Zentimeter hohes Schneegestäube schien auf der Fläche zu liegen.

Da klickte ein seltsames Geräusch. Kajetan, der wieder schneller gegangen war, achtete nicht darauf. Er hielt erst an, als er es erneut hörte, diesmal lauter, nun gefolgt von einem zweiten, dritten.

Er lauschte ins Nichts. Ein leises, fernes und gläsernes Rascheln schien nun anzuwachsen und versank wieder in der Stille.

Alles schwieg. Dann brach ein infernalisches Getöse aus. Kajetan schrie entsetzt auf, und in sein Kreischen mischte sich das Krachen der Eisplatten des Toteissees. Schwappend öffnete sich das Wasser. Kajetan hörte bereits nichts mehr, fühlte nur noch, wie das eisige Wasser über ihm zusammenschlug. Ein unendlicher Schmerz schoß auf ihn ein.

23

Das kleine Krankenzimmer war schwach beleuchtet. Am Fußende des Bettes stand eine Nonne, sah bekümmert auf die Sterbende und dann zu Dr. Notsch, der sich über das Gesicht der alten Bäuerin beugte.

»Allingerin, hörst mich?«

Die Bäuerin öffnete leicht die Augen und wandte ihren Blick zum Doktor. »Jetzt...«, flüsterte sie tonlos, »gehts dahin mit mir...«

»Geh weiter, Allingerin«, sagte Notsch und legte seine Hand auf die der alten Frau, »du hast es doch noch allerweil gepackt.«

»Daß... des Sterben... so lötz... sein muß«, flüsterte die Allingerin, »... so... lötz...«

»Habts einen Wehdam, Allingerin. Ich geb dir noch was,

gell«, tröstete der Arzt und gab der Krankenschwester einen Wink. Die Nonne ging schnell aus dem Zimmer.

»Laß ned aus, Allingerin«, sagte Notsch wie beschwörend, »laß ned aus. Deine Leut brauchen dich noch. Wenn dein Bub heimkommt...«

»Dank dir schön... Doktor«, flüsterte sie, und matt glomm eine Zärtlichkeit in ihren Augen, »... aber der Bub kommt nimmer... ich habs geträumt, Doktor... daß er nimmer kommt...«

»Geh weiter, Allingerin.«

»Geträumt, daß der an meinem Bett gestanden ist und gesagt hat, ›Mama, ich bin tot, ich komm nicht wieder‹, mein Bub – und dann hab ich geweint... und mein Mann hat schon... gesagt, jetzt bin ich narrisch geworden... aber ich hab ihn gfragt, meinen Buben, obs... weh getan hat, und er hat gesagt: ›Ja, Mama, so weh...‹«

Der Arzt faßte die welken Hände der Bäuerin.

»Und seit dem Tag... mag ich nimmer leben... Doktor...«

Der Arzt räusperte sich leise. »Jetzt bist halt müd geworden, Allingerin. Schau, morgen...«

Sie unterbrach ihn.

»Müd, ja...«

»Hast dein Lebtag nichts anderes getan als gearbeitet, Allingerin. Ich kenn dich ja nicht anders...«

»Mein armer Bub...« begann die Bäuerin leise zu schluchzen. Eine Nonne öffnete die Tür, lief aufgeregt an das Bettende und rief gepreßt: »Herr Doktor! Schnell!«

Notsch legte ärgerlich den Finger auf seinen Mund. »Sind. doch still! Was ist?«

»Im Gefängnis... schnell...«

Der Arzt erhob sich. Er fuhr noch einmal sacht über die Hände der Allingerin, die nun in tiefer Versunkenheit lag. »Sie bleiben hier«, wies er die Schwester an und verließ den Raum.

Vor der Gendarmerie hatte sich bereits eine kleine Gruppe von Menschen angesammelt, als der Arzt, der eilig einen kleinen Koffer gepackt hatte, dort ankam. Er betrat die Gendarmerie. Die Tür zum Treppenhaus war weit geöffnet, und aus dem Keller drangen Stimmen. Er hastete die Stufen hinab und sah, wie der Wachtmeister gerade einen Körper aus dem Verlies schaffte und ihn auf den Steinboden legte. Es war Pizzini.

Seine Arme baumelten leblos. Auf der Zellenpritsche saß der Russe mit versteinertem Gesicht; vor ihm kniete Mauritz List, sein Gesicht schluchzend zwischen seinen Händen verborgen.

24

Die Kälte brannte wie Feuer. Kajetan kämpfte wie ein Besessener gegen den Wunsch zu sterben, der sich wie ein Schraubstock um seine Brust legte und ihm den Atem nahm. Blind krallte er sich an den Rand des Eislochs, der ihm, als griffe er in Glas, die Finger zerschnitt. Sofort brach er wieder ein. Er konnte nicht mehr schreien, nur heiseres, keuchendes Stöhnen kam aus seinem Mund. Er versuchte zu schwimmen und fühlte, wie seine Kräfte rasch nachließen.

Da faßten seine rudernden Arme plötzlich einen Baumstamm. Er klammerte sich daran und kroch an ihm hoch. Der Stamm wippte leise, schien aber noch mit dem Ufer verbunden zu sein. Hier, in Ufernähe, war nun kein Eis mehr vorhanden. Kajetan legte sein Gesicht an die scharfen Eiskrusten des Stammes, zog sich weiter an ihm entlang und fühlte dann plötzlich Boden unter sich. Wimmernd kroch er das strauchbewachsene Ufer empor.

Wieder war ein leichter Wind aufgekommen. Er hatte die Nebeldecke aufgerissen und Fetzen des Nachthimmels freigelegt. Unbewegt standen Sternenfelder und der Mond am Himmel. Ein Hund heulte auf. Die Lichter eines Gehöfts schienen nicht mehr weit entfernt zu sein. Kajetan fühlte nun keine Kälte mehr. Taumelnd lief er zum Licht.

Er mußte wie ein von den Toten Auferstandener gewirkt haben. Die Bäuerin, die sich nur ein Schultertuch umgelegt hatte und ansonsten bereits im Nachthemd war, erschrak und bekreuzigte sich, führte ihn aber sofort zum Ofen und legte ihm Decken über die Schulter. Als Kajetan heißen Tee getrunken hatte und wieder Wärme in sich spürte, erzählte die Bäuerin, daß ihr Mann ins Dorf gerufen worden sei, weil Fürchterliches geschehen sei, und es kein Ende mehr nähme mit den schrecklichen Sachen in der Welt.

25

Kajetan war von einer seltsamen Klarheit erfüllt, als er kurz darauf, angetan mit Hemd, Hose und Schuhen des Bauern, zum Gasthof eilte und dort die Kleider wechselte. Mit stechender Deutlichkeit nahm er Geräusche wahr und sah wie durch Glas die Mienen der Männer, die in der Gendarmerie Pizzinis zerschlagenen Körper umstanden. Der Doktor hatte ihn nach oben bringen lassen.

Kajetan trat näher. Pizzinis Gesicht war blutüberströmt. Eine klaffende Wunde zog sich von der Schläfe zum Hals.

»Ist er tot?«

»Nein«, der Doktor wandte sich nicht um. Er fühlte den Puls Pizzinis.

»Kriegen Sie ihn durch?«

Der Arzt wiegte den Kopf. »Er muß sofort rüber ins Krankenhaus.«

»Worauf wartens dann?!!«

»Auf die Tragbahre! Soll ich ihn im Rucksack transportieren?« antwortete der Arzt schneidend. In diesem Moment kamen zwei Männer mit einer Bahre zur Tür herein. Notsch wies sie an, den Verletzten vorsichtig auf die Bahre zu legen und verließ mit ihnen den Raum.

Der Bürgermeister hatte bei Kajetans Wutausbruch einen verständnislosen Blick mit Mayr gewechselt. Kajetan hatte es bemerkt.

»Alle raus«, fauchte er ungehalten, »Bürgermeister, schikkens die Leut heim.«

Der Bürgermeister räusperte sich. Gehts heim, Leut, schleichts Euch. Da gibts nichts mehr zu sehen.«

Während die Männer zögernd die Gendarmerie verließen, öffnete Kajetan die Tür zum Stiegenhaus und ging mit schnellen Schritten in den Keller.

List saß vor der geöffneten Zellentür. Er starrte zu Boden. Der Russe war verschwunden, und jetzt fiel dem Inspektor ein, daß er am Ende des Hausgangs ein offenes Fenster bemerkt hatte. Er kniete sich zu dem Gefangenen.

»Es ist nicht wahr... der Pizzini hat dich angelogen...« Lists Stimme war kaum zu hören. Dann hob er den Blick. »Ist er... tot?«

»Nein, List.«

Eine Erleichterung flog über das Gesicht des Gefangenen. »Er hat gelogen... ich hab niemand erschlagen.«

»So jähzornig wie du sein kannst, List?«

»Glaubts mirs halt. Wir sind allein gewesen. Da war niemand auf dem Hof.« Alle Kraft schien aus List gewichen. Er sank tiefer in sich zusammen und begann leise zu wimmern.

»Ich weiß«, sagte Kajetan, erhob sich und stieg langsam die Treppe hoch.

Lindinger und Mayr hatten noch auf ihn gewartet. Der Bürgermeister kam auf Kajetan zu. »Hat ers endlich zugegeben?«

»Nein …«

»Wa … nicht?!« Der Bürgermeister schnaubte. »Jetzt reichts mir bald mit der ganzen Gaudi!« schrie er unbeherrscht.

»Dann tuns was dazu! Herr Bürgermeister!« Auch Kajetan war zornig geworden.

»Jetzt lägs an mir?! rief Lindinger, »was soll das heißen?«

Kajetan stützte sich auf den Tisch und beugte sich vor. »Das soll heißen, daß Sie mich – zum Beispiel – darauf hinweisen sollten, daß bestimmte Aussagen nicht stimmen können!«

»Was für Aussagen?!«

»Denkens einmal scharf nach, Herr Bürgermeister«, schrie Kajetan wütend zurück, »der Pizzini sagt bei seinem großartigen Geständnis, daß die Tote lange, blonde Haare hat!«

»Ja und?!«

»Aber Sie«, Kajetans Finger stach in Lindingers Richtung, »Sie wissen ganz genau, daß sie schwarze Haar gehabt hat! Kurze, schwarze Haar, Herr Bürgermeister. Nicht lang und nicht blond wie ein Engerl, Herr Bürgermeister!«

»Mein Gott«, entgegnete Lindinger, »hat er halt nicht genau hingeschaut. Ich täusch mich auch hie und da!«

»Glaub ich Ihnen aufs Wort.«

Wütend stapfte Lindinger zur Türe. Dort wandte er sich noch einmal um und sagte in plötzlich ruhigem Ton: »Ich möcht nur, daß wieder eine Ruh ist bei uns …«

»Grad jetzt, wo's auf die Feiertag zugeht, gell?« Kajetans spöttischer Tonfall malte erneut Wut in die Züge des Bürgermeisters. Lindinger trat einen Schritt vor. »Blähns Ihnen nicht gar so auf. Meinens bloß nicht, daß unsereins blöd ist und nicht weiß, was Sie für einer sind …«, sagte er drohend und drehte sich zur Tür. Krachend flog sie hinter ihm zu.

Kajetan sank langsam auf seinen Stuhl. Der Wachtmeister vermied es, ihn anzusehen.

»Und jetzt«, begann Kajetan nach einigen Minuten des Schweigens, »wollens von mir wissen, was der damit gemeint hat, nicht wahr? Ich sags Ihnen: Ich bin von München nach Dornstein strafversetzt worden.«

»Weiß schon.«

»Aha?«

»Weiß doch ein jeder.«

»Da schau her. Aber für was, weiß das auch ein jeder?«

Mayr schüttelte den Kopf.

»Es geht mich auch gar nichts an...«

»Aber wissen täten Sie es schon gern?«

»Wer bin ich, daß ich Ihnen examinier? Sie brauchen mir nichts zu erklären, Herr Inspektor.«

Kajetan erzählte es ihm trotzdem. Dabei hatte er das Gefühl, als würde seine Geschichte Mayrs Haltung zu ihm ändern. Der Wachtmeister sagte nichts, als Kajetan geendet hatte, nickte aber verständnisvoll. »Glauben Sie noch immer nicht«, wechselte er dann in ruhigem Ton das Thema, »daß es der List gewesen ist?«

»Ich weiß nimmer, was ich glauben soll, Wachtmeister.«

»Aber wir haben doch ein Geständnis? Und vielleicht hat sich der Pizzini tatsächlich bloß verschaut im Finstern?«

Kajetan schüttelte den Kopf. »Wachtmeister... es gibt Methoden, und das wird Ihnen nichts Neues sein, da kriegen Sie aus einem verängstigten Menschen alles raus. Und wenn Sie dies richtig anpacken, zeigt der sogar seine eigene Mutter an...«

Mayr hatte dazu bedächtig genickt. »Nein«, fuhr Kajetan langsam fort, »jetzt müssen wir noch mal ganz von vorn anfangen: Da ist ein Mädchen. Die einen sagen, sie war etwas absonderlich, die anderen, daß sie es nicht gewesen sei. Es wird erschlagen. Und drei Männer brechen zur selben Zeit, besser gesagt, am gleichen Nachmittag, in das Haus ein. Alles weist daraufhin, daß sie es getan haben ...« Mayr, der sich gesetzt hatte, nickte aufmerksam.

»... und wer, außer den dreien, könnte noch einen Grund gehabt haben, sie umzubringen?«

»Vom Dorf gewiß keiner«, überlegte der Wachtmeister.

»Und welchen Grund hätten die drei Vaganten gehabt? Angst hätten sie doch vor so einer mageren Person nicht haben brauchen. Und aus Angst vor Entdeckung? Was hätte ihnen schon viel passieren können? Ein paar Wochen Zuchthaus. Und der Russ'? Den hättens auch nicht mehr erschossen. Daß der übrigens fort ist, haben Sie doch schon bemerkt?«

Mayr sprang auf und rang nach Luft. »Hab ich... hab ich...«

»Ja, haben Sie«, winkte Kajetan ab, »lassen Sie ihn laufen. Er kommt gewiß nicht weit bei diesem Wetter. Hockens Ihnen wieder hin. Sagens, welchen Grund hätten die drei haben können?«

Der Wachtmeister faßte sich wieder und setzte sich. Er überlegte. »Wer kann in die Leut reinschauen?« sagte er zweifelnd.

»Probieren wirs, Wachtmeister: Der Pizzini und der Russ' sind nichts als zwei arme Teufel. Der Gerissenste ist der List. Aber auch der würde sich hüten, Gewalt anzuwenden. Vergessen wir nicht, daß er schon seit Jahren auf diese Weis im Winter zu seinem Brot kommt. Und auch der Russ'...«

»Dem wär das ja wurscht.«

Kajetan faltete die Hände und schüttelte langsam den Kopf. »Nein... wissens, Herr Wachtmeister, wenn ich ein Gefühl hab, und genauso eins hab ich bei der ganzen Geschicht, dann ...«

»Wie ist denn der Russ' überhaupt zu den Zweien gekommen?«

»Die beiden anderen haben ihn irgendwo aufgelesen. Vielleicht ist ihnen ein anderer Klöpflgänger abgesprungen, und da haben sie ihn mitgehen lassen. Es müssen ja immer drei sein, hab ich mir sagen lassen. Und: Landstreicher halten zusammen, das ist bekannt.«

Der Inspektor lehnte sich zurück. Dünnes, fiebriges Zittern breitete sich in ihm aus. »Und was Wertvolles stehlen, das wollten sie ja auch nicht«, sprach er leiser weiter, »sonst hätten sie es ja getan. Niemand hätte sie aufgehalten. Nein«, er sah wieder Mayr an, »wir kommen da bloß weiter, wenn wir ein anderes Motiv finden.«

»Daß sie einer...«, Mayr suchte nach Worten.

»Vergewaltigen wollte? Wär eine Möglichkeit. Gibts Burschen, die ihr nachgestellt haben? Ein hübsches Ding war sie ja.«

»Ich wüßte von keinem. Der Erber war ja auch immer dahinter. Das hätt sich keiner getraut. Der Erber hätt ihn erschlagen.«

»Der Erber...?« Das Zittern verstärkte sich.

»Nie«, sagte Mayr bestimmt. Kajetan hörte nicht hin. »Der Erber...«, wiederholte er, »aber welchen Grund hätte der denn haben sollen? Die Erberin?... Nein. Nichts paßt zusammen. Ich werd auch langsam müd, und mir scheint, als hätt ich mir beim Baden doch eine Frais eingefangen.« Er versuchte zu lächeln, aber das Fieber zerrte seine Mundwinkel zu einer Grimasse.

»Da«, Mayr war aufgestanden, hatte aus dem Wandfach eine Schnapsflasche herausgenommen und ein kleines Glas eingeschenkt, »trinkens das... Und nachher legens Ihnen gleich hin.«

Als Kajetan anschließend den nächtlichen Dorfplatz überqueren wollte, versagten ihm plötzlich die Knie. In dröhnenden Wellen breitete sich nun der Schock der Todesangst, die sein Körper in all der Aufregung vergessen hatte, aus; vor Entsetzen schlotternd erreichte er den Gasthof. Im Hausgang brach er zusammen. Als er sein von Panik verrissenes Gesicht hob, sah er, daß die Wirtin vor ihm stand. Sie sagte nichts, packte ihn unter den Armen und führte ihn nach oben. In seiner Kammer angekommen, klammerte er sich lang und ohne Besinnung an sie. Dann übermannte ihn Erschöpfung; matt fielen seine Arme auf die dicke Tuchert, die die Wirtin über ihn gelegt hatte. Sie sah ihn eigenartig an. Dann verließ sie hastig das Zimmer.

Plötzlich schien kein Mond mehr. Draußen hatte sich wieder ein Wind erhoben. Wimmernd durchfegte er das Tal, fing sich in den Gassen und hatte die Läden vor Kajetans Kammerfenster zugeschlagen.

26

Neben einer Abraumhalde, deren Geröll, bereits von Kiefern durchwachsen, in der Tiefe des Tannenwaldes verfloß, stand, hoch über dem Talgrund, die Knappenstube. An ihren Mauern wuchs wildes, nun verschneites Gebüsch. Seit das Bergwerk nach einem letzten Grabversuch vor einigen Jahrzehnten endgültig aufgegeben worden war, diente sie nur noch Hirten und Liebespaaren als Unterstand und war immer mehr verfallen.

Das Metall des Nachthimmels hatte sich in Blau gewandelt. Während das Tal noch in dunstiger Dämmerung lag, warf die Morgensonne auf den Höhen bereits glasige Streifen an die Felswände und das Mauerwerk der Hütte. Das Innere der Knappenstube bestand aus einem einzigen Raum, der nur von einem kleinen Fenster erhellt wurde. Die schmutzigen Scheiben waren mit dichtem Frostblumengewächs verbacken; an einer Stelle war das gebrochene Glas mit einem Stoffknäuel verstopft. Auf dem Fensterbrett lag dick Staub; tote Fliegen, von Spinnen ausgesaugte Käfer und Teile abbröckelnden Verputzes waren in ihm versunken. In der Mitte der Fensterscheiben begannen die Eisblumen bereits zu schmelzen; kleine Tropfen bildeten sich und sanken auf faserige Fenstersprossen, deren verwittertes Grau schon die Farbe des Kalksteins angenommen hatte, und glänzten auf glitzernden, wirr durch die Nische gezogenen Spinnweben.

In einer Ecke das Raumes, die noch nicht vom Tageslicht erreicht wurde, befand sich ein kleiner Ofen. Davor lagen Holzsplitter, trockenes Reisig, daneben, auf einem Schemel, stand ein rußgeschwärzter Topf. Über schmutzige und ausgetretene Bohlen huschte eine Maus in den hinteren Teil des Raumes, an dessen Ende sich, noch im dämmerigen Dunkel, eine schmale Pritsche befand. In zerschlissene Decken gehüllt, auf Stroh, das einmal von einem Leinensack umhüllt gewesen sein mochte, lag ein Mensch. Er schlief. Eine löcherige Decke bis unter das Kinn gezogen, atmete er unruhig. Schwarzes, verfilztes Haar fiel ihm wirr über die Stirn. Sein Gesicht war dunkel und ausgemergelt. Nur seine Atemzüge, das Huschen und Rascheln der Maus, das immer wieder abbrechende Summen einer Fliege erfüllten den Raum. Von draußen drang kein Laut.

Plötzlich öffnete der Schlafende die Augen. Er richtete sich blitzschnell auf und lauschte angestrengt. Die Stille donnerte in seinen Ohren. Die Augen des Mannes weiteten sich ängstlich. Seine Hände verkrampften sich. Er tastete in das Stroh seiner Pritsche, als suche er nach einer Waffe.

Jemand schlug an die Tür.

»Wer ist es? Luk?!«

»Mach auf«, tönte es durch die Tür, »der Erber schickt mich.«

27

»Er hätt Sie ja ruhig mit seiner noblen Chaise zurückbringen können, mit seiner gar so nobligen«, schimpfte die Wirtin, als sie das Frühstück an Kajetans Tisch trug. Die warme Nähe, die er in der vergangenen Nacht an ihr verspürte, war längst wieder ruhiger Geschäftsmäßigkeit gewichen.

Er hätte es nicht gewollt, berichtigte Kajetan, was sie aber nicht von ihrem Unmut abzubringen schien. Der Inspektor erkundigte sich nicht weiter, welchen Grund dieser Ärger gehabt haben könnte; zu sehr war er damit beschäftigt zu überlegen, wie er weiter verfahren könne.

Während er eine Tasse mit heißem Tee an seinen Mund führte, ließ er noch einmal alle Dinge passieren, die er in den vergangenen Stunden in Erfahrung hatte bringen können. Er blieb immer wieder an zwei Gedanken hängen: Sein Gefühl sagte ihm, daß die Vaganten unschuldig waren. Und wenn sie das Mädchen dennoch erschlagen hatten, hatten sie kein einleuchtendes Motiv für ihre Tat. Kein Richter würde jedoch auf seine Zweifel etwas geben; zu überzeugend würden alle Indizien wirken ...

»Der Thomas war übrigens heut schon da und hat ausrichten lassen, Sie möchten zu ihm rüberkommen«, rief die Wirtin durch die geöffnete Küchentür.

Kriminalrat Pointner hatte im Gemeindeamt angerufen und befohlen, Kajetan möge ihn augenblicklich zurückrufen. Kajetan bekam einen Schwall ärgerlicher Vorhaltungen zu hören.

»Aber die Ermittlungen sind doch noch nicht abgeschloss ...« versuchte er zu unterbrechen.

»Machens keine Krämpf, Kajetan«, belferte Pointner ungehalten. »Ich habe Ihnen gesagt, daß ich unverzüglich informiert werden möchte. Und? Wo sind Ihre Rapports? Wenn Sie einfachste Ermittlungen nicht ausführen können, frag ich mich, ob Sie den richtigen Beruf haben!« Pointners Stimme krächzte hart durch den Hörer.

»Der Fall liegt nicht so einfach, wie es zunächst ausgesehen hat, Herr Kriminalrat«, versuchte Kajetan zu erwidern und sah, wie der Bürgermeister verächtlich sein Gesicht verzog. Als dieser seinen Blick wahrnahm, wandte er sich ab.

»Ich hab heut nachmittag Ihren Rapport auf dem Tisch, verstanden?« drang wieder Pointners Stimme durch die Leitung, »Ihre Zeit vertritscheln könnens auch bei mir.« Er hängte ein.

Der Bürgermeister hatte sich wieder hingesetzt und sah Kajetan lauernd an. »Vielen Dank«, fauchte Kajetan und schlug die Tür hinter sich zu.

»Wie meinens des?! Herr Inspektor«, rief ihm der Bürgermeister nach. Kajetan hatte es gehört und öffnete noch einmal die Tür. »Wie ich das mein? Daß Sie sich, weil sie die unfeierliche Sach so bald wie möglich aus dem Dorf kriegen wollen, beim Kriminalrat Pointner über mich beschwert haben!«

Lindinger wollte erregt widersprechen, doch Kajetan hatte die Tür bereits zugeschlagen und war auf dem Weg zur Gendarmerie, als er hinter sich die Stimme des Majors hörte. »Guten Morgen, Herr Inspektor«, rief dieser liebenswürdig und kam näher. Kajetan faßte sich und erwiderte den Gruß.

»Ich hab von der schrecklichen Geschichte in der vergangenen Nacht hören müssen! Das hätt ja bös ausgehen können. Warum haben Sie sich auch nicht von mir nach Hause fahren lassen wollen! Wie...«, er veränderte die Stimme etwas, »... kommens denn vorwärts?«

Kajetan hatte wenig Lust, mit dem Major ausführlich darüber zu sprechen. »Es ist schwieriger, als wir zunächst dachten, Herr Major. Sie entschuldigen mich bitte, ich...«

»Aber es spricht doch alles gegen diese drei Halunken, oder etwa nicht?«

»Fast alles, Herr Major.«

»Ach was!!« Der Major schien vor Neugierde zu platzen. »Aber wer sollte es denn sonst gewesen sein? Doch nicht jemand von hier?!« Er lachte. »Ich bitte Sie!«

»Verzeihens, Herr Major, ich muß jetzt ganz dringend dorthin.« Der Inspektor wies auf die Gendarmerie. Der Major verstand endlich.

»Ach ja, natürlich. Auf Wiedersehn, Herr Inspektor. Hat mich sehr gefreut.«

»Wiedersehn.«

»Und viel Glück noch, und recht viel Erfolg!«

Kajetan betrat die Gendarmerie. Mayr saß gerade bei seiner Morgenvesper. »Bleibens sitzen, Herr Wachtmeister.«

Der Wachtmeister kaute weiter, während der Inspektor in Gedanken versunken seinen Mantel an den Wandhaken hängte. »Wie gehts Pizzini?«

»Schlecht.«

»Schlecht?«

Mayr schluckte einen Bissen hinunter. »Schädelbruch, sagt der Doktor. Den Russen hat man übrigens heut früh in Fraunreuth aufgegriffen. Er ist gleich nach Dornstein gebracht worden.«

Kajetan setzte sich schwer an Mayrs Tisch. »Ah ja? Und wird der Doktor den Pizzini durchbringen?«

»Konnt er noch nicht sagen. Der List jedenfalls muß Fäust wie Schmiedhämmer haben. Habens was, Herr Inspektor?«

Ein plötzlicher Hustenanfall quälte Kajetan. Mayr sah ihn sorgenvoll an. »Da habens vielleicht ein Glück gehabt gestern nacht. Dem Eder sein Knecht ist seinerzeit nicht mehr herausgekommen. Dem seine Leich habens erst im Frühjahr gefunden!«

Kajetan winkte ab. »Was anderes«, sagte er resigniert, »wann geht denn das Postauto nach Dornstein?«

»Das Postauto?«

»Nach Dornstein, ja?«

»Um drei Uhr.«

Mayr hatte erstaunt geantwortet und wartete nun auf eine Erklärung. Der Inspektor stand jedoch auf und ging an das Fenster. Nach einer Weile wandte er sich um. »Wachtmeister, was machen wir jetzt? Mir fällt nichts mehr ein…«

Mayr nickte langsam, wischte sein Messer ab, faltete das Brotpapier und legte es in eine kleine Blechkiste. Dann schüttelte er kummervoll den Kopf und meinte, daß er auch noch das Alibi des Erber überprüft hätte, dabei aber auch nichts herausgekommen sei. Eine einzige, schwache Möglichkeit bestünde vielleicht noch darin, das sei ihm vergangene Nacht eingefallen, daß man den Hutterbauern noch einmal befragen könne. »Der Hof des Hutter ist gute drei- bis vierhundert Meter vis à vis vom Erber…«, begann er zu erklären, als Kajetan schon aufgesprungen war und nach seinem Mantel gegriffen hatte.

»Kommens, Mayr!!«

28

Die Postwirtin hatte in aller Eile ein Pferd einspannen lassen. Wenig später erreichten die beiden Männer das Oberland. Auf einer Anhöhe im Süden der Rodung, verdeckt durch eine Tannengruppe und auf den ersten Blick nicht sichtbar, tauchte der Hof des Hutter auf. Tatsächlich würde man dort nur wenige Schritte gehen müssen, um auf den etwas tiefer liegenden Hof des Erber sehen zu können.

Der Hutter hatte ihre Anfahrt schon von weitem gesehen. Er war vor das Haus getreten und erwartete sie.

»Nein«, schüttelte er auf Kajetans Frage den Kopf, und seine Frau, die nun ebenfalls hinzukam, bestätigte es kopfnickend, »gewiß nicht. Am Sonntag war doch auch ein ziemlich grobes Wetter, gell, Nanne?«

»Nebel hat es gehabt und ein bisserl geschneit hat es auch«, stimmte die Bäuerin zu.

»Also wir haben gewiß nichts gesehen«, wiederholte der Bauer noch einmal. Enttäuscht wandte sich Kajetan zum Gehen und gab Mayr einen Wink.

»Die arme Sanne... sie war so oft bei uns heroben... furchtbar«, seufzte die Bäuerin. Kajetan horchte auf. »Sie war oft bei Euch?«

»Freilich«, sagte sie eifrig, und der Bauer nickte dazu, »sie und die Zilli warn ja die besten Freundinnen. Ein Herz und eine Seel...«

»Wer ist die Zilli?«

»Die Dirn vom Hutter«, erklärte Mayr.

»Und die Zilli war Sannes beste Freundin?« wandte sich Kajetan wieder zu den Bauersleuten.

»Wie Geschwister, wenn wirs Ihnen sagen. Sie dürfte ja auch die letzte gewesen sein, die mit ihr zusammengewesen ist.«

»Wann, Hutter?« Kajetans Puls ging schneller.

»Am Sonntagnachmittag. Die Sanne hat doch aufs Haus aufpassen müssen, und die Zilli hat sie besucht gehabt.«

Auch Mayrs Atem wurde hörbar. »Was hast denn nie was gesagt, Hutter«, rief er ärgerlich.

Der Bauer hob die Schultern. »Genau gewußt haben wir es ja nicht«, erklärte die Hutterin entschuldigend, »aber seither ist die Zilli ganz auseinander, und gestern auf d' Nacht hat sie es uns erzählt.«

»Was?«

»Daß sie bei der Sanne gewesen ist.«

»Wie lang, wie lang?« Kajetans Stimme wurde drängender. »Wann ist sie am Sonntag heimgekommen, Nanne?«

»Gegen fünf, mein ich«, überlegte die Bäuerin und nickte dann mit Gewißheit.

»Wo finden wir die Zilli? Ist sie da?«

»Sie ist ins Dorf runter, gell, Nanni?«

»Ja«, bestätigte die Bäuerin, »ich weiß nicht, was sie da sucht. Es ist ihr halt alles so arg angekommen, das mit der Sanne. Uns allen . . .«

»Wohin könnt sie gegangen sein? Zu wem?«

Die Bauersleute sahen sich ratlos an. »In die Kirch vielleicht«, meinte die Hutterin dann zögernd, »sie betet in letzter Zeit recht viel . . .«

»Dankschön, Hutter, dankschön, Hutterin, ich glaub«, rief Kajetan, als er den Schlitten wieder bestieg, »ich glaub, Ihr habts uns geholfen.«

»Gern geschehen«, sagte der Bauer und ging mit seiner Frau wieder ins Haus.

Bald hatten sie wieder das Dorf erreicht. Kajetan sprang ab. Er bat den Wachtmeister, in der Gendarmerie auf ihn zu warten. Mayr schien dies nicht zu verstehen, fügte sich aber. Dann ging Kajetan eilig zum Kirchhof. Er betrat die düstere Kirche; sie war leer bis auf eine alte Frau, die vor einem Seitenaltar kniete.

Kajetan verließ den Kirchenraum durch das gegenüberliegende Portal. Das Leichenschauhaus lag am hinteren Ende des Friedhofs.

Dann entdeckte er die schmale, dunkel gekleidete Gestalt. Ihre Schultern bewegten sich unmerklich. Sie weinte. Schließlich kniete sie nieder, nahm einen Weihwasserbesen, bespritzte den Sarg und wandte sich zum Gehen.

»Du bist die Zilli?«

Das Mädchen erschrak. Sein verweintes Gesicht wurde

ängstlich. Es antwortete nicht und wollte an Kajetan vorbeigehen.

»Ich bin von der Polizei und muß dich was fragen.«

»Ich muß heim.« Zilli senkte ihren Kopf und ging weiter.

Kajetan versperrte ihr den Weg. Er sprach nun freundlich auf sie ein. »Es würd nicht lang dauern. Du bist doch am Sonntagnachmittag mit ihr...«

Sie begann zu laufen. Kajetan setzte nach. »Zilli«, rief er ärgerlich, »ich tu dir doch nichts! Bleib da! Sofort!«

Sie schien nicht zu hören, sondern lief in wachsender Panik durch die Gräberreihen. Kajetan versperrte ihr den Weg zum Ausgang und bekam sie zu fassen, als sie an einem hohen Grabstein stürzte. Er half ihr hoch und hielt sie fest. »Bist du närrisch geworden? Polizei!«

»Laß mich aus«, weinte das Mädchen und wollte sich von ihm freimachen.

»Nichts da! Warum läufst du vor mir weg?« Sein Griff wurde fester.

»Aua!«

»Warum du vor mir wegläufst, will ich wissen. Oder hast du gar selber was angestellt?!«

Zilli schüttelte den Kopf und blickte ängstlich um sich. Der Kirchhof war leer.

»Warum läufst Du dann weg?«

Sie schniefte. »Weil... ich mich fürcht...« sagte sie dann und sah an ihm vorbei. Kajetan sah sie überrascht an. Doch kaum hatte der Druck seiner Hände etwas nachgelassen, riß sie sich wieder los und rannte weg. Ihr Kopftuch hatte sich gelöst, und ihr blondes Haar fiel ihr in langen Strähnen über die Augen. Mit einem Satz war Kajetan bei ihr, packte die wild um sich Schlagende am Arm und kam nun ebenfalls zu Boden. Dann, sie mit beiden Händen festhaltend, richtete er sich wieder auf.

Er fluchte.

Sie schien sich nun in ihr Schicksal gefügt zu haben und bewegte sich nicht mehr.

»Zilli – die Sanne war doch deine beste Freundin.«

Sie nickte und begann zu weinen.

»Ich will rausbringen, wer es getan hat, Zilli! Und du mußt mir dabei helfen! Du brauchst mir nur zu sagen, ob sie sich vor irgend jemandem gefürchtet hat, vor einem Burschen, vor dem Bauern, vor irgendeinem Menschen. Oder hat sie dir etwas anderes Wichtiges erzählt? Zilli«, er sprach nun fast flehentlich, »du mußt mir helfen!«

Sie streifte ihn mit einem kurzen Blick, zog den Rotz hoch und sah wieder nach allen Seiten. Kajetan folgte ihrem Blick: Der Friedhof war noch immer menschenleer; die Sicht zum Dorfplatz war durch die Sakristei und die hohe Friedhofsmauer versperrt, nur von den oberen Räumen des Krankenhauses würde man sie sehen können. Zilli schien es sich jetzt anders überlegt zu haben.

»Wenn du es niemand sagst, daß du es von mir weißt«, sagte sie, nachdem sie ihn noch einmal forschend angesehen hatte.

»Aber geh, wer soll denn dir was anhaben wollen?«

»Versprichs mir«, bestand sie. Kajetan nickte. »Ich versprechs dir. Aber jetzt sag mir endlich, vor wem du Angst hast!«

Ihr Gesicht zerfloß wieder. »Vor dem, der die Sanne umgebracht hat«, flüsterte sie dann.

»Die sitzen doch schon im Gefängnis, Zilli, vor denen brauchst dich nimmer zu fürchten.«

»Schon im Gefängnis?«

»Natürlich! Die drei Vaganten! Die meinst du doch, oder?«

Auf Zillis Gesicht wuchs wieder Verzagtheit, und wieder wurde sie von Schluchzen geschüttelt.

»Die Klöpfl-Leut warens doch nicht.« Und dann erzählte

sie, immer ruhiger werdend, als fiele eine Last von ihr ab, was sie an jenem Sonntag erlebt hatte:

Sie hatte Sanne am frühen Nachmittag besucht. Nachdem diese die Hausarbeit beendet hatte, hätten beide – was sie oft und gern taten – Theater gespielt. Bauer und Bäuerin. Sanne hätte sich dazu einen kleinen Text einfallen lassen, und gegangen sei es dabei um einen schüchternen Hochzeiter, dem seine Frau das Küssen lernen mußte. Kostüme hätten sie jedoch nicht gehabt, und deshalb sei Sanne auf den verbotenen Gedanken gekommen, das Hochzeitsgewand der Bauersleute herzunehmen; das würde schon nicht aufkommen, hätte sie gesagt, und Zilli wäre dabei nicht wohl gewesen. Auf einmal hätten sie von draußen die Stimmen der Klöpfl-Leut gehört. Daraufhin wären sie unter das Bett gekrochen und hätten gewartet, bis die Vaganten das Haus wieder verlassen hätten. Nach einer Weile, und es sei auch schon Zeit für die Stallarbeit beim Hutter gewesen, hätten sie sich wieder hervorgetraut, und Zilli wäre aus dem Haus gelaufen, während Sanne noch das Hochzeitskleid im Schrank verstaut hätte.

»Zilli, das hättest du doch alles der Polizei sagen müssen! Warum hast denn das nicht getan?«

Wieder senkte sie ihre Stimme. »Aber, wenn die mir draufkommen, daß ich was gesagt hab...«

Kajetan nahm wieder ihren Arm und schüttelte sie leicht. »Zilli! Was ist dann? Und vor wem hat die Sanne Angst gehabt? Hat sie denn gemeint, daß ihr irgendeiner was Böses will? Raus mit der Sprach, in drei Teufels Namen!«

»Jetzt hast geflucht! Auf dem Friedhof darfst nicht fluchen!«

»Von mir aus, Zilli, dann fluch ich nimmer. Also, red!«

»Stimmt das auch, was du mir vorhin grad gesagt hast?«

»Was?!«

»Siehst du, jetzt hast du es schon wieder vergessen.«

Ihr Gesicht verschloß sich Sie trat einen Schritt zurück und sah ihn böse an.

»Was? Ach so – nein, ich werds niemandem sagen.«

»Gwiß wahr?«

»Ganz gwiß wahr, Zilli.«

Sie schwieg mißtrauisch. Dann hob sie ihre Augen zu ihm.

»Sie hat allerweil so geheimnisvoll getan wegen denen. Sie hat gesagt, sie hätt was entdeckt, was einer anzeigen müßt.«

»Anzeigen? Was anzeigen?« Kajetans Erregung war gewachsen; er zwang sich zur Ruhe.

»Hats nicht gesagt«, erzählte Zilli weiter, »bloß allweil, 'da werden die Herrschaften aber schauen', hat sie gesagt, 'wenn ich des dem Bürgermeister anzeig', hats gesagt.«

»Und wen, hats nicht gesagt?«

Zilli preßte die Lippen zusammen und schüttelte den Kopf. Das Motiv, jauchzte Kajetan innerlich, ich habe das Motiv! Nun muß ... »Ich muß jetzt heim«, sagte Zilli.

»Eh, ja – und Zilli, sag mir bloß noch: Wie du heim bist, ist dir noch irgendwas aufgefallen?«

»Nein.«

»Denk nach! Was ... Komisches, vielleicht?«

Sie schüttelte wieder den Kopf, dann aber schien ihr ein Gedanke zu kommen.

»Bloß gewundert hab ich mich«, sagte sie dann zögernd, »daß er bei der Stalltür rein ist und nicht bei der Haustür ... Weil das hab ich noch von unserem Haus aus gesehen, wie er gekommen ist.«

Kajetan riß den Mund auf. »Wer?!«

»Na – der Bauer, hab ich gemeint.«

29

»Das ist völlig unmöglich«, hatte Mayr gerufen. Dann aber ließ er einspannen und fuhr ins Oberland. Er fühlte sich unendlich müde.

Die Familie saß gerade beim Mittagessen, als Mayr, ohne zu klopfen, die Stube betrat.

»Erber«, sagte er nur, »zieh dich an«, und der Erber hatte sich, ohne noch einmal zu seiner vor Entsetzen versteinerten Frau zu sehen und sich zu verabschieden, erhoben und war mit ihm gegangen.

Die Verhaftung ging wie ein Lauffeuer durch das Dorf, und als der Bürgermeister zur Gendarmerie eilte, versuchte die Bäckerin mit ihm Schritt zu halten. »Warum ich das nicht gleich gesagt hätt, Thomas«, schimpfte sie beleidigt, »hab ich doch nicht wissen können, daß das so wichtig ist!«

»Ja, Bäckin«, rief der Bürgermeister ungeduldig, »jetzt weiß ichs langsam: Du hast den Erber am Sonntagnachmittag gesehen, wie er ins Oberland rauf ist! Das hat mir die Schneider Marie und die Hofingerin auch schon erzählt.«

Sie waren vor der Gendarmerie angekommen. Der Bürgermeister nahm die Klinke in die Hand und wandte sich noch einmal zu ihr. »Sonst habts Ihr so eine Goschn! Aber wenn was wichtig ist, heißts: Hab ich doch nicht wissen können! Hats da nicht noch einen anderen Grund gegeben?«

Sie ging nicht darauf ein. »Wenns wahr ist, Thomas! Erst sinds rein zu ihr seiner Mutter, dann ist er wieder allein raus ins Oberland.«

»Ist schon recht, Bäckin«, unterbrach der Bürgermeister sie und wehrte sie, die einen Blick durch die Tür zu erhaschen suchte, ab. »Und dank dir schön. Aber da kannst jetzt nicht rein.«

Er trat ein.

Das Verhör war bereits beendet. Der Erber saß zusammengesunken auf einem Stuhl. Neben ihm stand der Wachtmeister mit steinernem Gesicht. Kajetan sprach mit ruhiger Stimme.

»Dann, Erber … muß ich dich verhaften. Du stehst unter dem Verdacht, deine Pflegetochter …«

»Warum soll ich meine Sanne umgebracht haben. Warum?«

»Das tät ich auch gern wissen, Erber.« Kajetan gab Mayr einen Wink.

»Wachtmeister, haben Sie übrigens schon angerufen, wegen dem Transport nach Dornstein?«

»Hab ich schon gemacht, Herr Inspektor«, sagte der Bürgermeister eilfertig. Doch auch er wirkte zum erstenmal erschüttert.

Der Erber war tiefer zusammengesunken; aus seinem Gesicht war jedes Leben gewichen. Kajetan beugte sich zu ihm. »Warum hast du es getan, Erber?« fragte er mit leiser, fast beschwörender Stimme. Doch der Bauer antwortete nicht.

»Die Sanne war ein lediges Kind von dir, mit deiner früheren Magd, ists wahr?«

Der Erber wandte den Kopf und sah zu Boden. Kajetan kam noch näher. »Du hast was mit ihr gehabt, und sie wollt dich aufbringen vor allen Leuten – wars das?«

Der Bauer preßte die Lippen zusammen und schloß die Augen.

»… aber du gibst zu, daß du am Mordtag allein zum Hof zurück bist.«

Nun schüttelte der Bauer ungläubig den Kopf.

»Sondern, Erber?«

Wieder antwortete der Erber nicht. Nun jedoch kam Bewegung in seine Gesichtszüge. Sein Kinn begann zu beben. Schluchzend begrub er sein Gesicht in beide Hände.

»Gibst du es zu, Erber?«

Weinend nickte der Erber.

»Ich seh mich ... nimmer ... raus«, stammelte er.

Die Blicke des Inspektors und des Wachtmeisters trafen sich.

Um Gotteswillen, schien Mayr sagen zu wollen. Ungläubiges Entsetzen sprach aus seinen Augen.

Kajetan fühlte keinen Triumph. Er fror plötzlich. Dann faßte er einen Entschluß.

30

Der Herr Doktor käme heute erst am späten Nachmittag ins Krankenhaus, sagte die Nonne, aber der Gefangene würde leben, fügte sie mit seligem Lächeln hinzu, als sei Kajetan der Vater eines auf den Tod erkrankten Kindes. »Versuchen Sie es doch in seinem Haus – wenn es sehr wichtig ist«, hatte sie hinzugefügt und Kajetan den Weg zu Doktor Notschs Haus beschrieben.

Der Doktor hatte sich außerhalb des Dorfes eingemietet. Vom Dorfplatz führte ein kurzer Weg nach Süden; bevor er in das Seitental des Toteissees abzweigte, stieg er zu einer niedrigen Anhöhe empor, die einen vor das Gebirge geschobenen Moränenhügel erreichte, welcher an einer Seite von einer Kiesgrube angegraben wurde. Hinter der Hügelspitze fiel der Weg noch einmal leicht ab, öffnete sich, kaum geräumt, in einer weiten Lichtung und führte dann in den Hochwald. Am Rande der Lichtung, dem östlich gelegenen Bergwald zugewandt, erhob sich das Landhaus des Doktors. Es verfügte nicht über die bergende Heimeligkeit der Bauernhäuser des Oberlandes; der senkrecht in die Luft steigende Rauch jedoch gab ihm eine freundliche, friedvolle Anziehung.

Doktor Notsch schien nicht erstaunt. »Was verschafft mir die Ehre, Herr Inspektor? Kommens doch rein und entschuldigen Sie, wies bei mir zugeht.«

Kajetan, der sich an seine heftigen Worte in der vergangenen Nacht erinnerte, trat, von der Freundlichkeit des Doktors beschämt, ein.

»Ich habe mir eben eine Tasse Kaffee aufgesetzt. Soviel bring ich gerade noch zusammen ohne meine Haushälterin. Sie trinken einen mit?« Notsch, der müde wirkte und dennoch eine ruhige Kraft ausstrahlte, schlurfte auf abgetragenen Filzpantoffeln vor ihm her und wies ihm einen Stuhl in der Wohnküche zu. Der Raum war warm: Kajetan knöpfte seinen Mantel auf, wehrte jedoch ab, als Notsch ihn ihm abnehmen wollte.

»Sie schauen aus, als ob Sie einen Kaffee brauchen könnten. Sie waren im Toteissee baden, hab ich gehört?« Der Doktor goß dampfenden Kaffee in eine Schale, schob ihn zu Kajetan und setzte sich ihm gegenüber.

»Womit kann ich Ihnen helfen, Herr Inspektor. Viel wird es nicht sein, fürchte ich«, er nahm einen Schluck. »Daß der Pizzini es überleben wird, werden Sie sicherlich schon gehört haben. Ob es ein Glück für ihn ist, wird sich zeigen.« Notsch fingerte nun eine Brille aus seiner Wolljackentasche, putzte sie umständlich, setzte sie auf und sah nun Kajetan mit freundlicher Direktheit an. Das weiße Schneelicht zog eine scharfe Kontur durch sein Gesicht. »Nun, Herr Inspektor?«

»Ich komm nicht weiter, Herr Doktor ...«

Der Blick des Arztes wurde prüfend. Dann nahm er einen Schluck, kostete ihn im Gaumen und schluckte schnell. »Sie haben«, begann er dann, »herausgefunden, daß es die Vaganten nicht waren?«

»Ich hab heut morgen den Erber verhaften lassen, und er hat gestanden.«

»Weder er noch die Vaganten waren es, Herr Inspektor.«

»Was ... was macht Sie so sicher, Herr Doktor?«

»Sind Sie nicht auch sicher, daß es weder die einen noch der andere gewesen ist?« Das Brillenglas der dem Sonnenlicht abgewandten Gesichtshälfte blitzte auf. Kajetan wandte den Kopf zum Fenster und wurde augenblicklich von der hellen Schneefläche geblendet. Er rieb sich die Augen.

»Natürlich wäre es für alle das Beste«, sagte der Doktor nun mit traurigem Spott, »wenn sie es gewesen wären. Für alle – nur nicht für die Unschuldigen.«

Kajetan stieß Luft durch die Nase. »Eine hohe Meinung haben Sie ja gerade nicht?«

»Wovon? Von der Obrigkeit? Gut, Sie haben recht, aber ich, und dieser Satz ist der Wichtigste in unseren Zeiten, habe überhaupt nichts gesagt ...«

»Wieso sollte ich mit dem Luk reden?« unterbrach ihn Kajetan.

»Haben Sie es versucht? Ja? Und es ist nichts dabei herausgekommen?«

»Er hat mich bedroht und nichts als wirres Zeug erzählt.«

»Was?«

»Habs vergessen. Von Gott, der die Menschen auslacht, von Schafen, die im Loch verschwinden, von einem, der meint, fliegen zu können ...«

Für einen Moment machte Notsch einen besorgten Eindruck. Er starrte Kajetan an, sah dann jedoch aus dem Fenster. Das Weiß der Schneefläche schien sich in kaltes Grau zu wandeln. »Wieso sollt ich mit dem Luk reden, Herr Doktor? Was hätte er mir sagen können? Etwas, das zu sagen andere zu vorsichtig oder – Sie verzeihen mir – zu feige sind?«

Notsch schien keineswegs beleidigt. Er sah kühl, fast belustigt auf. »Sie scheinen von einigen Dingen in dieser Welt keine Ahnung zu haben. Und Sie täuschen sich. Nichts, das

Ihnen wirklich helfen würde, könnte ich Ihnen sagen. Und was den armen Luk betrifft, so habe ich Ihnen sehr wohl gesagt, daß er verrückt ist.«

»Warum sollte ich mit ihm sprechen?« wiederholte Kajetan.

»Luk ist verrückt, das stimmt, aber er hat die Augen eines Habichts – haben Sie einmal in seine Augen gesehen? – und er hat Momente einer geradezu brutalen Hellsichtigkeit. Wenn er mit einem Polizisten nicht sprechen wollte, dann dürfen Sie nicht mich dafür verantwortlich machen. Luk kann man zu nichts zwingen, nie mehr.«

»Erzählen Sie, Herr Doktor.«

»Es ist alles noch gar nicht so lange her. Der Luk ist zwar in Walching aufgewachsen, ist aber schon bald nach München gezogen. Ein Rebeller, wie die Leut hier sagen, scheint er von Kind an gewesen zu sein, und es hat niemanden verwundert, daß er schnell den Roten, dem Eisner, dem Landauer und dem Leviné und wie sie alle hießen, angehangen ist. Anders als sein Sohn, der, wie ihm anklagend hinterbracht wurde, sich auf die Gegenseite geschlagen hatte und sich mit den Escherich-Leuten herumtrieb. Dann, im neunzehner Jahr, bricht alles zusammen, sie kennen die Geschichte. Ein Menschenleben ist keinen Pfennig mehr wert. Reihenweis werden die Aufsässigen auf die Straße gezerrt und an die Wand gestellt. Er ist geflüchtet, hat in einer Nacht wohl die Reihen des Escherich-Freicorps durchschlichen, bis man ihn, hinter Starnberg, mit zehn anderen Kameraden aufgegriffen hat. Das Standgericht war nur noch eine Farce, wie alle Gerichte der damaligen Zeit. Die Männer sind auf einen Lastwagen und an eine Kiesgrube im Forst gekarrt worden. Das Schlachten begann. Einer nach dem anderen ist vor ihm in die Grube gefallen, und als die Reihe an ihm war, hat er plötzlich eine Stimme gellen hören: »Den nicht, des ist mein Vater!« Und er ist heimgekommen nach Walching mit schlohweißem Haar. Die Gemeinde hätte ihm einen Austrag im Dorf unten gegeben, aber er wollte in die alte Sägemühle rauf.«

Der Doktor machte eine kleine Pause, stand auf und ging zu einem kleinen Eisenofen. »Denkens nicht«, fuhr er dann fort, »daß Walching ein so verschlafenes Nest ist, daß nicht hier auch zu spüren gewesen wäre, was sich in der Welt getan hat. Und die Dinge, die der Städter schon müd abtut, und denkt, schon wieder eine neue Mod, die werden hier drinnen genommen, in Gedanken hin und her gewendet und können eine Sprengkraft entwickeln, die das Unterste nach oben kehrt. Freilich tun sich die Städterischen mit dem Fenstereinschmeißen, Anzünden und Erschießen leichter; die waren es ja nicht, die die Fensterscheiben eingesetzt haben, und wenn da einer erschossen wird, ist es ja nicht grad zu erwarten, daß es ein naher oder weiter Verwandter sein könnte. Immerhin hat es in Walching einen Bauernrat gegeben. Gandorfer hat hier viele Anhänger gehabt.«

»Der Major hat es mir bereits erzählt: der Erber …«

»… und noch andere, so ist es, wobei der Erber zweifellos über das meiste Ansehen verfügte.«

Kajetan schien es, als hätte Notsch bei der Erwähnung des Majors verächtlich reagiert. Der Arzt hielt nun beide Hände über den Ofen, rieb sie und nahm wieder am Tisch Platz. Eine Pause entstand, die vom warmen Ton einer Standuhr gezählt wurde.

»Das Meer«, sagte der Doktor plötzlich. Kajetan setzte die Tasse ab. Die Sonne war weiter gewandert und beschien nur noch die Fensterbank. Der Doktor bemerkte Kajetans fragende Miene.

»Die Leut hier haben eine kuriose Liebe zum Meer …«

»So?« Kajetan verstand nicht.

»Das ist es, was ich herausgefunden hab von den Leuten.

Sag Ihnen, daß ihr Leben ein finsteres ist und daß sie es bedenken und ändern sollen. Und sie lächeln und sagen blöd: ›Ja, so‹ und sehen an einem vorbei. Es hat lange gedauert, bis ich erkannt habe, daß es nicht stimmt, daß das Leben hier, bei aller Not, bei allen Schmerzen, kein finsteres ist. Hinter der Gleichmut funkeln die Träume, und das Gehirn saugt Worte gieriger, als je ein satt Gebildeter dazu fähig wäre. Aus Erzählungen, die anderen nichts als kindlicher Schund sind, sprießen Ideen wie Blütenbüsche und sie werden, wenn sie einmal angenommen sind, wild und stur behalten. Da ist maßloser Reichtum – nicht an Besitz, nicht an äußerlichen Dingen; nichts, was man sich an die Wand hängen oder in die Vitrine stellen könnt, es hat kaum Zeichen, kaum Worte, aber es schimmert, wenn sich Stimmklang verändert, wenn getanzt wird, wenn gejauchzt oder geweint wird. Da sind die Feste, die in den Köpfen schon lange vor der Zeit beginnen und noch lange nicht beendet sind, wenn längst wieder Alltag herrscht, und in denen die Menschen sich festlich auf den sonntäglichen Straßen ergehen. Da sind die Andachten bei verschwiegenen Treffen, Tiere, die plötzlich aus dem Dickicht brechen, der Geruch schmelzenden Baumharzes, wenn in den Sommern die Sonne die Luft vergoldet. Kennen Sie den Geruch, Herr Inspektor?«

Kajetan hatte keine Frage erwartet. Er verneinte hastig.

»Das sind Gerüche, die wie ein Rausch wirken können. Der Geruch der nassen, sich erwärmenden Erde im Frühjahr. Die Luft, die den Schnee ankündigt. Da kann einer stundenlang sitzen mit blödem Gesicht und reist doch in seinem Innern um die Welt und weiß alles von ihr, ohne jemals sein Tal verlassen zu haben. Und ich«, seufzte Notsch, »der sein Lebtag von Büchern umgeben war, tu mich da schwer. Denn nichts drückt sich in Ziffern und Buchstaben aus, alles ist ganz und gar innerlich. Träume und Gesichte brauchen keine Niederschrift. Sie sind da, und es ist gut, daß sie da sind. Sind sie verschwunden, ist es auch gut, weil geht, was gehen will... Wenn es dann an der Zeit ist, steigt man hinab auf den tiefsten Grund der Trauer, weilt dort still in Demut, betend zu einem Gott, und ist, wenn es wieder an der Zeit ist, eines Nachmittags wieder lächelnd im Leben. Verliert auf diesem Weg aber einer seinen Tritt, sieht er in sich und sieht da nichts mehr außer die Spiegelung seiner Not, verliert er die Hoffnung und seine Träume – dann wird er krank. Und das ist die schlimmste der Krankheiten: wenn es hinter der Stirn schwärzer und schwärzer wird und nur noch Sterben ersehnt wird. Das hängt ab von der falschen Speis, sagen meine Kollegen, weil die Leut so schlecht essen und nichts haben, aber ich mein, daß es das allein nicht ist. Die Träume sinds, die Sehnsucht, die, werden sie den Menschen genommen, zu dieser Krankheit führen. Und da«, – Notsch lachte bitter –, »kommt ein armseliger Lazarener mit selbst nichts als Unglück und Alleinsein im Gepäck und will die Leut ändern...«

»Und – was hat das mit dem Mord zu tun?« Kajetan war ungeduldig geworden. Der Doktor sah auf.

»Nichts«, sagte er dann müde und wandte den Kopf zum Fenster.

»Nichts?!«

Der Doktor antwortete nicht.

»Was glauben Sie, warum ich zu Ihnen gekommen bin?«

»Gewiß nicht, um sich einen Vortrag über Volkskunde geben zu lassen, vermute ich.«

»Sehr richtig!« Kajetan hatte sich wütend erhoben. »Schreiben Sie ein schönes Buch, Herr Doktor. Die Leut mögen Geschichten von idealistischen Landärzten. Ein Mord hat in Ihrem schönen Gemälde allerdings keinen Platz!«

»Oh doch!« sagte Notsch hart.

»Wie?«

»Es gibt Unterschiede, wie Sie wissen müßten!«

»Was bedeutet das?«

»Daß es Morde gibt, die aus Verzweiflung, aus Zorn, aus Eifersucht oder aus Haß geschehen. Daß es aber auch Morde gibt, die eiskalt vorbereitet und durchgeführt werden. Muß ich Ihnen jetzt auch noch einen Vortrag in Kriminalwissenschaft geben?«

»Ich verzichte. Aber ich verstehe Sie immer noch nicht. Ich hass' es, wenn mir einer mit Poesie kommt, wenn es blutig wird. Und«, Kajetan trat drohend vor, »wenn ich herausbekomme, daß Sie jemanden decken, dann ...«

»Verlassen Sie mein Haus!«

Mit Notschs plötzlicher, schneidender Energie hatte Kajetan nicht gerechnet. Er stutzte.

»Raus!« wiederholte der Doktor leiser, »Sie sind ein Dummkopf...« Er wies auf die Tür.

Der Inspektor verließ das Zimmer. Das Tal, dessen Grund er sich mit weiten Schritten näherte, war zu einem mit wirren schwarzen Gravuren bedeckten Tableau geworden, und das zuvor noch bis weit in den Norden sichtbare Flachland verschwand bald hinter der dunklen Leiste der Vorberge. Über ihm sanken in hoher Geschwindigkeit hell und hart geränderte Wolken wie bauchige Schiffe nach Westen hinab. Über einen Abhang kroch das Postauto und näherte sich dem Dorf.

Da fiel dem Inspektor plötzlich ein, woher er den Namen des Doktors kannte! Er hatte ihn in einer Akte des Archivs gelesen: Auf das Haus Notschs war vor einigen Monaten ein Anschlag verübt worden. Die Kollegen, die mit der Aufklärung befaßt waren, hatten jedoch weder Täter noch Motive dafür finden können.

31

»Sie haben mich angenehm überrascht, Inspektor, sehr angenehm«, Kriminalrat Pointner hatte wieder Genuß an seiner Virginiazigarre, »gehns, setzens Ihnen hin. Also«, musterte er Kajetan neugierig, der sich zögernd setzte, »der Pflegevater wars, und nicht dieses Geschwerl?«

»Jawohl, Herr Kriminal...«

»Respekt! Ich mein, daß das eine positive Beurteilung nach München geben wird! Vielleicht wirds dann ja bald was mit Ihrer Rückversetzung.« Pointner lächelte väterlich und fuhr fort. »Schauns, es hat Ihnen ja eh keiner was nachgetragen. Es macht halt jeder mal einen Fehler, und dafür muß er halt einstehen, nicht wahr. Ich weiß, was Sie sagen wollen.«

Kajetan schwieg. Pointners ungewohntes Lob verwirrte ihn. Nicht, weil dieser dafür keinen Grund gehabt hätte, sondern weil er aus Pointners Mund noch nie derartige Worte gehört hatte.

»Übrigens – Erber, Erber... ich mein mich zu entsinnen, daß da ein Bruder einiges auf dem Kerbholz hat!«

»Ein Bruder soll vermißt sein, ja.«

»Vermißt!« dröhnte Pointner in plötzlicher Erregung, »vermißt ist gut! Der ist seit Juni '19 flüchtig, hat nach der Eisner-Geschichte den Innenminister über den Haufen geschossen und ist seinerzeit zum Tod verurteilt worden. Hat aber fliehen können und soll jetzt in Amerika drüben sein...«

»Er ist in Ungarn.«

»Was sagen Sie?«

»Wachtmeister Mayr hat eine Haussuchung gemacht und einen Brief aus Ungarn gefunden. Das ist in meinem Rapport nicht angegeben, weil es ohne Belang zu sein schien.«

»Keinesfalls. Was stand denn in dem Brief?«

»Hier ist er.« Kajetan hatte seine Mappe geöffnet. Der Kriminalrat griff rasch zu.

»Lieber Bruder, liebe Schwägerin. In trauriger Sehnsucht ergreife ich wieder meine Feder, um Euch zu schreiben. Ich bin unglücklich, ich habe keine Ruhe und keine Rast. Verzeiht, was ich Euch angetan habe, denn Ihr habt es nicht verdient. Ich muß gar nicht bei Sinnen gewesen sein, wie ich das gemacht habe. Habe mir doch nie etwas zuschulden kommen lassen...«

Pointners halblautes Gemurmel wurde unverständlich. »Abgesandt: Budapest, im Oktober 1919 ... Tja, eine interessante Familie offenbar«, sprach Pointner weiter, beugte sich etwas vor, und wurde leiser in der Stimme, »sagens einmal: dieser verdruckte Jud da in Walching...«

»Wer?«

»Dieser Doktor Notsch, haben Sie mit dem mal geredet? Hat der Ihnen was gesagt?«

Kajetan schüttelte den Kopf. »Nichts, Herr Kriminalrat. Obwohl ich das Gefühl hab, daß er was gewußt hat.«

Pointner schien befriedigt. »Sie und Ihr Gefühl, Kajetan«, winkte er spöttisch ab, »aber lassen wir das. Nochmals: meinen Respekt. Sie sind doch auch zufrieden?«

»Doch, Herr Kriminal...«

Pointner hob den Finger. »Aber mir kommts so vor, als tätens noch ein bisserl skeptisch dreinschauen. Was gibts denn noch?«

»Das Motiv«, räusperte sich Kajetan, »das Motiv, was hat er für ein Motiv gehabt? Ein finanzielles schon einmal nicht. Aber was ist es gewesen, was das Mädchen gegen ihn in der Hand gehabt hat?«

»Aber er hat doch gestanden, Inspektor! Jetzt kommens mir nicht wieder mit Ihrem Gefühl. So was gibts bei einem Polizisten nicht!«

»Es gäbe da aber noch eine Zeugin …«

Pointner horchte auf und lehnte sich wieder zurück. Seine Freundlichkeit wich mühsam beherrschtem Ärger. »Welche Zeugin?«

»Eine Freundin der Toten. Sie hat ganz eigenartige Andeutungen gemacht, denen ich aber nicht mehr nachgegangen bin, nachdem der Erber die Tat eingestanden hat …«

Pointner winkte ungeduldig. »Weiter?«

»Die Ermordete hätte demnach etwas entdeckt, das nicht ganz rechtmäßig gewesen sei.«

»Eben!« polterte der Kriminalrat, »vermutlich irgendeine faule Sache vom Erber. Da hätten Sie doch das Motiv.«

»Schon. Aber was war es, was das Mädchen entdeckt hat? Etwas, hat sie gesagt, ›wo die Herrschaften schauen werden‹, wie sie sich ausgedrückt haben muß …«

Pointner schüttelte wieder ungnädig den Kopf.

»Das Seltsame ist nur …« Kajetan sah zu Boden.

»Was denn?! Lassens sich doch nicht alles aus der Nase ziehen!«

»Das Seltsame ist nur, daß die Bauern untereinander nie ›Herrschaft‹ zueinander sagen. Auch eine Magd würde dies nicht tun, noch weniger eine an Kindes Statt angenommene Pflegetochter.«

»Nun, das kann auch so dahingesagt worden sein, Inspektor.«

»Ich weiß nicht, Herr Kriminalrat. Ich bin mir fast sicher, daß die Zeugin noch nicht alles gesagt hat.«

»Diese Zeugin, das war doch die Magd beim Nachbarbauern, wie ich Ihrem Rapport entnehme?«

»Zilli, jawohl«, sagte Kajetan schnell und bereute es im selben Moment. Er hatte dem Mädchen versprochen, seinen Namen nicht zu nennen!

»Davon les ich aber nichts in Ihrem Rapport …«

»Es schien mir ohne Belang, nachdem sich der Erber zu der Tat bekannt hat... Auf jeden Fall werde ich...«

»Nun, eh, auf jeden Fall haben Sie beste Arbeit geleistet! Ich werde mich positiv für Ihre Rückversetzung nach München verwenden, Inspektor. So tüchtige Leut können auch die Kollegen droben gut brauchen. Was die restlichen Ermittlungen betrifft, können wir die getrost der Bezirksinspektion in Hallmarkt überlassen.«

Kajetan verstand noch immer nichts. »Wie bitte? Der Fall ist doch noch keineswegs abgeschlossen! Das Motiv...«

»Wie dem auch sei. Ich hab mich so entschieden. Die halbe Bezirksinspektion ist im Krankenstand, da brauche ich Sie im Moment hier! Das wärs dann!« setzte er bestimmt hinzu, als er Kajetans verdutztes Gesicht sah, »und nochmals: meinen Respekt!«

»Aber...«

»Das ist, wenn Sies noch nicht bemerkt haben, ein Befehl. Wegtreten!«

32

Bereits am Nachmittag hatte sich die Luft stark abgekühlt. Von Osten waren Wolken herangezogen und sorgten für frühe Dunkelheit, die nur von mattstrahlenden Lichthöfen der Straßenbeleuchtung durchbrochen wurde. Der Flußnebel war bereits über die ersten Fenster der Stadthäuser am Ufer emporgestiegen, als Kajetan die steinerne Brücke zur Neustadt überquerte. In leichter Steigung verlief eine breite Gasse schräg über den Böschungshügel und mündete auf einen Platz vor der erst im vergangenen Jahrhundert erbauten evangelischen Kirche. Von dort zweigten kleinere, parallel zum Flußtal verlaufende Gassen, für den Verkehr zu schmal und von tiefen

Treppenabschnitten unterbrochen. Hier wurden die Häuser niedriger und hatten mehr und mehr dörflichen Charakter. Begüterte Dornsteiner hatten hier nie gewohnt; vielmehr war dieses Gebiet von jeher das Siedlungsgebiet der Handwerker und Taglöhner gewesen, denen früher das Wohnrecht in der Stadt verwehrt worden war.

Agnes' Vater war Arbeiter in einer Hammerschmiede unweit der Stadt gewesen. Er starb plötzlich an Schlagfluß; Agnes zählte damals noch keine zehn Jahre. Die Mutter hatte nicht wieder geheiratet. Sie zog mit ihrer Tochter in dieses kleine Häuschen in Dornstein, welches einem entfernten Verwandten gehörte.

Kajetan überprüfte den Sitz seines Kragens und klopfte an die Tür.

»Grüß dich, Paule!« Eine gutgelaunte Agnes öffnete ihm strahlend die Tür.

Das Essen stand auf dem Tisch. Kajetan war hungrig.

Wohlwollend sah Agnes' Mutter zu, wie der Inspektor aß. »Schmeckts, Herr Inspektor?«

»Sehr gut, Frau Leitner, sehr gut«, lobte Kajetan höflich.

»Dann ists recht. Wanns nur schmeckt!«

Kajetan sah, daß Agnes ihr Gesicht in belustigter Kümmernis verzog. »Geh, Mama«, radelte sie, »das sagst jetzt schon zum dritten Mal«

Die Mutter schien es nicht zu hören. Sie hatte sich wieder über ihren Teller gebeugt. Ihre Hände zitterten leicht.

»Sie hört kaum mehr was in der letzten Zeit«, machte Agnes ein Zeichen. Kajetan nickte verstehend und führte wieder einen Bissen zum Mund. Auf dem Weg zu Agnes hatte er beschlossen, sich nicht länger über die Entscheidung des Kriminalrats zu ärgern. Alles, was an der Tat des Erber noch rätselhaft war, würde bei der Verhandlung ans Tageslicht kommen, und auch das verquere Geschwätz des

Doktors war vermutlich nicht mehr als Marotte, als Wichtigtuerei eines vom Leben enttäuschten Sonderlings. Wenn nun aber seine Andeutungen doch etwas zu bedeuten hatten? Sein Geschwätz darüber, daß die Leute eine kuriose Liebe zum Meer hätten? Über Morde im Affekt und solche, die in kalter Berechnung ausgeführt werden? Weshalb hatte man einen Anschlag auf ihn verübt? Vorbei. Der Fall war ihm entzogen.

Auch Agnes aß mit gutem Appetit. Ihr Gesicht glänzte vergnügt, und ihren genüßlich kauenden Mund umspielte ein Lächeln, das Kajetan ins Mark traf. Er würde heute mit ihr schlafen; er dachte an warmes Röckegewühl, an den Geruch ihrer nackten Haut, an Karamelbonbons im Glastopf der dicken gemütlichen Ladnerin in der Nockherstraße, an Agnes' weiche, wiegende Rundheit, an ihr von ruhiger Zufriedenheit bewegtes Gesicht, an ihr fröhliches Wissen um die Macht ihrer Zärtlichkeit; er würde ihre schönen Hinterbacken mit beiden Händen umfassen, er würde, würde...

»Schmeckts dir auch wirklich, Pauli?«

»... J-ja, wirklich, Agnes!« Er hatte sich verschluckt.

»Dann ists recht. Wanns dir nur...« Sie unterbrach sich und sah erschrocken zu Kajetan. Dann lachten sie beide.

33

Wenige Kerzen vor dem Altar und an den beiden Eingängen beleuchteten das Innere der Walchinger Pfarrkirche. Nur die vorderen Bankreihen des ausgekühlten Kirchenraums waren besetzt. Männer und Frauen beteten getrennt.

Zwischen zwei Ministranten mit schwarzen Capes, den Blick zum Altar gerichtet, kniete nun der Pfarrer nieder und begann die Worte des Vaterunser.

»... der Du bist im Himmel...« Die kleine Trauergemeinde fiel ein.

Hinter einigen in dunkle Nonnentracht gekleidete Schwestern kniete die Erberin mit bewegungslosem, auf ihre zum Gebet verschränkten Finger gerichteten Gesicht. In belustigtem Unverständnis hatte ihre kleine Tochter sich umgesehen, bis sie von ihrer Großmutter mit leisem Zischen zurechtgewiesen worden war. In der dritten Reihe knieten etwa zehn Frauen; die Hutterin und Zilli, der Tränen über die Wangen liefen, waren darunter.

Noch spärlicher waren die Männerbänke besetzt; nur der Hutter und zwei alte Bauern aus dem Oberland waren zu Sannes Totenandacht gekommen.

»... der Du für uns gegeißelt worden bist, bitte für uns.« Die Worte der Totenlitanei stiegen in die Düsternis des hohen, lichtlosen Kirchenschiffs. Unverständlicher Nachhall senkte sich zurück, pflanzte sich fort in die Nischen der Seitenaltäre, in denen ein von Pfeilen gepeinigter St. Sebastian seine Augen zum Himmel richtete. Die auf einer Mondsichel stehende Madonna jedoch sah mit tröstendem, friedlichen Mädchengesicht zu den Gläubigen.

Die Erberin, die mit leiser, kaum hörbarer Stimme die Gebetsworte gesprochen hatte, senkte ihren Kopf.

Dann durchlief sie ein Beben. Die alte Frau bemerkte es und wandte prüfend ihre Augen zu ihr; nun sah sie mit Entsetzen, wie die Erberin am ganzen Körper von einem konvulsivischem Zittern erfaßt wurde, das zu einem stoßenden Lachen und, immer lauter werdend, in luftschnappende Töne voller Schmerz, voller Zorn überging, bis sie sich, krampfartig mit weit geöffneten Augen und röchelnd, an der Betbank festklammerte und zusammensank. Der Pfarrer unterbrach das Gebet.

Mit wachsendem Entsetzen hatten die Betenden den Zusammenbruch der Erberin verfolgt. Schließlich stand die Hutterin entschlossen auf, ging nach vorne und führte die wimmernde Bäuerin hinaus. »Mama!« hatte das kleine Mädchen angstvoll gerufen, doch die Großmutter hatte sie fest an sich gedrückt.

Als die beiden Frauen die Kirche verlassen hatten und der dumpfe Hall des Portals verklungen war, setzte der Pfarrer das Gebet fort.

Draußen war die Erberin auf einen Grabstein gesunken. Die Hutterin hatte sie nicht losgelassen, und nun vergrub die Erberin ihr Gesicht im Mantel der Nachbarin.

»Wird schon wieder gut, Erberin. Wird schon wieder gut«, sagte die Hutterin und strich ihr behutsam über das Kopftuch.

Das Weinen der Bäuerin war in ein leises Wimmern übergegangen. »Ich ... kann ... nimmer ...«

Die Hutterin sah auf. Aus dem Gasthof, dessen Tor man durch den Friedhofseingang sehen konnte, war eine Gestalt getreten. Sie war bald in der Dunkelheit des unbeleuchteten Platzes verschwunden; die Hutterin hatte jedoch für Sekunden erkennen können, daß es ein junger Mann war, und daß sie ihn schon einmal gesehen hatte.

34

Agnes zog ihr Kopftuch fester. »Jetzt, in der stillen Zeit hat nur noch der Hellbräu offen«, sagte sie und hakte sich bei Kajetan ein. »Du zitterst ja? Du hättest Dich doch wärmer anziehen sollen.«

Kajetan hüstelte leicht. »Es geht schon. Aber seit ich in ins Wasser gefallen bin, läßt mich der Husten gar nimmer aus.«

Sie gingen durch den Nebel zum Fluß. Die Luft roch nach Holzfeuerrauch, der zur Erde zurückgedrückt wurde.

»Man übersteht alles, wenn man es überlebt«, witzelte Kajetan.

Agnes drängte sich an ihn, als sie die Brücke überquerten. Die Gasse zum Stadtplatz war menschenleer. Plötzlich fluchte Kajetan.

»Was ist, Paule?«

»Der Schuster! Ich hab dem Schuster zugesagt, daß ich ihm das Geld für meinen Schuh vorbeibring!«

Die Werkstatt des Schusters war bereits dunkel, nur aus einem Fenster hoch über der Gasse drang schwach Licht.

»Kannst doch morgen auch noch machen«, beschwichtigte Agnes. »Der Pointner heute, ha?«

»Was ist mit dem?«

»Der war ja wohl mächtig zufrieden mit dir!«

»So? Hast wieder spioniert? Bei dir, mein ich, muß einer aufpassen!«

»Das ist wahr!« lachte sie vergnügt, »und mit wem du in Walching herumpoussiert hast, krieg ich auch noch raus!«

»Nie!«

»Du«, drohte sie mit gespieltem Ernst und blieb stehen, »ich sags dir! Ich versteh keinen Spaß!«

»Das merk ich«, antwortete Kajetan ernst und umarmte sie. Sie gingen glücklich weiter.

»Richtig erleichtert …«

»Du?«

»Nein – der Pointner, wie du mit ihm telefoniert hast!«

»Dann wundert mich bloß eines«, Kajetan keuchte etwas, als die Steigung zunahm, »warum er mir die Geschichte wieder weggenommen hat! Es war noch überhaupt nichts klar!«

»Jetzt tät er dich halt hier brauchen, hat er gemeint. Aber …«, ihre Stimme wurde ernster, »vielleicht gehts ja eh bald wieder zurück nach München.«

Kajetan sah sie kurz von der Seite an. Er würde in München einer Frau etwas erklären müssen, und er würde dafür Sorge tragen müssen, daß nichts, was als Wurfgeschoß zu verwenden wäre, in der Nähe ist.

»Eh … hat der Pointner das gesagt, Agnes?«

»Ja …«, sie hatten nun den Stadtplatz erreicht, »ich freu mich ja für dich. Aber … schad ists schon … Paule«, sagte sie mit leichtem Tadel, »geh nicht so schnell. Wart ein wenig. Ich hab grad so … so ein Ziehen.«

Er führte sie unter die Arkaden des Stadtplatzes. »Möchtest dich ein bissel hinsetzen?«

Sie nickte. Sie nahmen auf einer Steinbank Platz. »So ein seltsames … Ziehen«, wiederholte sie gepreßt und legte ihre Hand auf ihren Bauch, »da herum …«

Kajetan folgte den Bewegungen ihrer Hand. Seine Augen wurden größer.

»W-wo?« stotterte er und unterdrückte ein Husten.

Sie deutete die schmerzende Stelle genauer. Der Magen!

»Da, glaub ich«, lächelte sie nun, »aber es vergeht schon wieder.«

»Da hast gewiß was nicht vertragen, Agnes«, sagte Kajetan erleichtert. Agnes sah ihn zärtlich an. »Ich weiß nicht.«

»Agnes, mich frierts ein bisserl. Gehts wieder?«

»Mir ist ganz warm.«

»So?«

»Ja.«

Sie nahm seine Hand und zog ihn hoch. Auf der anderen Seite des Platzes schimmerten die Lichter des Gasthofs.

»Jetzt könnt ich einen Wein gut vertragen«, Kajetan beschleunigte seinen Schritt. Sie schien ihn bremsen zu wollen.

»Aber vielleicht wirds ja doch nichts mit München.«

Er sah erstaunt zu ihr. »Wieso auf einmal nicht?«

»Wie du heut vom Pointner raus bist, war er auf einmal ganz aus dem Häusl und hat wie ein Wilder in der Gegend rumtelefoniert. Und auf dich war er auf einmal gar nicht mehr gut zu sprechen. Gell«, sagte sie triumphierend, »das weißt noch nicht?«

Er blieb stehen und sah sie verständnislos an. »Aber mich hat er über den Schellnkönig gelobt! Hätt grad noch gefehlt, daß er mir eine Virginia anbietet!«

Sie lachte. »Das tut er nur bei seinen alten Kameraden, Paule, so eine Ehr kriegst Du nie! Beim Major Rupp von Walching zum Beispiel...«

»Der... der... Pointner kennt den Rupp?«

»Warum auch nicht? Sie waren wohl im Krieg zusammen. Mit dem hat er übrigens am längsten telefoniert. Was, hab ich nicht hören können, weil er mich zum Wimmer geschickt hat. Grad extra! Als wenn mich interessieren tät, was er mit seinen...«

»Mit dem Major Rupp von Walching?!«

»Putz dir die Ohren, Paule. Mit genau dem. Wie ichs dir sag. Warum auch nicht?«

»Ja... ja. Da schau her.« Er ging langsamer.

»Jetzt geh weiter!« sagte sie ungeduldig, »erst rennst, dann tritschelst wieder umeinander.«

»Ja... ja. Mir scheint, daß ich tatsächlich hie und da ein bissel langsam bin...«

»Hie und da schon, Paule«, grinste sie.

Als sie das Gasthaus betraten, passierten sie im Windfang ein einige Wochen altes Plakat, das eine politische Versammlung ankündigte. Das »Dornsteiner Wochenblatt« hatte damals den Hauptredner, einen unangenehmen Maulauf namens Adolf Hitler, als den »bayerischen Mussolini« bespöttelt und die Frage gestellt, ob schon wieder einmal Vorbereitungen für einen Putsch im Gange wären. Der Herausgeber war danach in der Bezirksinspektion erschienen und hatte über mehrere anonyme Drohanrufe geklagt.

35

Als sie einen kleinen Tisch im leeren Nebenraum gefunden und beide je ein Viertel roten Wein bestellt hatten, bemerkte Agnes mit Sorge, wie sich Kajetans Zustand veränderte. Eine flirrende Unruhe hatte ihn plötzlich erfaßt.

»Es müßt sich jemand um dich kümmern, Paule«, riet Agnes mütterlich. Seine Züge zerflossen. Sie solle still sein, bat er flehend, alles täte so weh. Dann sprang er wie ein Verrückter hoch und rannte in panischer Eile aus dem Gasthaus.

Während er wenig später sein Fahrrad aus dem Hausflur zerrte und sich auf den Sattel warf, war in Walching die Totenandacht für das ermordete Bauernmädchen zu Ende gegangen, und hatte Zilli sich bereits auf den Heimweg gemacht. Die Hutterin hatte ihre Nachbarin schon früher nach Hause geleitet, die Tochter sollte diese Nacht bei der Großmutter bleiben, und der Bauer blieb zu einer Zusammenkunft noch eine Weile im Dorf. Mit einigen Frauen hatte Zilli noch ein Stück gemeinsamen Weges, dann fand sie sich allein, schlang ihr Schultertuch fester um Kopf und Schultern und schritt eilig vorwärts.

Bald hatte sie den Bergwald erreicht, in welchem sie nun wie in einem geheimen Gang verschwand. Sie kannte den Weg, der jedoch nur noch mit Mühe zu erkennen war. Von Schnee beladenes Dickicht drängte sich heran, und über ihr wanderte der Mond hell hinter wirr verflochtenem, schwarzem Gitterwerk. Stellen völliger Finsternis wechselten mit hellen, mondbeschienenen Plätzen. Sie ging mit sicheren, weit ausholenden Schritten. Die Steigung nahm zu. Ihr Atem ging heftiger, und krachend brach nun ein mürber Ast unter der Last des Schnees. Ein Schreck fuhr an ihr Herz. Angstvoll blieb sie stehen und lauschte in die Dunkelheit.

Als sie den Weg fortsetzen wollte, hörte sie erneut Geräusche. Es waren kraftvolle, stumpf knirschende Tritte, und sie kamen rasch näher.

36

Mit wütender Kraft trat Kajetan in die Pedale des Fahrrads; schon bald, nach der ersten Anhöhe vor der Stadt, hatten Oberschenkel und Knie zu schmerzen begonnen. Seine Bewegungen glichen gleichmäßiger, harter Mechanik. Im schwachen Schein der Lampe glitzerte frostverbackener, feinzackiger Schotter und mischte sich mit glatten, eisgrauen Platten. Dünne Fetzen hochstehender Wolken schoben sich vor den Mond, dann wieder lag die Fläche stählern grau vor ihm.

Es war still; nur das Ächzen des Gestänges, das feine Abspritzen splitternder Eiskörner und sein eigener, keuchender Atem drangen an Kajetans Ohr.

Frische Frostluft flog heran. Kajetan sog sie tief ein, und als er die erste Anhöhe überquert hatte, brannten Gaumen und Luftröhre, als zögen mit jedem Atemzug rostige Ketten durch seine Kehle. Sein Herz pochte, Garben farbig blitzender, tanzender Sterne schoben sich vor seinen Blick, dann, in rasender Abfahrt, vorbei an unbeirrt in die Tiefe stelzenden Strommasten, lag wieder alles in stechender Klarheit.

Wieder hob sich die breite Chaussee auf einen Hügel und mündete in ein Waldstück. Äste fingerten in das Nachtblau des Himmels, hinter ihnen eilte die grüngraue, ovale Scheibe des Mondes nach Süden und warf zerstreutes Licht auf die Straße. Dann breitete sich eine weite Fläche, glitzernd wie Aluminium, aus. Kajetan wußte nicht und wußte es doch, warum nun unbeschreibliche Angst jeden Schmerz in mürber Taubheit versinken ließ.

37

Zilli war zunächst wie angewurzelt stehengeblieben. Dann eilte sie weiter. Der steile Weg führte nun in engen Kurven durch den Wald. Nur an den Kehren bildete er kleine, mondbeschienene Lichtungen. Immer wieder sah sie sich um, ohne ihre Schritte zu unterbrechen, doch die dunkle Masse des Waldes schob sich vor ihre Sicht. Sie atmete heftig mit geöffnetem Mund. Ein plötzlich einsetzender, brennender Schmerz in der Lunge machte sie benommen. Sie blieb stehen und hörte für eine Weile nichts als das heftige Pochen ihres Blutes. Dann wieder die Schritte, in schrecklicher Gleichmäßigkeit, näher und näher.

Im Licht des Mondes tauchte die Gestalt eines hochgewachsenen Mannes auf. Sie begann zu laufen. Schon war die Silhouette ihres Verfolgers wieder im undurchdringlichen, massigen Geflecht des schwarzen Waldes versunken, als sie zu Boden fiel. Dann hörte sie die Stimme des Mannes.

»Gehns, Zilli, was laufens denn so?«

Sie richtete sich auf. Sie kannte die Stimme. Sie hatte sie schon einmal gehört, als sie beim Waldfest von einem gutaussehenden jungen Mann zum Tanz geholt wurde. Er hatte beste Manieren gezeigt, und sie hatte ihm danach ein paar, doch nicht allzu viele nutzlose, zärtliche Träume geschenkt.

»Ach«, schnappte sie in törichter Erleichterung, »Sie, Herr Leutnant, und ich hab schon Angst gehabt, der Boandlkramer ist hinter mir her.«

Der junge Mann, dessen Gesicht vor dem hellen Mond stand, lachte. Was das für ein seltsames Wort sei, wollte er wissen. Daß die Leute hierzulande den Tod so nennen würden, erklärte sie, sich aufrichtend.

38

Nichts hatte er gesehen. Nur, daß sich vor einer engen Kehre nach einem steil abfallenden Wegstück plötzlich ein blendend weißes Tuch vor ihm entfaltet hatte. Als hätte das Fahrzeug wie ein lauerndes Tier hinter der Kurve auf ihn gewartet und sei mit bösartigem Getucker auf ihn zugesprungen, hatte es ihn überrascht, ihn zu heftigem Bremsen, Rutschen und zum Sturz über die Böschung gebracht. Nach mehreren Überschlägen war er im Bett eines vereisten Baches gelandet, Füße, Arme und Hals närrisch verschlungen im Gestänge des Fahrrads und zwischen verschneitem, schlingenden Böschungsgewächs. Er war für einige Sekunden reglos liegengeblieben, hatte neben seinem Ohr das unter dem Eis verborgene Glucksen des Wasserlaufs gehört und über sich die von achtloser Hand verschleuderten Fetzen spinnwebfeiner, blauer, schnell wandernder Wolken wahrgenommen. Er mußte plötzlich lachen. In den Speichen des Rades hatte sich zähes Gestrüpp verfangen; Kajetan, der noch immer haltlos und in hohen Tönen kicherte, kam nun wieder in den Stand. Er zerrte das Fahrrad aus dem Gestrüpp und suchte im tiefen Schnee Tritte zur Straße. Dort angekommen, wischte er sich den Schnee aus dem Gesicht und betastete die Reifen des Fahrrads. Sie schienen noch in Ordnung zu sein. Er stieg auf und trat in die Pedale. Es ging ungewöhnlich schwer, und ein schabendes Rascheln eines Schlingarms zwang ihn erneut zum Abstieg. Als er schließlich seinen Weg fortsetzte, bemerkte er, daß das Vorderrad einen Achter hatte.

Dann sah er das Walchinger Tal unter sich. Es mußte schon spät über der Schlafenszeit sein, dennoch schien das Dorf hell erleuchtet wie zu fröhlich sommerlicher Festlichkeit. Das verbogene Vorderrad rüttelte heftig, als er die in den Talgrund führende Straße herabrollte und schließlich den Dorfplatz erreichte.

39

Die Gemeinde war in loderndem Aufruhr. Gemeindeamt und Gendarmerie waren erleuchtet, Männer liefen über den Platz, sammelten sich in Gruppen, schrien erregt. Noch immer öffneten sich Türen, warfen lange Lichtkanäle, die von hastig Heraustretenden zerstört wurden. Die Wirtin hatte Kajetan als erste entdeckt.

»Herr Inspektor! Gut, daß Sie da sind! Was Furchtbares ist passiert!«

»Wo ist die Zilli?«

Die Wirtin erschrak über die in bellendem Keuchen hervorgestoßene Frage, dann wies sie mit dem Kopf in Richtung des Krankenhauses.

»Nein!« schrie Kajetan. Er rannte, die Menschen zur Seite stoßend, zum Friedhof, durch die Gräberreihen zum Krankenhaus und riß die Tür des Operationssaales auf.

Zilli lag mit wächsernem Gesicht auf dem Operationstisch. Doktor Notsch fuhr böse herum. Eine Nonne ging entschlossen auf Kajetan zu und wollte ihn hinausdrängen; er schob sie jedoch mit heftigem Griff beiseite und trat einen Schritt näher. Der Doktor richtete sich langsam auf.

»Ich verfluch Sie«, sagte er mit mühsam gebändigter Wut, »Sie wußten, in welche Gefahr Sie das Mädchen bringen würden, wenn Sie ihren Namen angeben! Hinaus!« Sein Arm stach wie ein Speer in Kajetans Richtung. Der Inspektor wich zurück.

»Das ... das wollt ich nicht, Zilli«, stammelte er, machte entsetzt kehrt und lief aus dem Raum.

»Tür zu, Schwester«, befahl der Arzt beherrscht und wandte sich wieder zu dem Mädchen. Ihre Augen waren geschlossen. Notsch hatte nur noch einen schwachen, unregelmäßigen Puls erfühlt. Ihre Verletzung würde nicht zum Tod führen, hatte er bald erkannt. Viel gefährlicher aber war, daß sie sich in einem extremen Schockzustand befand.

Kajetan hatte sich auf einen Grabstein gestützt. Die körperliche Anstrengung der vergangenen Stunden riß jede Beherrschung fort. Er weinte verzweifelt. Verzeih mir, verzeih mir, wiederholte er wimmernd. Da fror Kajetan plötzlich, und nun, als hätte das Schluchzen seine hart verkrampften Glieder friedlich gelöst, fühlte er eine gänzlich neue Kraft in sich. Er eilte zum Dorfplatz. Dort erfuhr er, daß die meisten Männer des Dorfes bereits auf dem Weg zum Bergwerk waren, in dem der Mann, der Zilli überfallen hatte und vermutlich auch Sanne ermordet hatte, vermutet wurde. Vom Talgrund war am Steilhang des südlichen Massivs eine sich langsam höher bewegende Raupe von dünn flackernden Flammen zu erkennen.

Ein Dorfbauer, der seine Pferde eingespannt und eine Gruppe Männer bereits auf dem Schlitten versammelt hatte, ließ Kajetan aufsteigen; bald hatten sie einen Holzlagerplatz unterhalb der Knappenstube erreicht. Von hier aus waren bereits die erregten Stimmen der Männer zu hören.

In den Schnee gesteckte Fackeln ließen die Knappenstube wie ein Stadthaus erstrahlen. Hastig liefen Männer einen schmalen, in leicht ansteigender Schräge verlaufenden Pfad entlang; andere kamen zurück und drängten sich zu einer Gruppe, die sich um den Bürgermeister gebildet hatte.

Mayr wandte sich um. »Herr Inspektor!? Sie sind…?! Ich hab gedacht…!?«

»Bericht, Herr Wachtmeister!«

»Er… er wollt die Zilli umbringen. Der Hutter hat sie schreien gehört. Da ist er abgehauen. Hier rauf!«

»Wer?«

Der Bürgermeister trat hinzu. »Der Irgl.«

»Wer ist der Irgl?«

»Ein Lump!« schrie einer der Männer, und die anderen stimmten empört zu.

»Kein Hiesiger«, erklärte der Bürgermeister, »ein Gelegenheitsarbeiter.«

Einige Männer kamen schnell den Weg herunter gelaufen. Der Bürgermeister ging ihnen einige Schritte entgegen. »Habts ihn schon?« rief er mit Feldherrenstimme. Die Männer schüttelten den Kopf.

»Machts das Maul auf!« setzte der Bürgermeister nach. Kajetan trat an seine Seite.

»Halts Maul, Lindinger«, sagte er leise und drohend, ohne ihn anzusehen. Er wandte sich an die Männer.

»Habt Ihr seine Spur verloren?«

»Nein«, antwortete einer, »er ist ins alte Silberloch rein. Da kommt er uns nicht mehr aus.«

Der Mund des Bürgermeisters stand noch immer offen. Dann japste er: »Was erlauben ...«

Kajetan sah in sein Gesicht. »Wir haben nachher noch was zum Reden, Bürgermeister. Darüber beispielsweise, warum du partout gemeint hast, daß die Sanne verrückt gewesen ist. Und ob es nicht sein kann, daß sie vor einigen Tagen bei dir eine Anzeige gemacht hat, die aber nie weitergeleitet worden ist. Zumindest nicht dorthin, wo sie hingehört!«

Lindingers Gesicht hatte sich verändert. Bevor er etwas entgegnen konnte, hatte Kajetan sich jedoch verächtlich abgewandt und dem Wachtmeister gewunken.

»Worauf wird gewartet?« Dann stieg er, von Mayr und den anderen Männern gefolgt, zum Stolleneingang hoch.

Bald hatten sie, durch hohen Schnee watend, ein kleines Plateau am Fuß einer senkrecht stehenden Felswand erreicht.

»Das Silberloch«, hatte Mayr ihm unterwegs schwer atmend erklärt, »ist ein altes Bergwerk, das vor guten hundert Jahren aufgelassen worden ist, soviel ich weiß.« Etwa vierzig Männer hatten sich vor der niedrigen, schon zur Hälfte von Geröll verschütteten Stollenmündung versammelt. Zornige Erregung machte sich lautstark Luft.

»Komm raus, du Mörder! Du Verbrecher! Du hast auch die Sanne auf dem Gewissen, du Hund!« Sie brüllten es in die Tiefe des Stollens, und ihre Stimmen klangen hallend in die Finsternis.

»Ruhe!!«

Alles drehte sich zu Kajetan und Mayr. »Ist er da rein?!« Die Männer nickten.

»Und worauf wird gewartet? Daß er von selber wieder rauskommt?«

Niemand antwortete; verlegen sahen einige zu Boden. Schließlich räusperte sich der Wachtmeister. »Das Silberloch ist nicht bloß einfach ein Stollen, sondern das ist... ein Gewirr von Höhlen und Gängen und senkrechten Schächten und zum Teil schon eingefallen...«

»Und wer weiß«, setzte ein Bauer trotzig hinzu, »ob er nicht ein Gewehr hat?«

»Hat er nicht.« Ein junger Mann hatte widersprochen.

»Wie willst Du das wissen?!« höhnte der erste.

Der junge Bauer antwortete bestimmt: »Weil wir schon so nah an ihm dran waren, daß er herschießen hätt können.«

»Also«, ergriff Kajetan das Wort, »wer ist dabei?!«

Er ließ sich eine Fackel geben und ging zum Stolleneingang. Mayr und die Männer folgten ihm; einige zögerten, doch dann betraten alle gebückt den Gang, der sich nach wenigen Schritten nach oben weitete.

40

Eine Gestalt hetzte geduckt in die Tiefe des Felslabyrinths. Bald hatte sie einen weiten, hohen Felsendom erreicht, bewegte sich, mit seiner Fackel nach einer Markierung an der Felswand suchend, nach links, hastete an mehreren niedrigen Stollenmündungen vorbei, blieb stehen, trat einige Schritte zurück und betrachtete prüfend ein in den Stein geritztes Zeichen. Dann verschwand sie in der Öffnung des damit markierten Stollens.

Auf der gegenüberliegenden Seite des Felsdoms hatten sich Steine gelöst und klickerten einige Meter tiefer; dann ein Geräusch, als atme jemand.

41

Der Stollen stieg leicht an. Der beißende Qualm der Pechfackeln zog in die Tiefe des Berges. Niemand sagte ein Wort. Die Männer erreichten bald eine mit dicken Stämmen abgestützte Strecke. Schmieriger Lehm hatte sich an den Balken abgesetzt, und an mehreren Stellen waren sie schon bedenklich herabgesunken.

»Obacht, Männer, duckts Euch«, rief Mayr zurück. Kajetan war schon einige Schritte vorausgegangen und hatte das Ende des »Baues« erreicht.

Hier krümmte sich der Stollen leicht und führte nun in waagrechter Richtung weiter. Im Fackellicht tauchte eine hohe, in die Wand eingelassene Kassette auf. Ihre Türen standen offen, und darin lagen offensichtlich neue, gebrauchsfertige Fackeln.

»Was ist das, Mayr? Der Mörtel ist doch noch keine hundert Jahr alt? Das Bergwerk ist doch angeblich schon seit hundert Jahren aufgelassen?«

»Schon, aber der Herr Major hat das Bergwerk noch mal untersuchen lassen, ob es noch was hergibt.«

»Das Bergwerk gehört dem Major?«

»Ja. Er hats nach dem Krieg gekauft, und ein' Teil des Waldes dazu.«

Kajetans Puls ging schneller. Nun würde nur noch ein winziges Detail nötig sein, um den Mörder Sannes überführen zu können.

Plötzlich schien der Qualm von einem gewaltigen Luftzug fortgesogen zu werden, und nach wenigen Schritten betrat er staunend eine Halle. In stummer Ehrfurcht folgten die Männer. Die Fackeln erleuchteten einen hohen, etwa hundert Quadratmeter großen Raum, dessen Decke sich in der Finsternis verlor. Im flackernden Licht waren, tief im Lehm versunken, verrottete Loren und verstreute, modernde Hölzer zu erkennen. Klackend fielen Wassertropfen in die Tiefe, und jedes Geräusch hallte dumpf und kalt nach. Einer der Männer, dessen Augen suchend in der weiten Halle herumstrichen, erstarrte plötzlich.

»Der … der … ewige … Bergmann …«, stammelte er entsetzt und bekreuzigte sich. Alles drehte sich nach ihm um und folgte dann der Richtung seines Blickes.

Auf einer niedrigen Anhöhe, von der dunkel ein Stollen in die Tiefe des Berges führte, und nur schemenhaft durch den Fackelrauch zu erkennen, stand ein Mann.

Auch Kajetan war erschrocken stehengeblieben. Er kniff die Augen zusammen, dann fingerte er an Mayrs Pistolengürtel, entnahm dessen Pistole und ging einen Schritt vor. Das entsetzte Gemurmel der Männer war zu einem erregten Geschrei angewachsen.

»Ruhe!!« brüllte Kajetan laut, »Hände hoch!«

Die Gestalt hob wie in unendlicher Erschöpftheit die Hände.

Ein Tumult brach los. Die Bauern rannten an Kajetan vorbei, stürzten in den hinteren Teil der Halle und krochen den lehmigen Abhang empor. Sie packten den Mann, zerrten ihn aus dem Stand, und, den anderen entgegen, auf den Hallenboden. Wie von Sinnen schlugen sie auf ihn ein.

In ohnmächtigem Zorn fuhr Kajetan zwischen das Knäuel der Leiber. »Loslassen«, schrie er mit sich überschlagender Stimme, »loslassen!!«

Die Männer ließen murrend von dem am Boden Liegenden ab. »Aufheben!« befahl Kajetan und riß einige der Männer, die noch mit erhobenen Fäusten am Boden knieten, zurück. Mayr trat vor, schob seine Arme unter den Liegenden und richtete ihn auf. Er schien kaum Gewicht zu haben. Langsam hob der Mann den Kopf. In Mayrs Gesicht zeichnete sich ungläubiges Erstaunen, das sich auf die Umstehenden fortsetzte.

»Aber ... das ist doch ...«, schnappte der Wachtmeister nach Luft.

»... der ... aber, das gibts doch gar nicht ...«, flüsterte ein Bauer. »Der ... Matros, der Lois!«

Kajetan sah zu den Sprechenden, dann wieder zu dem abgezehrten, mit schmutzig zerschlissenem Tuch bekleideten Mann. »Die Leut haben eine kuriose Liebe zum Meer«, fielen ihm Dr. Notschs Worte ein. »*Wer* ist das? Ein Matrose?«

Mayr vergewisserte sich kopfschüttelnd und schluckte.

»Tatsächlich ...«, räusperte er sich und wandte sich zu Kajetan, »das ist dem Erber sein Bruder ... Lois!« rief er wieder fassungslos, »Lois, was suchst denn du da herinnen? Es hat doch geheißen, du wärst auf Amerika?«

Lois wandte den Kopf leicht zu ihm. Eine namenlose Müdigkeit sprach aus seinen zerstörten Zügen. Er schwieg und senkte den Kopf.

»Also, das ist nicht derjenige, der die Zilli überfallen hat?!« sagte Kajetan nun ungeduldig. Der Hutter bestätigte es. »Nein! Das war der Irgl! Ich hab ihn doch gesehen!«

Mayr hatte noch immer nicht die Fassung wiedergewonnen. Wieder schüttelte er den Kopf und sah Lois an. »Sag, Lois ... es hat doch allerweil geheißen ... du ... mit dem Schiff ...« Dann wandte er sich zu Kajetan, »Melde gehorsamst, das ist dem Erber sein Bruder.«

»Danke, Wachtmeister, jetzt weiß ichs. Es ist der, dessen ungarische Brieferl so verdächtig offen umeinand liegen.« Eine innere Heiterkeit hatte sich bei Mayrs offensichtlich gespielter Fassungslosigkeit in ihm ausgebreitet, und zufrieden stellte er fest, daß er ein weiteres Stück vorwärtsgekommen war. Das also mußte es gewesen sein, was am Verhalten des Erber so unverständlich gewirkt hatte. Er hatte seinen von der Polizei gesuchten Bruder hier versteckt! Und sich vermutlich mit ihm am Mordnachmittag getroffen.

»Aber wo, zum Teufel, ist der andere?!«

Mayr trat zu Lois. Bevor er jedoch eine Frage stellen konnte, hob der Bruder des Erber matt den Arm, wies auf einen Stollen auf der gegenüberliegenden Seite und sagte kaum hörbar: »Da ... ist er rein ...«

Entschlossen wies Kajetan auf zwei Männer. »Du und du – ihr bringt den Mann runter zur Hütte. Die anderen folgen mir! Hat jemand den Ausgang markiert?«

Einer der Männer lief zurück und ritzte ein großes Kreuz an die Stollenwand. Dann gingen alle, Kajetan und Mayr voran, in den von Lois bezeichneten Gang.

Er war glatt in den Fels gehauen und merklich niedriger als der Zugangsstollen. Ein dünnes Rinnsal hatte sich in der Mitte des Stollenbodens gebildet; der Rauch der Fackeln füllte wieder den Gang. Die Männer husteten.

»Und ich hab mich schon gewundert«, keuchte Mayr hinter

Kajetan, »daß die Knappenhütte offenbar bewohnt war, wo doch seit hundert Jahr hier kein Betrieb mehr ist.«

»Und mich wundert, daß Sie mir weismachen wollen, daß Sie überhaupt keine Ahnung davon gehabt haben, daß der Erber seinen Bruder irgendwo am Berg versteckt«, antwortete er in freundlichem Tadel, »wo doch bei Euch jeder jeden Husterer vom anderen weiß!«

Mayr rutschte aus und fiel unsanft auf den Boden. Patschend setzte er sich in eine Pfütze. Der Troß hielt an. »Was ist los?« wollten die Männer, die keinen Blick auf Mayr hatten, wissen. »Der Adam ist ausgerutscht!« schrien die Männer nach hinten und griffen ihm unter die Arme. Mayr wehrte ab und richtete sich verlegen auf. »So schnell sitzt einer drin in der Soß!«

»Da haben Sie recht«, bestätigte Kajetan halblaut, »gehts? Kommens! Und denkens Ihnen nichts. Sie sind schon in Ordnung, Wachtmeister.«

Mayr nickte beruhigt. »Es haben viele gewußt...«, gestand er leise.

»Denk ich mir schon.« Kajetan grinste.

Nun weitete sich der Stollen erneut und mündete nach wenigen Metern in einen Raum, von dem wiederum mehrere Gänge abzweigten. Die Bauern drängten nach. Kajetan hob die Fackel und wies an, daß je zwei Manner in einen der Stollen bis zur nächsten Abzweigung gehen und dann zurückkehren sollten.

Nach kurzer Zeit kehrten die ersten Gruppen zurück. Es waren, berichteten die Männer, kurze Suchstollen, die nach etwas mehr als zwanzig Metern endeten. Das dritte Paar blieb mehrere Minuten aus, dann waren ihre aufgeregten Stimmen wieder zu hören. »Herr Inspektor!...«

»Gehts dort weiter?!«

»Nein! Aber da ist eine Tür!«

»Machts keine Witz!« Die Ankommenden bestätigten atemlos. Eine schwere Eisentür sei in den Stollen eingelasssen. Der Trupp setzte sich wieder in Bewegung. Ein verborgener Luftzug sog den Fackelrauch über den Köpfen der hastig voranschreitenden Männer ab. Nach wenigen Minuten erreichten sie eine kleine Zeche. Eine hohe Eisentür tauchte aus dem Dunkel. Sie stand halb offen. Zögernd zog Kajetan an einem Riegel. Die Tür ließ sich leicht bewegen.

»So, Mayr«, sagte er dann, als die Fackel das Innere der niedrigen Kammer beleuchtete, »jetzt wissen wir es!«

Die Kammer war bis an die Decke mit dickwandigen Holzkisten gefüllt, an deren Seitenwänden der Name der Waffenfabrik Oberndorf am Neckar zu lesen war. Kajetans Triumphgefühl wandelte sich jedoch schnell zu Sorge, als er sah, daß eine der Kisten zu seinen Füßen geöffnet worden war. Jemand hatte ein Gewehr daraus entnommen...

»Zurück!« schrie plötzlich eine gellende Stimme, »hier ist alles voller Pulver!!« Dann brach ohrenbetäubender Tumult aus. In panischer Hast wichen die Männer zurück. Einige Männer waren zuvor neugierig vor Kajetan in das Innere der Waffenkammer gegangen; jetzt rissen sie ihn mit. »Raus da!!« Die Stimmen überschlugen sich, und rutschend, stolpernd, vor Entsetzen schreiend, rannten die Bauern zurück. In der nächsten Halle staute sich die Menge, bis jemand den Rückweg entdeckte.

Vergeblich versuchte Kajetan, die tobende Schar aufzuhalten. Einer der Männer, den er zu halten versucht hatte, schlug in blinder Angst auf ihn ein. Kajetan gab auf.

Bald war die große Zeche erreicht. Die Männer rangen nach Luft. »Wo ist die Markierung?« kreischten einige, und »Hier! Daher!« schrien andere, die schon in den Ausgangsstollen eingedrungen waren.

»Vorsicht!« versuchte Kajetan noch zu warnen, »der Bau!!

Er stürzt ein! Kommt nicht an die Tramm!« Doch niemand hörte ihn in diesem Chaos der Todesangst. Und schon war erschrockenes Kreischen zu hören, als einer der Bauern mit dem Kopf gegen einen tief herabhängenden, schon halb durchmoderten Balken gestoßen war. Knarrend ächzte der morsche Stützverbund, Steine und bröckeliger Lehm fielen herunter.

Dann war das Stollenende erreicht. Mit schreckverzerrten Gesichtern, erschöpft und keuchend rannten die Männer ins Freie. Es schien, als würde der Berg die Eindringlinge verächtlich ausspucken.

42

Irgl hatte angehalten. Immer wieder horchte er angespannt in die Richtung, aus der er gekommen war. Dann lief er weiter ins Innere des Berges. Das Gewehr war noch immer von einigen Fetzen Ölpapier umwickelt. Hastig riß er es ab und versuchte, das Gewehr im Laufen zu laden. Es gelang ihm nicht, er hielt wieder an, fingerte nervös die Munition in den Lauf und entsicherte die Waffe. Nun müßte er nur noch eine Stelle finden, von der aus er seine Verfolger unter Feuer nehmen könnte. Wieder lauschte er in die Finsternis.

Tickend fielen Wassertropfen auf den Stollenboden. Ein sachtes, gleichförmiges, fast klirrendes Platschen. Einige Meter hinter seinem Rücken war kein Aufprall mehr zu hören, nur noch ein hartes Klicken, das in hallender Tiefe wie ferne Schüsse klang. Wieder lief er einige Schritte weiter und blieb plötzlich erstarrt stehen.

Vor ihm öffnete sich ein Abgrund. Der Schein von Irgls Fackel reichte nicht auf den Grund des Senkrechtstollens. Er warf einen Felsbrocken in die Schwärze. Er fiel eine grauenvoll lange Zeit, bis er dumpf klockend in der Tiefe aufprallte.

Eine aus dicken Holzbohlen gezimmerte Brücke hatte früher darüber geführt. Nur zwei modernde nasse Balken waren davon übriggeblieben, und einer davon war bereits aus seinem Lager gebrochen.

Irgl sah sich entsetzt um, aus seinen Augen traten Tränen der Wut, er keuchte. Dann entdeckte er, daß der Stollen auf der gegenüberliegenden Seite leicht abfiel. Eine ideale Deckung!

Er begann, die Festigkeit des Balkens zu prüfen. Als er mit dem Fuß dagegentrat, bewegte sich das Holz nicht. Irgl trat zurück, fiebrig blitzte die Hoffnung nach einem Ausweg durch seine Gedanken. Sollte er nicht doch besser versuchen, zur großen Zeche zurückzukehren, um sich dort über einem hohen Balkon zu verstecken? Wo waren seine Verfolger überhaupt? Warum nun schon seit Minuten diese taube, stinkende Stille? Wuchs da nicht ein Rauschen wie von einem unterirdischen Fluß, dessen Schleusen geöffnet worden waren, und wälzte sich nicht längst die todbringende Flut auf ihn zu? Wurde dieses fein klingende Rieseln von heranschleichenden Feinden ausgelöst? Warum verstummte der Höhlenregen plötzlich?

Er betrat die Brücke.

43

Der Wachtmeister saß mit schmerzverzerrtem Gesicht im Schnee und rieb sich den Fuß. Die Männer drängten sich am Rande des kleinen Plateaus zusammen.

Kajetan war außer sich. »Leut, seids doch vernünftig! Wenns keiner zündet, kann Pulver doch auch nicht explodieren! Hab ich recht?! Also?«

Die Bauern schwiegen. Einige betraten kopfschüttelnd

den Weg zur Knappenstube. Mayr stöhnte und versuchte, sich aufzurichten. Es gelang ihm nicht, bis Kajetan ihm unter den Arm griff und ihn hochzog. »Männer«, sagte er dann mit erschöpfter, aber dennoch klarer Stimme, »der Inspektor hat recht, und jeder, der im Feld war, weiß es. Wenn trotzdem keiner von Euch mitgeht, kraxl ich auf allen vieren mit rein, wenns sein muß – und wenns Euch dann noch nicht schämts...«

»Ich... geh mit.« Ein junger Mann war nach vorne getreten.

»Sonst keiner? Gut«, winkte Kajetan dem Wachtmeister. »Sie bleiben natürlich da!«

Mayr nickte mit sichtlicher Erleichterung. Kajetan und der junge Mann gingen, ohne sich noch einmal umzusehen, in den Berg. Noch kurz bleckte schwächer werdendes Flackern aus dem Loch. Die Bauern traten langsam wieder vor. Einer wollte Mayr stützen und beim Abstieg helfen.

»Nichts! Ich bleib da, bis er wieder da ist!« herrschte er ihn an. Sie starrten nun alle wie gebannt auf die dunkle Öffnung, aus der nun kein Laut mehr zu hören war.

»Was mich bloß wundert...«, begann einer.

»Was?« wollte ein anderer wissen.

»War das nicht der, der vorhin am lautesten geschrien hat...?«

44

»Feiglinge, elendige«, hatte Kajetan vor sich hingeschimpft, als sie sich am Wandgelaß mit Fackeln eindeckten, die Kajetan sich hinter den Hemdkragen schob, der junge Mann jedoch welche zwischen seiner Brust und einem darum geschlungenen Seil verstaute.

»Egid heißt du? Wenigstens einer, der ein bißchen Schneid hat«, blickte er lobend zu ihm. Egid sah verlegen zur Seite. »Ich hab sie gekannt, die Sanne«, erklärte er mit eigenartigem Gesicht. Kajetan verstand.

Sie setzten ihren Weg fort. Nun, da er nur den schweigsamen Jungen hinter sich hatte, fühlte Kajetan einen seltsamen Zauber, der von diesem dunklen Labyrinth ausging. In welch mühevoller Weise mußten diese Gänge in den harten Stein geschlagen worden sein? Hatten die Bergleute vergangener Jahrhunderte dabei gebetet? Geflucht? Gesungen? Hatten sie Angst, daß sie mit dem nächsten Hammerschlag dünnes Gerinnsel öffneten, das sich binnen Sekunden zu mörderischem Schwall eines unterirdischen Wassersturzes ausweiten würde? Oder trieb sie die Suche nach kristallfunkelnden Grotten, nach freundlichen Geistern, die alle Not von ihnen nehmen würden? Sie hatten die große Halle durchquert und erreichten nun wieder die Waffenkammer. Kajetan reichte Egid seine Fackel und kniete sich zu der geöffneten Kiste. »Sauber«,sagte er leise, »nagelneue Gewehre. Eine ganze Kompanie wär damit auszurüsten.« Er nahm eines der Gewehre aus seiner Umhüllung und las die Buchstaben »BHO«.

»Bund Heimat Oberland?« Er wandte sich fragend zu Egid. Dieser hob die Schultern. »Wahrscheinlich schon«, meinte er dann. Kajetan legte das Gewehr zurück und verschloß die Kiste. »Weiter!« sagte er leise. »Halt!« Er kniete nieder, führte die Fackel nah am Boden und hob einen schwarzen Kotbrocken auf. »Luks Lied ...«, murmelte er.

»Was ist das, Herr Inspektor?«

»Was das ist? Du bist nicht von Walching?«

Egid schüttelte den Kopf.

»Schafsmist ist das,« erklärte Kajetan, »und mit diesem Stückerl Mist, mein Lieber, wird alles klar!«

Er übersah Egids fragendes Gesicht und ging in den Gang,

der von der kleinen Zeche ins Berginnere weiterführte. Wieder stieg der niedrige Stollen leicht an. Die Luft roch beklemmend nach totem, feuchtem Lehm. Der Junge beeilte sich, ihm zu folgen. »Was ... wird Ihnen klar, Herr Inspektor?

»Es paßt einfach alles zusammen, Egid!«

»Was paßt zusammen? Ich versteh Ihnen nicht.«

Wieder wurde der Stollen niedriger, so daß die beiden Männer gebückt gehen mußten. An einer Biegung hielt Kajetan an, machte Egid ein Zeichen, er möge anhalten, nahm die Pistole in seine Hand und schob sich vorsichtig um den Fels. Wieder erleuchtete das Licht der Fackel eine gerade, übersichtliche Strecke.

»Was wolltest du wissen, Egid?«

»Was Sie gemeint haben mit. Es paßt alles zusammen?«

»Daß mir klar wird, was die Sanne mit den ›Herrschaften‹ gemeint hat!«

»Herrschaften?«

»Den Major hat sie natürlich gemeint!«

Beide hatten ihre Stimmen gesenkt.

»Was hat denn der Herr Major damit zu tun, Herr Inspektor?«

»Ganz, ganz einfach, Egid. Die Sanne hat vor einigen Wochen zwei Schafe verloren. Sie hat sie überall gesucht, und dabei ist sie in die Nähe des Bergwerks gekommen. Sie wußte, daß es ihr verboten war, die Tiere in die Nähe des Silberlochs zu treiben, weil sich darin immer wieder Tiere verirrten. Sie muß alles abgesucht haben, bis sie davon überzeugt war, daß die Schafe nur hier im Bergwerk sein könnten, und daß die Tiere sich in der Finsternis heillos verirren und irgendwohin abstürzen würden. Also nimmt sie eine Kerze und sucht ihre Schafe. Sie findet ihre Spuren, ist schlau und markiert ihren Weg, damit sie wieder nach draußen findet. Vermutlich ist sie später irgendwann an eine Stelle gekommen, wo sie entdeckt hat, daß ihre Tiere unrettbar verloren waren, und sie ist zurück. Plötzlich, sie ist vielleicht hier, wo wir uns gerade befinden, hört sie Stimmen. Sie muß fürchterlich erschrocken sein und in aller Eile ein Versteck gesucht haben, von dem aus sie gehört hat, daß mehrere Menschen etwas in das Bergwerk tragen, und sie muß auch die Stimme des Majors erkannt haben. Als die Männer das Bergwerk wieder verlassen, um die nächste Ladung zu bringen, läuft sie zum Ausgang und kommt an der geöffneten Tür der Waffenkammer vorbei. Sie erkennt, daß es Kriegsmaterial ist, das hier verstaut ist, und irgendwie hat sie es später geschafft, die Höhle wieder zu verlassen. Am Gemeindeamt liest sie dann den Anschlag, daß Waffenverstecke verboten sind, und sie meldet das dem Bürgermeister. Der sagt das nicht dem Wachtmeister, dem er es sagen müßte, sondern meldet es sogleich dem Kriminalrat Pointner in Dornstein... Vorsicht!« Wieder bog sich der niedrige Stollen zu unübersichtlicher Windung. Kajetan winkte Egid, näher zu kommen.

»Still! Kannst Du etwas hören?«

Egid hörte angestrengt in die Dunkelheit und schüttelte dann den Kopf. »Nichts, Herr Inspektor«, flüsterte er. Sie gingen vorsichtig weiter.

»Das kann ich ja gar nicht glauben, was Sie sagen, Herr Inspektor. Und Sie meinen...?«

»Genau das meine ich, Egid! Der Kriminalrat sagts stantepede seinem Kriegskameraden, dem noblen Major Rupp. Also, was tun, überlegt der sich. Noch weiß keiner außer dem Bürgermeister und Sanne von dem Waffenlager. Der Bürgermeister wird also als erster von oberster Stelle angewiesen, über die Sache aus nationalem Interesse strengstes Stillschweigen zu bewahren, und der Lindinger, der dem Major auch politisch nahesteht, gehorcht gern. Also muß die Kleine aus dem Weg geräumt werden. Ist sie nicht die Ziehtochter dieses Bauernbündlers, dieses Bolschewisten?, wird sich gefragt, und: Wäre das nicht eine ideale Möglichkeit, ihn ein für allemal auszuschalten? Ist es!, erkennt man in den feinen Kreisen. Daß der Erber irgendwo in der Nähe einen Bruder versteckt hat, munkelt schon das ganze Dorf, und so ist es ein leichtes, den Erber mit einer fingierten Nachricht in die Nähe des Tatorts zu locken. Er würde nie zugeben können, daß er sich mit seinem Bruder treffen wollte. Immerhin ist dieser noch zum Tode verurteilt, und er würde, auch bei einer Begnadigung, den Rest seines Lebens im Gefängnis verbringen müssen ...«

»Aber warum hat sie sich nicht dem Erber erklärt, Herr Inspektor?«

»Vermutlich, weil ihr die Leut eingeredet haben, daß er ihr Vater sei und ihre Mutter im Stich gelassen hätte. Vielleicht hatte sie aber einfach nur Angst vor der Strafe, wenn sie zugeben müßte, daß sie ihre Herde in das verbotene Gebiet geführt hat ...«

»Und der Irgl?«

»Hat den Mord ausgeführt. Daß zufällig drei Einbrecher zugang waren, hat wohl zunächst den gegen den Erber gerichteten Plan geändert. Wie aber immer deutlicher geworden ist, daß sie unschuldig sein müssen, hat der Major wieder eiligst umdisponiert. Pech für die Herrschaften, daß sie den Kajetan nach Walching geschickt haben ...«

Ein Schrei hallte durch die Gänge. Kajetan war herumgefahren. Egids Augen hatten sich geweitet. Kajetan lief einige Schritte nach vorne und erreichte eine Verzweigung. Zwei Gänge führten von hier ab, und an der Seite führte eine in Stein gehauene Treppe zu einer Öffnung, die vermutlich in einen parallel verlaufenden Stollen führte.

»Der ist von da oben gekommen, Herr Inspektor!«

Kajetan war unsicher. »Meinst du?«

»Ja!« Kajetan ließ sich von der überraschenden Bestimmtheit Egids überzeugen und stieg langsam die steinerne Stiege hoch. Die Pistole hielt er weit ausgestreckt. Egid folgte ihm zögernd und blieb einige Stufen zurück.

»Nein! Von da! Ich krieg ihn!« Egid hatte laut gerufen, war zurückgesprungen und verschwand mit einem Satz in einem der Gänge.

In wilden Sprüngen erreichte er den Rand des Senkrechtstollens. Irgl hatte sich mit letzter Kraft an einen kleinen Vorsprung geklammert; der Balken war donnernd in die Tiefe gebrochen. »Egid«, wimmerte er, »hilf mir.«

Egid sah kurz zurück, nahm ein Messer aus seiner Seitentasche und drückte die Scharfkante hart auf Irgls Finger. Irgl schrie gellend auf; dann schlug sein Körper dumpf auf.

»Was...!« Kajetan kam herangestürzt. Egid hielt ihn zurück.

»Passens auf, Herr Inspektor! Hier ist ein Abgrund!«

Langsam trat Kajetan näher. Fragend sah er Egid an.

»Er ist abgestürzt, Herr Inspektor. Grad wie ich gekommen bin. Er ist auf dem Holzbalken gestanden, hat mich gesehen, wollt auf mich schießen, und da ist er abgestürzt«, sagte Egid und kämpfte mit seiner Erschütterung. »Der Herrgott sei ihm gnädig«, fügte er leise hinzu.

Kajetan faßte sich. »Laß den aus dem Spiel, Egid. Wie tief wird das sein? Zehn, zwanzig Meter? Und dein Seil?«

»Dreißig Meter«, antwortete Egid zögernd, »Sie wollen doch nicht da runter?!«

Kajetan ging in die Knie und hielt seine Fackel über die Tiefe, konnte aber keinen Grund sehen. Er suchte einen kleinen Stein und warf ihn hinunter.

»Keine dreißig Meter, Egid«, stellte er fest, als das Geräusch verklungen war, »gib mir dein Seil. Du sicherst mich. Du weißt doch, wie das geht?«

Egid nickte, nahm das Seil von seiner Schulter und ließ es abrollen; dann schlang er das Ende zwischen seine Beine und führte es über Hüfte und Schulter. Mit der rechten Hand hielt er das Seilende. Kajetan überprüfte, ob Egid einen sicheren Stand hätte. »Gut.« Dann nahm er die Fackel zwischen seine Zähne und begann, sich abzuseilen.

Die Wand des Senkrechtschachts war glatt. Nach wenigen Metern passierte er einen schmalen Vorsprung. Als er ihn betrat, lösten sich weich modernde Skelett- und Haarteile eines Tieres, die lautlos in die Tiefe glitten.

»Gehts, Egid?« Es ginge, rief dieser, und ob er schon etwas gefunden habe. Kajetan antwortete nicht und glitt langsam tiefer. Das Gefühl unbestimmten Grauens überfiel ihn, je tiefer er kam. Plötzlich traten seine Füße ins Leere. Verzweifelt strampelte er in der Luft und schwang haltlos über dem Abgrund.

»Egid! Halt mich!« kreischte Kajetan hysterisch. Die Fackel fiel in die Tiefe. Egids Sicherung hielt. Langsam kam die Pendelbewegung des Seils zur Ruhe. Dann sah der Inspektor, daß die Fackel nur noch etwa fünf Meter unter ihm auf dem Stollenboden lag und ließ sich weiter in die Tiefe.

Die Fackel brannte noch; Kajetan nahm sie auf. Irgl lag mit gebrochenem Rückgrat auf einem niedrigen Hügel hartkantig abgebrochener Steinblöcke, in einer Wiese bereits bleich mineralisierter Skelette und halbverwester Kadaver. Er lebte noch. Mund und Augen waren geöffnet, und als Kajetan sich ihm näherte, schienen die Augäpfel sich zum Licht der Fackel zu drehen. Der Mörder weinte.

Kajetan nannte ihn beim Namen. Irgls Lippen bewegten sich unmerklich. Kajetan beugte sich zu ihm.

»Friert mich …« Seine Stimme war kaum mehr hörbar.

»Wer hats dir angeschafft, Irgl?«

»So kalt …«

»Wers dir angeschafft hat, Irgl«, Kajetan hatte die Frage behutsam, fast zärtlich wiederholt.

»Ich blut', Mama... friert mich so...« Seine Stimme war nur noch dünner, müder Hauch. Dann lief ein feines Beben um seine Lippen, krümmten leicht sich die Finger, und er starb.

»Herr Inspektor!!« Egids Stimme hallte gespenstisch herab. »Haben Sie ihn?«

Kajetan konnte seinen Blick nicht abwenden. Dann schrie er laut nach oben: »Ja! Wir haben ihn!«

Sacht rieselten winzige Steinkörner in die Tiefe. Eine schwere Schlange fiel klatschend herab; splitterte den Bruchteil einer Sekunde zur Ewigkeit. Kajetan hörte zu atmen auf. Klirrend, rasend fügte sich in seinem Gehirn das Bild einer tödlichen Falle, in die er geraten war. Egid hatte das Seil herabgeworfen.

45

Wie unbeschwert war Leutnant Egids Kindheit gewesen, und wie schwer hatte es ihn getroffen, daß seine hoffnungsvoll begonnene militärische Karriere schon nach wenigen Jahren beendet war. Konnte er sich nach Krieg und Revolution noch einige Monate in einer der zahlreichen Einwohnerwehren betätigen, so endete auch dies, so daß er sich schließlich eines Tages, auf Anraten eines Kameraden, bei der »Torfgesellschaft Alpenland« in München um eine Anstellung bewerben mußte. Dort schickte man ihn zunächst auf das Gut des Doktor Heim, wo er jedoch mit allerlei verdeckten Missionen betraut wurde. Leutnant Irgl, den er an der Westfront kennengelernt hatte, brachte ihn mit Major Rupp in Verbindung, welcher nach außen als Vertreter der »Holzverwertungsgesellschaft Bayern« erschien und zugleich in der Nähe von Dornstein einer Gruppe von »Wanderfreunden« vorstand. Warum dieser sich ausgerechnet im »roten« Walching, einer ehemaligen Bergarbeitergemeinde in Grenznähe niederließ, schien zunächst unverständlich – solange, bis er eines Nachts mit der Einlagerung einer Waffenlieferung in das alte Bergwerk betraut wurde. Die Aktion wurde als Versuch, die Ergiebigkeit des Bergwerks zu untersuchen, getarnt. Das Versteck, das für einen in allernächster Zeit geplanten Putsch geplant war, schien sicher – bis eines Tages Major Rupp in höchster Erregung von einer Anzeige berichtete. Noch könne sie unterdrückt werden, versicherte er, doch dazu müßte diese vorwitzige Bauerndirn schnellstmöglich aus dem Weg geschafft werden. An Irgl und Egid erging der Auftrag, die Tat auszuführen. Egid spähte aus, wann die Bauern das Haus verlassen würden, und Irgl schlich sich in das Haus.

Fast wäre alles schiefgegangen, als plötzlich vor dem Haus die drei Vagabunden auftauchten. Zunächst lief aber alles nach Plan, wenngleich die Absicht, dem Erber die Tat anzuhängen, zunächst nicht greifen sollte. Doch mit dem Erscheinen des Inspektors, den Kriminalrat Pointner offensichtlich unterschätzt hatte, überschlugen sich die Ereignisse...

Egid hatte die Waffenkammer erreicht. Dort rückte er mit wenigen Griffen einige Kisten beiseite, öffnete eine andere und entnahm ihr einige Stangen Sprengstoff. Er umwickelte ihre Enden mit einer Zündschnur und begann, sie abzuwickeln. Die Fackel in vorsichtiger Distanz haltend, ging er rückwärts in den Stollen, der zur großen Zeche führte. Er zählte laut die Schritte, mit denen er die Zeit berechnete, die er brauchen würde, um noch vor der Explosion das Bergwerk verlassen zu haben. »Vierundzwanzig, fünfundzwanzig... dreißig.« Er zündete die Schnur, die sich folgsam in das Dunkel fraß, und lief hastig weiter. Er stieß an einen zackig abragenden Stein des niederen Stollenteils und stürzte. Benommen richtete er sich wieder auf und setzte, nun schneller, seine Flucht fort. Bald hatte er die große Zeche erreicht. Seine Kopfwunde schmerzte rasend; er griff in sein Haar und fühlte warmes Blut. Es lief über seine Ohren und verschmierte sich am dichten Stoff des Jackenkragens. In seinem Gehirn wuchs das dünne, flammenspritzende Rauschen der rasch wandernden Zündglut zu einem kreischenden Schmerz an; patschend lief er durch Pfützen und fand sich in der Mitte der riesigen Halle, die ihn in drohender Ruhe überwölbte und sich zu verengen begann. Der Ausgang war von dieser Stelle aus, die er in wilder Verwirrtheit erreicht hatte, eine Öffnung unter vielen, die sich kaum voneinander unterschieden. Er machte einen Satz zur Wand der Zeche, rutschte an einer winzig abschüssigen Stelle ab und prallte der Länge nach hin, wobei seine Stützhand auf die Kante einer halbversunkenen Lore prallte. Die Fackel flog in weitem Bogen aus seinen rudernden Händen. Als sich Egid wieder aufrichtete, sah er, weite Meter von sich entfernt, ihren glimmenden Rest. Seine Panik wuchs. Er kroch, sie zu holen, doch sie erlosch zischend am Rand einer seichten Pfütze.

Egid schrie entsetzt auf. Das Zischen in seinem Gehirn wuchs über seine Augen und ließ für Sekunden Garben stechend farbiger Blumen erscheinen. Wummernd weiche, unendliche Schwärze fiel aus der Höhe. Tastend kniete sich Egid auf den Boden, suchte zitternd sein Feuerzeug und schlug eine kleine Flamme. Auf allen vieren kroch er zur Höhlenwand und suchte nach der Markierung. Der lächerliche Lichtkegel seiner rasch dünner werdenden Flamme zeigte keine Einritzung mehr. Egid hatte völlig die Orientierung verloren; er riß seine Jacke auf, holte dort mit bebenden Fingern Papiere hervor und entzündete sie. Endlich, im hellen Schein eines rasch abbrennenden Schriftstücks, sah er das rettende Zeichen. Mit letzter Kraft stürzte er in den offenen Stollenmund. Er wußte, daß er den Ausgang nicht mehr erreichen würde.

46

Kajetans Körper glühte, von den Brauen tropfender Schweiß floß brennend in seine Augen: Der Tote im Bett faulbrauner Skelettbrüche, die die modernden Fellfetzen durchstoßen hatten, in von Blut marmorierten lößüberzogenen Quadern, in mild glitschenden Weichteilen, neben zerschlagen aufgerissenen Schädelteilen. Kajetan hatte zunächst, in Schockkälte, die sich zu rasender Panik auswuchs, versucht, einen Aufstieg aus der Sohle des Stollens zu finden, hatte, nachdem dies ohne Aussicht war, versucht, das Seil wie ein Lasso nach oben zu werfen, in der Hoffnung, es könne sich an einem Vorsprung an der Wand des sich nach oben verjüngenden Schachts fangen und er hatte, die Fackel wie ein Messer zwischen den Zähnen haltend, sich einige Handgriffe in die Höhe hangeln können, bis ihm das heiße Pech in den Mund lief und schreiend zurückfallen ließ.

Dann hatte er ein fahles Geräusch gehört, das er für den Bruchteil einer Sekunde für eine Kapriole seines galoppierenden Pulsschlags hielt. Danach ein dünnes, zu einem infernalischen Konzert anwachsendes Pfeifen. Schließlich herrschte plötzlich Totenstille. Felswand und Sohlboden begannen zu vibrieren. Der Tote, besprungen von Kadavern, tanzte. Ungreifbares umfaßte Kajetans Brust und begann in pochenden Wellen, ihm die Augen aus den Höhlen zu treiben. Tonlos lösten sich in großer Höhe Quader aus der Wand und platzten wie Granaten, stumm, in Egids närrische Gesellschaft.

Als Kajetan aus tiefer Ohnmacht erwachte, übergab er sich mit einer Heftigkeit, die ihm Tränen aus den Augen trieb. Im flackernden Licht der Fackelreste wischte er sich Rotz und blutigen Foam von Gesicht und Händen. Er atmete heftig und hörte nichts als taubes, samtenes Rauschen.

47

Die Männer, die an der Stollenmündung auf Kajetans und Egids Rückkehr gewartet hatten, waren um ihr Leben gerannt, als der dumpfe Donner der Detonation heranrollte. Als würden im Inneren des Berges zornige Geister eine Höllenorgel schlagen, waren ein ohrenbetäubendes Pfeifen und Wellen heftiger Druckluft aus dem Loch geschossen. In der Höhe hatte sich ein uralter Baum aus der Felswand gelöst und war mit Erde und Gesteinsbrocken auf den Vorplatz geprasselt.

In ihrer Panik waren die Männer tief die steile Abraumhalde hinuntergelaufen, waren gestolpert, gestürzt und von nachrutschenden Wächten überschüttet worden. Mayr war der erste, der sich wieder freimachen konnte und keuchend den Vorplatz erreichte. Mittlerweile waren auch die anderen Bauern, die sich in der Knappenstube aufgehalten hatten, herangestürzt. Keiner sprach ein Wort.

Mayr humpelte, nachdem er sich eine Fackel geben ließ, auf die Stollenöffnung zu. Vorsichtig folgten ihm zwei Männer.

»Inspektor!!«

Der Ruf des Wachtmeisters löste klickerndes Geriesel, gab jedoch kein Echo. Nach wenigen Schritten standen die Männer an der Stelle, an der früher der »Bau« begonnen hatte. Ein Gewirr von Gesteinsbrocken und zerbrochenen Balken reichte bis an die Decke. Kein Hauch war zu spüren, und nur der Gestank aufgerührten, feuchten Lehms erfüllte die Luft.

»Inspektor!! schrie Mayr noch einmal und wußte, daß es

sinnlos war. Er schluchzte erschüttert auf. Doch – war da nicht, fern, eine Stimme? »Still!!« ächzte Mayr, »Still…«

»Adam!« schrie eine Stimme. Mayr war ohnmächtig zusammengebrochen. Die Männer zerrten seinen Körper nach draußen. Lindinger ordnete an, ihn in die Knappenstube zu bringen. Dort schlug der Wachtmeister wieder die Augen auf.

»Die sind alle hin«, sagte der Bürgermeister mit rauher Stimme, und einige der Umstehenden nickten.

48

Als Kajetan, über den sich in Wellen Verzweiflung, kalte Klarheit und wieder fröhliche Entwirklichung ergossen, die unversehrt gebliebene Fackel erneut entzündet hatte, fand er sich in einer schmalen Nische am Rande des Solbodens, auf dessen Mitte sich meterhoch Steinblöcke türmten. Die Bewegung des Berges war jetzt zum Stillstand gekommen. Aus der Höhe patschte Wasser, tickend wie zu Beginn eines schweren Wolkenbruchs, der nie kommen sollte. Hastig erstieg Kajetan den Turm und erreichte nun, er mußte dazu nur nassen, mürben Lehm über einem Griff freikratzen, den Eingang eines niedrigen Stollens. Er kroch weiter. Der Stollen wurde enger und niedriger.

Es gibt viele Mutmaßungen darüber, was im Kopf eines Menschen, der seinen Tod vor Augen hat, vor sich geht. Dessen Leben würde in Sekunden vor seinem inneren Auge vorbeiziehen, wird behauptet, er dächte an seine Lieben, er würde beten oder sich verzweifelt in schützendes Irrsein begeben. Kajetan jedoch war nur damit beschäftigt, Verzweiflung und zornigen Lebenswillen im Gleichgewicht zu halten. Er wußte, daß es Wochen dauern würde, bis die große Zeche wieder begehbar wäre. Doch bis dahin würde er längst verhungert sein. Denkbar auch, daß gar nicht erst versucht werden würde, nach ihm zu suchen; zu unwägbar waren die Gefahren. Vielleicht brächten die Walchinger nur ein kleines Marterl beim Stolleneingang an, das den Wanderer um ein Gebet bittet, und vielleicht würden nächtliche Legenden um die Verschwundenen gesponnen. Doch zu blöder Wichtigkeit wuchs mehr und mehr heran, daß da noch eine Schuld zu begleichen gewesen war. 23 Millionen Mark, beim Schuster in Dornstein...

Der Stollen, der nun auf einem schräg stürzenden Schichtbruch angekommen war, hatte sich wieder verbreitert. Der Boden war hier mit Gesteinsbrocken übersät. Dann versperrte Sturzwasser, in chaotischem Rhythmus einen perlenden Vorhang bildend, den Weg. Kajetan knöpfte seinen Mantel auf, hielt die Fackel zum Schutz darunter und durchsprang den kleinen Wasserfall, ohne zu wissen, was sich dahinter verbarg, durchwatete, das bereits glimmende Futteral seines Mantels erstickend, eine mehrere Meter lange Pfütze und setzte dann seinen Weg fort. Die Luft stank und der Geruch toter Erde hatte längst Kleidung und Haut durchdrungen.

Ein heftiger Schwindel ergriff Kajetan. Die Flamme kam näher und näher; er stürzte auf die Knie und erbrach sich erneut. Hustend vertrieb er eine herannahende Ohnmacht, beugte sich tiefer – nie in den Höhlen zu Boden gehen, Berggas erstickt in Sekunden! – und fühlte nichts als einen messerdünnen, kühlen Hauch über dem leisen Plätschern des kleinen Wasserlaufs. Sein Atem wurde ruhiger. Er blieb liegen und spürte plötzlich, wie die Hitze seines Körpers einer herrlichen, berauschenden Kühle wich.

49

Die Männer hatten sich erstaunt umgedreht. Auch der Wachtmeister richtete sich nun auf und sah zum Bruder des Erber.

»Es gibt noch einen anderen Ausgang«, hatte dieser mit leiser Stimme gesagt, »unten, bei der Rais.«

»Was sagst du, Lois? Einen anderen Ausgang?« Mayr war wieder hellwach.

»Wenn sie weit genug in den Berg gekommen sind, könnten sies überlebt haben.«

»Schmarren«, fiel Lindinger heftig dazwischen, »was weißt denn du schon? Bist, seidst Bub warst, nimmer hier heroben gewesen!«

Lois sah müde hoch und hob die Schultern. Doch Mayr ging einen Schritt auf ihn zu und beugte sich zu ihm. »In der Rais, sagst du? Wo in der Rais?«

»Bist du jetzt ganz narrisch geworden, Adam? In die Rais einsteigen, mitten in der Nacht? Wo alle daumlang eine Lawine abgehen kann?!«

»Aber nicht um diese Zeit, Thomas«, erwiderte Mayr ruhig und wollte sich wieder Lois zuwenden.

»Ich ordne an, daß die Suche abgebrochen wird!« dröhnte Lindingers Stimme. »Kommts, Männer!« Er griff zum Türriegel. Die Männer erhoben sich.

»Adam, was ist? Sollen noch mehr draufgehen?« Lindinger hatte die Tür bereits geöffnet. Die Bauern sahen zum Bürgermeister, dann zu Mayr. Müde richtete sich dieser auf.

50

Es ging zuende. Schon war auch die zweite Fackel weit über die Hälfte heruntergebrannt, glühten Tropfen flüssigen Pechs auf seine Hand. Kajetan spürte nichts mehr. Gleichmäßig tappte er den Stollen entlang, der in leichter Steigung in die Tiefe führte. Immer häufiger mündeten nun niedrige Seitengänge heran; sie führten kleine Rinnsale, die sich im Hauptstollen zu einem schmalen, rasch fließenden Bächlein sammelten. Das schwarze Oval des Stollenfortlaufs flog ihm entgegen; bald verengte es sich zu einem Durchgang mit naß glitzernden Wänden, dann sprang es wieder auf in weites, hallendes Gewölbe. Der Feuerschein strich über scharf geschlagenen Dolomit, formte Fratzen, flackernde Lichtmäntel; Smaragde fielen daraus und zerplatzten stumpf. Schritte näherten sich und verstummten, ohne daß sich ein Wesen gezeigt hätte.

Dann trat der Felsen zurück. Das Licht erreichte die Decke der Halle nicht mehr. Kajetan blieb überrascht stehen. Das leise Knistern der Fackel setzte sich hallend fort. Kajetan schrie etwas; seine Worte kreischten auf ihn herab wie ein Überfall einer tollen Meute. Er begann zu laufen. Eine grandiose, unterirdische Welt drang aus der Dämmerung: Säulen, hohe Balkone, glänzende, hohe Platten. Aus der Höhe fielen Hände, Beine von Riesen, tanzten einen fröhlichen Tanz und sanken wieder in die Finsternis.

Vor ihm lag ein See mit kristallklarem Wasser. Sein Ufer fiel flach ab und senkte sich in schwächer werdendem Lichtschein tiefer. Ein bleicher Olm fuhr blitzend in die Tiefe. Von fern drang Rauschen an Kajetans Ohr. Der Boden war glatt. Wankend ging er am Rand des Sees entlang, bis er einen schmalen Felssteg entdeckte, der zum anderen Ufer führen würde. Der Steg verengte sich zu einem schmalen Grat, der über der unbewegten Fläche des Sees verlief, und bald senkte sich die Decke des unterirdischen Doms. Das mußte der Ausgang sein! Ein Lufthauch streifte sein Gesicht. Das Rauschen schwoll an.

Leuchtende, von einem Sturm zerfetzte Tücher flatterten vor ihm her, ein braunglimmender Mond stürzte herab. Der See endete nun, und was früher ein Stollenausgang gewesen sein mußte, war nichts mehr als ein verstopftes, blockiertes Gewirr von Felsbrocken, über denen ein mächtiger Wirbel das Wasser aus dem Berg trieb.

Langsam sank Kajetan auf die Knie. Sein Herz pochte hämmernd. Vor seinen Augen schwammen weich strahlende Flächen, dann sah er nichts mehr. Hatte sich aus der Wand eine Gestalt gelöst? War sie auf ihn zugegangen, hatte sie die Hand ausgestreckt? »Nein«, wimmerte Kajetan.

Die Fackel erlosch. Endlose Dunkelheit breitete sich aus. Kajetan sah in unendlicher Müdigkeit, wie die letzten Glutstücke der Fackel aufglosten.

Die Glut wurde größer, als bliese ein Sturm in einen Scheiterhaufen. Alles wurde von rotem Feuerschein erfüllt, Rauch quoll aus unsichtbaren Stollen, und der Lärm vieler Stimmen war zu hören. Kajetan verlor die Besinnung.

»Seil! Seil!« schrie Mayr hysterisch. »Da unten ist er!«

51

»Was ist denn noch, Adam?« rief der Kondukteur ungeduldig, hob das Klappfenster und beugte sich heraus. Der Motor des Postautos lief bereits. Keuchend kam Mayr näher und überreichte dem Fahrer einen Brief.

»Den wennst mir noch mitnähmst, Schorsch. Für meine Schwester. Weißt schon.«

Der Kondukteur nickte, nahm den Brief in Empfang und legte den Gang ein. Mayr blieb stehen, bis der Bus den Dorfplatz verlassen hatte. Der Himmel war bewölkt; es würde früh dunkel werden.

… und weißt nicht, was ich für eine Nacht gehabt hab und hab immer wieder den guten Inspektor gesehen und gewußt daß er lebt. Ich bin auf in der Früh und hab gezittert am ganzen Leib, bin zur Postwirtin und hab einspannen lassen. Ein paar Oberlandler sind mit, und noch in der Finsternis sind wir in die große Rais eingestiegen. An der Stell wo uns der Lois beschrieben hat, haben wir den Schnee weggeschaufelt und sind in den Berg. Hat keiner mehr gewußt und hat mir der Lehrer gesagt, daß an dieser Stelle in früheren Zeiten das Bergwerk eines Bischofs von Hallburg gewesen ist und hat man sich bloß einmal gewundert, daß es »Silberloch« geheißen hat, wo doch nur nach Blei gegraben worden ist. Was ich geweint hab wie wir unter uns den Inspektor gesehen haben, und auch die anderen. Ja, was soll ich erzählen. Der Herr Major war entlaufen und hat Papiere für Österreich gehabt und soll jetzt in Ungarn sein, und der Inspektor ist entlassen worden, weil er seinem Vorgesetzten nicht gefolgt ist. Von Sannes Tod ist nichts mehr herausgekommen, es wird halt der Irgl gewesen sein und auch den Egid hat man im Berg belassen und nur ein Marterl haben seine Eltern aufgestellt. Was der Inspektor gesagt hat hat er ja keinen Zeugen nicht mehr gehabt und hat ihm keiner nichts geglaubt und hat er mir neulich geschrieben, es geht ihm gut wieder in München und er hat Arbeit in Aussicht. Den Erber haben sie wieder ausgelassen aber hat eine Straf gekriegt und hat seine Alm auf dem Steinberg verkaufen müssen deswegen. Hätt der Lindinger nicht gesagt, Erber, ich helf dir und geb dir ein gutes Geld und war das meiste und jetzt gehörts ihm und ist ihm nichts passiert, weil er die

Anzeig von der Sanne nicht weitergegeben hat, weil sie närrisch gewesen ist, hat ihm der Richter geglaubt. Wegen dem Lois wo ich dich einmal gefragt hab ob er zu Euch ist, wird er nicht mehr kommen. Er ist nie in Amerika gewesen, ist geflohen nach Ungarn, hat auch von da wieder weg müssen und hat ihn das Heimweh zerrissen, daß er wieder nach Walching gekommen ist, wo ihn der Erber mit dem Luk versteckt haben und jetzt ist er nach München verbracht und muß noch zehn Jahr im Gefängnis sein, wo er doch den Inspektor gerettet hat. Wo der Russ ist, weiß niemand so recht.

Den Pizzini haben sie bald laufen gelassen, nicht den List wo drei Jahre gekriegt hat. Und ist dann auch noch der Mann von der Postwirtin heimgekommen, war in einem Spital ohne seinen Namen zu wissen, ist zwei Tag geblieben, hat nichts gredt, nur geschaut und war ganz kalt und ist fortgegangen am dritten Tag. Der arme Luk redt nichts mehr und sitzt da und stiert vor sich her und die Erberin bringt ihm was zum Essen und wenn ihn wer fragt, sagt er: es kommt nie mehr ein Frühling, die Bäum bleiben schwarz. Jetzt ist der Winter bald aus. Denkst du noch an deine Heimat.

VOKABULAR

auf dem Quivive sein, bayerisch **auf dem kiwif-sein:** auf der Hut sein
Gant, vergant: Versteigerung, durch Versteigerung den Hof verlieren
da leits nicht einmal . . .: da kann man sich nicht einmal leisten
Grattler: Landstreicher
Plätten: Transportschiffe der Inn- und Salzachschiffahrt
Chaise, bayerisch Schesn: Auto
lötz: unangenehm, schmerzhaft
Eisner: erster bayerischer Ministerpräsident
Gandorfer: Bauernführer, stand auf Seiten Kurt Eisners
Leviné: Führer der Räterepublik
Arco-Valley: antisemitisch-konservativer Offizier, Mörder Kurt Eisners
Landauer: Minister der Räteregierung
Heim: konservativer Bauernführer
Escherich: rechtsradikal-konservativer Freicorpsführer
Rais: Geröllabhang
BHE »Bund Heimat Oberland«: Name eines der vielen rechtsgerichteten Freikorps; seine Mitglieder gingen z.T. in der faschistischen SA auf.
»Miesbacher Anzeiger«: rechts-konservatives Blatt, in dem u.a. Ludwig Thoma schrieb.

»Befreiung«: Bürgerkriegs-Massaker anläßlich der Besetzung Münchens im Mai 1919 durch Freicorps.
blecken: aufflammen, flackern
Berscht: von **berchen** = glänzen. Die Sagenfigur der »Frau Berscht« geht auf eine Liebes- und Fruchtbarkeitsgöttin der Antike zurück. Spätestens seit der Gegenreformation wurde sie von der Kirche zur häßlichen und schreckerregenden Waldhexe umgewidmet und durch die Muttergottes ersetzt. Das »Berchtenlaufen« in der Adventszeit, bei dem furchterregend vermummte Männer Kinder und junge Mädchen in Angst und Schrecken versetzen, mag im Kern auf diesem Glauben zurückgehen.

Die Godin

1

Der Wegmacher wollte wieder davon erzählen, wie einmal der Himmel auf Sarzhofen gefallen, der Eglinger Alois dabei zu Tode gekommen sei und das Elend über die Aichingerischen, aber man ließ ihn nicht.

»Es ist doch schon so lang her, Wegmacher«, sagte der Wirt, ohne den alten Mann anzusehen, und hielt einen Bierkrug unter den Zapfhahn.

Der Landthaler spuckte auf den Boden und griff nach den Spielkarten, die der Reither ausgegeben hatte. »Dasselbe mein ich auch«, pflichtete er dem Wirt bei. »Laß uns endlich in Ruh mit der Geschicht. Ein jeder kennt sie.«

Der alte Wegmacher jedoch hörte nicht. Störrisch wiederholte er jene Worte, mit denen alle Geschichten auf dem Land beginnen: »Leut, ich lüg euch nicht an . . .«

Das Ritual will eigentlich, daß die Zuhörer zunächst lautstarken Zweifel an dieser Behauptung äußern, woraufhin der Erzähler seine Versicherung zu erneuern hat. Doch, wie neugierig man auf das Kommende auch sein mag, so wenig darf auch jener Bekräftigung Glauben geschenkt werden: »Geh zu! Du allerweil mit deiner Fabelei!«

Ein paarmal darf das hin und her gehen. Es hat seine Grenzen aber dann, wenn der Erzählende nicht mehr anders kann, als sich schließlich in die Rolle des gekränkten Wissenden zurückzuziehen, welcher es durchaus nicht nötig hat, seine

Weisheiten Unwürdigen mitzuteilen. Doch mit einem gnädigen »Dann red halt, in Gottsnam« wird dies rechtzeitig verhindert.

Die drei Männer dagegen, die sich an diesem Augustabend in der Sarzhofener Gaststätte »Zum Nauferger« zum Kartenspiel getroffen hatten, machten keine Anstalten, ein anderes Spiel zu spielen als jenes, welches der Reither soeben gemischt hatte.

Der Stadler sandte einen geschmerzten Blick zum schwarzgeräucherten Plafond. »Sagt ja auch niemand, daß du lügst, Michl«, stöhnte er, »aber jetzt gibst eine Ruh. Wir spielen Karten.«

»Gewiß wahr, ich lüg euch nicht an ...«, wiederholte der Wegmacher Michl. Er knetete seine fleckigen Finger und blickte ins Nichts.

Die Kiefer des Landthaler mahlten. »Streng wird gespielt, habts gehört?« mahnte er die anderen beherrscht. »Einen wenn ich beim Schwindeln erwisch!«

»Freilich.« Der Reither tat unschuldig und gab seinem Nebenmann einen leichten Stoß mit der Fußspitze. »Wer gibt?«

»... es ist gewesen im Vierer Jahr, wie ...«

»Deine Goschn, Wegmacher!« fauchte der Landthaler.

»... im Vierer Jahr, wie der Teufelsstein im Schatzberger Wald auf einmal angefangen hat zu schwitzen ...«

Zornig wandte sich nun auch der Reither um. »Wir spielen! Hörst nicht? Bring uns nicht draus, sonst werden wir grantig!«

»... auf einmal angefangen hat zu schwitzen, und wie ...«

Krachend patschte die geöffnete Hand des Landthalers auf den Tisch. Er stand auf, ging zur Ofenbank und stellte sich breit vor den Alten. Seine zur Faust geballte rechte Hand pendelte drohend. Der Wegmacher duckte sich ängstlich.

Wortlos kehrte der Landthaler an den Tisch zurück.

»Das hat er verstanden«, stellte der Reither befriedigt fest.

Der Wirt atmete erleichtert auf, griff nach den gefüllten Krügen und trug sie an den Tisch.

»Wißts ja, wie er ist. Er hört nimmer gut«, versuchte er auszugleichen.

»Der hört ganz gut, da täusch dich nicht«, widersprach der Landthaler ärgerlich.

»Schon«, wußte der Stadler, »aber er kanns nimmer deuten.«

»Was für eine Krankheit das ist«, schüttelte der Wirt den Kopf, »hört und sieht, aber kanns nimmer deuten.«

»Die Krankheit hast du auch hie und da«, stichelte der Stadler boshaft. Der Wirt lachte.

»Aber bloß dann, wenn du ein halbes Jahr bei mir anschreiben laßt, nicht ans Zahlen denkst und allerweil noch eine Halbe willst!«

»Dafür kommst auch in den Himmel, Nauferger. Ist dir das gar nichs wert?«

»Und das verdank ich dann dir, Stadler.«

»So ist es. Selig sind, die die Durstigen tränken, heißts in der Heiligen Schrift.«

»Jetzt spiel!« unterbrach der Landthaler ungeduldig. Der Stadler überlegte einen Augenblick, zog eine Karte und schlug sie auf die Tischplatte.

»Liegt schon!«

Der Landthaler betrachtete mit zusammengekniffenen Augen sein Spiel und überlegte. Er wirkte angestrengt.

»... ich lüg euch nicht an!« brabbelte der Alte.

Das Gesicht des Bauern wurde krebsrot. Heftig stand er auf. Sein Stuhl kippte und polterte zu Boden.

»Wegmacher!« schrie er unbeherrscht. Der Wirt sah alarmiert auf.

»Spinn dich aus, Landthaler«, sagte der Stadler ruhig, »was regst dich denn eigentlich gar so auf?«

»Warum ich mich aufreg?« japste der Landthaler. »Weil ich

dem Wegmacher seine erstunkenen Geschichten nimmer hören kann.«

»Hörst halt nicht hin! Aus! Hast doch sonst nichts gegens Geschichtenerzählen!«

Der Landthaler erstarrte. Sein Blick flirrte. Auf seiner Schläfe bildete sich eine wurmartige Geschwulst. »Was ... was willst damit sagen?« fragte er rauh.

Der Stadler tat unschuldig. »Gar nichts. Bloß, daß du doch auch hie und da gern Geschichten erzählst.«

»Landthaler! Stadler!! Aufhören!« Der Wirt hatte das Wischtuch zur Seite geworfen, kam an den Tisch geeilt und versuchte, die beiden Männer auseinanderzuzerren. Ein klobiger Faustschlag, der eigentlich dem Stadler gegolten hatte, traf seine Schulter. Er taumelte zurück.

Die Tür der Gaststube fiel krachend in das Schloß.

»Hörts auf!« keuchte der Wirt.

»Das mein ich auch.« Wachtmeister Kaneder trat langsam in die Mitte des Raums, schob seine Brille mit der Fingerspitze zurecht und kratzte sich seinen hinter dem Kragen nässend geröteten Hals. Der Landthaler richtete sich mürrisch auf.

Der Ortspolizist musterte ihn streng. »Wegen was wird da schon wieder gerauft?« Der Bauer schniefte verletzt und schwieg. Langsam griff er in seinen schütteren Schopf und schob einige siechfarbige Strähnen, die ihm über die Stirn gefallen waren, zurück. Kaneder wandte sich mit fragendem Blick an den Stadler. Dieser zuckte die Schultern.

»Nichts«, räusperte er sich, »ich ... ich hab ihm bloß gesagt, daß es seltsam ist, daß er allerweil, wenn er mit dem Mischen dran ist, hernach den Herzkönig kriegt.«

Der Reither nickte erleichtert.

»Ist überhaupt nicht wahr«, knurrte der Landthaler.

Kaneder verstand. »Dann sag ich euch, daß jetzt gleich Sperrstund ist und ich den Holzköpfen, die ich das nächste Mal wieder beim Raufen erwisch, eine saftige Straf aufbrenn! Haben wir uns?« Er hob die Stimme. »Ob ihr mich verstanden habt?«

Die beiden Streithähne nickten widerwillig. Der Reither griff nach den Karten, stand auf und legte das Päckchen auf eine Ablage neben dem Schanktisch. »Heut wars wieder gemütlich!« sagte er ernüchtert und griff nach seiner Jacke.

Auch der Landthaler zog sich an. Der Reither befand sich bereits im Hausgang. Wortlos verließen die Bauern die Stube.

Der Wachtmeister wandte sich an den Wirt.

»Und deine gspaßigen Logiergäst? Sind die eigentlich schon daheim?«

»Den Notari von München, meinens? Der ist schon längst oben in seiner Kammer«, sagte der Wirt. »Ist was mit dem?«

Kaneder schüttelte unwillig den Kopf und drehte sich um.

»Und der Wegmacher?« sagte er milder. »Mag Er nicht heimgehen? Zeit ists.«

Der alte Bauer regte sich nicht.

»Keine Geschichterl heut, Wegmacher?«

Der Wachtmeister wartete die Antwort des bockig dreinblickenden Alten nicht ab, kratzte sich wieder hinter seinem Kragen und verabschiedete sich.

Der Alte schwieg auch noch, als ihn der Wirt wenig später vor die Tür führte. Mit unsicherem Schritt trat er aus dem Kegel des von Mücken berannten Hauslichts und verschwand in der Finsternis. Vom fernen Altwasser am Flußgrund quakten Frösche.

Der Wirt drehte den Schlüssel und löschte das Licht. Als er kurz darauf die Treppe zu seiner Schlafkammer emporstieg, sich in ihr entkleidete, das Federbett zurückschlug und sich schwer auf sein Lager fallen ließ, dachte er noch einen kurzen Augenblick an die Geschichte, die der Alte hatte erzählen wollen. Dabei schlief er ein.

2

Als die Magd an diesem Spätnachmittag im August des Jahres 1904 mit käsigem Gesicht zur Reitherin in den Stall trat und ihr stumm den leeren Wassereimer zeigte, wußte die Bäuerin sofort, daß etwas Ernstes geschehen sein mußte. Der Hausbrunnen war nun endgültig trocken, und der in die Tiefe gelassene Eimer scheppernd auf Stein gefallen.

Bald darauf versiegten auch die Brunnen von Wengen und Oberroth. Die erst vor wenigen Jahren verlegte Bleirohrleitung, die das Wasser der Elskirchner Quelle zu den Weilern über dem Inn führen sollte und aus der zuletzt nur noch ein rostig braunes Rinnsal geflossen war, gab schon seit Wochen keinen Tropfen mehr ab. Auch der Gruber hatte bereits aufgegeben und die Hunde, die seine Pumpe antrieben, aus dem Geschirr gelassen.

Als vom Grund des Hungerbrunnens im Wolfspeuntner Wald feuchter, von Mückenschwärmen umtoster Morast glitzerte, erschraken die Bauern zutiefst. Von ihren Vorfahren wußte sie, daß Feuchtigkeit in dieser Grube, die in regenreichen Zeiten stets trocken war, eine noch größere Dürre voraussagte.

Schließlich war auch der Burgstaller Bach ausgetrocknet, und die Mühle im Höllgraben mußte stillgelegt werden. Die Bauern suchten den Pater Prosper auf und baten ihn um die Abhaltung des Regengebets. Kurz flammte der alte Streit zwischen der »Bruderschaft zum guten Tod« und dem »Jünglingsverein« auf, in welcher Pfarrei dieser Gottesdienst abgehalten werden sollte. Die Auseinandersetzung wurde jedoch sofort erstickt, denn kein vernünftiger Mensch konnte widersprechen, daß allein die heilige Elisabeth und damit das alte Elskirchner Gotteshaus zuständig waren.

Das gotische Kirchenschiff war überfüllt, als der aus dem Kloster Sarzhofen herbeigeeilte Augustinerpater das alte Regengebet vortrug. Doch die Orgel, deren Holzverkleidung in der wochenlangen Trockenheit geschrumpft war, gab keinen Ton mehr von sich. Auf der Heimkehr begegneten die erschöpften Wallfahrer den Fuhrwerken der Wasserträger. Auf ihre keuchenden Rösser einschlagend, bis hoch über den Kutschbock in Staub gehüllt, waren sie nahezu Tag und Nacht unterwegs, um das rettende Naß zu den Höfen zu bringen.

Die Gebete waren vergeblich gewesen. Die einst üppigen Bauerngärten verdursteten, das Blattwerk der Obstbäume verlor seinen Glanz. Die Wiesen brannten aus. Die Grasnarbe wurde rissig, schälte sich, hungriges Federvieh kratzte auf der Suche nach Engerlingen den brockigen Boden auf. Aus einst blühenden Feldern wurden staubgraue Äcker. Um die Augustmitte mußten bereits die Heustöcke angegriffen werden, um das Vieh zu füttern. Doch für den Schäfer von Aschpoint stellte sich die Frage, was im Winter werden würde, nicht mehr. Er bestritt, betrunken gewesen zu sein, und gab statt dessen an, von Erschöpfung überwältigt in seinem Karren eingeschlafen zu sein, als seine Herde in die sumpfigen, von den Mäandern des Höllbachs durchzogenen Naßwiesen ausgebrochen war. Erbärmlich waren die Tiere verendet. Man hatte den Schäfer mit Schlägen vom Hof gejagt.

Die neuen Tage zeigten im ersten, zitronenfahlen Licht, daß wieder kein Regen zu erwarten war. Binnen kurzer Zeit wälzte sich erneut schmutzige Hitze über das Land. Übergossen mit glühender Luft lag es um die Mittagszeit längst benommen unter einer brütenden Sonne. Dann und wann schob sich ein heißer Windstoß durch das papieren wispernde Korn und kippte es, ohne Widerstand zu erfahren, aus der mürben Krume.

Nur der Marktflecken Sarzhofen, auf einer kleinen Erhebung zu Füßen des höheren Klosterhangs gelegen, hatte noch

Wasser. Die fetten Gärten am Innhang, geschlämmt von einer Ableitung des Klosterbachs, widerstanden der Hitze.

Doch auch hier litten die Menschen unter der Hitze und dem Staub, den das Umland über den Markt geworfen hatte. Die Alten atmeten schwer durch rissige Lippen.

Es war Mittag. Die Menschen, die den baumlosen Platz in der Ortsmitte überquerten, bewegten sich langsam; kein Luftzug regte sich. Es war still. Rufe versanken taub, das Platzen des Kalkputzes von den Häuserwänden klang wie das Brechen verdorrter Äste. Der Wirt des Gasthofs »Zum Nauferger« riß in einem Moment der Verwirrtheit die Tür der Standuhr auf, dessen Ticken ihn zu schmerzen begonnen hatte, und hielt das Werk an.

Am späten Nachmittag schienen Ort und Hügelland friedlich zu dösen. Die Schatten wuchsen. Kaum war die Nacht zum Sonntag hereingebrochen, begann die Erde zu dampfen. Das Pflaster glänzte bleiern, und um Mitternacht stiegen vom Inn violette Nebelschwaden empor. Es wurde augenblicklich kühler. Als sich die letzten Besucher des »Nauferger« auf den Heimweg machten, in der Mitte des Marktplatzes nach oben sahen und betrunken die schneidende Luft kosteten, stand über ihnen, kaum anders als in den Nächten zuvor, der Nachthimmel wie kalt glimmender Granit. Die Tritte der Heimkehrer verloren sich in der Stille. Grillen zirpten kraftlos. Das Land fiel in Schlaf.

Niemand sah, wie kurze Zeit danach im Norden ein tonloses Leuchten über die Hügelketten eilte. Ein ferner, samtener Donner folgte. Nun herrschte völlige Stille. Wieder flammte das fahle Leuchten auf, und wieder, doch nun in kürzerem Abstand, war ein tastendes, zögerndes Poltern, das wie das Fallen eines Holzstoßes klang, zu vernehmen.

3

Es kam kein Tag. Die Sonne kämpfte irgendwo hinter dem östlichen Horizont, warf ein krankes Gelb und erstickte dämmernd. Entlang der Flußlinie hatten sich Schicht um Schicht die fetten Quader einer Wolkenwand in maßlose Höhen getürmt. Noch immer schien die Wand zu wachsen, noch immer stand sie nahezu unbewegt wie eine erstarrte Flutwelle.

Binnen Sekunden platzte das Gebilde. Eigroße Hagelbrocken explodierten auf Pflaster und Dachpfannen, spratzten knallend ab oder durchschlugen die Dächer. Kräftige Laubbäume bogen sich unter den Sturmstößen und brachen ergeben, die Fichten rissen im Fall ihr flaches Wurzelwerk aus dem Erdreich, Scheunen zerlegten sich Brett um Brett oder purzelten wie Würfel über das Feld. Durch die silbrige Schraffur des zur Erde jagenden Eises waberten die Blitze. Das Wettergeläut der Pfarrkirche winselte gegen den Tumult, bis der Orkan unter die zerschlagene Dachhaut des Turmes fuhr, dessen Spitze abriß und Schindeln, Gebälk und Mauerwerk in die Tiefe prasseln ließ. Bedrohlich ächzte das Bundwerk der Stallungen der freistehenden Gehöfte. Die windig gebaute Stallung des Wegmacher-Gütls krachte zusammen und begrub, was darunter lebte.

4

Fast beiläufig hatte sich das Unwetter gelegt. Ohne große Eile war es nach Nordosten gestapft. Der Wind wurde schwächer, dann legte er sich ganz.

Es war still. Das zerdroschene Land rauchte. Die Luft war kühlfeucht und klar und roch nach Winter. Der Himmel blieb grau, von Westen näherte sich ein sanfter Regen. Bis zum Herbstbeginn sollte er sich nicht mehr verziehen.

Natürlich hätte man die Leiche des Fuhrknechts Alois Eglinger irgendwann entdeckt. Wenn nicht an diesem Tag, dann am nächsten. Sie wurde so früh gefunden, weil sich der Nauferger beim Kirchbäck darüber beschwert hatte, daß das sich sulzig zersetzende Eis auf der Gasse zwischen beiden Gebäuden begann, den Weinkeller des Gasthauses unter Wasser zu setzen. So schickte der Kirchbäck seinen Lehrling, und dieser war es, dem diese eigenartige, blaßrot emporgestiegene Fläche aufgefallen war und der, nach wenigen Schaufelstichen, den Körper des Fuhrknechtes entdeckte.

Wachtmeister Sinzinger, den man vom Dach der Ortsgendarmerie holen mußte, wo er die zerschlagenen Dachpfannen inspiziert hatte, begann kurz darauf mit seinen Untersuchungen. Er tat es widerwillig. Irgend etwas sagte ihm, daß diese Angelegenheit unangenehm werden würde, obwohl alles, was ihm aufgeregt mitgeteilt wurde, auf einen Wirtshausstreit mit tragischem Ausgang hindeutete. So etwas kam nicht eben häufig, aber doch hin und wieder vor. Der letzte Mord im Gebiet der Sarzhofener Gendarmerie – eine Magd war im Wolfspeuntner Wald erschlagen und ausgeraubt worden – war lange vor Sinzingers Amtsantritt geschehen, und außer der nie ermittelten Todesursache eines Säuglings in der Nachbargemeinde, den die Mutter, eine unverheiratete und offenbar geistig etwas labile Magd, versehentlich im Schlaf erdrückt hatte, konnte er sich an keinen Fall in dieser Gegend erinnern, der nicht binnen weniger Stunden hatte aufgeklärt werden können.

Der Wachtmeister überlegte, wie er seinen Bericht beginnen sollte. Er war, nachdem er die Leute mit einem »Wenn er schon tot ist, pressierts eh nicht mehr« zu beruhigen versucht hatte, in die Amtsstube gegangen, hatte dort seinen Rock angezogen, seinen Säbel umgeschnallt, seinen Helm aufgesetzt und sich auf den Weg gemacht.

Der Schauplatz des Verbrechens, die vom Marktplatz zum

Innhang führende Gasse zwischen dem Gasthaus und der Bäckerei, war nur wenige Minuten von der Station entfernt. Nachdem er die Neugierigen zurückgescheucht und sich schnell vergewissert hatte, daß der Fuhrknecht an mehreren Messerstichen in Brust und Hals gestorben sein mußte, wurden die Umstehenden von ihm befragt, ob einer von ihnen etwas berichten könne, das mit diesem Vorfall zusammenhinge. Man schüttelte den Kopf. Außer dem Wirt hatte sich keiner der Anwesenden in der vergangenen Nacht im Gasthaus aufgehalten. Der Nauferger gab zögernd an, daß der Ermordete am Abend zuvor einige Halbe Bier getrunken, die Gaststätte jedoch kurz nach Mitternacht verlassen habe.

»Als letzter?«

»Ja...« Die Erklärungen des Wirts wurden dadurch unterbrochen, daß der Dorfarzt mit offen fliegendem Mantel durch den Eismorast herbeigeeilt kam und sich wortlos der Leiche widmete. Respektvoll wich die Menge zurück.

Der Wirt fügte noch hinzu, daß der Tote als streitsüchtig gegolten habe und daß es beinahe täglich zu kleineren Auseinandersetzungen, die jedoch schnell wieder beigelegt waren, gekommen sei. Der Doktor unterbrach ihn.

»Der Mann ist seit etwa zwölf Stunden tot«, stellte er fest.

»Haben Sie berücksichtigt, daß er unter dem Eis gelegen ist?«

Der Arzt lächelte nachsichtig. »Ich kann durchaus bis drei zählen, Herr Wachtmeister. Aber...«, er war aufgestanden und wischte sich die Eissplitter vom Knie, »...man braucht mich ja hier nicht mehr, nicht wahr?«

»Ist ja nur eine Frag gewesen, Herr Doktor.«

»Schon recht.« Der Arzt knöpfte sich umständlich den Mantel zu.

Der Gendarm dachte nach. Vor zwölf Stunden. Kurz vor Sonnenaufgang. Was suchte der Fuhrknecht um diese Zeit in der Gasse?

Der Mesner hob den Zeigefinger. »Der Eglinger ist ein rechter Weiberer gewesen«, stieß er eifernd hervor. »Es hat so gehn müssen mit ihm.«

»Was du alles weißt ...«

»Ich seh halt auch noch was anderes als Teig und versalzenes Mischbrot, Bäck.«

»Mit dir bigottem Hanswursten red ich gar nicht. Aber, Herr Wachtmeister ...«

»Was, Bäck?«

»Der Doktor muß sich getäuscht haben.«

»Warum?«

Der Bäcker fühlte den mißbilligenden Blick des Arztes. »Weil ich ... dann ja was gehört haben müßt. Ich bin jeden Tag schon um halb vier wach, auch wenn ich nicht in die Backstuben muß. Ich hätt was hören müssen – aber ich hab nichts gehört. Bloß, wie auf einmal das Wetter angefangen hat, hab ich gehört.«

»Und das hat angefangen, nachdem du aufgestanden bist?«

»Wenig später.«

»Da ist es also schon hell gewesen?«

Der Bäcker schüttelte den Kopf. »Da wär es hell gewesen!« berichtigte er. »Wenn es ein normaler Tag gewesen wär. War es aber nicht. Es war stockfinster.«

Sinzinger verzog nachdenklich den Mund und blickte wieder auf das mit schwarzem Blut besudelte, durchweichte Bündel zu seinen Füßen. Der Tote lag mit dem Rücken nach oben. Die klaffenden, wächsern gerandeten Einstiche waren deutlich zu erkennen.

»Der markiert nimmer«, bemerkte der Schmied-Hansl nüchtern. Die Bäckin kicherte hysterisch. Ein Blick des Wachtmeisters brachte sie zum Schweigen.

»Was ist gestern auf Nacht passiert? Hat einer gesehen, mit wem der Eglinger gestritten hat? – Wirt?«

Der Nauferger schüttelte den Kopf. »Nein. Gestern war er

sogar recht gut aufgelegt, der Alois. Hab mich schon gewundert.«

Der Landthaler, den in seiner Jugend ein schwerer Unfall mit dem Heuwagen weißhaarig gemacht hatte, schniefte grimassierend durch die Nase und entblößte seine tabakbraunen Zähne. Er schien zu überlegen, wie er beginnen sollte.

Der Arzt trat einen Schritt vor. »Herr Wachtmeister, ich wollte Ihnen nur noch sagen: Wie ich vorhin an der Gendarmeriestation vorbeigekommen bin, hab ich den Aichinger Martl dort stehen sehen. Er möcht eine Angabe machen, hat er gesagt.«

»Wird nicht so pressieren«, gab Sinzinger unwirsch zurück.

Der Arzt, der sich schon zum Gehen gewendet hatte, wiegte den Kopf und strich sich über seinen grauen Bart.

»Es hätte aber mit der Leiche hier zu tun, hat er gemeint.«

5

Kopiermeister Ostler hatte Grund zu guter Laune. Die deutsche Kinoindustrie hatte nach dem Krieg einen ungeheuren Aufschwung genommen; allein im vergangenen Jahr wurden nahezu sechshundert Filme hergestellt, und bereits jetzt, im Frühsommer 1924, konnte jede Wette darauf eingegangen werden, daß sich diese Zahl heuer noch einmal erhöhen würde. Ostlers Zukunft war gesichert. Vor seinem Häuschen in Planegg blühte der Flieder, und im Biergarten der Münchner Kindl-Brauerei, den er aus alter Anhänglichkeit hin und wieder aufsuchte, obwohl er sich längst nicht mehr dem gemeinen Münchner Proletariat zurechnete, rückten die jungen Frauen näher an ihn heran.

Natürlich liebte Ostler auch das Kino. Der Kopiermeister hatte lediglich einen persönlichen Geschmack und war davon überzeugt, daß nur dieser der richtige sei. Er, der seit der Gründung der Filmfirma Arnold & Richter im Werk an der Türkenstraße arbeitete, hatte sie alle kennengelernt, den geschäftstüchtigen Ostermayer, den verrückten Fey, den verträumten Jaffé und viele andere. Erfolge und Katastrophen hatte er beobachten können, auch Jaffés Verzweiflung miterlebt, als diesem mitten in den Aufnahmen zu seinem König-Ludwig-Film, für den der Regisseur sein ganzes Privatvermögen eingesetzt hatte, der Hauptdarsteller verstarb.

Der Kopiermeister, der gerade dieses Werk mit einer gewissen Zuneigung bearbeitete, sich aber ein Mitleiden bei allerlei Katastrophen schon früh abgewöhnt hatte, gab dem jungen Mann einen Tip, den dieser dankbar annahm. Was er ihm riet, gab er, wenn sich Gelegenheit bot, gern zum besten. »Gehns, Herr Jaffé«, wollte er gesagt haben, »dann nehmens halt einen anderen und machen mit dem einen zweiten Teil: Der König im Alter!« Mit tränenfeuchten Augen habe ihm der Regisseur gedankt und sei seinem Rat gefolgt. Daß jedoch Publikum und Kritik sich nicht vorstellen konnten, daß der edle König innerhalb weniger Jahre vom jugendlich aufrechten Zwei-Meter-Recken zum kleinwüchsigen und quergesichtigen Vierschröter mutiert sei, erwähnte Ostler, wenn überhaupt, nur ungern.

Ebenso ungern erinnerte er sich auch an den Besuch jenes Frechlings aus Berlin, der sich an einer Bergfilmkomödie versuchen wollte und deutlich zeigte, daß er seine belichteten Rollen nur gezwungenermaßen in München bearbeiten ließ. »Mein Herr«, wollte Ostler ihm gesagt haben, »Sie dürfen uns schon glauben, daß wir uns auskennen, wenn es um Bergsachen geht.« Worauf der aufgeblasene junge Mann geantwortet hätte, daß ihm die Berge schnurz wären, eine verkehrt gesetzte Kreisblende hingegen nicht. Der Kopiermeister hatte später befriedigt feststellen können, daß gerade dieser Film, eine verquere Groteske um die Liebe einer in den Bergen hausenden Räuberin zu einem eitlen Verführer, ein Reinfall wurde, und mit noch größerem Genuß durfte er nach wenigen Monaten verfügen, daß die Kopie dieses Films aus dem überquellenden Filmlager geworfen und auf die Müllhalde gekarrt wurde. Kopiermeister Ostler erinnerte sich ebenso ungern daran, daß der vorlaute Berliner einmal von seiner Hauptdarstellerin begleitet worden war, was die Zurechtweisung wegen der verpatzten Blende um so peinlicher gemacht hatte.

An dieses Erlebnis mußte er denken, als er die Viragierung der neuen Filmkopien überprüfte. Eine steile Falte bildete sich zwischen seinen Brauen.

»Wer hat die Negri eingetaucht?« brüllte der Kopiermeister, »Kajetan?! Warst epper du das?«

Der Angesprochene, eine erst vor wenigen Wochen eingestellte Hilfskraft, antwortete vom anderen Ende der Reihe von Färbebottichen.

»Die wen?«

»Geh her da!« herrschte der Meister. »Wirds bald?«

Der Gehilfe kam. Ostler hob einen Streifen gegen das Mattlicht, deutete mit dem behandschuhten Finger darauf und sah den Kopierwerkshelfer streng an. Ein grauer Arbeitsmantel umschlotterte den nicht sonderlich großen, ziegenbärtigen Mann.

»Was ... was ist damit?« Kajetan verstand nichts.

»Wer die Negri eingetaucht hat, habe ich gefragt! Red ich böhmakisch?«

»Die Negri? Das war ich.«

»Natürlich. Wer denn sonst? Und wieso ...« Der Kopiermeister legte die Rolle auf den Tisch und verschränkte die Arme, »... hast die Negri blau gemacht?«

Kajetan ahnte, daß Ostler, dessen Gesicht rot angelaufen war, kurz vor einem cholerischen Ausbruch stand. Aber noch immer begriff er nicht, was den Meister so erregte.

»Aber ...«, sagte er unsicher, »so ist es doch draufgestanden in der Färbnotiz vom Teobalt.«

Ostler holte Luft. »Der Herr Teobalt ist nicht der Chef da herinn!« brüllte er unbeherrscht. »Da herinn ist der Teobalt ein kleines Würsterl und hat da gar nichts zum melden. Teobalt?! Da her!«

Er wandte sich nicht um, als wenig später ein blaßgesichtiger, hochgewachsener und hagerer Mann mittleren Alters mit bestürzter Miene an den Tisch trat.

»Herr Teobalt«, in Ostlers Stimme mischten sich Zorn und Hohn, »wie kommt Er drauf, daß die Negri blau werden soll?«

»Ich ...«, stotterte der Mann eingeschüchtert, »ich habs so übertragen, wie es in den Notizen des Regisseurs steht. Sehns selbst ...« Er blätterte aufgeregt in einem Stapel Papier.

Ostler wandte sich ihm zu und kippte seinen Kopf in den Nacken. Streng fixierte er den Blick Teobalts.

»Und was hab ich Ihm gesagt? Ha?«

»Sie sagten: rosé. Aber ich dachte, daß das ein Irrtum sein muß, weil ...«

»Irrtum?«

»Pardon ..., aber ...«

»Ist das eine Zimmer-Szene oder nicht?«

»Schon ..., aber ...«

»Und gehört nicht eine Zimmer-Szene rosé eingetaucht?«

»Schon ...«

»Schon was, Teobalt?«

»Es ... ist doch aus dem Zusammenhang erkenntlich, daß es sich um ein unbeleuchtetes Zimmer handelt, also ...«

Ostlers Augen hatten sich verengt.

»Er verdient bei mir offenbar so gut, daß Er alle daumlang ins Kino rennen kann?«

»Nein«, entgegnete der junge Mann, »alle daumenlang nicht. Aber dieser Film ...«

»... ist ein Krampf, nebenbei gesagt!«

Emil Teobalt stand schmal und fest vor Ostler. Nein, meinte

er, dieser Film sei ein Meisterwerk. Der Kopiermeister explodierte.

»Weißt du, was dabei ist, wenn ich dich das nächste Mal das Lager ausräumen laß, damits auf den Geraffelhaufen geschmissen wird, wos hingehört? Da ist ›Die Flamme‹ vom Herrn Ludwig dabei, das garantier ich dir! Und noch ein paar andere parfümierte Judensauereien!«

Teobalt schwieg.

»Und was die Färbung betrifft, mein Lieber, da laß Er sich ein für allemal gesagt sein: Der Tag ist gelb, die Nacht ist blau, und ein Weibsbild im Zimmer ist rosé! So war es, so ist es, und so wirds anders nie sein.«

Teobalt hob die Schulter und wich dem Blick des Meisters aus.

»Wir machen das nämlich so, wie wir das allweil machen«, fuhr Ostler fort, »und nicht, wie irgendein Herr Ludwig das meint! Als ob der wüßt, was die Leut wollen.«

». . . Lubitsch«, korrigierte Teobalt ergeben.

»Ha?«

»Nicht Ludwig – Lubitsch!«

Auch Kajetan nickte.

»Egal!« Ostler machte eine ärgerliche Handbewegung. »Von dem hört man eh bald nichts mehr, weil die Leut dem seine Krämpf nimmer sehn wollen. Genausowenig, wie das Zeugs vom Plumpe, vom Reinhardt und wie die geblähten Gackerl noch alle heißen.« Er hob den Zeigefinger. »Das Publikum, das merkens Ihnen, das hat allweil recht!«

Teobalt räusperte sich. »Bitteschön, mir gefällts.«

»Tja«, sagte der Kopiermeister lauernd, »das ist so eine Sach mit dem Gefallen, Herr . . .«

Teobalt übersah die Signale. »Das ist wahr«, stimmte er zu.

Ostlers Stimme klang nun ruhig. Kajetan, der sich während des Streits wieder zu einem der Färbebottiche zurückgezogen hatte, horchte auf.

»Weißt«, fuhr der Kopiermeister fort, »mir gefallt zum Beispiel nicht, daß Er allerweil grad extra anders tut als wie man Ihm sagt.«

»Aber es ist doch der Wille des Regisseurs...«, beharrte Teobalt ahnungslos.

Ostler holte Luft. »Und mein Wille ist, weißt du, was? Daß du dich schleichst!« Seine Stimme überschlug sich. »Auf der Stell! Sie sind entlassen, Herr! Teobalt! Ihre Papiere liegen bereit! Schon seit einiger Zeit!«

Kajetan erschrak und senkte die Rolle, an der er gerade gearbeitet hatte, in den Bottich zurück. Teobalt löste sich langsam aus seiner Versteinerung und wandte sich um.

»Bleib da, Emil!« Vergeblich versuchte Kajetan seinen Kollegen, der sich bereits zur Tür des Färbesaales begeben hatte, aufzuhalten.

»Das könnens doch nicht tun, Herr Ostler...«, versuchte er zu vermitteln.

Der Kopiermeister kniff die Augen zusammen.

»Ah so?« sagte er sanft. »Das kann ich nicht?«

6

Seit dem Ende des Frühjahrs hatte es fast ohne Unterbrechung geregnet. Seit Wochen dämmerte die Stadt unter einem dichten Nebeltuch, und die Stadt, längst in stumpfgraue Farben getränkt, hatte zu stinken begonnen. Sie roch nach schimmelndem Mauerwerk, nach Rauchfeuer, Küchengerüchen, dem von Tritten und Wagenrädern zermahlenen Pferdekot und dem von fauligen Abfällen geschwängerten Dampf der Tage. Früh dunkelte es, und nur in den Nächten schien sich der schweißige Brodem der langsam verpilzenden Stadt in das Erdreich zurückzuziehen. Zwar hatte sich hin und wieder ein Morgen strahlend geöffnet; doch spätestens dann, als sich die Straßen mit schlafblindem, unfroh fröstelndem Volk füllten, Trambahnwaggons auf ächzenden Geleisen Tausende an ihre Arbeitsstellen beförderten und die Schutzgitter der Läden keckernd zur Seite geschoben wurden, hatte sich wieder eine regenschwangere, filzig undurchdringliche Wolkenmatte über die Gassen, Straßen und Plätze gesenkt. An manchen Tagen stand die Luft unbewegt; milder Faulgeruch wuchs aus den Pflasterritzen, das Unkraut wucherte. Vor Nässe geschwollen trieben Bäume und Sträucher aus.

Nach regelmäßigen Wolkenbrüchen, in deren Folge die Isar binnen weniger Stunden zum tobenden Wildfluß anschwoll und sich die donnernde, lehmige Flut an den steinernen Brückenpfeilern brach, war die Luft würzig und kühl. Befreiung kündigte sich an; die Wolkendecke hob sich und stellte in den kurz geöffneten hellen Feldern eine Idee der darüber liegenden Bläue aus, fing an ihren zerfetzten Rändern schwefeliges Licht und schien nach Norden zu treiben. Doch kaum waren die dunklen, bauchigen Gebilde zum Horizont gesegelt, hatte der Himmel sich wieder geschlossen.

Der Nieselregen tappte geräuschlos auf Dächer, Hüte, Blattwerk. In den Ausläufen der Regenrohre rauschte es gleichförmig, Abfall und abgefallene Blätter trieben in dünnen Rinnsalen in das Dunkel der Kanalisation. Die Fäule kroch hinter den Stuck der neubarocken Fassaden der Bürgerhäuser, salzige Mineralien sprengten den Verputz von den Hauswänden. Fleckiger Aussatz blühte an den Fundamenten, feuchtschwarzes Moos dehnte sich aus allen Fugen, weitete sich zu flächigen Flechten, zerfraß den Mörtel zu erdiger Konsistenz, bis er dem unablässig rieselndem Regen keinen Widerstand mehr bot. Die unbefestigten Gassen zwischen den ärmlichen Vorstadthütten in Haidhausen und der Au hatten sich längst in schlammige Bahnen gewandelt; erdiger Schmutz und Kot, der aus den überlaufenden Kanälen schwappte, schwemmte über die Dielen in die dämmerigen Wohnhöhlen der Tagelöhner.

Über Wochen hatte sich nichts mehr verändert. Kein Wind war aufgekommen, kein Sturm hatte geklärt. Es regnete. Die Stadt triefte. Alles an ihr rieselte, sickerte, gluckste, und der zementfarbene Himmel erdrückte sie, nahm ihr den Atem. Die Enge der Straßen wurde drängender, die Gemüter trübe. Man hetzte. Es wurde wenig gelacht.

Die Fenster des dichtbesetzten Schwabinger Kaffeehauses waren bedampft. Emil Teobalt starrte auf die blinden Scheiben und nahm die milchigen Umrisse der draußen vorbeieilenden Passanten wahr. Er wandte sich wieder seiner Kaffeetasse zu und rührte gedankenverloren darin.

»Nein«, schüttelte er den Kopf, »das wäre nicht nötig gewesen.«

Kajetan zuckte die Achseln und lehnte sich zurück.

»Geschehen ist geschehen.«

»Was ist schließlich dabei herausgekommen? Ich bin entlassen – und Sie auch. Dabei hab ich neulich noch gelesen, daß sie in Amerika schon einen Farbfilm ausprobieren.«

»Tatsach?«

»Ja. Da wird nichts mehr viragiert werden! Da ist das Bild dann, wie die Welt ist. Das Gras grün, die Haut weiß oder braun oder gelb, das Blut rot und ...«

»... die Weiber im Schlafzimmer?«

Teobalt lachte. »Stimmt! Wie sind die eigentlich?«

»Kommt drauf an.« Kajetan schmunzelte und hob vielsagend seine dichten Augenbrauen. Teobalt wurde wieder ernst.

»Hätte ich doch bloß mein Maul gehalten«, sagte er müde.

»Hinterher ist man immer gescheiter.« Kajetan nahm einen Schluck aus seiner Tasse.

»Bei mir scheint ja Hopfen und Malz verloren. Aber Sie! Was geht es Sie eigentlich an, wenn ich mit einem über Kreuz bin?«

»Gebens schon eine Ruh.« Kajetan setzte die Tasse auf. »Ich habs halt getan und werd schon wissen, warum.«

»Jetzt reden Sie Blödsinn. Sie wissen es nicht, genauso wenig wie ich.«

Kajetan fingerte nach seinem Kinnbart.

»Stimmt«, gestand er zögernd ein.

Teobalt beugte sich vor. »Der Stolz ist mit Ihnen durchgegangen, nichts weiter. Daß jemand ein wenig arm ist im Hirn und dann noch sein Maul aufreißt, das könnens nicht ertragen. Und deswegen tappens immer wieder rein in die Soße, genau wie ich. Aber wir vergessen dabei, daß man sich das auch leisten können muß.«

Kajetan mußte es zugeben. »Aber wer kann raus aus seiner Haut?«

Teobalt schüttelte den Kopf. »Bei mir hab ich den Verdacht«, sagte er nachdenklich, »daß ich es gar nicht möcht.«

»Na sehens. Also Schluß mit der Trübsinnigkeit! Alles ist, wies ist. Und irgendeinen Zweck wirds schon gehabt haben.« Kajetan hatte die Stimme gehoben, als wollte er sich selbst von seiner Rede überzeugen.

Emil Teobalts Miene hellte sich auf.

»Aber das muß man Ihnen lassen«, gluckste er, »ein gutes Mundwerk haben Sie. Das tut mehr weh als manche Ohrfeige.«

Kajetan wehrte gespielt ab.

»Ich hab bloß gesagt, was wahr ist.«

»Aber den Ostler ein ... wie haben Sie ihn genannt?«

»Ein blahts Schwundhirn, ein blahts!«

»... zu nennen, das ist ...«

»Nichts als die Wahrheit.« Kajetan grinste.

»Schon. Aber wenns statt dessen freundlich gesagt hätten: Herr Kopiermeister, für mich sind Sie ein ausgesprochener Cerebral-Atropist, dann hätt er sich sogar noch was drauf eingebildet!«

Kajetan tat ernst. »Jetzt weiß ich endlich, wozu ihr Bourgeois Latein gelernt habts.«

Teobalt schmunzelte. »Und wozu? Sagen Sie's mir?«

»Doch bloß dafür, damit man nicht gleich spannt, daß ihr genauso hinterfotzig sein könnts.«

»Allerdings!« Teobalt nickte sarkastisch. »Haben Sie eine Ahnung... Aber sagen Sie, was werden Sie jetzt tun?«

Kajetan hob die Schultern. »Mich nach einer neuen Stell umschauen, was sonst? Die zwiderne Wurzen, bei der ich logier, hockt mir schon jetzt im Genick wegen der Miete. Und Sie?«

»Ich muß mir auch auf der Stelle eine neue Unterkunft suchen. Ich kann sie mir ja bereits jetzt nicht mehr leisten. Was Arbeit betrifft: Da werde ich dasselbe tun. Was sonst?«

»Eben.« Kajetan nahm einen Schluck aus seiner Tasse. Dann beugte er sich neugierig vor. »Aber sagens – Sie sind doch eigentlich ein Studierter?«

»Eigentlich schon.«

»Und man hat sich erzählt, daß Sie bei der ›Münchner Zeitung‹ gearbeitet haben. Wieso fangen Sie statt dessen als Hilfsarbeiter im Kopierwerk an? Und wieso können's das nicht wieder tun?«

Teobalt zögerte mit seiner Antwort. »Das wär eine längere Geschicht.«

Kajetan nickte ihm aufmunternd zu. »Wir haben ja jetzt Zeit, oder nicht?«

»Na, meinetwegen. Es stimmt. Ich bin, wie Sie sagen, ein Studierter und hab nach meinem Studium bei der Zeitung angefangen. Erst in Berlin, danach in Augsburg, zuletzt in München. Es ist immer ordentlich aufwärts gegangen, und nebenbei hab ich einige Bücher publiziert. Aber nur solange, bis mein letztes Buch – Buch ist übertrieben, es war eher eine dünne Broschüre – erschienen ist.«

»Worum ist es darin gegangen?«

Teobalt tat unschuldig. »Oooch ...«

Kajetan grinste zurück. »Weiß schon. Lateinisch verpackte Unverschämtheiten. Hab ich recht?«

Sein Gegenüber wurde ernst. »Nein. Es war eine Broschüre, die ich für die deutsche Sektion der Menschenrechts-Liga verfaßt habe.«

»Für wen?«

»Die kennen Sie nicht? Eine Schande – nein, nicht für Sie! Für die Liga! Haben Sie gar nichts mitbekommen von der Kampagne für Sacco und Vanzetti? Wirklich gar nichts?«

»Doch ... ich erinnere mich. Waren das nicht ... in Italien oder wo ...?«

»Anarchisten?« Teobalt schien aufzuleben. »Nein. Es handelt sich um harmlose Gewerkschaftsmitglieder in den Vereinigten Staaten, die man zum Tode verurteilt hat. Sie haben wirklich nie davon gehört?«

Kajetan verneinte.

»Nicola Sacco und Giacomo Vanzetti sind ...« Teobalt brach ab. »Lassen wir es. Ich erzähls Ihnen ein andermal. Zurück zu meiner Broschüre. Interessiert Sie es noch?«

»Erzählens schon!«

»In dieser Broschüre – es waren nicht einmal zwanzig Seiten und das magerste, was je von mir veröffentlicht worden ist –, da habe ich nichts getan als aufzulisten, wie die Justiz des Deutschen Reichs mit linken und rechten Putschisten, also mit den Räteleuten einerseits und den Kapp-Putschisten andererseits umgegangen ist.«

»Öha«, sagte Kajetan ahnungsvoll.

»Sehr richtig. Bei der Aufrechnung der gegen beide Parteien ausgesprochenen Zuchthausstrafen bin ich auf ein leichtes Unverhältnis von 373 zu 0 Jahren gekommen. Welche Zahl zu welcher Seite gehört, überlasse ich Ihrer Phantasie.«

»Dreihundert ... zu Null? Aber ist nicht der Eisner-Mörder zu lebenslänglich ...?«

Aus Teobalts Stimme tönte leichte Ungeduld, als er Kajetan unterbrach.

»Von Zuchthaus rede ich! Und nicht von einem kommoden Festungsaufenthalt in Landsberg, in dem man sich einen eigenen Koch leisten kann und einen Salon, nobler als zuvor. Nebenbei, weil Sie grad von Lebenslänglich reden – haben Sie nicht mitgekriegt, daß der Graf Arco, der den Ministerpräsidenten erschossen hat, vor gut vier Wochen bereits wieder entlassen worden ist? Zum Ausgleich sitzt der Mühsam, der keinen umgebracht hat, noch immer. – Sie können den Mund wieder zumachen. – Aber wieder zurück: Kaum war das Büchlein veröffentlicht, brach die Hölle los. Private Details erspare ich Ihnen, beispielsweise, daß ich danach nicht mehr allzu lange mit der Tochter einer angesehenen Familie verlobt war, oder, daß ich seither an einer nicht völlig ausgeheilten Kieferfraktur leide.«

»Was ist passiert?«

»Ein Verein, der sich ›Wirtschaftsverein ehemaliger Angehöriger der Reichswehr‹ nannte und den ich der Konspiration gegen die Republik verdächtigt hatte, hat einen unwesentlichen Fehler entdeckt, mich verklagt und, nachdem ein Informant seine Aussage nicht beeiden wollte, diesen Prozeß auch gewonnen. Meine Stelle in der ›Münchner Zeitung‹ – Sie wissen, dieses tapfere liberale Blatt – habe ich von einem Tag auf den anderen verloren. Ich hatte zwar ein paar Mark gespart. Danach aber war ich ruiniert. Und weil ich wohl nicht die besten Nerven hab, auch gesundheitlich.«

»Was habens denn?«

»Weiß nicht«, antwortete Teobalt niedergeschlagen. »Da ist... manchmal so eine unendliche Müdheit. Als könnt ich kerzengrad umfallen.«

»Aber...«

»Ich weiß, was Sie fragen wollen. Natürlich fühlte sich die Liga verantwortlich. Aber deren Macht reicht nicht weit. Man hat mir zugesagt, sich um eine Stellung für mich zu bemühen. Das war vor über zwei Jahren. Nichts hat sich getan. Ich …«, er sah aus dem Fenster, »… ich war auch hier wieder zu blöd. Als ich gemerkt habe, daß mich keiner meiner Kollegen bei der ›Münchner Zeitung‹ unterstützte, habe ich einige, sagen wir einmal, ganz und gar nicht-lateinische Worte gebraucht.«

»Was war blöd daran? Ich hätts nicht anders gemacht.«

»Nichts war blöd daran. Ich beklage mich nicht. Ich habs gewollt, ich habs getan, würds wieder tun. Und zahle dafür, c'est tout.«

Er klatschte mit der flachen Hand auf den Tisch. Das Geschirr klirrte leise. »Ich hab die Nase voll gehabt. Ich wollte nichts mehr mit diesem …«, er unterdrückte einen trockenen Husten, »… diesem Beruf zu tun haben. Nicht allein, weil die Kollegen mich, wie es drauf angekommen ist, im Regen haben stehen lassen. Nein, auch deswegen: Du kannst schreiben, was du willst und wie du willst, kannst es diplomatisch und verbindlich angehen oder so bös und scharf und verächtlich, daß man meint, die Seite, auf die es gedruckt wird, müßte in Rauch aufgehen. Es nutzt nichts, es ist alles Kasperei, und es ändert sich gar nichts. – Im Gegenteil, es scheint alles schlimmer zu werden.«

Kajetan hatte ihn besorgt betrachtet.

»Weiß nicht.« Er zuckte ratlos mit den Schultern. »Vielleicht kommts drauf an, was einer erwartet. Wenn man schon damit zufrieden wär, daß man denen, die der gleichen Meinung sind, das Gefühl gibt, damit nicht allein in der Welt zu sein … verstehens, was ich mein?«

Teobalt preßte die Lippen aufeinander und lächelte gequält.

»Ja, ich weiß, was Sie meinen. Vielleicht haben Sie recht, und ich bin tatsächlich etwas größenwahnsinnig.«

»Haben Sie gesagt.«

Teobalt erwidert nichts. Gedankenverloren rührte er in seiner Tasse, in der sich nur noch ein körniger Bodensatz befand. Die beiden Männer schwiegen.

»Schluß jetzt!« sagte Teobalt entschlossen. »Ich rede und rede. Was ist eigentlich mit Ihnen? Haben Sie nicht auch früher in einem anderen Beruf gearbeitet? Eigentlich ist es schön, daß man sich endlich etwas mehr kennenlernt. Das Komische ist bloß, daß dafür zuerst was schiefgehen muß.«

Kajetan lachte leise. »Stimmt.«

»Also, was war Ihr früherer Beruf?«

»Polizist.«

»Gehens weiter! Sie?« fragte Teobalt ungläubig.

»Doch. Zuletzt war ich Kriminalinspektor in Dornstein. Zuvor in München.«

Teobalt wiegte ungläubig den Kopf. Kajetan verzog den Mund zu einem bitteren Grinsen.

»Dann lassens mich raten, Herr ... gehens, wir sind doch, die vier oder fünf Jahre, die ich Ihnen voraus hab, fast der gleiche Jahrgang. Sollten wir nicht endlich Du zueinander sagen, Herr Kollege? – Emil.«

Kajetan war damit einverstanden und nannte seinen Vornamen.

»... Ich rat«, fuhr Teobalt fort, »daß du nicht eben freiwillig ausgeschieden bist, Paul.«

»Nicht daneben.«

»Also voll drin. Erzähl, wieso?«

»Hab halt auch mein Maul nicht halten können.«

»Hätt mich auch gewundert. Wird aber wieder nicht vernünftig gewesen sein.«

Nein, das sei es nicht gewesen, bestätigte Kajetan und erzählte, daß er wegen Befehlsverweigerung und verleumderischer Anschuldigung gegen seinen Vorgesetzten entlassen worden war. Emil hörte aufmerksam zu.

»Wo liegt denn der Ort, an den man dich versetzt hat?«

»Dornstein? Das ist eine kleine Stadt im Südosten, in der

Nähe der Grenze. Aber – lassen wir die alten Geschichten. Kriegst du eigentlich eine Unterstützung von irgendwo her?«

Teobalt schüttelte den Kopf.

»Du vielleicht?«

»Bei unehrenhafter Entlassung gibts nichts.«

»In meinem Beruf erst recht nicht. Außerdem – von den paar Mark, die es bei der Erwerbslosenfürsorge gibt, kann keiner leben.«

»Ein paar müssens scheinbar doch.«

Teobalt stieß den Atem durch die Zähne und nickte ernst.

»Ein paar? Die halbe Stadt muß es. Aber diese entwürdigende Prozedur erspar ich mir, solange es geht. Außerdem ...«, wieder hustete er, »... solange einer arbeitsfähig ist, wie ich, gibts nichts.«

Kajetan kannte diesen Husten.

Es war dunkel geworden. Emil Teobalt legte einige Münzen auf den Tisch, bat Kajetan, für ihn zu bezahlen, und verabschiedete sich. Man würde sich wiedersehen, irgendwann.

Die Tür fiel zu. Kajetan fühlte sich plötzlich verlassen und versuchte, gegen die Unruhe zu kämpfen, die sich in ihm ausgebreitet hatte.

Seine Ersparnisse waren seit Monaten aufgebraucht, und der Rest des Wochenlohns, der ihm noch ausbezahlt wurde, würde nur noch wenige Tage ausreichen. Er brauchte Arbeit. Bald.

7

Ein seit Tagen anhaltender, kräftiger Südwind hatte den Himmel über dem Inntal geklärt, und schon weit vor Ödstadt, einem weniger als drei Zugstunden von München entfernten, schläfrigen Ort am untern Inn, strahlte die Sonne. Doch hinter den massigen Mauern des alten Ödstädter Zuchthauses herrschte auch an diesem Morgen noch Dämmerung.

»Sperrens nicht hinter mir ab, Herr Bletz«, hatte der Geistliche auf dem Flur des Ödstädter Gefängnisses gebeten, »und bleibens bitte in der Näh. Wer weiß, wie er es aufnimmt.«

Der Wärter schloß die Zellentür auf und trat zur Seite, um den Gefängnisgeistlichen eintreten zu lassen. Er ließ die Tür einen Spalt offen und blieb davor stehen.

Der Gefangene erhob sich langsam und stierte den Priester fragend an. Seine Arme hingen nach vorne, der Kopf schien tief zwischen den Schultern zu sitzen. Sein ausgemergeltes, stoppelbärtiges Gesicht unter dem kurzgeschnittenen, altersgelben Haar war ausdruckslos. Der Pfarrer sprach leise.

»Mein Sohn«, sagte er salbungsvoll, »du mußt jetzt fest an unseren Herrn Jesus denken.«

Der Angesprochene schien nicht zu verstehen und wandte sein Gesicht ab.

»Ich... habe die schmerzliche Pflicht, dich vom Ableben deiner Ehegattin zu unterrichten, mein Sohn.«

Die Lippen des Mannes bewegten sich kaum. »Vronerl...?«

»Ja, mein Sohn.«

Der Gefangene preßte die Augenlider zusammen. »... Habs ... gespürt...«, flüsterte er.

Der Priester nickte ernst, obwohl er die Worte nicht verstanden hatte.

»Der Herr sei ihrer armen Seele gnädig.«

Der Gefangene blieb in starr gebückter Haltung stehen. Als der Pfarrer seine Hand ausstreckte, um tröstend die Schulter des Mannes zu berühren, krümmte dieser sich jäh. Klatschend fiel er zu Boden.

»Herr Aufseher!« rief der Geistliche erschrocken. Bletz war mit wenigen Schritten in der Zelle.

»Gehts wieder los«, sagte er ärgerlich.

»Sie sehn doch, daß er ohnmächtig geworden ist. Helfens ihm.«

Bletz packte den Gefangenen, schleifte ihn zu dessen Pritsche und wuchtete ihn schwer atmend hinauf.

»Das hat er früher alle daumlang gehabt«, sagte er ungerührt, »wenns mich fragen, markiert der.«

»Sinds nicht gar so harsch, Herr Bletz. Seine Frau ist gestorben. Hams gar kein Herz? Gehens! Holens den Doktor!«

8

Mit sturem Gleichmut hatte Kajetan seit Tagen versucht, wieder Arbeit zu bekommen. Es gab jedoch keine Arbeit. Die Zahl der Erwerbslosen nahm zu, obwohl es – glaubte man dem Jubel der bürgerlichen Zeitungen – mit der Wirtschaft seit dem Ende der Inflation bergauf zu gehen schien.

Kajetan fühlte sich hilflos. Seine Wut hatte kein Ziel, sie zerschmolz zur Scham des Verlierers, und jede gutgemeinte, mitfühlende Freundlichkeit, mit der ihm hin und wieder begegnet wurde, verstärkte dieses fremde Gefühl.

Kajetan schlief schon seit Tagen unruhig. An diesem Abend stand er auf, machte mit verkniffenen Lidern Licht, setzte sich ratlos an den Tisch und versuchte, seine Gedanken zu ordnen. Er fühlte nur die Stille, die darauf zu warten schien, welche Idee er als nächste verwerfen würde. Er ging im Raum umher, um sie abzuschütteln, doch als er sich wieder setzte, erhob sie sich erneut und schien höhnisch darauf zu lauern, mit welch vergeblicher Bewegung er ihr Herr zu werden versuchte.

Endlich überwältigte ihn die Müdigkeit.

Es mußte weit nach Mitternacht gewesen sein, als er mit einem heftigen Ruck erwachte. Verstört sah er im Dunkeln um sich; sein Puls raste. Er stand auf, zog sich hastig an und verließ seine Kammer. Als er mit eiligen Schritten aus dem Pechdunkel der Sterneckergasse ins Thal trat und die feuchte Nachtluft einatmete, beruhigte er sich ein wenig. Er ging langsamer. Die Turmuhr des Frauendoms schlug zweimal, das Geläute des Alten Peter und der Heiliggeistkirche gaben ein Echo.

Das breite Thal war menschenleer. Kajetan schlug seinen Kragen hoch und kreuzte seine Arme vor der Brust. Ein kalte Bö fegte gegen sein Gesicht.

Die Stadt schlief. Kajetan hörte nichts als das Klicken seiner Schritte. Mit einem Mal wurde der Wind heftiger. Ein taubes Donnern in der Ferne folgte, und ein gleichmäßiges Rauschen näherte sich. Erste Tropfen klatschten auf das Pflaster. Aus dem Himmel über dem Süden der Stadt kroch das weiße Geäst eines Blitzes. Als ihm ein nicht enden wollender Donner folgte, hatte der Wolkenbruch schon begonnen. Kajetan fluchte und begann zu laufen. Der Regen wurde heftiger. Als er die verschlossenen Marktstände am Viktualienmarkt erreicht hatte und unter einem Vordach Schutz fand, war Kajetan bereits völlig durchnäßt.

Der Stand hatte einen Anbau, dessen Tür einen Spalt weit geöffnet stand. Ein schmaler Lichtstreifen flirrte über das Kopfsteinpflaster. Für Sekunden gaben Donner und prasselnder Regen Fetzen von Gelächter und Gesang frei. Kajetan trat neugierig näher.

9

Kajetan brauchte einige Zeit, um sich im rauchigen Dunst der Baracke zurechtzufinden. Schwaden verbrauchter Luft zogen an ihm vorbei ins Freie. Ein Mann, der der Türe am nächsten saß, zog die Schultern zusammen. Er wandte sich leicht und musterte den Ankömmling aus den Augenwinkeln.

»Mach die Tür zu, Baraber«, grunzte er, drehte sich wieder zurück, schob den Bügel von der Flasche und nahm einen Schluck.

Niemand schien von Kajetan Notiz zu nehmen. Er sah um sich. Der Raum wurde von einer schwachen Petrollampe beleuchtet, die von der Mitte der niedrigen Decke hing. An den Wänden standen leere Holzkisten. Die Männer, es mochten etwa ein Dutzend sein, hatten ein paar von den Kisten zu Sitzgelegenheiten verwandelt. Einige von ihnen saßen um einen provisorischen Tisch und schlugen ihre Karten auf die Bretter. Die größere Gruppe lagerte auf unterschiedlich hohen Obststeigen und unterhielt sich lautstark. Eine grüne Flasche kreiste.

Mehrere Männer schienen bereits betrunken zu sein. Rauchiger Atem stand vor den Gesichtern. Im Schatten hinter ihnen, abseits an der Rückwand und nahe eines zweiten Ausgangs, schnarchte ein greises, unkenntliches Etwas auf einer Pritsche, die, soweit man es erkennen konnte, aus zusammengestellten Kisten und einem lose darübergeworfenen Lumpenbündel bestand.

Einer der Männer sang. Er wurde von Zwischenrufen und grobem Gelächter unterbrochen. Ein anderer lallte die Worte des Liedes nach. Kajetan verstand wenig; noch immer prasselte der schwere Regen auf das Barackendach. Er setzte sich und schob die nassen Haare aus der Stirn.

Der Sänger, ein rundgesichtiger, gedrungen und kräftig gebauter Mann mit einem eigenartigen, bis unter das Kinn reichenden Halstuch hatte geendet, genoß den grölenden Beifall und nahm zufrieden einen Schluck aus der Weinflasche.

Als er den Kopf nach hinten neigte, fiel sein Blick auf Kajetan, wanderte zur Seite und kehrte zurück. Er setzte die Flasche ab, ohne getrunken zu haben. Das trübe Oberlicht fiel auf eine körnig vernarbte Stirn, wulstige Wangen und den mächtigen Keil der Nase. Seine Augen lagen im Schatten.

»Ah naa!« sagte er.

Kajetan fror plötzlich. Seine Zähne klapperten. Er sagte sich, daß er sofort fliehen mußte, und erkannte gleichzeitig, daß dies nicht mehr gelingen würde. Er senkte ergeben den Kopf. Als er ihn wieder hob, sah ihn der Sänger noch immer an. Der Blick schien ihn abzutasten, maß Kajetans Haltung, wanderte von der durchnäßten Kleidung zu den Händen, die noch immer das umgeschlagene Revers des Mantels hielten, und blieb auf seinem Gesicht hängen. Er dachte an etwas, doch seine Miene verriet nichts.

Kropf-Kare war zurückgekehrt.

Der Regen war schwächer geworden; der Wind drückte gegen die Bretterwand. Das Pfostengebälk knarzte.

»Kropf! Verzähl eine Gschicht!« krächzte der Besoffene.

10

Er steigt an einem Sommernachmittag auf den Wiesenbichl vor dem Hof, streckt dort vor Seligkeit die Arme gegen die Sonne und läßt sich in das Gras fallen. Die weiche Matte ist warm wie seine Wiege. Es ist dunkel geworden. Er steht auf und geht zum Haus zurück, betritt den düsteren Stall. Vorne stehen die Kühe, gleichmütig fühlen sie sein freundliches Tatschen, an der Seite scharren und grunzen die Schweine. Die Schaf- und Ziegenkoben stehen leer. Es riecht herrlich. Er verläßt den Stall, geht an der Seitenwand des Gütls nach vorne, vorbei am vor Nässe tropfenden Bauerngarten. Ein dunkler Gesang fliegt heran; der Wind zieht durch die Dächer.

Er liebt die Stille der Dorfkirche, liebt das Licht, das in gleißenden Stäben durch die bunten Fenster fällt. Seltsam sei er, sagt man, so seltsam. Und dann wandert er einmal, allein und ohne es Vater oder Mutter wissen zu lassen, zum Riesboden, hoch über dem Tal. Er geht auf das von mächtigen Kastanien beschattete Portal der vergessenen Einsiedelei zu.

Ein Schatten schiebt sich über sein Gesicht, er betritt klopfenden Herzens den kalten, hohen Raum. Seine Augen weiten sich, glänzen. Er sieht nichts, hört nur noch das hallende, nackte Tappen seiner Sohlen auf den Steinplatten. Ein eigenartiger Zauber umfängt ihn, ihn schwindelt. Er hält den Atem an. Etwas wächst aus seiner Kehle, beginnt in ihm zu tönen.

Es hört erst auf, als er die Stimme eines Mannes vernimmt, der hinter ihm die Kirche betreten hatte. Er erschrickt. Der Mann ringt nach Worten. »Deine Stimme… deine Stimme…«

Wenig später stellt sich der Unbekannte dem verblüfften und mißtrauischen Vater als Stellvertreter des Hofkapellmeisters Levi in München vor. Er sei hier zur Sommerfrische, beginnt er. Und, nachdem man dazu nur nickt, sagt er, daß der Junge über eine außergewöhnliche, ja gesegnete Stimme verfüge und er darum bitte, sich seinen Vorschlag anzuhören. Die Eltern überlegen lange, dann stimmen sie zu. Eines Tages, es war nach dieser schlechten Ernte, verläßt der Junge das Dorf. Er lächelt scheu beim Abschied. Bis die lärmende Woge der Stadt über ihm zusammenschlägt, weint er.

Alles um ihn ist jetzt schwarz und ernst. Doch wenn er singt, ist es ihm wie Atmen. Manchmal schließt er die Augen und sieht die Töne. Sie tanzen in der Luft, schwanken, torkeln fröhlich, steigen rasch auf, stehen wieder unbewegt und entfernen sich schwebend.

Erst ist da nichts als ein erbsweicher Knoten am Hals. Dann schwillt die Haut an und treibt die Adern nach außen, als schmatze ein fetter Wurm darunter. Die Ärzte verständigen sich mit mitleidslosen Blicken. Sie urteilen leise. Nichts hilft. Die böse Geschwulst wächst, wuchert, sie dehnt sich bald vom Kinn zum Brustbein. Je schöner der Gesang des Jungen wird, desto häßlicher wird sein Äußeres. Man gibt ihm Tücher, welche die schier platzende Fläche verbergen sollen.

Nach Monaten sagt man, er dürfe wieder nach Hause zurückkehren.

Dort kriecht er zwischen die Tiere im Stall. Doch das Gelächter dringt durch alles. Er scheint sich zu ergeben, scheint sich nicht mehr zu wehren und wird älter und seltsam. An einem Tag im Winter starrt man ihn an, weil er zu singen begonnen hat. Er zieht sich an, wickelt sein Tuch und geht. Man will ihn halten, doch er schlägt plötzlich grob zu. Er wird erfrieren, sagen die Leute.

Er erfriert nicht. Er geht ohne Rast. Am Abend ist er in Landshut und betritt eine Gastwirtschaft am Fluß. Er suche Arbeit, er sei kräftig. Wenn du ein gut tust, sagt der Wirt, kannst bleiben. Aber bleib beim Vieh, die Leut erschrecken sich, und schau dich um auf Lichtmeß.

Er hat jetzt keine Hand frei, trägt einen schweren Pfosten, den er im Wirtsgarten einrammen soll. Ein betrunkener Fuhrknecht zieht ihm das Tuch vom Hals, reißt die Augen erschrocken auf und bricht in boshaftes Gelächter aus, dem sich alle Gäste anschließen. Er nimmt den Pfosten und erschlägt den Knecht. Zwei Schutzleute werden gerufen. Sie gehen die hölzerne Treppe empor und öffnen die Tür zur Kammer. Er sitzt auf dem Bett. Sein Kopf ist auf die Brust gesunken. Einer der Gendarmen spricht ihn an und möchte von ihm wissen, warum er den Mann erschlagen habe. Könne er nicht hören? Sei er taub? Warum er... ach! Die Gendarmen befehlen ihm zu folgen. Einer der beiden, der jüngere, hält es für unnötig, ihn zu fesseln. Der Täter gehorche ja. Sie führen ihn durch die Gaststube, durch ein Getöse aus Drohungen und Beleidigungen. Sie sind bereits an der Tür des Gasthofs, als einer schreit: »Kopf-ab, Kropf-Kare!« »Maul halten!« brüllt der junge Gendarm. Aber da ist er erwacht, packt die schwere Tür, drischt sie einem der Gendarmen an den Schädel und stößt den anderen um. Der erste Schutzmann bleibt benommen liegen, der andere verfolgt ihn. Es ist dunkel, ra-

sche Fußtritte dort, ein Schatten hier. Sie sind sich immer nah. Sie rennen zwei Stunden.

Der junge Gendarm gibt auf. Er nimmt seinen Helm ab. Sein Herz rast, er ringt nach Luft, hustet hart. Sein erster Fall. Er hatte versagt.

11

Die Arbeiter sahen verwundert vom einen zum anderen. Die Kartenspieler legten ihr Blatt auf den Tisch.

»Was hast denn auf einmal? Kare?«

Der Sänger schwieg noch immer und hielt die Flasche vor seinen Lippen. Einer der Männer folgte seinem Blick.

»Was ist denn das für einer? Sag – was bist du denn für einer? He? Heda, Baraber?«

Der Betrunkene stieß Kajetan an. »Jetzt seh ichs erst. Der gehört nicht in die Altstadt.«

Ein zweiter war aufgestanden, hatte seinen Hut in den Nacken geschoben und sich hinter ihm aufgebaut.

»Was suchst denn bei uns, mitten in der Nacht? Schon gspaßig!«

Kajetan machte eine erschöpfte Handbewegung nach draußen.

»Was wohl? Ich ... ich bin in der Sterneckergassen daheim, ich ... hab nicht einschlafen können.«

»Ah geh! Sollen wir ihm dazu helfen?« höhnte der Angetrunkene. Einer der Kartenspieler erhob sich gemächlich.

»Ich riech da was, und des schmeckt mir gar nicht.«

Kajetan öffnete den Mund.

»Ihr täuschts euch ...«, stöhnte er hilflos. Er wollte aufstehen, doch eine schwere Hand drückte ihn nach unten.

Plötzlich schüttelte Kare heftig den Kopf.

»Laßts ihn aus!« rief er.

Kajetan atmete aus und ließ seine Schultern fallen.

Kare machte ein Handbewegung. »Hockts euch wieder nieder, Manner. Biwi! Spiegel! Laßts den armen Tropf. Gehts wei... Hoj – wer kommt da noch?«

»Das Windradl!« rief ein anderer. »Und... ja, da schau her!«

Die Tür war aufgeschoben worden. Ein großgewachsener Mann mit bis zu den Schultern reichendem Haar, das aber trotzdem kaum verbergen konnte, welcher körperlichen Eigenschaft er seinen Namen verdankte, trat gebückt unter den Türsturz. Eine junges Mädchen drängte ihm nach, schüttelte fröstelnd die Schultern und sah sich erstaunt um.

»Kropf!« rief Windradl gut gelaunt. »Was ist los? Wird nicht gefeiert bei euch?«

Kare lachte polternd.

»Wir feiern alle Tag! Hock dich her! Wo kommst denn du her?«

»Vom ›Steyrer‹! Ich wollt doch einmal schauen, wies euch Krauterer geht.«

»Seit wann leits denn dir ein Bier beim ›Steyrer‹«?

»Wenn man sei Geld ned glei versauft, Spiegel«, lachte Windradl, »dann geht des durchaus.«

Kropf sah an ihm vorbei.

»Und des is...?«

»...des wär die Mia«, erklärte Windradl stolz und legte seine Hand um ihre Hüfte. Sie wand sich aus seinem Griff und lachte perlend.

»Sauber! Windradl, sauber!« lallte der Betrunkene anerkennend.

»Hockts euch nieder!« wies Kropf auf eine der Obststeigen und hielt dem Ankömmling seine Flasche entgegen. »Trink, Windradl!« Der Großohrige nahm einen tiefen Schluck. Das Mädchen stieß ihn lachend an.

»He! Laß fei no was über!« tadelte sie.

Windradl hielt betroffen inne und reichte ihr die Flasche. Sie trank. Die Männer lachten anzüglich. Windradl sah drohend um sich.

»Tuts euch fei zusammenreißen!«

Einer der Kartenspieler, die wieder an ihrem Tisch Platz genommen hatten, drehte sich um. »Öha! Jetzt wirds aber nobel, unser Windradl!«

Wieder polterte Gelächter durch den Schuppen. Einer der Männer drehte sich zu Kajetan, der sich aufgerichtet hatte, zögernd an der Tür stehengeblieben war und unschlüssig in den prasselnden Regen geblickt hatte. Er hielt ihm die Flasche entgegen.

»Und du? Magst auch? Wir hätten dir ja fast unrecht tan!«

Kajetan war unschlüssig.

»Geh zu! Wirst doch nicht in das Sauwetter rausgehen!«

Kajetan ging auf ihn zu, setzte sich und nahm einen Schluck.

»Was ... was habts denn geglaubt, was ich bin?«

»Nichts, Baraber, denk nicht mehr dran. Ah, wie sagst du dich nachert eigentlich?«

Kajetan nannte seinen Vornamen und wollte den des Fragenden wissen.

»Ich wär der Damerl ...«

»Der Dotschn-Damerl!« ergänzte ein anderer lachend. Die anderen fielen in das Gelächter ein. Damerl kümmerte sich nicht um ihn und beugte sich wieder zu Kajetan.

»Tust du da barabern auf dem Viktualienmarkt, oder was?«

»Nein ...«

»Was nachert?«

»Jetzt grad tu ich – nichts.«

»Aha«, Damerl begriff, »nausghaut? Seh ichs recht?«

Kajetan nickte.

»Was solls dir anders gehen«, meinte Damerl achselzuckend und drehte sich wieder zu den anderen. »Sag an,

Windradl! Seit wann karessierst du so saubere Weiber? Wo hast denn die aufgegabelt?«

Bevor der Langhaarige antworten konnte, tat es das Mädchen. »Mich gabelt keiner auf, Bursch!« stellte sie klar, »wenn da wer gabelt, dann bin ich des!«

Spiegel puffte sie an. »Laßt mich einmal rein in deine Gabel?«

»Spiegel! Reiß dich...«, wollte Windradl warnen.

Das Mädchen unterbrach ihn. Sie warf ihr Haar nach hinten. »Da dazu brauchts Mannerleut! Keine Mäus!«

»Haaa!« krähten die Männer. »Spiegel! Jetzt hats sie dir aber sauber eingeschenkt!«

Mia lachte mit. »Sagts, Manner, ihr habts so gspaßige Namen? Wieso heißt denn du ›Spiegel?‹

Der Wein tat mehr und mehr seine Wirkung. Das Gelächter ließ die Baracke erbeben. »Wenn... haha...«, einer der Kartenspieler, ein untersetzter, bulliger Arbeiter mit narbigen Zügen, rang nach Atem, »wenn der Spiegel sein Hut aufhebt, dann siehst es! ›Haar‹, sagt er allweil, ›Haar brauch ma net!‹«

Mia übertönte das Gebrüll. »Und du? Wie heißt nachert du?«

Der Narbige schwieg betreten.

»Des... des is der Bladern-Biwi!« lachte Spiegel boshaft. Mia kicherte. Biwi streifte sie mit einem grimmigen Blick.

»Also, bittesehr, gnä' Fräulein«, fiel Kare dröhnend ein, »wenns gnä' Fräulein erlauben, tät ich unsere noblige Gsellschaft einmal vorstellen.« Er zeigte auf einen der Kartenspieler. »Der da, des is der Indianer-Sepp, auch der ›Naserte‹ genannt. Warum, das ist ein Geheimnis!« Der Angesprochene grinste säuerlich und hob grüßend einen Finger zur Stirn.

»Was zahlst, Kropf, wenn ich jetzt mein Maul halt?«

»Gar nichts!« Kare lachte dröhnend und setzte die Vorstellungsrunde fort. »Der da, mit seinem gewesenen pechschwarzen Haar, das ist der Weißkraut, auch der ›Held von Ypern‹ geheißen, der daneben is der Moos-Michi.«

»Der Held von was?«

»Von Ypern«, erklärte Kropf-Kare, »der Weißkraut hat da im sechzehner Jahr die Scheißerei gekriegt und ...«

»Red ned, Rindviech!« fiel ihm der Weißhaarige zornig ins Wort.

»Hast recht, war ein Gspaß«, beschwichtigte Kare und wandte sich wieder Mia zu, »der Franzmann hat ihn seinerzeit ein wengerl zugegast.«

Sie verstand.

»Und überhaupts, Kropf, du ...«, knurrte Weißkraut, noch immer verärgert, »du darfst ja grad reden, du ... du Kartoffel-Caruso!«

Kare lachte herzlich. Sein mächtiger Hals wogte.

»Kartoffel-Caruso? Wie kommst denn auf den Namen?« Mia strich ihr durchnäßtes Haar zurück. Kare lächelte wissend und nahm einen Schluck.

»Sagts halt!« beharrte sie lachend.

»Also«, erklärte Windradl kennerisch, »Kartoffel-Caruso, so heißen wir ihn, weil er die Meistzeit beim Erdäpfel-Baron zu Feldmoching barabert. Und Caruso – also, Kropf, eigentlich müßt es ja umgekehrt sein! Der Itaker müßt sich nach dir nennen! Weil, so schön wie du singen kannst, packt der das nie.«

»Aff«, bemerkte Kropf geschmeichelt.

»Kare«, rief der Indianer, »jetzt bist dran! Jetzt singst uns noch eins!«

Kropf wehrte ab. »Laßts mir meine Ruh! Ich brauch meine Stimm noch für in der Früh!«

Die Männer gaben nicht nach. Auch Mia bettelte. Der laute Lärm hatte den Schlafenden, ein vierschrötiges Männchen mit wächserner, schmutzig verknitterter Haut und zahnlosem Mund, geweckt. »Ja! Kropf, sing: ›Der Frühling auf dem Berge‹«, bat er krächzend.

»Den singst dir selber!« beschied ihm Kare.

Der Indianer ächzte auf. »Bittschön keine Brutalitäten. Die Folter ist abgeschafft. Seit Achtzehnnochwas.« Der Alte boxte ihn wütend an. Der Indianer ließ eine Reihe verwüsteter Zähne sehen.

Windradl beugte sich zu Kare und deutete auf das Mädchen. »Du, Kropf – die Mia, die kann auch singen! Und wie!« sagte er stolz. Kare sah erst ihn, dann das Mädchen neugierig an. Sie schwieg.

»Is wahr?« fragte Kropf interessiert.

»Wahr is«, bestätigte Windradl, »und wie! Drüben, im ›Steyrer‹, da singts hie und da. Ich habs selber gehört. Gell, Mia?«

Sie bestätigte es bescheiden. Doch als Kropf sie drängte zu singen, zierte sie sich. Aber schließlich konnte sie seiner und der Aufforderung der anderen Männer nicht mehr widerstehn. »Aber erst langst mir noch einmal die Flaschn her!«

»Da ist aber Wein drin! Keine Milch«, stichelte Spiegel.

»Sag an!« gab sie schnippisch zurück und nahm einen Schluck.

»Milch braucht die nicht noch extra«, erklärte Weißkraut fachmännisch. »Schau dirs an, die Laiberl! Ich wär glatt neidisch, wenn ich eine Kuh wär!« Die Männer wieherten.

»Bist aber ein Ochs!« zischte Windradl verärgert.

»Eine Ruh ist, ihr Krautschwänz, ihr Erdinger«, fuhr Kare energisch dazwischen. »Singen solls. Auf! Ich bin schon gespannt.«

»Erst noch gurgeln«, sagte das Mädchen grinsend, nahm noch einen Schluck und gab die Flasche zurück. Sie wischte sich über die Lippen, warf ihren Kopf zurück und begann zu singen.

Die Männer horchten auf.

Ihre Stimme war dünn und weich. Doch die Art ihres Vortrags, die plötzlich in dieser schweißfeuchten, stinkenden und verrauchten Höhle, in Grobheit und faulzahniger Häßlichkeit ein sommerliches und kindseliges Paradies entstehen ließ, brachte die Männer augenblicklich zum Schweigen. Die Spieler legten die Karten bereits nach der ersten Zeile auf die Kistenbretter. Sie starrten auf das Mädchen, das unter dem braunen Kegel des Öllichts davon sang, wie sie, ›einst das reinste, unschuldsvollste Kind‹, schon in allzu jungen Jahren zur körperlichen Liebe verführt worden war.

Windradl, der zu Beginn des Liedes noch triumphierend in die Runde geblickt hatte, lauschte hingerissen. Keiner sprach mehr. Der Bladern-Biwi begann hilflos zu zwinkern, und der Indianer-Sepp schniefte als erster laut auf. Als nächster bemerkte auch Spiegel die salzige Flüssigkeit, die ihm zwischen die Lippen gesickert war.

Das gefallene Mädchen sang nun davon, daß ihr Leben seit dieser ersten Liebesnacht nichts als ein ›schönster Lenz‹ sei, und wenn sie schließlich keinem mehr gefiele – hier machte sie eine wehmütige Pause –, sie gern begraben sein wolle...

Nachdem sie geendet hatte, heulte der wüste Biwi wie ein Schloßhund. Tränen rieselten über sein narbiges, von Melancholie und Seligkeit verzogenes Gesicht. Auch der käsige Weißkraut und der grobe Moos-Michi schluchzten, fluchten schamlos und verdeckten ihr Gesicht, damit niemand in ihre glücklich glänzenden Augen sehen konnte. Windradl schneuzte kräftig in die Hand. Kropf nickte anerkennend. Seine Wangen glänzten. Auch er kämpfte gegen die Rührung. »Singen kannst nicht«, stammelte er rauh, »aber zaubern, das kannst.«

Das Mädchen spielte die Schuldlose und hob in koketter Verschämtheit ihre Schultern, als hätte sie keine Ahnung, weshalb alles um sie herum zerflossen war. Lächelnd streifte ihr Blick die Runde. Ihre und Kajetans Blicke trafen sich nur für den Bruchteil einer Sekunde. Ruhig, als wären sie bereits seit Kindertagen miteinander vertraut, tauschten sie sich aus. Erst viel später, als sich die allgemeine Erschütterung wieder gelegt hatte, das Mädchen sich längst wieder Windradl und den von diesem heftig abgewehrten, ungeschlachten Komplimenten der anderen widmete, fühlte Kajetan verwundert, daß ein seltsames Gefühl von ihm Besitz ergriffen hatte.

»Bei euch is zünftig!«

Die Stimme kam von der Tür. Niemand hatte bemerkt, daß zwei Männer und eine Frau die Baracke betreten hatten. Kajetan hatte den Eindruck, daß die Stimmung augenblicklich eisig geworden war.

»Gehts weiter! Was stierts uns denn aso an? Tuts was zum Saufen her!«

»Der Bierkugel! Da schau her!« Der Dotschn-Damerl grüßte gequält. »Und der Messer – seids heut selber gekommen? Mit Anhang heut gar! Des is eine Ehr!«

Der große, breitgebaute Mann, den Damerl mit »Messer« angesprochen hatte, grinste gemein und wies auf seine Begleiterin. »Weißt es doch, Damerl: Schnallen bringen Glück.« Er setzte sich. »Und jetzt tuts euren Wein her – öha, was istn mit euch?«

Bladern-Biwi, Moos-Michi und der Indianer hatten sich erhoben.

»Nix, Messer ... aber für uns wirds Zeit«, sagte Biwi.

»Die Bauern werden bald da sein ...«, ergänzte der Indianer entschuldigend. Sie grüßten Kare nickend und verließen die Baracke.

Messer grinste. »Dann schleichts euch meinetwegen, Bagasch, ungemütliche!« Er griff zu der Flasche, die Kropf-Kare ihm mit unbehaglicher Miene gereicht hatte, und trank glucksend. Mias Augen verengten sich. Windradl sah unschlüssig zu Boden. Messers Hure war bereits betrunken. Ihr

Oberkörper wiegte unruhig hin und her. Ihr Blick flackerte nervös.

Messer übergab Bierkugel die Flasche. Dieser lehnte ab.

»Ekelhaft. Ein Mensch, der keinen Durst hat«, klagte Messer und setzte die Flasche erneut an.

Die Hure stieß ihm den Finger in die Seite.

»Du ... Messer ...« Ihre Stimme klang weinerlich.

Der Zuhälter setzte die Flasche ab. »Laß die Penzerei. Sonst schmier ich dir eine.«

Sie zuckte gedemütigt zusammen. Der Zuhälter nahm einen tiefen Schluck.

»Messer ... die da ... Schau doch ...«, quengelte die Hure wieder.

Messer drehte sich unwillig in die Richtung ihrer Augen und entdeckte Mia.

»Da schau her.« Er stand auf.

Kropf war alarmiert: »Gib eine Ruh, Messer.« Auch Windradl witterte Gefahr. Er fuhr hoch und stellte sich dem Zuhälter bebend entgegen. »Was möchst ...?« Er beendete den Satz nicht. Messer schlug wortlos zu. Windradls Haare flogen. Er stolperte über eine Kiste und blieb benommen liegen. Kropf-Kares Kinnlade mahlte. Die anderen glotzten.

Kajetan verstand nichts. Was geschieht hier? Haben alle Angst? Drei, vier ausgewachsene Männer gegen diese beiden und eine besoffene Hure?

Mia schrie auf. Messer hatte in ihre Haare gegriffen und sie zu sich gezogen.

»Vom Bahnhof«, kreischte die Hure, »vom Bahnhof hat eine in der Altstadt nichts zu suchen.«

»Genauso ist es.« Messer nickte gelassen. Seine fleischige Pranke schrieb einen Bogen.

Der Knall der Ohrfeige stand noch im Raum, als Kajetan schon aufgesprungen war, Messer jäh herumgerissen und ihm mit der rechten Faust auf das Kinn geschlagen hatte. Der Zuhälter war verblüfft. Er taumelte, stürzte über die Obstkisten, griff rudernd nach einer mit Apfelkisten gefüllten Stellage und riß sie mit sich zu Boden.

»Sau, feige.« Kajetan rieb sich die schmerzenden Finger und atmete schwer. Das Mädchen richtete sich schluchzend auf und stolperte ins Freie.

»Gut, Paule«, brummte Damerl betrunken.

»Stimmt. Er haut ned schlecht hin«, ließ sich eine gemütvolle Stimme vernehmen. Kajetan wandte sich um, geradewegs in einen mörderischen Faustschlag des kleinen, rundlichen Mannes, den Damerl »Bierkugel« genannt hatte.

Er fiel zu Boden. Bierkugel baute sich vor ihm auf.

»Ich kenn dich nicht«, stellte er gelassen fest, »deswegen laß dir gesagt sein, Meister, daß wir so was bei uns gar gar nicht mögen.«

Kajetan versuchte, seiner Benommenheit Herr zu werden. Er spürte, wie ihm Blut aus seiner Nase rann. Er stützte sich auf die Hände, zog die Knie an und versuchte sich aufzurichten.

Der Kleine beugte sich nach unten und packte Kajetan an den Schultern.

»Wenn in der Altstadt einer zuhaut, Meister, dann sind wir des«, er riß ihn mit einem heftigen Ruck nach oben, »und wenn einer gehaut wird...«, den letzten Silben dieses Satzes folgte ein Schlag in Kajetans Magengrube, »...dann sinds die anderen. Ist das so schwer zu verstehen?«

Kajetan krümmte sich. Er torkelte an die Barackenwand und schnappte nach Luft. Der Kleine stieg über eine Obstkiste und kam näher. Er drückte seinen Zeigefinger schmerzhaft in Kajetans Brust.

»So schauts aus, Meister.« Bierkugels Stimme klang freundschaftlich. »Hast mich verstanden?«

Kajetan antwortete nicht. Er hielt den Kopf gesenkt und sah zu Boden. Bierkugels Finger stieß gegen seine Brust.

»Ob Er mich verstanden hat, der Meister, frag ich?«

Bierkugel, dessen gekrümmter Finger noch immer wie ein Schnabel auf ihn pickte, stand nahe vor ihm. Kajetan haßte es, auf diese demütigende Weise berührt zu werden. Er hielt den Kopf gesenkt.

»Ich frag ein allerletztes Mal, Meister. Hast du mich ...«

Kajetan schwang beide Fäuste, als würde er einen Hammer führen. Verwundert fing der Kleine den Schlag. Die fette Gelassenheit wich aus seinem Gesicht. Er wurde böse. Mit einer überraschend flinken Bewegung duckte sich Bierkugel und ging zum Angriff über.

Kajetan zog ein Knie an, stieß es dem Heranfliegenden in die Brust, setzte nach und schlug erneut zu. Der Dicke torkelte zurück und fiel über seinen Kumpanen, der noch immer stöhnend am Boden lag.

Bierkugels Augen loderten schwarz, als er sich nun aufrichtete. In seiner Hand hielt er einen matt glänzenden, länglichen Gegenstand.

»Obacht!!« kreischte Kropf-Kare. »Er hat ein Messer!«

Kajetan wich zurück. Eine maßlose Wut überkam ihn. Er packte eine der herumliegenden Kisten und drosch sie, die Holzsplitter flogen, dem fassungslosen Dicken über den Kopf. Bierkugel brüllte auf, taumelte zur Wand und hielt sich an einer Stellage fest. Ruckartig sah er um sich, ging in die Knie und hechtete nach vorne, um das Messer wieder an sich zu nehmen.

Im selben Moment hörte Kajetan Messers zorniges Grunzen hinter sich. Er drehte sich um. Der Zuhälter wankte mit verrissenem Gesicht auf ihn zu und hielt, siegesgewiß grinsend, eine abgeschlagene Weinflasche in der Hand. Kajetan duckte sich, konnte dem Hieb des Angreifers ausweichen und schlug mit der Faust mitten in dessen rot angeschwollenes Gesicht. Messer schüttelte sich, tappte einen Schritt zurück, griff an seine Nase und glotzte auf seine Finger, von denen blutiger Schleim troff. Er schniefte. Kajetan folgte ihm und holte wieder aus.

Hinter seinem Rücken griff Bierkugel nach seinem Stilett.

»Sau!« Kropf-Kare war nach vorne gesprungen und stampfte mit ganzem Gewicht, es klang wie ein Tritt auf trockenes Reisig, auf die Finger des Dicken. Bierkugel schrie auf. Auch Messer schien aufgegeben zu haben. Er stützte sich an die Wand und bewegte sich ängstlich zum Ausgang. Kajetan, noch immer vor Wut bebend, folgte ihm. Bierkugel hatte sich mit dem Rücken an der Wand hochgeschoben, bewegte sich mit verzerrtem Gesicht zum rückwärtigen Ausgang und stieß die Tür mit dem Ellenbogen auf.

Als das »Da bleibst!« der Schutzmänner dröhnte, war er bereits verschwunden. Kajetan fuhr herum.

Die Baracke war bis auf den ohnmächtig zwischen den zerbrochenen Kisten liegenden Windradl leer. Einer der drei Gendarmen hatte Kropf-Kare bereits die Hände auf den Rücken gedreht und hielt ihn fest. Die beiden anderen, von denen einer im Gehen seinen Säbel in die Scheide schob, gingen auf ihn zu.

»Bist uns ned bös, gell?« sagte der Ältere gemütlich, »aber eine jede Gaudi muß einmal ein End haben.«

Er schloß Kajetans Hände auf den Rücken. Es tat weh.

12

Es hat sich kaum etwas verändert, dachte Kajetan verblüfft. Der vertraute Geruch des geölten Eichenparketts in der Altstadtwache löste ein Gefühl ruhiger Sicherheit in ihm aus. Die Beamten führten ihn und Kropf-Kare in eine kleine Zelle hinter dem Wachraum. Den leichten Stoß, den ihm einer der Polizisten gegeben hatte, bevor er das Gitter abschloß, nahm er kaum wahr.

Nachdenklich ging Kajetan einige Schritte auf und ab. Kropf-Kare hatte sich auf einen Schemel unterhalb des Fensters gesetzt.

»Hock dich endlich hin«, fauchte er.

Kajetan wollte ihn beschwichtigen: Die Sache sei zu eindeutig, man würde sie bald wieder freilassen, es mußte so sein.

»Halts Maul«, flüsterte Kare. In seinen Augen schimmerte Angst. Unruhig verschränkte er seine Finger ineinander.

Kajetan setzte sich auf die Pritsche.

Natürlich wußte er, was Kropf ängstigte. Doch nicht einen Augenblick zog er in Erwägung, den Beamten zu helfen und sie über Kropfs Identität aufzuklären. Er war nicht mehr bei der Polizei. Sie hatte ihn entlassen. Und Kropf hatte ihm, vermutlich, das Leben gerettet.

Soll ich Kropf sagen, überlegte Kajetan, daß es geradezu mit dem Teufel zugehen mußte, wenn sich noch irgend jemand darum kümmern würde, was lange vor dem Krieg und irgendwo im Niederbayerischen geschehen ist? Daß ins Münchner Polizeiarchiv höchstens ein Fahndungsersuchen, das er damals an alle Gendarmeriestationen des Königsreichs geschickt hatte, gelangt war? Daß der Großteil dieses Archivs aber beim Sturm der Roten auf die Polizeidirektion im April 1919 in Flammen aufgegangen war?

Kare stöhnte auf. »Warum bin ich nicht abgehauen, ich Rindviech«, murmelte er. »Und warum mußt du ausgerechnet mit dem Messer und dem Bierkugel zu raufen anfangen? Alles bloß wegen einer Henn vom Bahnhof, die der blöde Windradl zum Zeug bringt?«

»Warum, warum.« Kajetan hob die Schultern. »Haben die angefangen oder ich?«

»Als obs danach ging da herin. Warum bin ich bloß von lauter Deppen umgeben?« Kropf sah verächtlich auf. »Verstehst nicht, gell?«

Kajetan war beleidigt.

»Ich sags ja. Lauter...« Kropf ließ die Schultern fallen. »Nichts für ungut. Hast ja recht getan. Aber sag...«, seine Lider verengten sich, »ich mein noch allerweil, daß ich dich kennen müßt. Von irgendwoher. Es will und will mir nicht aus dem Kopf.«

»Keine Ahnung, wie du da drauf kommst«, log Kajetan, »ich kenn dich jedenfalls nicht. Bin auch eine Zeitlang aus der Stadt fortgewesen.«

Kropfs dichte Augenbrauen hoben sich.

»Weggewesen? Bist epper einmal... zur See gefahren?«

Kajetan lachte leise. »Geträumt hab ich hie und da davon.«

»Geträumt...«, sagte Kropf nachdenklich.

»Und du?« Kajetan beugte sich interessiert vor. Kropf-Kare war damals wie vom Erdboden verschwunden. Aus keiner der von ihm informierten und um Nachforschung angesuchten Gendarmeriestationen war je eine Meldung über den Verbleib des Totschlägers gekommen. Die Suche war schließlich eingestellt worden.

»Ob ich einmal zur See gefahren bin, möchst wissen?«

Kajetan bejahte.

»Wüßt nicht, was dich das angeht.«

Doch dann erzählte Kare. Nach einem gewissen Geschehnis, worüber er jedoch nicht sprechen wollte, sei er zu Fuß zur Grenze marschiert, hätte sich über die Bregenzer Berge ins Ausland geschlichen und halbverhungert im Hafen von Marseille wiedergefunden. Mit einem der Rattenkästen, die von ihren Eignern längst abgeschrieben waren und die nur noch ausliefen, um eine hohe Versicherungsprämie zu erlösen, sei er – prompt sei der Kahn im karibischem Meer in Seenot geraten – in Costa Rica gelandet. Nach Kriegsausbruch habe man ihn dort internieren wollen; dem hätte er sich aber in einer abgeschiedenen Kolonie an der Grenze zu Nicaragua entziehen können. In diesem Dschungelnest sei er schließlich schwer erkrankt; zu Hunger, Hitze und Stechmücken, zu Würmern, die in den Därmen schmatzten und wie fette Bindfäden aus der brandigen, knotig erhöhten Haut herausgezogen werden mußten, sei ein blödes Heimweh gekommen. Endlich, der Krieg war zu Ende, habe er sich mit Hilfe deutscher Emigranten an der mexikanischen Ostküste einen falschen Paß besorgen und ins Deutsche Reich zurückkehren können. Nach einer mehrjährigen Odyssee, bei der er sich mit Gelegenheitsarbeiten durchgeschlagen, mit Berbern und Walzgesellen genächtigt und sich dem durch die Republik ziehenden Troß der Saisonarbeiter angeschlossen habe, sei er auf den riesigen Kartoffeläckern im Norden von München hängengeblieben, habe dort Arbeit gefunden und sei so schließlich auf den Viktualienmarkt gekommen.

13

»So«, sagte Kare erschöpft. »Jetzt kennst dich aus.«

Kajetan suchte nach Worten.

»Daß ... also, daß du nicht in der Weltgeschicht herumgekommen bist, kannst nicht grad sagen.«

»Es tuts so«, sagte Kare bescheiden. »Und du? Hast keine Stell dabei gefunden, wo ich dich schon einmal gesehen haben könnt?«

Mehr als eine Stunde war bereits vergangen. Es stank nach Urin. Das Oberlicht des vergitterten Fensters stand offen. Kajetan fror; sein Mantel war klamm.

Ein junger Polizist ging den Flur entlang. Kajetan sprang auf. »Herr Wachtmeister!« rief er.

Der Beamte stutzte und trat einen Schritt zurück.

»Herr Wachtmeister, wann können wir denn endlich unsere Aussag machen? Es ist saukalt da herinnen.«

Der Angesprochene sah Kajetan erstaunt an. »Dir wirds schon noch warm werden«, knurrte er mürrisch.

»Halt bloß dein Maul«, warnte Kropf-Kare mit gepreßter Stimme.

Kajetan kümmerte sich nicht um ihn. »Unsere Personalien habts doch schon aufgenommen...?«

Der Polizist glotzte ihn an. Er fühlte eine eigenartige und – wie er fand – unangebrachte Kollegialität in Kajetans Stimme. Sie machte ihn ärgerlich.

»Halts Maul, du Depp, hab ich gesagt!« wiederholte Kare verzweifelt.

Der Beamte machte eine ungläubige Miene. »Ah – seh ich das richtig«, fragte er mit gespielter Neugier, »daß ihm was nicht paßt?«

Kajetan bemerkte nichts. »So lang kanns doch nicht dauern, die Personalien zu überprüfen. Jetzt sitzen wir schon über eine Stund da herinn. Es wird doch wegen der Rauferei keinen Haftbefehl geben, also...«

Also dürft ihr uns auch nicht länger festhalten, wollte Kajetan sagen. Der Beamte unterbrach ihn.

»Wenn du es gar so pressant hast, dann komm einmal mit.« Er öffnete die Tür und winkte Kajetan heraus. Als sie durch den Flur gingen, schlug der Wachtmeister das erste Mal zu.

»He!!«

Bevor Kajetan weitersprechen konnte, hatte der Polizist schon eine Tür am Ende des Ganges geöffnet, ihn am Arm gepackt und in die Mitte des Raums geschleudert.

»Dem Herrn da gfallts nicht bei uns!«

Ein älterer Gendarm drehte sich auf seinem Stuhl und betrachtete Kajetan mit müder Neugierde.

»Ah. Da schau her?« sagte er gemütlich.

»Des ist übrigens der, wo den Messer und den Bierkugel umgehauen hat.«

Der Beamte hob die Augenbrauen.

»Ah. Da schau her«, wiederholte der Schutzmann. »Und jetzt gfallts ihm ned bei uns?«

»Mir kommts akkurat so vor«, bestätigte der Jüngere.

»Und warum gfallts ihm nachert ned?«

»Es dauert ihm alles zu lang, sagt er.«

Obwohl das Gesicht des Sitzenden nicht verriet, was in dessen Kopf vorging, war Kajetan plötzlich alarmiert. Er versuchte zu erklären.

»Wegen einer Rauferei gibts doch keinen Haftbefehl, und da ...«

Der Gendarm sah ihn verwundert an.

»Ah so?« unterbrach er.

Kajetan nickte eifrig.

»... und da müßts doch nach Klärung ...«

»Halt deine Fotzn!«

Kajetan schüttelte ungläubig den Kopf. »... nach Klärung des Sachverhalts die Freilassung anord ...«

Der Polizist, der ihn in den Wachraum geführt hatte, unterbrach ihn. »Ich glaub, dem ist ein bisserl langweilig bei uns herinn. Er möcht ein bissel eine Unterhaltung, was meinst, Maxl?«

»Das glaub ich auch. Aber, Schorsch – wenn ichs recht seh, hat er ja gar nicht unrecht ...«

Kajetan nickte blöde.

»... das Dumme ist bloß, und so stehts in der Vorschrift, daß dem Haftrichter bloß einer vorgeführt werden kann, der gehn und stehn kann.«

Der Faustschlag traf genau die Stelle, auf die auch Bierkugel gezielt hatte. Kajetan stöhnte auf und ging in die Knie. Entsetzt sah er hoch.

»Wir haben die Rauferei nicht angefangen!« keuchte er. »Für einen Haftbefehl gibts keinen Gru ...«

»Da hat er recht. Für einen Haftbefehl langts nicht. Für ein paar Fotzn aber durchaus!«

Nach der ersten Ohrfeige hatte Kajetan schützend die Hände vor sein Gesicht gehalten.

»Seids ihr verrückt geworden!?« schrie er empört.

Auch der zweite Beamte erhob sich. Er faßte seinen Kollegen am Ärmel, zog ihn zur Seite und stellte sich vor Kajetan.

»Was hör ich da?«

Kajetan schüttelte fassungslos den Kopf. Er schnappte nach Luft.

»Die Freilassung muß unverzüglich angeordnet werden...«, stammelte er, »...wenn nach einer vorläufigen Festnahme die Per... Pers... Persönlichlichkeit des Festgenommenen festgestellt...«

»Geh weiter!« höhnte der Gendarm und trat zu. Kajetan fiel auf den Rücken. Noch immer begriff er nichts.

»Strafvollzugsgesetz!« schrie er verzweifelt. »Paragraph hundertsiebenundzwanzig!«

Ein Hagel von Tritten und Faustschlägen prasselte auf ihn herab.

»Wenn einer so ein Gescheiter ist, dann...«, sagte der Ältere keuchend, ohne seine Schläge zu unterbrechen, »...weiß er gewiß auch, was Widerstand ist und Beleidigung...«

Kajetan wehrte sich nicht mehr. Tränen liefen über sein Gesicht. Er schniefte. Zitternd verschmierte er Rotz und Blut in seinem Bart.

Die beiden Gendarmen richteten sich erschöpft auf.

»Des war jetzt eine Lehrstund, gell, Baraber?« sagte der jüngere Beamte. »Aber nicht die, die du dir vorgestellt hast«, ergänzte der andere. Kajetan nickte fassungslos. Sein Magen krampfte sich zusammen. Er begann zu würgen.

»Bring ihn wieder hinter, Max«, befahl der Ältere, »sonst stinkts wieder so da herinn.«

Der Gendarm nickte, packte Kajetan am Ärmel, zog ihn hoch und führte ihn zur Zelle zurück. Kropf-Kare erhob sich entsetzt. Der Beamte schloß das Gitter.

»Was hast denn denen gesagt, du Depp?« fragte Kare mitleidig, nachdem er Kajetan zur Pritsche geführt hatte.

»Nichts...«, weinte Kajetan. Kropf-Kare schüttelte den Kopf.

»Was – nichts?«

»...Ich hab bloß gesagt, daß nach... Paragraph hundertsiebenundzwanzig Strafvollzugsgesetz... die Freilassung anzuordnen ist, wenn...«

Kropf-Kare setzte sich mit einem Ruck gerade.

»Jetzert...«, sagte er leise.

»...Wenn keine Gefahr im Verzug ist und kein Haftbefehl ausgestellt werden kann...«

Kare starrte ihn mit halbgeöffnetem Mund an.

»Jetzert...«, wiederholte er.

Kajetan schniefte. Er zog ein Taschentuch aus seinem Mantel und führte es an sein Gesicht.

»Jetzert erkenn ich dich endlich...«, flüsterte Kare, »du bist...«

Kajetan versuchte vergeblich, sich aufzustützen. Er sank zurück und nickte unmerklich. »...Der Gendarm aus Landshut, ja«, bestätigte er schließlich, »und du warst der Schnellere, Kropf...«, er hustete und sah zur Zellendecke, »...und deswegen... weil ich dich nicht angekettet gehabt hab... hats den allerersten Anschiß gegeben...« Er versuchte zu lächeln.

Kropf-Kare blieb ernst. Seine Augen wanderten über Kajetans Gesicht, sahen das Blut, das im Bart über der Lippe gestockt war, den hellroten Bluterguß über der rechten Wange, den zerrissenen Kragen, hinter dem die dick hervorgetretene Halsschlagader pulste.

»Und jetzert«, sagte er mit ausdrucksloser Stimme, »hängst mich hin. Damits dich auslassen.«

Kajetan öffnete die Augen und drehte sich zu ihm.

»Genau«, nickte er ärgerlich, »Depp, du.«

»Ich täts wahrscheints auch«, sagte Kare kraftlos.

»Spinn nicht.« Kajetan mußte wieder husten. »... Hör zu, Kare«, sagte er, »du hast vorhin recht gehabt, wie du mich einen Deppen… geheißen hast. Aber einmal darf jeder ein Depp sein – ists nicht so?«

Kare antwortete nicht.

»…Vielleicht auch noch ein zweites oder drittes Mal…« Kajetan dachte nach, »oder gar ein viertes Mal. Aber irgendwann – irgendwann muß Schluß damit sein.«

»Was heißt das…?«

»Frag nicht so saudumm«, fuhr ihn Kajetan ärgerlich an, »von mir kriegens auf jeden Fall kein Wort heraus! Was dir jetzt noch geschehen könnt, ist, daß die da draußen deine alte Sache ausgraben. Aber das tun sie nicht.«

»Warum meinst?«

»Ganz einfach. Weil das keine Polizisten sind, da draußen.«

»Und du weißt, was ein richtiger Gendarm ist?«

»Jetzt weiß ich grad noch, wer keiner ist. Wie ich überhaupt langsam draufkomm, daß alles ist, wies ist, und nicht, wie es sein sollte.«

»Ah naa. Ein Philosoph ist er auch noch«, sagte Kropf-Kare bitter. Schritte hatten sich genähert. Ruckartig hob Kare den Kopf.

Zwei Beamte traten vor das Gitter. Der Beamte schloß die Gittertür auf und winkte.

»Schmied Karl!«

Kare erhob sich langsam. Seine Augen waren weit geöffnet.

»Sagt Ihm der Name ›Dorfner‹ was? Dorfner Karl, gebürtig von Rott?«

Kare schüttelte benommen den Kopf. Tapsend wich er zurück.

»Und zu Landshut warst auch nie, gell? Das hab ich mir schon denkt. Komm mit.«

»Was… was…«, stotterte Kare gebrochen, während ihm der zweite Beamte die Hände zusammenschloß und ihn wegführte. Der erste Polizist schlug das Gitter wieder zu. »Und du«, rief er in die Zelle, »du darfst noch ein bisserl bei uns bleiben. Des freut dich doch, oder? Erst muß nämlich der Amsrichter gehört werden. Nach Paragraph hundertsiebenundzwanzig, verstehst? Heut sind wir nämlich korrekt.«

Der Polizist drehte den Schlüssel um.

»Ah, des hätt ich glatt vergessen: Des da ist kein Hotel. Da muß ich den Herrn leider enttäuschen. Wenn er biseln muß, kann er in seine Hosen biseln. Weh dir, wenn ich in der Früh reinkomm und seh eine Lacken!«

»Was ... was geschieht mit dem Kare?«

»Geht dich nichts an.« Der Beamte ging weg.

14

»Na? Rausch ausgeschlafen!«

Ein Beamter hatte das Gitter geöffnet. Kajetan richtete sich träge auf.

»Ahhh – da stinkts ja wieder wie im Bockstall!« Der Polizist verzog das Gesicht und winkte ungeduldig. »Jetzt steh halt auf! Raus da.«

Kajetan setzte seine Füße auf den Boden und stand steif auf. Seine Glieder schmerzten. Benommen musterte er den Beamten. Er kannte ihn nicht. Die Schicht hatte gewechselt.

»Geh zu, schlaf nicht ein«, drängte der Ältere. »Die Mama wart gewiß schon.« Er griff Kajetans Ärmel und zog ihn in den Flur.

»Da gehts raus.« Er zeigte zum Ende des Flurs. »Schleich dich. Und laß dich nimmer blicken.«

Mit steifen Gliedern tappte Kajetan durch den Flur. »Da! Durch die Wachstuben gehts raus!« rief ihm der Gendarm nach.

Kajetan betrat die Wachstube. Ein ernst wirkender, blasser junger Polizist sah kurz auf und wies auf die nach außen führende Tür. Kajetan durchquerte den Raum und griff an die Türklinke.

»Halt!«

Der Ruf klang entsetzt. »Halt! ... ah, haltens an!« Der junge Beamte stieß seinen Stuhl mit einer heftigen Bewegung zurück und eilte heran. »Sagens ...«, stammelte er fassungslos, »Herr ... Herr Inspektor ...?«

Kajetan blieben stehen.

»Tatsächlich! Herr ... Inspektor! Sie?« Die Augen des Polizisten waren geweitet. »Kennens mich nimmer? ... Zunhammer, Thadäus ... Thadädl habens mich allweil genannt im Vierer! Erinnerns Ihnen nimmer? Sie san doch in der Kriminalabteilung gewesen?«

Kajetan wandte sich langsam um.

»Zunhammer?«

»Ja! Anwärter im Vierer! Kapuzinerstraß! Wissen Sie es nimmer?«

Er erkannte den Jungen und lächelte gequält. »Der Zunhammer Thadädl ...«

»Akkurat der!«

»Der wo allweil in die Spuren getappt ist?«

Der Polizist bestätigte. »Der wo allweil in die Spuren getappt ist! Akkurat der.«

Kajetan mußte schmunzeln. »Aber der trotzdem der wifste Kopf von allen gewesen ist?«

Zunhammer nickte. Als Kajetan jedoch erfreut auf den jungen Polizisten zugehen wollte und seine Arme hob, versteifte sich Zunhammer plötzlich. Er trat einen halben Schritt zurück.

»Ich hab ghört, daß Sie bei der Polizei, ah, aufhören haben müssen.«

»Man hat mich rausgeschmissen, ja.«

»Aber ... jetzt, wie kommen Sie denn jetzt da herein ... in die Zelle? Und in so einem ... Zustand?« fragte er reserviert.

Ernüchtert ließ Kajetan die Arme sinken. Auch er roch jetzt den Gestank, der von ihm ausging.

»Da fragst am besten die gestrige Schicht, Thadädl«, sagte er bitter.

»Im Schichtbericht steht bloß was von einer Schlägerei in Zusammenhang mit der Straßenprostitution. Sie sind doch nicht...?«

»Was?«

»Ich mein, Sie haben doch nichts zum tun mit...?«

»Ach so. Ob ich auf den Strich umgestiegen bin?«

»Hab ich nicht gsagt.«

»Aber ich. Nein, soweit ist es noch nicht. Das tät ich wissen, Thadädl.«

»Eh... Wachtmeister Zunhammer, entschuldigens – ist Vorschrift.«

»Ah so, ja. Entschuldige, Thadäd...«

»Und mit dem Kaiser oder dem Urban haben Sie doch auch nichts zu schaffen? Was schreiben die Kollegen dann für einen Blödsinn in den Schichtbericht?«

»Wer soll der Kaiser und der Urban sein?«

Zunhammers Augen verengten sich mißtrauisch.

»Der Kaiser ist der, der wo den Strich in der Altstadt unter sich hat. Da gibts dann noch das Revier am Zentralbahnhof und beim Ostbahnhof.«

»Ah so. Des hats zu meiner Zeit noch nicht gegeben.«

»Da waren ja auch noch Bordellhäuser erlaubt. Außerdem haben Sie allweil bloß die Nasen in irgendwelche Kadaver gesteckt.«

»Stecken müssen.«

Zunhammer schmunzelte. Dann wurde er ernst. »Es ist so: Es gibt grad wieder einen Krieg. Zwischen dem Kaiser und dem Urban. Der Kaiser hat den Strich an der Frauen- und der Müllerstraße, der Urban den Bahnhof. Das liegt nah beinander, die Grenze ist der Sendlinger-Tor-Platz. Und da gibts immer wieder Reibereien. Und grad jetzt besonders viele. Zwei Huren vom Kaiser liegen schon im Spital. Ein Zuhälter vom Urban ist verschwunden. Dafür ist am Föhringer Wehr was angeschwemmt worden, was wie ein gewesener Mensch ausgeschaut hat. Verstehens mich? Vielleicht haben die Kollegen deswegen ein bisserl ...«

»Das haben sie allerdings.«

»Die Sie da gestern nacht aufgemischt haben, waren nämlich Leut vom Kaiser. Das müssens schon verstehen, wenn die Kollegen da nervös sind.«

»Das muß ich gar nicht. Genauer gesagt: Ich weigere mich, es zu verstehen.«

Zunhammer hob die Schultern und sah zur Seite. »Was anderes fällt mir nicht ein, wenn ich seh, wie Sie zugerichtet sind. Vielleicht haben Sie auch, seit Sie nicht mehr Polizist sind, den verkehrten Umgang?«

»Kann schon sein. Aber ich hab eher das Gefühl ...«

Unwillkürlich reagierte Zunhammer wie in früheren Zeiten.

»Jetzt wirds interessant!« stieß er neugierig hervor.

»... Ich hab eher das Gefühl, daß die Beamten der Nachtschicht den falschen Umgang haben.«

»Das ist ja allerhand! Wie ist das gemeint?«

»Na, mir fällt bloß auf, daß ich und der Kropf-Kare die Nacht da herinn sind und nicht grad höflich behandelt werden. Die vom anderen, vom Kaiser, aber nicht. Ich will nichts gesagt haben. Das ist nur so ein Gefühl.«

»Alles was recht ist«, antwortete der junge Beamte verärgert.

»Depperter Satz.«

»Für Sie vielleicht. Und jetzt, Herr Kajetan, bei allem früheren Respekt, jetzt gehns besser.«

»Du unternimmst also nichts? Thadädl!«

»Das müssens schon mir überlassen«, sagte er verstimmt. »Und ein letztes Mal: Den Thadädl gibts nicht mehr.«

»Dann sag mir bloß noch, was mit dem Kare geschehen wird.«

»Mit dem Dorfner Karl?«

Kajetan nickte beklommen.

»Was wohl. Er ist schon nach Stadelheim geschoben worden. Was ich gehört hab, glaub ich nimmer, daß der so schnell wieder rauskommt«, stellte Zunhammer nüchtern fest und wollte sich zum Gehen wenden. Kajetan hielt ihn bestürzt fest.

»Wie ...«, er schluckte, »wie ist man ihm draufgekommen? Das Archiv ist doch seinerzeit verbrannt?«

Zunhammer sah tadelnd auf seinen Ärmel. Kajetan zog seine Hand zurück. »Stimmt. Aber gleich nach der roten Gaudi ist damit angefangen worden, es wiederherzustellen. Vor drei Wochen ist man endlich soweit gewesen. Außerdem, und das könnens ja nicht mehr wissen, gibts neuerdings einen eigenen Polizeifunk. Der ist Tag und Nacht besetzt, und an den sind schon fast alle Stationen der Landpolizei angeschlossen.«

»Auch die Landshuter ...?«

»Schon lang.« Der junge Polizist nickte ungeduldig. »Die Kollegen dort haben von irgendwoher einen Hinweis bekommen, die Akten von vor dem Krieg durchgeschaut und die Suchmeldung nach München gefunkt. Woher wissens überhaupt, daß das in Landshut gewesen ist?«

»Die Akten von vor dem Krieg ...«, wiederholte Kajetan entsetzt.

Zunhammer sah ihn verständnislos an.

»Wenn Sie gestern auf Nacht nicht so einen Zirkus gemacht hätten, hätt bestimmt keiner nachgesehen.«

Kajetan öffnete den Mund.

»Ich hab jetzt zu tun!« sagte der junge Polizist. Brüsk wandte er sich um und zeigte zur Tür. »Da gehts naus.«

Kajetan verließ die Wache. Einige Schritte gelangen ihm.

Ein Passant, der hinter ihm gegangen war und beinahe auf ihn geprallt wäre, überholte ihn schimpfend und eilte kopfschüttelnd weiter. Kajetan hatte die Hände vor sein Gesicht geschlagen. Die wenigen Schritte von der Rumfordstraße zur Isarbrücke, die ein nicht allzu schnell gehender Fußgänger in kaum mehr als fünf Minuten erreichen konnte, schienen ihm endlos.

Er stieg die Ufertreppe hinab und betrat die schmale Kiesbank, an der der schlammbraune Fluß kraftvoll vorüberströmte. Kajetan kniete sich auf die Steine, schöpfte Wasser mit der Hand und versuchte, sich zu waschen. Dann richtete er sich wieder auf. Das Geräusch des Flusses schien schwächer geworden zu sein. Im Ufergeäst zwitscherten Vögel. Eine milchrote Fläche begann, den Horizont zu fluten. Der junge Tag roch wie eine herrliche, frisch aufgeschnittene Frucht.

Kajetan krümmte sich. Er öffnete den Mund, würgte und erbrach sich.

15

Auf dem Rückweg hatte sich der Nebel bereits wieder verdichtet. Die ersten Tropfen fielen, als Kajetan den Schlüssel mit steifen und fahrigen Bewegungen in das Schloß der Haustür steckte. Die eichene Himmelsleiter des alten Hauses knarzte. Die Hausbesitzerin mußte es gehört haben. Sie schob ihr schnabelnasiges Gesicht durch den Türspalt.

»Grüß Gott! Herr Kajetan! So früh schon auf?«

Kajetan setzte einen Schritt zurück. Die Krausin, die sich schon für die Frühmesse angekleidet hatte, trat näher. Ihr Lächeln erstarb.

»Wie schaun denn Sie aus? Haben Sie sich schon im Spiegel angeschaut?«

Kajetan war erschöpft. Er wollte nur noch schlafen. »Nein, Frau Kraus«, sagte er ergeben.

»Das tät ich aber machen!« sagte sie angewidert, »... und, was ich Ihnen sagen wollt: Zinstag ist heut, gell? Der Juni steht noch allerweil aus, und für den Juli wirds auch Zeit.«

Kajetan hielt sich am Geländer fest.

»Des gfallt mir allerweil so an Ihnen, Frau Kraus...!«

»Gefallen? An mir? Was?« fragte sie ungehalten.

»Daß Sie allweil so ein empfindsames und verständnisvolls Herz ham.«

Sie stemmte die Arme in die Hüften.

»Jetzt werns fei ned frech, gell?« keifte sie. »Mir gefällt auch was an Ihnen! Sie sind mir überhaupts der Allerliebste in meinem Haus!«

Kajetan verdrehte müde die Augen.

»Was habens denn? Ich hab doch bloß gsagt...«

Sie ließ ihn nicht ausreden.

»Eine Unverschämtheit ist es des!« kreischte sie. »So was muß ich mir sagen lassen!«

Er schüttelte den Kopf und stieg einige Stufen höher. »Ich versteh Ihnen nicht, Frau Kraus. Ich versteh gar nichts mehr.«

»Sie werden mich schon noch verstehen! Sie Saubär, Sie. Nächste Woch sinds draußen. Ich sag dem Burschi Bescheid, der wird Ihnen schon delogiern.«

Kajetan hatte bereits den nächsten Absatz erreicht. Während er erschöpft stehenblieb und nach dem Zimmerschlüssel kramte, dachte er mit ungutem Gefühl an die Drohung der Alten. Allerdings: Burschi, der Roßknecht beim »Soller« und Pflegesohn der Hausbesitzerin, konnte mehr als lästig werden. Eigentlich ein durchaus umgänglicher Mensch, würde sich Burschi wie immer verständig nickend auf Diskussionen einlassen. Dann aber, wenn das ihm Angetragene über seine Geisteskraft ginge – was, nebenbei bemerkt, jeweils nicht lange dauerte –, würde er einfach zuschlagen, gemütvoll wie ein Metzgersgeselle und unberührt davon, ob dabei etwas vor Schmerz brüllen, brechen und knacken würde. Auch wenn Kajetan ihn, den um fast zwei Köpfe größeren, beim ersten Mal abwehren könnte – Burschi würde immer wieder kommen. Kajetan wußte, daß er eine längere körperliche Auseinandersetzung mit Burschi nicht durchstehen würde. Aber vielleicht konnte er ihn dazu überreden, ihm noch ein paar Tage zu geben?

»Warum ist alles so verdreht und wird immer verdrehter?« dachte er. Man kriegt nicht, was man braucht. Dafür aber das, was man überhaupt nicht brauchen kann.

Eine Kakerlake huschte in das Dunkel hinter der Fußbodenleiste.

16

Aufseher Bletz sah auf die Uhr, die über der Tür des Wärterzimmers des Ödstädter Zuchthauses befestigt war. Es war kurz vor Mitternacht.

»Daß die Zeit heut gar so dahinkriecht«, klagte er mürrisch. Sein Kollege gähnte.

»Den Leut in deinem Alter kanns doch nicht langsam genug vergehen«, stichelte er boshaft.

»Von mir aus könnt sie sich derrennen, das kannst mir glauben, Feichtl.«

Der Angesprochene maß seinen Kollegen mit einem müden Blick.

»Ein melancholischer Mensch wie du ist falsch da herinn, Bletz, laß es dir gesagt sein.«

»Gib eine Ruh«, sagte Bletz, »was weißt denn du, Feichtl? Nichts weißt.«

»Geh zu. Pfeifen doch die Mäus aus den Löchern.«

»Du sollst eine Ruh geben, hab ich gesagt.«

Feichtl hob abwehrend die Hand. »Ich hör ja schon auf«, lenkte er ein.

»... Habts denn schon wieder?« brabbelte Wimmer schlaftrunken und richtete sich auf.

»Geht dich nichts an«, knurrte Bletz. »Richt dich lieber zsamm. Es ist Zeit für den Gang.«

»Kann mir eh denken, was dich so fuchst.«

»Laßts mir meine Ruh.« Bletz hatte wieder einen Blick auf die Uhr geworfen. Er stand auf, nahm seinen Uniformrock vom Haken und zog ihn an.

»Ihr seids auf dem Holzweg«, sagte er und griff zu Gürtel und Mütze. Feichtl sah neugierig an ihm hoch.

»Daß dich der Direktor wieder angeschissen hat, stimmts?«

Bletz nickte wütend. »Der Pfarrer hat sich über mich beschwert, weil ich dem auf Achtzehn seinen Antrag verschmissen hätt.«

»Was für einen Antrag nachert?« fragte Wimmer.

»Den Antrag auf Freigang zur Beerdigung von seiner Alten.«

»Aber das ist doch schon so lang her, Bletz. So was kann doch einem jeden passieren«, sagte Wimmer. »Ich mag den Kuntn auch nicht. Auf einmal wird der bigott!«

»Eine arme Sau ist es«, warf Feichtl ein. »Außerdem, muß ich schon sagen, ist es wahr, daß der Bletz gern solche Anträge verschmeißt.«

»Ja, einen Unterschied zwischen einem Sanatorium und einem Zuchthaus«, entgegnete Wimmer empört, »muß die Bagasch schon auch noch spüren, was, Bletz? Außerdem – den Bletz beim Pfarrer hinhängen, das bringt sie dann schon noch fertig, die gar so arme Sau.«

»Er selber wars ja gar nicht«, erwiderte Feichtl.

»Wer sonst?«

»Was weiß ich? Vielleicht die Alte, die ihn jetzt ein paarmal besucht hat.«

»Die von Sarzhofen meinst?«

»Ja. Oder der Pfaff. Der kanns auch gwesen sein.«

Feichtl gähnte. Er stand auf und zog seine Uniformjacke über.

»Werdets sehn, den auf Achtzehn tragen wir bald mit den Füßen voraus aus seinem Loch. Der mag nimmer, besonders, seit seine Alte gestorben ist. Das spür ich.«

Wimmer beugte sich vor. »Hat der je mögen? Ich bin jetzt da herinn, seit der Krieg aus ist. Der auf Achtzehn ist allerweil schon gewesen wie ein leibhaftiges Gespenst.«

»Ich geh jetzt noch einmal herum«, sagte Bletz in beiläufigem Ton. Er schloß seinen Gürtel und und setzte seine Mütze auf. »Dann ist für heut Schluß.«

»Du hast es gut, Bletz. Aber daß du beim Heimfahrn nicht wieder in den Graben fahrst. Hast dein Radl jetzt schon richten lassen? Was ist denn überhaupt mit dem Licht neulich gewesen? Ist ja kein Wunder, wenn du dich da im Finsteren fast derrennst.«

»Was weiß ich? An der Lampe ist etwas hin. Ich tu Karbid rein, aber zwei Tag später brennt sie schon wieder nicht mehr.«

»Tus halt in die Werkstatt runter.«

»Da ist es doch schon andauernd. Nutzt gar nichts. Jeder stellt sich dumm.« Er grüßte und griff nach der Türklinke. »Bagasch, die.«

17

In der Schlange der Arbeitssuchenden vor der Städtischen Arbeitsvermittlung hatte Kajetan zwei Männern zugehört, die verärgert von ihren Erlebnissen in den Filmstudios im Münchner Süden sprachen. Sie waren darüber erbost, daß ein aufgeblasener Assistent, der die Komparserie zu einem Historienfilm auszuwählen hatte, sie schon bei der ersten Durchsicht mit der Feststellung, sie hätten nun einmal nichts, aber schon gar nichts von einem römischen Helden, als ungeeignet ausgesondert hatte. Da Kajetan angesichts der beiden ungeschlachten Männer diesem Urteil zustimmen mußte, hatte er sich hoffnungsvoll in das Besetzungsbüro in Geiselgasteig begeben. Er hatte zunächst Glück; man suchte Statisten für einen neuen Film. Pech hatte er allerdings, weil es sich dabei um ein Epos über den heldenhaften Kampf germanischer Recken handelte. Mit der Bemerkung, man würde ihn sich für einen anderen Film notieren, hatte man ihn, der sich schon auf der Leinwand sah, entlassen. Er hatte noch wissen wollen, um welchen Film es sich dabei handeln würde.

Für einen ebenfalls geplanten Sittenfilm, in dem es um die verheerenden Auswirkungen von Wollust und Absinth in den Hafenkaschemmen von Marseille gehen würde, wurde ihm erklärt. Enttäuscht hatte er den Heimweg angetreten.

Bereits auf dem Treppenhaus sah er, daß die Tür zu seiner Kammer offenstand.

»S'Gott, der Herr«, sagte Burschi gemütlich.

Kajetan verbarg sein Entsetzen, als er den mächtigen Brauknecht am Tisch sitzen sah. Er zog die Tür hinter sich zu. »Der Burschi!« erwiderte er mit gezwungener Freundlichkeit.

Der Brauknecht sah sich anerkennend um. »Recht kommod hast es da. Muß schon sagen.«

»Was gibt mir die Ehr?« versuchte Kajetan zu scherzen.

»Zweng der Kraus-Tant ist es«, erklärte Burschi entschuldigend, »sie sagt, daß sie die Kammer wieder brauchen tät.«

»Die Kammer?« fragte Kajetan dumm.

»Deine Kammer, ja.« Der Brauknecht rülpste verhalten. »Genau die. Die tät sie brauchen, sagts. Es wär denn, du gäbertst mir soviel, wie der Zins für drei Monat ausmacht.«

»Moment! Bloß zwei stehen aus, hat mir die Tant gsagt.«

Burschi grinste verschlagen.

»Kann schon sein. Aber ich sag: drei. Wohnungen sind gesucht heutzutag. Das sollts einem wert sein.«

»Ah so!« Kajetan verstand. »Ein Geschäft.«

»Schön hast das gesagt. Lieber gesund und reich als arm und krank, heißt es beim Burschi. Der muß auch schaun, wo er bleibt, nedwahr? Also – wirds was damit? Eine Woch tät ich dir Zeit lassen. Ich bin ja kein Unmensch nicht.«

»Drei... Monatszins?« stammelte Kajetan.

Burschi stand auf und verschränkte seine dicken Arme. Sein breiter Schädel berührte fast den Plafond.

»Drei. Soweit kannst doch zählen? Ich kann sogar noch weiter. Sogar bis vier. Aber der Burschi ruiniert keinen.«

»Burschi...« Kajetan sah bittend zu ihm hinauf. Burschi ließ die Arme wieder baumeln.

»Was istn da herin von der Tant?« fragte er und zeigte auf den Stuhl. »Der da?« Kajetan nickte.

»Und der Tisch? Die Kommod? Die Waschschüssel?«

»Auch.« Kajetan hatte zu zittern begonnen. Der Schrank, stammelte es in ihm, mein Radio... er darf nicht in den Schrank...

»Dann wird der Gewandkasten auch von der Tant sein. Von dir ist überhaupt nichts? Sag an! Was bist denn du für ein Hungerleider?«

Burschi griff nach dem Plumeau. »Aber die Tuchert da – die gehört dir doch.«

Kajetan nickte beklommen. Burschis mächtige Schultermuskeln spannten sich. Mit einem Ruck zerriß er die Decke und warf sie zu Boden. Staub und Federflaum schneiten zu Boden. Fassungslos starrte Kajetan auf den Brauknecht.

»Könnt sein, daß es dich ein bisserl friert heut nacht«, sagte Burschi gelassen. »Aber wennst dran denkst, daß ich dasselbe mit dir machen werd, wenn nächste Woche kein Diridari zum Zeug bracht is, wirds dir schon wieder warm werden.«

Er pflückte mit einer zarten Handbewegung eine winzige

Feder von seinem Wams und griff zur Türklinke. Als er die Türe öffnete, wirbelten die Federn erneut auf.

»Zugehn tuts bei dem«, sagte Burschi kopfschüttelnd.

18

Adi Brettschneider, seit dem Tode seiner Frau alleiniger Inhaber der Pension gleichen Namens an der Ecke Hildegard-Adelgundenstraße im Münchner Stadtteil Lehel, lockerte seinen Hemdkragen und tat harmlos.

»Zigaretten-Ella, sagen Sie? Mir kein Begriff.«

Die junge Frau im grauen Lodenmantel sah ihn streng an. Dann ging sie wortlos um die Theke, hinter der der kleine, rundliche Pensionsbesitzer stand, und schob ihn mit ihrer Schulter beiseite. Brettschneider murrte. Sie blätterte in der Anmeldeliste.

»Ah – da hätten wir sie schon. Zimmer elf. Was für ein Stock ist das?«

»Ach so!« rief der Alte mit gespieltem Erstaunen, »Sie haben das Fräu'n Bichler gemeint. Was sagens das nicht glei ...«

Die junge Beamtin der städtischen Fürsorge war ungeduldig. »Was für ein Stockwerk, hab ich gefragt.«

»Was wollens den vom Fräu'n Bichler? Das ist ein ganz anständiges Mensch!«

»Hörns auf, scheinheiliger Patron, scheinheiliger! Zum letzten Mal. Wo ist ihr Zimmer? Ich hab nicht die Zeit, daß ich das ganze Haus herausklopf. Na?«

Brettschneider war beleidigt. »Zweite Treppen. Dann rechts durch den Gang und rauf in den Zwischenstock.«

»Warum nicht gleich, Herr Brettschneider.«

Die Beamtin des Wohlfahrtsamtes betrat schwungvoll die Treppe und ging einige Stufen nach oben. Plötzlich blieb sie stehen.

»Ah – wo gehens denn hin?« fragte sie spitz. Brettschneider stand wie angewurzelt im Rahmen der Tür, die zu einem Raum hinter dem Empfang führte.

»Eh ... zum Biseln, wenns recht ist«, sagte er kleinlaut.

Sie zeigte drohend auf ihn.

»Brettschneider, wenn ich hör, daß da einer dreimal an die Wasserleitung haut, dann wird ein Koffer draus. Nämlich der, den du dann packst, weilst deinen Gewerbeschein verloren hast. Hamma uns?«

»Ich hab gsagt, ich geh zum Biseln«, brummte der Pensionsbesitzer mißmutig.

»Und ich: keine Warnzeichen.«

»Sie können sich ja hinstellen neben mich.« Er grinste hämisch.

Sie setzte ihren Weg fort. »Ein anders Mal gern, Brettschneider«, rief sie nach unten, »aber heut hab ich mein Vergrößerungsglasl nicht dabei.«

Brettschneider wandte sich kopfschüttelnd an den Mann, der grinsend die Szene beobachtet hatte.

»Fällt Ihnen da noch was ein? Daß so was erlaubt ist? Und die will beim Magistrat sein!«

Kajetan stimmte verständnisvoll zu. Der Pensionsbesitzer beugte sich wieder über sein Belegbuch. Er kniff die Augen zusammen. Schließlich schüttelte er bedauernd den Kopf.

»Ja, also. Da kann ich Ihnen leider nicht helfen. Eben hätt ich noch gemeint, daß der Mieter unter dem Dach rauswollt, aber jetzt les ich, daß er verlängert hat. Leider. Aber wenns wollen, setz ich Ihnen auf die Liste, wenn was frei werden sollte. Woll ... Was ist denn ...?«

Ein lauter Schrei, dem Poltern und ein heftiger Wortwechsel folgte, hatte ihn zusammenzucken lassen. Die energische Stimme der Fürsorgebeamtin war deutlich zu hören. Was eine dunkle Männerstimme rief, war nicht zu verstehen. Nach kurzer Zeit kam die Beamtin mit von Zorn und Anstrengung gerötetem Gesicht die Treppe herab. Sie zog ein widerstrebendes weinendes junges Mädchen mit sich.

»Du hast es knapp beinander, Brettschneider!« rief sie scharf. Ohne den Besitzer noch eines Blicks zu würdigen, verließ sie den Raum und schlug die Tür hinter sich zu. Die Scheiben klirrten. Der Pensionsbesitzer fuhr sich mit der Hand über die fettige Stirn.

»Das Fräu'n Ella – also so was ...«, log er.

Kurz danach waren schwere Tritte auf der Treppe zu hören.

»Wo kriag i iatz mei Geld zruck?« schrie der junge Bauer und setzte einen Fluch nach. »Auf der Stell möcht i mei Geld zruck!« Brettschneider musterte ihn verächtlich.

»Da gehst am besten gleich in die Nußbaumstraß. Da gibts eine Stelle, wo so ein Kloiffe wie du sein Geld zurückkriegt!«

Der Bauer stutzte. »Tatsach?« Erleichterung malte sich auf sein gerötetes Gesicht. »Hab ich a Massl! Nußbaumstraß! Wo ist denn des?«

Der Inhaber antwortete nicht. Der Bauer wandte sich an Kajetan.

»Woaßtas du?«

Kajetan nickte. »Nicht weit vom Bahnhof. Das ist die Psychiatrische.«

»Die – wos?«

Brettschneider mischte sich wieder ein.

»Das Narrenhaus, du Aff!«

Das Gesicht des Bauern wurde dunkelrot. Kajetan trat einen Schritt zurück. Der Bauer wollte sich auf Brettschneider stürzen. »Du Halunk, du ausgschaamter!«

Brettschneiders Stimme klang schneidend. »Halt doch dei dumme Fotzn. Weißt, wie alt die war? Wenn die achtzehn gewesen ist, wars alt. Sei froh, daß du nicht ins Zuchthaus kommst, du Rindviech, du saudummes.«

Der Mann erschrak und dachte nach. Ein boshaftes Leuchten glänzte in seinen Augen. »Kunnt sei«, sagte er schlau, »du aber auch, nedwahr? Also – gib du mirs Geld. Sunst ...« Er beugte sich drohend über die Empfangstheke.

Brettschneider blieb ungerührt. »Wennst meinst. Komm ich halt ins Zuchthaus. Macht mir nichts.«

»Ha?«

»Überhaupt nichts. Weil mir des der Spaß, wenn deine Alte und die ganze Gmoa davon erfahren, wert ist.«

Der Bauer suchte zornig nach Worten. Dann drehte er sich mit einem heftigen Ruck und polterte fluchend aus dem Raum. Brettschneider sandte ihm einen abschätzigen Blick hinterher.

»Blöder Hund«, knurrte er. Er sah zu Kajetan und wies mit dem Daumen nach oben. »Aber noch blöder als die Britschn, die Ella, kann wohl keins sein. Laßt die von ihrem Haberer eine Annonce aufgeben und meint ganz besonders raffiniert zu sein. Ich denk, mich trifft der Schlag, wie es les: ›Zigarettenprobiersalon. Zigaretten-Ella.‹ Und meine Adreß! – Tja. Aber jetzt hamns doch Glück gehabt. So schnell kanns gehen. Zimmer elf ...«, er radierte im Belegbuch, »... wäre frei geworden.« Er sah nüchtern auf. »Wollens allweil noch einziehen? Ein schönes Zimmer. Und eine Unterhaltung habens auch, wie Sie gesehen haben. Ja? – Dann bräucht ich bloß noch eine Anzahlung.«

Kajetan nickte. Das sei natürlich kein Problem für ihn, sagte er. Es würde ihn freuen, hatte Brettschneider geantwortet, weil Probleme, die hätte er selber genug.

19

»Was soll das sein?« Der Angestellte des Pfandhauses in Schwabing konnte nichts mit diesem kleinen Kästchen, aus dem ein Draht mit einer Art Kopfhörer hing, anfangen.

»Das ist ein Detektor«, erklärte Kajetan und blickte

schmerzvoll auf das Gerät, das er sich von seinem ersten Lohn, den er im Kopierwerk erhalten hatte, gekauft hatte und dessen letzte Rate er erst kurz vor seinem Hinauswurf bezahlen konnte.

»Ein was?«

»Ein Radio halt.«

»Ahso.« Der Angestellte begriff. »Nobel, nobel«, stichelte er boshaft. Abschätzig wiegte er das Gerät in seinen Händen.

Kajetan hob den Zeigefinger. »Aber ein besonderer. Nämlich mit einem neuen Kramolin-Zweikristall und einem Isaria-Kopfhörer.«

»Soso. Und was kost so was – neu?«

»Neu gute dreißig Mark.«

»Dreißig Mark? So ein Haufen Geld? Erzählens mir nichts. Dreißig Mark für das Kasterl! Also... nein, das kann ich Ihnen nicht abnehmen. Radio! Das interessiert bloß die Spinnerten.« Er schob es zurück. »Habens sonst noch etwas?«

Kajetan klappte den Deckel seines Koffers wieder hoch. Der Angestellte beugte sich vor und runzelte die Stirn.

»Das Gewand da könnens auch gleich drin lassen. Flöh haben wir schon genug da herinn. Nimm ich ned. – Lassens schaun!« Er zog den Koffer zu sich. »Des da schon eher – die Knöpf da, die Manschettenknöpf und den Kragenknopf. Zwei Mark für alle drei.« Kajetan schluckte. Der Angestellte kramte weiter, zog ein Kästchen hervor und öffnete es interessiert. »Na also. Da wär ja der Hausschatz. Eine Deckeluhr, eine Brosche und ein – was ist das?«

»Ein Reliquienumhänger.«

»So was.«

Der Pfandleiher schüttelte den Kopf, griff nach der Uhr, drehte am Aufzug, hielt sie sich ans Ohr und nickte. Dann klappte er den Deckel zurück.

»Passables Stückl«, bemerkte er mit verhohlener Anerkennung, »italienisches Fabrikat.« Er schob die drei Stücke nebeneinander auf die verkratzte Tischplatte und wiegte den Kopf.

»Fünfundzwanzig Mark. Für alles miteinander.«

Kajetan glotzte ihn an. Dann sah er auf den Tisch. Die Uhr hatte ihm sein Vater vermacht. Die Brosche war ein Andenken an seine Mutter, die wiederum hatte es von ihrem Mann geschenkt bekommen. Die Kette, an der ein winziges ovales Metallkästchen mit einer Gravur des Heiligen Sebastian hing, war über Generationen weitervererbt worden. Er schüttelte ungläubig den Kopf.

»Also?« drängte der Pfandleiher. »Sehns nicht, daß da schon andere warten? Fünfundzwanzig Mark.«

Kajetan schüttelte den Kopf und nahm die Schmuckstücke zu sich.

»Für deppert verkaufen kann ich mich selber«, sagte er verärgert. Er klappte den Deckel zu, zog den Koffer von der Tischplatte und wandte sich zur Tür.

»Auf Wiederschaun!«

»Gehns nur zu. Meinst wohl, woanders gibts mehr für das Glump?«

Kajetan griff zur Türklinke.

»Dreißig Mark«, sagte der Angestellte. Kajetan drehte sich überrascht um.

»Dreißig«, wiederholte der Angestellte gnädig, »weils Sie sind. Aber mit dem Radio.«

»Sechzig. Die Sachen sind dann immer noch doppelt soviel wert.«

»Mag schon sein. Aber brauchen Sie ein Geld oder ich? – Sehns. Dreißig Mark und Schluß. Tun Sies her, bevor ichs mir anders überleg.« Er streckte die Hand aus. »Das Graffel bleibt sechs Monate da, danach wirds versteigert.«

Kajetan überlegte. Dreißig Mark... die Summe würde für die Anzahlung bei Brettschneider und für gute drei Wochen Essen reichen.

»Einverstanden«, sagte er und legte den Koffer wieder auf den Tisch zurück, »fünfzig.«

Der Angestellte wischte mit der Handkante über den Tisch. »Sie sollten einmal zum Doktor gehen«, sagte er kalt.

»Wieso?«

»Weil Sies an den Ohrwascheln haben, Und jetzt schaun wir mal, ob Sies auch an den Augen haben.« Er hob die Hand und streckte den Zeigefinger. »Schauns einmal dahin. Was sehns da? Richtig, die Tür.«

Er winkte. Eine zierliche, sorgfältig frisierte Frau in einem dunklen Mantel, die einen Karton vor ihrer Brust hielt, stand auf.

»Hat der es jetzt endlich?« bemerkte sie bissig in Kajetans Richtung, als sie an den Tisch trat.

Der Angestellte öffnete gleichmütig den Karton. »Mei«, sagte er mild und sah nicht auf, als die Tür knallend zufiel, »der wirds auch noch lernen...«

Wie er es erwartet hatte, nahm er am Abend des gleichen Tages das Schmuckkästchen und das Radio in Empfang, öffnete gönnerhaft die Schublade und zählte das Geld auf die Tischplatte. »Fünfundzwanzig. Wir sind ja keine Unmenschen, nedwahr.«

Kajetan wußte, daß er den Mund zu halten hatte. Stumm nahm er das Geld in Empfang und verließ das Pfandhaus.

20

Es hatte gerade noch geklappt. Kajetan atmete erleichtert aus, als er seine Gepäckstücke auf den Boden stellte. Die alte Krausin hatte ihm zwar bereits vor zwei Tagen den Zimmerschlüssel abgenommen, damit er sich nicht, ohne die restliche Miete bezahlt zu haben, davonmachen konnte, jedoch nicht damit gerechnet, daß das Öffnen eines Türschlosses für einen ehemaligen Polizisten ein Leichtes war. Zu achten war lediglich darauf, daß die Hausbesitzerin auch tatsächlich in die Abendandacht gegangen war und der grobe Brauknecht bereits an der Schänke des »Soller« zu tun hatte.

Der Pensionsbesitzer, der den Kopf aus der Tür zu seiner Kammer streckte, machte einen erschöpften Eindruck.

»Ach, Sie«, sagte er mißgelaunt, »habens das Geld dabei?«

Kajetan nickte und griff in seine Tasche.

»Da, schauns.« Er legte die Geldstücke auf den Empfangstresen. Brettschneider sah darauf, hob den Kopf und zog die Oberlippe schniefend hoch.

»Seh ich. Die Anzahlung. Und?«

»Und... was?«

»Die Miete für den August? Zehn Mark waren ausgemacht!«

Kajetan sah ihn entgeistert an.

»Oder wollens die jetzt schon schuldig bleiben? Hab gemeint, daß ich Ihnen das nicht zu sagen brauch«, sagte der Inhaber eisig.

Kajetan nickte und kramte hastig in seiner Hosentasche. Als er die Münzen auf den Tisch legte, versuchte er zu lächeln.

»Müssens entschuldigen, Herr Brettschneider, aber ein Umzug... verstehens schon...?«

Mit geübter Bewegung strich der Inhaber das Geld in seine geöffnete Hand.

»Schon recht«, brummte er. »Nehmen Sies mir nicht übel. Aber heut langts mir grad schon wieder.«

»Was ist denn passiert?«

»Nichts. Gehns nur rauf. Nummero elf. Das Glump vom Madl hab ich schon rausgeschmissen. Der Abort ist einen halben Stock höher.«

»Weiß ich.«

»Worauf wartens dann noch? Auf den Träger?«

Kajetan griff nach seinen Koffern und betrat die Stiege.

»Ach ja, Herr... Herr...«, der Inhaber sah mürrisch auf.

Kajetan blieb stehen und sah ihn über die Schulter an.

»Herzlich willkommen.« Brettschneider hatte gequält gelächelt, doch bereits bei der vorletzten Silbe war sein Mundwinkel wieder nach unten gefallen.

Die Treppenbohlen des alten Hauses knarzten. Als Kajetan auf dem zweiten Stock anhielt, um etwas Luft zu holen, öffnete jemand hinter seinem Rücken, am Ende des lichtlosen Flurs, eine Tür. Leises Gemurmel war zu hören. Dann wurde die Türe wieder geschlossen. Mit eiligen Schritten löste sich eine Gestalt aus dem dämmerigen Dunkel.

»S'Gott«, grüßte die junge Fürsorgerin gedankenverloren, maß ihn mit einem kurzen Blick und betrat eilig die Treppe nach unten. Ihre Schritte verloren sich. Kajetan erwiderte kopfschüttelnd den Gruß und setzte seinen Weg fort.

Die Zimmertür war nicht verschlossen. Er stellte sein Gepäck ab, setzte sich auf einen der beiden Stühle und sah sich um. Die Kammer war winzig. Neben dem Fenster stand ein schmales eisernes Bettgestell mit dünner Roßhaarmatratze, vor dem ein verwaschener und dünn ausgelaufener Teppich lag. Daneben blieb nur noch Platz für ein kleines Nachtkästchen, auf dem sich eine Schüssel mit einem Wasserkrug befand. Darüber hing ein an den Rändern gefleckter Spiegel. Zwischen Schrank und Bett fand sich gerade noch Platz für einen kleinen Holztisch, doch um den Schrank zu öffnen, würde man bereits die Stühle verrücken müssen. Was die winzigen dunklen Sprenkel an der Wand neben dem Bett bedeuteten, wußte Kajetan sofort: Auch seine Vormieter hatten offenbar einen vergeblichen Kampf gegen die Wanzen geführt.

Eine warmfeuchte Luft drang in die Kammer. Die Fensterflügel waren weit geöffnet. Kajetan beugte sich hinaus und sah in die fleckige, graue Dämmerung über den Dächern der gegenüberliegenden Häuser.

Auf dem Pflaster der engen Gasse näherte sich ein Fuhrwerk. Kajetan stützte sich auf den Sims und sah nach unten. Das Gespann zog einen geschlossenen, kastenähnlichen Wagen. Ein heiserer Ruf ließ die Pferde anhalten. Während der Fuhrmann auf dem Bock sitzen blieb, stiegen seine beiden Begleiter ab. Die Männer im dunklen Anzug hatten die Pension betreten. Wenig später kreischte die Tür erneut in den Angeln. Ein älterer Mann mit einem Arztkoffer in der Hand verließ das Haus, setzte sich seinen Hut auf und ging die leicht abschüssige Gasse hinab.

Nach wenigen Minuten kamen die beiden Männer zurück. Sie trugen einen schmucklosen Holzsarg, stellten ihn neben dem Wagen ab, öffneten dessen Klappe und schoben den Sarg hinein. Die Pferde zogen an. Das Fuhrwerk ächzte, wendete und verschwand hinter der Biegung. Bald war auch das Klappern der Hufe und das Knirschen der eisenbeschlagenen Räder auf dem Pflaster verstummt.

Kajetan schob das Fenster zu. Nachdem er seine Koffer entleert und den Inhalt im Schrank verstaut hatte, griff er in seine Tasche, kramte seine letzten Geldstücke hervor, legte sie auf den Tisch und begann zu rechnen.

Das Geld würde gerade noch für zwei Tage reichen. Er griff nach der Liste, die er vor einiger Zeit aus dem städtischen Berufsbuch notiert hatte. In der Stadt gab es ein knappes Dutzend Detekteien. Etwa die Hälfte von ihnen hatte er bereits vergeblich aufgesucht. Es handelte sich meistens um schwindsüchtige Ein-Mann-Büros, aus denen er sofort wieder hinauskomplimentiert worden war. Sein Finger fuhr über das Papier und deutete auf eine Adresse, die er noch nicht ausgestrichen hatte.

Es würde wieder nichts werden.

21

Pius Fleischhauer, Inhaber der Auskunftei gleichen Namens, hatte seine Enttäuschung darüber, daß der Besucher nicht mit einem Auftrag zu ihm kam, bereits überwunden. Er schüttelte seinen kahlen Kopf und senkte seinen Blick wieder auf ein Blatt Papier, das vor ihm auf dem Schreibtisch lag.

»Ich hab meine Leut bereits. Kosten mich genug«, sagte er in geschäftsmäßigem Ton. »Auf Wiederschaun.«

Kajetan bemühte sich, seine Bestürzung nicht zu verraten. Er stand auf und ging zur Tür. Dort drehte er sich noch einmal um und zwang sich zu einem überlegenen Lächeln.

»Da wünsch ich Ihnen, daß Sie auch gute ham.«

Die lederige Stirn des alten Detektivs runzelte sich. »Was?«

»Gute Leut.«

»Tuts schon«, antwortete der Detektiv unwillig. »Ein Angeber zu sein, langt auf jeden Fall noch nicht.«

»Ich weiß bloß, was ich wert bin.«

»Ah? Und das wär jetzt was?« Fleischhauer wunderte sich, daß er sich auf dieses Gespräch einließ. »Mit Berufserfahrung schauts doch bei Ihnen aus wie im Badwanndl ohne Wasser. Solche wie Sie wehts alle daumlang zu mir herein. Da werden ein paar Kriminalhefterl gelesen und schon meint ein jeder, er könnt bei mir den Pinkerton abgeben. Und daß Sie so herumgetan haben, wie ich Sie nach Ihrer früheren Arbeit gefragt hab, hat mir auch nicht gefallen. Also – wieso meinens, daß ich einen wie Sie unbedingt brauchen tät?«

»Weil ich ...«, Kajetan räusperte sich, »... bei der Polizei gewesen bin.«

Fleischhauer stutzte. Er tippte sich an die Stirn. »Ausgerechnet das soll eine Referenz sein?« Er verzog das Gesicht zu einem verächtlichen Grinsen. »Sehr spaßig!«

Kajetan setzte seinen Hut auf, drückte die Klinke nach unten und wollte wortlos gehen.

»Hab ja gsagt, daß Sie nichts taugen!«

Kajetan wandte sich fragend um.

»Ein guter Detektiv darf nicht so schnell eingeschnappt sein«, tadelte Fleischhauer. »Schauns nicht wie der Spatz, wenns blitzt. Tuns mir Ihre Adresse her. Aber – verlassens Ihnen nicht drauf! Habens gehört?«

Kajetan starrte ihn noch immer an.

»Sie sollen nicht so deppert schauen. Sie derbarmen mich halt.«

»Was ... tu ich Ihnen?« fragte Kajetan ungläubig.

Der Detektiv stöhnte auf. »Nicht einmal einen Spaß versteht er! Armes Vaterland! Ein Kreuz ist das heutzutag«, sagte er mit gespielter Verzweiflung. Er wurde ernst. »Hörens zu: Wieso Sie aufgehört haben oder wieso man Sie rausgeschmissen hat, ist mir egal. Wie ein Verbrecher schauns schließlich nicht aus, und ich selbst täts, unter uns gesagt, keine halbe Stund bei der Bagage aushalten. Nein – vielleicht kann ich Sie tatsächlich einmal brauchen. Aber nicht heut, und gewiß auch noch nicht morgen. Wann und ob überhaupt, weiß ich erst recht nicht. Unterstehens Ihnen also, noch einmal bei mir aufzukreuzen, bevor ich es Ihnen ausdrücklich angeschafft hab. Und jetzt – her mit der Adreß! Bevor ichs mir anders überleg. Ich mag Leut nicht, die mir die Zeit stehlen.«

Kajetan befand sich bereits auf der Straße, als der Detektiv seine Notizen beendet hatte und sich im Sessel zurücklehnte. Mit ärgerlicher Miene dachte er an das Treffen, das er an diesem Morgen gehabt hatte: Er hätte ablehnen müssen.

22

Der Zug aus Ödstadt war kaum mit durchdringendem Kreischen zum Stehen gekommen, da hatten sich die Türen der Passagierwaggons schon geöffnet und Knäuel von Reisenden ausgespien. Auf dem Bahnsteig des Ostbahnhofs löste sich die Menge und floß durch den Wartesaal auf den Vorplatz. Parapluies öffneten sich, Droschkentüren flogen krachend zu, Tauben flatterten gurrend hoch.

Nach einigen Minuten war der Bahnsteig wieder nahezu menschenleer. Bis auf zwei Menschen, die sich gegenüberstanden und nach Worten rangen. Der Detektiv hob grüßend den Hut. Verärgert bemerkte er, daß seine Hand zitterte. Was sollte er sagen? Nach all den Jahren? Wie viele mochten es sein? Dreißig, vierzig?

Er wisse schon, begann er, daß sich das saudumm anhöre, aber etwas anderes fiele ihm nicht ein und, bei seiner Seel, es würde stimmen: Sie sei immer noch ein schönes Weib.

Ein strafender Blick traf ihn. Das sei, sagte die bäuerisch gekleidete Frau, wohl eine rechte Lüge, aber für ihn, da träfe es wohl zu. Noch immer sei er das stattliche Mannsbild, beinah so, wie sie ihn in Erinnerung habe.

Fleischhauer wehrte verlegen ab. Eine unbehagliche Pause entstand.

Er faßte an ihren Arm und umarmte sie behutsam. Wir zwei alten Rindviecher, lächelte er gerührt. Sie wäre allerdings alt geworden, flüsterte sie an seine Wange, er nicht.

Sein Herz pochte plötzlich heftiger. Jäh drückte er sie an sich und raunte ihren Namen. Sie schob ihn zurück. »Geh«, sagte sie verlegen, »ich stink doch schon nach altem Weiberleut.«

Sie solle keinen Blödsinn reden, befahl er mit gespieltem Ärger und führte sie in das Bahnhofscafé. Sie fanden einen leeren Tisch, nahmen am Fenster Platz und winkten der Kellnerin.

Verstohlen betrachteten sie einander und stellten erschrocken fest, daß sie sich fremd geworden waren. Eine bittere Pause entstand.

Die Kellnerin trat an den Tisch. »Was darfs sein?«

»Zwei Tassen Melange und zwei Stückerl vom Apfelkuchen!« befahl Fleischhauer.

»Pius – nein«, sagte die Frau unbehaglich.

»Was – nein?«

Die Kellnerin sah verärgert auf die beiden Gäste herab. »Haben Sies bald?«

»Ich mag kein Süßzeug«, beharrte die Frau.

»Aber der Kuchen da herinn ist gut!« drängte er.

»Ich mag ihn trotzdem nicht!«

»Aber einen Kaffee – den magst schon?« fragte er gereizt.

Sie nickte zögernd. Die Kellnerin ging zurück. Der Mann sah betreten auf die Tischplatte und fingerte eine Zigarette aus seiner Manteltasche. »Entschuldige . . .«, murmelte er.

»Hör auf«, flüsterte sie gepeinigt. Er sah überrascht auf. Sie lächelte unglücklich. »Es tut wieder weh mit dir. Wie früher . . .«

Sie erkannten sich wieder. Als wenig später das Bestellte gebracht wurde, sprachen sie längst vertraut über Vergangenes. Am Schluß redete nur noch sie, während er gebannt zuhörte und nur hin und wieder ungläubig den Kopf schüttelte.

»Und deswegen«, schloß sie, »bin ich zu dir gekommen.«

Er schwieg eine geraume Zeit und sah nachdenklich aus dem Fenster.

»Es ist schon seltsam mit dir.« Er wandte ihr wieder sein Gesicht zu. »Wo du hinlangst, ist es richtig.«

»Wie?« wunderte sie sich.

»Schau«, erklärte er sachlich, »damals bist du mit dem anderen weggegangen. Es hat weh getan. Aber es war richtig. Ich wär nichts gewesen für dich. Ich, mit meiner Unrast wie eine überdrehte Uhr.«

Sie antwortete nicht.

»Es wär nicht gutgegangen«, fuhr er fort, »da hätten wir uns liebhaben können, wie wir gewollt hätten – es hätt kein gut getan. Is nicht wahr?«

»Ja«, log sie.

Der Detektiv beugte sich vor. »...Ich hab doch noch alles sehen müssen, ich hab nichts als einen Hunger gehabt wie alle, die aufgewachsen sind hinten im Wald. Ich hab dich lieb gehabt, aber bis ans End meiner Tag wär ich unglücklich geworden, wenn ich nicht getan hätt, was ich hab tun müssen. Und was war das nicht alles: Ich bin danach auf Hamburg hinauf, auf Amerika rüber, nach Afrika runter. Ich konnt nichts auslassen. Nein«, er bestätigte sich mit einem Nicken, »mit mir wärst du eingegangen. Irgendwann hätte ich zu schreien angefangen, wäre böse geworden und eines Tages ausgebrochen.«

Sie sah ihn aufmerksam an.

»Hast recht«, stimmte sie nüchtern zu. »Deshalb bin ich damals mit dem Hans nach Sarzhofen gegangen. Er ist kein Feiner gewesen, und wenn ich ihn nach der Arbeit getroffen hab, hat er gestunken wie ein Sauknecht. Und das Gewandte von dir, das hat er auch nicht gehabt. Viel geredet, wie du, der einen einwickeln hat können, bis einem ganz zweierlei geworden ist, hat er nie. Aber wenn er gesagt hat: Gut is! oder: Schlecht is! oder: Schief is! oder: Grad is! – dann war es gut oder schlecht, schief oder grad. Und wie er dann gesagt hat: Geh mit!, da wußt ich, daß er ernst mit mir sein wollte. An einem festen Platz, wo ein Dach war über mir. Wo hätt ich hinsollen? Die Fabrik in Schwabing, wo ich zu deiner Zeit gearbeitet hab – das war nicht meins. Ich bin eine Einfache. Wenn ich ja sag, sag ich ja. Ich habs nie bereut.«

»Ich bin dir nicht bös«, log er und machte eine wegwerfende Handbewegung. »Ich klag nicht. Ich hab ein gutes Leben gehabt. Nein – was ich mein, ist, auch jetzt wieder langst du dorthin, wo es richtig ist. Denn wenn einer dir bei der Geschicht, die du mir da grad erzählt hast, helfen kann, dann bin ich das.« Eitel legte er seine Hand auf seine Brust.

»Weiß ich«, sagte sie. Er nickte zufrieden.

»Aber...«, er sah erstaunt auf ihre Tasse, »du hast ja gar nicht getrunken?«

»Ich mag gar keinen Kaffee. Ich... vertrag ihn nicht.«

Fleischhauer brauste auf. Wieso sie das nicht gesagt hätte!

»Was hast denn?« fragte sie tonlos.

Was-denn-was-denn-was-denn?! Es würd ihn an etwas erinnern, jawohl! An das nämlich: Ein Stück Wegs mitgehen, dann bocken! Schon damals hätte es ihn zur Weißglut gebracht! Und überhaupt: Kaum sei er weg gewesen, hätte sie sich mit dem anderen eingelassen!

Was?! schnappte sie, zwei Jahre, Pius! Zwei Jahre sei er fort gewesen!

Was meinte sie denn? Ob das so schnell gehen würde, sich nach Land in Amerika drüben umzuschauen? Wäre sie halt mitgekommen! Sie wären nicht die ersten und nicht die einzigen gewesen!

Ihre Augen funkelten jung: »Du? Du – und ein Bauer? Ha!«

Die anderen Gäste wandten sich neugierig um.

Grau vor Unglück nahmen beide voneinander Abschied.

Ja, nickte er verstimmt, als er sie auf den Bahnsteig begleitete. Natürlich würde er sie nicht im Stich lassen.

Der Zug fuhr ab. Bald flirrte nur noch die heiße, mittägliche Luft über den Gleisen.

Verdammt, dachte der Detektiv.

Es war ja noch alles da! Als wären nicht Jahrzehnte vergangen seit jenem Tag, als er, erschöpft und ohne einen Pfennig in der Tasche, nach München zurückgekehrt war und erfahren mußte, daß seine Geliebte vor einem halben Jahr geheiratet hatte und längst in irgendeinem Nest am unteren Inn – niemand wußte, wo genau – lebte.

Es war noch alles da. Der Zorn. Die Bitterkeit. Die Verzweiflung.

Und die Liebe. Er fluchte laut.

Dann dachte er daran, worum sie ihn gebeten hatte. Es

würde nicht nur der am schlechtesten bezahlte (gut gesagt, dachte er grimmig, ich kann doch nichts von ihr verlangen), sondern auch der gefährlichste Auftrag werden, den er jemals übernommen hatte.

Er seufzte.

23

Die Gaslampen vor dem Zentralbahnhof schimmerten matt durch den Nebel. In ihren Lichthöfen wandelten sich die Fußgänger zu gespenstischen Figuren, flatterten aus der Dämmerung, klumpten sich mit anderen Schatten zu bizarren Gebilden und lösten sich, nur begleitet vom Tuckern der Droschkenmotoren und einem Chor Tausender, wie Herbstlaub raschelnder Tritte, nach wenigen Schritten wieder ins Nichts.

Den ganzen Tag über hatte Kajetan unter einer schmerzhaften Unruhe gelitten. Obwohl er an diesem Tag kein Ziel mehr hatte, als sich irgendwann in seine Kammer zu begeben und sich dort ins Bett zu legen, bewegte er sich noch immer mit kurzen, hastigen Schritten. Er blieb nur stehen und holte Atem, wenn die Schmerzen in Oberschenkel und Rücken wieder zugenommen hatten.

Kajetan betrat den Wartesaal des Bahnhofs, setzte sich erschöpft auf eine Bank, schloß die Augen und legte den Kopf zurück.

»Aufwachen!« befahl eine Stimme. Kajetan fuhr erschrocken hoch. Der Bahnbeamte machte eine ungeduldige Handbewegung.

»Da herinn wird nicht übernachtet. Verstanden? Also, wenns so nett sein mögen?«

»Ich ... ich ...«, stammelte er.

»Hams epper Ihren Zug verschlafen? Pech ghabt. Heut fahrt nichts mehr. Der Bahnhof wird gleich zugemacht.«

Kajetan schüttelte sich schlaftrunken.

»Oder wartens auf den Zug von Budapest? Nicht? Dann gehns zu.«

Kajetan erhob sich steif. Die Bahnsteige hinter den hohen Glastüren lagen bereits in dämmerigem Dunkel.

»Ein wengerl Tempo wär ganz recht, gell?«

Das große Tor wurde hinter ihm zugeschlagen, ein Schlüssel drehte sich klappernd.

Es war bereits über Mitternacht. Ein feuchtkalter Wind fegte über den menschenleeren Bahnhofsplatz und trieb den Nebel vor sich her. Kajetan trottete benommen über das Pflaster. Beinahe hätte er eines der Autos übersehen, die in hohem Tempo vorbeifuhren und in die Schützenstraße einbogen. Er war aufgewacht, verschränkte frierend die Arme vor der Brust und ging mit eiligem Schritt in Richtung Stachus.

»Geh her zu mir, Burschl!« hörte er eine verhaltene Stimme aus dem Dunkel eines Hauseingangs. Kajetan blieb stehen. Wieder lockte die Stimme. Kajetan trat näher.

Die Hure ging ihm einen Schritt entgegen. Ein matter Lichtschein zeigte ein weißes Gesicht, dessen Nase vor Kälte dunkel gerötet war. Die Hure war groß. Sie trug einen langen Rock und ein wollenes Mieder, dessen obere Knöpfe geöffnet waren. Kajetans Körper, der plötzlich keine Kälte mehr verspürte, hatte eher begriffen. Kajetan murmelte etwas und wollte weitergehen.

»Aah!« sah sie enttäuscht auf ihn herab. »Wosch ma a so gfalla dädsch! Warum denn it?«

Er hob bedauernd die Schultern. »Geht nicht.«

Sie lächelte, wiegte sich leicht in den Hüften und gurrte mütterlich. »Bei mir schtänd er glei, Burschl.«

Er kratzte sich am Nacken.

»So? Aber obs so ging, wies ich gern hätt?«

Sie kam neugierig näher. »Du wärst des erschta Mannsbild, dem was neues einfallert. Wie hädsch es denn gern?«

»Das sag ich nicht.« Er grinste albern. »Weils du das bestimmt nicht kannst.«

Sie sah ihn prüfend an und überlegte einen Augenblick.

»Oh mei«, seufzte sie schließlich mitleidig und verdrehte die Augen, »scho wieder ein Komiker... Geh zu! Du schtiehlsch mir mei Zeit!«

Kajetan spielte den Ahnungslosen. »Wie kommst auf Komiker?«

»Geh zu«, wiederholte sie gelangweilt, »i weiß scho, wie dus möchsch: umsonsch. Du hasch wirkli gmeint, daß der Schpaß a nagelneuer is? Den hör i zwanzgmal am Tag.«

Kajetan fühlte sich ertapppt. Ihre Stimme wurde laut. »Und etzla packsch di, sonsch gschieht was!«

Er ging schnell weiter. Am Karlsplatz, der bereits am Ende der Straße zu sehen war, kreuzten zwei Trambahnen; auch in der Schützenstraße, die den Platz vor dem Zentralbahnhof mit dem Karlsplatz verband, herrschte noch reger Betrieb. Plötzlich bemerkte er, wie sich sein Magen zu krampfen begann. Er hatte heute noch nichts gegessen. Nun roch er den Dunst fetter Speisen. Unwillkürlich griff er in seine Hosentasche, wußte aber im gleichen Augenblick, daß die wenigen Münzen nur noch für eine Tasse Kaffee und ein kleines Gebäck reichen würden.

Das ordinäre Gelächter, das von der Gaststätte »Steyrer« auf die Straße kreischte, hatte Kajetan unangenehm berührt. Dennoch brachte ihn die Neugier dazu, vor dem Lokal stehenzubleiben, neben dessen sich immer wieder von aus- und eintretenden Gästen öffnender Eingangstür sich ein Paar küßte. Er trat einen Schritt näher und versuchte, durch die bedampften Glasscheiben in das Innere des Lokals zu sehen.

Der »Steyrer« war in der Stadt als Ort halbseidenen Amüsements bekannt und berüchtigt. Während des Kriegs trafen sich hier vor allem jene, die auch in diesen Notjahren offenbar über ausreichend Geld verfügten. Bereits damals hatte sich die in der Prinzregentenzeit beliebte Volkssängerbühne, die in einem Saal hinter den Gasträumen untergebracht war, zu einem zweifelhaften Varieté gewandelt, das ein anständiger Bürger nicht mehr zu betreten hatte – zumindest nicht zu den Zeiten, wo man ihn dabei hätte beobachten können.

Wieder dröhnte Gelächter ins Freie. Es übertönte die Ankunft eines Wagens. Kajetan sah sich nicht um. Ausgelassene Stimmen waren zu hören, als sich die Wagentür öffnete. Kajetan zog seine Schultern hoch und wollte weitergehen.

»Ist des ned . . .?« Die Stimme klang ungläubig.

Kajetan drehte sich ruckartig um. Im dämmrigen Hof des aus der Gaststätte fallenden Lichtscheins erkannte er eine Gruppe Männer und Frauen, von der sich einige schon auf dem Weg zur Eingangstür des »Steyrer« gemacht hatten, nun aber mißtrauisch stehengeblieben waren.

»Ja! Er is es!« rief Mia und griff nach dem Ellbogen des Mannes, mit dem sie den Wagen verlassen hatte. Er trug einen eleganten Bowler, einen über das Knie reichenden, am Kragen pelzbesetzten Paletot. Um den Hals hatte er einen dünnstoffigen, hellen Schal geschlungen. Mit leichtem Unwillen wandte er sich ihr zu und blieb stehen.

»Fritz! Des is der Mann!«

Mias Begleiter schien es eilig zu haben. Er nahm die Zigarette aus dem Mund.

»Was für ein Mann?« fragte er.

Sie hielt ihn zurück. »Hab ich dir doch erzählt! Der vom Markt!«

»Sie waren das?« Der Gutgekleidete musterte Kajetan neugierig. Sein lippenloser Mund unter dem dünn ausrasierten Bärtchen formte sich zu einem Lächeln. »Der den Messer und den Bierkugel umgehauen hat? Tatsach?«

Kajetan nickte unsicher und sah zur Seite.

»Wenn ichs sag, Fritz!« Mia strahlte. »Mein edler Retter!« scherzte sie. Ihr Begleiter warf ihr einen amüsierten Blick zu.

»Na dann!« rief er aufgeräumt. »Soll hereinkommen, dein Retter!« Er winkte jovial und zog das Mädchen mit sich. Kajetan war unschlüssig. Er dachte daran, wieviel Geld er noch besaß.

Mia wandte sich aus dem Griff des Mannes, den sie »Fritzi« genannt hatte. »Jetzt stehns ned umeinand«, lockte sie und lächelte ihm aufmunternd zu, »der Fritz ladt Sie ein! Das ists ihm wert, gell, Fritz?«

Der Mann mit dem Bowler bestätigte großzügig. »Aber wenn er sich noch länger so anstellt, kann ers auch bleiben lassen.«

Mia griff energisch zu und zog Kajetan mit sich.

Als sie durch den Gastraum zum Varieté gingen, wurde die Gruppe von allen Seiten lautstark begrüßt. Fritz winkte mit lässiger Handbewegung zurück. Im Vorbeigehen bestellte er. Der Kellner eilte beflissen zum Schanktisch.

Vor einem Perlvorhang, der den Theaterraum zum Flur abtrennte, stand ein kräftiger, großgewachsener Mann. Er hob die Hand.

»Servus, Patron.«

»Red deinen Chef nicht so verwandt an, Schoos. Wie schauts heut aus?«

Der über einen leichten Überbiß fransig hängende Schnauzbart bog sich. »Gut, Fritz«, grinste Schoos. »Hinten sind die gleichen Saubären wie allweil und ein Schwung Fremder. Vorn haben wir heut den Vorstand vom Sendlinger Konsumverein, der seinem Namen alle Ehr macht. Die Niederbergerin liegt schon wieder unterm Tisch.«

»Die Stadträtin? Und wer liegt auf ihr?«

Schoos grinste breit.

»Hab noch nicht nachgeschaut. Soll ich?«

»Nein. Schön, daß sie so eine Freud haben, nachdems letzte Woch mit dem Geld von ihren Einzahlern einen Konkurs gebaut haben, der das halbe Viertel ruiniert hat.«

»Ein bissel was ist scheints noch übriggeblieben.«

»Na wunderbar. Jaja, Schoos, die Welt ist ein Wirtshaus. Vorn die Politik, hinten die Geilheit.« Er gab der Gruppe ein Zeichen und betrat das spärlich beleuchtete Varieté.

Der Zuschauerraum war dicht besetzt, der rotsamtene Bühnenvorhang geschlossen und unbeleuchtet. Auf der linken Seite der Bühne standen einige Instrumente. Die Kapelle machte Pause. Aus gedämpftem Stimmengewirr drang vereinzelt Gelächter. Dichter Rauch hing über den Tischen. Es war stickig warm.

Der Inhaber steuerte einen runden Tisch an, der auf einer halbmeterhohen Empore im hinteren Teil des Raumes stand und an dem bereits zwei Männer und eine junge Frau in tief ausgeschnittenem Kleid saßen. Ein Kellner eilte devot heran, nahm dem Inhaber Mantel und Hut ab und entfernte sich mit einem Bückling.

»Hockens Ihnen zu uns her!« Der Besitzer winkte befehlend. Kajetan setzte sich. Er sah aus den Augenwinkeln, daß er mit einer Mischung aus Argwohn und Neugierde beobachtet wurde.

»An dem seiner Schneid nehmts euch ein Beispiel«, sagte der Besitzer gutgelaunt und ließ sich auf den Stuhl fallen. »Der hat den Messer und den Bierkugel ganz alleinig aufgemischt. Auch wenn mans ihm nicht ansieht.«

Die beiden Männer grüßten reserviert. Das dekolletierte Mädchen hob seine schweren Lider und wandte sich an Mia. »Echt wahr? Der? Das glaub ich nicht.«

»Dann läßt es halt bleiben, Gotti«, gab Mia spitz zurück.

»Dabei wissen wir noch nicht einmal, wie er heißt!« stellte der Inhaber fest.

Kajetan nannte seinen Namen.

Die Getränke wurden serviert. Der Besitzer hob das Glas. »Prost, Herr Kajetan! Wer dem Urban einen Gefallen tut, dem solls nicht schlecht gehen!« Er trank, setzte das Glas ab und strich über sein Menjou-Bärtchen. »Respekt, kann man da bloß sagen, Respekt! Woher hat er denn soviel Schmalz, daß er die zwei grimmigsten Schläger vom Kaiser niedermacht?«

Kajetan lächelte geschmeichelt. »Schmalz ist nicht alles.«

Fritz Urban hob anerkennend die Brauen. »Stimmt.« Er tippte sich an die Stirn. »Ein Hirn brauchts vor allem!« Er warf einen abschätzigen Blick auf einen der beiden Männer. »Gell, Kandl?«

Die Lippen im gelben und brauenlosen Gesicht des kleinen, stämmigen Mannes zuckten getroffen. Sein Blick duckte sich.

Gotti spitzte ihren Mund. »Was tuns denn sonst so, Herr Kajetan?« wollte sie wissen. Kajetan zögerte mit einer Antwort. »Unterschiedlich ...«

»Aha?« Sie senkte den Kopf und suchte seine Augen. Er wich verlegen aus.

»Also, im Moment, da bin ich, ehrlich gsagt, grad wieder auf der Suche nach einer Arbeit.«

»So ein tüchtigs Mannsbild wie Sie!« gurrte sie und beugte sich vor. »Das wird doch leicht was finden.« Kajetans Blick flüchtete in ihr Gesicht. Zweifelnd wiegte er den Kopf.

Mia hatte das Gespräch verfolgt. »Fragens doch den Fritz!« mischte sie sich mit leichtem Ärger in der Stimme ein. Noch bevor Kajetan antworten konnte, berührte sie Urban mit ihrer Schulter und näherte sich mit ihrem Mund dessen Ohr.

In diesem Augenblick setzte die aus einem Violinspieler, einem Pianisten und einem Kontrabassisten bestehende Kapelle ein. Vom Bühnenrand trat, mit pfauenhaften Bewegungen und von einem fahrig geführten Lichtkreis begleitet, ein Mann in dunklem Anzug vor das Publikum. Die Lautstärke der Gespräche nahm nur unmerklich ab.

»Hochverehrte Gäste, Mesdames, Messieurs! Ladies und Gentlemen! Wir setzen unser Programm fort! Sie sehen nun das lebende Bild ›Cleopatra und Antonius‹! Vorhang!« Durch den spärlichen Beifall drangen unverständliche, erwartungsfrohe Rufe und abschätzig klingendes Gelächter. Während der Conferencier abtrat, schwebte der Vorhang langsam zu den Seiten und gab einen abgedunkelten Bühnenraum frei. Die Musik änderte sich und wurde lauter. Ein arabisches Motiv erklang. Auf dem Hintergrund der kleinen Bühne glühte die Projektion einer ägyptischen Szene auf und umriß eine malerisch drapierte Gruppe leichtbekleideter Darsteller in bacchantischer Pose. Dann fiel ein Lichtkegel auf die beiden Figuren, die an der Spitze der angedeuteten Pyramide saßen. Das maskenhaft geschminkte Mädchen war bis auf einen um die Hüfte geschlungenen durchsichtigen Schleier nackt, den Mann umhüllte eine blaue Toga. Die Nackte erhob sich mit gezierter Feierlichkeit und begann zu tanzen.

An einem Tisch in der Nähe der Bühne entstand Unruhe. Mia hatte nicht zugesehen und leise mit Urban gesprochen. Der Inhaber schüttelte unwillig den Kopf.

»Geh!« wehrte er halblaut ab.

»Fritzi!« Sie spitzte den Mund und tat flehend.

»Hab ichs Geld grad aso? Der Herr da«, Urban zeigte auf Kajetan, »... der Herr da is was wert, nedwahr? Den kann ich gar nicht derzahlen!«

»Fritzi ...!« Sie berührte seine Schulter. »Eine ganze Nacht hams ihn eingesperrt!«

Urban maß sie zweifelnd. »Eingesperrt? Woher weißt das?«

»Es is geredet worden.«

Der Inhaber stellte sein Glas ab und beugte sich zu Kajetan. »Und wo? In der Zweier-Wach gar? Wegen was des?«

»Was meinst du denn, Fritzi? Weils halt gemeint haben, er gehört zu dir!«

Urban lehnte sich wieder zurück und sah Kajetan nachdenklich an. Mia stieß ihn sanft.

»Fritzi ...«, schmollte sie. »Und so was möcht mein Impresario sein?«

Fritz Urban schüttelte ärgerlich den Kopf. »Gib eine Ruh,

Mia.« Er hob das Glas gegen Kajetan und schlug ihm mit der anderen Hand gönnerhaft auf die Schulter. »Kopf hoch! Sie bringens schon noch zu was! Heut sinds auf jeden Fall mein Gast! Der Urban laßt sich ned lumpen!« Er führte das Glas an seinen Mund. Mia lehnte sich zurück.

Es war lauter geworden. Vom Bühnenrand drang Gelächter. Urban runzelte die Stirn. »Was ist denn das? Schoos? Kandl?« Er stellte das Glas ab. Die Angesprochenen folgten seinem Blick und hoben ratlos die Schultern.

Urban kniff die Augen zusammen.

»Was ist denn heut los?« zischte er ungehalten und zeigte zur Bühne. »Seit wann spielt denn die da die Cleopatra?« Herrisch hob Urban die Hand. »Gustl! Her da!«

Der Conferencier hastete durch die Tischgruppen und trat an den Tisch.

»Was soll das, Gustl? Magst mich ruinieren? Ist des wieder eine deiner künstlerischen Interpretationen? Das soll eine Cleopatra sein? Die Mary? Mit ihren Hühnerduttn? Da hat ja der Antonius mehr Holz vor der Hütten. Das ist doch keine Kultur ned! Die Leut wollen Brust, Gustl. Bretter kriegens beim Zimmerer. Eine Blamage ist das!«

Der Conferencier machte eine beschwichtigende Handbewegung, beugte sich zu Urban und flüsterte in dessen Ohr. Der Inhaber hörte ärgerlich zu.

»Abgeholt? Die Fürsorg schon wieder?« fuhr er auf. »Hast du epper...?«

»Was soll ich denn tun?« verteidigte sich der eingeschüchterte Gustl. »Die Weiber lügen ja allweil, wenn ich sie nach dem Alter frag.«

»Eine Blamage ist das«, wiederholte Urban, »schauns, da vorn! Die Leut lachen mich ja aus! Was ist des denn überhaupt für ein Haufen da vorne?«

»Eine Reisegruppe von Wien.«

»Und was krähen die grad aso?«

»Gemein ist des!« pflichtete Mia bei. Die beiden Männer und das Mädchen nickten.

Gustl hob die Schultern. »Weiß ned!«

Schoos erhob sich. »Soll ich denen beibringen, was sich bei uns gehört, Fritz?«

Urban überlegte. »Wart! Gustl, saufens denn gescheit?«

Der Conferencier nickte. »Allerdings.«

Das kreischende Gelächter an den Tischen vor der Bühne hatte zugenommen. Obwohl die Musikanten lauter spielten, konnten sie den Lärm nun nicht mehr übertönen. Ein Name wurde gerufen. Kajetan sah, daß die Tänzerin zu zittern begonnen hatte. Plötzlich schlug sie die Hände vor ihr Gesicht und lief aufschluchzend von der Bühne. Gustl eilte entsetzt nach vorne. »Vorhang!« schrie er mit sich überschlagender Stimme.

Urban machte eine Handbewegung zu Schoos, der sich daraufhin wieder auf seinen Stuhl zurückfallen ließ. Er stand auf und ging gemessenen Schrittes nach vorne.

»Meine Herrschaften, ich darf Sie drauf aufmerksam machen, daß Sie sich hier nicht in einem Ottakringer Stehbeisl befinden. Wenn Sie für Kultur kein Verständnis haben, ist das Ihre Sache. Aber in meinem Lokal wird sich anständig benommen.«

Die Sitzenden starrten ihn verblüfft an. Das Gelächter war in ein verdrücktes Prusten übergegangen. Einer der Gäste drehte seinen Kopf im wulstigen Hals. Er wischte sich die Lachtränen aus den Augen.

»Nichts für ungut«, gluckste er. »Sie sind der Inhaber, hab ich recht?«

Urban nickte streng.

»Nichts für ungut, Herr Inhaber, aber …«, er kicherte wieder, »… das dürfens uns nicht übelnehmen. Die da ihr mageres Gerüst hin und her geschmissen hat, das war nämlich die Walli Turek aus dem Siebzehnten! Verstehens?«

»Nein!«

»Aus dem siebzehnten Bezirk in Wien kommt sie, die Cleopatra!«

»Das Fräulein Mary ist aus Wien gebürtig, stimmt«, gab Urban zu.

»Mary!« kreischte ein anderer außer sich. »Mary heißts!! Die Walli!«

Der Dicke faßte Urban am Saum. »Eben! Aus Wien! Da sind wir auch her! Was glaubens, von was der ganze Siebzehnte seit Wochen nur noch redet, seit per Zufall bekannt geworden ist, wo dem blahden Turek sein feins Töchterl blieben ist? Und da, hihi, ham wir uns gsagt, das müssen wir uns anschauen...«

Urban begann zu verstehen.

»...sinds uns ned bös, Herr Inhaber! Die Wiedersehensfreud lassen wir uns auch was kosten.« Der Dicke hob die Stimme. »Herr Ober! Bitte sehr!«

Schmunzelnd hatte sich Urban wieder zurückgezogen und an seinem Tisch Platz genommen. Er beobachtete, wie der Conferencier das Publikum um einen Moment Geduld bat. Die nächste Attraktion sei bereits in Vorbereitung.

»Ich weiß ned, ob ich den altmodischen Käs nicht sein lassen sollt«, grübelte Urban, »lebende Bilder! Ich habs ja bloß, weil ichs nicht übers Herz bring, den Gustl nauszuhauen. Wo gibts denn das fade Zeugs noch? Nirgendwo. Gut, eine andere Möglichkeit, eine Nackerte auszustellen, hast heutzutag nicht. Trotzdem. Was meinen Sie, Herr..., Herrschaft, jetzt hab ich seinen Namen schon wieder vergessen!«

»Kajetan. Langsam wirst alt, Fritzi.« Mia verdrehte die Augen. Urban beachtete sie nicht.

»Was meinens, ob ich mir nicht einmal eine von den neuen Kapellen da holen sollt, die da diese amerikanische Musi spielen? Wie heißts gleich wieder?«

»Jazz, Fritz, meinst?«

»Genau, Mia. Eine Jazz-Kappelln mein ich.«

»Ist doch bloß eine Mod, Fritz«, warf Kandl abschätzig ein.

»Hab ich dich gefragt oder den Herrn Kajetan?«

»Da wirst in ganz München keinen finden, der wo sich das freiwillig anhört!«

»Ich hab dich allerweil noch nicht gefragt, Kandl«, sagte Urban scharf. »Ich möchte nämlich nicht deine Meinung hören, sondern die von einem intelligenten Menschen. Also, was meinens, Herr Kajetan?«

»Ich selber bin da eher ein Altmodischer«, gab Kajetan zögernd zu, »aber was Neues ist halt erst einmal was Neues.« Er hatte das Gefühl, etwas unendlich Dummes gesagt zu haben. Doch Urban schien anderer Meinung zu sein. Er lehnte sich zufrieden zurück.

»Genauso ist es!« sagte er anerkennend. »Sie sind nicht blöd.«

»Ha?« Kandl verstand nicht. Urban stöhnte gespielt auf.

»Das Gesetz der Moderne, mein lieber Kandl! Der Herr Kajetan hat grad in einem Satz das Gesetz der Moderne erzählt.«

»Gsetzer? Das Wort kennt der gar nicht«, lachte Schoos und steckte die anderen damit an. »Prost beieinander!«

Auch Mia hob das Glas. Sie wandte den Kopf leicht zu Kajetan und sah ihn durch das Weinglas an. Er wurde ruhig.

»Singens heut noch, Fräu'n Mia?« erkundigte er sich.

Sie schüttelte den Kopf. »Bloß am Freitag.«

»Schad.«

»Gefallts Ihnen eigentlich da herinnen?«

Kajetan nickte zögernd.

»Nicht?« Sie musterte ihn mit einem raschen, argwöhnischen Blick. »Ist Ihnen nicht fein genug, gell? Sinds vielleicht was Besseres?«

»Was Be...« Kajetan war verdattert. Sie unterbrach ihn.

»Sie brauchen sich gar nichts einzubilden!«

»Aber ich...«

»Sei nicht so ekelhaft, Mia«, verteidigte ihn Gotti, die das Gespräch verfolgt hatte. »Er ist wahrscheinlich eher ein Gschamiger. Kann nicht jeder so einen geschliffenen Schnabel haben wie du.«

»Wenn einer ein Gschamiger ist, heißt das noch lang nicht, daß er sich nichts einbildet«, erwiderte Mia spitz.

»Aber ich bild mir nichts ein«, protestierte Kajetan dünn.

Sie sah ihn prüfend an. Dann lächelte sie. »Lügens mich nicht an. Gebens ruhig zu, daß es nicht das Ihrige ist da herinnen. – Schad. Und schad auch, daß der Fritz Ihnen nicht helfen will.«

»Das brauchts doch auch nicht.«

»Ich frag ihn noch einmal!« sagte sie entschlossen.

»Nein!« Kajetan schüttelte bestimmt den Kopf. »Das möcht ich nicht, daß Sie...«

»Wies meinen. Sie ham ihren Stolz, stimmts?«

Er lächelte unbeholfen.

»Wer ihn sich leisten kann...« Es hätte scherzhaft klingen sollen.

»Hams recht.« Sie betrachtete ihn wissend. Ihr Blick wurde dunkel.

»Sagts«, rief Urban mit launischer Ungeduld, »wo bleibt denn eigentlich der Peter? Was glaubts ihr, warum ich herkomm? Wegen dem Gustl seine lebenden Kunstwerke vielleicht?«

»Der Peter ist schon dagewesen«, erklärte Schoos.

»Ihr seid mir vielleicht Deppen!« brauste Urban auf. »Das erfahr ich erst jetzt? Und? Hat er nichts gesagt? Kommt er noch mal?«

»Glaub nicht. Aber er laßt ausrichten ...«, Schoos bemerkte Kajetans fragenden Blick, »...daß er wieder ein paar Kartoffeln und einen Bordeaux hätt.«

»Einen Bordeaux? Bloß einen?«

Schoos nickte grinsend.

»Na ja«, wiegte Urban den Kopf, »ist auch recht. Weiß eh bald nimmer, wohin damit. Langsam wirds eng.« Er nahm wieder einen Schluck. »Hat er noch was gesagt?«

»Du solltest deinen Keller endlich ausräumen, hat er gemeint.«

»Wann?«

»Sagt er dir noch. In zwei Wochen, vielleicht schon eher.«

Urban überlegte. »In zwei Wochen erst? Na, von mir aus.« Zufrieden griff er nach seinem Glas und trank. »Gehns, Herr ... jetzt hab ich Ihren Namen schon wieder nimmer parat ...«

»Kajetan.«

»Herr Kajetan – Sie haben ja gar nichts mehr zum Trinken.«

Kajetan hob abwehrend die Hand.

»Gehns weiter! Sie sind mir ja billig gekommen.«

»Ich bin saumüd«, bekannte Kajetan und erhob sich. Mia sah auf. Urban nickte ihm abwesend zu. Plötzlich schien ihm ein Gedanke gekommen zu sein.

»Wartens ... hockens Ihnen noch mal her«, befahl er. Kajetan gehorchte erstaunt. Urban senkte seine Stimme.

»Gehns, sagens mir doch den Vornamen, da redt sichs leichter! Ich wär der Fritz. – Paul? – Also, Paul, vielleicht könnt ich dich doch brauchen. Hast Zeit die Tag?«

»Glaub schon«, antwortete Kajetan zögernd. Urban sah sich mit einer leichten Kopfbewegung um und beugte sich näher. »Grad ist mir eingefallen: Ich könnt durchaus jemanden brauchen, der nicht ganz aufs Hirn gefallen ist ...«

Er wurde abgelenkt. »Was willst denn du?« fuhr er die ärmlich gekleidete Alte an, die an den Tisch gekommen war. »Wer hat dich denn überhaupt reingelassen?«

»Eine milde Gab für die Armen, bittschön, die Herrschaften.« Eine brüchige Stimme drang unter dem Schatten eines tief über die Stirn gezogenen Kopftuches hervor. Zwischen Urbans Augenbrauen bildete sich eine Falte.

»Gib ihr was«, sagte Mia schnell.

»Des ist nicht die Volksküchen da herinn!« brummte Urban ärgerlich.

»Fritzi . . .!«

»Na gut. Weils Glück bringt.« Er griff unter sein Revers, zog seinen Geldbeutel und drückte ihr gönnerhaft eine Münze in die Hand. »Da, Mutterl.« Er schüttelte in gespielter Verzweiflung den Kopf. »Jetzt werd ich auch noch zum Kommunisten. Mir bleibt ja gar nichts erspart. Hoffentlich hats keiner gesehen.«

»Vergelts Gott«, flüsterte die Alte und bückte sich unterwürfig. Für einen Moment hatte Urban den Eindruck, sie irgendwo schon einmal gesehen zu haben.

Er winkte. »Kandl! Brings in die Küch und laß ihr eine Suppen geben. Aber dann soll sie sich schleichen. Und sorg dafür, daß besser aufpaßt wird.«

24

Der Varieté-Besitzer schien es sich anders überlegt zu haben. Zwei Wochen waren bereits vergangen, ohne daß er von sich hören hatte lassen.

Kajetan fühlte sich krank. Eine eigenartige Lähmung hatte ihn erfaßt. Erstaunt hatte er festgestellt, daß ihn die wiederholten Ablehnungen nicht mehr berührten. Er hatte jedoch den Eindruck, als wären diese von Mal zu Mal mit wachsender Unhöflichkeit ausgesprochen worden, fast, als hätte er sich in der betreffenden Firma schon des öfteren vorgestellt. Er gewöhnte sich daran, sich am frühen Morgen in die Schlange der Arbeitssuchenden vor der Städtischen Vermittlung einzureihen und sich, wenn hin und wieder ein offener Lastwagen anhielt und Hilfsarbeiter für den Markt gebraucht wurden, für ein paar Pfennige zu verdingen. Was er dabei verdiente, würde jedoch nicht mehr für die Miete reichen. In zwei Wochen würde ihn Brettschneider vor die Tür setzen; er würde sich im Asyl anmelden oder im Freien übernachten.

Noch einmal wollte er den Versuch machen, eine Anstellung zu erhalten. In der »Münchner Zeitung« hatte er die Annonce einer neuen Detektei entdeckt, deren Büro sich in der Nähe des Zentralbahnhofs befand. Doch kaum hatte er dort sein Anliegen vorgebracht, war er vor die Tür komplimentiert worden. Beim Hinausgehen aber entdeckte er das Schild eines zweiten Auskunftsbüros. Man ließ ihn ein und bat ihn in ein nobel eingerichtetes Büro.

»Sie werden von uns auch keine Annonce finden«, klärte ihn ein junger Mann mit blasiertem Lächeln auf, »unser Büro besteht erst seit kurzem. Außerdem haben wir es nicht nötig, Kunden von der Straße anzuwerben. Wir sind aber immer an Mitarbeitern interessiert. Da ist natürlich nicht unbedeutend, welche Referenzen sie vorzuweisen haben.«

»Hochinteressant«, sagte der Agent, nachdem Kajetan davon erzählt hatte, daß er Polizeibeamter gewesen sei. »Das ist natürlich eine ausgezeichnete Referenz. Aber warum, wenn ich fragen darf, haben Sie den Dienst quittiert?«

»Eh...« Kajetan räusperte sich, »Differenzen, ich...«

»Welcher Art?«

Hatte sich die herablassende Höflichkeit des jungen Mannes geändert? Sein Interesse schien ehrlich zu sein. »Nun?«

»Eine lange Geschichte«, wand sich Kajetan.

»Ich kenne keine, die man nicht in fünf Sätzen erzählen könnte. Also? Welcherart waren die Differenzen?«

»Ich... ich habe den Dienst nicht quittiert, ich bin...«

»Entlassen worden.«

Kajetan nickte erleichtert.

»Jawohl.«

»Unehrenhaft?«

Kajetan wiederholte bestätigend. Erneut fühlte er sich unwohl. Der Blick des jungen Mannes ruhte kalt auf ihm.

»Nun ja«, der Agent faltete die Hände, »da wäre dann von Bedeutung, weshalb, nicht wahr? Sie können offen sprechen. Ich bin zwar nicht der Inhaber, aber ich werde unserem Vorgesetzten Bericht erstatten. – Ja?!«

Es hatte geklopft. Ein junger Mann stand im Türrahmen. »Herr Leutnant ...«

»Was ist?!« Gereizt wandte sich Kajetans Gesprächspartner um. »Was ist? Sie sehen doch«, bellte er, »daß ich im Gespräch bin. Ich komme sofort!«

Der Besucher schloß die Tür hinter sich.

Überrascht hatte Kajetan die Szene verfolgt. Eine Auskunftei, in der sich die Angestellten mit militärischen Rängen ansprachen? Er sah sich um. Das Büro war neu eingerichtet, das Mobiliar wirkte teuer. An den Wänden hingen Portraits soldatisch dreinblickender Männer, aber auch die Grafik eines eigenartig verzweigten Baumes. Kajetan hatte begriffen, als ihn die Stimme des jungen Mannes aus seinen Gedanken riß.

»Sie kennen die Darstellung?«

»Kommt mir bekannt vor.«

Der junge Mann lächelte wissend. »Es ist die Weltesche. – Doch zurück zu Ihnen. Wieso hat man Sie entlassen? Sie sehen nicht wie ein Verbrecher aus. Also nehme ich an, daß Sie aus politischen Gründen gehen mußten. In unseren Tagen kann dies, muß dies aber keine Schande sein. Viele ehrenhafte Beamte wurden in den letzten Monaten entlassen, weil sie nichts anderes taten, als sich für ihr Vaterland ...«

Kajetan ließ ihn nicht ausreden, stand auf und schloß seinen Mantel.

»Ich weiß«, sagte er nüchtern, »weil sie sich beim Putschversuch im vergangenen Jahr zu frühzeitig auf die Seite der Hitlerischen gestellt haben.«

Das Lächeln des jungen Agenten gefror.

»Habe ich das gesagt?«

»Natürlich nicht. Aber ich täusche mich vermutlich nicht, wenn ich vermute, daß das hier keine Auskunftei ist.«

»Sondern was? Etwa eines der geheimnisvollen Tarnbüros der verbotenen Nationalsozialistischen Partei? Sie sollten weniger in der von der Linken verseuchten Presse lesen. Machen Sie sich also nicht lächerlich.«

»Eben. Das werde ich auch nicht tun, Herr Leutnant«, sagte Kajetan und verließ grußlos das Büro.

Nachdem seine Enttäuschung verraucht war, meldete sich der Hunger wieder. Er kramte vergeblich in seiner Tasche.

An der Tür des Klosters beim südlichen Friedhof verwies man ihn darauf, daß die Mittagsspeisung längst zu Ende sei und er morgen wiederkommen könne. Wo käme man hin, wenn man Ausnahmen machen würde.

Kajetans Magen krampfte sich. Er lief mit schnellen Schritten zu seiner Kammer und wühlte in abgelegten Kleidungsstücken nach vergessenen Münzen. Nichts. Plötzlich hatte er eine Idee. Er zog seinen Koffer unter dem Bett hervor, umband ihn mit einer Kordel und verließ das Haus.

Bald hatte er die Isarbrücke erreicht. Er überquerte sie, stieg einige Meter den Gasteigberg hinan und blieb vor einer kleinen, sich geduckt unter die oberen Geschosse des alten Hauses drängenden Gastwirtschaft stehen. Er zögerte einen Augenblick und sah nachdenklich in den bewölkten Himmel. Dann betrat er entschlossen die übelriechende, von Rauch dunkel gebeizte Gaststätte und setzte sich an einen Tisch in der Nähe der Schanktheke.

Der Raum war fast leer. In seinem hinteren Teil saßen einige Männer, deren Gesicht im Dämmerlicht nicht zu erkennen war.

Eine großgewachsene Frau, deren Alter irgendwo zwischen fünfzig und sechzig Jahren liegen mochte, kam an Kajetans

Tisch und wischte sich die Hände an der Schürze. Sie warf einen Blick auf seinen Koffer.

»Stadelheim?«

Kajetan nickte arm. Sie verschwand und kam nach wenigen Minuten mit einem Teller dampfender Suppe zurück. Sie roch köstlich. Kajetan lächelte dankbar und griff gierig nach dem Löffel. Er hatte ihn noch nicht zum Mund geführt, als er gestört wurde.

»Ja! Da schau her!« krächzte es aus dem Dunkel.

Kajetan sah ahnungsvoll auf. Der Mann, dem diese Stimme gehörte, wankte mit höhnischem Grinsen auf ihn zu und stützte sich vor ihm auf den Tisch.

»Der Herr Inspektor! Samma entlassen, ha? Herr Inspektor! Haha! Kennens mich nimmer?«

»Laß mich in Ruh«, entgegnete Kajetan müde. »Ich bin kein...«

»Jetzt kennt er mich nimmer, der Herr Inspektor! Allerweil stolz, ha? Ich bins! Der Hölzl, den wo Er damals angezeigt hat!«

Die Wirtin hatte aufgehorcht und kam argwöhnisch näher.

»Was sagst, alter Saufbruder? Einen Inspektor nennst du den?« Sie musterte Kajetan mit einem mißtrauischen Blick.

»Stimmt gar nicht«, sagte Kajetan hilflos. Noch immer hielt er den Suppenlöffel in der Hand.

»Der Herr Inspektor! Hahaha! Ha?« kreischte Hölzl außer sich vor Vergnügen und schlug auf den Tisch. Die Wirtin baute sich vor Kajetan auf. »Was is? Bist entlassen worden oder ned?« fragte sie drohend.

Kajetan nickte gepeinigt.

»Und von wo?« dröhnte sie plötzlich. »Tu einmal den Schein raus!«

»Den... den hab ich nicht...«

»Des ist doch selber ein Wachtel!« schrie Hölzl höhnisch. »Des is der Inschpekta Kajetan! Der wo mi seinerzeit angezeigt hat! Aber...«, er schlug sich stolz auf die Brust, »...er hat ihn ned erwischt, den Hölzl!« Die Wirtin sandte einen scharfen Blick zu Hölzl, dann zu Kajetan.

»Ah so ist des«, sagte sie nüchtern, wand ihm den Löffel aus der Hand und zog den Teller vom Tisch.

»Ausse«, sagte sie knapp, und Kajetan hörte am Klang ihrer Stimme, daß er keine Sekunde mehr vertrödeln durfte. Die anderen Besucher hatten sich bereits erhoben. Er floh rumpelnd und stürzte in den Wolkenbruch, der kurz zuvor begonnen hatte.

Seine Laune besserte sich erst, als ihm Brettschneider mit sonderbarem Gesichtsausdruck einen Briefumschlag übergab, den ein Bote, »in einem nagelneuen ›Selve‹«, wie der Pensionsbesitzer anerkennend hinzufügte, abgeliefert hatte.

Kajetan werde gebraucht, stand geschrieben, man erwarte ihn übermorgen um sechs Uhr abends in Urbans Büro über dem Varieté.

25

Es kam selten vor, daß der Leiter des Ödstädter Zuchthauses zusätzliche Kontrollgänge anordnete. Das Los, den Gefangenen in Zelle Achtzehn ein weiteres Mal aufzusuchen, war auf Bletz gefallen. Mürrisch hatte der Aufseher sich gefügt und um Mitternacht den Wachraum verlassen – nicht ohne zu bemerken, daß er dem Gefangenen, der dem Anstaltsgeistlichen gegenüber Selbstmordabsichten geäußert haben sollte, keine Träne nachweinen würde, wenn dessen Absicht gelänge.

Eine geraume Zeit war seither vergangen. Aufseher Wimmer mischte das zweite Spiel.

»Sollen wir auf den Bletz warten?« Er sah zur Uhr. »Heute scheint er's ja besonders akkurat zu nehmen.«

Feichtl war seinem Blick gefolgt. Er überlegte.

»Hast recht. Aber wenn was gewesen wär mit dem auf Achtzehn, hätt er uns längst gerufen.«

Wimmer kam nicht mehr dazu, eine Antwort zu geben. Das Licht erlosch. Im selben Augenblick erschütterte eine Detonation das Gebäude. Die beiden Aufseher, die nach einer Sekunde der Erstarrung aufgesprungen waren, suchten den Ausgang, stolperten über die umgefallenen Stühle und fielen zu Boden. Wimmer winselte in hysterischem Diskant. Aus dem Zellentrakt drang Gebrüll.

»Es muß drüben sein!« keuchte Feichtl. »Wo ist die Lampe? Kruzifix noch einmal! Wimmer!«

Die Feuersirene heulte auf. Der Brandgeruch verstärkte sich. Rosafarbener Schein erhellte nun das Wärterzimmer. Feichtl tappte nach der Tür und riß sie auf. Erleichtert sah er, daß sich auf dem Flur schwankende Lichter näherten. Der Rauch nahm zu.

»Da her!« brüllte Feichtl. Er spürte, wie er von hinten angestoßen wurde. Ein Uniformierter rannte taumelnd an ihm vorbei.

»Bletz!« schrie Feichtl und hustete bellend. »Was is geschehen? – Bletz?!«

Feichtl lief zurück, packte den panisch um sich schlagenden Wimmer und riß ihn aus dem Zimmer, den Lampenträgern entgegen.

Während die Mannschaft des zweiten Trakts bereits damit begonnen hatte, die Feuerspritze aus dem Kellerdepot zu zerren, und fieberhaft versuchte, ihr Ende am Löschhydranten zu befestigen, taumelte einer der Beamten in blinder Panik zur Pforte. Sein Gesicht war rauchgeschwärzt. Röhrend rang er nach Atem.

»Die Stadtfeuerwehr!« schrie er auf den entsetzten Pförtner ein. »... Alles brennt ... Ich muß die Stadtfeuerwehr holen ... Schnell!«

Zitternd öffnete der Beamte das Tor.

Noch immer heulte die Sirene. Von fern waren bereits die Feuerglocken der Ödstädter Pfarrkirche zu hören.

26

In der Abenddämmerung hatte der Buick die Stadtgrenze Münchens bereits hinter sich gelassen. Je weiter sie sich von ihr entfernten, desto schwächer wurde der Regen. Selten begegnete ihnen auf der nach Osten führenden Chaussee ein Wagen. Es war dunkel geworden. Die Nacht war sternenklar. Neben Kandl, der den Wagen steuerte, saß Schoos und zog an seiner Orient.

»Schoos, wennst mir mit deiner Zigaretten ein Loch in den Sitz brennst, schmier ich dir eine«, drohte Urban launig. Er hatte mit Kajetan auf dem Rücksitz Platz genommen.

Der Beifahrer brummte eine unverständliche Antwort und wechselte einen Blick mit dem Fahrer.

»Schauts«, sagte Urban und wies nach draußen, »je weiter wir hinausfahren, desto weniger Wolken hats. Ich sollt mir doch ein Häusl da heraußen zulegen.«

»Und ein Bauer werden, was, Fritz?« sagte Schoos spöttisch.

»Lach nicht«, antwortete Urban, »manchmal überleg ichs mir sogar ...«

Kandl streifte ihn mit einem ungläubigen Blick.

»Schau auf die Straß, Aff!«

»So redet bloß einer, der das Bauernleben nicht kennt«, sagte Kandl nüchtern.

»Magst recht haben«, gab Urban zu. »Aber manchmal träumt man halt. Was wär das Leben, wenn man nichts mehr zum Träumen hätt? Ich weiß schon, daß dem Urban keiner zutraut, daß er auch eine schöne Seel haben kann.«

Die beiden Männer auf den Vordersitzen lachten leise. Kandl wechselte den Gang. Sie hatten das Hügelland erreicht. Urban neigte sich zu Kajetan, ohne ihn anzusehen.

»Also, Paul, hast du es noch im Kopf, was ich dir gesagt hab? Wir halten im Wald oberhalb des Klosters. Du gehst zur Pforte, verlangst den Pater Wolfgang und sagst dem ... was?«

»Habs mir gemerkt, Fritz.«

»Du sagst was, Paul?« wiederholte Urban ungerührt.

»Ich hol den Schlüssel ...«

»Nein! Du sagst, Paul: ›Gelobt sei Jesus Christus. Die Mäus sind im Dachstuhl.‹ Er wird dir antworten: ›Dann holst dir die Katz.‹ Drauf sagst du: ›Die fangt nimmer.‹ Hast mich verstanden?«

Kajetan versuchte, sich seine Verärgerung über Urbans belehrenden Ton nicht anmerken zu lassen. »Hab ich. Aber wozu brauchts denn den ganzen Zinnober? Du hast doch gesagt, es tät um eine ganz normale geschäftliche Transaktion gehen.«

»Eine heutzutag völlig normale hab ich gesagt, Paul.«

»Und zu was brauchts dann das Indianerspielen?«

»Der kann vielleicht fragen.« Kandl schüttelte seinen dünnen Schopf.

»Du paß auf die Straß auf! – Wozu wohl, Paul?« fragte Urban geduldig. »Denk nach.«

»Wohl, weil keiner wissen soll, daß der Bierkeller vom Kloster dein Lager ist?«

»Erraten. Vom Versailler Vertrag hast schon mal was gehört? Und davon, daß es Handelsbeschränkungen für eine ganze Reih von reichsdeutschen Erzeugnissen gibt?«

Er würde ja gelegentlich Zeitung lesen, erwiderte Kajetan.

»Und du meinst tatsächlich, daß sich da irgendwer dran hält?« bemerkte Urban herablassend. »Aber wirklich nicht! Das wird genausowenig eingehalten wie fast alles, was in dem Vertrag steht. Weder von den unseren, noch von den Franzosen, den Österreichern und den Engländern. Aber trotzdem darf keiner draufkommen, wenn mans tut. Kapierst endlich?«

Kajetan nickte zögernd.

»So? Dann bist gescheiter als ich. Ich kapiers nämlich nicht. Aber es ist mir auch wurscht.«

Schoos beugte sich zur Seite und grinste boshaft. »Paß auf, Paul. Das mag er gar nicht, wenn einer gescheiter ist als er.«

»Schauts auf die Straß, ihr da vorne! Wir haben nicht mehr lang hin!«

»War ein Gspaß, Fritz.«

»Wissen wir schon, daß du ein Komiker bist, Schoos.«

Urban lehnte sich zurück. Er sah aus dem Fenster und befingerte sein Bärtchen. Kajetan sah ihn aus den Augenwinkeln an.

»Und, ah, was ist es eigentlich, was heut verkauft werden soll?«

»Tss.« Urban atmete hörbar aus. »Rat einmal.«

Kajetan zuckte mit den Schultern. »Weiß nicht. Ich hab dich bloß neulich von Kartoffeln und von Wein reden hören.«

Urban lachte lauthals auf. »Kartoffeln und Bordeaux, meinst? Da hast richtig gehört. Habts gehört, was er gesagt hat? Schoos? Kandl?«

Kajetan war verärgert. »Was wär jetzt dran so lustig?« fragte er gereizt. Urban legte ihm seine Hand auf den Oberschenkel.

»Jetzt horch einmal zu, Paul! Ich hab dich engagiert, damit du mir zur Hand gehst. Und nicht dafür, daß du mir ein Loch in den Bauch fragst. Das geht dich alles nichts an. Schluß mit der Fragerei. Wenn dir des nicht paßt, kannst gern aussteigen.« Er kniff plötzlich die Augen zusammen. »Kandl! Obacht!«

Der Fahrer trat auf die Bremse. Er sah nach hinten. »Ist es da?«

Urban bejahte und lotste den Fahrer auf einen Waldweg. »Halt an, Schoos. Licht aus.«

Er faßte an Pauls Schulter. »Siehst die Lichter da vorne? Die gehören zum Kloster. Geh, und vergiß den Spruch nicht! Wenn du ohne den Schlüssel zurückkommst, werd ich grantig.«

Kajetan stieg aus. Nach wenigen Schritten hatte er die grau schimmernde Piste erreicht. In der Ferne schlug ein Hund an. Noch verbarg sich der Mond unter den schwarzen Hügeln.

Nach einigen hundert Metern stand er im Lichtkegel der Pfortenlampe und schlug an das Tor. Ein alter, vollbärtiger Mönch öffnete nach einer Weile die Sichtklappe des mächtigen Tores. Kajetan bat, Pater Wolfgang zu holen. Er müsse mit ihm sprechen. Die Klappe schloß sich, die Schritte des Alten entfernten sich. Wieder vergingen einige Minuten, bis der Riegel zurückgeschoben wurde.

»Gelobt sei Jesus Christus, mein Sohn. Was willst du?« Ein rundes, vollbärtiges Gesicht hatte sich aus dem Spalt zwischen beiden Torflügeln geschoben, sah ihn erwartungsvoll an und atmetete in kurzen, asthmatischen Stößen, als Kajetan seinen Text vortrug. Der Mönch bestätigte den Code, senkte die Stimme und sah um sich.

»Ich komm gleich«, flüsterte er und verschwand wieder hinter dem Tor. Kurz danach kehrte er zurück und übergab Kajetan einen schweren Schlüssel. »Aber kein Aufsehen!« warnte er keuchend, »und schickens Ihnen!«

»Gut gemacht, Paul«, sagte Urban zufrieden und wog den Schlüssel in der Hand. Er wies Kandl an, wieder auf die Straße zurückzukehren; sie fuhren eine Senke hinab. Vor ihnen lag das Inntal. Der Mond hatte begonnen, sich aus dem buckligen Horizont zu befreien.

Auf der Höhe des Klosters bogen sie in einen Feldweg ein und hielten neben einer Hecke an. Kandl machte den Motor aus.

»Also, Manner, alles wie ausgemacht!« flüsterte Urban. Er wies mit dem Zeigefinger auf einen Baum.

»Es ist alles nur für den Fall, daß die anderen eine krumme Sach probieren! Horchts zu: Der Paul versteckt sich hinter der Linde da vorn. Siehst du sie, Paul? Von da aus hast du die alte Innlände im Aug. Der Kandl bleibt beim Wagen, und du, Schoos, gehst mit mir zum Keller. Der Posch wird schon da sein. Erst zeigt er uns, daß er nicht bewaffnet ist. Dann, daß er das Geld dabeihat.«

»Und wenn ers nicht hat?« wollte Kandl wissen. Seine weiße Stirn schimmerte feucht.

»Dann weinen wir und fahren wieder heim!« fuhr ihn Urban ungeduldig an. »Er hat es, verlaß dich drauf! – Hörts jetzt weiter zu: Wichtiger ist, was hernach passiert, wenn ich mit dem Posch im Keller bin. Ausgemacht war, daß der Posch bei der alten Furt übersetzt und das Zeug vom Keller mit drei von seinen Leuten auf einen Karren lädt. Und jetzt...« er hob den Finger »...kommts drauf an! Der Schoos bleibt im vorderen Keller stehen, derweil ich mit dem Posch in den hinteren geh und die geschäftlichen Sachen erledig. Sobald der Paul draußen sieht, daß von der Innseite mehr als drei Leute – hast gehört, Paul? Mehr als drei! – auftauchen, rennt er sofort zum Kandl! Verstanden, Paul?«

»Ja. Und dann?«

Urban zog ein Stoffbündel unter dem Sitz hervor und schlug das Tuch zurück, unter dem zwei chromglänzende FN 1900 blinkten. »...nimmt sich jeder eine Pistole. Dann schleichts ihr euch, so schnell ihr könnt, von zwei Seiten durchs Feld an den Keller. Sobald die von der Lände dann in den Keller gehen wollen, heißts: ›Händ in d' Höh!‹ Der Paul paßt auf, daß sich keiner rührt, der andere geht zu mir in den Keller. Alles klar? Paul? Was stierst mich so an?« Er schlug das Tuch wieder zu und schob die Waffen in das Versteck zurück.

Kajetan stotterte leicht. »Von ... von Pistolen war aber nie die Red, Fritz.«

»Des gibts doch nicht!« zischte Urban. »Natürlich war davon nicht die Rede, du Depp! Hörst nicht, was ich sag? Es ist nur für den Fall, daß uns einer aufs Kreuz legen will. Aber von mir aus kannst ja auch deinen Finger nehmen, wenn du über den Haufen geschossen werden willst.«

»Die sind bewaffnet?«

»Nein. Die schmeißen mit Roßbollen! Herrgottnochmal! Also weiter: Der Kandl geht zu mir in den Keller.«

»Und dann?« Schoos war skeptisch.

»Na was? Dann wird uns der Posch das Geld geben müssen, ohne daß er was dafür kriegt. Wär mir eigentlich am liebsten. Also – auf jetzt, Paul. Schoos, komm mit. Wir gehen.« Urban verließ den Wagen. Auch die anderen stiegen aus.

Im Mondlicht schimmerte, hinter einer Gruppe hoher, alter Kastanien, das Gemäuer eines kleinen zweistöckigen Gebäudes. Der Bierkeller des Klosters lag an einer Schwemmböschung des Inn. Das Gewölbe war vom Erdgeschoß des Hauses in den Hang getrieben worden.

Kajetan, der schon seinen Beobachtungsposten eingenommen hatte, sah Urban und Schoos über der Hangkante verschwinden und kurz vor dem Haus wieder auftauchen.

Eine Gestalt löste sich aus dem Schatten des Gebäudes und bewegte sich auf die beiden Ankömmlinge zu. Wortfetzen flogen herüber; eine kurze Begrüßung schien stattzufinden. Die drei Männer verschwanden wieder im Dunkel der Bäume.

Ein feuchtwarmer Luftzug kräuselte das niedrige Gras. Auf der anderen Seite des Flusses mußte sich Altwasser befinden; Frösche gaben ein fernes Konzert.

Kajetan starrte auf die Schotterstraße, die, vom Kloster kommend, zur alten Fährlände führte. Nichts bewegte sich. Auch aus dem Gebäude drang kein Laut. Er fühlte sich unwohl. Plötzlich fühlte er einen heißen Stich unter seinem

Haaransatz. Er patschte ärgerlich danach. Erst jetzt hörte er, daß die Luft vom feinen Summen der Schnaken erfüllt war.

Er duckte sich tiefer. Was geschah im Keller?

Ein Ast knackte. Leise schwirrte ein Nachtvogel über ihn hinweg und verlor sich in der Finsternis.

27

Eine Ölfackel beleuchtete den Keller. Leutnant Posch hatte einige der Kisten geöffnet, die in Ölpapier gewickelten Gewehre entnommen und geprüft. Er nickte zufrieden.

»Der Preis gefällt der Österreichischen Heimwehr zwar nicht unbedingt, aber...«

»Posch, ich bitt Ihnen«, sagte Urban milde, »Sie werden doch jetzt nicht damit anfangen.«

»Gar kein Bewegen? Zu was brauchts ihr im Reich denn das Zeug noch? Euer Führer sitzt auf Festung, die Partei ist verboten, und es schaut nicht so aus, als ob die nach der Gaudi bei der Feldherrnhalle jemals wieder auf die Füß kommt. Aber bei uns in Österreich, da schaut das anders aus. Da fällt die Bewegung nicht gleich zusammen, wenns mit der Wirtschaft ein bisserl aufwärtsgeht. Wir haben noch Ideale!«

»Freut uns.« Urban verzog seinen Mund. »Aber ausgemacht ist ausgemacht.«

Der Offizier tat einen Schritt auf Urban zu.

»Was wollt ihr denn noch mit den Waffen, die ihr für den Marsch auf Berlin gesammelt habt? Die verrosten euch doch! Dann hat doch keiner mehr was davon. Wer braucht die denn noch? Sag? Die in Ungarn drunt vielleicht?«

»Vielleicht. Da hab aber keine Sorg.« Urbans Stimme klang kühl. Er zeigte auf die Kisten. »Posch – da ist die Ware. Ich krieg achtzigtausend. Wie ausgemacht. Entweder zahlens, oder wir lassen es in Zukunft bleiben.«

Der Offizier lenkte ein. Er griff in die Innentasche seiner Jacke und zog ein Bündel Banknoten heraus. »Zählens nach.«

Urban war schnell damit fertig. Er steckte das Bündel ein. »In Ordnung. Und?«

»Was und?«

»Wie schauts jetzt mit der Provision aus?«

»Haha! Immer gut aufgelegt, der Herr Urban, was?«

»Was mit der Provision ist, hab ich gefragt.«

»Redens keinen Stiefel. Davon war nie die Red.«

»Posch, wenn ich eins nicht mag, dann das, wenn mich einer für deppert verkaufen will. Eine Provision ist selbstverständlich. Ebenso selbstverständlich ist, daß die nicht im Angebot auftaucht.«

Das Gesicht des Offiziers wurde dunkel. Er ging einen Schritt auf Urban zu.

»Meinst du!« zischte er.

»Mein ich«, bestätigte Urban ungerührt.

»Dann sperr einmal deine Löffel auf, du Windbeutel. Da draus wird nichts. Und ich weiß nicht, ob auch der Kommerzienrat Dandl, in dem sein Auftrag du die Waffen eurer ehemaligen Freicorps-Helden verscherbelst, so begeistert ist, wenn er von solchen Geschäfterln hört.«

Urban lachte höhnisch. »Oh! Der Kommerzienrat Dandl ...! Ich scheiß mir gleich in die Hosen!«

»Ist vielleicht gar nimmer so lang hin, bis das passiert.«

28

Kajetan hielt den Atem an. Er hatte Poschs Männer entdeckt. Zwei Gestalten hatten sich aus dem schwarzen Dickicht des Flußufers gelöst und bewegten sich in schnellem Schritt auf das Kellerhaus zu. Kajetan kniff die Augen zusammen und atmete erleichtert auf. Was hatte Urban gesagt? Er solle nur dann Alarm schlagen, wenn sich mehr als drei Männer auf das Haus zubewegen würden.

Es waren jedoch nur zwei. Kajetan atmete erleichtert auf. Er konnte auf seinem Platz bleiben.

Plötzlich hörte er ein Geräusch, das sich rasch näherte. Es kam aus der entgegengesetzten Richtung, in der sich das Kloster befand. Kajetan warf sich hinter den Baum. Eine kleine, rundliche Gestalt in wehender Kutte hob sich gegen den hellen Nachthimmel ab, passierte Kajetans Versteck und eilte auf die Wiese über dem Keller zu. Kajetan hatte den Pater wiedererkannt. Was suchte der Mönch um Mitternacht vor dem Kloster? Warum hatte er nicht den Pfad genommen, der zum Eingang des Kellers führte? Kajetan wagte sich aus seiner Deckung und richtete sich gebückt auf. Doch nun war der Mönch wie vom Erdboden verschluckt.

Sein Blick folgte wieder den beiden Männern, die sich weiter dem Kellerhaus genähert hatten. Niemand folgte ihnen.

›Es sind keine vier‹, beruhigte er sich in Gedanken, ›es sind nicht einmal drei‹.

Sein Körper hörte nicht auf ihn. Plötzlich begann Kajetans Puls zu jagen.

29

Urban hatte seine Taschenuhr wieder eingesteckt.

»Posch, du verplemperst deine und, was mich langsam grantig macht, auch meine Zeit. Laß die Tänz sein. Wies der Zufall will, kenn ich den Führer der Heimwehrsektion St. Johann, die dich hergeschickt hat, ganz gut. Oder sagen wir: Ich kenn ihn sogar so, wie er sich selbst manchmal nicht kennt. Außerdem bin ich zwar kein schneidiger Leutnant wie du, aber dafür täusch ich mich selten. Und ich frag mich, obs nicht sein könnt, daß der Posch daheim in Tirol ein bisserl mehr Beschaffungsbedarf angemeldet hat, als was die Ladung kostet?«

Der Offizier verriet sich durch eine unbeherrschte Handbewegung. Er atmete bebend.

»Bist ärger wie ein Jud!« Starr vor Wut ließ er zu, daß ihm Urban tröstend die Hand auf die Schulter legte.

»Ich wär doch der letzte«, fuhr Urban in verständnisvollem Ton fort, »der dir das übelnähm. Da schicken die Kameraden dich herüber – eine Mission, die schließlich gar nicht so ungefährlich ist. Was wär jetzt, wenns euch an der Grenze aufhalten täten?«

»Ich versteh dich schon, du Hund«, ächzte Posch und machte sich frei.

Urban spielte den Unverstandenen. »Was meinst? Daß ich dich anzeig? Daß du mir so eine Gemeinheit zutrau...«

»Dann wärst aber du auch dran, Urban!«

»Du siehst die ganze Geschicht zu schwarz, Posch. Wie kommst drauf, daß auch ich dran wär? Schau dich um. Ist da herinn jemals was anderes eingelagert gewesen als das berühmte Sarzhofener Dunkle? Nebenbei: Hast das übrigens schon einmal ausprobiert? Ich sag dir: Das ist das beste Bier im ganzen Land. Kannst trinken und trinken...«

»Wieviel?« knurrte Posch.

»Sovielst magst. Bis du halt einen Rausch hast.«

»Wieviel?« wiederholte der Offizier gepreßt.

Urban wurde wieder sachlich. »Die Hälfte, Posch. Die Hälfte von dem, was du dir auf die Seite tun wolltest. Wie ich dich kenn, geht bei dir unter zwanzig Prozent persönlichem Aufschlag gar nichts. Das wären also: Zehntausend.«

Der Offizier stierte ihn ungläubig an. »Du bist narrisch!«

»Geh zu, Posch. Du bist doch ein Idealist.« Urban lächelte boshaft. »Für die Sach muß man schon einmal ein Opfer bringen, nedwahr? – Wo bleiben übrigens deine Leut? Ah, das werden sie sein.«

Aus dem dunklen Gewölbegang, der den vorderen Keller mit der tiefer im Berg liegenden Halle verband, drang das Geräusch von Schritten. Alarmiert bemerkte Urban, daß Posch schnell einige Schritte zur Seite ging und ein triumphierendes Grinsen nicht verbergen konnte.

Mit erhobenen Händen betrat Schoos die Halle. Zwei Männer folgten ihm. Ihre Gewehre waren auf Schoos' Rücken gerichtet.

»So, Urban«, sagte Posch gelassen, »jetzt hebst auch du deine Pratzen in die Höh. Aber nicht, weil ich fürcht, du könntst mir was antun. Sondern bloß...« Er trat mit einem schnellen Schritt vor ihn und riß Urbans Jacke mit einem Ruck auf, »...damit ich leichter wieder an mein Geld komm.« Er zog das Bündel hervor, steckte es ein, stellte seine Beine breit und schlug Urban klatschend ins Gesicht. Dann wandte er sich triumphierend an seine Gehilfen.

»Ich sag nicht zuviel, bloß, daß es sich für euch rentieren wird. Auf! Die zwei werden gefesselt und da hinten ans Eisen gebunden. Habts die Karren dabei?« Er drehte sich zu den Kisten. »Wir nehmen alles mit. Mit denen ganz hinten fangen wir an...« Er bückte sich, um die Schrift auf den Kisten besser lesen zu können. »Wo habts denn eigentlich den Feri gelassen?«

Er hatte plötzlich den Eindruck, daß es hinter seinem Rücken still geworden war.

»Sagts? Der Feri? Wo ist denn der...?«

Er fuhr herum.

»Waffen runter, Händ in d'Höh!« Kajetan hob seine Pistole. »Ich weiß zwar allerweil noch nicht recht, um was es eigentlich geht, aber bestimmt wär das erst einmal das Gescheiteste.«

»Da hat er nicht unrecht.« Kandl trat hinter ihn. Auch er hielt eine Pistole auf die Männer gerichtet. Sie ließen ihre Waffen fallen und hoben die Hände.

»Hinterm Haus liegt übrigens noch einer von euch. Der muß sich verlaufen haben. Wir haben ihm den Weg zeigen wollen, aber er ist auf einmal eingeschlafen.«

Urbans Brust hob und senkte sich heftig. »Ihr seids Hund!« stieß er heiser hervor, zog ein Tuch aus seiner Tasche und wischte sich damit über die Stirn. Dann wandte er sich um.

»Der Posch, glaub ich, hat heut gar keinen guten Tag erwischt.« Seine Stimme triefte vor Hohn.

»Urban, ich ... es war ... tu mir nichts ...« Die Stimme des Leutnants schien zu erlöschen.

»Wie kommst da drauf, Posch? Ich nehm dir bloß das Geld wieder ab, damitsd nicht so schwer zu tragen hast.«

Er griff in die Tasche des Offiziers und zog das Bündel hervor.

»Und außerdem hab ich meine Grundsätze. Einer davon ist, daß ich allerweil sag: Ein jeder soll bloß das tun, was er auch kann. Und umgekehrt das nicht, was er nicht kann. Zum Beispiel zu probieren, den Urban auszuschmieren.«

»Ich ... wir sind doch ... Kamerad ...«, stammelte Posch.

Gelassen steckte Urban die Banknoten in seine Tasche. »Ich für meine Seiten kanns einfach nicht«, fuhr er ungerührt fort, »jemandem ein paar Fotzen zu geben. Auch wenn er die verdient hat.« Seine Stimme klang jetzt beinahe hilflos. »Da hab ich einfach meine Grundsätze, wie gesagt. Was ich nicht kann, das tu ich auch nicht.«

Posch nickte dankbar. Er öffnete den Mund.

»Das ... das vergeß ich dir ni ...«

Urban trat zur Seite. »Sag, Schoos, bist nicht du bei so was allerweil ganz gut zum brauchen?«

30

Urban hatte die letzten Gäste, die betrunken an den Tischen des Varietés dösten, hinauswerfen lassen. Sein Gesicht glänzte wie das eines ausgelassenen Jungen, dem ein Streich geglückt war. Eine fettige Strähne hatte sich aus seinem glattgekämmten Haar gestohlen und klebte über seinen Augen.

»Geh zu, Paul! Sei ned so fad! Trink!« Lachend hob er sein Glas. »Mia, und du? Heut schaust aus wie eine kranke Kuh! Prost alle miteinander!« Der Trinkspruch wurde lautstark erwidert. Urban legte seinen Kopf in den Nacken und trank.

»Heut schau ich nicht auf eure Zech, Manner!« rief er, nachdem er das Glas wieder abgestellt hatte. »Das ist der Kommunismus! Haha!« Er schob sich die Haarsträhne aus der Stirn.

Kajetan warf einen verstohlenen Blick auf Mia, die ihm gegenübersaß. Sie hatte ihr Glas bereits abgestellt und sich zurückgelehnt. Sie wirkte nachdenklich.

Kandl prostete Kajetan mit bereits schwerer Stimme zu.

»Kann man sagen, was man will«, gestand er ein, »aber du bist heut nicht schlecht gewesen. Der Lackl hätt mich umgebracht, wenn du nicht gekommen wärst. Ich war überhaupt nicht darauf gefaßt. Sag, wie bist denn überhaupt dahintergekommen, daß die es von hinten anpacken wollten?«

»Eine glatte Befehlsverweigerung war des von ihm!« rief Urban lachend in die Runde, bevor Kajetan antworten konnte. »Ich hab ihm nämlich angeschafft, daß er sich nur dann rühren soll, wenn mehr daherkommen als die drei, die ausgemacht waren! Wenn einer da jetzt nicht besonders wif ist – Kandl, ich hab dich ausnahmsweis nicht angschaut! –, dann sagt der sich: Das sind ja nicht einmal drei, sondern bloß zwei. Kann ich also sitzen bleiben! Aber was tut der Paule, der Hundling? Der kümmert sich einfach nicht drum, was ihm der Urban anschafft! Sondern rennt zum Kandl und kommt grad recht, wie ihm der dritte Bazi an die Gurgel geht!«

Er schlug begeistert mit der Hand auf den Tisch. »Glatte Befehlsverweigerung, jawohl! So einen müßt man auf der Stell an die Wand stellen! Haha!« Urban lachte schallend. »Und den Kandl, die Schlafhauben, gleich mit dazu!«

Kandl lächelte gequält.

»Wenn er mich doch von hinten angepackt hat!« verteidigte er sich.

»Geh zu! Du hättst ihn auch nicht gesehen, wenn er von vorn gekommen wär. Manchmal frag ich mich schon, Kandl, ob dein Hirn auch da ist, wos hingehört. Was sagst denn du dazu, Gotti? Du mußt es am ehesten wissen. In der Hosen, gell?«

»Wissen wir doch«, kicherte sie.

»Vorn oder hint, Gotti?«

Ein Kreischen flog an die Decke. Kandl blickte säuerlich. Auf seinen Wangen hatten sich handtellergroße rote Flächen gebildet.

»Könnt jedem passieren!« sagte er gereizt.

»Naa. Des passiert allerweil bloß dir«, sagte Gotti gehässig. »Dem Paul könnt so was nicht unterkommen.« Sie sah Kajetan herausfordernd an. Kandl streifte sie mit einem drohenden Blick. Sie spitzte entschuldigend den Mund.

»Aber der Beste von allen ist dein Pater gewesen!« japste Schoos.

»Wer? Sein Pater?« Gotti prustete los. »Der Fritz hat einen Pater?« Alle Blicke richteten sich auf Urban, auf dessen vergnügtem Gesicht sich ein dünner Fettfilm gebildet hatte. »Erzähls halt«, erlaubte er.

»Also paßts auf«, begann Schoos, »wie wir zum Auto zurückgehen wollen, nachdem wir den Posch und seine Würsterl schon weitergeschafft haben, steht der Pater auf einmal da. Sagt der Fritz: ›Gelobt sei Jesus Christus, Pater Wolfgang.‹«

»Wie er das kann?« stichelte Gotti und neigte den Kopf zu Mia, die neben ihr saß.

»Der Pfaff salbt zurück. Fragt ihn der Fritz: ›Was tuns denn da mitten in der Nacht?‹ Und pfeilgrad penzt der Kuttenbrunzer ihn an wegen einer Beteiligung: Der Dank an den Herrgott und die Heilige Mutter Kirch dürft nicht vergessen werden, wenn man so ein gutes Geschäft gemacht hätt, das Dach von irgendeiner Kirch sei vom Wetter zusammengehauen worden und ob da nicht eine kleine Spende drin wär, von, sagert er amal, zehn Prozent. Da warst erst einmal platt, Fritz, gell?«

»Ist wahr!« bestätigte Urban schmunzelnd. »Ich sag drauf, daß das Geschäft heut ganz, ganz schlecht gegangen sei, und und heb ihm fünfzig Mark hin. Da schaut er mich so zum Derbarmen an, daß ich fast ein schlechtes Gewissen krieg.«

»Du – ein schlechtes Gewissen«, stichelte Kandl. Urban hatte es nicht gehört.

»›Das sind zehn Prozent‹, sag ich. Und was tut er? Er deutet an die Decke und sagt mir: ›Der Herrgott hört alles.‹ Ich schau nach oben – und was seh ich? Einen Luftschacht, der auf das Feld über dem Keller führt! Wennst da oben reinloost, dann ist das besser wie jedes Telephon! Hat der Bazi tatsächlich alles gehört! Na, da hab ich natürlich nicht ausgekonnt und hab ihm noch was drauflegen müssen. Dafür hat er uns wenigstens alle noch gesegnet.« Urban japste. »Und ein Spendertaferl hätt er mir glatt auch noch machen lassen! Ja sonst noch was, sag ich, das ist dann doch zuviel der Ehr!« Grölendes Gelächter platzte.

»Der Fritz!! Der Wohltäter! Warum ned gleich der Kirchenpatron?«

Gotti wischte sich die Tränen aus den Augen und schneuzte sich.

»Aber was habts denn mit den Tirolern gemacht?« fragte sie zweifelnd. »Doch nicht ... ?«

»Der Fritz hat seinen guten Tag gehabt!« sagte Schoos.

»Habt ihr sie wieder ausgelassen?«

»Was sonst?« sagte Schoos generös. »Die waren gestraft genug! Wir haben sie in die Fähre reingesetzt, die Ruder abgesteckt und abtreiben lassen. Des Gsicht vom Posch hättst sehen sollen! ›Ös Boarfackl!‹ hat er geschrien. Irgendwo wird sies schon angeschwemmt haben.«

»Und die Ladung – hast ihm die trotzdem gegeben?«

»Freilich, Domerl«, sagte Urban sarkastisch und sah zur Decke. »Wie oft soll ich dirs noch sagen: Erst nachdenken, dann fragen. Für wie deppert hältst du mich eigentlich?«

Domerl grinste irritiert.

Kajetan hatte den sanften Druck einer Fußspitze an seinem Bein verspürt. Verstohlen äugte er zu Mia, die im selben Augenblick seinen Blick gesucht hatte und ihn lächelnd erwiderte. Sein Herz schlug schneller. Die Fußspitze tastete seine Waden empor. Kajetan griff hastig zu seinem Glas. Der Fuß wanderte langsam zu seinem Knie.

Plötzlich stand Mia angewidert auf und ging zur Tür. Verblüfft stellte Kajetan fest, daß die Fußspitze noch immer nach oben wanderte. Gotti zwinkerte ihm durch ihr Weinglas unauffällig zu, bis ihre Mundwinkel plötzlich nach unten fielen. Kajetan hatte sein Bein überrascht zurückgezogen. Wütend preßte sie ihre Lippen aufeinander.

»Nichts hats gegeben«, stellte Schoos klar. »Uns erst ausschmieren wollen – nein!«

»Dann wars ja ein doppelt gutes Geschäft, Fritz.« Domerl sah Urban bewundernd an.

»Es geht so«, sagte Urban bescheiden. »Aber ich muß noch mal sagen: Wenn der Paul ned gewesen wär, der verreckte Hund, hätts ein schlechtes werden können. Ich hätt ihn ja erst gar nicht mitgenommen, aber dann hab ich mir denkt, der Bursch, der unsere Mia raushaut ... Wo ist sie denn überhaupt?«

»Auf den Abort, glaub ich, ist sie gegangen«, antwortete Domerl.

»... Dem mußt einen Gefallen tun«, beschloß Urban. Er hob den Finger und sagte salbungsvoll. »Das ist Treue, Manner! Damit ihrs wißt. Der Urban laßt keinen hängen!«

Die Sitzenden murmelten anerkennend und widmeten sich wieder ihren Getränken. Urban beugte sich zu Kajetan.

»Ah, glatt hätt ichs vergessen!« Er griff in seine Brusttasche und zog ein Bündel zusammengefalteter Geldscheine hervor.

»Weißt, was das is, Paul?« sagte er leise. »Gewiß weißt das.«

Kajetan verstand nicht. Er zuckte mit den Schultern. »Ein Geld halt.«

»Nicht bloß ein Geld, Paul.«

»Was meinst?«

Er kam noch näher. »Paß auf: Keiner erfährt von dir, was passiert ist. Hast mich verstanden? Des sind also ned bloß fünfzig Mark ...«

»Oh.«

»... Des ist ein Kontrakt.«

Kajetan verstand. »Schweigegeld, meinst.«

»Gescheit! Aber ich bin Geschäftsmann. Drum heißts: Kontrakt.«

Während er sich wieder zurücklehnte und nach seinem Glas griff, steckte Kajetan das Geld ein. Das reichte für fünf Monatsmieten, nicht übel.

»Du gehst auf das Sichere?«

»Stimmt«, gab Urban zu. »Was hast du denn gemeint?«

»Ich frag mich dann bloß, warum du mich mitgenommen hast zu der Geschicht.«

Urban schien etwas unwillig. »Mei – ich sag ja: Treue um Treue. Du hast dem Kaiser seine Leut zusammengefotzt. Das hat mir gefallen. Da laßt der Urban sich nicht lumpen. Prost, Paul.« Er lächelte liebenswürdig und hob das Glas. »Wo gehst denn hin?«

Kajetan war aufgestanden. Er deutete auf die Toilettentür.

Wenig später stand er neben dem bereits leicht wankenden Kandl, der sich mit einer Hand an den feuchten Fliesen abstützen mußte und platschend in die Rinne urinierte. Er brummte ärgerlich vor sich hin. Als er seine Hose wieder zuknöpfte, nahm er Kajetan wahr, beugte sich zu ihm und maß den peinlich Berührten von oben bis unten.

»Is was?« Verärgert versuchte Kajetan sich abzuwenden.

»Aufpassen, Paul«, lallte der Betrunkene, »der Fritz wenn einen lobt, dann ist das kein gutes Zeichen. Das mag er nämlich nicht, wenn einer wifer ist wie er und ihm nachweist, daß sein Plan nichts getaugt hat. Am meisten stinkt ihm, wenn er einem sogar noch was zu verdanken hat. Verstehst das?«

»Nein«, gab Kajetan zu und schloß seinen Hosenschlitz.

»Der hat nämlich hint und vorn nichts getaugt, sein Plan. So schauts aus.«

»Weißt du, warum er mich mitgenommen hat? Er hat mich ja kaum gekannt.«

»Eben deswegen«, Kandls gelbes Gesicht kippte vor Kajetans Augen, »grad weil er dich kaum gekannt hat. Weil dich überhaupt keiner kennt, Paule. Weil dich deswegen auch im Kloster niemand mit ihm in Verbindung gebracht hätt. Er hat eine Visage gebraucht, die niemand mit ihm in Verbindung bringt. Daß der Pater so neugierig ist, hat er ja auch nicht eingeplant. Dafür hat er den ja auch schmieren müssen. Der Fritz und was geben, das wär das Allerneueste.«

»Du magst ihn nicht«, stellte Kajetan fest.

»Eine Drecksau ist es.« Kandl rülpste und griff an Kajetans Revers. »Seit mir eine ausgekommen ist von den Kartoffeln, läßt er mich nimmer hin, die gemeine Sau.«

Kajetan sah ihn verständnislos an. Kandl grinste überlegen. »Kartoffeln, das sind die Weiber aus Ungarn.«

»Und Bordeaux, das ist eine aus Frankreich.«

»Gscheit!« lobte Kandl und schlug ihm seine Hand auf die Schultern. »Das sind die Rassigeren. Aber auch schwerer zum einreiten.« Er drehte sich torkelnd um und schob die Tür zum Flur auf.

Kajetan hatte genug gehört. Er würde sich nicht mehr von Urban verabschieden und verschwinden.

Als er den Flur passierte, hörte er eine leise Stimme.

»Paule!«

Mia stand hinter einem Mauervorsprung, den das Ganglicht nicht erreichte, und gähnte. Sie zog ihr Plaid über den Schultern zusammen und gähnte. Er blieb stehen und wurde schlagartig hellwach.

Etwas warnte ihn. Er ging auf sie zu. Erst jetzt sah er eine winzige Narbe an ihrer Wange, die mit ihrem Lächeln tanzte.

»Ich möcht heim. Kommst mit?« fragte sie einfach.

Finger weg! sagte er sich. Vielleicht sollte er einfach lügen. Ihr was vormachen. Daß er zu müde sei. Daß sein Mädchen auf ihn warte. Irgendwas.

»Ja«, antwortete er. »Wohnst du weit weg?«

Sie schüttelte den Kopf. »Am Glockenbach hinten.«

Er verstand. »Da treibt sich in der Nacht ein Haufen Gesindel herum, hm?«

»Nicht deswegen«, sagte sie ehrlich.

Er schwieg. Er fühlte keine Aufgeregtheit, nur eine schöne, gelassene Ruhe. Sie stellte den Kopf schräg und beobachtete ihn. Er wies mit dem Kopf nach hinten.

»Was ... was sagt denn der Urban dazu?«

Sie schien an etwas anderes zu denken.

»Weiß nicht«, sagte sie heiser.

31

Sie war auf den Karlsplatz vorausgegangen und hatte unter dem Vordach des Kiosks auf ihn gewartet. Nach wenigen Minuten sah sie seine Gestalt, die, in regelmäßigen Abständen die Kreise der milchig glimmenden Gaslaternen passierend, näher kam. Sie hakte sich geschwisterlich bei ihm ein. Sie gingen den breiten Boulevard der Sonnenstraße hinunter.

Noch immer stand fast undurchdringlicher Nebel auf der Straße, doch es war wärmer geworden. Sie gingen langsam und ohne Hast. Ihre Schritte – die seinen unmerklich schwerer tönend als das helle Klicken ihrer hohen Schuhe – klangen gleichmäßig auf dem Pflaster. Kein Ziehen und Drängen, kein eiliges Nachtrippeln, kein Zur-Seite-Stolpern störte den Einklang ihrer Bewegungen.

Die Straße war frei, die Stadt schlief längst. Die Lichter eines Wagens bestrichen die Gegenseite der Sonnenstraße, das gedämpfte Tuckern des Motors verlor sich im Norden.

Im Dunkel zwischen zwei Laternen blieben sie stehen und küßten sich. Sie schien zu frieren. Er knöpfte seinen Mantel auf und hüllte sie damit ein. Sie ließ es schweigend geschehen und schmiegte sich an ihn. Dann gingen sie weiter, und sie erzählte mit wenigen Sätzen, daß sie gelegentlich im Lokal als Sängerin auftreten würde und Fritz Urban, – der in dieser Beziehung viel von ihr hielte, sich für sie eingesetzt hätte. Sie verdiene dabei nicht viel, aber es würde ausreichen. Nein, geliebt hätte sie ihn einmal, aber das sei schon lange her.

Sie sprachen wenig, schließlich schwiegen sie ganz. Anderes war unnötig; beide hatten das Gefühl, sich seit langem zu kennen. Bald hatten sie den Sendlinger-Tor-Platz erreicht und tauchten in die dunkle Schlucht der Vorstadtstraße.

In Mias Wohnung, die aus einem winzigen Vorraum und einer Schlafkammer bestand – was Kajetan mit einem bewundernden »nobel, nobel« kommentierte – hatte noch immer nichts ihre traumwandlerische Vertrautheit erschüttert. Mit ruhigen Bewegungen begannen sie sich zu entkleiden.

»Mach das Licht aus«, bat sie nach einer Weile freundlich, »du stehst grad dort.« Sie lächelte. »Da wird nicht gelurt. Wirst schon nichts verpassen.«

Sie zog ihr Unterhemd aus. Seine Augen hatten sich noch nicht an die Dunkelheit gewöhnt, als er hörte, wie sie die Decke zurückschlug und sich mit dem leichten Rascheln, das die Berührung nackter Haut auf kühler, gestärkter Wäsche hervorruft, ins Bett legte. Sie richtete ihr Kissen und schlug leicht auf das Plumeau. Als wäre er in diesem Bett geboren, glitt Kajetan an ihre Seite. Sie hatte sich nur bis zu den Hüften zugedeckt. Ihre Haut strahlte kühl. Fröstelnd erwiderte sie seine Umarmung. Er fühlte die Spitzen ihrer Brust, die sich mit süßer Schwere an ihn drängte. Sie stöhnte wohlig. »Du stinkst ja«, flüsterte sie. »Du nicht«, gab er zurück. Sie lachten leise.

Das Fenster war einen Spalt geöffnet. Durch den Vorhang drang graues Mondlicht. Mit nachtschwarzen Augen begannen sie sich zu erkennen und sahen nichts als Frieden und Glück und, einen Hauch lang, das Aufflammen einer Überraschung im Blick des anderen.

Fern schlug eine Turmuhr. Es war lange nach Mitternacht. Sie streichelten sich – die Zeit bewegte sich nicht mehr, seit sie im Flur des »Steyrer« gegenübergestanden waren – mit unendlich langsamen Bewegungen und wurden nicht satt zu spüren, wie sich unter ihrer Haut mehr und mehr eine pochende, wohlige Hitze staute.

»Jetzt... ist alles gut«, flüsterte sie ergeben. Ihre Stimme klang brüchig. Er küßte die pulsende Haut ihres Halses. Von der Schulter strich seine Hand über ihren Rücken, ertastete ihre Hinterbacken und zog ihren Unterleib zu sich. Sie berührte seine Finger.

»Ich bin nicht präpariert«, flüsterte sie, »wir müssen uns anders liebhaben. Sei mir nicht bös.«

»Wie?« raunte er, vergraben in ihrem Haar, dessen Geruch ihn betrunken gemacht hatte. Ein leises, belustigtes Lachen drang an sein Ohr.

»Oh mei, Bub«, gluckste sie.

Sein Mund öffnete sich plötzlich wie der Schnabel eines hungrigen Vogels. Er wollte etwas sagen, doch sein Mund weigerte sich, die Worte zu formen. Er bleckte die Zähne und grub sie mit heftiger Zärtlichkeit in ihre Haut.

»Friß mich nicht!« stöhnte sie. Sie hatte begonnen, ihn mit heftigen Bewegungen zu streicheln, und kreiste mit ihrer flachen Hand auf seinem Bauch.

»Hab so einen Hunger!« jammerte er. »Und ich erst!« flüsterte sie mit bebender Stimme. Ihre Hand krallte sich in sein Fleisch. Sie senkte ihren Kopf und begann seine Haut wie die einer reifen, salzigen Frucht zu lecken. Ihr Körper glänzte. Ziellos schnappend, sich windend wie ein erstickender Fisch, drängte sich Kajetan an sie, doch sie drückte ihn mit einer kräftigen Bewegung zurück. »Nein!« zischte sie böse und setzte sich mit einer flinken Drehung rücklings auf seine Brust. Er küßte sie. Vergraben in Haut und Hitze und Haar, schoben sich ihre Körper weich und naß übereinander und wogten mit sanften Bewegungen vor und zurück. Längst hörten und sahen sie nicht mehr, was um sie herum vor sich ging.

Der Mond war hinter den Dächern versunken und hatte diesen Teil der Stadt in pechige Schwärze getaucht. Nur aus dem Fenster eines der gegenüberliegenden Häuser schimmerte Licht. Die Laute eines heftigen Streits drangen in die Nacht.

Mia und Kajetan lagen nahe beisammen, als seien sie eins. Auch als der Schlaf in ihre satten Körper kroch, lösten sie sich nicht voneinander. Er grunzte leise. Mit unendlich langsamer Bewegung strich sie durch sein schweißiges, zerwühltes Haar.

Sie fühlte, wie ihre Augen zu brennen begannen. Eine Träne löste sich, rieselte über seine Schulter und versickerte im Leintuch. Er bemerkte es nicht.

Sie suchte im Dunkeln sein Gesicht. Dann schloß sie die Augen.

Sie hatte nie wirklich gelernt, von sich zu sprechen. Oft stieg stechend der Verdacht in ihr auf, daß sie dazu zu unbedeutend sei. Und weil sie nun liebte, kam ihr nur diese Frage in den Sinn. Sie öffnete den Mund, zögerte und schloß ihn wieder.

»Paul?« flüsterte sie schließlich, »gehts dir ... gut?«

Er antwortete nicht. Sie hörte auch nicht, wie sich sein Atem veränderte.

Sie drehte ihren Kopf zurück.

›Brauchst auch gar nichts zu sagen, Paul‹, dachte sie mit kraftlosem Trotz und fühlte den Schlaf nahen, ›ich nämlich ... bin so dermaßen glücklich ...‹

32

Das Fenster im obersten Stockwerk des Hauses in der Baumstraße stand einen Spalt geöffnet. Die Krallen eines kleinen, frühen Vogels tickten aufgeregt auf dem mit Zinkblech verblendeten Sims. Das Tier flatterte mit leisem Zirpen davon, als sich der Vorhang ins Freie bauschte. Ein Sonnenstrahl geisterte einen Windhauch lang über das Bett, in dem Mia unter einem zerwühlten Tuchert lag, das sie im Schlaf bis an ihr Kinn gezogen haben mußte.

Ihr Mund war halb geöffnet; sie lag auf dem Rücken und atmete friedlich. Aus der Tiefe des Hinterhofs tönte das Geschrei eines Säuglings. Es mischte sich mit dem regelmäßigen Kreischen der mechanischen Säge, das aus dem Tor einer Schreinerei im zweiten Hof drang.

Wieder bauschte sich der dünne Stoff des Vorhangs, eine sanfte Bö kippte klare Morgenluft in das Zimmer. Langsam erwachte Mia. Sie sah benommen um sich. Die Decke fröstelnd an ihren Körper gepreßt, richtete sie sich auf.

Die Sonne stand noch tief; als ihre Strahlen wieder auf das Bett fielen, erhellten sie nur die weiße Fläche der Bettdecke, erreichten aber noch nicht das Gesicht des Mädchens. Eine Weile blieb Mia schlaftrunken und sinnend sitzen.

›Wie seltsam...‹, dachte sie. Schließlich stand sie auf, gähnte, blieb einen Augenblick unschlüssig stehen und ging dann mit tappenden Schritten zum Fenster. Sie zog den Vorhang zur Hälfte auf und sah, den Stoff mit der Hand haltend, in den Himmel. Die Morgenkühle rötete ihre Haut. ›Was für ein Tag...‹, taumelten die Worte durch ihr Gehirn, ›...was für ein entsetzlich schöner Tag.‹

Sie schloß berauscht die Augen und atmete tief. Dann streckte sie sich und drehte sich um. Ihr Blick fiel auf das zerwühlte Bett, und eine Wonne durchströmte ihren Körper. Sie kroch wieder unter die Decke und schloß die Augen. Ihre Nasenflügel bebten unmerklich; alles um sie roch köstlich, und in sanften Schüben kehrten die Bilder, Worte und Geräusche der vergangenen Nacht zurück.

Es klopfte. Unwillig hob sie den Kopf. ›...mag nicht‹, dachte sie. Sie wußte, wer an der Tür stand und nun erneut daran schlug.

Schließlich stand sie auf, zog sich an und öffnete.

Ein rundgesichtiger Junge stand vor der Tür.

Mia gähnte. »Guten Morgen, Beppi!«

Sein Gesicht glühte vor Verliebtheit. »Grüß Gott, Fräu'n Mia«, stotterte er aufgeregt, »ich soll dir den Brief da bringen. Er ist bei der Tant abgegeben worden. Schon am Samstag, aber sie hat gestern nicht mehr dran gedacht.«

Er hielt ihr zitternd das Kuvert entgegen.

Mia nahm den Brief und strich Beppi lächelnd über das Haar. Er errötete noch mehr.

»Dank dir schön – wart. Kriegst ein Gutl. Ein ganz besonders gutes.« Sie ging in ihr Zimmer zurück, öffnete eine Schachtel mit Pralinen, nahm eine davon heraus und drückt sie dem Jungen in die Hand. Der Junge sah gepeinigt zu ihr auf. Verstand sie denn nicht, daß er kein Kind mehr war?

»Heut... heut schaust so schön aus...«, stammelte er. Sie küßte ihn auf die Stirn. Er schien vor Verzückung zu versteinern. Sie gab ihm einen Klaps.

Mia schloß die Tür und stellte sich an das Fenster. Verwundert betrachtete sie den Absender. Sie kannte den Ort nicht. Was hatte sie mit einem Gemeindeamt irgendwo auf dem Land zu tun? Sie öffnete den Brief.

Als sie ihn gelesen hatte, setzte sie sich auf einen Stuhl und ließ die Hand, die den Brief hielt, auf ihren Schoß sinken.

›Seltsam‹, dachte sie, ›warum ist das bloß allweil so? Wenn einmal etwas gut ist, kommt auf dem Fuß was Traurigs.‹

33

Als Kajetan die Tür zu Mias Wohnung hinter sich geschlossen hatte, überfiel ihn das unbestimmte Gefühl, als ob ihn jemand beoachten würde. Ihm war, als hätte er in der Tiefe des Treppenhauses ein Geräusch gehört. Er schlug seinen Kragen hoch und steckte seine Hände in die Taschen.

Das Treppenhaus führte in die unbeleuchtete Hofeinfahrt. Als er die letzten Stufen betrat, bemerkte er im winzigen Bruchteil einer Sekunde einen eigenartigen, tierhaften Geruch. Dann platzte eine Garbe blinkender Sterne vor seinen Augen. Er fühlte einen gellenden Schmerz im Nacken und ging benommen in die Knie. Wieder hechtete eine Gestalt auf ihn zu. Kajetan versuchte, sich zu seinem Angreifer zu drehen, duckte sich und hielt die Hände schützend über seinen Kopf. Faustschläge und Fußtritte jagten auf ihn herab. Der Angreifer schien außer sich vor Wut zu sein. In seinen keuchenden Atem mischte sich ein Geräusch, das wie Schluchzen klang.

Kajetan stieß mit seiner Faust heftig zu. Der Unbekannte torkelte zurück und wollte sich wieder auf Kajetan stürzen, als sich das Tor der Einfahrt öffnete. Im Lichtschein des bereits dämmernden Tages stand eine alte, gebückte Frau und blickte erschrocken auf das kämpfende Knäuel.

Der Unbekannte sprang auf und rannte mit weiten Schritten auf die in hilflosem Schrecken Erstarrte zu, stieß sie zur Seite und verschwand.

Stöhnend richtete sich Kajetan auf, schüttelte sich und tat einige Schritte. Ihn schwindelte. Er stützte sich an der Mauer ab und versuchte mit tiefen Atemzügen, den Brechreiz, den ein Schlag in den Magen bei ihm ausgelöst hatte, zu bekämpfen.

Die Alte gab ein leise empörtes »No...!« von sich und ließ ihn an sich vorbeigehen. Als er auf die dunkle Straße trat, war niemand mehr zu sehen. Außer einem stumpfen und regelmäßigen Patschen, das aus einem beleuchteten Bodenlicht einer Bäckerei drang, war es still. Benommen tappte er nach Hause. Vergeblich versuchte er zu schlafen. Schließlich stand er wieder auf. Die Geschäfte hatten bereits geöffnet, als er die Straße betrat. Kajetan kaufte sich eine Zeitung und ging in ein Café. Obwohl ihm das heiße Getränk guttat, blieb er unfähig, einen klaren Gedanken zu fassen.

Was war in dieser Nacht mit ihm geschehen? Warum erst die Seligkeit, dann diese entsetzliche Versteinerung? Wovor hatte er Angst? Er schniefte zornig.

Er hatte nicht geschlafen und hatte gehört, was Mia ihn gefragt hatte. Es war dieselbe falsche, freundliche Frage, wie sie die fette Fleischerin am Roßmarkt stellt, wenn geschmäcklerisch tuende Kundschaft ihren Laden betritt. Ist es recht gewesen, das Ganserl, gnä' Frau? Die Geschäftsleute-Frage. Die Stets-zu-Diensten-der-Herr-Frage. Die Hurenfrage.

Ohne etwas davon zu begreifen, streifte Kajetans Blick über die Überschriften der Zeitung. Der Wirtschaft des Reiches gehe es seit dem Ende der Inflation endlich wieder besser. Die Zahl der Arbeitslosen nähme jedoch nicht ab, und nach Meinung der Politiker sei dies auf die Bestimmungen des Versailler Vertrages zurückzuführen. Die Fabrikantenvereinigung böte an, neue Stellen zu schaffen, wenn die Arbeiterverbände auf Lohnerhöhung verzichteten und der Einschränkung des im Revolutionsjahr geschaffenen Betriebsrätegesetzes zustimmten...

»Hamms das gelesen, Herr Nachbar?«

Ein kleiner, magerer Mann in einem zu weit geschnittenen Anzug, der bereits vor einiger Zeit an Kajetans Tisch Platz genommen hatte, beugte sich zu ihm. Kajetan sah ihn verwirrt an und nickte abwesend. Der Alte ließ sich nicht unterbrechen, brabbelte weiter und war bei einer neuen Schlagzeile angelangt. Er stieß Kajetan an.

»Und da: ›Urteil im Attentatsprozeß. Der Angeklagte U. freigesprochen. Dem Täter, so die Richter in der Urteilsverkündung, wurde zugute gehalten, daß sich der getötete Politiker durch aufrührerische Reden die Tat selbst zuzubilligen habe, da er dadurch den Volkszorn in unverantwortlicher Weise aufstachelte und...‹«, er murmelte unverständlich weiter und schloß mit einem überzeugten: »Da hat er auch recht.«

Hinter seinem Rücken drehte sich ein anderer Gast um, ein graubärtiger älterer Mann in einem für die Jahreszeit zu dicken, leicht abgetragenen Rock. Er warf über seine Brille einen mitleidigen Blick auf den Hageren.

»Stimmt, Herr Nachbar. Das hat was«, seufzte er. »Das ist

die Logik, die man in einem Land voller Dichter und Denker erwarten darf.«

»Gell? Sagens auch!«

»Natürlich.« Die Stimme des Brillenträgers, sie hatte einen leichten böhmischen Akzent, klang gütig. »Aber wenns jetzt bittschön etwas leiser lesen würden.«

Der Hagere ließ sich nicht stören. »›Mädchenhändler verhaftet! Der ungarische Staatsbürger Peter S. wurde festgenommen, als er eine hohe Summe für ...‹«

Der Bärtige wandte sich kopfschüttelnd um und versuchte, in seiner eigenen Zeitung zu lesen.

Kajetan hörte nicht zu. Er verstand nicht, was in ihm vorging. Seine Kiefer mahlten.

Alles war Lüge. Mia war eine Hure. Er hatte seiner Witterung nicht vertraut.

»›... verkaufte die Mädchen, die sich ihm im guten Glauben, eine Stelle als Hauswirtschafterin antreten zu können, anvertrauten, an Münchner Zuhälter, welche ...‹«

Er würde Mia nie mehr wiedersehen wollen. Auch Urban nicht. Hatte womöglich er den Angreifer im Hauseingang geschickt? Es war ihm egal. Er fühlte sich betrogen und haßte Mia für den Widerstreit, der in ihm tobte.

»›... sie gefügig machten und der geheimen Prostitution vornehmlich hinter dem Ostbahnhofsgelände zuführten ...‹«

Kajetan mußte die Tasse absetzen. Plötzlich schauderte er. Sehnsucht überschwemmte ihn.

»›Häftling im Gefängnis Stadelheim erhängte sich. Der Häftling Karl D. wurde gestern frühmorgens tot aufgefunden. Er hatte sich ...‹«

»Gehens, Herr Mayerhofer, lassens doch die Gäst in Ruh«, mahnte die Bedienung, die an den Tisch gekommen war. »Darfs noch was sein?« Sie streifte Kajetan mit einem kurzen Blick und räumte den Tisch ab. »Geniert er Sie?« Sie sah ihn fragend an. »Ob er Sie geniert?«

Kajetan schrak aus seine Gedanken. »Ich hab… habs gar nicht gehört«, stotterte er.

»Trotzdem«, raunzte sie und warf einen ärgerlichen Blick auf den Mageren. »Ich leids nicht. Und aus.«

Der vollbärtige Mann wandte sich erleichtert an die Bedienung. »Besten Dank, Fräulein! Es war wirklich beinahe eine Belästi…«

Sie unterbrach ihn ungehalten. »Sie geben auch eine Ruh. Grad einer wie Sie.«

Der Mann verstand nicht.

»So? Sie verstehen mich schon, Herr Fränkel.«

»Ich zahle«, sagte Kajetan heiser und deutete auf seine Tasse. Sie wurde sofort wieder freundlich. »Sehr wohl, der Herr. – Oh«, sagte sie stirnrunzelnd, als sie auf den Geldschein sah, den er auf den Tisch gelegt hatte, »haben Sie es nicht kleiner?«

34

»Wie schaun denn Sie aus?« fragte Brettschneider argwöhnisch, als Kajetan zur Treppe ging.

»Sinds unters Auto gekommen?«

»Unter eins mit zwei Haxen«, antwortete Kajetan. Der Inhaber hob verstehend die Augenbrauen.

Kajetan wollte an ihm vorbeigehen. »Herr Kajetan, bevor ich es vergeß. Schauen Sie«, er griff in die Schublade unter seinem Tisch, »eine Nachricht ist wieder vorbeigebracht worden. Von einer Firma Fleischhauer. Der sie gebracht hat, hat recht pressant getan. Aber Sie waren gestern nachmittag ja schon aushäusig.« Er hielt einen Umschlag in seiner Hand und reichte ihn Kajetan, der ihn zögernd annahm.

»Was ist denn das für eine Firma?«

Kajetan überhörte die Frage. »Gestern nachmittag war ich

noch nicht aushäusig, Herr Brettschneider«, sagte er verärgert.

Der Pensionswirt zuckte die Schultern. »Hab halt nicht drangedacht«, meinte er gleichgültig. »Ich bin ja nicht euer Postbot, nedwahr.«

Noch auf der Treppe riß Kajetan den Umschlag auf. Fleischhauer befahl ihm, sich unverzüglich, nach Möglichkeit noch am gleichen Tag, bei ihm zu melden.

Endlich! Kajetan war erleichtert. Zwar würde das Geld, das ihm Fritz Urban zugesteckt hatte, noch einige Zeit reichen, doch danach würde er wieder in der gleichen Situation wie zuvor sein.

Und mit Urban wollte er nichts mehr zu tun haben. Auch nicht mit den Mädchen, die er um sich hatte!

Er ging zur Kommode, nahm die Kanne, in der sich etwas Wasser befand, goß es sich auf die Hand und rieb sein Gesicht damit ab. Mit schmerzenden Muskeln richtete er sich auf und sah in den Spiegel. Außer einer kleinen Abschürfung hatte er keine Verletzung im Gesicht. Nur sein Kragen war eingerissen. Er öffnete die Schublade und entnahm ihr ein anderes Hemd.

›Das letzte‹, dachte er amüsiert.

Er mußte plötzlich an Emil Teobalt denken. Wie mochte es ihm inzwischen ergangen sein? Kajetan beschloß, ihn gleich nach seinem Treffen mit Fleischhauer zu besuchen.

35

Der alte Detektiv, der im Stockwerk über seiner Agentur wohnte, war schlecht gelaunt. Er wirkte übernächtigt und knöpfte seine Strickjacke zu.

»Na endlich! Wenn ich nach einem ruf, hat der eigentlich schon da zu sein, bevor ich fertig bin mit dem Rufen. Kommens mit.« Er holte einen Schlüssel aus einem Kasten hinter der Wohnungstür und wies nach unten.

»Also«, sagte er, nachdem er an seinem Schreibtisch Platz genommen hatte, »es ist nichts, wo Sie den Helden spielen können. Trotzdem brauchts ein bisserl Gespür. Habens das? – Ja?« Kajetan hatte genickt. »Wollen wirs hoffen.«

Er klappte den Deckel einer dünnen Mappe zurück und zog einen Brief hervor. »Die Geschicht ist schnell erklärt. Der hoffnungsvolle Sproß einer, sagen wir es mal untertrieben, reicheren Familie – Advokat und in Grundstücksgeschäften tätig der Vater, mit dem Schikanieren des Hauspersonals beschäftigt die Mutter – ist in München, um derselbe Halunke wie sein alter Herr zu werden. Das scheint aber leider Gottes nicht ganz so hinzuhauen, wie sich der Senior das vorstellt: Der Bub rasselt von einer verhauten Prüfung in die andere. Jetzt ist natürlich naheliegend, daß er halt einfach zu deppert ist – solls ja geben, auch wenn man genug Geld hat. Oder daß er einfach was anderes werden will, vielleicht, sagen wir mal, daß er als Botaniker nach Afrika gehen möcht oder sonstwas. Der Vater aber ist der festen Überzeugung, daß das nur damit zusammenhängen kann, daß der Junior wohl einen argen Hang zu den Weibern hat. Gegen das Hörnerabstoßen, sagt er, hätt er durchaus nichts, aber er hat sich zutragen lassen, daß sein Knabe seit einiger Zeit ein Verhältnis hat – leider aber nicht zu einer, mit der der Alte angeben könnt, sondern ausgerechnet zu einer Nahderin in der Wörthstraß.«

»Wo die Lieb hinfällt.«

Fleischhauer sah auf. Ein Schmunzeln spielte über seine Lippen.

»Macht ihn sogar wieder sympathisch, gell? Sympathischer jedenfalls als den Vater, unter uns gesagt. Aber jetzt kommts. Er hat den Filius zu sich zitiert und ihm mit dem Entzug der monatlichen Unterstützung und sogar – wenn er sich unterstehen tät, sie zu heiraten – mit der Enterbung gedroht.«

»Auweh.«

»Tja, wers Geld hat, kann anschaffen. So ist es halt. Was denkens, wies weitergeht? Was tut der Bub? Ich möcht wissen, ob Sie eine Menschenkenntnis haben – was tut er? Ist er ihr treu oder läßt er es bleiben?«

»Erst müßt ich ihn sehen. Und sie auch.«

»Er windet sich raus, der Herr Kajetan!«

»Wollens mich jetzt als Pfarrer oder als Agent?«

»Habens recht. Ich machs also kurz: Der charaktervolle Jungakademiker hat hoch und heilig versprochen, daß er die unstandesgemäße Liaison beenden und das Mädl nicht mehr treffen wird! Und damit komm ich zu dem, was Sie zu tun haben. Der Herr Vater traut ihm nicht und hat mich beauftragt, ihn eine Zeitlang zu überwachen. Und ich beauftrag Sie, weil ich grad was anderes zum tun hab. Drei Mark am Tag, der zehn Stunden dauert. Wenns drunter kommen, gibts anteiliges Honorar. Spesen müssen angemeldet sein. Der erste Bericht in diesem Fall in fünf Tagen. Wenns sich zu dumm angestellt haben, keine oder eine verkehrte Information bringen, gibts gar nichts. Überhaupt wird erst zum Schluß ausgezahlt. Ich hab nämlich nichts zum verschenken. Was ist? Tun Sie es?«

Kajetan nickte, ohne zu zögern. Das Honorar war nicht hoch, aber er hatte in den vergangenen Monaten schon für weniger Geld arbeiten müssen.

»Ich brauch den Namen, die Adresse von ihm und seinem Gspusi. Und sollt natürlich wissen, wie er ausschaut.«

Fleischhauer beugte sich über den Brief. »Nehmens den Zettel da. Schreibens mit: von Seeberg, Henning, Friedrichstraße drei. Haben Sie es? Und hier ist ein Portrait-Photo.«

Kajetan beugte sich vor und nahm das Bild in die Hand: ein Bursche in der lächerlichen und geckenhaft eng geschnittenen Uniform einer schlagenden Verbindung. Stark retuschiert, harmloses junges Gesicht. Eine angestrengt männliche Pose.

»Von ihr hab ich natürlich keine Adreß, die müssen Sie rausfinden. Dann noch was: Der Filius hat sich bis heut bei einer Tant in Heidelberg aufgehalten und wird heut abend mit dem Zug ankommen. Da könnens ihn gleich abpassen.«

Kajetan nickte und steckte Zettel und Photographie ein.

»Und noch was – Sie müssen nah an ihn rankommen. Lassen Sie sich aber nicht erwischen, schon gar nicht vorzeitig. Der alte Herr möchte einen umfassenden Bericht über die Aventuren seines Stammhalters und hat versprochen, daß er mir weitere Aufträge zukommen läßt, wenn die Sach zu seiner Zufriedenheit ausgeht.«

»Wann ist er zufrieden?«

»Da scheint er ganz zerrissen zu sein. Einerseits natürlich dann, wenn sich sein Sohn an die Abmachung hält. Andererseits auch, wenn er recht hat und sich sein Verdacht bestätigt. Aber das kann Ihnen erst einmal wurscht sein. Es wird rauskommen, was rauskommt. Zu aller Not, hat der Alte gesagt, zu aller Not wäre eine Abfindung denkbar.«

»Wann ist es not?«

»Wenn, sagen wir, die Schneidermamsell bereits dabeisein sollte, etwas an Gewicht zuzunehmen.«

Das Telephon schrillte. Der Detektiv hob ab. Seine Brauen hoben sich unwillig.

»Du schon wieder«, raunzte er. »Wart.« Er legte den Hörer auf den Tisch, erhob sich, schlug Kajetan auf die Schulter, ging zur Tür und drückte die Klinke hinunter.

»Raus jetzt«, brummte er.

36

Kajetan verließ die Trambahn und bog in die Winterstraße ein. Das Haus in Untergiesing, in dem Emil Teobalt wohnte, war noch nicht alt, machte aber dennoch einen bereits verkommenen Eindruck. Das Schloß des Hoftors war ausgebrochen. Kajetan schob es auf, überquerte den Hinterhof und betrat das Rückgebäude. Er klopfte an eine Tür des Erdgeschosses. Niemand forderte ihn auf einzutreten. Er drückte die Klinke; die Tür war offen. Als Kajetan die kleine Kammer betrat, erschrak er.

»Emil …«, flüsterte er.

Emil Teobalts Augen waren geschlossen, sein unrasiertes, kreidiges Gesicht war eingefallen. Die Brust des Kranken hob sich nur unmerklich auf der Bettstatt. Kajetan rief erneut Emils Namen und rüttelte vorsichtig an dessen Schulter.

Der Kranke öffnete die Augen. Nach einer Weile bewegte er die Lippen.

»Du …?«

Kajetan fluchte besorgt. »Emil, was hast denn?«

Teobalt versuchte ein Lächeln. Seine Stimme war ohne Kraft. »Was wohl … es hat mich … ein bisserl … erwischt …«

»So kommts mir auch vor! Was ist denn geschehen! Wo fehlts dir überhaupt?«

»Nichts ist … geschehen … Auf einmal … ists nimmer gegangen.«

»Wie lang liegst du denn schon da?«

Emil antwortete nicht. Kajetan sah fassungslos um sich. Auf dem Tisch stand ein verschmutzter Teller, daneben ein Löffel, auf dem sich bereits Schimmel gebildet hatte. Der Raum stank nach Moder, erkaltetem Schweiß und Fäkalien.

»Wann hast du denn das letzte Mal was gegessen?«

Emils Augen hatten sich wieder geschlossen.

»Sag! Du brauchst doch was zum Essen! Was Warmes!«

»Mich … hungerts ned, Paul.«

»Red keinen Krampf, Emil. Ich geh auf der Stell rüber in die Wirtschaft und hol dir eine Schale Suppe.«

Emil gab keine Antwort.

Wenig später saß Kajetan wieder am Bett des Kranken. Er

hatte ihn etwas aufgerichtet und flößte ihm eine warme Suppe ein. Emils Lippen zitterten. Nach einer Weile schien er wieder etwas zu Kräften gekommen zu sein.

»Jetzt sag, was dir fehlt, Emil! Was ist passiert?«

Stockend erzählte Emil, daß er, nachdem er keine Arbeit mehr gefunden hatte, zur Fürsorge gegangen sei. Dort hätte man ihn angehört, ihn nach seinem Beruf gefragt, ihm aber eine Unterstützung verweigert, wenn er nicht bereit sei, die angebotene Arbeit anzunehmen.

»Es war ... eine Arbeit im Schlachthof drunten. Da würden Leut gebraucht ...«

Kajetan verstand. »Nicht grad das, für was du Latein gelernt hast.«

Ein mageres Grinsen glomm in Emils alt gewordenen Zügen. »Nein, nicht grad. In die ... Darmputzerei ...«

»In die Darmputzerei? Du?« rief Kajetan ungläubig.

Emil bestätigte mit unmerklichem Nicken.

»Muß ja auch gemacht werden ... und es gibt dreckigere Sachen ...«

»Trotzdem! Du im Schlachthof!«

»Weißt, was das ... Schlimmste ... war?« Emil schien zu würgen. »Da stehst da ... und drückst den Dreck aus den ... Därmen ... und wenn einer ausgedrückt ist ... dann legens dir ... neue hin ... und die sind wieder voller Scheißdreck ... und dir kommts vor, als tätens ... ärger stinken als zuvor ... und wieder drückst ...« Emil brach erschöpft ab und holte mühsam Atem. »Und dann ist mir auf einmal gekommen ... Paule ... wie ich noch geschrieben hab ... und geredt hab ... gegen die Kriegstreiber ... Bagage ... gegen den, gegen den ganzen braunen ...«

»Scheißdreck!« ergänzte Kajetan. Emil nickte schwach.

»... Da, Paule, da wars ... nicht anders. Es wird immer wieder ... und immer wieder so ein Dreck ... daherkommen ... und hört nie auf ...«

»Schmarrn«, widersprach Kajetan energisch.

»Verstehst nicht? Das... das ist doch mein Leben gewesen! ... Hab gmeint, was wunder für Wichtigkeit... ich wär und war bloß... ein Narr.« Seine Stimme klang mürbe. Kajetan beugte sich besorgt über ihn. Emils Atem stank.

»Hör auf damit!« sagte Kajetan entschlossen und nahm die Suppenschale. »Da! Ein wenig Suppe ist noch übrig. Die trinkst jetzt aus. Und ich werd den Doktor holen gehen.« Er stand auf. »Aber vorher mach ichs Fenster auf und laß wieder eine Sonn herein.«

»Sonn?« flüsterte Emil.

»Ja! Es hat zu regnen aufgehört! Draußen scheint die Sonn. Und du, du verfaulst da herinn!« Kajetan ging zum Fenster und zog die Vorhänge zurück. Es wurde jedoch nur unmerklich heller. Eine schmutzigrote, durchnäßte Ziegelwand höhnte herüber. Es hatte wieder zu regnen begonnen.

Ein gedämpftes Gurgeln ließ ihn herumfahren.

Emils Kopf war zur Seite gesunken. Aus seinem Mund war ein mit hellem Blut vermischter Schwall Erbrochenes gedrungen und hatte sich über Kinn, Hals und Kissen ausgebreitet. Seine Augen waren weit geöffnet.

37

Aus dem Varieté dröhnte Gelächter in das darüberliegende Büro. Fritz Urban hatte sich zufrieden in einem Stuhl zurückgelehnt. Amüsiert schüttelte er den Kopf.

»Daß ihr allerweil gleich zuhauen müßts, Schoos«, tadelte er, »weißt doch, wie zwider mir das ist.«

Schoos schob sich eine Zigarette unter seinen Schnauzbart und tat unschuldig.

»Wir, gerauft? Na gut, ich geb zu, vor der ›Gruben‹, wo dem Kaiser seine Leut gestanden sind, da hats ein wenig gefunkt.

Aber zum Kaiser selber waren wir, wie es sich für den Kaiser von der Altstadt gehört.«

»Soso.« Urban lehnte sich zurück. Dann schmunzelte er. »Also? Wo habt ihr ihn aufgestöbert? Erzähl.«

»Gibts nicht viel zum erzählen«, sagte Schoos und strich ein Zündholz an.

»Zu wievielt wart ihr?«

»Zu fünft. Der Domerl, der Kandl, der Irg, der Ferdl und ich.«

»So wenig bloß? Spinnts ihr?«

Schoos atmete paffend aus. »Alles eine Sach der Taktik, Fritz.«

»Bist ein alter Maul-Auf«, sagte Urban gereizt. »Also. Wo habt ihr ihn gefunden?«

»Wo er um die Zeit allweil ist. Mit seinen Weibern ist er in der ›Gruben‹ gesessen. Vor der Tür sind zwei von ihm gestanden, die sich aber bald hingelegt haben. Der Kaiser war nicht wenig platt, wie wir zur Tür hereingekommen sind. Ich hab gsagt: ›Habe die Ehre, Kaiser.‹ Die Weiber sind von ihm weggespritzt wie Hühner, wenn der Blitz einschlagt. ›Entschuldigst schon‹, sag ich, ›aber mit dir ist es jetzt gar, Kaiser.‹ Kasweiß ist er geworden. Hat aber noch den Helden gespielt: ›Auf was warts, Arschlöcher‹, sagt er, ›druckts ab.‹ ›Geh, Kaiser‹, sag ich, ›i bin doch gar ned aso. Stell dich auf den Tisch da.‹ Er schaut mich blöd an. Was das werden soll, will er wissen. ›Halts Maul und steig auf den Tisch‹, sag ich.«

Schoos Mundwinkel unter seinem fransigen Schnauzbart bogen sich nach oben. »Gut, ich geb zu, da haben ihm der Domerl und der Kandl ein paar runterhauen müssen, bis er es getan hat. ›So‹, sag ich drauf, ›und jetzt brunzt in die Hosen, Kaiser.‹ Hättst sein Gesicht sehen sollen! ›Niemals‹, sagt er. ›Seit wann verstehst du denn kein Spaß mehr‹, sag ich, ›wenn du es nicht tust, schneiden wir ihn dir ab. Dann kannst schaun.‹ ›Ihr Hund!‹ hat er bloß noch gesagt.«

»Da hat er recht«, bemerkte Urban und grinste kalt. »Und – wie ist es weitergegangen?«

Schoos klappte seinen Krug auf und trank. Er setzte ihn wieder ab und wischte über seinen Schnauzbart.

»›Was is, Kaiser?‹ frag ich ihn. ›Geht nicht‹, meint er. Die Weiber haben zu krähen angefangen, das hat ihn noch mehr gefuchst. Ich hab die Pistole auf ihn gehalten und hab dahin gezielt, wo es ihm am wenigsten gefallen hat. Und da, auf einmal, da läßt ers tatsächlich rinnen. Hättstn sehn sollen. Sein Kopf ist blau gewesen, gefiebert hat er, ich hab glaubt, es trifft ihn auf der Stell der Schlag.«

»Ihr Hund«, wiederholte Urban anerkennend.

»Wie er fertig ist, sag ich: ›Kaiser, das Volk dankt. Aber eins hast leider vergessen. Ein Kaiser darf alles. Er darf eine Schlacht verlieren und Hunderttausend massakrieren lassen, er darf sein Reich ruinieren, er darf von zehn Weibern zwanzig Kinder haben, die tauft ihm der Papst sogar noch – bloß eines darf er nicht: sich zuschauen lassen, wie er in die Hosen brunzt. Nichts für ungut, Kaiser‹, sag ich, ›verstehst doch einen Spaß.‹ Er hat nichts mehr drauf gesagt.«

»Dann wars aus«, stellte Urban fest.

»So ziemlich«, bestätigte Schoos. »Seine Leut sind schon bei uns. Der Bierkugel und der Messer auch. Die Weiber sowieso.«

»Gut, Schoos. Ausgezeichnet, kann ich da nur sagen.«

Schoos hob grinsend den Finger. »Und das ganz ohne Gewalt, von ein paar Watschen abgesehen, gell?«

Das Telephon klingelte. Urban hob ab.

»Ja, die Ehr! Der Posch …!« Er stand auf. Während er zuhörte, zog eine süffige Freundlichkeit über sein Gesicht.

»Posch, ich hab ja schon viele Komplimente gekriegt in meinem Leben«, sagte Urban geduldig, als spräche er zu einem unverständigen Kind, »aber daß ich aufs Hirn gefallen wär, hat mir noch keiner gesagt. Was? – Ach so … Mir was auf den

Kopf … Geh zu, Posch … meinetwegen – sind wir wieder per Sie, Herr Posch. Wenns weiters nichts ist. Gehns zu, Herr Posch. Jetzt bleiben wir doch vernünftig.« Wieder hörte er gelassen zu und setzte sich auf die Kante des Schreibtisches.

»Posch, ah, tschuldigens, Herr Posch – ich glaub, das tät nicht gut ausgehen. … Warum? Nun, es könnt dann ja zum Beispiel aufkommen, daß es da immer wieder eine erhebliche Differenz gegeben hat zwischen der Summen, die Sie bei der Heimwehrleitung angefordert haben und jenen, die … Wie? Das könnt keiner beweisen? Sie haben doch ein so schönes Häusl gebaut, unten, in St. Johann, hab ich mir sagen lassen, und abgezahlt soll es auch schon sein, und zwar in einem Tempo, das man einem einfachen Offizier nicht unbedingt zutraut … Woher ich das weiß? Posch, Sie können aber auch fragen … Von mir aus. Tuns, was Sie nicht lassen können. Ich sag bloß: Es könnt schlecht ausgehen … Na, jetzt beruhigens sich! Denkens doch an Ihre Gesundheit! Sie sind doch ein Stratege, sagens immer. Sehen Sies wie im Krieg. Da verliert man auch einmal eine Schlacht. Und vergessens nie: Es bin nicht ich gewesen, der angfangen hat, gell? … Was? Ich hätt Sie mit meinen unverschämten Forderungen erst dazu gebracht? Aber, Posch, wir haben doch ein ganz normales Verkaufsgespräch …«

Der Anrufer hatte aufgelegt.

»Der Andreas-Hofer-Ersatz?« wollte Schoos wissen.

»Der Posch, ja. Er ist komplett auseinander. Sie haben ihm das daheim nicht abgenommen.«

»Sag bloß«, Schoos begann zu kichern, »sag bloß, daß er was zurück möcht! Ist der komplett narrisch geworden?«

»Magst recht haben.« Urban blieb ernst.

»Fritz, du wirst doch wegen dem nicht in die Hosen scheißen?«

Urbans sah kurz böse auf. »Ich?«

»Was sagt er denn?«

Urban stand auf und ging zum Fenster. Er schob den Vorhang zur Seite und sah gedankenvoll auf die Straße. »Er hätt nichts mehr zu verlieren, sagt er, und würde alles dem Dandl sagen.« Er setzte sich wieder.

»Dem – wer?«

Urban betastete sein Bärtchen.

»Kommerzienrat Dandl von Regensburg«, erklärte er ungeduldig, »führender Volksparteiler, gleichzeitig Koordinator aller vaterländischen Verbände, das heißt, derjenigen, die noch übriggeblieben sind.«

»Ja, und? Was kümmert dich der?«

»Der könnt durchaus lästig werden und eine Untersuchung über alle Waffenverkäufe der letzten Monate anordnen. Der Dandl mag mich nicht, obwohl er mit meinem Vater per Du gewesen ist. Die Durchführung der Waffenverkäufe hab ich nur deshalb angetragen bekommen, weil ich seinerzeit, wie man nach guten Verstecken gesucht hat, sofort welche parat gehabt hab. Der Dandl war bis vor kurzem auch strikt dagegen, daß überhaupt was verkauft wird. Gott sei Dank haben ihn die anderen überzeugen können, daß die Zeiten für Märsche auf Berlin oder sonstwohin vorbei sind.«

»Meinst?«

»Du glaubst doch nicht, daß die nach der Blamage im Bürgerbräu wieder auf'd Füß kommen?! Nein. Die Leut werden langsam vernünftiger.«

»Bist ja glatt ein Republikanischer!«

»Mit der Zeit mußt gehn! Bei mir gibts keinen Stillstand. Ich hab vor, mich auch in solideren Branchen zu installieren. Und der Dandl könnt mir da dazwischenfunken. Es gibt nichts, wo der nicht seine Finger drin hat. Der Dandl tut zwar wie ein Klerikaler, mauschelt aber mit allen, mit den Königstreuen genauso wie früher mit den Hitlerischen, mit den Reichsdeutschen genauso wie mit den Panbavaren. Sogar mit den Sozis.«

»Weiß schon«, sagte Schoos hämisch, »du wirst also doch noch Bauer werden.«

Urban griente zweideutig. »So was ähnlichs, Schoos.«

»Jetzt bin ich aber gespannt.«

»Kannst ruhig gspannt sein«, sagte Urban abweisend. »Aber da gibts noch nichts zu wissen.«

Schoos tippte sich an die Stirn. »Ach – die Sach mit dem Kurbad.«

»Was für ein Kurbad?« fragte Urban unwillig.

»Na, von dem der besoffene Ministeriale neulich im Varieté geschwafelt hat. Wars nicht im Rottal drunten? Nein, jetzt erinner ich mich, in der Näh von Sarzhofen unten!« Schoos suchte nach einer Möglichkeit, die Zigarette auszudrücken. »Mich hats ja nicht interessiert, aber ich hab genau gesehen, wie du deine Ohren aufgestellt hast wie ein Has.«

Urban machte eine wegwerfende Handbewegung. Schoos bohrte nicht weiter. »Versteh«, sagte er, »das wär nicht gut.« Er warf die Zigarette auf den Fußboden. Urban sah es mit mißbilligendem Blick.

»Nein«, bestätigte er nachdenklich, »das wär sogar schlecht.« Er kratzte sich am Handgelenk.

»Da gibst dem Posch halt in Herrgottsnam ein paar von den Gewehren.«

»Sind doch schon längst weg«, erwiderte Urban ungeduldig. »Hab ich an die ›Erwachenden Magyaren‹ oder wie der Haufen da unten heißt, verkauft.«

»Dann gib ihms Geld zurück.«

Urban lachte ungläubig. »Jetzt spinnst aber komplett. Weißt du, was ein Mercedes kostet?«

»Möchst jetzt noch einen Mercedes?«

»Brauch ich! Ich kann doch nicht mit einem Ami-Auto daherkommen, wenns ums Geld geht! Da müßtest es hören, die Bankleut! Nein – der Buick taugt gut zum Schnallen-Chauffieren, aber fürs andere brauch ich was aus dem Reich.«

Schoos sah es ein. Nachdenklich betrachtete er die Orient, die er aus seinem Etui genommen hatte.

»Fritz, jetzt muß ich dir amal ganz franschman was anders sagen: Vom Krieg her weiß ich, daß es nicht gut ist, wenn auf einmal eine zweite Front hinter einem entsteht. Bei dir aber, Fritz, da gibts nicht bloß zwei, da gibts vier, fünf. Paß auf. Einmal krachts.«

»Davon verstehst du nichts«, sagte Urban herablassend.

»Doch, Fritz. Ich bin im Feld gewesen.«

Urban lachte überlegen. »Der Krieg ist aus, Schoos. Du mußt es sehen wie ich: als ein Spiel. Viel Einsatz, viel Gewinn. Nichts schlimmer, als wenn was langweilig wird.«

»Wie du meinst, Fritz. Dann mußt dir halt was einfallen lassen.« Schoos stand auf und ging zur Tür. »Ich schau wieder runter, ob alles in Ordnung ist.« Er kratzte sich am Nacken. »Übrigens, die Mia ...«

»Was ist mit der?«

»Ich weiß, sie ist dein Bopperl. Du möchst was anderes aus ihr machen, hast sie von der Straß getan. Aber die wird mir für meinen Geschmack etwas zu gschnappig. Gestern hats gsagt, sie mag nicht in den ›Salon‹ gehen. Ich hab gesagt, Mia, ein Haufen Leut haben schon nach dir gefragt, die anderen Weiber sind schon ganz neidisch deswegen, das wird der Fritz nicht gern hörn wollen, daß du kein Geld mehr zum Zeug bringen magst. Aber meinst, sie wär rübergegangen?«

»Dann schmier ihr eine.«

»Hab ich auch getan.« Er verließ das Büro.

Urban stand auf und ging zu einem Spiegel, der neben dem Kleiderständer hing. Er betrachtete sich prüfend und fuhr mit der Hand über sein Haar. Plötzlich lächelte er.

›Warum bin ich nicht schon eher draufgekommen‹, dachte er. Er ging zurück zu seinem Schreibtisch und suchte nach einer Telephonnummer. Schließlich fand er sie. Bevor er jedoch wählen konnte, klopfte es zaghaft an der Tür.

»Wer ist es?« raunzte er unwillig. Die Tür öffnete sich.
»Du? Ich hab jetzt keine Zeit, schleich dich!«
Es sei wichtig, sagte Mia. Sehr wichtig.

38

Kajetan hatte lange auf den Wagen der Städtischen Bestattung warten müssen. Nachdem die von ihm gerufenen Schutzleute keine unüblichen Umstände feststellen konnten und der Arzt den natürlichen Tod Emil Teobalts bestätigt hatte, verrichteten sie mit nüchterner Routine ihre Arbeit. Sie umhüllten den Leichnam mit einem Tuch, packten ihn an Händen und Füßen und legten ihn in einen schlicht gezimmerten Sarg.

Nachdem sie gegangen waren, fing der Hausmeister an, die Habe des Verstorbenen zu taxieren. Viel, meinte er, wäre nicht mehr zu gebrauchen, das meiste müßte zur Müllgrube gebracht werden. Das würde er morgen machen, denn heute sei es bereits zu spät.

Als er die Uhrzeit nannte, erinnerte sich Kajetan an seinen Auftrag. Er rannte zur Trambahnstation und, nachdem er erfuhr, daß die Elektrische erst in zwanzig Minuten kommen würde, in die Innenstadt.

Er erreichte den Zentralbahnhof gerade noch rechtzeitig. Kajetan zwang sich zur Ruhe und ging langsam den Bahnsteig entlang, an dem die Ankunft des Zuges aus Köln angekündigt war. Er zog ein schmales Büchlein, das er auf Teobalts Nachttisch entdeckt und unbemerkt eingesteckt hatte, aus seiner Jackentasche. Emil selbst hatte die Broschüre verfaßt. Während er so tat, als sei er in die Seiten vertieft, musterte Kajetan unauffällig die Menschen, die auf dem Bahnsteig warteten. Auch einige jüngere Frauen waren darunter, jedoch keine, die so aussah, als ob sie als Schneiderin arbeiten würde.

Der Zug fuhr ein. Kajetan erkannte den schlaksigen jungen Mann sofort. Eine Hand in der Hosentasche, in der anderen ein kleines Köfferchen, schlenderte er gelassen an ihm vorbei.

Niemand begrüßte ihn. Er trat auf den Vorplatz und winkte einer Droschke.

39

»Wieso möchst einen Tag frei haben? Gleich einen ganzen Tag?« Urban war ärgerlich. »Wie komm ich dazu?«

Mia öffnete ihre Handtasche und suchte nach einem Kuvert.

»Der Schoos hat außerdem gesagt«, fuhr Urban fort, »du tätst langsam meinen, was Besseres zu sein und tätst nicht mehr in den ›Salon‹ rübergehen wollen – was hast denn da?«

Sie reichte ihm einen Brief.

»Da, lies.«

Er runzelte die Stirn, nahm ihn entgegen und las ihn mit wachsendem Erstaunen. Sein Stimme veränderte sich.

»Das ist natürlich was anderes. Da will ich nicht so sein«, sagte er väterlich. »Mein Beileid, gell.«

»Dank dir schön, Fritz. Ich tät dann gleich morgen in der Früh fahren. Auf Nacht bin ich wieder da.«

»Jaja«, nickte er abwesend und blickte noch immer auf das Schreiben. Dann hob er den Kopf und wies mit der Spitze seiner geöffneten Hand auf das Papier.

»Aber sag einmal: Wie ich dich seinerzeit aufgeklaubt hab, da warst du doch vorher in diesem Heim für gefallene Mädchen in Sendling drunten? Du hast damals gesagt, daß du da auch aufgewachsen wärst. Und jetzt les ich, daß . . .«

»Mußt ja nicht alles wissen, Fritz«, lächelte sie müde.

». . . und außerdem: Du bist überhaupt keine Waise gewesen? Deine Mutter hat bis vor kurzem noch gelebt?«

»Ich habs ja selber nie gewußt.«

Urban sah wieder auf das Blatt. Er las den Absender.

»Von daher also bist du ...?« sagte er nachdenklich, »und deine Mutter ist eine ... Aber du heißt doch anders?«

»Die haben mich adoptiert«, erklärte sie. »Aber ich hab kein gut getan, und deswegen haben sie mich fortgetan in das Heim.«

Urban faltete den Brief zusammen und gab ihn Mia.

»Freilich kannst fahren«, wiederholte er. »Das ist doch selbstverständlich.« Er räusperte sich.

»Ich müßts ja eigentlich gekannt haben, deine Mutter.«

Sie hatte sich schon halb erhoben. Jetzt sank sie wieder auf den Stuhl zurück und starrte ihn ungläubig an.

»Ich bin in der Näh groß worden.« Er bemerkte ihren fragenden Blick und lächelte. »Aber ich entsinn mich nicht an sie. Ich bin ja schon ewig und drei Zeiten von dort weg.«

Mia war noch immer verblüfft. »Zufälle gibts«, sagte sie mit verwirrtem Lächeln.

»Ja, verrückt«, stimmte er zu. »Und jetzt mußt auf die Beerdigung?«

Sie schüttelte den Kopf.

»Sie haben sie schon längst eingegraben. Der Brief ist wochenlang unterwegs gewesen. Im Gemeindeamt hat keiner gewußt, wo ich wohne.«

Urban schien einen Entschluß gefaßt zu haben.

»Weißt was, Mia – der Schoos bringt dich heim. Wenn du runter gehst, schickst ihn gleich zu mir, damit er den Wagen anläßt«, sagte er mit fürsorglichem Ton. Ihr Blick wurde abwehrend.

»Das brauchts nicht, Fritz. Die paar Meter.«

»Keine Gegenred. Ich wills!«

Mia stand auf.

»Ich muß allein sein«, sagte sie und verließ das Büro.

Urban stierte ihr nach. Ein maßloser Ärger überkam ihn.

Etwas entwickelte sich, das er nicht erwartet, das er nicht angestoßen hatte. Das er gerade jetzt nicht brauchen konnte.

›Einmal krachts.‹

Schoos' Worte kamen ihm in den Sinn.

»Arschloch, blödes!« Irritiert stellte Urban fest, daß er laut vor sich hin geredet hatte.

Aus dem Varieté klang gedämpftes Gelächter.

40

Kajetan nahm wieder seinen Beobachtungsposten ein, ein kleines Café in der Friedrichstraße, von dem aus man einen Blick auf das Haus des Studenten werfen konnte.

Vermutlich hatte dieser längst das Haus verlassen. Mißgelaunt bestellte Kajetan einen Kaffee. Als er gebracht wurde, öffnete sich die Tür des Hauses auf der gegenüberliegenden Straßenseite. Kajetan sprang auf, warf eine Münze auf den Tisch und verließ das Lokal.

Henning von Seeberg schlenderte gelöst zur Leopoldstraße. Bei einem fliegenden Händler kaufte er sich die neueste Zeitung und betrat das Café Leopold.

Kajetan nahm eine Zeitung vom Haken und setzte sich an den Nebentisch. Nach wenigen Minuten kam ein junger Mann an von Seebergs Tisch. Die beiden begrüßten sich ausgelassen. Nachdem die Studenten ein Frühstück bestellt hatten, begannen sie ein angeregtes Gespräch. Ob sein Kommilitone wieder zum Eibsee fahren würde, wollte von Seeberg wissen.

»Am Wochenende. Kommst du mit, Henning?«

»Hab zu tun!« lächelte dieser vieldeutig.

»Verstehe!« Der andere zwinkerte ihm zu. »Henning, der Kavalier. Aber mir kannst du es doch sagen? Ist es die, die du im ›Regina‹ kennengelernt hast? Sag nur, du hast sie bereits...« Er sah ihn neidvoll an.

»Du bist mehr als indiskret!« tadelte von Seeberg eitel.

»Entschuldige! Aber es ist fürchterlich mit dir! Und wie sieht es heute abend aus?«

»Da bin ich leider auch schon abonniert, mein lieber Justus.«

»Mit ihr?«

»Tschuldigens, der Herr«, sagte der Kellner, »täts Ihnen was ausmachen? Ich hätt hier ein paar Gäst, die zusammensitzen möchten. Da drüben wär noch ein einzelner Stuhl.«

Kajetan schüttelte den Kopf. Natürlich mache ihm das nichts aus, log er.

Nun war kein Wort mehr davon zu verstehen, worüber sich die beiden jungen Männer unterhielten. Offenbar gab es eine Menge amüsanter Neuigkeiten zu berichten, denn erst nach mehr als einer Stunde verabschiedeten sich beide voneinander. Kajetan folgte dem Studenten, der sich mit zügigem Schritt zu seiner Wohnung begab, sich dort umzog und nach kurzer Zeit wieder auf die Straße trat. Er schien sie nach einer zufällig vorbeifahrenden Droschke abzusuchen, ging dann aber über die Ludwigstraße zum Odeonsplatz. Er überquerte ihn und verschwand schließlich in der Enge der Altstadtgassen. Mit Mühe konnte Kajetan ihn wieder ausmachen, als er durch das Thal in Richtung Osten schlenderte, schließlich vor einem Altstadthaus in der Nähe des Isartors stehenblieb und an die Tür schlug. Er wurde eingelassen.

Am Haus zeugte ein Wandschild davon, daß hier eine studentische Verbindung ihr Domizil hatte. Das Gebäude hatte keine Hofeinfahrt, durch die man hindurchgehen hätte können, um einen Blick auf den Saal der Verbindung zu werfen. Die Fenster waren geschlossen. Kein Laut drang auf die Straße. Kajetan schlenderte durch die Gassen, wobei er in regelmäßigen Abständen die Tür des Verbindungshauses passierte.

Immer wieder kam ihm Mia in den Sinn.

Die Dämmerung hatte bereits eingesetzt, als eine Gruppe junger Männer das Verbindungshaus verließ. Sie schienen in bester Laune zu sein und unterhielten sich noch einige Minuten, bevor sie sich verabschiedeten.

Am Isartor winkte von Seeberg einer Droschke. Kajetan konnte nur noch aufschnappen, daß der Student in die Wörthstraße nach Haidhausen wollte. Der Fahrer, den Kajetan wenig später aufhalten konnte und dem er die Fahrt dorthin befahl, ließ sich nicht hetzen. Dennoch konnte Kajetan noch sehen, wie der Student ein Haus in der Nähe des Ostbahnhofrondells betrat.

Hier also wohnte von Seebergs Geliebte?

Ein Gefühl des Bedauerns befiel Kajetan. Die Schlinge um den Studenten zog sich zu. Wie konnte er auch nur dermaßen unvorsichtig sein? Traute er seinem Vater nicht zu, daß dieser ihn beobachten lassen würde? Oder riskierte er gar den Bruch mit ihm? Kajetan konnte sich nicht einer gewissen Sympathie für den jungen Mann erwehren: Es schien jenem völlig egal zu sein, womit ihm gedroht worden war.

Eine Trambahn bog kreischend in die Wörthstraße. Als sie an der nur wenige Schritte von seinem Beobachtungsposten entfernten Haltestelle anhielt, stieg Kajetan ein. Zu Hause angekommen, legte er sich erschöpft ins Bett. Er betrachtete die Muster, die sich durch den rissigen Gips des Plafonds zogen.

Wie sollte er sich verhalten? So froh er war, daß er für Fleischhauer arbeiten konnte, so wenig behagte ihm, daß ihm die Rolle des Zerstörers dieser harmlosen Liebschaft zugefallen war.

Als er noch Polizist war, hatte es nur gegolten, Gesetzesbrecher dingfest zu machen. Welches Gesetz aber wurde hier gebrochen? Dasjenige dünkelhafter Kreise, die sich über den Pöbel heben wollten?

Er wollte Fleischhauer aber auch nicht hintergehen – jedoch: Würde jemand daran etwas aussetzen können, wenn er die beiden warnte?

Noch während er darüber nachdachte, hatte ein irritierendes Gefühl von ihm Besitz ergriffen. Mia.

Er sehnte sich nach ihr. Der Gedanke an sie überwog Zorn und Vernunft. Während er sich noch befehlen wollte, sich zusammenzunehmen, überlegte er bereits seine Worte, die er ihr sagen wollte, wenn er vor ihr stünde. Die albernen Begründungen, mit denen er sich verbieten wollte, Mia nahe zu sein, wirkten nicht mehr.

Das Leben war, wie es war, und nicht, wie es sein sollte.

41

»Ja, so ein Zufall! Der Herr Kommerzienrat Dandl! Grüß Ihnen Gott, Herr Kommerzienrat!«

Der feiste, gutgekleidete Mann, der eben die Tür hinter sich geschlossen und einen Moment satt an sich herabgesehen hatte, riß erschrocken die Augen auf.

»Ich glaub, Sie täuschen sich!« sagte Dandl abweisend, setzte seinen Hut auf und wollte gehen.

»Unmöglich, Herr Kommerzienrat! Gestatten – Kainz, Neueste Münchner Zeitung. Lokalressort.« Der Journalist machte einen kleinen Bückling und lächelte gewinnend.

Dandl blieb stehen und wandte sich langsam um. »Reporter...?« sagte er heiser. »Bei was für einem Blattl, sagt Er?«

»Neueste Münchner, Herr Kommerzien...«

»So. Bei der.« Der Kommerzienrat kratzte sich nachdenklich an seiner fülligen Wange.

Der Reporter nickte eifrig. »Jawohl, Herr Kommerzien...«

»Soso.« Dandl richtete sich auf und wippte auf den Sohlen. »Bei dem Blatt also«, stellte er fest«, wo ich seit Jahr und Tag schon annoncier, und zwar nicht grad gering?«

»Tatsächlich?« fragte Kainz interessiert.

»Tatsächlich«, bestätigte Kommerzienrat Dandl. Er machte eine nachdenkliche Miene. »Also, von da ist Er her...«, wiederholte er lauernd.

»So ist es! Kainz! Lokalreporter. Bin grad dabeigewesen, für eine Reportage über Ausländer in München zu recherchieren und wollt dazu die Madame de Paris befragen. Schließlich inserierts ja – sehns, steht ja auch an ihrem Türschildl – daß sie Unterricht gibt, in Französisch.« Er wies mit dem Kopf zur Tür, aus der Dandl eben gekommen war. »Aber gewundert hat mich schon, daß manche Pariser Weiber einen Dialekt haben, den ich eher nach Dingolfing getan hätt.«

Dandl unterbrach ihn.

»Herr...«, begann er überlegen.

»Kainz! Wenns recht ist, Herr Kommerzien...«

»...Kainz. Also recht freuen wirds den Herrn Dietrich, Ihren Chef, bestimmt nicht, wenn Sie ihm seine Kundschaft verärgern, glaubens nicht auch?«

»Da versteh ich Ihnen jetzt nicht, Herr Kommerzienrat!« sagte der Reporter unschuldig, »Wie kommens denn jetzt auf so was?«

»Bloß a so, Herr Kainz, bloß a so. Haben wir uns verstanden?«

Kainz schüttelte verständnislos den Kopf. »Was meinens denn?«

»Ob wir uns verstanden haben, hab ich Ihn gefragt?«

»Also, Herr Kommerzienrat!« Der Reporter hob aufgeregt seine Brust. »Jetzt versteh ich Ihnen erst. Ich bitt Sie! So ein Mißtrauen! Für was haltens mich denn? Jetzt bin ich aber beinah beleidigt!« Er schien empört.

Dandl beschwichtigte ihn. »So wars nicht gemeint, Kainz. Aber Er muß schon verstehen, daß eine Person des öffentlichen Interesses Obacht geben muß. Da trifft man ihn, wie er zufällig irgendwo vorbeigeht, und schon täts heißen...«

Kainz nickte eifrig. »Selbstverständlich, selbstverständlich, Herr Kommerzienrat. Sie sagen es!«

»Gehns, komm Er mit, Kainz. Damit Er nicht ganz umsonst da ist, lad ich Ihn auf ein Glaserl Wein ein. Dann kann Er mich das eine oder andere fragen, was sich wirklich rentiert für einen Reporter, der wo auf dem Kiwif ist wie offenbar Er.« Er zwinkerte kurz und vielversprechend.

Der Reporter war überrascht. Dankbar verneigte er sich. »Das ist ja eine Ehre, Herr Kommerzienrat!«

Der Kommerzienrat winkte gnädig ab. »Kommens.« Sie betraten die Treppe. »Vielleicht ist für Ihn von Interesse, daß morgen im Hotel ›Vier Jahreszeiten‹ ein äußerst bedeutsames Treffen stattfindet, in dem wichtigste Vertreter der deutschnationalen Verbände zusammentreffen.«

»Ich weiß, Herr Kommerzienrat. Die wichtigsten Vertreter der deutschnationalen, der panbavarischen und monarchistischen Kräfte kommen zusammen.«

»Woher weiß Er das, Kainz? Er ist ja gut informiert. Respekt!«

»Herr Kommerzienrat!« gab der Reporter an. »Ich bin schließlich Journalist.«

»Aber daß auch die Vertreter des Zentrums sowie hochrangige Abgesandte des hiesigen Klerus dabei sein werden, wird Er nicht wissen!«

»Nein!« gestand Kainz ein. »Tatsach? Hochinteressant. Und worüber wird gesprochen?«

»Nun, es geht um nicht weniger als die Zukunft unseres Vaterlands. Mit einer Republik wie dieser ist kein Staat zu machen.«

»Natürlich«, nickte der Reporter. Sie hatten den Eingangsflur erreicht. Dandl blieb stehen und blickte verschwörerisch um sich. Seine Stimme senkte sich.

»Natürlich geht es auch um einzelne Details – und möglicherweise auch um Dinge, die ebenfalls gesagt werden müssen und die zu einer notwendigen Reinigung von, sagen wir einmal, Elementen führen, die meinen, den Schutz des nationalen Aufbruchs für windigste – ich wiederhole – allerwindigste Geschäfterl mißbrauchen zu können.«

»Oh!« staunte Kainz. Sie traten auf die belebte Neuhauser Straße. Dandl wies auf eine Gaststätte am Ende der Straße.

»Gehen wir doch gleich ins Café Fahrig am Karlsplatz!« bestimmte er.

Kainz schien zu überlegen. Ein Lächeln trat in sein Fuchsgesicht. »Gern. Aber wenns dem Herrn Kommerzienrat nichts ausmachen würde, wär mir der ›Steyrer‹ lieber.«

Dandls Gesicht wurde länglich. »Der ›Steyrer‹?« Er mußte husten.

»Ja. Meine Stammwirtschaft! Sagens nur, daß Sie den nicht kennen! Oder gefällts Ihnen nicht da drinnen?«

»Doch...« Die Stimme des Kommerzienrats hatte jede Kraft verloren.

Kainz redete munter weiter. »Dann kennens bestimmt auch den Besitzer, den Herrn Urban. Ein famoser Mensch. Und außerdem ein Mann, an den man sich als Journalist halten muß, denn hie und da kommst da doch an recht interessante Informationen.«

»...und hie und da... revanchieren Sie sich auch...«, ächzte Dandl.

Kainz nickte grausam. »Freilich. Sie kennen sich ja aus, Herr Kommerzienrat. – Was habens denn? Ist Ihnen schlecht? Sie sagen ja gar nichts mehr.«

42

Den ganzen Vormittag hatte Kajetan versucht, den Studenten beim Verlassen des Hauses anzutreffen. Von Seeberg mußte das Haus bereits verlassen haben. Auch im Café Leopold, wo er sein Frühstück einzunehmen pflegte, saß er nicht, und unter den Besuchern des Verbindungsbüros in der Altstadt war er ebenfalls nicht.

Kajetan erinnerte sich daran, daß von Seeberg mit einem Kollegen über einen Ausflug an den Eibsee gesprochen hatte. Vielleicht war er dort? Doch würde ihm Fleischhauer eine Reise, die womöglich ebenfalls vergeblich wäre, niemals bezahlen.

Er wanderte ziellos durch die Stadt, löste schließlich, was er sich bereits seit Tagen vorgenommen hatte, einen Teil seines Pfands aus und legte sich schließlich für einige Stunden schlafen.

Als er erwachte, war die Dämmerung bereits hereingebrochen. Er stand hastig auf und begab sich in die Friedrichstraße. Er hatte von Seeberg einmal am Fenster seiner Wohnung gesehen und wußte deshalb, in welchem Stockwerk er wohnte. Doch dort brannte kein Licht.

Schließlich fuhr er mit der Trambahn den Gasteig empor. Die Fenster der Wohnung in der Wörthstraße, die er suchte, waren erleuchtet. Das Haustor ließ sich mit leichtem Druck öffnen. Er stieg die Treppe bis ins obere Stockwerk empor und klopfte an eine Tür, an der ein kleines Schild mit dem Namen »Weber Petronilla« befestigt war.

»Wer ist draußen? Henning? Bist es du?«

Sie war allein.

»Ich bin ein Freund von Henning. Ich soll Ihnen eine Nachricht bringen.«

»Die Tür ist nicht zugesperrt!« hörte Kajetan die Stimme des Mädchens. Er drückte die Klinke herunter.

Das blonde Mädchen sah ihn freimütig an.

»Wer sind Sie? Ich kenn Sie gar nicht. Ein Freund vom Henning sind Sie?« Sie reichte ihm die Hand. »Ich bin die Nilla!«

Kajetan sah sich in ihrer Kammer um. Sie war sauber

und aufgeräumt, in einer Vase auf dem Tisch stand ein Bund Astern. Alles atmete Liebenswürdigkeit. Was sollte er tun?

Das Mädchen verschränkte die Arme vor ihrer Brust und wich einen winzigen Schritt zurück. »Was möchtens bitt-schön?«

Kajetan nannte seinen Namen und gab an, im indirekten Auftrag von Heninng von Seebergs Vater gekommen zu sein.

»Hockens Ihnen hin«, sagte sie ahnungsvoll. Vergeblich versuchte sie, ihre Aufgeregtheit zu unterdrücken. Ihre Wangen hatten sich gerötet. Kajetan lehnte ab.

Sie sank auf einen Stuhl. »Ihr wollt nicht, daß wir zusammen sind, ich weiß schon«, sagte sie bedrückt.

»Ich selber will gar nichts, Fräu'n Nilla«, korrigierte er, »aber es ist wahr: Der Vater macht sich Sorgen.«

Ihre Augen wurden feucht. »Er muß aus Stein sein. Oder...«, sie besann sich und schniefte, »nein... vielleicht ist es wirklich ein guter Mensch und... Kennen Sie ihn? Können Sie nicht...«

Kajetan schüttelte den Kopf.

»Was... haben Sie mir dann zu sagen?«

»Hat Ihnen der Henning gesagt, daß ihm sein Vater den Umgang mit Ihnen verboten hat?«

Sie setzte zu einem Nicken an, hielt jedoch erschrocken inne und starrte ihn an. »Nein«, log sie.

Kajetan schwieg. Nilla streifte ihn mit einem kurzen Blick und sah zu Boden. Sie zog ein Taschentuch aus ihrem Hüftannäher und schneuzte sich. Dann hob sie den Kopf.

»Und jetzt will der Vater nachschauen, ob der Henning sich auch dran hält?« sagte sie geschlagen. »Und Sie, Sie schleichen, seit er zurück ist, schon da herum, um es herauszufinden? Schämens... Ihnen nicht?«

Kajetan hob die Schultern und ließ sie wieder fallen. Er spürte den Wunsch, diesen Raum zu verlassen, und drehte sich zur Tür. Sie sprang mit fliegendem Haar auf und stellte sich vor ihn. »Entschuldigens! Ich habs nicht so gemeint!« Sie begann zu weinen. »Ich bitt Sie, verratens uns nicht! Bei der Heiligen Jungfrau! Der Henning und ich, wir haben uns lieb. Einmal muß sein Vater es einsehen, daß uns nichts auf der Welt auseinanderbringen kann! Er muß es einsehen! Und er wird merken, was für eine gute Tochter ich ihm sein werd! Und daß auch sein Sohn ihn dann wieder achten kann, wie ein Sohn seinen Vater achtet. Bitte!«

Sie lief zu einer Kommode, riß die Schublade auf, griff zu einer Geldbörse und hielt sie ihm tränenüberströmt entgegen. Kajetan runzelte betreten die Stirn.

»Er zahlt Sie doch? Schauens her«, sie öffnete die Börse und holte einen zusammengefalteten Geldschein hervor, »Sie kriegen das Geld von mir! Ich bin keine Leichte, ich hab was gespart! Nehmen Sie es... Aber bitte verraten Sie uns nicht!«

Betroffen hatte Kajetan auf den Zehnmarkschein gestarrt und war unwillkürlich einen Schritt zurückgetreten. Er schluckte und schob ihre Hand zurück.

»Behaltens das Geld«, sagte er rauh, »ich überlegs mir.«

Sie hob ihre Augenbrauen und sah ihn hoffnungsvoll an. Ein ungläubiges Lächeln erschien auf ihren Lippen. Ihre Brust hob und senkte sich heftig. Sie suchte nach Worten.

»Sagens erst einmal niemandem, daß ich dagewesen bin! Niemandem! Vor allem nicht dem Henning! Habens mich verstanden?«

Sie nickte eifrig. »Ich versprechs!«

Kajetan sah sie streng an.

»Sie verraten uns nicht!« jubelte sie und umarmte ihn. Kajetan sah sie mürrisch an.

»Ich überlegs mir, hab ich gesagt!« raunzte er. Sie nahm die Hände von seinen Schultern.

»Wir haben ausgemacht, daß wir in der nächsten Zeit vorsichtiger sind, der Henning und ich, und uns seltener sehen. So schwer es uns auch fällt.«

»Tuts das?«

»Ja. Sehr«, sagte sie bedrückt.

43

Während Kajetan nachdenklich den Gasteigberg hinunterging, dachte er an Nilla. Er mochte sie. Was sollte er tun? Der Detektiv vertraute ihm. Er durfte sich nicht schon wieder durch eine unbedachte Handlung in eine Malaise bringen. Wenn er diese Angelegenheit erfolgreich abschließen würde, könnte sie weitere Aufträge nach sich ziehen, und nachdem er gern auf weitere Abenteuer mit Urban verzichtete, würde er sie bald wieder bitter nötig haben.

Er war unschlüssig, wußte aber gleichzeitig, daß alles so kommen würde, wie es immer kam. Er würde sich wieder in Schwierigkeiten bringen, und nichts auf der Welt würde ihn davon abhalten können, wieder in einen soliden Schlamassel zu geraten.

Er dachte an Mia. Warum ging er nicht sofort zu ihr? Noch hielt ihn etwas zurück, doch gleichzeitig erkannte er, daß es kein Fliehen mehr geben würde. Er hatte versucht, sich zu verschließen, obwohl sich etwas in ihm geöffnet hatte. Was ihn mit Mia verband, war noch nicht zu Ende. Vielleicht war er, der viele Monate einsam gewesen war, verrückt geworden, weil er glaubte, ihr müsse es wie ihm ergangen sein; zu lange hatte sich die Sehnsucht nach Berührung und Nähe in ihm gestaut. Jetzt floß sie über. Vielleicht war alles eine entsetzliche Täuschung. Aber keine Lüge war, daß er von nichts anderem mehr träumte als von jener Nacht.

›Morgen ...‹, beschloß er. Er sah sich, wie er vor Mias Tür stand und klopfte.

Es war bereits dunkel geworden. Er zog die Schultern zusammen. Obwohl die Nachtluft noch angenehm warm war, fror er.

Wütend schob er die in den Angeln ächzende Windtür der Pension auf und durchquerte das kleine Foyer. Die Tür zu Brettschneiders Büro stand offen.

»Herr Kajetan!« Kajetan hatte bereits eine Hand am Treppengeländer. Brettschneider stand im Türrahmen und schob sich einen Hosenträger über die Schultern.

»Ich hab Sie gehört. Ich erkenn alle meine Gäste daran, wie sie gehen.«

Kajetan war nicht sonderlich interessiert. »So? Und wie geh ich?«

»Allerweil ein bisserl schneller als die anderen. Fast ein bisserl gehetzt, als ob Sie Angst hätten, daß Ihnen was auskommt und daß Sie was verpassen. Was pressierts Ihnen denn gar so?«

Kajetan zuckte mit den Achseln. Er fragte sich, was der Besitzer von ihm wollte.

»Ich bin fei schon enttäuscht, mit was Sie sich abgeben«, sagte Brettschneider mit gerunzelter Stirn.

»Wie meinens das?«

»Da ist vorhin ein junges Ding dagewesen und hat Ihnen...«, er griff in seine Tasche und holte einen zusammengefalteten Zettel hervor, »...eine Nachricht aufgeschrieben. Da!« Er streckte die Hand aus.

Kajetan nahm das Papier erstaunt an. Er überflog die Zeilen.

»Wann ist sie dagewesen?« fragte er schnell. Er faltete das Papier mit zitternden Fingern zusammen.

»Schon heut mittag. Sie sind ja nie daheim. Wo treibens Ihnen denn eigentlich allerweil umeinand?«

Kajetan faltete das Papier zusammen und ging wortlos zur Treppe.

»Ich bin fei echt ein bisserl enttäuscht«, rief ihm Brettschneider nach, »was Sie so für einen Umgang haben. Ich hab gedacht, daß wenigstens Sie sich nicht mit so einer Britschn einlassen.«

Kajetan wandte sich böse um. »Mit was?«

»Ich kenn mich aus.« Er trat einige Schritte zur Treppe und sah nach oben. »Wollens wissen, wie ich eine kenn, die ihr Geld in der Geraden verdient? Die meisten haben einen winzigen Riß im Gesicht.«

Kajetan versuchte, sich zu beherrschen. »Lassen Sie mir meine Ruhe, Herr Brettschneider. Das interessiert mich nicht.« Er setzte seinen Weg fort.

»Das ist nämlich eine Narbe von einem Messer«, krähte ihm Brettschneider boshaft nach. »Bei den Huren ist es wie beim Kistler: Erst werdens geschnitten, und dann werdens genagelt!« Er lachte herzlich über seinen Scherz.

Kajetan nahm zwei Schritte auf einmal und erreichte mit klopfendem Herzen seine Kammer. Mit fliegenden Bewegungen griff er nach der Waschkaraffe, goß Wasser in die Schüssel und wusch sich das Gesicht mit den Händen. Dann stellte er sich vor den Spiegel, kämmte sich und strahlte sich an. Verliebt dachte er daran, daß sie nicht nur das Wort »kommen« mit einem »m« und dem altmodischen Überstrich geschrieben hatte, sondern in fast jedem zweiten Wort einen Rechtschreibfehler gemacht hatte. Nur kurz überlegte er, ob sie jetzt überhaupt zu Hause wäre. Egal. Dann würde er zum »Steyrer« gehen, sich als Gast in das Varieté setzen, ganz harmlos tun und am Stachuskiosk wieder auf sie warten. Obwohl, fiel ihm ein, sie darum gebeten hatte, daß er in ihre Wohnung am Glockenbach kommen sollte. Er warf den Kamm in die Schublade, sah gedankenlos an sich herunter und verließ mit schnellen Schritten das Zimmer.

44

»Bleibens draußen«, brummte der Ältere der beiden Polizisten, »da darf keiner rein. Der Doktor ist drinnen. Wer sinds denn überhaupt? Gehören Sie zur Familie?«

»Nein ... ja«, stotterte Kajetan, »was ...?«

»Trotzdem. Es darf keiner hinein.« Der zweite Polizist nickte. Auf dem Treppenabsatz standen mehrere neugierige Hausbewohner und glotzten ratlos.

»Was ... ist denn ... drin? Was ist mit der Mia?«

»Regens Ihnen nicht auf. Der Doktor ist ja schon bei ihr.«

Kajetan bebte. Er starrte den Beamten an.

In diesem Moment öffnete sich die Türe zu Mias Kammer. Der Arzt, gefolgt von der Fürsorgerin, kam heraus.

»Sofort in das Krankenhaus!« sagte er.

»Was ist denn?« schrie Kajetan. Der Arzt wandte sich tadelnd an ihn.

»Alles sieht nach einer Vergiftung aus.«

»Ver ... ver ...«

»Gehens aus dem Weg!« Die Fürsorgerin schob ihn zurück und wandte sich an einen der Beamten. »Seid Ihr mit dem Wagen da? Nein?« Sie sah Kajetan an. »Sind Sie vom Haus? Hat irgend jemand da herin ein Telephon?«

Niemand antwortete. Kajetan schloß die Augen und atmete tief ein. Er packte die Fürsorgerin, stieß sie zur Seite und wollte in das Zimmer laufen. Sie gab ihm eine Ohrfeige. Er wich zurück, stolperte über die Türschwelle und fiel in die Arme eines Polizisten. Der Beamte hielt ihn mit hartem Griff fest.

»Ein Telephon! Hat keiner ein Telephon?« Sie fluchte. »Herr Doktor, dann müssen wir das Ihrige Auto nehmen!«

»Geht wohl nicht anders«, brummte der Arzt ärgerlich und wandte sich zum Treppenabsatz. »Ich fahr vor das Haus.« Die Hausbewohner wichen zurück.

»Herr Wachtmeister, staubens die Leut weg! Wir müssen die Kranke nach unten tragen! Es geht um Minuten bei so was«, sagte die Fürsorgerin. Sie wich Kajetans entsetztem Blick aus.

»Alle gehen in die Wohnungen zurück!« rief der ältere Beamte und wiederholte es in strengerem Ton, nachdem sich niemand bewegen wollte. »Los, rein in eure Löcher. Da gibts nichts zu sehen.«

Der Schutzmann fluchte laut und ging drohend auf die Gaffer zu, die sich ängstlich duckten und endlich seinem Befehl folgten.

Das Gesicht der Fürsorgerin war unbewegt. Ihre Brust hob und senkte sich. Sie überlegte. Ihr Blick fiel auf Kajetan.

»Ist das ein Verwandter? Oder was ist der?« fragte sie den Polizisten. Dieser hob unsicher die Schultern.

»Nicht? Dann soll er sich schleichen.« Sie zeigte nach unten. Der Beamte schob den widerstrebenden Kajetan zum Treppenabsatz und gab ihm einen leichten Stoß. »Runter!« knurrte er böse. Kajetan taumelte einige Stufen in die Tiefe und klammerte sich an das Becken der Wasserstelle. In der Leibung eines Wohnungseingangs stand ein Junge und weinte haltlos.

Die Fürsorgerin wandte sich an den zweiten Beamten.

»So. Sie müssen mithelfen«, sagte sie entschlossen, »wir tragen sie nach unten. Der Doktor muß jeden Moment da sein.«

»Jetzt wartens doch auf die Sanitäter!« sagte der Polizist abwehrend. »Soviel Zeit wird doch noch sein. Daß ich mir noch die Uniform anpatz, das fehlt mir grad no ...«

Er sprach nicht weiter. Ein vernichtender Blick hatte ihn durchbohrt.

»Von mir aus«, brummte er schließlich und folgte ihr in das Zimmer.

Ihre Stimmen waren kaum mehr zu hören. Kajetan klammerte sich noch immer an das Geländer. Ein Schwindel hatte ihn ergriffen. Benommen hörte er nun von unten den Ruf des Arztes. Der Beamte, der auf dem Treppenhausflur stehengeblieben war, antwortete ihm. Langsam ordneten sich Kajetans Gedanken. Er lief nach unten.

Der Motor des Wagens tuckerte.

»Was ist mit ihr passiert?« fragte er den Doktor.

»Hab ich Ihnen doch schon gesagt«, gab der Arzt mürrisch zurück. »Vermutlich Gift.«

»Wieso Gift?«

Der Arzt sah ihn mit mitleidiger Verachtung an. »Blöde Frage.«

»Ich mein – was für eins, Herr Doktor?«

»Das wenn ich wüßt.«

»Und wo bringen Sie sie jetzt hin?«

Der Arzt nannte den Namen einer Klinik auf der anderen Seite der Isar. »Wenns überhaupt noch einen Zweck hat ...«

»Lassens mich mitfahren, Herr Doktor!« stieß Kajetan hervor.

»Sinds narrisch? Hab keinen Platz. Sind Sie denn mit ihr verwandt?«

»Ja!« log Kajetan. »Bittschön – ich muß ...«

»Ich hab trotzdem keinen Platz, Herrgottnochmal. Hören Sie nicht? Sie werden sie noch früh genug sehen!«

Kajetan rannte los. Er hatte bereits die am Isarufer nach Norden führende Straße erreicht, als er vom Wagen des Arztes überholt wurde, der an der Ludwigsbrücke nach Osten abbog. Kajetans Atem rasselte. Er lief keuchend weiter.

Als er die Klinik erreicht hatte, stand der Wagen des Arztes noch vor dem Eingang.

»Heda!« rief der Portier scharf. »Dableiben. Wo wollens hin?«

»Inspektor Kajetan! Schutzmannschaft!« Kajetan holte röhrend Luft und tat, als ob er in seine Brusttasche greifen wollte. »Es… ist soeben eine… Frau eingeliefert worden. Wo ist sie hingebracht worden?«

Der beeindruckte Portier machte einen Bückling.

»Entschuldigens, Herr Inspektor«, sagte er untertänig, »das junge Weiberleut da, die wo eben grad… ?«

Kajetan nickte ungeduldig.

»Also, wenns mit der noch reden wollten, dann sinds zu spät, Herr Inspektor. Also, Sie, das seh ich gleich, auch wenn ich kein Doktor bin, auf einen Blick seh ich das, daß mit dem Madl nichts mehr… was habens denn auf einmal? Herr Inspektor?!!«

Man hatte ihn in einen Raum neben der Pforte getragen und auf eine Pritsche gelegt.

Die Fürsorgerin hatte ihn zusammenbrechen sehen und saß nun neben ihm, als er nach einigen Minuten erwachte. Er sah sie mit tränenverschleierten Augen an.

»Warum habens das nicht gesagt, daß Sie von der Polizei sind?« fragte sie.

Er schüttelte benommen den Kopf. »Stimmt ja nicht«, flüsterte er.

»Ach so.« Sie verstand. »Sie sind mit ihr gegangen, gell?«

»Was ist passiert?« flüsterte Kajetan.

»Es… es sieht danach aus, als hätte sie sich vergiftet.«

»Warum…? Mit was…?«

»Weiß ich nicht. Ich hab nichts herumliegen sehen. Der Doktor sagt…«

»Was?«

»Kokain.«

»Kokain?« wiederholte Kajetan ungläubig. »Woher soll sie denn…« Er versuchte sich aufzurichten. Mit sanftem Druck schob sie ihn zurück.

»Woher sie das hat? Wo leben Sie denn?«

»Die Mia…«, flüsterte Kajetan, »…und Kokain.«

»Vieles weist drauf hin«, erklärte sie sachlich, »der hohe

Blutdruck, die Krämpfe, die Atemnot. Aber ich bin ja kein Doktor. Es kann auch ganz was anderes gewesen sein.«

»Wie… ist sie denn gefunden worden?«

»Was ich gehört hab, hat sie sich noch zur Tür geschleppt und um Hilfe geschrien. Ich selber war zufällig in der Nähe.«

»Wer schreit denn… um Hilfe, wenn er sich umbringen will?«

»Die meisten«, antwortete sie nüchtern. »Aber es sollte ihnen einmal einer sagen, daß die umgekehrte Reihenfolge die gesündere wär.«

Die Fürsorgerin hatte ihm dann erzählt, daß Mia noch bei Bewußtsein gewesen war, als sie das Zimmer betreten hatte. Die Sterbende wollte offenbar etwas sagen, konnte aber bereits nicht mehr sprechen. Im Wagen sei sie noch einmal kurz erwacht und hätte etwas geflüstert. Das allerdings hätte sie nicht mehr genau verstanden. Aber es hätte sich eigenartig… ja, eigenartig zufrieden angehört. Daß es jetzt gut sei. Oder so ähnlich.

»Aber jetzt müssens gehen«, sagte sie und griff Kajetan unter den Arm. »Bevor Ihnen jemand draufkommt, daß Sie gelogen haben. Das ist strafbar.«

Er richtete sich auf.

»Ich möcht sie sehen«, bat er mit tonloser Stimme.

»Sinds doch vernünftig! Das geht nicht mehr.«

Er bettelte. Sie wurde ungeduldig und wand sich aus seiner Hand.

»Sie ist doch längst nicht mehr da. Sie ist gleich, nachdem der Arzt hier ihren Tod festgestellt hat, in die Gerichtsmedizinische gebracht worden.«

45

Bierkugel und Messer hatten es in den vergangenen Tagen nicht leicht gehabt. Zwar waren sie gleich nach der Niederlage Kaisers auf Urbans Seite geschwenkt, aber dennoch war man ihnen mit Mißtrauen begegnet. An diesem Abend jedoch hatte zumindest der kleine Bierkugel Gelegenheit erhalten, seine Fähigkeiten zu beweisen. Denn er war es, der den Einbrecher entdeckt hatte, ihn in die Flucht schlagen und rechtzeitig den Brandherd löschen konnte.

Zufrieden beobachtete er, wie Urban, der sich in letzter Zeit immer seltener in seinem Büro über dem Varieté aufgehalten hatte, mit fliehenden Mantelschößen und schiefsitzendem Bowler hereinstürzte und seine Männer anbrüllte. Schoos hatte unwillkürlich die Hände gehoben, als müsse er sich gegen eine Ohrfeige schützen.

»Ist doch gar nicht viel passiert!« verteidigte er sich verletzt. Urban wischte sich über die Stirn und ließ sich erschöpft auf einen Stuhl fallen.

»Dein Glück«, sagte er finster. »Erzähl«, befahl er mit drohender Stimme, »wie hat das passieren können? Das ganze Haus hätt abbrennen können, weil ihr nicht aufgepaßt habt!«

»Ich hab ihn zuerst gesehen«, sagte Bierkugel stolz. Urban nickte ihm anerkennend zu und drehte sich zu Schoos.

»Aber du, Schoos, bist heut dran gewesen! Wo warst du eigentlich? Hast statt dessen wieder mit der Gotti poussiert?«

Kandl sah ungläubig von einem zum anderen. Schoos widersprach verärgert.

»Weil ich mit dem seiner Britschn poussier!« protestierte er. »Die Krätzn kann ich mir auch woanders holn...«

Gotti stürzte sich wie eine Furie auf ihn.

»Gotti!« Urbans Stimme ließ sie versteinern. Ihr Arm, mit dem sie zum Schlag ausgeholt hatte, sank augenblicklich herab.

Jetzt schien auch Kandl zu kapieren. Fassungslos zeigte er auf Schoos und wandte sich an Gotti. »Was hast du... mit dem da?« Er schlug ihr ins Gesicht. Sie schrie auf und taumelte zur Tür. Kandl duckte seinen Kopf zwischen seine Schultern, drehte sich zu Schoos und hob erneut seine Faust.

Urban war außer sich. Er sprang auf, riß den Rasenden herum und gab ihm eine klatschende Ohrfeige.

»Ist jetzt endlich eine Ruhe da herinn? Mir wird das Lokal angesteckt! Die Leut hauen in Panik ab! Der ganze Umsatz ist beim Teufel, und wer weiß, wie es in den nächsten Tagen ausschaut? Und euch fällt nichts besseres ein, als wegen einem Weibsbild zu raufen?!«

Bierkugel beobachtete genüßlich den Streit und wechselte einen Blick mit Messer.

Gotti kroch auf allen vieren und versuchte sich aufzurichten. »Ich geh fort«, wimmerte sie leise. »Ich hab genug, ich geh auf Augsburg... da gibts wenigstens einen anständigen Puff... da...«

»Schmeißts die Britschn raus!« befahl Urban. Er atmete schwer. Messer zog das Mädchen mit grobem Griff hoch und schob sie hinaus. »Mit dir red ich noch!« zischte Kandl.

Urban fuhr sich durch die Haare. Er setzte sich wieder, führte beide Hände an seine Schläfen und dachte nach. Dann sah er auf.

»Hat ihn jemand erkannt?« fragte er nüchtern. »Du, Bierkugel, hast ihn doch erwischt, wie er das Feuer gelegt hat. Du sagst auch, daß du auf ihn geschossen hast. Meinst du, daß er eine gefangen hat?«

»Bestimmt.«

»Woher willst das wissen?«

Bierkugel schwenkte seinen runden Kopf in Richtung der Straße. »Draußen ist eine Blutlacke.«

»Und was hast du gesehen? Wars einer von denen, die früher mit euch und dem Kaiser zusammengewesen sind?«

Bierkugel verneinte. »Die sind doch eh alle bei dir.«
»War ers vielleicht selber?«
»Der Kaiser? Bestimmt nicht! Soviel ich weiß, ist der grad im Spital. Ein Auto soll ihn zusammengefahren haben, wie er besoffen über die Straß wollt. Außerdem: Ich hab den zwar nicht genau gesehen, aber er war um einiges größer als der Kaiser. Und mager.«
Urban blickte in die Runde.
»Wer könnts dann gewesen sein? Was meinst du, Messer?«
»Einer, der dich nicht mag, würd ich sagen.«
»Der Posch, meinst?« Urban überlegte. Er schüttelte den Kopf. »Der Posch ist ein Maulheld.« Er sah zu Schoos. »Spiel nicht den Beleidigten. Was sagst du dazu? Du kennst ihn auch.«
Schoos hob gekränkt die Schultern. »Bei viel Geld kriegt mancher auf einmal eine Schneid. Außerdem kann ers ja jemandem angeschafft haben.«
»Ich glaubs nicht«, widersprach Urban. »Das ging viel zu schnell. Er hat bestimmt bis heut geglaubt, daß mich der Dandl am Kragen packt und ich das Geld wieder herausrücken muß. Daß der Dandl das nicht getan hat, weiß er noch gar nicht. Und auch der Dandl wird sich hüten.« Er sah zufrieden an sich herab. »Der hat seine Lektion verstanden. Grad schön hat er mir auf der Versammlung getan und mir sogar noch gedankt für meine Verdienste. Nein, so eine Sau er auch sein kann, dumm ist er nicht.«
Bierkugel trat einen Schritt vor. Urban sah auf.
»Der Posch und der Dandl sind gut miteinander an«, stellte er ruhig fest.
»Wissen wir«, sagte Urban unruhig.
»Also kannst davon ausgehen, daß ihm der Dandl schon eher gesagt hat, in welcher Zwickmühle er ist und ihm deswegen nicht mehr helfen kann.«
Urban strich über sein Bärtchen. Er nickte nachdenklich,

stand auf und wanderte im Gang auf und ab. Ratlos folgten die Männer seinen Bewegungen.

Urban schlug mit der flachen Hand auf den Tisch.

»Schoos, Kandl – Ihr sucht mir den Posch! Bloß der kann dahinterstecken!«

Die Männer schauten sich ratlos an. »Das sagst so leicht«, maulte Kandl. Urban machte eine wegwerfende Handbewegung. »Der Posch muß noch in der Stadt sein. Horcht euch um, wo er steckt.«

»Und dann?«

»Und dann?« echote Urban ungeduldig. »Dann kriegt er, was ihm zusteht, verstehst? – Und jetzt hauts ab!«

Sein Blick fiel auf Schoos, der sich wortlos zur Tür begeben hatte. Er glaubte, einen leichten Spott um dessen Mundwinkel entdeckt zu haben.

»Schaustn so blöd, Schoos?« fragte er gereizt.

Dieser tat, als hätte er nicht verstanden. »Ich schau doch nicht!« maulte er.

»Freilich schaust. Ich sehs doch!« Urban winkte ihn ärgerlich hinaus. Doch dann fiel ihm noch etwas ein.

»Ah, Kandl«, rief Urban, »wart einmal!«

Der Angesprochene drehte sich um. »Sag, Kandl, war die Mia heut da?«

Kandl überlegte kurz. »Die Mia? Nein, die war nicht...«

»Aber heut hätts doch singen sollen, nedwahr?«

Kandl nickte. »Der Gustl sagt: ja. Aber gesehen hab ich sie nicht.«

46

Die Männer entdeckten den Österreicher wenige Stunden später. Der Kellner des »Blauen Bock« hatte ihnen sagen können, wo Posch mit Sicherheit zu finden sein würde. Er kannte natürlich die Hure, mit der Posch sich betrunken hatte und mit der er schließlich, vor etwa einer viertel Stunde sei das gewesen, aus dem Lokal gewankt war. Der Kellner konnte auch die Hofdurchfahrt des Hauses am Jakobsplatz beschreiben, für die das Mädchen einen Schlüssel hatte und in der sie ihre diesbezüglichen Geschäfte verrichtete.

Sie hatten den Eingang nach wenigen Schritten gefunden. Er lag im Dunkeln; eine Gaslampe beleuchtete nur den vorderen Teil der Gasse. Schoos preßte sein Ohr an die schwere Tür. Er wies mit dem Daumen nach innen und grinste.

»Da drin wird schwer geschoppt«, raunte er. Auch Kandl horchte. Er verzog seinen Mund. »Das muß ein ziemliches Gewicht sein, was der da stemmt.«

Es waren wenige Minuten vergangen, als ein dumpfes Ächzen zu hören war, das von unterdrücktem Gezeter begleitet wurde. Nachdem sie kurz danach Schritte gehört hatten, zogen sich Schoos und Kandl schnell zurück und taten so, als ob sie gerade zufällig die Straße entlanggehen würden. Die Hure kam schnaufend heraus und stakste mit schnellen Schritten die Gasse hinab. Wenig später öffnete sich die Türe erneut.

Schoos legte seine Hand an die Schläfe und grüßte verschlagen. Posch erschrak.

»Wer seids ihr?« keuchte er.

Er hätte doch eine Droschke bestellt, behauptete Kandl. Posch stritt es ab.

»Schmarren!« protestierte er. »Wo ich doch gleich drüben beim Tor logier!«

Die beiden Männer sahen sich an. Schoos wandte sich wieder an den Empörten und griff an dessen Revers.

»Bestellt ist bestellt!« sagte er drohend. Kandl packte Posch am Arm und zog ihn mit sich. Hilflos sah Posch um sich.

»Wennst schreist, bist hin. Spürst, was ich in der Hand hab? Was ist das?« Schoos drückte die Spitze eines Messers in Poschs Rücken.

»Was... was hab ich euch denn getan?« flüsterte der Entführte und sah entsetzt von einem zum anderen. Plötzlich schien sein Atem zu stocken.

»Euch kenn ich ja!« ächzte er und versuchte, sich aus den Griffen der beiden Männer zu winden. »Ihr seids dem Urban seine...!«

»Still bist!« Schoos drückte die Klinge fester in Poschs Rücken. Posch stöhnte leise auf. Bald hatten sie den Wagen erreicht. Kandl, der nun ebenfalls ein Messer in der Hand hielt, öffnete die Tür, schob Posch auf den Rücksitz und wuchtete sich neben ihn. Schoos drehte fluchend die Motorkurbel und setzte sich hinter das Steuer.

Bald hatten sie die Ludwigsbrücke erreicht. Schoos schaltete den Selve zurück.

»Wo... wo bringts ihr mich hin?« flüsterte Posch.

»Weiß gar nicht, was er hat«, sagte Schoos gleichmütig, »da darf er bei uns mitfahren und freut sich gar nicht drüber.«

»Wo... wohin fahren wir denn?« stammelte Posch.

»Bloß ein bisserl spazieren«, sagte Kandl gähnend.

47

Der kühle Wind, der am Morgen aufgekommen war, hatte das Fenster zu Kajetans Kammer aufgedrückt. Mit leisem Ächzen schob er die Flügel hin und her und schlug sie, als er stärker wurde, an die Leibung. Im Halbschlaf hatte Kajetan das Gefühl gehabt, das gleichmäßige, von feinem Glasklirren begleitete Klocken sei Teil seines Traums, bis er schließlich fröstelnd erwachte. Die Decke lag am Boden. Er zog sie wieder über sich und vergrub sich darin, bis das Geläut der Heiliggeistkirche dröhnend einsetzte. Mit schweren Bewegungen stand er auf und schloß das Fenster. Er tappte unentschieden in der Kammer umher. Schließlich zog er sich an.

Er besah sich im Spiegel und starrte fassungslos auf sein Bild. Sein Gesicht war schmutzgrau, zwischen seine Augen hatte sich eine tiefe, waagrechte Wulst gesenkt. Unter seinen rotgeränderten Augäpfeln waren seine Tränensäcke angeschwollen wie die eines alten, betrunkenen Mannes, und tiefe Furchen hatten sich von der Nasenwurzel zu den unrasierten Wangen gegraben. Sein Haar stand wüst in die Höhe; vergeblich versuchte er, es mit den Händen zu glätten. Er füllte die Waschschüssel, nahm mit beiden Händen Wasser heraus und rieb sich das Gesicht ab. Dann trocknete er sich ab, legte das Tuch zur Seite und richtete seinen Rücken gerade. Er sah nicht mehr in den Spiegel.

Mia war tot. Sie hatte sich vergiftet.

Doch wenige Stunden zuvor hatte sie ihm doch eine Nachricht zukommen lassen und ihn gebeten, sie aufzusuchen! Es sei sehr wichtig, hatte sie geschrieben. Was hatte sie ihm sagen wollen?

48

Schon auf der Treppe hörte er, daß die Tür zu Mias Wohnung offenstand. Als er näher trat, sah er eine dürre ältere Frau, die dabei war, mit einem nassen Tuch den Boden aufzuwischen. Als Kajetan grüßte, ließ sie sich nicht stören.

»Habens da was verloren?«

Ja, das hätte er.

»So? Was? Sind Sie epper … der Bräutigam?«

»Ja.«

Sie wischte weiter. »So? Da lach ich aber. Wenns nicht so traurig wär. Hauens ab.«

Kajetan bemerkte, daß er noch zu wenig Kraft hatte, um sich mit ihr auf einen Streit einzulassen. Er ließ die Schultern fallen. Sie musterte ihn aus den Augenwinkeln.

»So wars nicht gemeint, Herr«, beschwichtigte sie schließlich. »Ich hab das Fräulein ja gern gemocht. Aber deswegen hat man ja trotzdem noch Augen im Kopf, oder?« Sie warf den Lappen in den Eimer und erhob sich.

»Sie hat mir hie und da was mitgebracht und sich auf eine Tasse Kaffee zu uns reingesetzt«, erzählte sie, während sie sich streckte. »Sie war keine Unrechte. Da gäbs andere.«

Kajetan räusperte sich. »Warum hat sie es getan? Wissen Sie es?«

Sie sah ihn mitleidig an. »Was glaubens, was sich das ganze Haus fragt, seit sie sie rausgetragen haben? Wenn Sie keine Ahnung haben? Was meinen denn Sie?«

»Weiß auch nicht. Haben die Schutzleut nichts gesagt?«

»Die wer?« fragte sie verächtlich. »Kennen Sie einen Gendarmen, der wirklich was rausbringt?« Sie sah ihn offen an. »Den zeigens mir. Den möcht ich sehen. Einmal in meinem Leben.«

Kajetan räusperte sich erneut.

»Kanns denn sein, daß sie krank gewesen ist?«

»Die ist nicht kränker gewesen als ich. Und ich bin mein Lebtag gesund gewesen, das hats nicht gegeben, da hab ich gar keine Zeit dazu gehabt«, sagte sie stolz.

»Kann doch sein?«

Sie kam einen halben Schritt näher und sah ihn zweifelnd an. »Oder meinen Sie gar, daß ein junges Ding wie sie so einfach eingeht wie die Alten im Winter an der Gripp? Wissens, Herr, was ich Ihnen sag? Umgebracht hat sich das Fräulein!«

Sie drehte sich um, beugte sich über den Eimer und wrang den Putzlappen aus.

Kajetan ging an ihre Seite, um in ihr Gesicht zu sehen. »Wie... wie kommens da drauf?«

»Tappen Sie mir nicht auf den Boden, den ich grad geputzt hab!« schimpfte die Alte. »Warum, fragen Sie? Wie soll ich das wissen? Aber irgendwas ist gewesen mit ihr in den letzten

Tagen.« Sie hatte sich auf den Boden gekniet und ihre Arbeit fortgesetzt. »Seit sie einmal fort gewesen ist.«

»Fort gewesen? Wann? Und wohin ist sie gefahren?«

»Jetzt gehen Sie doch bittschön da hinten hin!« polterte sie ärgerlich. »Zu was putz ich denn? Das Zimmer ist doch schon längst wieder vermietet. Der neue Zimmerherr möcht heut auf Nacht einziehen!«

Kajetan entschuldigte sich. Sie brummte besänftigt. »Wohin sie gefahren ist, das weiß ich nicht. Aber recht weit kanns nicht gewesen sein, weils ja auf Nacht schon wieder dagewesen ist. Und wann das war? Gestern, nein, vorgestern erst. Auf jeden Fall muß da irgend etwas passiert sein, weil sie irgendwie ganz auseinandergewesen ist hinterher. Wie ein Leintuch so blaß wars, und gar kein Lacher ist ihr mehr ausgekommen, dabei...«, ihre Stimme wurde warm, »...dabei hats doch ein liebes Lachen gehabt, wie...«, sie putzte heftig und beugte sich tiefer, »...wie wenns Edelstein regnen tät, hab ich einmal zu ihr gesagt. Und so anständig zusammengerichtet hat sie sich auch. Ja, Fräu'n Mia, hab ich zu ihr gesagt, gehns auf eine Kindstauf?«

Sie richtete sich auf den Knien auf und wischte sich mit dem Ärmel über ihre Augen.

»Wer weiß, was da passiert ist«, sagte sie nachdenklich. »Vielleicht hats einen Ausflug gemacht mit einem, und der ist recht gescheert gewesen zu ihr? Aber nein – zu so was zieht man sich nicht an wie zu einer Kindstauf...«

»Und sie hat wirklich nicht gesagt, was es war?«

Die Frau schüttelte den Kopf.

»Wie oft soll ich es Ihnen noch sagen? Es muß aber was Schlimmes gewesen sein.« Sie warf den Lappen wieder in den Eimer, stand auf und sah sich ärgerlich um.

»Wo soll denn jetzt das ganze Zeug von ihr überhaupt hin? Weiß doch kein Mensch, wo sie her ist. Ich bild mir ein, sie hätt einmal gesagt, sie sei als Ziehkind bei Leuten in Straubing aufgewachsen.« Sie ging zum Schrank und drehte den Türknauf. »Der Hausherr hat mir angeschafft, ich soll alles gleich wegtun. Sag ich: Wartens doch noch, sie ist doch noch nicht einmal unter der Erdn! Wär ihm wurscht, meint er. Sie, der hat ein Gemüt! Das meiste hat er gleich selbst in den Ofen geschmissen.«

Sie griff in eines der Fächer. »Da! Lauter gutes Zeug! Was das kost hat! Ich könnt meine Schwiegertochter fragen, aber die gwamperte Urschl, der paßt das ja niemals... Ein Mannsbild kanns ja auch nicht brauchen...« Sie hob die Tücher auf und betrachtete sie anerkennend. »Da schauens, der Mantel! Pfenniggut! Den hats auch angehabt, wie sie weggefahren ist.« Sie betastete ihn. »Oh, da ist ja sogar noch ihre Geldtaschn drin. Ist vielleicht sogar noch ein Geld da? Wer kriegt denn das?«

Sie öffnete den Verschluß und griff hinein.

»Öha«, sagte sie überrascht, »das sind ja mehr als zwanzig Mark. Was tu ich jetzt damit? Ich werds der Stadt geben müssen, für die Beerdigung.« Sie sah Kajetan fragend an. Er nickte unschlüssig. Sie schob die Geldbörse zurück und griff in die andere Tasche.

»Nein, da ist nichts mehr.« Sie wollte das Stück Papier wieder zurückstecken.

»Lassens schauen!« sagte Kajetan schnell. Sie reichte ihm das Papierstück.

Er kniff die Augen zusammen. Sie stellte sich an seine Seite und versuchte mitzulesen. »Was Wichtiges?«

»Ein Stück von einer Fahrkarte«, sagte Kajetan heiser.

»Zeigens her«, sagte die Putzerin und riß ihm das Papierstück aus der Hand, »vielleicht steht drauf, wo sie hingefahren ist.«

Kajetan holte es sich wieder zurück. »Man kanns nicht lesen. Bloß noch den Preis: Zwei Mark und zwanzig. Da kommst, na, wie weit dürft eine da kommen?«

»Das dürften so gute fünfzig, sechzig Kilometer sein.«

»Straubing dürfte weiter sein. Landshut käm wohl eher in Frag. Oder Augsburg?«

Kajetan schüttelte bestimmt den Kopf. »Landshut ist weiter. Augsburg könnt schon eher stimmen.«

»Ich hätt noch nie gehört, daß das Fräu'n Mia was in Augsburg zu suchen gehabt hätt.« Sie hängte den Mantel wieder in den Schrank, schloß die Türen und drehte den Schlüssel um. »Nein, ich weiß es auch nicht, wo sie gewesen ist«, seufzte sie, »ich komm ja nie raus aus der Stadt. Zuletzt war ich mit meinem seligen Mann einmal am Chiemsee unten, aber das war schon vor dem Krieg. Sie – eine herrliche Reise ist das gewesen! So was Schönes hab ich mein Lebtag nicht mehr erlebt.«

Kajetan hörte ihr bereits nicht mehr zu. Er verabschiedete sich hastig und lief mit schnellen Schritten die Treppen hinab. Als er vom Treppenhaus in die Toreinfahrt trat, blieb er unwillkürlich stehen.

Hinter diesem Mauervorsprung hatte ihm der Unbekannte aufgelauert. Weshalb hatte er es getan? Er hatte den Mann zwar nicht erkennen können, dennoch war er davon überzeugt, daß es keiner jener Männer war, die er im »Steyrer« gesehen hatte. Vielleicht war es ein Verehrer Mias gewesen, der sie beide verfolgt hatte? Doch dann hätte er mehrere Stunden hier verbringen müssen, da er nicht wissen konnte, wann Kajetan aus dem Haus gehen würde. Und er wäre bestimmt entdeckt worden. Auch nach Mitternacht gingen noch Bewohner ein und aus. Vermutlich hatte er sich hinter der Tür, die in den Hinterhof führte, zurückgezogen, wenn er gehört hatte, daß jemand die Tür aufschloß oder jemand das Treppenhaus betrat. Kajetan drückte das Schloß der rückwärtigen Türe auf.

Der Junge sprang erschrocken zurück. Böse starrte er Kajetan an.

»Was schaust mich denn so zwider an?« frage Kajetan. »Ich tu dir nichts.«

Jetzt sah er, daß der Junge geweint hatte.

»Gehns weg«, sagte der Bub mit zitternder Stimme.

Kajetan beugte sich zu ihm herab. »Was hast denn?«

Beppi trat einen Schritt zurück und zog den Rotz hoch. »Ihr habts das Fräu'n Mia umgebracht!«

»Was!?«

»Ja!« rief der Bub unter Tränen. »Ihr seids schuld. Ich hab genau gesehen, wer allerweil zu ihr gekommen ist. Du bist auch einer von denen!«

»Spinn dich aus, Bub! Ich gehör zu niemandem«, sagte Kajetan und versuchte, ihn zu beruhigen. »Außerdem, wer sollen die gewesen sein, die allerweil zu ihr gekommen sind?«

»Die mit dem Auto!«

»Wann ist jemand zu ihr gekommen?«

»Gestern...«, Beppi schluchzte lauter, »gestern hat sie einer vor das Haus gebracht. Ich habs gehört.«

»Jemand hat sie heimgebracht? Wer?«

»Du!«

»Blödsinn. Ich bin in der Arbeit gewesen.«

»Du lügst mich an!«

»Tu ich nicht. Wie haben die ausgeschaut, die sie heimgebracht haben?«

Unsicher wanderten die Blicke des Jungen über Kajetans Gesicht. »Einer... ist es gewesen. Er ist mit ihr hinaufgegangen. Hab gedacht, du seist es gewesen.«

»Ist er dort geblieben?«

Der Junge schüttelte den Kopf. »Er ist gleich wieder fort. Aber dann hab ich auf einmal das Fräu'n Mia so... so grausig schreien hören.«

Kajetan packte seine Schultern und schüttelte ihn. Der Junge erschrak.

»Du mußt es mir glauben!« sagte er eindringlich. »Ich bin es nicht gewesen. Aber ich muß wissen, was für ein Saukerl sie besucht hat!«

Der Junge gab seinen Widerstand auf und wischte sich mit geballter Hand die Tränen aus den Augen.

»Ich hab bloß gehört, wie ein Auto gekommen ist, sie ausgestiegen sind...«, er schniefte und zog wieder den Rotz hoch, »...und zu ihr hinaufgangen sind. Ein Mann ist es gewesen. Ich hab durchs Schlüsselloch gesehen. Ein großer. Einen Hut hat er aufgehabt. Es war zu finster auf der Stiege, drum hab ich sein Gesicht nicht sehen können...«

»Aber er ist nicht lange geblieben?«

Beppi schüttelte den Kopf. Wieder traten Tränen aus den Augen.

»Was für ein Auto es gewesen ist – weißt du das?«

»Nein... ein großes Auto.«

»Und was für eine Marke?«

»Es ist doch schon finster gewesen... Er hat sie vergiftet...«, schluchzte Beppi auf. Kajetan legte ihm die Hand auf die Schulter und sah ihn bewegt an.

»Hast sie gern mögen, das Fräu'n Mia, gell?«

Der Junge errötete heftig und nickte stumm. Wieder brannten Kajetans Augen.

Aus dem Jungen war nichts mehr herauszubekommen, außer, daß auch er bestätigte, daß Mia von ihrem Ausflug ganz verändert zurückgekehrt war. Sie hätte ihn gar nicht angesehen, und es hätte ihm weh getan, weil er vorgehabt hatte, ihr ein Gedicht zu schenken, das er gefunden und in schöner Schrift abgeschrieben hatte.

49

Der alte Detektiv wies Kajetan mit ausdruckslosem Gesicht auf den Stuhl. Er schien an etwas anderes zu denken und wirkte übernächtigt.

»Sie haben also auf dem Bahnhof keine diesbezügliche Feststellung machen können«, wiederholte er fast uninteressiert, »aber erkannt haben Sie ihn doch wenigstens?«

»Da bin ich sicher. Auch die Adresse stimmt. Ich bin ihm gefolgt.«

»Soso. Und das Mädl, wo wohnt das?« Er sah ihn prüfend an.

»Wenns mir einen Rat geben, wie ich das rausfinden soll, wenn er sich noch nicht mit ihr getroffen hat?«

»Tuns nicht schnabeln!« Fleischhauer hob warnend den Zeigefinger. »Das könnens Ihnen noch nicht leisten. Erzählens mir lieber, was er den ganzen Tag tut.«

Kajetan zog einen Block aus seiner Tasche und blätterte ihn auf. Der Student, las er vor, würde verhältnismäßig spät aufstehen, etwa gegen neun Uhr. Er habe das Haus in den vergangenen Tagen meist kurz darauf verlassen, um in einem Café in der Leopoldstraße sein Frühstück zu nehmen und Zeitung zu lesen. Derzeit, schob Kajetan erklärend ein, seien ja keine Vorlesungen. Damit sei er gegen elf Uhr in der Regel fertig. Die Zeche sei ordentlich, gelegentlich trinke von Seeberg auch ein Glas Wein. Danach folge, zumindest sei das an drei Tagen, wo es das Wetter erlaubt hätte, so gewesen, ein längerer Spaziergang, zumeist im Hofgarten. Anschließend Besuch im Café Heck dortselbst, bei Überfüllung im Café Annast. – Nein, kein Kontakt zu einer weiblichen Person. – An einem der Tage hätte er das Haus der Norika-Verbindung besucht und das Gebäude bis zum frühen Abend nicht mehr verlassen.

»So.«

Kajetan fühlte, wie eine leichte Röte in seine Wangen stieg. »Die Abende ebenfalls negativ: Ein Theaterbesuch – Lustspielhaus –, der bis halb elf Uhr gedauert hat. Anschließend mit Freunden Besuch der Gaststätte Leopold. Allein nach Hause gegen Mitternacht. Weiterhin: Ein Kinobesuch in Begleitung eines gleichaltrigen Mannes, offensichtlich ein Freund oder Mitstudent, und danach Besuch der genannten Gaststätte, dieses Mal jedoch bis kurz vor Lokalschluß. Kein auffallendes oder längere Zeit beanspruchendes Zusammentreffen mit einer weiblichen Person.«

Kajetan schob die Kladde wieder ein.

»Auch keine umgekehrte Kontaktaufnahme? Die jungen Dinger sind heut nicht mehr so, daß sie lang warten wollen.«

»Die hätte höchstens brieflich erfolgen können. Das kann ich natürlich nicht sagen. Aber es hätte sich in einer Reaktion seinerseits ausdrücken müssen. Ein Postkasten ist gleich in der Nähe seiner Wohnung. Aber ich habe ihn nie einen Brief einwerfen sehen.«

Der Detektiv nickte zufrieden.

»Ausgezeichnet, lieber Kajetan. Sie scheinen ja Tag und Nacht auf der Lauer zu liegen.«

Kajetan lächelte verlegen. Er schämte sich. Er mochte Fleischhauer und hatte ein schlechtes Gewissen, denn natürlich war das meiste erfunden. Seit dem Gespräch mit dem Mädchen war schließlich jede weitere Beschattung sinnlos gewesen.

»Also, Herr Kajetan, was ist Ihr Eindruck?«

Kajetan sagte, seiner Menschenkenntnis nach hätte der Student, wenn er das Versprechen, das er seinem Vater gegeben hatte, nicht habe einhalten wollen, zumindest einmal versuchen müssen, mit dem Mädchen Kontakt aufzunehmen. Zumindest das künftige Verhalten hätte ja abgesprochen werden müssen.

Das sei einleuchtend, befand der Detektiv.

»Tja, mein Lieber, ein folgsamer junger Mann. So wünschen wir uns das, nicht wahr? – Mein Gott! Das soll die heutige Jugend sein?« sagte er verächtlich. »Aber trotzdem: Bleiben Sie noch ein paar Tage dran. Vielleicht täuschen wir uns ja in ihm.«

Fleischhauer stand auf. »Wir sehen uns in zwei Tagen! Um punkt acht in der Früh, verstanden?«

50

Kajetan hatte sich verabschiedet und ging nun mit schnellen Schritten zum Telegraphenamt beim Zentralbahnhof. Dort wartete er, bis ein Telephonabteil frei wurde. Er warf eine Münze ein.

»Gerichtsmedizinisches Institut der Universität München, Grüß Gott!«

»Inspektor Eder von der Kriminalabteilung, Schutzmannschaft. Den Doktor Sobczak in der Pathologie bittschön.«

Die Telephonistin wiederholte den Namen und versprach, die Verbindung herzustellen. Kajetan versuchte, seine Erregung zu dämpfen. Verärgert stellte er fest, daß das, was ihm früher ohne weiteres gelang, nämlich sich mit falschem Namen eine Information zu besorgen, jetzt Herzklopfen verursachte.

Eine schnarrende Stimme meldete sich. Kajetan wiederholte sein Pseudonym.

»Von wo?« wollte Sobczak wissen.

»Kriminalabteilung, Schutzmannschaft«, wiederholte Kajetan.

»Soso. Was kann ich für Sie tun, Herr Inspektor?«

»Es ist gestern früh eine junge Frau eingeliefert worden.« Er gab ihren Namen an. »Laut unserer Aufnahme hat sie sich vergiftet.«

Der Pathologe wußte Bescheid.

»Richtig. Was, ah, möchten Sie wissen, Herr Inspektor... wie gleich noch mal?«

»Eder.«

»Von der Schutzmannschaft?«

»Ja! Ich möchte Sie fragen, Herr Doktor, ob die Obduktion bezüglich des Giftes etwas ergeben hat.«

»Soso. Das möchtens gerne wissen.«

Kajetan war irritiert.

»Ja, ob …«

»Jetzt bindens mir bittschön keinen Bären auf«, knurrte der Gerichtsmediziner. »Was soll der Zirkus? Die Stimme von einem, der mir, solang er bei der Polizei war, das Leben zur Hölle gemacht hat, weil er so gut wie jedes Obduktionsergebnis überprüft haben wollte, die vergißt man nicht so schnell. Was glaubens, was wir hier für ein Leben haben mit unseren Toten, seit Sie nicht mehr da sind?«

Kajetan schwieg beschämt. Er hatte befürchtet, daß der Alte ihn erkennen würde.

»Was ist, Herr Inspektor, hats Ihnen die Sprach verschlagen?« sagte Sobczak versöhnlich. »Erzählens erst einmal, wo Sie sich jetzt rumtreiben. Und dann könnens mich das fragen, was Sie so interessiert. Also, wieso sinds denn überhaupt rausgeflogen? Habens selber was angestellt?«

»Nein. Aber das ist eine lange Geschichte. Die erzähl ich Ihnen ein anderes Mal. Trifft man Sie eigentlich noch hie und da am Platzl?«

»Freilich. Aber nimmer so oft, seit ich da einmal einen Leberkäs gekriegt hab, der mich ein bisserl zu sehr an meine Arbeit erinnert hat. Ich bin nicht heikel, aber wenn auf deinem Teller was liegt, was ausschaut wie das Brandopfer, das du grad seziert hast, dann vergehts einem. Aber zurück zu dem, was Sie wissen wollten. Was interessiert Sie das eigentlich? Ein berufliches Interesse kanns doch nicht mehr sein?«

»Es … ist eine gute Bekannte gewesen.«

»Ach so. Also – woran die Frau nach unserer Meinung gestorben ist? Ganz einfach: Die hat nicht aufgepaßt und eine zu große Menge Kokain erwischt.«

»Wirklich?«

»Was heißt: wirklich? Gehts schon wieder los? Natürlich ist das bei einer jungen und ansonsten gesunden Frau nicht grad normal. Alkohol dürfte ihr zwar nicht unbedingt fremd gewesen sein, aber bei dieser Vergiftung hat das keine Rolle gespielt. Und: Länger als eineinhalb, zwei Jahre hat sie das Glump noch nicht genommen. Daran stirbst normalerweis nicht, wenn du so jung bist. Die es tun, sind meist die Alten, die es schon viel länger nehmen, weils glauben, bei den Weibern sonst nichts mehr zustande zu bringen.«

»Ja, eben!«

»Ja eben! Ja eben!« äffte Sobczak wütend nach, »Kajetan, soll ich jetzt den ganzen Zirkus von vorn anfangen und eine neue Obduktion beantragen? Und wenn ich gefragt werd, warum es das braucht, sagen: Ja, wissens, der Herr Kajetan, der wo früher einmal bei der Polizei gewesen ist, der meint da irgendwie, daß da noch was anderes dahinter sein könnt? Und daß allerweil, wenn der meint, daß was dahinter ist, auch meistens was dahinter ist? Außerdem sinds diesmal wirklich auf dem Holzweg. Da ist absolut nichts dahinter, glaubens mir! Es handelt sich um eine ganz normale Sach, die ich jeden Tag auf den Tisch krieg. Und ganz aufs Hirn gefallen bin ich auch nicht.«

Das wollte er keinesfalls sagen, beteuerte Kajetan.

»Jaja, redens nur«, brummte Sobczak, »außerdem dürft ich Ihnen ja wirklich keine Auskunft geben, nebenbei. Sinds froh, daß man bei den Toten ein wenig eigen wird und sich nicht mehr so um die Vorschriften kümmert. Und jetzt muß ich aufhören. Grad ist nämlich ein hübsch zugerichtetes Verkehrsopfer hereingekommen.«

51

Der Trick, sich als Polizist auszugeben, schien dieses Mal besser zu funktionieren. Kajetan hatte berücksichtigt, was ihm der alte Gerichtsmediziner noch auf den Weg gegeben hatte.

»Wissens, warum ich Ihnen draufgekommen bin?« hatte Sobczak gesagt. »Weil sich nämlich einiges geändert hat bei der Polizei. Sie ist jetzt richtig militärisch durchstrukturiert – weils nämlich keine Armee mehr haben dürfen, habens die Polizei dafür aufgerüstet. Und für die Kriminaler ist jetzt nicht mehr die Schutzmannschaft zuständig, sondern die Polizeidirektion. Wenns also noch mal auf diese Tour was wissen wollen, dann denkens dran.«

Der Beamte des Wohlfahrtsamtes war zwar nicht erfreut darüber, daß er alle seine Karteikästen nach einem bestimmten Namen durchsuchen sollte, konnte aber nicht ablehnen.

»Das braucht aber seine Zeit, Herr Inspektor! Jetzt vor der Mittagspause rufen Sie an«, sagte er vorwurfsvoll, »pressierts denn gar so?«

»Absolut!«

»Dann geb ich Ihnen gleich meine Kollegin.«

Eine Frauenstimme meldete sich. Kajetan erkannte sie sofort. Kaum, daß er seinen falschen Namen genannt und gesagt hatte, daß er die Adresse von Mias Eltern suchte, hörte er ein leises, belustigtes Lachen.

»Sagens, Ihre Stimm kenn ich doch?« Sie senkte die Stimme. »Werden Sie nie gescheiter? Was soll das Theater? »Ich darf Ihnen die Adresse nicht geben!«

»Aber ich brauche sie!«

»Zu was?«

»Ich muß mit denen reden.«

»Das dürfen Sie nicht. Was wollen Sie denn denen überhaupt sagen?«

Hastig erklärte Kajetan, daß er erfahren hätte, daß Mia kurz vor ihrem Tod einen Ausflug gemacht hätte, und er vermute, daß sie zu Verwandten oder ihren Eltern gefahren sei. Er müsse wissen, was dort geschehen war, denn wenige Stunden nach ihrer Rückkehr sei sie gestorben.

Sie schien zu überlegen und schwieg einige Sekunden. »Das darf ich nicht!« sagte sie schließlich laut.

»Ich …«, stotterte Kajetan.

»Es langt«, sagte sie streng, »ich weiß genau, daß Sie seit langem nach Nymphenburg umgezogen sind. In die Prinzenstraße. Ich kann Ihnen sogar die Hausnummer sagen: Dreiundsiebzig! Da schauens, gell? Außerdem stehns sogar im Telephonverzeichnis drinnen, da braucht man bloß nachschauen. Wer da logieren kann, braucht von der Städtischen Fürsorg nichts. Und kriegt auch nichts.«

»Wieso umgezogen?«

»Herrgott, ist der Mensch begriffsstutzig«, zischte sie und legte auf.

52

Das Hausmädchen, das ihn hereingelassen hatte, schloß die Tür hinter ihm. Die Herrin der Villa in Nymphenburg, eine hagere Frau anfang der Fünfziger, reckte ihr Kinn energisch nach vorne.

»Sie sind Notariats-Angestellter, Herr Kajetan? Was führt Sie zu uns?« Sie zwinkerte nervös.

»Ich darf Ihnen zunächst mein Beileid aussprechen, gnädige Frau. Ihre Tochter ...«

»Sie war nicht unser leibliches Kind«, korrigierte sie, »wir adoptierten sie.« Sie setzte sich steif und drückte ihren Rücken durch.

»Sie ... tragen es sehr gefaßt, gnädige Frau.«

Sie zögerte mit ihrer Antwort und sah ihn mißtrauisch an.

»Wenn etwas eintritt, was zu erwarten ist, dann trifft es nicht mehr so tief. Ich muß zugeben, das Verhältnis zu unserer Adoptivtochter war zuletzt nicht mehr das beste. Sie lebte seit ihrem sechzehnten Lebensjahr nicht mehr in unserem Hause.«

»Bei allem, was Sie für sie getan haben, muß das bestimmt eine herbe Enttäuschung gewesen sein.«

Ein leidender Blick streifte ihn.

»Sie haben recht. Sie hat uns sehr, sehr enttäuscht. Wir… ich hatte mich nach dem Tode meines Mannes neu vermählt. Mein jetziger Gatte hatte eigene Vorstellungen davon, wie Mia zu erziehen sei. Sie müssen wissen, daß er einen äußerst verantwortungsvollen Posten am Landesgericht eingenommen hatte und gewisse Dinge nicht akzeptieren konnte. Sie hingegen hatte sich zu einem trotzigen Wesen entwickelt. Es kam schließlich zu…«, sie schniefte, »sehr häßlichen Szenen.«

»Unter denen vor allem Sie zu leiden hatten!« sagte Kajetan teilnahmsvoll. »Sprechen Sie sich aus, gnädige Frau. Welche Dinge waren es eigentlich, die Ihr Mann nicht akzeptieren konnte?«

Sie tupfte mit einer gezierten Bewegung ihre Lider ab.

»Nun, Mia stammte aus einer Familie, die… welche nicht unserem Stand entsprach. Meinem früheren Gatten hatte das nichts ausgemacht – und ich, ich sehnte mich damals unendlich nach einem Kind. Als wir durch einen Bekannten meiner Eltern zufällig vom traurigen Schicksal dieses Kindes erfuhren, war mein damaliger Gatte sofort dazu bereit, es aufzunehmen. Doch Rudolf… ich meine, mein jetziger Gemahl, ist der festen Überzeugung, daß es nicht Erziehung ist, die den Menschen formt, sondern gewisse erbliche Anlagen. Nach seiner Auffassung wäre es für seine Karriere nicht eben förderlich gewesen, mit einem Abkömmling aus niederen Kreisen in Gesellschaft zu reüssieren. Ich hatte dafür Verständnis, aber auch Mitleid mit dem Kinde. Sie konnte ja nichts dafür.«

»Ich verstehe. Sie standen dazwischen. Das belastet gewiß auch die Ehe.«

Sie nickte schmerzvoll. »Ich versuchte zu vermitteln. Aber mein Gatte stellte mich schließlich vor die Entscheidung. So mußte ich zustimmen, daß sie in dieses Heim eingewiesen wurde. Ich mußte, verstehen Sie?«

»Natürlich. Sie müssen sich nicht entschuldigen, ich verstehe Sie vollkommen.«

Ein mattes Rot schimmerte durch die kreidige Haut ihrer Wangen. »Entschuldigen? Wie kommen Sie darauf, daß ich mich entschuldigen möchte? Muß ich das?«

»Sie mißverstehen mich...«

Ihre Augen blitzten erregt. »... Das muß ich nämlich durchaus nicht! Alles hätte Mia von uns haben können, wenn sie sich nur gefügt hätte. Aber es wurde mir nicht gedankt, daß ich versucht habe, ihr zur Seite zu stehen.«

»Jaja, Undank ist...«

Sie schien besänftigt. »Verzeihen Sie«, lächelte sie angestrengt, »lassen wir das Vergangene. Es ging um ihren Nachlaß, sagten Sie. Soweit ich das beurteilen kann, steht er uns zu, nicht wahr?«

Kajetan erwiderte ihr Lächeln nicht.

»Warum sind Sie nicht auf ihrer Beerdigung gewesen?«

»Ich hatte die Absicht. Doch mein Mann zeigte sich nicht sehr erfreut darüber.«

»Nicht erfreut. Verstehe...«

Sie spielte nervös mit den Fingern.

»Wo ist Mia eigentlich geboren?« fragte Kajetan.

»In Sarzhofen. Es ist etwa 60 Kilometer im Nordosten. Ein erbärmliches, schmutziges Nest...«

Kajetan unterbrach sie. »Ich weiß, wo Sarzhofen liegt. Sie war vor ihrem Tod dort und ist völlig erschüttert zurückgekommen. Wissen Sie, was sie dort erfahren haben könnte?«

»Ich weiß nicht«, deutete sie an, »vermutlich etwas, was mit ihrer Herkunft zu tun hat. Und jetzt, Herr Kajetan, möchte ich Ihnen sagen, daß mir Ihr Ton nicht mehr zusagt. Bitte teilen Sie mir mit, mit welchem Nachlaß welcher Art und welchen Umfangs wir zu rechnen haben. Es muß sich um eine größere Summe handeln, da Sie sonst nicht persönlich gekommen wären.«

»Es gibt keinen Nachlaß. Ich habe Sie belogen.«

Sie richtete sich auf. Ihre Augen funkelten böse.

»Sie deuteten an zu wissen, was in Sarzhofen passiert sein könnte?«

»Durchaus!« Sie stand auf und wies mit einer gebieterischen Handbewegung zur Tür. »Aber ich spreche nicht mehr mit Ihnen. Ich kann mir zwar nicht erklären, was Sie daran interessieren sollte, aber wenn Sie es genau wissen wollen, fahren Sie doch einfach hin. Auf Wiedersehen.«

Kajetan erhob sich langsam. Ihre Hand, deren Zeigefinger noch immer zum Ausgang zeigte, zitterte.

»Ich habe auch keine Frage mehr, gnädige Frau. Nur eine Feststellung. Ich nehme an, daß Sie Mia adoptiert haben, weil Sie selbst keine Kinder bekommen können. Die Natur ist manchmal sehr vernünftig, finde ich. Was Sie nämlich gebraucht haben, war lediglich ein Spielzeug. Als es lästig wurde, haben Sie es weggeworfen.«

Ihr Gesicht brannte. »Franziska!« kreischte die gnädige Frau. »Bringen Sie diesen … diesen Zuhälter hinaus!«

Kajetan trat heftig auf sie zu. Erschrocken wich sie zurück.

»Richtig«, sagte er scharf, »deshalb kann ich auch sagen, daß jede Hure mehr Anstand hat als du.«

Sie stöhnte auf und tastete nach der Lehne ihres Sessels.

Kajetan hatte ihr Keifen noch in den Ohren, als er bereits wieder auf dem Weg in die Innenstadt war. Er drückte sein Gesicht an die Scheiben des Tramwaggons und suchte die Turmuhr der Giesinger Pfarrkirche.

Erleichtert lehnte er sich zurück. Er würde rechtzeitig ankommen.

53

Zielstrebig betrat Kajetan das Weinhaus am Platzl und sah sich um. Alle Tische im vorderen Teil der weitläufigen Gaststätte waren besetzt. Dichter Tabakrauch stand über den Tischen. Bald hatte er entdeckt, wonach er suchte. Doktor Sobczaks weißer Haarkranz leuchtete einsam über einem Tisch im hinteren Teil des geräumigen Lokals. Er saß mit dem Rücken zum Eingang. Kajetan trat auf ihn zu.

»Ja so was!« sagte er erfreut, »Sie sinds? Der Herr Doktor. So ein Zufall.«

Sobczak sah ihn aus den Augenwinkeln an.

»So ein Zufall, ja«, sagte er bissig.

»Gut schauens aus, Herr Doktor!« Kajetan grinste liebenswürdig.

»Tuns nicht rumschwafeln, Sie falscher Hund«, knurrte Sobczak, »ich weiß genau, worauf Sie hinausmöchten.«

Kajetan wollte widersprechen, doch der Mediziner schnitt ihm mit einer ärgerlichen Handbewegung das Wort ab.

»Haltens den Mund«, sagte er unwirsch und starrte auf sein Weinglas, »... natürlich hab ich es getan.«

»Und?!« Kajetan saß bereits neben ihm.

Sobczak sah sich mit einer raschen Kopfbewegung um und beugte sich zu Kajetan. Sein Gesichtsausdruck hatte sich verändert.

»Sie haben recht gehabt«, flüsterte er mit verschwörerischer Stimme, »das Kokain muß gestreckt gewesen sein. Die Menge hätte nie ausgereicht, um sie umzubringen.«

Kajetan beugte sich näher. Sein Herz schlug heftig. »Gestreckt? Mit was?«

»Das hab ich nicht mehr so genau feststellen können. Vermutlich Amphetamine. Ich hab auch noch den Doktor gefragt, der sie ins Krankenhaus gebracht hat! Alles weist darauf hin: die Kreislaufkrisis, der Blutüberdruck, die Erstickungssymptome, der Herzstillstand.« Er nahm einen Schluck aus dem Weinglas und verzog den Mund.

Kajetan nickt heftig. »Sehens!« platzte es aus ihm heraus.

»Nichts seh ich!« fuhr Sobczak auf. Doch gleich senkte er wieder seine Stimme. »Das sagt nämlich nichts, aber auch gar nichts darüber aus, ob es Selbstmord oder Mord gewesen ist. Oder einfach Blödheit. Sie wär nicht die einzige, die gleich mehr von dem Dreck übereinander nimmt.«

Kajetans Augen wanderten ratlos über das Gesicht des Mediziners. Dann senkte er den Kopf. Der Doktor hatte recht.

»Trotzdem ist da was faul«, sagte der Mediziner gepreßt.

»Sie meinen ...«

»Nichts mein ich. Keiner wird mehr etwas nachweisen können. Wenn ich das sag, ist das reine Erfahrung.«

»Wie ...?«

Sobczak sah ihn ungehalten an. »Ganz einfach!« erklärte er. »Das ist früher jedesmal so gewesen: Wenn der Kajetan einen auf was ansetzt, dann ist auch was dahinter. – Und jetzt lassens mir meine Ruh, verstanden?«

Kajetan stand verdutzt auf und hob seine Hand zu einem angedeuteten militärischen Gruß. Als er sich abwendete, sah er noch, wie ihm Sobczak mit einem verstohlen anerkennenden Lächeln nachsah.

Er ging zum Ausgang und öffnete die Türe. Plötzlich stutzte er. Er wandte sich um und ließ seinen Blick unauffällig durch den Raum wandern. Dann war er sich sicher. ›So ist das also‹, dachte er grimmig.

Henning von Seeberg beachtete nicht, wer hinter seinem Rücken Platz genommen hatte. Er griff nach der Hand des hübschen, dunkelhaarigen Mädchens und lächelte sie an. Sie ließ es geschehen. Er zog sie zu sich heran und flüsterte ihr etwas ins Ohr. Sie kicherte kokett.

Kajetan gab dem Ober ein Zeichen und bestellte ein Glas Wein. Verstohlen beobachtete er das Mädchen. An ihren gezierten Bewegungen erkannte er, daß sie aus gutem Hause sein mußte. Verliebt beäugte sie ihren Galan.

Der Student hatte sich also bereits neu orientiert. Die brave Nilla hielt er sich wohl nur für gelegentliche Notstände. Oder er hatte einfach nicht den Mut, ihr seine Entscheidung mitzuteilen.

Der Ober stellte das Weinglas auf den Tisch. Kajetan hob es und wandte sich zu seinem Nachbarn. »Zum Wohl, die Herrschaften!« sagte er freundlich.

Der junge Mann drehte sich um und maß ihn verwundert. Schließlich hob er mit gezwungener Höflichkeit ebenfalls das Glas und erwiderte den Trinkgruß. Sofort wandte er sich wieder seiner Geliebten zu.

Kajetan genoß den Wein. Er stellte das Glas wieder ab.

»Hamms heut das Fräu'n Schwester dabei, gell?« sagte er mit treuherziger Miene.

Sie unterdrückte ein Kichern.

»Schwester? Wie kommen Sie darauf?« Der Student schüttelte den Kopf und gab mit einem kurzen Blick zu verstehen, daß er sich belästigt fühlte. Er besann sich und grinste herablassend.

»Doch, ja! Das ist mein Fräulein Schwester...« Er drehte sich wieder zu ihr.

Das Mädchen hielt die Hand vor ihren Mund.

»Sehns, das hab ich nämlich gleich gedacht, daß das Ihr Fräu'n Schwester sein muß!« sagte Kajetan in einfältigem Ton. Von Seeberg wurde ungehalten.

»Ich glaube, Sie verwechseln mich«, sagte er.

»Verwechseln, ich?« erwiderte Kajetan in gespielter Empörung. »Ich hab gute Augen, Sie, das dürfens mir glauben!«

»Das freut mich«, gab der Student hochmütig zurück, »aber, wenn ich ganz aufrichtig bin, dann interessiert mich nicht besonders, ob Sie gut sehen oder nicht!«

Kajetan tat, als hätte er es nicht gehört. Er stieß den Studenten mit dem Ellenbogen an und zwinkerte ihm verschwörerisch zu.

»Gehns zu, Herr Nachbar. Sie müssen mich doch kennen.«

»Was ich muß oder nicht muß, überlassen Sie bitte mir. Und jetzt stören Sie uns bitte nicht länger, ja?«

»Ich wohn nämlich auch in Haidhausen!«

Der junge Mann stöhnte ärgerlich auf. Das Mädchen lächelte unsicher. Kajetan bemerkte erfreut, daß die Laune von Seebergs bereits empfindlich gestört war.

»Aber ich nicht«, fauchte der Student. »Sagen Sie, sind Sie betrun...«

»Sie wohnen nicht auf der Wörthstraße? Vis-à-vis von mir, auf der Nummer 49? Da seh ich Sie doch allerweil mit Ihrem Fräulein Braut!«

Der junge Mann lief rot an. Sein Kopf schien zwischen seine Schultern zu sinken.

»Was meint er, Henning? Was redet der Herr da von einer... Braut?« Die Augen des Mädchens hatten sich geweitet. Von Seeberg wich ihrem Blick aus. Zornig fuhr er herum.

»Jetzt lassen Sie uns endlich in Ruhe!« schrie er. Die ersten Gäste drehten sich neugierig um.

»Da brauchens jetzt nicht rot zu werden«, sagte Kajetan verständnisvoll, »habens es Ihrem Fräu'n Schwester wahrscheinlich noch nicht erzählt.« Er beugte sich zu ihr. »Ihr Herr Bruder, Sie, das sag ich Ihnen, Fräu'n, der hat das hübscheste Madl von ganz Haidhausen erwischt! Die Weber Nilla. Wenn da nicht sogar schon was unterwegs ist!«

»Henning...?« hauchte sie ungläubig. Der schüttelte hilflos den Kopf. Sie wandte sich mit einem entschlossenem Ruck an Kajetan. »Er hat... eine Braut, sagen Sie? In Haidhausen?« Ihr Blick glühte vor Verletztheit. »In diesem... diesem Pöbelquartier... auch noch?«

»Sagens nichts gegen Haidhausen!« Kajetan hob in gespielter Empörung den Finger.

»Hat er?« fragte sie bebend.

Mit dümmlichem Grinsen hob Kajetan seine Hand, als wolle er es schwören.

»Das sauberste Madl in ganz Haidhausen! Jawohl! – Aber was regens Ihnen denn so auf, Fräulein? Freuens Ihnen denn nicht, daß Ihr Herr Bruder ... Auweh! Jetzt kommt mir was!« Er kratzte sich am Hinterkopf. »Wenn Sie jetzt gar nicht das Fräu'n Schwester sind, dann ... Auweh!«

»Halt dein Maul, du Idiot!« zischte der Student gepeinigt.

Sie stand wortlos auf, gab ihm eine damenhafte Ohrfeige und stapfte zornig aus dem Lokal. Die umsitzenden Gäste hatten die Szene verfolgt und lachten erheitert.

»Du ... Idiot, du ...«, keuchte von Seeberg. Er griff nach seiner Geldbörse.

»Noch so ein Kompliment, und ich schmier dir eine«, sagte Kajetan kühl. Der Student fuhr herum und starrte ihn ungläubig an.

»Wer ... wer sind Sie? Was ... wollen Sie von mir?«

Kajetan stand auf und winkte dem Ober. »Wer ich bin? Sagen wir einmal, ein guter Freund von der Nilla, der was dagegen hat, daß sie ihr Leben mit einem Windhund wie dir verplempert. Und was ich will, ist, daß du dich nie mehr bei ihr blicken läßt. Wenn ich dich noch einmal bei ihr erwisch, dann ...« Er sprach den Satz nicht zu Ende und ging drohend einen Schritt auf von Seeberg zu. Entsetzt zuckte der Student zusammen. Er tastete fahrig nach seiner Jacke, zog sie mit fliegenden Bewegungen an und lief aus dem Lokal.

Der Ober stand bereits seit einiger Zeit neben Kajetan.

»Geht aufs Haus«, sagte er halblaut.

Urban kümmerte sich nicht um die gezischten Schmähungen einiger Theaterbesucher, die sich darüber empörten, daß er sich in seinem chromblitzenden Horsepower 27-Buick chauffieren ließ. Gutgelaunt und mit wohligem Stöhnen nahm er im Fond des Wagens Platz. Kandl hatte vor der Oper auf ihn gewartet und startete nun den Wagen.

Es war ein wunderbarer Abend gewesen. Urban liebte am Theater weniger das, was auf der Bühne mit künstlerischer Angestrengtheit zum besten gegeben wurde, sondern das festliche Ambiente. Er genoß das feiertäglich gekleidete Publikum, das erwartungsvolle Wispern und Raunen in den vollbesetzten, über granatrotem Samt von glitzernden Lüstern besternten Sälen, das Aufflammen teuren Geschmeides an Dekolletés und das seidige Knistern der Roben. Er fischte die verstohlenen, blanken Blicke schöner Frauen auf, gab sie mit versprechenden Augen zurück und schwelgte im Gefühl der Zugehörigkeit zu den höheren Schichten der Münchner Gesellschaft. Es würde nicht mehr lange dauern, dann würde man auch ihn zu den Soireen bei den Bruckmanns am Karolinenplatz, den Hanfstaengls, Scharrers, Werlins und wie sie alle heißen mochten, laden, und damit würden die Zeiten vorüber sein, in denen er sich mit widerspenstigen Huren, schwerfälligen Luden und talentlosen Künstlern herumstreiten mußte. Das Spiel lief gut.

Auch der heutige Tag war äußerst erfolgreich verlaufen. Gewiß, die Gespräche, die er geführt hatte und zu denen er sich natürlich nicht mit seinem Buick, sondern der gutdeutschen Adler-Limousine fahren ließ, hatten zuvor Investitionen in die Taschen einiger Beamter erfordert, und für sein Engagement in dieser Gemeinde im Rottal, die – wie er erfahren hatte – in Kürze zum Heilbad erhoben werden sollte, war sicherlich noch einiges an Überzeugungsarbeit nötig. Alles sah jedoch danach aus, als würde es sich in die Richtung wenden, die er sich wünschte.

»Sag, Kandl«, rief er zum Fahrer, »wart ihr neulich noch lang unterwegs? War gemütlich, die Spazierfahrt? Ich weiß überhaupt nicht, was ihr anstellts, wenn ich nicht auf euch aufpaß!«

»Warst ja den ganzen Tag nicht da, Fritz. Du hättst es schon noch erfahren.«

»Dann ists ja gut. Also, wie wars?«

»Na ja, so halt«, sagte Kandl gleichgültig. »Ein Mordsverkehr ist halt.«

»Das ist wahr«, stimmte Urban seufzend zu, »er wird immer narrischer.«

»Und allerweil gefährlicher wird es. Da paßt einmal nicht auf, dann wirst gleich zusammengefahren. So viel Leut gehen heut durch den Autoverkehr drauf. Erst gestern nacht soll einer vor ein Auto gelaufen sein.«

»Was du nicht sagst. Der arme Mensch. Und? Ist er hin?«

Kandl drehte sich kurz nach hinten. »Er muß von der Brücke an der Rosenheimer Straße auf die Straße gesprungen sein.«

»Ein Selbstmörder also.«

»Ja«, bestätigte Kandl, »ein Selbstmörder.«

»Furchtbar...«, sagte Urban bedauernd. »Aber, was willst machen? Wenns einer so will, dann will er es so. Ein Österreicher solls gewesen sein, heißts?«

»Könnt schon sein.«

Der Wagen bog in die Schützenstraße ein. Die Huren am Straßenrand winkten ihm zu. Urban ließ anhalten und stieg aus. Gutgelaunt betrat er sein Lokal.

Alle Blicke richteten sich auf ihn. Er bemerkte sofort, daß etwas nicht stimmte. Schon stürmte Schoos auf ihn zu und teilte ihm flüsternd mit, daß ein erneuter Anschlag auf ihn verübt worden sei. Dieses Mal auf seine Villa. Man sei sicher, den Brandstifter verletzt zu haben, er sei aber entkommen.

Urban glotzte ihn ungläubig an.

»Mei Haus is anzündt worden?«

Schoos nickte.

»Das kannst abreißen lassen.«

Urbans Schultern fielen herab. »Wer?!« fragte er fassungslos.

Niemand antwortete.

»Kommts mit!« stieß Urban hervor und befahl sie in den Flur, der zum Bühneneingang führte. Er straffte sich. »Der Kandl auch! Wo sind die anderen? Der Domerl?«

»Den haben die Gendarmen erwischt, wie er grad die Gotti auf der Müllerstraß verdroschen hat. Auf der Zweier-Wach sind ganz neue. Den alten sind sie draufgekommen, daß sie sich früher vom Kaiser haben schmieren lassen. Besonders einer von ihnen, ein junger Gendarm, soll ein besonders scharfer sein. Zunhammer heißt er.«

Urban schnitt ihm mit einer ungeduldigen Handbewegung das Wort ab.

»Das wird schon. Da kümmern wir uns ein anderes Mal drum. – Wo ist der Messer?«

»Den ... den hats erwischt, Fritz. Du hast ihm doch gesagt, er müßt aufs Haus aufpassen.«

Urbans Augen weiteten sich. »Und?«

»Er hat nicht mehr aus dem Haus rausgekonnt.«

Urban verstand.

»Zuvor muß er dem aber noch eine eingeschenkt haben«, erzählte Schoos, »die ganze Straße ist voller Blut gewesen.«

»Aber er ist ausgekommen«, stellte Urban mit unterdrücktem Zorn fest. Er hieb mit der Faust in seine geöffnete Hand.

»Das muß der Kaiser sein«, wütete er, »treibts mir den Kaiser auf!«

»Der Kaiser? Aber ich hab gehört ...«

»Hast du gehört!« fauchte Urban. »Ich will nicht wissen, was einer gehört hat, ich will wissen, was ist! Es kann kein anderer gewesen sein. Wer soll es sonst gewesen sein? Die vom Ostbahnhof vielleicht? Die genieren mich nicht, die genier ich nicht. Nein – nur der Kaiser hat einen Grund. Solang der lebt, denkt der bloß an eines: Wie er sich an mir revanchieren kann!« Er sah in die Runde. »... Und an euch.« Sein Blick fiel auf Schoos. Er sprang bebend auf. »Schau nicht so blöd, Schoos!« rief er unbeherrscht.

»Ich schau doch nicht!« protestierte dieser zornig. Urban winkte fahrig ab.

Schoos griff unter sein Revers. »Du Fritz – da ist ein Brief abgegeben worden.« Er reichte Urban einen Umschlag.

»Was sagst des erst jetzt?« Er nahm ihn mit einer unbeherrschten Bewegung an sich. Der Brief war in München abgestempelt worden. Ein Absender fehlte. Urban riß den Umschlag auf und las. Der Papierbogen zitterte leicht.

»Was ist?« fragte Kandl beunruhigt.

Urban schien sich wieder im Griff zu haben. »Nichts«, sagte er beiläufig, »das Übliche. Kommts mit zu mir ins Büro. Es gibt eine Arbeit.«

Schoos hatte ihn beobachtet.

»Noch eine Front, Fritz?« fragte er boshaft. Urban sah ihn wütend an.

»Halts Maul«, knurrte er und ging voraus.

55

Die Sonne strahlte sonntäglich. Einmal blendete sie unerträglich, dann wieder, wenn die Gleise durch ein Waldstück führten, durchströmten blinkende Flicken das Abteil, die jedoch bald von einer vorbeijagenden Wand aus schwarzen Büschen und Bäumen verschluckt wurden. Die Räder schlugen in trockenem Takt an die Gleisnähte. Eilte der Zug zwischen den steilen Böschungen der Hügelkerben dahin, dann schwoll ihr ermüdend gleichförmiges Pataklong-pataklong-pataklong zu betäubendem Getöse an, um jedoch beim Eintritt in das sanft gewellte, von vielfarbigen, rechteckigen Flächen bemalte Land sofort wieder abzuschwächen. In hellen, heiteren Linien hoben und senkten sich die Hügel. Gemächlicher veränderte sich auch der Horizont.

Kajetan genoß die Fahrt. Nur noch kurz rätselte er darüber, warum er Fleischhauer nicht angetroffen hatte. Er hatte mehrmals zur verabredeten Zeit geläutet, doch die Tür der Detektei war verschlossen geblieben. Kajetan war nicht unglücklich darüber gewesen, denn bei diesem Treffen hätte er dem alten Detektiv reinen Wein einschenken müssen. Und vermutlich hätte dies wieder einmal mit dem Verlust seiner Stelle geendet.

Nach mehr als einer Stunde Fahrt war er eingedöst. Plötzlich veränderte sich das Fahrgeräusch; es wurde zu einer pulsschnellen Abfolge trocken knallender Schläge. Kajetan erwachte und sah verwirrt aus dem Fenster. Der Zug schien durch die Luft zu fliegen. Er stand auf und blickte nach unten.

Der breite Fluß wälzte sich behäbig unter der hohen Eisenbahnbrücke nach Norden.

Der Zug verlangsamte die Fahrt.

»Sarzhofen – Bahnhof!« Der Zug kam stampfend zum Stehen. Kajetan stieg aus. Der einsam auf einer Anhöhe über dem Inn liegende Bahnhof lag verlassen im vormittäglichen Licht. Kajetan sah sich verwundert um. Diese wenigen Häuser – hier sollte Sarzhofen sein?

»Nein. Das ist bloß der Bahnhof«, erklärte die Kellnerin eines Gasthofs, den Kajetan schließlich entdeckt hatte. »Da drüben liegt Sarzhofen, auf der anderen Seite. Sehens?« Sie war mit ihm vor die Tür getreten und hatte auf eine Anhöhe des gegenüberliegenden Flußufers gewiesen. Unter der steilen Böschung eines von einem Schloß gekrönten, fernen Hügels waren im diesigen Glast der Sonne die breiten, kalkgelben Fassaden eines Klosters zu erkennen, zu dessen Füßen das grau und ziegelbraun gefleckte Dorf lag.

Die Kellnerin sah ihn bedauernd an.

»Jetzt ist grad gar keiner da, der Sie mitnehmen könnt. Alles ist auf dem Feld.«

Sie beschrieb ihm den Weg. Kajetan ging den Schotterweg ins Flußtal hinab, überquerte die Innbrücke und stieg zum Ort hoch.

Nachdem er ein Zimmer im Gasthof »Nauferger« bezogen hatte, bestellte er etwas zu essen.

Eine mühsam verhohlene Neugier stand dem Wirt ins Gesicht geschrieben, als er einen Teller mit dampfendem Geröstl brachte.

»Einen recht guten Appetit, Herr! – Was, ah, führt den Herrn denn zu uns außer, wenn man fragen darf?« Er erklärte, warum ihn das interessiere, denn eigentlich sei er kein neugieriger Mensch: »Weil, eine Sommerfrische gibts bei uns an und für sich nicht. Die Leut wollen alle in die Berg. So was haben wir hier nicht.«

Kajetan kaute zu Ende. »Eine traurige Angelegenheit«, sagte er.

»Ah was?!« Der Wirt rückte näher an ihn heran.

»Ich bin Nachlaßagent bei einem Notar in München. Vielleicht können Sie mir gleich helfen.«

»Wenn ich kann? Um was gehts denn überhaupt?«

»Ich muß zwar nachher eh gleich zum Gemeindeamt. Aber...«, er führte wieder einen Bissen zum Mund und kaute genüßlich, »... ich bin auf der Suche nach Angehörigen der verstorbenen Maria – oder Mia – Aichinger.«

»Lassen Sie es sich schmecken – Aichinger Veronika, meinens doch bestimmt?«

Kajetan verneinte. Er wiederholte Mias Namen.

Die Lider des Wirts zwinkerten ungläubig. »Das muß dann die Tochter gewesen sein! Aber… die soll doch vor ein paar Tagen noch da gewesen sein.«

»Sie ist hier gewesen?« Kajetan tat unbeteiligt.

Der Wirt nickte ein paarmal. »Ja. Ich selber hab sie zwar nicht gesehen und hätt sie wahrscheinlich auch gar nicht mehr erkannt. Aber die Totenpackerin hat erzählt, daß sie zum Grab von der Vroni, also ihrer Mutter, gekommen sei.«

»Die wer?«

»Die Totenpackerin – Leichenfrau heißts, glaub ich, bei Ihnen droben. Also die hat erzählt: Die Mia hätt bei der Gemeinde vorbeigeschaut und wäre danach auf den Friedhof gegangen, hat sie gesagt, und ist danach gleich wieder heimgefahren. Aber sagens – und der Vroni ihre Tochter, die ist jetzt auch gestorben? Lügens mich nicht an? Ist das wahr? – Entschuldigens, ich wollt nicht sagen, daß Sie…«

»Schon recht. Aber es ist leider wahr. Wissen Sie, wo ihre Angehörigen leben?«

Das Gesicht des Wirts kam näher. Er neigte den Kopf, als wolle er besser hören.

»Ist da vielleicht ein Geld da?«

»Sie verstehen, daß ich darüber keine Auskunft geben darf, Herr Wirt.«

Kajetan aß weiter. Der Wirt sah ihm nachdenklich zu.

»Jaja. So was… also, Angehörige, da werdens kein Glück mehr haben. Es gibt keine mehr. Die Mutter ist erst vor guten acht Wochen eingegraben worden.«

»Und der Vater?«

»Habens nicht… freilich, Sie können ja nichts davon gehört haben, wenns nicht von da sind. Aber da ist doch die Gaudi im Zuchthaus gewesen.«

Kajetan senkte die Gabel. »Zuchthaus? Der Vater war im Zuchthaus? Warum?«

»Er hat einen erstochen, der Aichinger Martl. Lang vor dem Krieg.«

»Und was ist da gewesen, im Zuchthaus?«

»Es hat gebrannt. Kein Mensch weiß bis heut, was wirklich geschehen ist. Die Leut sagen, der Zuchthauswärter hat ihn umgebracht, den Martl...«

»Der Vater ist auch tot?«

»So tot wies nur grad geht, Herr. Verbrannt bis zum Nicht-mehr-zum-Erkennen. Zwei oder drei andere sind bei dem Brand auch noch erstickt.«

»Und der Wärter soll ihn umgebracht haben? Eigenartig.«

»So sagen die Leut, weil der Wärter seitdem nicht mehr gesehen worden ist. Er soll mit dem Martl einen Streit gehabt haben. Aber keiner weiß, was wirklich passiert ist. Der Wärter ist jedenfalls seitdem auch verschwunden. Er hat ein schlechtes Gewissen, heißt es überall.«

Kajetan kaute nachdenklich. Der Wirt sah aus dem Fenster und seufzte.

»Das war eine furchtbare Sach damals, wie der Martl den Eglinger erstochen hat, ja. Kein einziger hat sich vorstellen können, daß es ausgerechnet der Martl gewesen sein soll. Jeder hat ihn für unschuldig gehalten, keiner hats ihm zugetraut. Aber – er hat es ja selber zugegeben.« Er schüttelte den Kopf, als könne er immer noch nicht begreifen, was Mias Vater zu dieser Tat getrieben haben könnte.

»Der Doktor hats auch gar nicht glauben können«, fuhr er fort, »der Doktor Urban, den werdens nicht kennen. Bei dem ist der Martl als Jagdhelfer angestellt gewesen. Der hat ihm sogar noch einen guten Anwalt gestellt, wie die Sach vors Gericht gekommen ist. Weil er mit dem Martl immer zufrieden gewesen ist, hat er gesagt. Sie, der ist nobel gewesen, der alte Doktor. Es hat ihm viel Ansehen eingebracht seinerzeit. Aber er ist auch schon lang unter der Erd.«

Kajetan hatte sich gerade die Gabel zum Mund führen wollen. Er hielt inne und sah den Wirt von der Seite an. »Doktor Urban? Ist das der... hat der vielleicht einen Sohn gehabt?«

Er bemerkte einen prüfenden Blick des Wirts.

»Ich bin nämlich mit einem Urban beim Militär gewesen«, beeilte Kajetan sich zu erklären, »ein famoser Kamerad war das.«

Der Wirt musterte ihn argwöhnisch.

»Der junge Urban? Der und famos? Das muß ein anderer gewesen sein. Wie hat er denn geheißen, ich mein, mit Vornamen?«

Kajetan dachte kurz nach und nannte einen anderen Namen.

»Nein«, wiederholte der Wirt wie erleichtert, »das war dann nicht der, den ich mein. Der selige Doktor hat schon einen Sohn gehabt, Fritz hat der geheißen. Allerdings war das ein windigs Bürscherl. Hochfahrend ist er gewesen, eingebildet, jähzornig. Und ziemlich verschlagen. Ich möcht ja nichts sagen. Heut soll er in München sein und es zu etwas gebracht haben. Trotzdem.«

»Wieso windig?«

»Sie, da könnt ich Ihnen was erzählen. Der hat kein gut getan, hat gerauft, ist schon als Bub beim Stehlen erwischt worden, und ein arger Weiberer ist er auch gewesen. Die Burschen haben sich das natürlich nicht gefallen lassen, und wenn er nicht dem Doktor sein Bub gewesen wär, dann hätten sie ihn bestimmt noch öfters verdroschen. Und dann, im Neunzehner Jahr...«, er schüttelte den Kopf, als könnte er die Sache selbst nicht glauben, »... da ist er doch auf einmal frech bei uns in der Stube gestanden mit ein paar Bürscherl, die er von irgendwo hergezogen hat, und hat geschrien, daß er den ›Nauferger‹ jetzt expropriieren tät. Ich hab das Wort nicht einmal gekannt! Bis er es mir übersetzt: Er wär jetzt der Wirt, er tät die Wirtschaft beschlagnahmen als Volkseigentum, weil ich die Leut allerweil ausschmieren tät und meine Würscht – die schmecken Ihnen doch, oder?«

Kajetan nickte mit ehrlicher Begeisterung.

»...Meine Würscht mit Sägscheiten gestopft werden! Meine Würscht, hab ich ihm ins Gesicht gesagt, sind die besten im Gäu. Drum ist meine Wirtschaft auch allerweil voll! Und deswegen willst mich rausjagen! Hab ich gesagt! Dann hat der doch glatt eine Pistole gezogen! Könnens Ihnen das vorstellen?«

»Und – wie ist die Geschichte ausgegangen?«

»Wie wohl? Es hat nicht lang gedauert, dann sinds besoffen unter dem Tisch gelegen. Wir haben ihnen die Waffen abgenommen, ihnen die Hosen ausgezogen und sie fortgejagt. Und dafür hätten sie uns sogar noch dankbar sein müssen! Zwei Tag drauf sind nämlich eh schon die anderen eingerückt. Die hätten einen kurzen Prozeß mit ihnen gemacht, das dürfens mir glauben! Danach hat man nie mehr was von ihm gehört. Er soll alles, was er von seinem Vater geerbt hat – und da war einiges da! – verspielt haben, heißt es, weil er nämlich nach und nach alles verkauft hat.«

Es fiel Kajetan schwer, den Unbeteiligten zu spielen.

»Dabei war er kein Dummer!« erzählte der Nauferger. »Der hat dich einwickeln können mit seinem Geschwätz, daß du am End gar nicht mehr gewußt hast, ob du ein Mannderl oder Weiberl bist.«

»Er hätt in die Politik gehen sollen«, meinte Kajetan.

Der Wirt lachte. »Wie sein Vater, ja. Der war ein hohes Vieh bei der Bayerischen Volkspartei. Aber der alte Doktor, das war ein Ehrenmann! Von oben bis unten! Was der für ein Kreuz gehabt hat mit seinem Buben.« Er seufzte mitfühlend. »Ich sags Ihnen: Geschichten gibts, die, wennst dirs ausdenken hättst müssen, die täten dir gar nicht einfallen.«

»Nauferger, bloß eine Frag.« Eine vierschrötige Gestalt stand im Rahmen der Türe, die zum Nebenraum führte.

»Was möchstn, Landthaler?«

»Bloß eine Frag, Nauferger: Obs dir gar nichts ausmacht, daß die Leut bei dir herinnen verdursten?«

»Bei dir fürcht ich eher das Gegenteil«, erwiderte der Wirt, »komm gleich!«

Der Wirt stand auf und wies mit dem Daumen über seine Schulter. »Schon am Vormittag fangt der mit dem Saufen an! Was sagens zu so was?« Er stützte seine Hand auf die Tischplatte und beugte sich wieder zu Kajetan.

»... Und jetzt ist auch das Madl vom Martl gestorben? Ist sie denn so krank gewesen? Das muß ja schnell gegangen sein.«

Kajetan nickte und häufte Kartoffel und ein Stück Wurst auf seine Gabel.

»Und Sie sagen, daß da was mitm Nachlaß wär. Ist da wirklich kein Geld da? Ich mein, wenn der Notari schon einen herschickt?«

»Wenn Sie es keinem verraten?«

»Ehrenwort! Ist es – arg viel?«

Kajetan schüttelte den Kopf. »Im Gegenteil. Es geht eher darum, wer für ihre Beerdigung aufkommen muß.«

»Wenns so ist, werdens erst recht keine mehr finden.« Der Wirt richtete sich ernüchtert auf und ging zur Schänke. Während er einen Bierkrug füllte, wies er mit einer Kopfbewegung in die Richtung der anderen Straßenseite.

»Vielleicht kann man Ihnen auf der Gemeinde helfen. Die ist gleich vis-à-vis.«

56

Kajetan hatte zunächst versucht, die Leichenfrau auf dem Friedhof anzutreffen. Man wisse nicht, wann sie heute käme, wurde ihm gesagt, er solle es später noch einmal probieren. Irgendwann müsse sie auftauchen, weil doch die alte

Reither-Lis, die vorgestern der Schlag getroffen habe, für die Beisetzung gerichtet werden müsse. Er ging in den Ort zurück.

Das zweistöckige Gemeindehaus lag am Marktplatz. Vor hundert Jahren, als die Innschiffahrt noch Reichtümer in den Ort brachte, als hochbeladene Roßplätten und Klobzillen aus dem Engadin am unteren Stock anlegten, mußte es bessere Zeiten gesehen haben.

Der dämmerige Raum, den er wenig später betrat, übertraf alles, was er je in seinem Leben an Durcheinander gesehen hatte. Hinter einem grau bestäubten Schreibtisch, auf dem sich Papierbündel, großflächige Flurpläne und dicke Folianten stapelten, tauchte ein etwa sechzigjähriges, schmächtiges Männchen auf. Eine langstielige Pfeife, an der der Mann schmatzend zog, hing aus seinem Mund. Als er den Mund zum Gruß öffnete, sah Kajetan, daß er das Mundstück in eine Zahnlücke des Unterkiefers eingehakt hatte. Er blinzelte nervös, als ihm Kajetan den Grund seines Aufenthalts erklärte und ihn fragte, ob sie auch bei ihm gewesen sei. Der Gemeindediener erinnerte sich an sie. Ja, sie sei hier gewesen. Und, was? Auch sie sei gestorben? Welcher Verdruß.

Er sah auf den Tisch. »Dann ist das wahrscheinlich in dem Brief gestanden, wo ich noch gar nicht dazu gekommen bin, ihn aufzumachen«, sagte der Gemeindediener zerstreut, »da ist was gewesen, da ist doch neulich ein Brief gekommen. Wo hab ich ihn denn?« Er beugte sich tief über den Tisch und stöberte fahrig in einem Stapel schlampig übereinandergelegter Schriftstücke, wobei er mit seiner Pfeife an einen dicken Folianten stieß und sich rußige Tabakkrümel über die Papiere verteilten, die er mit einer nervösen Handbewegung wegzuwischen versuchte. Schließlich gab er es auf. Kajetan wies ihn darauf hin, daß er lediglich wissen wolle, ob es im Ort noch Verwandte der Verstorbenen geben würde.

»Ah ja. Momenterl! Ein Griff!« Er wandte sich mit einer raschen Bewegung um und hob die Hand. »Bei uns ist nämlich eine Ordnung!« Er zog einen zu einem Packen verschnürten Papierstapel hervor und legte ihn auf einen Tisch, nachdem er seine Arbeitsschürze gehoben und mit ihr den Staub abgefegt hatte. Er öffnete die Kordel. Wieder flatterten seine hageren Finger über die Schriftstücke. Er beugte sich tiefer, schimpfte hilflos, legte den Akt wieder zusammen, knotete die Schnur und verstaute ihn wieder im Schrank. Auch ein zweites Bündel brachte kein Ergebnis. Schließlich sah er entschlossen auf.

»Ah, das ist jetzt grad doch nicht da. Aber das macht nichts. Ich hab nämlich...«, er tippte an seine Schläfe, »...alles da herinn. Ich kann mich auch deshalb gut daran erinnern, weil ich wegen der Aichinger Veronika, der Mutter, schon nachgeschaut hab. Bezüglich weiterer Verwandter gibt es keine Unterlagen. Die Eheleute Aichinger, Martl und Veronika, sind zugezogen. Von Schärding.«

»Nicht aus Simbach?«

»Von Simbach, meinens? Ja, habens recht. Simbach! Sie, die Vroni, die war von Schärding. – Sie! Da kommt mir grad was!« Er hob den Finger. »Jetzt fallt mir wieder ein, was ich gesucht hab. Weil Sie grad da sind. Das Wohnrecht auf dem Häusl müßt ich ja längst austragen. Wo hab ich denn den Kataster hingelegt?«

Mit schräggestelltem Kopf ging er vor einem Schrank auf und ab.

»Was für ein Wohnrecht?« fragte Kajetan.

Er drehte sich wieder um. »Die Aichinger Vroni hat ein Wohnrecht gehabt im Haus vom Doktor Urban, das heißt, es gehört schon seit einiger Zeit dem Herrn Doktor vom Sanatorium in Allerberg. – Ah!« Triumphierend zog er ein Papierbündel aus dem Fach.

Kajetan hob erstaunt die Augenbrauen. »War das ein Wohnrecht auf Lebenszeit?«

»Jawohl, Herr. Für den Aichinger Martin, seine Ehefrau, die Vroni…« Der Gemeindediener sah auf die Urkunde. Er beugte sich tiefer und sog an der Pfeife.

»…Und für die Tochter also auch. Das kann ich dann gleich mit austragen, das ist dann ja erloschen.« Er suchte vergeblich nach dem Federhalter. »Der Doktor wird sich freuen. Er wollt das Häusl ja schon längst verkaufen, aber wegen dem Wohnrecht bringt er es natürlich nicht an.« Kajetan war sich nicht sicher, ob die Stimme des Mannes bei dieser Erklärung etwas reservierter geklungen hatte.

»Hat das die Tochter gewußt?« fragte er.

»Freilich. Ich habs ihr gesagt. Sie hat den alten Doktor recht gelobt.«

»Sie hat davon gar nichts gewußt?«

Der Gemeindediener schüttelte den Kopf und wechselte das Thema. »Also, wegen andere Verwandten, da müßtens dann schon in Simbach anfragen. Und wer bei uns noch was wissen könnt?« Er kratzte sich an der Nase und sah nach oben. Eine Rauchwolke bildete sich vor seinem gelblichen Gesicht. »Die Müllner Marie vielleicht. Mit denen waren die Aichingerischen immer gut an, und sie war gar, wenn ich mich recht entsinn, die Godin… aber versprechens Ihnen nix davon. Sie ist recht eigen geworden in letzter Zeit. Wundern Sie sich nicht, wenn sie Sie erst gar nicht ins Haus laßt.«

Kajetan setzte sich seinen Hut wieder auf und stand auf. Der Gemeindediener seufzte und sah aus dem Fenster.

»Der Martl… ja… so ein Verdruß ist das gewesen«, sagte er nachdenklich, »das hat ihm keiner zugetraut. Ein jeder war wie vor den Kopf geschlagen. Dann hat er ja noch seine Frau gehabt, die so krank gewesen ist. Die Fallsucht hat sie nach dem Kindbett gekriegt und ist schwermütig geworden. Und das kleine Kind ist auch noch dagewesen. Wie hat er die bloß vergessen können?«

Kajetan, dessen Hand schon auf der Türklinke lag, war erstaunt stehengeblieben. Er drehte sich noch einmal um.

»Wer ist da eigentlich seinerzeit der Gendarm gewesen? Ist der noch im Dienst?«

»Der Wachtmeister Sinzinger ist das gewesen. Aber der ist schon längst Pensionär. Wohnt gleich da drüben.« Er zeigte aus dem Fenster. »Aber der kann ihnen da gwiß nicht mehr sagen – ah . . . was hab ich gesagt, daß ich grad machen wollt?«

Kajetan lächelte liebenswürdig und öffnete die Türe. »Die Katastergschicht. Auf Wiederschaun!«

Der Helfer nickte dankbar, fuhr in die Höhe und lief wieder vor dem Schrank auf und ab. »Wo hab ich denn den hingelegt . . . Himmelherrgottnocheinmal . . . Ja, auf Wiederschaun, Herr.«

Als Kajetan vom Flur auf den Marktplatz gehen wollte, bemerkte er, daß ihn die nervöse Sprunghaftigkeit des Gemeindedieners bereits angesteckt hatte. Er kehrte noch einmal um.

»Haben Sie der Aichinger Mia eigentlich gesagt, daß der Vater im Zuchthaus gewesen ist?«

Die Pfeife pendelte heftig hin und her. »Das hab ich nicht übers Herz gebracht.«

»Sie hat es also nicht gewußt?«

»Von mir auf jeden Fall nicht, Herr.«

57

Auch sein zweiter Versuch, die Totenpackerin anzutreffen, war vergeblich gewesen. Eine schwarzgekleidete junge Frau, die er in der Leichenhalle angetroffen hatte, gab an, daß sie erst am Abend wieder aus dem Nachbardorf zurückkehren würde, da die dortige Leichenfrau auf den Tod läge. Sie beschrieb ihm den Weg zum Baderhaus, das sich am Hang auf der anderen Seite des Flusses befände. Mit dem Bader-Vinz nämlich sei sie verheiratet, die Totenpackerin. Das würde sich gut vertragen, scherzte sie, denn der eine richte mit seinen Roßkuren die Leut zugrunde, die die andere dann einzusargen hätte.

Die Sonne hatte sich bereits nach Westen gesenkt. Noch fiel ihr Licht auf den größten Teil des baumlosen Marktplatzes, doch das grauverputzte Haus des alten Wachtmeisters, das sich zwischen Kirchbäck und Kolonialwarenladen einfügte, lag bereits im Schatten.

Der pensionierte Gendarm trat mürrisch an die Tür. Kajetan stellte sich vor, schmeichelte dem gedrungenen, redfaulen Alten und wurde schließlich eingelassen. Das Haus roch nach Einsamkeit. Die Vorhänge des Wohnraums, in den der Alte Kajetan führte, waren zugezogen.

»Sie wohnen schön hier, Herr Wachtmeister«, lobte Kajetan, »ein schönes Haus.« Sinzinger sah mit einem schnellen, mißtrauischen Blick auf.

»Ja«, nickte er knapp und deutete wortlos auf einen Stuhl. Auch der Alte nahm Platz und wollte noch einmal wissen, warum man ihn aufsuche.

»Eine schriftliche Recherche nach den Nachfahren würde zuviel Zeit beanspruchen. Da Sie ja lange Zeit in Sarzhofen Dienst getan haben, hab ich mir gedacht, daß Sie mir vielleicht, mit ihrer Erfahrung, weiterhelfen könnten.«

»Dann gehns doch auf die Gemeinde.« Die schmalen Lippen im soldatenhaft starren und dunklen Gesicht des Alten bewegten sich kaum.

»Von da komme ich grad. Dort ist nur bekannt, daß die Eheleute Aichinger zugezogen sind.«

Der Alte nickte griesgrämig. »Aus Braunau. Sie ist von Pocking gewesen.«

»Er aus...« Kajetan sah ihn ungläubig an. »Ah so! – Und wissen Sie vielleicht etwas über andere weitschichtige Verwandtschaften?«

»Von ihr dürft noch eine Halbschwester leben, die aber schon lang auf Amerika gegangen ist.«

»Sonst nichts?«

»Nein.«

Kajetan holte unauffällig Luft. »Ah ... haben Sie denn die Familie Aichinger persönlich gekannt?«

Er hob eine Augenbraue.

»Blöde Frag.«

»Stimmt, Sie haben ja damals in dieser Sache ermittelt. ... Es muß ja eine rechte Tragödie gewesen sein. Ich hab gehört, daß das keine leichte Angelegenheit für die Polizei gewesen ist.«

»Wie mans nimmt«, antwortete der Gendarm mit unbewegter Miene. »Gehört des dazu?«

»Nein. Aber fast jeder, mit dem ich hier red, sagt mir, daß keiner an seine Schuld geglaubt hat. Aber Sie, hab ich mir gedacht, werden das ja am allerbesten wissen. Was sagt denn der Experte?«

»Er hats ja zugegeben.« Sinzinger wirkte plötzlich angespannt. »Da ist nicht mehr viel zu ermitteln gewesen.«

»Hat das, was Sie ermittelt haben, auch seine Aussage bestätigt?«

Sinzinger schien sich zu winden. »Widersprüche gibts immer.«

»Welche waren das in diesem Fall?«

Der mürrische, überhebliche Ernst zu Beginn des Gesprächs war von Sinzinger abgefallen. Mit unwillkürlichem Gehorsam, als müsse er vor Gericht Auskunft geben, beantwortete er Kajetans Fragen. »Ein paar Leut haben gemeint, der Eglinger – also der, der erstochen worden ist – hätt zuvor mit einem anderen gestritten. Aber dieser andere hat ein Alibi gehabt. Drum hab ich nicht soviel drauf gegeben. Die Leut waren ganz narrisch, noch ganz wirr im Kopf, weils kurz zuvor eine dermaßene Dürre gegeben und dann der Hagel alles zerdroschen hat. Aber auch der Aichinger Martl selber hat einen rechten Schmarrn dahergeredet und sich nicht mehr genau erinnert, wo er den Eglinger erstochen hat.«

»Haben Sie das Alibi des anderen Verdächtigen überprüft?« fragte Kajetan schnell.

»Ich hab nachgefragt, ja.«

»Und?«

Sinzinger starrte Kajetan an. »Ist bestätigt worden von einer Persönlichkeit, die über jeden Verdacht erhab... aber, sagens...« Er atmete plötzlich schwer. Ein verborgenes Entsetzen schien seine Stimme zu brechen. »Sind Sie epper auch...?«

»Ein Polizist? Wie kommens da drauf? Hab Ihnen doch gesagt, was ich bin?«

»So redt kein Notari! – Sind Sie einer?«

»Ich ein Kollege von – Ihnen? Schau ich so aus?«

»Nein... aber...«

»Sehns, Herr Sinzinger.«

Kajetan wußte nicht, welchen Zweck es haben sollte, dem Alten etwas vorzuspielen. Aber er genoß den Verdacht, den Sinzinger geäußert hatte, erhob sich mit vielsagender Miene und verabschiedete sich mit einer angedeuteten militärischen Geste.

Sinzinger sah ihm stierig nach, bis die Schritte des Besuchers verklungen waren. Er senkte geschlagen den Kopf und starrte lange auf seine geöffnete Hand, bis sie unter seinem Blick zu brennen schien.

Eine Weile saß er bewegungslos. Schließlich machte er eine Bewegung, als wolle er mit der Kante seiner halbgeöffneten Hand den Tisch abwischen.

Er stand auf, ging mit bedächtigen Schritten im Haus herum, richtete hier etwas gerade, zupfte dort an einem Tuch. Dann hatte er sich entschlossen. Er wußte, was er zu tun hatte. Und auch, wie er es tun würde.

58

Kajetan öffnete seinen Mantel. Es war heiß, doch gelegentlich durchfächerte die Strömung eines wohltuend kühleren Windes, der vom Flußtal heraufzog, die Luft. Vor einigen Türschwellen schliefen Hunde. Sie hoben uninteressiert ihre Augenlider, als Kajetan vorüberging. Es war still; nur das helle Dengeln aus einer Schmiede sang durch eine Gasse.

Er blieb stehen und dachte nach. Bis jetzt wußte er nur, daß Mia auf dem Gemeindeamt gewesen war und dort von einer testamentarischen Bestimmung erfahren hatte – eine Nachricht, mit der sie vermutlich nicht allzuviel anfangen konnte. Sie hatte bestimmt nicht vorgehabt, dieses Wohnrecht auszuüben. Vor allem konnte es kein Grund dafür gewesen sein, daß sie anschließend so verstört nach München zurückkehrte. Wenn sie dieses Recht auch nicht selbst wahrnehmen wollte, so hätte sie es sich ablösen lassen können. Viel Gewinn wäre nicht zu erwarten gewesen, aber einige Mark hätte es sicherlich ausgemacht.

Vom Schicksal ihres Vaters hatte ihr der Gemeindediener nichts erzählt. Und mit anderen Sarzhofenern war sie angeblich nicht zusammengetroffen. Blieb also nur noch die Totenpackerin übrig. Von ihr mußte sie erfahren haben, daß ihr Vater im Zuchthaus gestorben war und ihre Mutter zuvor in einer Irrenanstalt, und diese Nachricht mußte es gewesen sein, die wie ein Schock auf sie gewirkt haben muß.

Eigenartig war jedoch, daß es hier eine Beziehung zwischen ihr und Fritz Urban zu geben schien, dessen Vater das Wohnrecht hatte eintragen lassen. Ein schöner Zug des Alten, zweifellos.

Er mußte mit der Totenpackerin sprechen. Danach würde er eigentlich wieder zurückfahren können. Er griff sich an seinen Nacken und massierte ihn langsam. Als er seinen Weg fortsetzen wollte, hörte er hinter sich Schritte.

»He da! Bleibens einmal stehen.«

Kajetan wandte sich um. Ein kräftig gebauter Mann in der Uniform der Landpolizei kam auf ihn zu. Der Gendarm schob seine Rundbrille zur Nasenwurzel, legte seine Hände hinter dem Rücken übereinander und musterte ihn düster.

»Wachtmeister Kaneder«, stellte er sich mißlaunig vor. »Was hat Er da in Sarzhofen zu tun?«

Kajetan hob erstaunt die Augenbrauen.

»Hab ich was angestellt?«

»Ich frag, was Er in Sarzhofen sucht!« Die Gläser fingen blitzend das Sonnenlicht.

Er sei im Auftrag eines Münchner Notars hier, um nach Angehörigen einer Verstorbenen zu forschen, log Kajetan. Der Wachtmeister griff zwischen Hals und Kragen und kratzte sich.

»So?« sagte er mißtrauisch.

»Ich versteh nicht ganz«, sagte Kajetan, »ist es verboten, in Sarzhofen über den Marktplatz zu gehen?«

Der Wachtmeister sah ihn kalt an.

»Für gewisse Leut schon.«

»Und ich komm Ihnen vor wie gewisse Leut?«

Der Wachtmeister schien zu überlegen. »Fragens nicht so dumm«, knurrte er schließlich, drehte sich mit einer brüsken Bewegung um und stapfte mit breit gesetztem Schritt davon.

Kajetan sah ihm kopfschüttelnd nach und setzte seinen Weg fort.

Auf dem Weg zum Friedhof hatte er die Abzweigung entdeckt, die zur Höllmühle führte. Hatte Mia die alte Müllerin besucht? Niemand im Ort hätte sehen können, wohin sie ging, nachdem sie den Ort verlassen hatte.

59

Die Schotterstraße, die von den Feldern über dem Inn in das Höllbachtal führte, wurde nicht mehr häufig befahren. Den sich in breiten Windungen in die Tiefe schlängelnden, mit Schlaglöchern übersäten Weg zerteilte ein grasbewachsener Wulst. Verwildertes Gebüsch und Unkraut drängte an den Wegrand. Die Bäume hatten ihre Äste ausladend über die Straße gestreckt, wo sie sich mit denen der Gegenseite zu einem grünen, schattigen Gewölbe verschränkten. Je mehr sich Kajetan dem Talgrund näherte, desto würziger roch die Luft nach feuchter Erde. Es war angenehm kühl. Das Geräusch eines Wasserlaufs nahm zu, und bald hatte er die Brücke erreicht, die über ein düsteres Gewässer führte. Ein kühler Luftstrom dampfte empor. Nach wenigen Schritten tauchte die alte Mühle aus dem Wald.

Das sonnenbeschienene, massige Gemäuer dämpfte das Brausen des Baches, der hinter ihm in den Mühlkanal gezwängt worden war, und außer seinem stumpfen Gemurmel, dem Summen von Mücken und Fliegen und dem zufriedenen Gesang der Vögel war kein anderer Ton zu hören. Doch das Haus war bewohnt. Ein umzäunter und offenbar kundig angelegter Gemüsegarten an der Hausseite und das Fehlen des Unkrauts, das sich schon nach kurzer Zeit an den Fundamenten verlassener Häuser emporrankt, waren die Zeugen.

Kajetan klopfte an die Tür. Als er keine Antwort erhielt, schob er die Tür einen Spalt auf und rief nach der Müllerin. Nach einiger Zeit hörte er Schritte. Eine brüchig klingende Stimme wollte wissen, wer gekommen sei. Kajetan nannte seinen Namen.

Die Müllerin stand plötzlich vor ihm und setzte sich umständlich eine Brille auf. Während sie ihn in die Stube der Mühle bat und mit schlurfenden Schritten voranging, betrachtete er sie verstohlen. Wie alt mochte sie sein? Ihre

Bewegungen wirkten nicht gebrechlich. Sie war klein. Ihre dünnen Haare waren sorgsam zu einem Dutt gesteckt, und über dem Rock und der über die Ellenbogen gekrempelten Bluse trug sie einen ausgewaschenen, blauen Arbeitsschurz.

Für einen Moment hatte Kajetan das Gefühl, sie bereits einmal gesehen zu haben.

Sie lächelte dünn und schob ihm einen Korb mit ausgeschnittenen Äpfeln hin. Ihre Hände zitterten leicht. »Mögens?«

Kajetan lächelte und hob abwehrend die Hand. »Dankschön, Müllnerin. Ich hab grad gegessen.« Sie nahm auf einem Sessel Platz und faltete die Hände in ihren Schoß. Kajetan wußte nicht, wie er beginnen sollte, und setzte sich auf die Bank.

»Ist... ist die Mühle schon lang außer Betrieb?«

Sie neigte den Kopf zur Seite, als würde sie nicht mehr gut hören können. Schließlich schien sie verstanden zu haben.

»Tragt längst nimmer«, antwortete sie.

Kajetan nickte verstehend.

»Das ist schad«, sagte er. Sie sah auf ihren Schoß.

»Müllnerin, du hast die Aichinger Mia doch gekannt, gell?«

Sie drehte den Kopf, als könne sie so besser hören. »Wen?«

Kajetan wiederholte den Namen. Sie schob ihr Kinn nach vorne und blickte zur Decke. Sie schien sich zu erinnern.

»Ja... die hab ich gekannt«, sagte sie mit unbeteiligter Stimme.

»Ist es denn wahr, daß der Vater ein Zuchthäusler gewesen ist?«

Sie führte einen Finger an ihr Ohrläppchen.

»Ob es wahr ist, daß der Vater im Zuchthaus gewesen ist!« rief Kajetan.

Sie nickte trübe.

»Er hat büßen müssen, ja...«

»Aber gleich so lang! Zwanzig Jahr!«

»Lang, ja ...«

»... Und die Leut sagen auch, daß es ihm keiner zugetraut hätte.«

Sie zuckte mit den Schultern und sah aus dem Fenster.

»Er hat büßen müssen«, wiederholte sie mit einfältiger Demut, »es kommt alles, wies kommen will«, sagte sie leise, »... wies der Herrgott halt will.«

»Und seinem Kind, der Mia, ist es ja auch nicht so gut ergangen.«

Sie neigte wieder den Kopf. »Jaja ... die Mia ... ein braves Kind ist das.«

Ist das? Wußte sie womöglich noch nicht, daß Mia tot war? Sollte er es ihr sagen? Kajetan war unschlüssig.

»Es geht ihr nicht so gut«, wiederholte er. Es schien sie wenig zu berühren.

»Man kann sich nicht so umtun um die Kinder von andere Leut. Was anderes ist, wenn eins zur Familie gehört.«

Kajetan senkte enttäuscht den Kopf. Mia schien sehr wenig Glück im Leben gehabt zu haben, und auch mit dieser Godin hatte sie kein großes Los gezogen. Aber vielleicht war die Alte bereits zu hinfällig, um zu begreifen, was um sie herum vor sich ging.

»Ist sie bei dir gewesen vor ein paar Tagen?«

»Was?«

Kajetan wiederholte die Frage lauter.

»Die Mia? Nein. Die hab ich zuletzt als ein kleines Dirndl gesehen.«

Ein kindisches Grinsen zog über ihr Gesicht. »Sie fragen fei wie ein Gendarm«, kicherte sie, »sinds epper gar einer?«

Kajetan wies es weit von sich.

»Was sinds denn dann?«

Kajetan zögerte, doch dann erzählte er seine Geschichte von Mias angeblichem Nachlaß und daß er auf der Suche nach Angehörigen sei.

»Nachlaß? Das... versteh ich nicht, Herr«, sagte sie.

»Was?«

»Ich versteh es nicht.« Sie sah ihn dümmlich an. Ihre Lippen bewegten sich, als versuche sie, eine Frage zu formulieren. Doch schließlich schien sie selbst die Antwort gefunden zu haben.

»Sie lebt nimmer«, stellte sie fest.

Kajetan nickte. »Sie hat sich vergiftet.«

»Vergiftet«, sagte sie tonlos. »Die Mia lebt nimmer...«

»Aber das macht dir ja nicht soviel aus. Sie ist ja ein Kind von anderen Leuten, gell?« sagte Kajetan halblaut.

Sie schüttelte stumm den Kopf. Kajetan stand auf und ging zur Tür. Dort drehte er sich noch einmal um.

Die Müllerin saß mit gefalteten Händen in ihrem Sessel. Sie sah ihn nicht an.

»Es kommt alles, wies kommen muß«, wiederholte sie einfältig.

»Sonst fällt dir nichts dazu ein, Müllnerin?«

»Was soll mir einfallen, Herr?« antwortete sie dumpf. »Der Mensch kann da nichts machen. Es kommt alles, wies kommen muß... und wies der Herrgott für uns einrichtet...«

Sie sah auf und lächelte hilflos.

Die Wut auf den gottgläubigen Fatalismus der Alten schwächte Kajetan. Er stand müde auf und verabschiedete sich grußlos. Er würde nur noch mit der Totenpackerin sprechen und dann wieder nach München zurückkehren.

60

Während Kajetan schweratmend und schwitzend den steilen Weg von der Mühle zum Markt emporging, schrillte das Telephon des Gemeindeamtes. Der Gemeindediener, der gerade gehen wollte, weil auf dem heimatlichen Hof ebenfalls noch Arbeit auf ihn wartete, nahm verärgert den Hörer ab.

Die Bezirksinspektion der Gendarmerie Ödstadt meldete sich und bat um eine Auskunft.

»Wenns schnell geht, von mir aus. Was wollens denn wissen?« Der Gemeindediener hakte die Pfeife aus der Zahnlücke. »Ob der Aichinger Martin im Jahr Elf geheiratet hat? – Der Martl? Muß ich nachschauen – Halt! Schmarren, das brauch ich gar nicht. Das kann ja gar nicht sein, der hat längst vorher geheiratet. Im neunundneunziger Jahr war das. Außerdem – im elfer, da war er längst im Zuchthaus. Müssens es genau wissen, wann er geheiratet hat?«

»Nein, das langt mir schon. Ich habs mir eh denkt.«

»Wie kommens überhaupt drauf?«

»Geht Ihnen nichts an.«

Der Gemeindediener war beleidigt. »Das werd ich das nächste Mal auch sagen, wenns mich anrufen, Herr Inspektor. Ich weiß schon, in der Bezirksinspektion, da ist man halt was Besseres!«

»Na, von mir aus«, schnarrte die Stimme aus dem Hörer, »wir haben das Zeug vom Aichinger Martin...«

»Der im Zuchthaus verbrannt ist.«

»Genau! Wir haben das Zeug endlich aufräumen wollen. Und da war auch sein Ehering darunter. Eher aus Zufall haben wir gschaut, was draufsteht. Und da ist ein Heiratsdatum eingeprägt gewesen. 10. August 1911.«

Der Gemeindehelfer schwieg verdattert.

»So? Komisch«, sagte er dann.

»Ich wüßt noch was viel Komischeres.« Der Anrufer legte auf.

61

Kajetan hatte sich von einem Knecht, der ihm mit einem Ochsengespann entgegengekommen war, den Weg nach Allerberg erklären lassen. Es sei nicht weit, hatte der Fuhrmann erklärt, in weniger als einer Stunde sei er dort. Außerdem sei es schließlich nicht mehr so heiß wie am Mittag.

Er hatte beschlossen, doch noch Kontakt zum Besitzer jenes Hauses aufzunehmen, für das Mia ein Wohnrecht zugesprochen worden war. Vielleicht hatte sie versucht, sich dieses Recht ablösen zu lassen? Hatte sie dort etwas über ihre Mutter erfahren, die in der privaten Irrenanstalt in Allerberg gestorben war? Vielleicht hatte es Mia interessiert, an welcher Krankheit sie gelitten hatte?

Die private Irrenanstalt des Doktor Kroepius war in einem alten Herrenhaus untergebracht, welches früher einmal zum Sarzhofener Kloster gehört hatte. Es lag friedlich im warmen Licht der späten Nachmittagssonne. Als Kajetan an das hohe Gittertor trat und an der Glocke zog, sah er, daß die Fenster trotz der warmen Witterung verschlossen, die meisten sogar vergittert waren.

Vor Anstrengung keuchend und mit heftig rudernden Armbewegungen kam ein alter Wärter in einem abgetragenen Arbeitsmantel an das Tor. Kajetan wiederholte das Märchen von Mias Nachlaß und fügte hinzu, daß die Interessen der Anstalt, falls diese noch Ansprüche an die verstorbene Insassin hätte, bei der Testamentseröffnung auf jeden Fall berücksichtigt werden müßten. Er hätte sich die Lüge sparen können; der Alte verstand nur das Wort »Nachlaß«, ließ ihn dienstfertig ein und begleitete ihn zum Portal. Er müsse einen Augenblick warten, kündigte er an, der Doktor befände sich gerade bei einer Behandlung, würde aber bald damit fertig sein.

Beide betraten das kühle und menschenleere Foyer. Das Gebäude war offensichtlich seit längerem nicht mehr renoviert worden; ein stechender Geruch von Reinigungsmitteln drang an Kajetans Nase. Der Wärter führte ihn durch einen Flur, öffnete eine Tür und wies gnädig auf einen Sessel.

»Nehmens doch solang Platz. Wenns entschuldigen – ich muß noch ein paar Schreibereien zu End machen.«

Er ging hinter einen massigen Schreibtisch und zog einen Stapel Blätter zu sich. Kajetan hatte sich gesetzt und sah sich unauffällig um. Das Gebäude erinnerte ihn an ein Gefängnis.

Er versuchte, mit dem Alten ins Gespräch zu kommen. »Ist allerweil viel zu schreiben in einem Krankenhaus, gell?«

»Jaja«, seufzte dieser, »es bleibt allerweil an mir hängen.«

»An Ihnen? Verzeihens – wie ich Sie zum ersten Mal gesehen hab, hab ich gedacht, Sie gehören zum ärztlichen Personal?«

Der Wärter schüttelte geschmeichelt den Kopf. »Das hör ich öfters.«

Kajetan tat ungläubig. »So kann man sich täuschen. Aber Sie sind schon lang hier, stimmts?«

»Das kann einer laut sagen«, nickte er. »Länger als der Herr Doktor«, fügte er mit eigenartigem Ton hinzu, »um einiges sogar.«

»Er wird froh sein um jemanden mit Ihrer Erfahrung.«

Der Wärter sagte nichts. Bitter verzog er den Mund, griff nach einem Stift und führte ihn an ein Schriftstück.

»Und bestimmt haben Sie auch die Verstorbene gekannt, wegen der ich hier bin.«

Der Alte sah nicht auf. »Die Aichingerische meinens?«

»Keine leichte Person, nehm ich an.«

»Wir haben lauter Leut, die nicht sehr leicht sind, Herr.«

»Aber mit Ihrer Erfahrung …«

Er schmunzelte eitel. »Da habens nicht unrecht. … Ich erinner mich noch gut, wie sie gebracht worden ist. Eine renitente Person! Ich hab gleich zum Herrn Doktor gesagt: Herr

Doktor, keine Red – das Sulfonal und Trional oder auch das Morphium hydrochlorium, das können wir uns sparen. Bei der da helfen nur die guten alten Methoden!«

»Und er hat Ihnen zustimmen müssen!«

Ein bitterer Zug spielte um den Mund des Wärters. »Nicht immer gilt Erfahrung, Herr! Erst mal, meinte er, würde er es mit der Jauregg-Methode ausprobieren. Er hätte davon gelesen und wolle sie einmal erproben.«

»Welche Methode?«

»Eine Infizierung mit Malaria-tertiana- oder Tubercullin-Bazillen, die ein künstliches Fieber erzeugen, das schließlich mit Chinin wieder niedergeschlagen wird.«

»Das... das soll helfen?« fragte Kajetan entgeistert.

»Natürlich nicht! Er hat sich getäuscht, der Herr Doktor!« triumphierte der Alte. »Statt daß diese Behandlung auf Dauer angeschlagen hätt, ist es von Monat zu Monat schlimmer mit ihr geworden. Sie hat um sich hauen können, da hab ich nicht bloß einmal einen blauen Fleck mit heimgebracht! Bis dann der Doktor endlich eingesehen hat: Jetzt muß eine andere Methode angewandt werden.«

»Weshalb war sie denn so renitent?«

»Sie wollt unbedingt raus! Hat allerweil was von einer Tochter erzählt, auf die sie Obacht geben müßt. Und ihren Mann müßt sie aus dem Zuchthaus holen! Sie tät auch schon wissen, wie sie das anstellen würde. Da hab ich gesagt: Vroni, bevorst probierst, daß deinen Mann aus dem Zuchthaus holst, müßtest erst einmal selbst da rauskommen! Ha! hats bloß gelacht.«

»Ist sie einmal abgehauen?«

»Zwei- oder dreimal schon. Aber schon ein paar Stunden später hat sie ein Bauer wieder retour gebracht. Sie hätts dann noch ein paarmal probiert, bis der Doktor narrisch geworden ist und zu mir gesagt hat, daß das ein Fall für den Tranquillizer ist.«

»Für den – was?«

Der Wärter genoß die Rolle des Experten. »Das ist eine alte und sehr bewährte Methode. Eine Art Drehstuhl, vielleicht können Sie sich das dann besser vorstellen. Da wird der Patient draufgebunden, ich dreh eine Kurbel, und der Stuhl rotiert immer schneller um die eigene Achse. Erst wird noch geschrien wie wild, aber am End sinds alle ganz still. Die Achingerin wars auch. Ganz still wars auf einmal, fast zu still. Jahrelang haben wir kein Geschiß mehr mit ihr gehabt.«

»Ist das … eine gebräuchliche Methode, dieser Stuhl?«

»Durchaus. In den neueren Häusern allerdings, da wird recht drauf geschimpft. Aber wennst genau hinschaust: Die bringen auch nichts Besseres zuweg. Nein – unser Doktor kennt da jetzt nichts mehr. Wenn einer zu aufsässig wird, dann gehts in den Keller. Das ist der Vorteil, wenn ein Haus privat ist. Da gibts kein Hineinreden, von wegen neue Methoden und so.«

»Das versteh ich«, log Kajetan, »aber woran ist sie dann eigentlich verstorben? Ich mein, angehen tuts mich ja nichts. Nur der Neugier halber. Ich interessier mich nämlich privat für das Thema.«

»Die Aichingerin? Woran die gestorben ist? Einmal gehts doch mit jedem zu End, oder nicht?«

»Aber sie war doch noch keine fünfzig Jahre alt.«

Der Wärter schnaufte ungeduldig. Er warf einen Blick auf die Uhr, die über der Tür hing, und schüttelte den Kopf.

»Er müßte schon da sein. Entschuldigens.«

»Macht gar nichts. Es ist recht interessant, was Sie über Ihre Erfahrungen erzählen. Man hört ja draußen nichts davon.«

»Das ist wahr«, sage der Alte geschmeichelt. »Nichts wissen die Leut, gar nichts.«

Der Alte erzählte nun, daß die Kranke vor etwa einem Jahr plötzlich aus ihrer Apathie erwacht sei. Warum, habe sich keiner erklären können. Eine Aushilfsschwester habe damals angegeben, daß es damit zusammenhängen könne, daß sie im Park von einem spielenden Kind angesprochen worden sei, dessen Eltern einen Patienten besuchten. Das Kind sei erschrocken davongelaufen, als die Kranke zu weinen begonnen hatte. Andere vermuteten, daß ein vorheriger schwerer Sturz dafür verantwortlich gewesen sein könnte, doch niemand konnte sich die Änderung wirklich erklären. Vroni hätte sich in ein kaum noch zu bändigendes, aggressives Wesen verwandelt, das die unglaublichsten Beschuldigungen gegen alle Welt ausgesprochen hatte und sich jeder Behandlung widersetzte. Nachdem sie bei einem erneuten Ausbruchsversuch ertappt worden war, begann man, sie nachts an das Bett zu binden. Ihr Toben hörte nicht auf, und so hatte der Doktor entschieden, daß nun wieder der Stuhl an der Reihe sei. Für ihn, den Alten, sei das schon zu anstrengend gewesen, aber er habe gehört, daß sie einem jungen Wärter ein Stück Fleisch aus der Schulter gebissen, ihn fast ohnmächtig geschlagen und den Stuhl mit einem abgebrochenen Tischfuß zerstört hätte. Seit diesem Tag wurde sie auch tagsüber gefesselt. Die meisten Pfleger haßten und fürchteten sie. Um die anderen Patienten nicht zu sehr zu belasten, wurde sie in einem Raum abseits des Haupttraktes separiert. Die Fesseln wurden schließlich nicht mehr gelöst, bis der Arzt eines Tages feststellen mußte, daß die Haut unter den steifen Bändern bereits bis auf den Knochen vereitert war. Schließlich trat eine Blutvergiftung auf. Ihr geschwächter Körper konnte sich nicht mehr dagegen wehren. Es habe so manchen gegeben, der froh gewesen sei, daß die Sache zu Ende gekommen sei.

Der Alte schloß die Schilderung ab. Er grinste unsicher. »Das ist schon komisch.«

»Komisch?« fragte Kajetan mit rauher Stimme. Mit wachsender Wut hatte er der Erzählung des Alten zugehört.

»Da kommt ein wildfremder Notari daher, mit dem man eigentlich gar nicht reden will, weil ein Haufen Arbeit da ist, aber dann redet und redet man auf einmal. Das ist… Augenblick!«

Der Alte hatte ein Geräusch im Nebenzimmer gehört. Er stand eilfertig auf, klopfte und ging durch eine Verbindungstür in das Büro des Arztes. Nach wenigen Minuten kam er zurück. Kajetan könne eintreten.

Der Doktor, ein freundlich über den Kneifer lächelnder Herr, der sich bereits in den Sechzigern befinden mußte, trotzdem aber noch über volles, wenn auch ergrautes Haupthaar verfügte, reichte ihm die Hand und wies mit einer verbindlichen Handbewegung auf einen Stuhl.

»Es geht um den Nachlaß der Tochter einer unserer Patientinnen? Bitte nehmen Sie doch Platz.«

Kajetan blieb stehen. Der Arzt sah ihn irritiert an.

»Ich nehme an, es geht um eine höhere Summe, da Sie sich sonst nicht die Mühe machen würden, hierherzukommen. Obwohl ich jetzt nicht im Detail informiert bin, würde ich sagen, daß natürlich noch jede Menge Forderungen aus der Behandlung der armen Frau Aichinger bestehen! Obwohl wir eine private Anstalt sind, haben wir bei dieser armen Frau eine Ausnahme gemacht. Jedoch, wenn…«

Kajetan unterbrach ihn.

»War die Tochter der Frau Aichinger vor einigen Tagen hier?«

»Tochter? Welche Toch…?« flüsterte der Arzt entsetzt.

»Welche Krankheit hatte die Mutter, Doktor?«

Der Arzt kniff die Augenbrauen argwöhnisch zusammen. »Wenn Sie meinen, daß dies hierhergehört? Sie litt an Dementia praecox.« Er richtete sich energisch auf. »Noch einmal – was wollen Sie? Was ist mit diesem Nachlaß?«

»Die Tochter hat kein Geld hinterlassen«, sagte Kajetan schneidend, »ich bin hier, um Ihnen die erfreuliche Nachricht zu überbringen, daß das lästige Wohnrecht, das auf

Ihrem Haus gelegen hat, damit endgültig erloschen ist. Sie können es endlich verkaufen.«

Das Gesicht des Arztes war fahl geworden. »Was reden Sie da? Wer... sind Sie? Was wollen...?«

»Nichts!!« brüllte Kajetan, »außer Ihre Visage zu sehen, wenn ich Ihnen sage, daß Sie diese Frau auf dem Gewissen haben.« Der Arzt floh erschrocken hinter seinen Schreibtisch und fingerte an seinem Mund. Kajetan wandte sich zur Tür und sagte angewidert: »Sie brauchen keine Angst mehr zu haben. Niemand wird Sie anklagen, weil Sie eine hilflose Frau mit mittelalterlichen Methoden und einer Nachlässigkeit, die jeder Vorschrift spottet, zugrunde gerichtet haben! Es hat sich ja schließlich um – wie sagt man in Ihren Kreisen? – unwertes Leben gehandelt.«

»Das hat nichts, aber auch gar nichts mit dem Wohnrecht zu tun!« schrie Kroepius mit hoher, zitternder Stimme. »Damit bin ich hereingelegt worden! Ich habe das Haus im guten Glauben gekauft, ohne zu wissen, daß dieses Recht darauf liegt! Der Halunke, dem ich vertraut habe, weil ich seinen Vater gekannt habe, hat mir nichts von dieser Einschränkung erzählt und mich gedrängt, den Kauf so schnell wie möglich durchzuführen, weil er noch viele andere Interessenten hätte.« Die Stimme des Arztes wurde weinerlich. Sein Kinn bebte. »Ich bin zur Gemeinde gegangen und habe mich erkundigt, ob auf dem Haus irgendwelche Eintragungen vorhanden wären, aber der Gemeindediener erklärte mir im Brustton der Überzeugung, daß er davon nichts wisse! Erst der Notar hat mich darüber aufgeklärt! Da hatte ich bereits eine hohe Anzahlung geleistet! Natürlich hätte ich zur Polizei gehen können – aber der Verkäufer hatte alles längst verspielt! Hätte ich den Kauf rückgängig gemacht, wären mein Geld und das Haus verloren gewesen. So habe ich es schließlich behalten müssen! Was hätte ich denn tun sollen? Ich« – er schlug sich mit der flachen Hand auf die Brust und begann, vor Selbstmitleid überwältigt, zu schluchzen –, »ich bin das Opfer! Ich allein!«

Kajetan drosch die Tür hinter sich zu.

62

Die Dämmerung hatte eingesetzt, als Kajetan wieder in Sarzhofen eintraf. Er hatte den ganzen Weg zu Fuß zurückgelegt und dabei vergeblich versucht, seine Gedanken zu ordnen. Immer wieder mußte er voller Bitterkeit und hilfloser Wut an das Schicksal von Mias Mutter denken. Er hätte den Arzt am liebsten verprügelt. Ein junger Fuhrknecht, der ihn überholte und seine Fahrt verlangsamt hatte, vermutlich, weil er ihm anbieten wollte, ihn ein Stück Weges mitzunehmen, hatte nach einem Blick in Kajetans von Haß gezeichnetes Gesicht die Pferde wieder angetrieben.

Die körperliche Anstrengung des langen Marsches hatte seine Aufregung schließlich besänftigt. Unterhalb des Ortes überquerte er die Flußbrücke und betrat den schmalen Fahrweg, der zum Haus der Totenpackerin führte.

Der alte Bader saß sinnend auf der Hausbank und blickte in die untergehende Sonne. Kajetan legte seinen Finger an die Schläfe.

»Habe ich die Ehre mit dem Bader-Vinz?«

Der Bader bewegte sich nicht. »Mhm«, grunzte er stillversunken.

»Ist Er es selber?«

»Mhm.«

»Ah – ich bin auf der Suche nach der Totenpackerin. Ist sie daheim?«

»Mhm.«

Kajetan ging einen Schritt auf die Haustür zu. Das »Mhm!« des Bader klang kehliger.

Kajetan verstand. »Ah so… ja, aber auf dem Friedhof ist sie auch nicht!«

»Hm.«

»Ist sie viellcicht fortgegangen?«

»Mhm.«

Es mußten überwältigende Gesichte sein, die den Bader in ihren Bann gezogen hatten.

Kajetan blickte erschlagen zum Himmel. Doch die helfende Auskunft kam nicht von dort, sondern von einem Geräusch hinter dem Haus. Kajetan betrat den seitlich gelegenen Hausgarten und sah die Leichenfrau in einem Gemüsebeet werkeln. Sie richtete sich auf und empfing ihn mit einem neugierigen, doch freundlichen Blick.

Kajetan grüßte, stellte sich vor und bat sie darum, ihm von ihrem Gespräch mit Mia zu erzählen. Sie legte einen Bund Zwiebeln zur Seite, wischte sich die Hände an ihrer Schürze ab und schlug nach einer Schnake an ihrem Nacken. Warum er das wissen wolle? Was – auch Vronis Tochter sei gestorben? Welcher Verdruß!

»Bittschön, Totenpackerin…«, flehte Kajetan.

Sie begann zögernd.

»Also… ich bin im Schauhaus, da seh ich auf einmal, daß da eine im Friedhof umeinandersucht und zum Schluß akkurat vor der Vroni ihrem Grab stehenbleibt. Und ich werd neugierig, weil doch ein jedes gedacht hat, daß es da keine Verwandten mehr gäb. Also gehst hin und fragst, sag ich mir. ›Wer bistn nachert du‹, frag ich.

›Die Tochter‹, sagts.

›Was‹, sag ich, ›lüg mich nicht an.‹

›Joh‹, sagts, ›ich bins schon.‹ Und erzählt, warums nicht hat kommen können zur Beisetzung, wegen der Post, die wo den Brief zu spät gebracht hätt oder sie nicht gefunden hat.

›Ja so was‹, sag ich! ›So ein Verdruß.‹

›Das ist wahr‹, meints ganz trüb.

›Erst die Mutter‹, sag ich, ›dann der Vater!‹

Und da – da schauts mich auf einmal an. Mit Augen, größer wie ein Wagenradl.

›Was für ein Vater?‹ fragts und schaut ganz gspaßig.

›Ja, Weibi‹, sag ich, ›hast das epper nicht gewußt? Der ist doch ... ja, weißt du des wirklich nicht?‹ frag ich.

Sagt sie: ›Tu nicht umeinander, was soll ich nicht wissen. Was ist mit meinem Vater?‹

Dann hab ich halt nimmer anders können und hab ihr alles gesagt. Daß der Martl ihr Vater gewesen ist, dort drüben – ich hab hingedeutet – sei er eingegraben, und verbrannt sei er im Zuchthaus.

›Wegen was‹, wollts wissen.

›Umbracht hat er einen‹, sag ich.

›Und die Mamma‹, fragts mich. ›Was war denn mit der gewesen? Sie ist doch noch keine fünfzig Jahr gewesen.‹

Und da penzt sie mich auch so lang an, bis ich ihr sagen muß, daß sie im Irrenhaus in Allerberg gewesen ist, fast zwanzig Jahr lang.

Auf einmal seh ich, daß sie käsweiß geworden ist. Und dann fangts zu tränzen an.

›Mia, tu beten‹, sag ich, weil mir nichts Gescheiteres einfallt.

›Beten?‹ sagts. ›Zu wem? Zu dem epper, der mich so umeinanderhaut?‹

›Tu dich nicht versündigen, ich bitt dich in aller Heiligen Nam‹, sag ich.

Aber sie schaut mich bloß an wie einen Geist, dreht sich um und rennt fort. Ich seh grad noch, wie sie am Fluß entlang zur Brücken geht. Gottswillen, denk ich mir, sie wird sich doch nichts antun. Aber dann hab ich sie auf der anderen Seiten gesehen. Ganz langsam ist sie gegangen mit ihrem Tascherl in der Hand, immer kleiner ist sie geworden und dann wars ganz fort.«

Die Stimme der Totenpackerin wurde weich. »Da ... da hab ich auch recht tränzen müssen.« Sie schluchzte. »Und iatz ... hat sie sich doch das Leben genommen. Hätt ich doch bloß mein dummes Maul gehalten ...«

Der Bader mußte alles gehört haben. Er ging still zu ihr, umarmte sie und klopfte ihr sanft auf den Rücken. Nach einer Weile fand sie ihre Fassung wieder. Sie schneuzte sich. Kajetan räusperte sich.

»Bader-Vinz«, sagte er, »was hat denn die Aichinger Vroni eigentlich gehabt?«

Der Bader wandte den Blick nicht von seiner Frau.

»Die Fallsucht«, sagte er schlicht. »Epilepsia tarda, wenn Sie sich damit auskennen.«

Die Totenpackerin blickte stolz auf ihren Mann. »Dazugekommen ist eine Schwermut«, ergänzte er, »was bei dem, was sie durchmachen hat müssen, eine fast gesunde Reaktion ist, wenn man nicht grad ein Fischblut hat wie manch andere.«

»Damit hat sie im Irrenhaus eigentlich gar nichts verloren gehabt, oder?«

»Nein«, bestätigte der Bader. »Überhaupt nicht. Die Fallsucht kriegst zwar nicht los, aber da gibts einfachere Mittel, damitst fast wie ein Gesunder weiterleben kannst – und solche, die keinen Pfennig kosten. Ich bin den alten Urban auch noch angegangen, daß er sie da rausholt, weil ich das selber nicht tun kann. Aber er hat gesagt, mit einem Dorfbader wie mir redet er nicht über so was. Wie meine Frau und ich noch überlegen, was wir da tun können, haben sie sie tatsächlich närrisch gemacht in Allerberg.«

Er klatschte nach einer Schnake, die sich auf seine Stirn gesetzt hatte.

63

Kajetan hatte beschlossen, wieder zurückzufahren. Was er wissen mußte, hatte er erfahren. Mia muß verzweifelt gewesen sein. Vielleicht wollte sie nicht sterben – hätte sie sonst versucht, ihn zu erreichen? Vielleicht war es ein Versehen, vielleicht ersehnte sie – nur für einige Stunden, für eine Nacht, deren Dunkelheit nicht mehr zu ertragen war – diesen endlichen Frieden, den die Lebenden den Toten zudichten.

Er mußte sich beeilen, wollte er den letzten Zug nach München noch erreichen. Mit weiten Schritten ging er am Haus des alten Polizisten vorbei. Sinzinger schien nicht zu Hause zu sein; die Fenster waren unbeleuchtet, während in den Häusern um den Marktplatz bereits Lichter angegangen waren.

Wieder sah Kajetan vor seinen Augen das mühsam unterdrückte Entsetzen des alten Gendarmen vor seinen Augen. Wovor hatte Sinzinger Angst? Es mußte mit den Ermittlungen zusammenhängen, die er vor zwanzig Jahren durchgeführt hatte. Hatte er mit nachlässig recherchierten Ergebnissen dazu beigetragen, daß das Urteil gegen Mias Vater so entsetzlich hart ausfiel?

Vielleicht gab es ein Motiv, das dessen Tat verständlicher gemacht hätte. Sinzinger hatte vermutlich versäumt, sich darum zu kümmern, und es den Geschworenen leicht gemacht, einen Totschlag als vorsätzlichen Mord zu werten. Was aber konnte dieses Motiv gewesen sein? Gab es vielleicht eine verborgene Beziehung des Opfers zu seinem Mörder? Hatte es mit seiner Frau zu tun, mit seiner Tochter? Martl selbst muß dazu geschwiegen haben – doch wie wäre es jetzt noch möglich, dieses Geheimnis zu lüften? Alle Beteiligten, die darüber Auskunft hätten geben können, waren tot. Die Tat lag zwanzig Jahre zurück; nie mehr würde sie aufgeklärt werden können.

Fast hätte Kajetan den Ortspolizisten übersehen. Kaneder stellte sich ihm mit finsterer Miene in den Weg, schob seine

Brille mit einer hastigen Bewegung zurecht und atmete heftig. Kajetan blieb verwundert stehen.

Kaneder war noch nie ein Freund vieler Worte gewesen. Er patschte an seinen Hals.

»Hauens ab«, befahl er.

Kajetan wurde ärgerlich. »Wenn Sie zur Förderung des Fremdenverkehrs beitragen wollen, dann stellen Sies falsch ...«

»Werdens nicht frech. Sonst zieh ich andere Saiten auf.«

»Außerdem haben Sie kein Recht dazu. Ich hab mir nichts zuschulden kommen lassen. Beim Wirt zahl ich meine Zeche, und ich hab auch nicht die Häuser ausgeräumt. Ich bin beruflich hier und ...«

Der Wachtmeister unterbrach ihn grimmig. »Kein Recht? Er kennt sich also aus? Hat Er womöglich schon einmal was mit der Polizei zu tun gehabt? Mir kommts fast so vor.« Er sah ihn lauernd an.

»Da weiß ich mir Schöneres.« Kajetan griff unwillkürlich an seine Wange. Ein Schmerz, als hätte ihn eine glühende Nadel gestochen, dehnte sich aus.

Auch Kaneder schlug sich wieder klatschend an die Stirn. Er trat einen Schritt näher und legte seine linke Hand drohend auf den Knauf seines Säbels. »Sie verschwinden von hier, habens mich verstanden? Es treibt sich zu viel Gesindel in der Gegend herum. Wenn Sie sich nicht augenblicklich schwingen, dann nehm ich Sie mit auf die Station, und dort werd ich einmal schauen, ob sich nicht rausstellt, daß Sie vielleicht ganz andere berufliche Interessen haben. Es ist nämlich durchaus nicht so, daß die Polizei da heraußen aufs Hirn gefallen ist. Es gibt Hinweise, daß hier in der Gegend gern Geschäfterl aller Art gemacht werden.«

Kajetan riß die Augen auf. Was meinte er damit?

»Ah? Da schaut Er aber spaßig!« bemerkte Kaneder mit höhnischer Zufriedenheit und verschränkte die Arme.

Kajetan hatte sich wieder im Griff. »Weil es ein Schmarren ist.«

Der Ortspolizist schien es gar nicht gehört zu haben. Er richtete seinen Zeigefinger gegen Kajetans Brust. »Bildets euch bloß nicht ein, daß ich euch nicht dahinterkomm«, drohte er.

»Auf was denn bloß?« Kajetan zuckte unmerklich zusammen und hob seine Stimme. »Herr Wachtmeister, Sie haben erstens nicht den geringsten Beweis für irgendwas und darum zweitens nicht das Recht, mich einzusperren.«

»Da hat Er recht«, bestätigte Kaneder unbeeindruckt und kratzte sich, »es ist auch nur ein guter Rat.«

»Dann muß ich Dankschön sagen.«

»Ich tät ihn an Seiner Stelle nicht ablehnen«, sagte Kaneder finster. Wieder schlug er mit einer lächerlich unbeherrschten Bewegung an seine Backe. Doch dieses Mal fühlte er den körnigen Körper einer vollgesogenen Mücke unter seiner Handfläche. Befriedigt rollte er sie über seine Wange, zerkrümelte sie zwischen seinen Fingern und wischte sich mit dem Handrücken über die blutfeuchte Stelle. Er drehte sich um und ging über den Platz zur Gendarmerie. Kajetan sah ihm wütend nach.

Was ging in Sarzhofen vor? Was meinte der Gendarm, als er von irgendwelchen Geschäften gesprochen hatte? Etwa Urbans Waffenverkäufe?

Kajetan wurde zornig. Nein, er würde nicht fahren, dachte er trotzig.

Wieder spürte er einen Stich. Der Schmerz weitete ihn pochend. Verzweifelt fuchtelnd lief Kajetan über den Platz. Als er die Tür des Gasthofs erreicht hatte, schlug die Turmuhr achtmal. ›Sehr gut‹, dachte er, ›den letzten Zug hab ich leider versäumt.‹

Er betrat die Gaststube, grüßte die wenigen Gäste, die sich zum Kartenspiel an einem der Tische niedergelassen hatten, und bestellte etwas zu essen. Der Wirt betrachtete bedauernd Kajetans zerbissene Wange. »Kaltes Wasser oder, noch besser, Speichel!« riet er, brachte wenig später einen Teller mit geräuchertem Speck, wobei er nicht vergaß zu erwähnen, daß dieser aus seiner eigenen Metzgerei stammen würde, und stellte ihm ein Glas Rotwein daneben.

Während Kajetan gedankenverloren aß, fiel sein Blick auf einen sonderbar dreinblickenden alten Mann, den die anderen mit dem Namen »Wegmacher« anredeten. Der Greis versuchte offensichtlich, sich Gehör zu verschaffen, was die Männer jedoch zu belästigen schien. Kajetan achtete nicht mehr darauf. Während der Streit um den Alten zuzunehmen schien, verspürte er eine plötzliche, in ihrer Maßlosigkeit unerklärliche Erschöpfung. Er stand auf und verabschiedete sich.

»Sinds müd, gell«, bemerkte der Wirt. Kajetan nickte und grüßte wortlos. Als er bereits im Hausflur stand und die Treppe zum ersten Stock betreten wollte, kam ihm der Nauferger nach. »Sie, Herr, was ich Ihnen noch sagen wollte, glatt hätt ichs vergessen: Wenns in die Kammer gehen und das Licht aufreiben, müssens verkehrt herum drehen!« Er versuchte, es mit einer Handbewegung zu demonstrieren.

Kajetan sah ihn erstaunt an. Er hätte das Elektrische erst seit kurzem, erklärte der Wirt, lang hätt er sich dagegen gesträubt, denn früher sei es ja auch gegangen. Aber im Ort gäbe es da einen Machler, der ihm das aufgeschwatzt habe, das mit dem Elektrischen. Hochinteressant sei das, meinte Kajetan gähnend.

Er mußte sich noch anhören, daß die Hausmagd noch viel mehr gegen das Elektrische sei, weil sie jedesmal einen Schlag bekäme, wenn sie mit dem nassen Putzlappen die Lampen säubere. Nach einigen Verwünschungen gegen den Sarzhofener Edison – die Lampe ging nicht an, egal, ob er nach links oder nach rechts drehte – konnte Kajetan sich endlich in das Bett fallen lassen. Er schlief sofort ein.

64

Es mußte weit nach Mitternacht gewesen sein, als er plötzlich erwachte. Er lauschte angespannt in die Dunkelheit, stand auf, tappte zum Fenster, öffnete es und beugte sich hinaus. Der Marktplatz lag friedlich im Mondlicht. Aus der Ferne drang das Rauschen des Flusses heran. Einige Grillen zirpten unruhig. Er sah den Wirt, der in einem langen Nachthemd vor der Haustür stand. Der Wirt hob den Kopf zu ihm.

»Sinds auch wach geworden?« fragte er mit verhaltener Stimme.

»Was ist denn gewesen?«

»Weiß nicht«, gab der Wirt zurück, »mir ist es vorgekommen, als hätt irgendwo einer geschossen. Aber jetzt ist es wieder ruhig. Ich werd mich getäuscht haben.« Er streckte sich gähnend. »Ich leg mich wieder hin. Gute Nacht.«

Kajetan schloß das Fenster, ging wieder ins Bett und deckte sich zu. Morgen abend würde er vermutlich nicht mehr hier sein, um überprüfen zu können, ob auf der Speisetafel irgendeiner Gaststätte Wildfleisch auftauchen würde.

Er versuchte noch darüber nachzudenken, was er am nächsten Tag tun sollte. Er wußte nicht einmal mehr, warum er überhaupt noch etwas tun sollte.

Es war nichts als das eigenartige Verhalten des Ortspolizisten, das ihn mißtrauisch gemacht hatte. Aber wie sollte er vorgehen? Wen sollte er erneut aufsuch … Er schlief ein.

65

Aufgeregte Rufe drangen an das Fenster der Kammer. Kajetan erwachte, zog sich hastig an und ging nach unten. Es war bereits früher Vormittag. Der Wirt stand in der Außentür und sprach heftig gestikulierend mit einem Mann, der ihm ungläubig zuhörte. Schon auf der Treppe konnte Kajetan hören, daß es um eine Schießerei ging, die in der vergangenen Nacht stattgefunden haben mußte. Er blieb stehen und lauschte dem Gespräch mit wachsender Neugier.

»Stell dir vor, Stadler«, rief der Wirt, »gleich zwei sind bei der Mühle drunten gelegen. Maustot! Alle zwei! Ein Bazi von München...«

»Woher willst denn das wissen?«

»Der Kirchbäck hat gehört, wies einer von die Gendarmen aus Ödstadt zum Kaneder gesagt hat!«

»Und warum sagst: Zwei sind dagelegen...?«

»Weil der andere nicht von München war. Sondern – jetzt rat einmal!«

»Doch nicht von da? Wer?!«

»Der Aichinger Martl!«

»Der Ai...?«

»Kannst dein Maul schon wieder zumachen, Stadler! Der Aichinger Martl! Wie ich dirs sag! Von dem es geheißen hat, er sei im Zuchthaus verbrannt! Ist der doch glatt hergegangen, hat den Wärter umgebracht, seine Uniform angezogen, das Zuchthaus in Brand gesteckt und ist im ganzen Durcheinander abgehauen. Die ganze Welt hat gemeint, er wär verbrannt – dabei war der, dens gefunden haben, der Wärter!«

»So ein Hund!« rief der Stadler bewundernd. »Da mußt erst einmal draufkommen! Aber... wie kann denn der ein Zuchthaus in Brand stecken?«

»Die von Ödstadt sind schon dagewesen! Die haben es rausgekriegt: Er hat sich das Karbid von den Radln gestohlen und hat damit eine Bomben gebaut!«

Der Stadler erinnerte sich. »Der Aichinger Martl war ja immer ein Machler«, sagte er anerkennend, »nichts, was der nicht zusammengekriegt hätt!«

»Danach muß er sich bei der Müllner Marie versteckt haben. Erst jetzt geht mir auf, warum sie auf einmal so gspaßig getan hat, mit keinem mehr hat reden wollen und fast gar nimmer aus ihrer Mühl herausgekommen ist.«

»Aber, wie paßt das alles zusammen? Was hat denn der Martl mit dem von München zu tun?«

»Das sag ich dir, Stadler. Der hat die Marie ausräubern wollen. Da hat der Martl gar nicht anders können, als ihr zu helfen. Und dabei hats ihn selber erwischt! Zuvor aber hat er dem Halunken so eingeheizt, daß der das auch nicht überlebt hat!«

»So ein Hund!« wiederholte der Stadler. »Nauferger, jetzt bin ich platt.«

Der Wirt wischte sich mit dem Handrücken über die Stirn. Kajetan trat näher. Der Nauferger wandte sich ihm zu.

»Wir haben uns doch nicht verhört gestern nacht«, rief er, »es ist geschossen worden, unten bei der Höllmühl! Stellens Ihnen so was vor!«

Der Stadler griff an den Arm des Wirts.

»Und? Red halt weiter! Was ist mit der Müllner Marie geschehen? Hat der Halunk sie etwa ...?«

Der Wirt schüttelte den Kopf. »Die hat die ganze Gaudi überlebt. Aber sie ist, scheints, narrisch geworden. Seit der Nacht dreht sich das Mühlradl wieder. Die Leut aus der Nachbarschaft haben ihr beistehen wollen, sind zu ihr hingegangen und haben gesagt: Marie, was läuft denn dei Mühl? Aber sie hört gar nimmer, tut nichts und sagt nichts, und keiner weiß, was ihr geschehen ist. Der Gendarm ist auch hin zu ihr und wollts ausfragen, aber ...«

»Sie redt nichts ...«, ergänzte der Stadler verstehend.

»Müllner Marie, haben die Leut gesagt«, wiederholte der Nauferger und seufzte, »... Müllner Marie, was läuft denn dei Mühl?«

Kaneder brüllte so laut, daß die Männer zusammenzuckten. »Ist der Bazi allerweil noch da?! Jetzt ghörst der Katz!«

Mit stampfenden Schritten kam er über den Marktplatz gelaufen und baute sich mit zorngerötetem Gesicht vor Kajetan auf. Der Wirt blickte verdattert von einem zum anderen.

»Geh weiter, Mannderl! Auf!« Kaneder packte Kajetans Arm. »Und dann erzählst mir, wo du in der Nacht gewesen bist!«

»Im Bett bin ich gewesen!« verteidigte sich Kajetan wütend und versuchte, sich aus dem Griff des Polizisten zu winden.

»Ah was!« schrie Kaneder. »Wenigstens eine bessere Ausred könntest dir einfallen lassen! Geh weiter.« Er zerrte Kajetan aus dem Stand.

Der Nauferger hatte sich von seiner Verblüffung erholt. »Es stimmt, Kaneder!« Vor Aufregung verfiel er ins Du. »Es ist wahr! Du bist auf dem Holzweg! Wenn einer nichts damit zum tun hat, dann ist es der Herr da! Ich hab ihn ja selber gesehen!« Er erzählte dem Gendarm davon, wie sie beide in der Nacht durch die Schüsse erwachten. Mißtrauisch hörte der Wachtmeister zu. Er lockerte den Griff und atmete schnaubend.

»Lügst mich nicht an, Nauferger?«

»Lügen? Ich?« Der Wirt schnappte empört nach Luft.

Der Gendarm trat einen halben Schritt zurück. Noch immer hob und senkte sich seine Brust erregt. »Dann gebens mir auf der Stell Ihren Ausweis«, sagte er finster, »und danach möcht ich Sie nicht mehr da sehen!«

Während Kajetan in seine Tasche griff, stellte sich der Wirt vor den Wachtmeister. »Also, Herr Wachtmeister, das muß ich schon sagen: Wie Sie mit meinen Gästen umgehen!« Er wies mit dem Daumen zu Kajetan. »Meinen Sie vielleicht, daß der noch einmal zu uns herkommt?«

»Mir wurscht«, knurrte der Gendarm, während er Kajetans Papier in Empfang nahm und sich daraus Notizen machte. »Seit der da ist, ist eine Unruh in Sarzhofen. Wie wenn er den Verdruß anziehen würde.«

Er gab die Papiere zurück.

»Und jetzt«, befahl er mit einer Stimme, die keinen Widerspruch duldete, »sinds dahin! Auf der Stell!«

»Wenns meinen, Herr Kommissar!« sagte Kajetan spitz. Bevor der Wachtmeister explodieren konnte, befand er sich bereits auf der Treppe, die zu seinem Zimmer führte. Wenig später beglich er seine Rechnung und verabschiedete sich. Der Wirt beteuerte, wie unangenehm ihm der Auftritt des Gendarmen gewesen sei. Kajetan möge doch, bat er, eher sein ausgezeichnetes Geselchtes in Erinnerung behalten als diese peinliche Szene. Eigentlich sei Sarzhofen ein friedlicher Ort, und Fremde seien jederzeit gerne gesehen.

Aber auch beim Wirt hatte Kaneders Auftritt Mißtrauen gesät. Er atmete erleichtert auf, als Kajetan das Haus verlassen hatte.

66

Wenige Minuten, nachdem Kajetan den kleinen Bahnhof erreicht hatte, stampfte auch schon die Lokomotive heran. Stationsvorsteher Thomas sah mißbilligend auf die Uhr: Der Zug war vier Minuten zu spät angekommen. Er, Thomas, würde seinen Ehrgeiz dransetzen, daß er wenigstens pünktlich die Station verlassen würde. Wenn andere unfähig wären, die Züge rechtzeitig abzufertigen – an ihm sollte es nicht liegen. Ihm würde man nichts nachreden können.

Doch niemand hörte zu, als er über die Mentalität dieser Kollegen, die seiner Ansicht nach eher zu den Kameltreibern im Orient, aber nicht in das Deutsche Reich passen würden, schimpfte und mit nervöser Antreiberei versuchte, die Fahrgäste zur Eile zu bewegen. Die Menschen, die sich gemächlich an ihm vorbeibewegten, scherten sich nicht um ihn. In aller Gemütsruhe und mit vielerei Wünschen, Warnungen und Aufträgen, die wieder und wieder in nur unwesentlichen Variationen (»Tu brav sein in der Stadt – ja, Mutter – daß du mir ja brav bist in der Stadt drin – wiesd meinst, Mutter – mach uns keine Schand nicht – ist schon recht, Mutter...«) heruntergeleiert wurden, verabschiedeten sie sich und stiegen ein.

Aus dem Fenster seines Abteils gelehnt, konnte Kajetan sehen, wie sich am Ende des Zugs einige Bauernknechte mühten, Rinder in einen Viehwaggon zu treiben. Der Geruch von Kuhmist erfüllte die Station. Der Vorsteher lief voller Ungeduld auf und ab. Fahrig steckte er die Trillerpfeife in den Mund, hielt die Luft an, nahm sie wieder heraus und schüttelte, von Minute zu Minute verzweifelter, den Kopf. Die Tiere brüllten.

Kajetan setzte sich langsam auf die hölzerne Bank, beugte sich vor, nahm seinen Kopf in seine Hände und schloß die Augen. Er war müde und ratlos. In seinem Kopf tollten Gedanken. Mias Vater ausgebrochen... In Brand gesteckt, das Zuchthaus... Einbrecher, die mit dem Auto kommen... ein Wagen mit Münchner Kennzeichen... Mias Vater tot... die alte Müllerin hatte ihn versteckt... dieselbe Müllerin ist Mias Godin gewesen... eine Godin, der das Schicksal ihres Godkindes nahezu egal war, weil sie nicht zur eigenen Familie gehörte... das Gesicht der alten Müllerin... irgendwo hatte er es schon einmal gesehen... Wo? Plötzlich wußte er es.

Ruhe überkam ihn. Wie jener rückwärtslaufende Film im Kino am Isartor, den der Operateur einmal versehentlich falsch eingelegt hatte und der eigentlich das Zerspringen eines von einer Kugel getroffenen Spiegels zeigen sollte, statt dessen aber dem fasziniertem Publikum vorführte, wie sich Splitter um Splitter wieder zu einer blanken Fläche fügten, und wie die unbeirrte, gleichmäßige Unruhe einer Uhr, so fügte sich nun Bild an Bild, Wort an Wort.

Der Stationsvorsteher gab das Signal zur Abfahrt. Der Zug setzte sich in Bewegung. Kajetan schüttelte wie betrunken den Kopf, als er es bemerkte. Mit einem Schrei hechtete er aus dem Abteil, rannte durch den Gang, stieß dabei eine voluminöse, noch unschlüssig nach einem Sitzplatz suchende Bäuerin um und riß die Waggontür auf. Die Gräser am Rande des Gleisdamms glitten vorbei. Kajetan holte tief Luft.

Der Stationsvorsteher Thomas hatte sich, seit er auf diesen Posten befördert worden war, ein Benehmen zugelegt, wie es sich eben für eine Amtsperson gehörte, welche es nicht mehr nötig hat, sich mit dem Pöbel gemein zu machen. Wenn auch der Sarzhofener Bahnhof nicht unbedingt mit dem einer Metropole gleichzusetzen war und er selbst, außer beim Militär, kaum je einen Fuß aus dem Bauernland gesetzt hatte, so bestand doch sein Ehrgeiz darin, den Sarzhofenern zu zeigen, wie es in der großen Welt zugeht – und vor allem, mit welch angeborener Noblesse sich die Elite der bayerischen Beamtenschaft darin zu bewegen weiß.

Als er jedoch diesen Verrückten aus dem bereits anfahrenden Zug springen sah, vergaß er, daß er sich vornehm von der Ungehobeltheit der ländlichen Bevölkerung absetzen wollte. »Sag einmal! Du Hornochs, du saublöder!« tobte sein Vilshofener Temperament, »ja, hats den jetzt? Springt der einfach aus dem Zug?« japste er und rief dem Flüchtenden, der mit fliegendem Mantel über das Feld in Richtung des Höllgrabens zu rannte, noch einige mehr als anrüchige Bezeichnungen hinterher.

67

Es war Urbans Buick, der noch im Hof stand. Die Frontscheibe war zerschossen, die Seitenscheiben mit kreisrunden Einschüssen übersät, auch die Reifen hingen schlapp um die in den Kies gesunkenen Felgen. An mehreren Stellen der Karosserie waren Löcher in einer Größe zu erkennen, die von Kugeln einer großkalibrigen Waffe stammen mußten.

Kajetan war außer Atem. Mit schnellen Schritten rannte er zum Haus. Er hatte die schwere Tür zum Mühlenraum so heftig aufgestoßen, daß sie zurückschwang und an die Wand krachte. Er taumelte erschöpft einige Schritte vorwärts.

»Müllner Marie!« brüllte er. Sein Atem rasselte.

Unter ihnen wummerte dumpf das Mühlwerk; es stampfte, summte, schabte wie ein riesenhaftes, verborgenes Uhrwerk. Mit langsamen Bewegungen drehten sich die Mahlstühle. Rhythmisch klackten die Adlerkrallen der Transmissionsbänder auf die Blankflächen der Antriebsscheiben. Von außen malte das matte Frühlicht gelbe Muster auf den Fußboden; feiner Staub tanzte aus den Ritzen der Bohlen.

Die Müllerin saß bewegungslos am Ende des Raums und schien ihn nicht zu bemerken. Das Glas ihrer Brille blitzte sekundenkurz auf. Mit schweren Schritten ging Kajetan in die Mitte des Raums. Er blieb mit ausgestellten Beinen stehen und wiederholte ihren Namen.

»Müllner Marie!«

Ihr Blick war leer, und ihr alter Kopf hing zwischen den Schultern. Kajetan trat näher.

»Godin, schlechte!« rief er schneidend.

Ihre Lider hoben sich unmerklich. Die Knöchel ihrer Hand wurden weiß.

»Laßts mir doch meinen Frieden«, sagte sie mit brüchiger Stimme. Ihre Lippen bewegten sich kaum.

»Warum, Müllnerin? Magst nicht hören, daß du eine schlechte Godin bist? Heißt es denn nicht, daß eine Godin auf ihr Godkind Obacht gibt?«

Mit einem wilden Ruck hob sie den Kopf.

»...Aber die Müllnerin hat nicht getan, was eine Godin zu tun hat! Sie hat ihr Godkind im Stich gelassen, hat zugeschaut, wie es untergeht, und hat nichts getan!«

Sie schnellte tierhaft hoch. Kajetan wich unwillkürlich zurück.

»Was weißt denn du?« schrie sie. »Was weißt denn du, wie das alles gewesen ist? Wie … wie …« Ihre Stimme schien zu brechen. Sie rang nach Luft. Ihre Brust bebte.

»Kann schon sein, Müllnerin! Wenn du weiter die Närrische spielst, wird es nie einer erfahren!«

Erschöpft tastete sie nach der Lehne ihres Stuhles, sank auf den Sitz zurück und starrte ihn an. Plötzlich sickerten Tränen aus ihren Augenwinkeln. Ihr Blick wurde schwarz. Sie schlug die Hände heftig vor ihr Gesicht und begann leise zu schluchzen.

Kajetan stützte sich auf die Lehne und beugte sich zu ihr.

»Red, Müllnerin«, sagte er berührt.

Sie wischte sich mit dem Handrücken über ihre Wangen. Dann hob sie ihr Gesicht zu ihm und betrachtete ihn fragend.

»Du hast sie … gut … gekannt, die Mia?«

Kajetan nickte stumm und wandte das Gesicht zur Seite. Als er sie wieder ansah, ruhte ihr Blick noch immer auf ihm. Er richtete sich heftig auf, ging zum Fenster und blieb mit dem Rücken zu ihr stehen. Seine Schultern bebten unmerklich. Er senkte den Kopf. Die Sonne flirrte durch sein zerwühltes Haar.

Sie verstand.

»Geh her zu mir«, seufzte sie. Er drehte sich langsam um, ohne den Kopf zu heben.

»Da, hock dich her zu mir. Ich werd dir erzählen, wie alles gewesen ist.« Sie wies auf einen Schemel. »Wenn du es nicht eh schon weißt – oder dir wenigstens denkst.«

Er nahm Platz. »Der Aichinger Martl, der Vater von der Mia, hat nie einen umgebracht. Er ist für einen anderen im Zuchthaus gesessen. Und der andere, das war der junge Urban. Stimmts, Müllnerin?«

»Ja. Der Martl ist beim alten Doktor in Arbeit gewesen und hat auch in einem seiner Häuser wohnen dürfen. Einmal mitten in der Nacht haut der Doktor an seine Tür und sagt ihm, er möcht sich sofort anziehen und zu ihm kommen. Und dann sagt er ihm, daß sein Bub, der Fritz, eine furchtbare Dummheit begangen hätt, und er tät ihm, dem Martl, jetzt einen Vorschlag machen.«

»Und der war, daß der Martl zum Gendarm gehen soll und zugeben soll, den Fuhrknecht Eglinger erstochen zu haben. Aber wie konnt er bloß so blöd sein und darauf eingehen?«

Die Müllerin seufzte. »Er ist so todfroh gewesen, daß ihn der Doktor in Arbeit gehalten hat. Seine Frau ist doch krank gewesen. Fast das ganze Geld, das er verdient hat, ist durch die Medizin draufgegangen. Und da ist auch noch das Kind gewesen. Die zwei waren am Schluß so bettelarm, wie sich das gar keiner vorstellen kann. Ich hab ihnen freilich hie und da ein Gemüs und ein Mehl zukommen lassen, aber er ist mir fast bös gewesen deswegen. Einmal hat er sich grad und hoch vor mich hingestellt: Einen Stolz hätt er schon auch noch und tät keine Bettelgab nicht brauchen. Was tust da, sag?«

Kajetan wußte keine Antwort.

»Aber nicht, daß du meinst, daß der Martl je geklagt hätte. Da ist eine Lieb gewesen bei den zweien, und eine Freud wars zum schauen, so schön wie die sich getan haben. Die Vroni und das Kind, die waren dem Martl sein ein und alles. Aber es ist schlimmer und schlimmer geworden. Die Vroni ist es schließlich gewesen, die immer öfter gesagt hat, sie sei ihm doch bloß eine Last. Und Tage hat es gegeben, wo sie nur noch geweint hat. Und schließlich ist sie gemütskrank geworden.«

Kajetan schüttelte den Kopf. »Ich versteh das nicht! Gerade deswegen hätte der Martl doch diesen Vorschlag ablehnen müssen!«

»Sagst du. Ich auch«, sagte sie bitter, »aber der Doktor hat ihm ja auch was angeboten. Wenn der Martl ihm diesen Gefallen tun würde, dann würde er ihm das Häusl, in dem er jetzt wohnt, überschreiben. Außerdem sei, so hat er versprochen, für die Vroni und das Kind so gut gesorgt, daß er sich nie mehr eine Sorg zu machen braucht, sogar den besten Doktor, den es für die Krankheit von der Vroni gibt, tät er bezahlen.«

»Das mit dem Haus hat der Urban doch gar nicht eingehalten!« rief Kajetan empört. »Im Grundbuch ist doch bloß ein Wohnrecht eingetragen! Wie kann sich der Martl da drauf einlassen?!«

»Der Alte war eine Sau. Mit einem Herz wie eine Maschine, kalt zum Erfrieren, ohne ein Mitleid und ohne ein Erbarmen. Wenn er das jetzt gleich tun würde, hat er dem Martl gesagt, dann würd das verdächtig ausschauen. Drum sollt er noch ein paar Jahre warten, bis es nicht mehr auffallen tät. Und der Martl, der hat dem Doktor immer vertraut. Aufgeschaut hat er zu ihm wie zu einem Vater.«

»Trotzdem«, sagte Kajetan. »So dumm kann keiner sein.«

»Hast du einen Dunst, wie der alte Urban die Leut hat einseifen können! Der hat sie ausgeschmiert nach Strich und Faden, hat ihnen Grund um Grund abgeschwindelt, bis er einer der reichsten Leut in der Gegend gewesen ist. Und trotzdem haben sie ihn immer gewählt. Ich kann mir außerdem vorstellen, was er ihm noch gesagt hat: Nämlich, daß sich der Martl überlegen soll, daß er, der Doktor, ruiniert wär, wenn alles aufkäm, und dann gar nicht anders könnt, als ihn auszustellen.«

Kajetan ballte die Fäuste und legte sie an seine Schläfen.

»Und der Martl«, fuhr sie fort, »der hat sich schließlich überlegt: Ich hab eh eine Höll und werd sie bis zu meinem End haben. Dabei gehen meine Frau und das Kind auch zugrund. Wenn ich aber zusag, dann habe ich zwar ein paar Jahr eine noch schlimmere Höll, aber wenigstens nachher ein Leben. Und er ist zum Gendarm gegangen und hat es zugegeben.«

»Ein paar Jahr? Wie kommt er auf ›ein paar Jahr‹ für Mord?«

»Das hat ihm der Doktor so weisgemacht. Natürlich könnt

der Martl den besten Advokaten haben, hat er gesagt. Dem sei es ein leichtes, die Sach als Notwehr hinzudrehen. Aber es ist halt ganz anders ausgegangen.«

Kajetan schüttelte den Kopf. »Er ist über zwanzig Jahr im Zuchthaus gesessen. Dieser Narr!«

»Dann ist die Gerichtsverhandlung gewesen. Ich hab zugeschaut – es muß rauskommen, daß er es nicht getan hat, hab ich mir gedacht, es muß! Der Rechtsanwalt hat es zuerst nicht dumm angepackt. Aber da war dann so ein neuer Staatsanwalt, jung, und eine Stimme wie eine Hacke. Er hat den Martl ausgefragt. Und der Martl hat auf einmal Angst gekriegt, hat zu stottern angefangen, hat sich widersprochen und ist am End dagestanden wie der unehrlichste Mensch auf der ganzen Welt. ›Wie ist das eigentlich bei Ihnen auf dem Lande‹, fragt der Staatsanwalt, ›hat man denn da immer ein Messer dabei, damit man es anderen bei der nächsten Gelegenheit in den Bauch stoßen kann?‹ Er hätt bisher gedacht, das wär bloß bei den Negern so üblich. Er sei aber keiner, hat der Martl drauf gesagt. ›Sie tragen also nicht andauernd ein Messer mit sich, um es anderen bei nächster Gelegenheit in den Bauch zu stoßen?‹ ›Nein!‹ weint der blöde Martl. ›Interessant‹, sagt der Staatsanwalt drauf, ›sehr interessant.‹ So hätt er sich schon immer eine Notwehr vorgestellt: Da läuft einer erst nach Hause, holt ein Messer und geht dann wieder zu seinem Widersacher zurück. Und so ist es dahingegangen. Der Martl hat sich immer tiefer verwickelt, bis das Ganze als der hinterhältigste Mord dagestanden ist, den je ein Mensch begangen hat. Zum Schluß hat der Richter noch eine Ansprach losgelassen, wo es bloß noch um das Aushacken, Ausbrennen und Ausrotten von diesen verfaulten Trieben im Volkskörper gegangen ist. Da ist der Martl umgefallen und hinausgetragen worden. Der Urban ist ihm gleich nach. Der Advokat ist ins Schwitzen gekommen; grad, daß er noch erreichen hat können, daß der Martl lebenslänglich gekriegt hat.«

Kajetan stützte seinen Kopf in seine Hände und stöhnte auf. »Aber... warum hat er da immer noch nichts gesagt? Jeder tät doch da schreien: Ich bin es nicht gewesen! Ich bin hereingelegt worden!«

»Ach! Es ist doch schon zu spät gewesen. Der Martl ist schon viel zu tief drin in der Fallen gesessen. Wie er aufgewacht ist, hat der Doktor ihm gesagt, daß der Martl sich überlegen muß, daß er schon jetzt eine hohe Strafe kriegen tät, nämlich wegen seiner falscher Aussage. Und wenn er jetzt alles abstreiten würde, dann wär auch alles umsonst gewesen, dann gäbs erst recht keine Belohnung mehr, weil auch dann er, der Doktor, ruiniert wär. Außerdem hätt das nur an diesem einen, dem neuen Staatsanwalt gelegen, er wär ja selber überrascht gewesen, denn mit demjenigen, der ursprünglich für diese Verhandlung vorgesehen gewesen sei, hätt er bereits alles beredet. Bei einer neuen Verhandlung, hat er ihm Hoffnungen gemacht, käm bestimmt ein ganz anderes Urteil heraus. Das sei immer so. Der Martl war ganz zerschlagen. Er hat nicht mehr gewußt, was er tun soll. Und noch einmal hat er dem Doktor geglaubt. Woher soll er auch wissen, was auf dem Gericht der Brauch ist? Der grundgute Lapp hat doch nie in seinem Leben mit so was zu tun gehabt!«

»Aber eine zweite Verhandlung hat es nie gegeben.«

»Die ist nach ein bisserl hin und her abgelehnt worden. Aber da ist der Martl schon fünf Jahre im Zuchthaus gesessen. Wer hätt ihm jetzt noch geglaubt?«

»Hat ihn nie einer besucht?«

»Die Leut hier tun das nicht. Wenn einer im Zuchthaus ist, ist der für die Leut wie ein Gestorbener. Ich bin einmal hingefahren zu ihm, weil ich einfach nicht hab glauben wollen, daß er es war. Aber er hat bloß wissen wollen, ob es der Vroni und dem Kind gut geht und ob sie im Haus bleiben können. Sonst nichts. Wie ich dann ein zweites Mal hinwollt, läßt er mir schon an der Pforte ausrichten, daß er keinen mehr sehen will. Mich auch nicht, frag ich. Nein, heißts, Sie auch nicht. Es war grad so, als hätt er sich selber eingegraben. Fast versteh ichs – wenn einer unschuldig im Zuchthaus sitzt, dann kann der wenigstens noch kämpfen, weil er ein Gegenüber hat. Aber wenn du dir allerweil sagen mußt, daß du selber es gewesen bist, der diesen furchtbaren Fehler getan hat, dann hast du keine Kraft mehr dafür…«

Das Geräusch der Mühle schien in weite Ferne gerückt zu sein. Die beiden hörten es kaum noch. Kajetan atmete tief ein. Er mußte aufstehen und versuchte, seiner Erregung Herr zu werden. Ungläubig schüttelte er immer wieder den Kopf. Schließlich setzte er sich wieder auf den Schemel.

»Und aus dem jungen Urban? Was ist aus dem geworden?«

»Er ist noch eine Zeitlang in Sarzhofen geblieben, nachdem sein Vater gestorben ist. Lang hats nicht gedauert, bis er alles zugrund gerichtet hat. Er hat alles verkaufen müssen. Dann hat man ewig nichts mehr von ihm gehört. Im neunzehner Jahr ist er kurz gekommen, aber da hat er ein paar Watschen gekriegt…«

»…Die Geschichte beim Wirt, wo er Revolution machen wollt?«

Die Müllerin nickte verächtlich. »Der hat sich allweil bloß dahingestellt, wo es warm rauskommt. Auf jeden Fall – eines Tages ist kaum mehr was dagewesen, und da wollt er am liebsten auch noch das Haus verkaufen, in dem die Vroni und die kleine Mia gewohnt haben. Es wollt natürlich keiner haben mit den beiden. Und dann…«, wieder füllten sich ihre Augen mit Tränen, »hat es auf einmal geheißen: Die Vroni hat sich was angetan. Keiner hat genau gewußt, was passiert ist, bloß ein paar Leut haben den jungen Urban gesehen, wie er kurz zuvor aus dem Haus gekommen ist. Die Vroni ist dann in das Krankenhaus in Allerberg eingeliefert worden. Da ist sie nie mehr herausgekommen.« Ihr Kinn bebte.

»Und die Mia…«

»Wart ein bissel«, bat die Müllerin. »... Ich muß weinen, sonst ... sonst erstick ich ... solang hab ich bloß ... einen Haß gehabt ... und ... jetzt erbarmt mich alles so ohne End ...« Sie schluchzte auf.

Kajetan brachte kein Wort heraus. Er legte seine Hand auf ihre Schulter. Die Müllerin ergriff sie und hörte auf zu weinen.

»Ist schon vorbei«, flüsterte sie.

»Brauchst nicht weiterreden, Müllnerin. Hör auf.«

»Bloß noch ... wegen der Godin, die nicht Obacht gibt ...«

»Laß, Müllnerin. Ich habs bloß gesagt, weil ich dich zum Reden bringen wollt.«

»Du ... Halunk«, schmunzelte sie unter Tränen, »du ausgschamter Halunk! So ... raffiniert ist ja nicht einmal ein Gendarm.« Er lächelte entschuldigend. Sie richtete ihren Oberkörper wieder gerade. Sie warf einen kurzen Blick auf die Mahlstühle, die noch immer gleichmäßig arbeiteten.

»Die Geschichte ist noch nicht ganz aus.«

»Aber das mit der Godin war nicht so gemeint.«

Sie ergriff ihre Schürze und wischte sich die Tränen aus dem Gesicht. »Ich glaubs dir ja. Aber vorher wars wichtig für dich. Was ich jetzt sag, ist wichtig für mich.« Sie neigte den Kopf in den Nacken und schloß kurz die Augen. Dann sah sie auf ihre Hände, die sie auf den Schoß gelegt hatte.

»Es ist zu der Zeit gewesen, wie es dem Hans den Arm ausgerissen hat.«

»Den Arm aus ...?«

Sie nickte trübe. »Ja, der Müllner, und das ist ja jetzt auch schon gute zwanzig Jahr her, hat einmal probiert, eine rausgeschlupfte Transmission wieder aufzuspannen. Hans, sag ich, laß es bleiben, aber er hört nicht. Das Mühlwerk darfst ja nicht abstellen, wenn der Mahlstuhl voll ist. Da hats ihm den Arm abgerissen, und danach ist er nicht mehr zum gebrauchen gewesen, bis er dann vor ein paar Jahren gestorben ist.

Ich habs eine Zeitlang probiert. Allein. Die Bauern haben die Säck selber eingefüllt, und wenns mir einen Kämbden rausgehauen hat, hat ihn mir der Gabelmacher Irg wieder gerichtet. Bis ich einmal nicht aufgepaßt hab. Da hats wieder einen Kämbden rausgeschlagen und weil ich nicht gleich die Wasserbühne hochdrehen hab können, hats gleich noch ein paar weitere abgerissen. Aber bis mir der Irgl die wieder gerichtet hat, sind die Bauern längst zum Hofmüller gegangen, und ich habs sein lassen müssen.

Sie haben ihn im Krankenhaus zwar wieder hergerichtet, aber danach ist er nicht mehr derselbe gewesen. Die Schmerzen haben ihn Tag und Nacht geplagt, und er ist immer böser geworden. Nur noch geflucht und angeschrien hat er mich, und ich bin ganz desparat geworden, weil ich nicht ausgekonnt hab. Er ist doch zuvor ein guter Mann gewesen. Ich hab ihn ja noch immer gern gehabt. Aber er ist bloß noch ein einziger Schmerz gewesen, ein einziger Zorn. Und da heißt es auf einmal: Die Vroni hat sich was angetan, das Madl von der Vroni braucht ein Daheim, die Godin muß her, wer ist ihre Godin. Ich bin ihre Godin, sag ich. Der Doktor hat mich zur Seiten genommen und hat gesagt: Müllnerin, sinds vernünftig. Gebens das Kind weiter. Was hats denn bei Ihnen, wo der Mann doch so schlecht beieinander ist? Und außerdem: Da in Sarzhofen wirds ihr Lebtag bloß hören, daß ihr Vater ein Zuchthäusler und die Mutter eine Narrische ist. Er tät eine anständige Familie kennen, dort könnt sie hin. Nein, sag ich, ich bin die Godin, und ich hab sie genommen. Wie das Butzerl in die Mühl kommt, plärrt der Hans grad wieder so dermaßen, daß es gleich unter die Bank gekrochen ist vor lauter Fürchten. Es ist einen Tag gegangen, dann bin ich hin zum Doktor und hab gesagt, ich möcht mir die Familie anschauen, die das Kind aufnehmen tät. Die sind dann auch bald da gewesen, und sie haben mir schön getan. So hab ich das Kind ziehen lassen.«

Sie sah ihn fragend an. Er wich ihrem Blick aus.

»Aber später? Hast dann nie mehr nachgeschaut, wie es ihr geht?«

Ein leichter Ärger klang aus ihrer Stimme, als sie weitersprach. »Die haben in Straubing oben gewohnt, in einem recht noblen Haus. Ich bin hingefahren, so oft ich gekonnt hab. Bis mich die Madam einmal zur Seite nimmt und sagt, daß es nicht gut wär für die Kleine. Besser, sie tät nicht so genau wissen, woher sie sei, und außerdem hätten sie die Adoption schon eingeleitet. ›Geht das so einfach?‹ frag ich sie. ›Ja‹, sagts, ›das geht.‹ Von da an hab ich bloß noch von der Weiten geschaut. Ich hab schon ein richtiges Versteck gehabt und hab gesehen, wie lieb sie daherwächst. Es ist dann schon nimmer bloß wegen der Godschaft gewesen, ein Kümmern hätts da eigentlich gar nimmer gebraucht. Aber es hat mir so gut getan, hin und wieder fortzukommen, und wenn ich diesen Grund nicht gehabt hätt, dann hätt ich es mir gar nicht zugestanden, daß ich den Hans einmal allein laß. Da hätten die Leut gleich dumm geredet.«

Sie schaute verschmitzt. »Aber es hat mich auch gefreut, daß es die Mia so gut erwischt hat. Einmal, da hab ich nicht aufgepaßt, da steht sie plötzlich vor mir, sagt brav ›Grüß Gott‹ – und erkennt mich nimmer! Dann hat auch schon der Krieg angefangen, und ich hab nicht mehr fortgekonnt. Wie ich noch einmal hin wollt, hat jemand anderes dort gewohnt, und keiner hat mir sagen können, wo die Familie hingezogen ist. Ins Fränkische, hat einer gemeint, nein, auf München, ein anderer.«

Kajetan nickte. »Absolution, Müllnerin.«

Sie streifte ihn mit einem eigenartigen Blick, neigte leicht den Kopf zur Seite, als lausche sie einem Geräusch. Dann sah sie ihm wieder ins Gesicht.

»Du weißt schon, wie es weitergeht?«

Er nickte zögernd. »So ungefähr …«

Als ihm der Pfarrer die Nachricht vom Tod seiner Frau überbrachte, mußte Martl aufgewacht sein. War es der Gedanke an seine Tochter, die er nun allein und schutzlos wähnte, oder war es eine unbestimmte Ahnung, daß irgend etwas nicht stimmte – er nahm nach langen Jahren wieder Kontakt zur Müllerin auf. Sie war der einzige Mensch, dem er Vertrauen schenkte. Sie hatte Angst vor diesem Zusammentreffen gehabt und erschrak zutiefst, als sie ihm gegenübersaß. Sie erkannte das eingefallene Wesen, das einmal der junge Martl gewesen war, nicht mehr. »Marie«, hatte er sie angefleht, »schau mir nach, was mit der Mia ist.« »Was wird sein«, sagte die Müllerin, »es geht ihr bestimmt gut. Ob sie dich nach so langer Zeit überhaupt noch kennt, ist ja auch nicht gewiß.« »Marie«, hatte er störrisch wiederholt, »du mußt schauen, was mit der Mia ist.« Und sie tat es schließlich. Sie erinnerte sich an jemanden, dem sie früher einmal sehr nahe gestanden war, und bat ihn um Hilfe. Nach kurzer Zeit war das Mädchen gefunden. Sie selbst hatte sich vergewissern müssen und eine Bettlerin im »Steyrer« gespielt.

Die Müllerin erzählte, wie sie Martl bei ihrem nächsten Besuch mitteilen mußte, wo sie Mia gefunden hatte.

»›Martl‹, sag ich und weiß gar nicht, wie ich es anfangen soll, ›Martl, es ist nicht gut gegangen mit der Mia. Sie ist in München ...‹ ›Ja‹, sagt er, ›und? Wie gehts ihr? Was hat sie für eine Arbeit?‹ ›Martl‹, sag ich, ›eine anständige Arbeit ist das nicht, was die Mia da tut.‹ ›Und wo‹, fragt er mich, ›ist sie da?‹ Ich erzähl noch, daß er den vielleicht kennt, mit dem ich sie gesehen hab. Der junge Urban wärs, der doch auch in Sarzhofen aufgewachsen ist. Da werden seine Augen auf einmal so groß, daß ich das Fürchten krieg. Und da hat er mir alles erzählt.«

»Du hast nichts geahnt zuvor?«

»Nichts hab ich gewußt, gar nichts.« Sie nickte erschüttert. »Und von da an hättest eher ein wildes Vieh einsperren können als den Martl daran zu hindern, daß er ausbricht. Eines Nachts ist er vor der Mühle gestanden. ›Was willst jetzt tun, Martl?‹ frag ich ihn. Er aber sagt nichts, nimmt sich ein Gewand vom Hans, sein Radl und fährt nach München. Einmal, gleich zu Anfang, hat er einen erwischt von den Luden, wie der in der Früh grad aus dem Haus ist, in dem sie gewohnt hat.«

Kajetan Puls schlug heftig. Sie bemerkte nichts.

»Aber er hat dann gemerkt, daß er nicht so einfach an den Urban herankommt. Schließlich ist er angeschossen worden, als er dem Urban seine Wirtschaft anzünden wollt. Ganz schwach ist er gewesen, wie er wieder bei mir aufgetaucht ist. ›Martl!‹ sag ich, ›Martl! Du warst zwanzig Jahr im Zuchthaus! Da war noch ein König dran, dann der Krieg, die Revolution! Alles ist anders geworden! Vom erstbesten Auto läßt du dich zusammenfahren, du kennst dich nicht mehr aus, und da oben in München, da kennst du dich erst recht nicht mehr aus. Aber hier‹, sag ich, ›da kennst du dich aus, und da kenn auch ich mich aus.‹«

»Was habt ihr vorgehabt?«

»Zu Anfang hab ich an den Martl hingeredet. ›Martl‹, hab ich gesagt, ›der soll dir alles zurückzahlen, was er dir schuldig ist. Die Mia ist keine Schlechte, und damit kann sie ein anderes Leben anfangen und kommt raus aus der Schand. Bring ihn auf‹, sag ich, ›bring ihn dazu, daß er alles zugeben muß und daß er dir und der Mia alles zurückzahlt!‹ Er hat drüber nachgedacht. Wie ich ihm aber sag, er soll ihn nicht umbringen, weil er dann ist, zu was der Urban ihn damals gemacht hat – ein Mörder nämlich, da schaut er mich bloß fremd an. Wie ich dann das Gered in Sarzhofen hör, was im Zuchthaus passiert ist und daß zwei andere Gefangene bei seinem Ausbruch gestorben sind, da hab ich gewußt, daß es schon zu spät ist. Ich hab anfangs auch falsch gedacht. Vor dem Martl hat der Urban keine Angst gehabt, denn der wär schnell als Närrischer abzutun gewesen. Ist denn einer noch ernst zu nehmen, dem es erst nach zwanzig Jahren einfällt, daß er doch kein Mörder ist? Nein: Angst hat er davor gehabt, daß durch andere als den Martl plötzlich ein Gered aufkommt, das irgendwann auch in München zu hören sein würd. Tja, und dann bist eh du gekommen und hast uns gesagt, daß auch die Mia nicht mehr lebt. Ich dacht, du bist ein Gendarm, der sich verstellt.«

»Im Verstellen bist du noch viel besser gewesen, Müllnerin!«

»Wenn du gewußt hättest, wie schwer das für mich gewesen ist. Ich hätt am liebsten geschrien. Hast du es nicht gespannt?«

»Nein. Ich hab bloß gespürt, daß etwas nicht stimmt. Du hast getan, als könntst kaum noch gehen, dabei hast den saubersten Gemüsgarten, den ich gesehen hab. Und du hast auch getan wie eine Betschwester – aber in der Stube ist kein Kreuz zu sehen gewesen.«

»Das hab ich im Krieg abgehängt«, sagte sie knapp.

»Und weiter... wie habt ihr es anstellen wollen, daß der Urban sein Loch verläßt?«

»Das war ich. Ich hab mir ja dann auch alles zusammenreimen können – daß der frühere Gendarm auf einmal zu einem so großen Haus gekommen ist, das er sich sonst nie hätte leisten können, daß der Landthaler – der gesehen haben muß, daß der junge Urban und der Eglinger in die Gasse gelaufen sind – danach auf einmal die Fischgründe am Peuntnerbach gehabt hat. Ich hab dem Urban einen Brief nach München geschrieben, wo er meinen hat müssen, daß da einer von den Mitwissern ihn erpressen will, und ich habs billig gemacht, habs extra ungeschickt gemacht, damit er meint, damit hat er ein leichtes Spiel. Aber dann ist es dem Martl Tag um Tag schlechter gegangen. Nur noch gefiebert hat er. Da hab ich wieder mit dem geredet, der mir schon einmal geholfen hat, die Mia zu finden. Er hat mir zugesagt, daß er da ist, wenn der Urban kommt. Und zuvor hat er dafür sorgen wollen, daß es dem Urban warm wird und er spannt, daß alles kein Gspaß mehr ist.«

»Was hat er getan?«

»Er hat ihm seine Villa angezündet. Das hat geholfen. Aber – dann hat er es sich scheints doch noch überlegt. Er ist nicht gekommen. So ist schließlich alles auf mir und dem Martl gehangen, wie er letzte Nacht endlich gekommen ist, der Urban.«

68

Der schwere Wagen rollte die vom Astwerk hoher Buchen überwölbte Schotterstraße in das Mühltal hinab. Knirschend spratzten Steine unter den Reifen hervor und schlugen an das Wagenblech. Das hohe Gras zwischen den Fahrrinnen schliff den Wagenboden.

Das hölzerne Geländer der Brücke, die über den Höllbach führte, tauchte auf. Der Wagen hielt an. Aus der Tiefe drang das gurgelnde Rauschen des Baches und übertönte das gleichmäßige Tuckern des Motors. Wenig später öffneten sich die Türen. Drei Männer verließen den Wagen, drückten die Türen sachte zu, warteten einen Augenblick, bis sich ihre Augen an die Dunkelheit gewöhnt hatten, und liefen, jeder in eine andere Richtung, in gebückter Haltung in den Wald. Zwei von ihnen blieben stehen und sahen vorsichtig um sich, nachdem der Wagen seine Fahrt fortgesetzt hatte.

Nach kurzer Zeit hatte er den Talgrund erreicht und bog in den Platz der Mühle ein. Der Motor erstarb.

Nachdem er die Scheinwerfer ausgeschaltet hatte, stieg Fritz Urban aus und blieb neben der geöffneten Fahrertür stehen. Er sah um sich. Die Mühle schien menschenleer zu sein. Ihre Mauern fingen das Licht des diesig verhangenen Mondes. Das Schindelwerk glänzte silbrig unter dem sternenlosen Himmel. Die Luft roch nach nasser Erde und Moder. Dort, wo der Bach die Talenge bereits wieder verlassen hatte, knarzten Frösche.

»Ich bin da!« rief Urban mit lauter Stimme. Ein tauber Widerhall flog zurück. Nichts bewegte sich. Urban wurde unruhig. Sein Zorn wuchs. Welches Spiel wurde hier gespielt?

»Ich bin da!« wiederholte er. »Allein! Wie ausgemacht!! Ich hab das Geld dabei!«

Der Wind hatte sich gedreht. Das Rauschen des Baches schwoll an. Ein Siebenschläfer keckerte durchdringend. Als hätte Urban sie aufgeschreckt, schwirrte der schwarze Schatten einer Fledermaus über dem Hof in die Scheune. Urban zuckte zusammen. Als er sich wieder aufrichtete, bemerkte er plötzlich, daß er mit den Knien schlotterte. Sein Puls hämmerte; seine Schädeldecke schien sich zu heben. Das Rauschen in seinen Ohren nahm zu. Er hatte Angst.

Fiebrig suchten seine Blicke den Waldrand ab. Wo blieben die Männer? Schoos sollte den Eingang zur Lichtung bewachen, um eine mögliche Flucht der unbekannten Erpresser zu verhindern. Mit Bierkugel hatte er vereinbart, daß er versuchen sollte, durch den Garten seitlich in die Mühle einzusteigen und die dort vermuteten Erpresser rücklings anzugreifen. Kandl hatte den Auftrag, den Mühlbach zu durchqueren, um von der leicht erhöhten gegenüberliegenden Böschung den Hof im Schußfeld zu haben.

Sie mußten längst angekommen sein! Wo waren sie?

Urbans Schädel dröhnte. Ein marternder Ton sang in seinen Ohren. Er preßte seine Hände an die Schläfe. Dort, wo der schwarze Wald in die mondbeschienene Fläche des Gartens überging, entdeckte er plötzlich eine Bewegung. Das mußte Bierkugel sein!

Eine winzige, rote Glut fraß sich durch die Dunkelheit. Sie

dehnte sich zur Flamme und blieb noch in Urbans Netzhaut eingebrannt, als sie schon längst erloschen war.

In unendlicher Langsamkeit lief Bierkugel einige weitere Schritte, blieb plötzlich stehen und begann tapsig zu tanzen. Der Tanz ging in ein Torkeln über. Er verfing sich im Fall in den Bohnenranken, stürzte vornüber in die weiche Erde des Gartens und bewegte sich nicht mehr.

Schockartig war Urban aus seiner Betäubung erwacht. Er warf sich zu Boden, robbte panisch hinter das Auto in Deckung, fingerte nach seiner Pistole und gab einige Schüsse in die Richtung ab, in der er den Schützen vermutete. Dann lauschte er angespannt. Der Bach rauschte in ruhiger Gleichmäßigkeit. Erbost suchte ein Nachtvogel das Weite. Der Mond war höher gestiegen. Urban hob den Kopf und kniff seine Augen zusammen. Am Waldrand bewegte sich nichts.

»Schoos! Kandl!« kreischte Urban.

Er ahnte, daß er keine Antwort mehr erhalten würde, und jagte eine Reihe von Schüssen in die Dunkelheit. Vergeblich.

Eine Kugel fuhr klockend in die Karosserie. Eine zweite traf den Reifen. Pfeifend senkte sich der Wagen. Urban schoß zurück. Ein Ast brach; einige Äpfel fielen zu Boden.

Splitternd zerbarst die Frontscheibe. Urban fühlte ein dünnes Brennen an der Wange. Entsetzt tastete er danach und fühlte eine laue, klebrige Flüssigkeit. ›Ich werde häßlich‹, dachte er verwirrt. Dann zischte auch der zweite Reifen. Der Schütze mußte die Stellung verändert haben. Urban wußte, daß er keine Chance gegen ihn haben würde. Der Unbekannte konnte sich unbemerkt im Halbrund des den Hof umgebenden Waldes bewegen und schließlich eine Position finden, von der aus er ihn schutzlos vorfinden würde.

Urban zog sich hastig seine Jacke aus, bündelte sie und warf sie hoch. Sofort dröhnten zwei Schüsse. Urban schrie getroffen auf, taumelte aus der Deckung, fiel zu Boden und blieb bewegungslos liegen.

Eine hochgewachsene, schmale Silhouette löste sich aus dem Schatten. Sie schien unschlüssig. Zögernd setzte sie Schritt vor Schritt. Sie hielt ein Gewehr im Anschlag.

Urban öffnete die Augen einen winzigen Spalt. Der Unbekannte trat schwarz vor den Mond, dessen Licht sein wüst abstehendes Haar umkränzte. Wieder blieb er stehen und schien sich versichern zu wollen, ob von dem am Boden Liegenden keine Gefahr mehr ausginge. Urban hielt den Atem an. Wieder knirschte der grobe Sand unter den bedächtigen Tritten.

Eine heftige Bö fegte über den Platz, verfing sich im raschelnden Blattwerk und legte sich wieder.

Der Schwarze ließ plötzlich die Schultern sinken. In unendlicher Erschöpfung fiel er auf die Knie. Urban vernahm ein leises Schluchzen.

»Warum ...?« wimmerte der Unbekannte.

Sein Gewehr kippte zur Seite. Urbans rechte Hand schnellte hoch. Im sekundenkurzen blauen Blitz des Schusses war ein verstört blickendes Augenpaar zu sehen. Der Unbekannte fiel auf den Rücken und bewegte sich nicht mehr.

Urban erhob sich und trat näher. Ungläubig wanderte sein Blick über die verheerten Züge des Erschossenen. Das Gesicht des Toten lag gegen das Licht des Mondes. Urbans Puls schlug plötzlich so heftig, als hätte er einen Schlag erhalten. Er hatte ihn erkannt.

Mit einem Ruck richtete er sich auf. Er schnappte nach Atem. Eine närrische Freude durchströmte ihn.

Plötzlich flammte das Hoflicht auf. Urban begriff nichts. Schon spritzte der Schotter neben ihm auf. In Panik hastete er hinter das Auto. Ein Fenster der Mühle hatte sich geöffnet. Mit einer schnellen Bewegung begab sich Urban aus seiner Deckung und feuerte in das dunkle Rechteck. Glas splitterte, doch sofort antworteten zwei weitere Feuerstöße und schlugen in das Autoblech.

Urban tastete bebend an seine Wange, die nun wie nach einer heftigen Ohrfeige zu brennen begonnen hatte. Er zwang sich, sein Entsetzen zu unterdrücken. Ein hilfloser, unbändiger Zorn ergriff ihn. Schwer atmend sah er sich um. Wenn er an dieser Stelle blieb, hatte er keine Chance. Sobald er versuchen würde, aus dem Lichtkegel des Hofs zu laufen, um das rettende Dunkel des Waldrandes zu erreichen, würde ihn sein Gegner sehen können. Es gab nur noch eine Möglichkeit: Er mußte versuchen, in den Winkel des Hauses zu gelangen, von dem aus der andere ihn nur noch treffen konnte, wenn er sich suchend aus dem Fenster lehnen würde. Einige Meter wären dabei zu überwinden, doch der Schütze schien offenbar mit einem doppelläufigen Gewehr zu feuern – Urban hatte also nach jedem Schußpaar einige Sekunden Zeit. Bis sein Gegner eine neue Position erreicht hatte, könnte er das Hauseck erreichen, wäre dort ebenfalls wieder einige Minuten, die er brauchen würde, um den Waldrand zu erreichen, geschützt. Anschließend müßte er versuchen, sich nach München durchzuschlagen, sich ein Alibi zu organisieren, um später den Ahnungslosen zu spielen, wenn die Polizei ihn nach dem Verbleib seiner Männer und seines Autos fragte. Jedoch ... dieser zweite Gegner würde bezeugen können, daß dies eine Lüge war. Und vor allem: Er mußte auch den Mann gekannt haben, den Urban vor wenigen Augenblicken erschossen hatte – und würde auch um dessen Geheimnis wissen.

Urban gab wieder einen Schuß ab. Sofort antworteten zwei Einschläge. Urbans Körper spannte sich. Er hechtete aus seiner Deckung, preßte seinen Rücken an die Hauswand und schob sich langsam, die Pistole nach oben gerichtet, dem rettenden Hauseck zu. Er grinste triumphierend, als wiederum Schüsse neben ihm einschlugen, ihn aber nicht mehr treffen konnten. Bald hatte er den rettenden Mauervorsprung erreicht und befand sich nun in einer lichtlosen, schmalen Gasse zwischen Haus und Scheune. Gebückt lief er in die Richtung, in der er den Waldrand vermutete. Er konnte sich gerade noch abfangen, um nicht in den tiefer liegenden Kanal des gurgelnden Mühlbachs zu stürzen. Er drehte sich verzweifelt um. Ein Zurück gab es nicht mehr. Der Unbekannte würde längst die Position gewechselt haben und jetzt nur darauf warten, bis er die Gasse wieder verlassen hätte. Verzweifelt suchte Urban nach einer Möglichkeit, den Bach zu überqueren. Auf der rechten Seite sog sich der reißende Wasserlauf mit donnerndem Dröhnen durch einen breiten Spalt aus feuchtem, glattgeschliffenem Fels, links hing das Mühlrad über einem schwarzen, unergründlich tiefen Gumpen.

Dann entdeckte er den Ausweg. Ein schmaler Mauergrat, einige Meter über dem Wasser, führte entlang der fensterlosen Hauswand zu einer winzigen Luke, durch die man unbemerkt in das Haus eindringen, hinter den Rücken des Unbekannten gelangen und ihn rücklings erledigen könnte. Damit wäre der letzte Mitwisser ausgeschaltet! Wer war es eigentlich? Gar die Alte, die früher mit ihrem Mann die Mühle betrieb? Dann würde er ein doppelt leichtes Spiel haben. Nie hätte er sich vorstellen können, daß es der alte Gendarm oder gar der Landthaler waren, die ihn zu erpressen versuchten. Beide steckten sie zu tief in der Sache, als daß sie noch wagten, gegen ihn vorzugehen und damit ihre eigene Existenz zu vernichten.

Eine diebische Freude erfüllte Urban. Er wischte sich den Schweiß von der Stirn und betrat den handbreiten Sims. Meter für Meter hangelte er sich an der bemoosten Hausmauer entlang. Sorgsam sicherte er seine Schritte. Endlich hatte er die Luke erreicht. Der verwitterte Laden ließ sich mit leichtem Druck aufschieben. Urban griff durch die Leibung, zog sich an der Mauerkante nach oben und kroch durch die Öffnung.

Er befand sich in einem pechdunklen Raum und begann sich vorwärts zu tasten. Er griff an ein Gestänge; mit jähem Ekel zog er seine Hand zurück, als er in eine dicke Schicht körnig durchsetzten Fettes griff. Er tappte weiter und fühlte kühles Eisen, ertastete ein fast mannsgroßes Rad mit hölzernen Zähnen, ein Gespinst steifer, offenbar den Raum in alle Richtungen durchlaufender Lederbänder, dann wieder kleinere, waagrechte Umsetzräder und querliegende, mächtige stählerne Holme. Urban versuchte, gebückt durch zwei waagrechte Achsen hindurchzusteigen. Er kam auf einer fettgetränkten, schrägliegenden Achsenhalterung auf, rutschte aus, griff blind in die armdicken Speichen eines Zahnrades und versuchte sich daran hochzuziehen. Als er schließlich wieder stand, stellte er fest, daß ein zweites, riesiges Rad ihm den Durchgang versperrte. Er kroch zurück, tastete nach einer anderen Stelle und drang wieder in das stählerne Gewirr ein. Er unterdrückte einen unbeherrschten Laut; die Enge machte ihn maßlos wütend. Sie erinnerte ihn plötzlich daran, mit welch auswegsloser Verzweiflung er mit ansehen mußte, wie in dieser Nacht vor zwanzig Jahren, auf die dieses fürchterliche Unwetter folgen sollte, der verhaßte Fuhrknecht Eglinger in bräsiger Zufriedenheit, fischig nach Schweiß und Samen stinkend, aus der Kammer eines Mädchens kam – jenes Mädchens, das er und nur er, Urban, wirklich liebte. Als er sich ihm in hilfloser, kindlich heulender Wut entgegenstellen wollte, hatte ihn der Fuhrknecht mit rohen Worten gedemütigt.

Ein starrer Stab drückte auf seine Schultern, als er wieder versuchte, die Enge zwischen einer Steinsäule und dem großen Rad zu überwinden. Er blieb stecken. Sein Mund füllte sich mit Speichel, er atmete hechelnd. Eine betäubende Wut bäumte sich in ihm auf. Er preßte seinen Körper wie ein Wahnsinniger in die Enge.

Er hörte nicht, wie sich das Rauschen des Wasserlaufs veränderte. Für einige Sekunden klang es, als würde der Bach hinter einer Schleuse gestaut.

69

»Wer ist da?!« rief Kajetan. Er hatte ein Geräusch gehört. Wachtmeister Kaneder trat hinter dem Mauervorsprung hervor, von dem aus er das Gespräch verfolgt hatte.

»Respekt«, brummte er, und seiner Stimme war tatsächlich so etwas wie Hochachtung zu entnehmen, »Sie wären gar kein so schlechter Gendarm nicht!«

Kajetan schüttelte den Kopf und wandte sich wieder zur Müllerin, die zusammengesunken auf ihrem Stuhl saß.

»Und... wo ist der Urban jetzt?«

Ihre Augen schienen nicht mehr zu leben. Sie blickte durch ihn hindurch.

Kaneder trat einen Schritt vor. »Das tät mich auch interessieren«, sagte er, »diesen Hund, wenn ich in die Finger krieg!«

Die Müllerin hatte die Frage offenbar nicht gehört. Sie stützte sich mit der rechten Hand auf die Stuhllehne, schob sich mühsam hoch und ging mit schlurfenden Schritten zu einem Hebel an der Wand. Ohne einen der beiden Männer anzusehen, und als wäre ihr gerade etwas anderes in den Sinn gekommen, begann sie in beiläufigem Tonfall zu sprechen.

»Es ist früher hie und da geschehen, daß sich ein Hund ins Mühlwerk verirrt hat. Wie der Müllner dann runter ist, ist schon nicht mehr viel übrig gewesen als ein paar Fetzen Haut. Das lassen wir den Ratzen, hat der Müllner immer gesagt, die wollen ja auch leben, eine jede Kreatur will leben.«

Kajetan starrte sie ungläubig an. Sein Blick wanderte zu Kaneder. Der Wachtmeister war kreidebleich geworden.

»Stell deine Mühl ab, Marie«, sagte er heiser.

70

Die beiden Männer hatten sich ausgesprochen. Kaneder hatte Kajetan erklärt, daß er von illegalen Waffengeschäften in der Nähe Sarzhofens gehört und ihn verdächtigt hatte, damit in Verbindung zu stehen. Kajetan hatte verständnisvoll genickt.

Wie zur Entschuldigung ließ der Wachtmeister schließlich beim Bräu anschirren und begleitete Kajetan zum Zug.

Als die Kutsche die Brücke passierte, sagte der Wachtmeister: »Seit ich in Sarzhofen bin, plagt mich die Geschicht. Sie werdens mir nicht glauben, aber ich hab die Krätzen deswegen gekriegt. Immer hab ich gewußt, daß da was ist. Wie ein unguter Geist ist es zwischen den Leuten gewesen, jeder hat was geahnt, aber keiner was gewußt. Ich hab wieder und wieder die Protokolle durchgeschaut. Da sind Widersprüche drin gewesen, die jedem, auch wenn er noch weniger Hirn hat wie der alte Sinzinger, auffallen hätten müssen. Und ein Protokoll hat gleich ganz gefehlt. Dann hab ich mir auch noch die Prozeßakten bringen lassen und gelesen, wie sie den armen Teufel auf dem Gericht eingewickelt haben, bis er schließlich nicht mehr aus hat können. Aber zu beweisen war nie was!«

Der Wagen polterte über die Brücke. Als die Räder wieder die Schotterpiste unter sich hatten, pendelten die Körper der beiden Männer gegeneinander. Kajetan war in Gedanken versunken.

»Was werdens jetzt tun?« fragte er leise.

»Dem Landthaler wirds schlecht gehen, das versprech ich. Daß er damals eine falsche Aussag gemacht hat, ist zwar nicht mehr strafbar, aber den werd ich zwifeln, bis er sich nimmer aus dem Haus traut. Dem brenn ich schon eine Straf drauf, wenn er bloß an die Hausmauer biselt.«

»Und der Sinzinger, der alte Wachtmeister? Der Doktor hat ihm ja damals wohl das Haus gelassen, damit er eine Ruh gibt.«

»Der Sinzinger hat alles rausgekriegt, weil sich der Martl bei seiner Vernehmung so dermaßen deppert angestellt hat. Er hat aber nichts davon ans Gericht weitergegeben.«

In der Ferne war das Signal einer Lokomotive zu hören. »Hüah!« Kaneder trieb das Pferd an.

»Das Haus, glaub ich, war ihm gar nicht das Allerwichtigste«, fuhr er, eine Spur hastiger, fort, »nein, da muß noch was anderes gewesen sein. Er hat Angst gehabt. Der Doktor war einflußreich, er war der angesehenste Mann im ganzen Gäu. Es darf nicht sein, muß er sich gedacht haben, daß da was gestört wird. Es bringt Unruhe, wenn die Obersten sich als die größten Bazis rausstellen. So muß er gedacht haben.«

Kajetan neigte seinen Kopf zu ihm, ohne ihn anzusehen. »Aber auch wenn man ihn nicht mehr anzeigen kann: Wenigstens die Rente kann man ihm doch nehmen?«

Kaneder sah auf die Straße und schlug die Zügel. Wieder war das Signal des ankommenden Zuges zu hören, dieses Mal bereits lauter. »Der Sinzinger braucht keine Rente mehr«, sagte er ungerührt, »heut mittag hat ihn seine Hausfrau im Dachstuhl gefunden.«

Kajetan starrte Kaneder an. Der Gendarm erwiderte seinen Blick offen und schüttelte entschlossen den Kopf. »Hie und da derbarmt mich einer, den ich erwisch. Der nicht!« Kaneder schlug die Zügel auf den Rücken des trägen Rosses. »Aber jetzt sagens mir bloß noch, wieso auch das Madl vom Martl hat draufgehen müssen.«

»Die Mia ist die einzige gewesen, die dem Urban noch gefährlich hätt werden können. Weil nur sie sich noch dafür interessieren würde, was mit ihren Eltern wirklich geschehen war. Als wenigstes hätte sie versuchen können, wieder in das Haus, das er dem Doktor verkauft hatte, einzuziehen. Die Gefahr hätte bestanden, daß der Arzt von Allerberg, der das Haus bereits vermietet hatte, die ganze Angelegenheit wieder aufrollen würde. Es ist um eine ordentliche Summe gegangen, die er ihm zurückzahlen hätte müssen – Geld, das er für andere Unternehmungen benötigt hatte.«

»Aber sie hat das gar nicht vorgehabt?«

»Sie hat nichts davon geahnt. Sie war nur über das Schicksal ihrer Eltern erschüttert. Aber in Sarzhofen ist ihr auch gesagt worden, daß sich Urbans Vater so selbstlos für ihre Eltern eingesetzt hat. Darüber hat sie vermutlich mit Urban gesprochen. Vielleicht hat sie sich sogar bei ihm für seinen Vater bedanken wollen. Wie ich ihn kenn, hat er ganz freundlich getan und ihr das Kokain, das er vorher mit Amphetaminen gestreckt hat, zukommen lassen. Sie hat nur ganz wenig davon genommen.«

Kaneder spuckte auf die Straße. Der Weg zum Bahnhof stieg an. Sie unterquerten den Gleisdamm. Nach einigen Minuten straffte der Wachtmeister die Zügel. Sie hielten vor dem Bahnhofsgebäude. Kajetan ergriff Kaneders ausgestreckte Hand. Der Wachtmeister drückte sie fest.

»Es ist echt wahr, was ich gesagt hab in der Mühl. Daß sie einen guten Polizisten abgeben täten.«

71

Eine einzige frostkalte Nacht zum Sonntag hatte genügt, um den Sommer in München zu beenden. Rotgelbe Sprenkel durchsetzten das matte Grün der Bäume am Isarufer. Die Sonne stand hoch vor dem diesig blauen, wolkenlosen Himmel, doch ihre Wärme wurde von einem kühlen Luftzug, der aus dem Boden zu dringen schien, zurückgeworfen.

Kajetan faltete die Zeitung zusammen, in der im Gesellschaftsteil von einem rauschenden Fest berichtet wurde: Der »Steyrer« hatte zur Eröffnung unter der Leitung der neuen Betreiber, der Geschäftsleute Georg »Schoos« Maier und seines Kompagnons Candidus »Kandl« Rohsmeisl, geladen.

Kajetan streckte die Beine aus, knüllte seine Jacke zu einem Kissen und legte sich auf die Bank. Er kreuzte die Arme hinter seinem Kopf, schloß die Augen und genoß die seidige Luft des beginnenden Herbstes. In das Rauschen des behäbig dahinströmenden Flusses mischte sich plötzlich die Musik einer Blaskapelle. Kajetan öffnete die Augen und hob den Kopf. Sein Blick fiel auf den Zug, der sich auf der Wittelsbacherstraße zum Sommerfest der Volks- und Arbeiterchöre auf der Schyrenwiese bewegte. Der Kapelle folgten die bunt geschmückten Wagen, auf deren Ladeflächen ausgelassene Männer und Frauen in die Menge winkten.

Kajetan hob unentschlossen die Hand und winkte zögernd zurück. Sein Kopf sank wieder zurück. Vielleicht würde er das Fest später besuchen, vielleicht aber in der Dämmerung nach Hause gehen, an seinem neuen, bei Josef Rodenstock am Karlsplatz erstandenen Audion-Empfänger weiterbasteln, sich zufrieden auf das Bett legen und sich – nach dem Esperantokurs, den er einige Male halbherzig verfolgt hatte – das Konzert des Rundfunkorchesters im Radio anhören. Die »Bayerische Radiozeitung« hatte einen »volkstümlichen Orchesterabend« mit Werken italienischer Komponisten angekündigt. Zwei Wochen nach seiner Rückkehr aus Sarzhofen hatte er sich das Radio endlich kaufen können, nachdem der alte Detektiv ihn an sein Krankenbett befohlen hatte, um ihm das Honorar für den Von-Seeberg-Fall auszubezahlen und ihm einige weitere Aufträge zu übergeben, die er selbst in der nächsten Zeit nicht mehr ausführen können würde.

Dabei zu entdecken, daß kein anderer als Pius Fleischhauer der Münchner Verbündete der Müllner Marie war, geschah fast nebenbei, obwohl der Detektiv heftig bestritt, jemals einen Mann namens Urban gekannt zu haben, geschweige denn beim Überfall auf dessen Haus verwundet worden zu sein.

Der kühle Wind fuhr unter seine dünne Weste. Auf seinen Ellenbogen gestützt, richtete er sich fröstelnd auf. Das Fest hatte bereits begonnen. Dennoch strömten noch immer Besucher auf die Wiese zu. Unschlüssig griff Kajetan in die Tasche seiner Jacke und zog Teobalts Broschüre hervor.

Er schlug sie auf und begann zu lesen.

Emil Teobalt beschrieb die Hintergründe des Putsches, der im vergangenen Jahr die Stadt erschüttert hatte. Er wies nach, daß viele der Politiker, die sich heute von Hitlers Gefolgsleuten distanzierten und als überzeugte Republikaner gaben, höchst aktiv an der Vorbereitung des mißglückten Aufstandes beteiligt waren. Eines der Kapitel war überschrieben: »Putschvorbereitungen«. Kajetan blätterte uninteressiert weiter.

Plötzlich hielt er inne. Er hatte einen bestimmten Namen gelesen. Hastig suchte er eine Seite, die er bereits überschlagen hatte. Sein Atem stockte.

Emil Teobalt beschrieb eine republikfeindliche Organisation, die sich um einen ehemaligen Major der Reichswehr gebildet hatte und deren Zentrum sich in einem kleinen Ort namens Walching, nah der österreichischen Grenze, befand. Dieser Gruppe hatten sich mehrere hochrangige Beamte der Gendarmerie angeschlossen, darunter auch der Leiter der Dornsteiner Bezirksinspektion. Nach einem Feme-Mord an einem Bauernmädchen sowie der mysteriösen Explosion eines Waffenlagers in einem Bergwerksstollen hätte sie sich zunächst wieder zurückziehen müssen, da der Verdacht immer lauter geworden war, wichtige Vertreter von Politik und Obrigkeit würden ihr angehören. Der Dornsteiner Kriminalrat, nachweislich einer der maßgeblichen Köpfe dieses geheimen Bundes, hätte es sich jedoch nicht nehmen lassen, sich am Vorabend des Putsches nach München zu begeben. Allerdings sei ihm die Ehre des Heldentodes vor der Feldherrnhalle versagt geblieben – nach einem exzessiven Besäufnis nach Hitlers Coup im Bürgerbräukeller hatte ihn ein Herzschlag ereilt.

Heftig klappte Kajetan die Broschüre zu. Er starrte fassungslos ins Leere. Wieder öffnete er den dünnen Band: Fußnoten verwiesen auf Untersuchungsprotokolle, Zeitungsartikel, Bücher.

Er schnellte unwillkürlich empor, blieb starr und verwirrt stehen und setzte sich wieder.

»Da schau her! Die Polizei ist auch schon da!« scherzte eine muntere Stimme hinter ihm. Er fuhr herum. Die Fürsorgebeamtin, in ein feiertägliches Dirndl gekleidet, lächelte ihm zu. »So ein Zufall«, meinte sie, »gehns auch zum Musikfest?«

Er schoß hoch. Sie quiekte erschrocken auf. »Erdrückens mich nicht!« japste sie fassungslos.

Er ließ sie los und tippte mit dem Zeigefinger aufgeregt auf Emils Broschüre. »Ich hab recht gehabt! Ich hab recht gehabt, wie ich meinen Vorgesetzten damals bezichtigt hab, in die Geschicht verwickelt gewesen zu sein!«

»Was für einen Vorgesetzten?« Sie verstand nichts und wich etwas zurück.

»Den Kriminalrat von Dornstein! Der hat mit den Verbrechern, die das arme Ding umgebracht haben, unter einer Decke gesteckt!«

»So«, sagte sie.

»Ich habs rausgefunden, habs aber nicht beweisen können und bin deswegen entlassen worden. Und hier steht«, wieder wedelte er mit der Broschüre, »daß ich recht gehabt hab! So sagens doch ...«

»Ja, was denn?«

»Ich muß doch wieder eingestellt werden, wenns eine gibt auf der Welt, eine Gerechtigkeit, oder?«

Sie begann zu verstehen.

»Eine – was ...?«

Nachwort des Autors

Über das weitere Schicksal der Godin habe ich nicht mehr viel in Erfahrung bringen können. Die entsprechenden Eintragungen der Gemeinde Sarzhofen scheinen, um es höflich zu formulieren, etwas nachlässig geführt worden zu sein. Auch existiert auf dem alten Friedhof von Wengen bei Sarzhofen, auf dessen Gemarkung das Höllbachtal liegt, keine Grabstätte mit der Aufschrift »Maier, Marie Anna« – so der Schreibname der Müllnerin.

Auch die Fabler in der Stube des Sarzhofener Klosterbräu, die mir vor einigen Jahren von der Godin erzählt hatten, wußten nur noch, daß sie nie vor ein Gericht gestellt worden sei und daß sie sich wieder verheiratet hätte (möglicherweise Pius Fleischhauer? Eine Photographie in der Ortschronik zeigt zwar einen Mann an ihrer Seite, doch die schmale, ernst und kränklich wirkende Gestalt hat wenig mit meiner Vorstellung des Detektivs zu tun).

Man erinnerte sich daran, daß beide ein so verliebtes wie zerstrittenes Paar gewesen seien, und einmal, beim Metzger-Hansl soll es gewesen sein, hätte die Müllnerin bei den Sarzhofener Frauen mit dem Ausspruch »Kaum wart' eins dreißig Jahr auf ein Mannsbild – schon kommts daher!« für herzliches Gelächter gesorgt. Beide seien schließlich nach nicht allzulanger Zeit zu einer größeren Reise aufgebrochen (nach Kanada, meinten die einen, nach Südamerika ein anderer), von der sie nicht mehr nach Sarzhofen zurückgekehrt seien.

In der alten Mühle, die mittlerweile längst in andere Hände übergegangen und zu einem rustikalen Wochenenddomizil umgebaut worden ist, wußte man nichts.

R. H.

Ich danke allen, die mir zu jeder, gelegentlich auch nachtschlafender Zeit mit Einschätzungen und engagierter Kritik geholfen haben. Besonderer Dank geht an Frau Christiane Droste für ihre engagierte und sachkundige Hilfe bei der Recherche, Herrn Tino Hocke für interessante Hinweise zur Altmünchner Spitznamen-Kultur, den Mitarbeitern des Siemens- und des Deutschen Museums für Informationen u. a. zum Stand der damaligen elektronischen Kommunikation und zum Bruchverhalten durchschossener Fahrzeugscheiben, Katy und Franz für viele regionalgeschichtliche Details und mitternächtliche Spaziergänge am Ufer des Inn, Herrn Dr. Krapp für kritische Anmerkungen zur Dramaturgie – sowie dem Patron der Bar-Tabac, Pont de Montvert, für die geeignete Arbeitsbeleuchtung in so manch verregnet-dämmriger Stunde und dem Café du Globe, Ste. Croix, für kühlschrank- und fliegensummende, träumerische Ruhe.

Gewidmet ist dieses Buch jenem Fabler, der mich darauf hingewiesen hat, daß eine Geschichte nicht wahr sein muß. Schön aber schon.

Worterklärungen

6 *Nauferger:* Bootsführer der Innschiffahrt
6 *Plafond:* Decke eines Raumes
6 *streng... gespielt:* nach den Regeln gespielt
6 *Deine Goschn:* (halt) dein Maul
7 *er kanns nimmer deuten:* er kann sich nicht mehr erklären, was er sieht
9 *gspaßig:* seltsam, eigentümlich
16 *Weiberer:* Weiberheld
19 *Viragierung:* monochrome Einfärbung einer Filmszene
19 *epper:* etwa, vielleicht
19 *böhmakisch:* böhmisch
21 *Geraffelhaufen:* Müllhalde
21 *Gackerl:* Gockel
25 *blahts:* aufgeblähtes, eingebildetes
26 *zwiderne Wurzen:* unangenehme Person
34 *Thal:* Straßenzug in der Münchner Innenstadt
34 *Baraber:* Obdachloser, Herumvagabundierender. Hier: Gelegenheitsarbeiter. Abwertend auch: Herumtreiber
38 *ein gut tust:* dich als brauchbar erweist
40 *Krauterer:* armselige Existenz
40 *seit wann leits:* seit wann kannst du dir ... leisten
42 *karessierst* (n. d. Frz. *caresser: streicheln, lieben*): liebkost, zärtlich umgarnst; hier etwa: beschmust
42 *Bladern:* Blattern, Pocken. Hier: Pockennarben

43 *Ypern:* Die belgische Stadt Ypern steht im 1. Weltkrieg im Mittelpunkt der Flandernschlachten und wird fast vollkommen zerstört.

43 *barabert:* verrichtet Gelegenheitsarbeit

44 *Laiberl:* hier: Brüste

46 *Schnallen:* Huren

46 *Bagasch* (n. d. Frz. *bagage*): Gesindel

47 *Penzerei:* Aufdringlichkeit, Belästigung

51 *zum Zeug bringt:* heranschafft

55 *Fotzn:* hier: Ohrfeigen

59 *biseln:* Wasser lassen, pinkeln

59 *Lacken:* Pfütze

60 *wifste* (n. d. Frz. vif. *lebendig*): klügste

63 *Stadelheim:* Zuchthaus im Münchner Süden

65 *delogiern* (n. d. Frz.): ausquartieren, hinauswerfen

67 *Kuntn:* hier: Kerl

69 *kommod* (n. d. Frz.): bequem

69 *zweng:* wegen

70 *Plumeau* (lat.-frz.): halblanges, dickeres Federdeckbett

70 *Tuchert:* Zudecke, Federbett

70 *Diridari:* Geld

72 *Hamma uns?:* Haben wir uns verstanden?

73 *iatz:* jetzt

73 *Kloiffe:* Rüpel

73 *Massl* (jidd.): Glück

74 *Gmoa:* Gemeinde

74 *Britschn:* sehr abwertend für: Frau

74 *Haberer:* hier: Zuhälter

76 *Graffel:* Gerümpel

76 *Glump:* Gelump, wertloses Zeug

83 *Parapluie* (lat.-frz.): Regenschirm

85 *hinten im Wald:* hier: Bayerischer Wald

88 *wengerl:* wenig

88 *Wosch ma a so gfalla dädsch! Warum denn it?:* Wo du mir so gefallen tätst! Warum denn nicht?
88 *hädsch:* hättest du
89 *schtiehlsch:* stiehlst
89 *etzla:* jetzt
94 *Impresario* (ital.): Theateragent, der für einen Künstler die Geschäfte führt
95 *Hühnerduttn:* Hühnerbrüste
97 *blahden: (von aufgebläht):* eingebildeten
99 *Gschamiger:* schüchterner, zurückhaltender Mensch
106 *ausse:* hinaus
106 *Selve:* frühere deutsche Automarke
108 *Orient:* Zigarettenmarke, zugleich Sammelbegriff für eine ganze Reihe von Marken
112 *Innlände:* Bootsanlegestelle am Inn
113 *Roßbollen:* Pferdeäpfel
118 *Pratzen:* große Hände, Pranken
120 *Lackl:* ungeschlachter Kerl
120 *wif* (n. d. Frz. *vif): klug, schlau*
120 *Hundling:* meist anerkennend für: gerissener Hund
122 *penzt:* belästigt
122 *Kuttenbrunzer:* verächtlich für: Mönch
122 *reinloost:* horcht, lauscht
123 *ös Boarfackl!:* Ihr Bayernschweine! (Schmähruf der Tiroler Aufständischen gegen die bayerischen Besatzungssoldaten in der Napoleonischen Zeit)
124 *gefotzt:* verdroschen
126 *Plaid (schott.-engl.): großes wollenes Umhängetuch*
128 *gelurt:* verstohlen beobachtet, heimlich gespäht
132 *Gutl:* Bonbon
138 *Nahderin:* Näherin
144 *brunzt:* pißt
145 *Watschen:* Ohrfeigen

147 *Panbavaren:* Separatisten, die eine Loslösung vom Deutschen Reich und den politischen Zusammenschluß aller bairischsprechenden Gebiete anstrebten
148 *Buick:* amerikanische Automarke
149 *franschman* (n. d. Frz. *franchement*): freimütig
149 *Bopperl:* Püppchen. Hier: Liebling
149 *gschnappig:* vorlaut, schnippisch, frech
152 *ich hab kein gut getan:* ich hab mich nicht einfügen können, war widerborstig
158 *auf dem Kiwif* (n. d. Frz.; ursprünglich Kontrollruf der frz. Militärpatrouillen: *Halte là! Qui vive?*): wachsam
163 *Malaise* (n. d. Frz.): unangenehme Situation
165 *Schlamassl* (jidd.): Pech, Unglück
165 *Kistler:* Schreiner
167 *staubens die Leut weg:* vertreiben Sie die Leute
167 *anpatz:* beschmutze, dreckig mache
171 *poussiert* (n. d. Lat.-Frz.): flirtet; hier: abküßt, knutscht
171 *Krätzn:* Hautausschlag
175 *geschoppt:* gestopft
179 *gescheert:* gemein, verletzend
180 *gwamperte:* fette
181 *zwider:* zuwider, mißmutig, ärgerlich
184 *schnabeln:* vorlaut sein
187 *Platzl:* Platz in der Münchner Altstadt
196 *Galan* (span.): Verehrer
208 *Sägscheiten:* Sägespäne
208 *Gäu:* Gau, Umkreis
210 *Roßplätten, Klobzillen:* Lastkähne
211 *Kataster* (ital.): amtliches Grundstücksverzeichnis
216 *Schmarrn:* hier: Unsinn
227 *Geschiß.:* Umstände. Hier: Ärger, Schwierigkeiten
229 *Dementia praecox:* Schwachsinn
232 *Gesichte:* Erscheinungen, Visionen, auch Tagträume
233 *tränzen:* weinen

234 *Epilepsia tarda:* Form der Epilepsie, die nach großen körperlichen oder psychischen Belastungen ausbricht
238 *Licht aufreiben:* den Lichtdrehschalter betätigen
240 *Machler:* Tüftler, Bastler
241 *Gaudi:* Spaß; hier: Tumult, Aufregungen
241 *Bazi:* durchtriebener, listiger Kerl, auch abwertend gebraucht
243 *Und jetzt ... sinds dahin!:* Und jetzt verschwinden Sie!
254 *Kämbden:* Holzzahn eines Zahnrades (aus Hartholz)
254 *Butzerl:* kleines Kind
255 *Godschaft:* Patenschaft
257 *Luden:* Zuhälter
259 *und er spannt:* und er endlich versteht, bemerkt
266 *Ratzen:* Ratten
267 *zwifeln:* drangsalieren
268 *im Dachstuhl gefunden:* er hat sich erhängt